오만과 편견

Pride and Prejudice

오만과 편견

제인 오스틴

엄자현 옮김

차례

제1부

1장

재력을 갖춘 독신 남성에게 아내가 필요하다는 건 누구나 인정하는 진리다.

이런 남자가 이웃으로 이사 오면 그 사람의 감정이나 가치관은 알지 못해도, 그러한 진리가 머릿속에 깊이 박힌 이웃들은 그를 자기 딸이 차지해야 마땅한 재산쯤으로 여기게 된다.

어느 날 베넷 부인이 남편에게 물었다.

"여보, 드디어 네더필드 파크에 어떤 사람이 이사 온다는 소식을 들었어요?"

베넷 씨는 그런 소식을 듣지 못했다고 대답했다.

"그렇다고 해요. 롱 부인이 조금 전에 와서 전부 말해주고 갔어요."

베넷 씨는 아내의 말에 대꾸하지 않았다.

"누가 이사 오는지 궁금하지 않아요?"

베넷 부인은 조바심에 소리가 높아졌다.

"당신이 굳이 이야기하고 싶다면 안 들어줄 이유는 없지."

이 정도면 말을 풀어놓기에 충분했다.

"여보, 당신도 알아두셔야 해요. 롱 부인의 소식통에 따르면 잉글랜드 북부 출신의 돈 많은 젊은 남자가 네더필드에 온다는 거예요. 월요일에 사두마차를 타고 와서 둘러본 뒤 아주 마음에 든다며 그 자리에서 모리스 씨와 계약을 했대요. 다음 주말에 하인 몇 명이 먼저 들어오고, 성 미카엘 축일 전에는 다들 입주한다고 하네요."

"이름이 뭐요?"

"빙리요."

"기혼이요, 미혼이오?"

"아유, 여보! 미혼이 분명하대요! 돈 많은 독신 남자라고요. 연 수입이 사오천은 된다고 하니, 우리 애들한테 얼마나 잘된 일이에요!"

"아니, 그게 우리 딸들과 무슨 상관이 있다는 거요?"

"어머나, 여보. 어쩜 그리 무심하실 수가 있어요! 그 남자가 우리 애들 가운데 한 명과 결혼할 텐데요."

"그럴 계획으로 여기 왔다는 거요?"

"계획이라니! 말도 안 돼요, 무슨 말을 그렇게 해요! 하지만 우리 딸들 중 한 명과 사랑에 빠질 '수도' 있잖아요. 그러니 그 청년이 이사 오는 대로 꼭 방문해야 해요."

"그럴 필요까진 없을 거 같은데. 당신이 함께 가거나 애들만 보내면 되잖소. 애들만 보내는 편이 더 낫겠군. 당신 인물이 애들 못지않으니 빙리 씨가 당신을 가장 마음에 들어 하면 안 되잖소."

"당신도 치켜세우기는! 아직 내 미모가 봐줄 만하긴 하지만 이제는 그리 특별하지 않다고요. 다 큰 딸을 다섯 명이나 뒀다면 자기 외모는 돌볼 여유도 없다니까요."

"그런 경우 돌볼 미모도 없는 여자가 많지."

"아무튼 여보, 빙리 씨가 이사 오면 꼭 찾아가 봐요."

"분명히 말해두지만 약속은 못 하오."

"딸들을 생각해야지요. 우리 딸한테 얼마나 좋은 결혼일지만 생각하라고요. 윌리엄 경과 루커스 부인도 그럴 작정으로 벌써 방문할 생각을 굳혔대요. 그 부부가 평소에는 새 이웃을 찾아가지 않는 거 알잖아요? 당신이 나서지 않으면 '우리'는 방문할 수가 없다고요. 그러니 꼭 찾아가야 해요."

"참, 당신은 지나치게 생각이 많군. 모르긴 해도 빙리 씨는 당신을 아주 반가워할 거요. 내가 당신 편에 편지를 써서 보내리다. 우리 딸들 가운데 누구랑 결혼한다고 해도 진심으로 환영한다고 말이오. 그리고 우리 리지의 칭찬을 몇 마디 덧붙여야지."

"그런 짓은 절대 하지 마세요. 리지는 다른 애들보다 나은 구석이 요만큼도 없다고요. 제인의 반만큼도 예쁘지 않고, 리디아의 반만큼도 싹싹하지 않다니까요. 그런데도 당신은 늘 그 애만 편애하시니."

"그 애만 한 아가씨가 어디 있다고 그러는 거요."

베넷 씨는 또다시 이렇게 응수했다.

"하나같이 다른 집 딸들처럼 어리석고 모자란데, 리지는 그 애들과 비교해 영민한 구석이 있거든."

"여보, 어쩜 자기 딸들을 그렇게 나쁘게 말할 수 있어요? 나를 괴롭히는 일이 재미있어요? 내 연약한 신경은 조금도 걱정하지 않는 거죠."

"그럴 리가 있소, 여보. 내가 당신 신경을 얼마나 존중하는데. 내 오래된 벗이 아니오. 연약한 신경 얘기를 걱정스럽게 들어온 지도 이십 년이나 지나지 않았소."

"아! 내가 얼마나 고통스러운지 당신은 절대로 모르실 거예요."

"당신이 잘 이겨내기만 바랄 뿐이오. 살아서 연 수입이 4천 파운드를 넘는 젊은 총각이 이웃에 잔뜩 이사 오는 걸 봐야 하지 않겠소."

"스무 명이 온다고 한들 당신이 찾아가지 않는데 무슨 소용이 있겠어요."

"부인, 그런 이유 때문이라면 스무 명이 왔을 때 한꺼번에 방문하리다."

베넷 씨는 영민함과 냉소, 유머, 신중, 변덕이 기묘하게 섞인 위인인지라 이십삼 년을 함께 산 부인도 남편의 성격을 이해할 수가 없었다. 하지만 부인의 머릿속을 알아내기는 그리 어렵지 않았다. 이해력이 얕고, 아는 것이 없으며, 감정기복이 심했기 때문이다. 마음에 들지 않으면 신경 탓을 하기가 일쑤였다. 평생의 사업은 딸들을 시집보내는 것이고, 삶의 즐거움이라고는 이웃집에 방문해 수다 떠는 것이 전부였다.

2장

빙리 씨를 가장 먼저 방문한 사람들 가운데 베넷 씨도 있었다. 그는 처음부터 빙리 씨의 이사 소식을 듣고 방문할 생각이었지만 아내에게는 마지막까지 가지 않을 것처럼 굴었다. 그래서 방문한 날 저녁까지도 베넷 부인은 그 사실을 알지 못했다. 그 일은 이렇게 밝혀졌다. 둘째 딸이 모자 장식을 다는 모습을 지켜보던 베넷 씨는 불쑥 이렇게 말했다.

"그게 빙리 씨 마음에 든다면 좋겠구나, 리지야."

"찾아가지도 않았으면서 빙리 씨가 무얼 좋아하는지 어떻게 안다고."

부인은 투덜거리듯 말했다.

"잊으셨어요, 엄마? 무도회에서 보게 될 텐데요. 롱 부인이 소개시켜준다고 약속하셨잖아요."

엘리자베스가 말했다.

"롱 부인이 그럴 리가 있겠니. 그 사람도 조카딸이 둘이나 되는데. 이기적이면서도 겉으론 남을 위하는 척하는 게 마음에 안 든다니까."

"내 생각도 그렇소. 당신이 그 여자에게 기대하지 않는다니 듣던 중 반가운 소리군."

베넷 부인은 남편의 말에 대꾸하지 않을 생각이었지만, 그만 화를 참지 못하고 괜히 다른 딸을 야단치고 말았다.

"키티야, 맙소사! 기침 좀 그만해라. 엄마 신경은 걱정도 안 되니? 신경이 쪼개지는 것 같다."

"키티는 기침을 해도 조심성이 없어 시간을 제대로 맞추지 못하는군."

옆에 있던 아버지까지 거들고 나섰다.

"누가 재미로 기침을 한다고 그러세요."

키티가 볼멘소리로 대꾸했다.

"리지야, 다음 무도회가 언제 열리느냐?"

"보름 후에요."

"그렇다니까요."

어머니가 외쳤다.

"롱 부인은 그 전날에나 돌아올 텐데, 자기도 모르는 사람을 어떻게 소개시켜주겠어요."

"그렇다면 여보, 당신이 친구들에게 선심을 베푸는 건 어떻소. 빙리 씨를 롱 부인에게 소개시켜주는 거요."

"그렇게 할 수가 없잖아요, 여보. 나도 그 청년을 잘 모르는데 소개라니 말이 되느냐고요? 지금 날 놀리시는 거예요?"

"당신의 신중함에 경의를 표하오. 보름간의 친분이란 게 분명 변변찮지. 한 남자를 보름 만에 알 수는 없으니까 말이오. 하지만 '우리'가 모험을 하지 않아도 다른 누군가는 그러지 않겠소. 아무튼 롱 부인과 조카딸들은 운에 기대야 하는 모양이니, 당신이 그 일을 마다한다면 내가 직접 나서서 친절을 베풀도록 하지."

이 말에 딸들은 동시에 아버지를 바라봤다. 베넷 부인은 무언가 의미 있는 말을 하고 싶지만 생각이 나질 않는지 이 말만 되풀이했다.

"말도 안 돼, 말도 안 돼!"

베넷 씨도 목소리를 높였다.

"말도 안 된다니 무슨 뜻으로 그리 강하게 말하는 거요? 소개 형식이라든가, 형식을 중요하게 여기는 모양새가 말이 안 된다는 뜻인가? '그 점'에서는 동의하지 못하겠군. 메리야, 너라면 뭐라고 말하겠니? 내가 알기로 우리 아가씨는 생각도 깊은데다가 훌륭한 책도 많이 읽고 좋은 구절을 발췌해놓기도 하는 것 같던데.”

메리는 무언가 아주 그럴듯한 말을 하고 싶었지만 어떤 말을 해야 할지 전혀 떠오르지 않았다.

“메리가 생각을 정리하는 동안 우리는 빙리 씨의 이야기로 돌아갑시다.”

이 말에 그의 아내는 이렇게 소리쳤다.

“빙리 씨라면 진저리가 나요.”

“그것 참 안타까운 일이군. 그런데 미리 말해주지 그랬소? 오늘 아침에 알았다면 빙리 씨를 방문하지 않았을 텐데 말이오. 정말 안타깝군. 하지만 이미 방문해버렸으니 이제는 알고 지낼 수밖에 없겠군.”

예상했던 대로 가족들은 깜짝 놀랐다. 베넷 부인이 아마 가장 놀랐을 것이다. 한바탕 요란한 순간이 지나고 나자 그녀는 이미 그럴 줄 알았노라고 주장했다.

“당신은 정말이지 좋은 사람이에요, 여보! 결국 내가 당신을 설득할 수 있을 거라고 생각했다니까요. 딸들을 그리 예뻐하니 빙리 씨와 알고 지내기를 마다할 리가 없고말고요. 아, 정말 기뻐요! 오늘 아침에 다녀오고는 지금까지 한 마디도 하지 않다니 정말 짓궂은 양반이군요.”

“자, 키티야, 이제 아무 때나 기침을 해도 되겠구나.”

베넷 씨는 이렇게 말하고는 좋아서 난리가 난 아내의 모습에 피곤해하며 방을 나갔다.

"애들아, 얼마나 멋진 아버지시니."

문이 닫히자 베넷 부인이 말했다.

"너희가 아버지의 친절에 어찌 다 보답할 수 있겠니. 물론 내게도 그렇고. 내 나이쯤 되면 새로운 사람을 사귀는 일이 썩 기쁘지 않단다. 하지만 너희를 위해서라면 기꺼이 감수해야겠지. 우리 귀여운 리디아, 네 나이가 가장 어리기는 해도 빙리 씨는 다음 연회에서 너와 춤을 추실 거다."

"아이! 난 걱정 안 한다고. 나이는 '가장' 어리지만 키는 내가 가장 크잖아."

리디아가 기쁜 듯 소리쳤다.

이후의 저녁 시간은 빙리 씨가 얼마나 빨리 답례 방문을 올지 추측해보고, 그를 언제쯤 저녁 식사에 초대하면 좋을지 의논하면서 보냈다.

3장

다섯 딸들의 도움을 받고도 베넷 부인이 남편한테서 빙리 씨와 관련된 만족할 만한 묘사를 끌어내기란 여간 어려운 일이 아니었다. 가족들은 갖은 방법을 동원해 베넷 씨를 공격했다. 그러나 직설적인 질문도, 교묘한 추측도, 에두르는 짐작도 베넷 씨는 전부 피해갔다. 결국 이웃 루커스 부인에게서 한 다리 건너 정보를 듣는 수밖에 없었다. 그녀가 전하는 말은 아주 호의적이었다. 윌리엄 경도 빙리 씨를 마음에 들어 했다는 것이다. 젊고 대단히 잘생긴 데다가 성격까지 서글서글하다는 얘기였다. 금상첨화로 다음번 무도회에 친구도 많이 데려올 생각이란다. 이보다 더 기쁠 수 있을까! 춤을 좋아한다니, 아마도 틀림없이 사랑에 빠질 준비가 된 사람이었다. 다들 빙리 씨의 마음을 차지할 생각에 한껏 부풀었다.

"우리 딸아이들 중 하나는 네더필드에 행복한 가정을 꾸리고, 다른 아이들도 그만큼만 결혼을 잘한다면 더는 바랄 게 없겠어요."

베넷 부인이 남편에게 말했다.

며칠 후 빙리 씨가 베넷 씨의 방문에 답례 차 찾아와서 십 분가량 서재에 앉아 있다 갔다. 아름답기로 소문난 이 댁 따님들을 보고 싶다는 소망도 있었지만, 베넷 씨밖에 볼 수 없었다. 운이 좋았던 아가씨들은 위층 창문에서 푸른색 외투를 입고 검은색 말을 탄 그의 모습을 볼 수 있었다.

식사 초대는 곧바로 전달되었다. 베넷 부인은 벌써부터 살림을 뽐낼 계획을 짜두었는데 빙리의 답변으로 전부 미룰 수밖에 없었다. 빙리 씨는 다음 날 런던에 다녀올 일이 있어 영예로운 초대를 받아들일 수 없다는 답신이었다. 베넷 부인은 적잖이 당황했다. 하트퍼드셔에 오자마자 런던에 나가야 하는 일이 무엇인지 상상할 수 없었던 것이다. 급기야 빙리 씨가 매번 여기저기 옮겨 다니느라 네더필드에 정착하지 못하는 것은 아닐까 걱정하기 시작했다. 마땅히 네더필드에 정착해야 하는데 말이다. 그때 루커스 부인이 연회에 참석할 친구들을 데려오기 위해 런던에 갔을 거라는 추측을 내놓아 베넷 부인을 다소 안심시켰다.

그 뒤로 곧 빙리 씨가 숙녀 열둘과 신사 일곱을 연회에 초대한다는 소문이 돌았다. 아가씨들은 숙녀가 너무 많다고 걱정했으나 연회 전날에 런던에서 빙리 씨와 함께 온 일행은 열둘이 아니라 여섯으로, 누이 다섯 명과 사촌 한 명이라는 소식을 듣고 안도했다. 하지만 막상 무도회에 온 사람은 다섯 명뿐이었다. 빙리 씨와 누이 두 명, 첫째 누이의 남편 그리고 다른 젊은 청년 한 명이 있었다.

빙리 씨는 잘생기고 신사다웠으며, 상냥한 표정과 편안하면서도 꾸밈없는 태도를 지녔다. 누이들은 귀티가 나는 교양을 갖춘 여성이었고, 매부인 허스트 씨는 그냥 보통 신사였다. 그러나 빙리의 친구 다아시 씨는 훤칠한 몸매와 수려한 인물, 우아한 태도로 단숨에 방 안 사람들의 이목을 사로잡았다. 방에 들어온 지 오 분도 지나지 않아서 그의 일 년 수입이 1만 파운드에 달한다는 소문이 곳곳에 퍼졌다. 신사들은 그의 훤한 외모를 칭찬했고, 숙녀들은 빙리 씨보다 잘생겼다고 주저 없이 떠들었다. 그날 저녁 시간의 절반까지는 큰 환심을 사는 듯했으나, 혐오감을 유발하는 태도 탓에 그의 인기는 하락세로 돌아섰다. 거만하고, 상대를 무시하며, 즐기고 싶지 않다는 기색이 역력했던 것이다. 더비셔에 있다는 광활한 영지조차 관심 밖으로 사라질 정도로 그는 불쾌하고 역겨운 인물로 전락했고, 친구와 비교할 가치도 없는 인물로 폄하되었다.

그러나 빙리 씨는 금세 방에 있는 모든 주요 인물과 인사를 나누었다. 활기 넘치고 허물없는 태도를 보였고, 매번 빠지지 않고 춤을 추며, 무도회가 너무 일찍 끝나버린 것 같다며 화를 내고, 다음에는 네더필드에서 무도회를 열겠다는 말까지 했다. 이런 다정한 인품은 저절로 드러나는 법이다. 함께 온 친구와 얼마나 대조가 되던지! 다아시 씨는 허스트 부인과 빙리 양과 한 번씩 춤을 추었을 뿐 다른 숙녀들을 소개받길 거부한 채 남은 저녁 시간 내내 방 안을 이리저리 걷다가 가끔씩 자기 일행하고 대화를 나누는 게 전부였다. 그의 성격은 분명했다. 그는 세상에서 가장 오만하고 불쾌한 남자였고, 모두 한마음으로 그가 다시 오지 않기를 바랐다. 그를 유독 싫어한 사람들 중에는 베넷 부인도 끼어 있었는데, 가뜩이나 태도가 마음에 들지 않은 데다가 특히 자기 딸 한 명이 무시를 당하자 더욱 화가 치밀었다.

엘리자베스 베넷은 신사 수가 부족한 탓에 두 번의 춤에서 자리에 앉아 있어야 했다. 그런데 우연히 다아시 씨가 가까이 서 있어 때마침 춤 행렬에서 잠깐 빠져나온 빙리 씨가 그에게 같이 어울리자고 권하는 대화를 엿들을 수 있었다.

"다아시, 자네도 같이 춤추자고. 혼자 여기 우두커니 서 있는 모습은 꼴불견이야. 춤추는 편이 훨씬 나아."

빙리 씨는 친구에게 함께 춤추기를 권했다.

"일없네. 내가 잘 모르는 파트너와 춤추는 걸 얼마나 싫어하는지 알잖나. 이런 무도회는 정말 못 견디겠군. 자네 누이들은 이미 파트너가 있고, 그럭저럭 벌 받는 기분 없이 춤을 출 만한 여자는 없고."

"까다롭기는! 내 명예를 걸고 말하는데 오늘 저녁만큼 괜찮은 아가씨가 많은 파티는 평생 처음이야. 보기 드문 미인도 몇 명 있고 말이야."

빙리 씨가 소리를 높여 말했다.

"보기 드문 미인은 자네 파트너밖에 없는데."

다아시 씨는 베넷 가의 맏딸을 바라보며 말했다.

"아! 그녀처럼 아름다운 사람은 처음 봐! 하지만 자네 바로 뒤에 앉은 저 동생분도 아주 예쁘고 성격도 좋아 보이는데. 자네를 소개해달라고 내 파트너에게 부탁해보겠네."

"누구 말인가?"

그는 방 안을 둘러보다가 엘리자베스를 보고 잠깐 시선을 멈추었을 뿐 눈이 마주치자 시선을 돌리며 차갑게 말했다.

"참아줄 만은 하군. 하지만 '내' 관심을 끌 만큼 미인은 아닌데. 게다가 다른 남자들에게 무시당한 아가씨의 체면을 세워줄 기분도 아니고. 자네는 얼른 파트너에게로 돌아가서 미소나 즐기라고, 여기서 나랑 시간낭비하지 말고."

빙리 씨는 친구의 제안에 따랐다. 다아시 씨도 자리를 떴고,

뒤에 남은 엘리자베스는 그에게 그다지 좋지 않은 감정을 갖게 되었다. 그러나 워낙 재미있는 일을 좋아하는 활달하고 장난스러운 성격이어서 친구들한테 재미있는 일이라며 그 사건을 이야기해주었다.

그날 저녁은 온 가족에게 대체로 즐거운 시간이었다. 베넷 부인이 보기에는 맏딸이 네더필드 사람들의 호감을 산 듯했다. 빙리 씨는 제인과 두 번이나 춤을 추었고, 누이들도 제인에게 남다른 관심을 보였다. 제인 역시 표현은 안 했지만 어머니 못지않게 그 사실이 기뻤다. 엘리자베스 또한 언니의 기쁨을 느낄 수 있었다. 메리도 빙리 양이 자신을 두고 근방에서 가장 교양 있는 여성이라 칭찬하는 말을 들었고, 캐서린과 리디아는 늘 파트너가 있을 만큼 운이 좋았다. 이들에게 무도회는 그거면 족했다. 그렇게 다들 기분 좋게 자신들의 집이 중심이 된 롱번 마을로 돌아왔다. 베넷 씨는 아직 자지 않고 있었다. 손에 책을 들면 시간 가는 줄 모르기도 했거니와 오늘 무도회가 엄청난 기대를 모았던 만큼 그 자신도 꽤나 호기심이 발동했기 때문이다. 사실 그는 아내가 새 이웃에게 실망하기를 은근히 바랐지만, 곧 기대와는 전혀 반대되는 이야기를 듣게 됐다.

"아유! 여보, 여보."

베넷 부인은 방에 들어오며 말했다.

"오늘만큼 즐거운 저녁 시간도, 이렇게 훌륭한 무도회도 처음이었어요. 당신도 함께 갔어야 했는데. 다들 제인을 보면서 감탄하는데, 아무튼 다른 사람하고는 비교도 안 될 정도였어요. 모두 제인이 아주 아름답다고 칭찬했다니까요. 빙리 씨도 제인이 퍽 예뻐 보였는지 그 애랑 두 번이나 춤을 췄어요. 생각해봐요, 여보. 빙리 씨가 제인이랑 두 번이나 춤을 췄다니까요. 그 방에서 빙리 씨가 두 번째 춤을 청한 사람은 제인뿐이었어요. 처음은 루커스 양에게 춤을 청했지요. 그 아가씨랑 서 있는 모습을 보니 어찌나 속이 쓰리던지. 그런데 전혀 좋아하는 기색이 아니더라고요. 그럼 그렇지, 안 그래요, 여보? 누군들 안 그러겠어요. 그러다가 제인이 춤을 추는 모습을 보고는 얼이 빠진 것 같더라고요. 제인이 누구인지 알아보고 소개를 받고는 두 번째 춤을 청했죠. 그다음은 킹 양, 네 번째는 머라이아 루커스, 다섯 번째는 다시 제인, 여섯 번째는 리지. 다음엔 블랑제 춤을 추었어요."

"그 청년이 '나'를 가엾게 여겼더라면 그 반도 춤추지 않았을 텐데!"

남편이 그만 참지 못하고 소리쳤다.

"맙소사, 이제 파트너 명단은 그만 읊어대시오. 에이! 첫 번째 춤에서 발목이라도 삐어버렸어야 했는데!"

"아이, 여보!"

베넷 부인은 계속했다.

“난 그 청년이 마음에 들어요. 어쩜 그리 훤하게 잘생겼는지! 누이들도 아주 매력적입니다. 그처럼 우아한 드레스는 생전 처음 봤다니까요. 허스트 부인의 드레스에 달린 레이스는 분명…….”

여기서 베넷 씨가 끼어들었다. 옷차림이나 장신구 이야기는 전혀 듣고 싶지 않아 말을 자른 것이다. 그래서 부인은 다른 이야깃거리를 찾다가 몹시 분개하면서 약간의 과장까지 섞어가며 다아시 씨의 충격적인 무례함에 열변을 토했다.

“하지만 장담해요.”

부인은 덧붙였다.

“리지가 ‘그 남자’ 마음에 안 든다고 손해 볼 일은 없다고요. 세상에서 가장 불쾌하고 고약한 인간이니 마음에 들어 봤자죠. 어찌나 거만하고 도도한지 세상 누가 그런 인간을 참아주겠어요. 이리로 갔다, 저리로 갔다 아주 그냥 자아도취에 흠뻑 빠져서는! 같이 춤추고 싶을 만큼 잘생기지도 않은 주제에! 여보, 당신이 오늘 거기서 당신 식으로 한마디 쏘아줄 수 있었다면 좋았을 텐데. 정말 그 남잔 질색이에요.”

4장

제인은 빙리 씨 칭찬을 자제하다가 엘리자베스와 둘만 남게 되자 그가 얼마나 마음에 들었는지 털어놓았다.

“젊은 남자의 모범을 모두 갖춘 분이었어. 이성적이고 싹싹하고 쾌활하고. 게다가 그렇게 기분 좋은 매너는 처음이었어! 참 편안하면서 올바른 가정교육이 그대로 드러나는 매너였다니까!”

“잘생기기까지 했잖아. 노력한다고 되는 일은 아니지만, 젊은 남자의 모범이려면 잘생기기도 해야지. 외모까지 훌륭하다니 정말 완벽한 남자야.”

엘리자베스가 말했다.

“내게 두 번째 춤을 청할 때는 정말 가슴이 벅찼어. 그런 특별

대우는 기대도 안 했는데 말이야."

"그랬어? 나는 그분이 그럴 줄 알았는데. 그게 바로 우리 둘의 큰 차이점이야. '언니'는 늘 특별 대우에 깜짝 놀라는데, '나'는 전혀 놀라지 않거든. 언니에게 두 번째 춤을 청하는 것만큼 당연한 일이 또 있을까? 방에 있던 어느 여자들보다 언니가 다섯 배나 더 예쁜데 몰라볼 수가 없지. 그러니 그분의 친절에 감사해할 필요도 없어. 음, 내가 봐도 빙리 씨는 아주 괜찮은 사람이 분명하니까 좋아해도 된다고 허락해줄게. 예전에는 그보다 멍청한 사람도 여럿 좋아했잖아."

"리지, 너 정말!"

"아유! 언니는 사람을 너무 좋게만 보는 경향이 있어. 누구를 봐도 좋은 점만 보이고, 언니 눈에는 세상이 아름답고 좋기만 하지. 지금까지 누구 흉보는 걸 한 번도 들어본 적이 없으니."

"누구라도 성급하게 비난하고 싶지 않을 뿐이야. 그래도 늘 생각한 대로 말하고 있는걸."

"알아. 바로 그 점이 놀랍다니까. 분별력을 지녔으면서도 다른 사람들의 터무니없고 어리석은 구석에 어쩌면 그리도 깜깜한지! 안 그런 척, 솔직한 척하는 일은 아주 흔해. 어디서든 볼 수 있으니까. 하지만 모든 사람한테서 좋은 점은 더 좋게 보고 나쁜 점에는 입을 다무는 사람은 언니뿐이야. 어떤 겉치레나 속셈 없이 그렇게 솔직한 사람은 언니뿐이라고. 그래서 말인데 언니는 그 누이들도 마음에 들었지? 누이들 태도는 오빠만 못하던데 말이야.”

“처음에는 딱히 호감이 가는 건 아니었어. 하지만 대화를 나눠보니 아주 좋은 사람들이었어. 빙리 양은 오빠와 함께 살면서 살림을 맡아 한다고 하더라. 크게 잘못 본 게 아니라면 좋은 이웃이 될 것 같아.”

엘리자베스는 입을 다문 채 그냥 듣고 있었지만, 그 부분은 확신할 수가 없었다. 무도회에서 보인 누이들의 태도는 딱히 호감이 간다고는 말하기 어려웠다. 엘리자베스는 언니보다 관찰력이 좋았고 언니만큼 유순한 성격도 아닌 데다가 언니처럼 누군가에게 많은 관심을 받지 않았기 때문에 정신을 집중해 그 누이들을 지켜보면서 별로 좋지 않은 느낌을 포착해냈다. 분명 교양을 갖춘 숙녀들이었다. 기분이 내킬 때는 사근사근하게 굴었고, 마음만 먹으면 아주 상냥해질 수도 있었다. 하지만 오만하고 도도했다. 외모도 예쁜 편이었고, 런던의 일류 사립여학교에서 교육을 받았으며, 2만 파운드의 재산이 있었고, 분수에 넘치게 소비하며 비슷한 지위를 가진 사람들하고만 어울리는 듯했다. 그러다 보니 모든 면에서 자신들은 높이 평가하고 다른 사람들은 아래에 두고 바라봤다. 잉글랜드 북부의 명망 높은 가문 출신인 그녀들은 그 자긍심이 머릿속에 강하게 뿌리 박혀 있어 오빠나 자신들의 재산을 장사로 모았다는 사실은 기억 속에 묻어버린 듯 보였다.

빙리 씨는 아버지에게서 10만 파운드에 가까운 금액을 상속받았다. 그의 아버지는 널찍한 영지를 사들일 생각이었지만 생전에는 뜻을 이루지 못했다. 빙리 씨도 그럴 마음이 있어 가끔 영지를 보러 다니곤 했다. 그런데 이제 좋은 저택과 사냥을 할 수 있는 장소도 얻었으니 그의 태평한 성격을 아주 잘 아는 사람들은 그가 여생을 네더필드에서 보내고, 영지 구입은 다음 세대로 미루지 않을까 하는 생각을 갖고 있었다.

누이들은 간절히 그가 자기 영지를 갖길 바랐다. 지금 세입자로 들어왔을 뿐인데도 빙리 양은 기꺼이 안주인 역할을 도맡았고, 허스트 부인도 재산보다 지위를 보고 결혼했으니 마음에만 든다면 오빠의 저택을 자기 집처럼 여기지 않을 이유가 없었다. 빙리 씨는 성년이 되고 이 년쯤 지났을 때 우연히 네더필드 저택을 한번 보지 않겠느냐는 권유를 받고 마음이 흔들렸다. 그리고 삼십 분 만에 집을 둘러본 뒤 저택의 위치와 내부시설이 마음에 들고, 주인이 늘어놓는 칭찬도 흡족해 그 자리에서 계약을 마쳤다.

그와 다아시 씨는 성격은 정반대였지만 둘의 우정은 계속 이어졌다. 빙리의 소탈함과 솔직함, 유연한 기질이 다아시 씨의 마음을 끌었다. 이런 성격은 그의 성격과는 정반대였는데, 그렇다고 해서 다아시가 자기 성격에 불만을 품은 적도 없었다. 다아시 씨의 든든한 우정에 빙리는 절대적인 믿음을 보였고, 그의 판단력을 무엇보다 존중했다. 분별력만큼은 다아시가 더 탁월했다. 빙리도 결코 모자라지는 않았지만 다아시는 명민했다. 그는 오만하고, 속내를 감출 줄도 알며, 까다로웠고, 태도는 정중했지만 다가서기가 어려웠다. 이런 면에서는 친구가 더 나았다. 빙리는 어디를 가서 누구와 만나든 호감을 사는 반면, 다아시는 사람들에게 계속 반감을 샀다.

메리턴 무도회를 이야기할 때도 태도가 확연히 달랐다. 빙리는 평생 그렇게 유쾌한 사람들과 아름다운 미인들은 만나본 적이 없다고 했다. 모두 친절했고, 관심을 가져주었으며, 격식을 차리거나 경직된 분위기를 연출하지 않았다. 그도 방 안에 있던 사람들과 금세 친해진 기분이었다. 게다가 베넷 양(대개 딸이 여럿인 경우 '양'이라는 호칭은 맏이를 칭하는데, 여기서는 제인을 지칭함—옮긴이)으로 말하자면 천사라도 그녀보다 아름답지는 못할 정도였다. 하지만 다아시의 눈에는 미인은 거의 없고, 상류층 인사도 전혀 없는 한 무리의 사람을 만났을 뿐이다. 조금이라도 그의 관심을 끄는 사람은 없었으며, 아무도 그를 즐겁게 해주지도 관심을 보내주지도 않았다. 베넷 양은 분명 미인이었지만, 웃음이 헤프다고 생각했다.

허스트 부인과 빙리 양도 그 말에 동의했지만, 그래도 여전히 제인을 칭찬하고 마음에 들어 했으며 사랑스러운 아가씨라고 입을 모았다. 교제를 이어가는 데 아무런 반대도 없다고 했다. 그렇게 베넷 양은 사랑스러운 여자로 결정되었고, 빙리는 이런 찬사를 그녀를 좋아해도 된다는 허락처럼 느꼈다.

5장

롱번에서 걸어서 멀지 않은 거리에 베넷 가와 특별히 친한 가족이 살고 있었다. 윌리엄 루커스 경은 한때 메리턴에서 장사를 해 제법 재산을 모았고, 시장으로 있을 때는 왕에게 기사 작위를 받는 영예를 누렸다. 그 영예가 꽤나 강렬했는지 루커스 경은 작은 시장 마을에 있는 거처와 사업에 넌더리를 내게 됐고, 둘 다 정리한 후 가족과 함께 메리턴에서 2킬로미터가량 떨어진 저택으로 이사를 왔다. 그는 그곳을 루커스 로지라 명명한 뒤 자신의 중요한 신분에 만족해하면서 일에 얽매이지 않고, 모든 사람을 정중하게 대하는 일에만 골몰했다. 높아진 신분으로 우쭐한 기분이 들기는 했지만 거만하게 굴지는 않았다. 오히려 누구에게나 관심을 보였다. 천성적으로 싫은 소리를 못했으며 다정하고 친절한 성격인 데다가 세인트제임스 궁(영국 궁정의 공식 명칭—옮긴이)에서 왕을 알현한 덕분에 궁중 예절까지 갖추게 되었다.

루커스 부인은 아주 선한 여성이었고, 그다지 영리하지 못한 덕분에 베넷 부인의 소중한 이웃이 되었다. 그 부부는 자식을 여럿 두었는데, 맏딸은 분별 있고 똑똑한 스물일곱 살의 아가씨로 엘리자베스와 각별한 친구 사이였다. 루커스 가와 베넷 가의 딸들이 만나 무도회 이야기를 나누는 것은 당연한 수순으로, 무도회 다음 날 아침에 루커스 가의 여자들은 롱번으로 찾아와 한참 동안 수다를 떨었다.

"샬럿, 어제 저녁은 시작이 좋았더라."

베넷 부인이 짐짓 예의를 차리며 루커스 양에게 말했다.

"빙리 씨의 첫 상대가 너였잖니."

"네……. 하지만 그분은 두 번째 상대를 더 좋아하는 것 같던데요."

"아! 제인 말이구나. 하긴 제인과 두 번이나 춤을 췄으니까. 분명 그 아이를 마음에 들어 했던 것 같아……. 아니, 분명해. 내가 언뜻 들은 이야기도 있고. 잘은 모르겠지만, 무슨 로빈슨 씨 이야기였는데……."

"제가 우연히 들은 빙리 씨와 로빈슨 씨 대화를 말씀하시나 봐요. 제가 말씀 안 드렸던가요? 로빈슨 씨가 메리턴 무도회가 마음에 드는지 묻고, 방 안에 아름다운 아가씨가 많지 않으냐고 하면서 어떤 아가씨가 가장 예쁜지 물었더랬지요. 그랬더니 빙리 씨가 마지막 질문에 주저 없이 이렇게 대답하시더라고요. 두말할 필요도 없이 베넷 가의 맏딸이 가장 미인이라고요."

"어머나, 세상에! 그럼 정말 확실하네. 그래 보여……. 하지만 그렇다고 무슨 일이 있으리라는 보장은 없으니까."

"엘리자, 네가 엿들은 것보다 내 얘기가 더 쓸모 있어. 빙리 씨의 말과 비교해보면 다아시 씨의 말은 들을 가치도 없어, 안 그래? 가엾은 엘리자! 그저 '참아줄 만한' 여자 취급을 받다니 말이야."

샬럿이 말했다.

"제발, 리지가 받은 푸대접을 들먹여 그 애의 머릿속을 들쑤시지 말아다오. 그런 불쾌한 남자라면 마음에 들어 해도 이쪽에서 사양이야. 롱 부인의 말이 어제 그 남자가 옆에 삼십 분이나 앉아 있었는데 입도 벙긋하지 않았다는 거야."

"정말이세요, 엄마? 잘못 아신 것 같은데요? 다아시 씨가 롱 부인에게 말하는 걸 제가 봤거든요."

제인이 끼어들었다.

"아아……. 결국 롱 부인이 먼저 네더필드는 마음에 드느냐고 물어봤더니 마지못해 대답하더란다. 그런데 말을 걸었다고 화를 내는 것처럼 보였다지 뭐니."

"빙리 양의 말이 그분은 친한 사이가 아니면 말을 많이 하지 않는대요. '자기'들과 어울릴 때는 아주 괜찮은 사람이라고 말하던걸요."

"난 그런 말 한 마디도 못 믿겠다, 얘. 그렇게 괜찮은 사람이면 롱 부인에게 먼저 말을 걸었어야지. 왜 그랬는지 뻔해. 다들 그 사람이 오만 덩어리라고 하던데 분명 롱 부인이 마차가 없어 빌려 타고 왔다는 말을 들은 거야."

"전 그 사람이 롱 부인에게 말을 안 걸었어도 상관없어요. 하지만 엘리자와 춤을 추지 않다니."

루커스 양이 말했다.

"리지야, 내가 너라면 다음에 만나더라도 '그런 남자'와는 절대 춤추지 않을 게다."

"분명 그러시겠죠, 엄마. 장담하지만 '절대' 그 남자와 춤추는 일은 없을 거예요."

그러자 다시 루커스 양이 말했다.

"오만하다고는 하지만 '내게는' 그분의 오만함이 다른 경우와 달리 불쾌하지 않았어. 그럴 만하잖아. 가문도, 재산도 남부러울 거라곤 하나도 없는 괜찮은 청년이 자신을 높이 평가한다는데 누가 이의를 제기할 수 있겠어. 이렇게 말해도 될지 모르겠지만 그분은 거만할 '권리'가 있어."

"그건 사실이야. 내게 창피만 주지 않았다면 그의 '오만'을 용서할 수 있었을 텐데."

엘리자베스가 대답했다.

메리는 자신의 깊은 사유를 뽐내며 이렇게 평했다.

"오만함은 가장 흔하게 나타나는 결함이라고 생각해. 내가 읽어온 바로 미루어볼 때 오만은 분명 흔하고, 유난히 빠져들기 쉬운 본성이야. 현실에서건 상상 속에서건 자신의 어떤 특징에 도취되지 않는 사람은 거의 없어. 허영과 오만은 종종 동의어로 쓰이지만 두 단어의 뜻은 다르다고. 허영심 없이도 오만할 수 있거든. 오만이 자기 자신에 대한 의견이라면, 허영은 다른 사람들이 나를 어떻게 보는지와 관련이 있으니까."

이때 누이들을 따라온 루커스 씨네 어린 아들이 큰 소리로 말했다.

"내가 다아시 씨처럼 부자라면 오만하게 굴 거야. 폭스하운드(사냥개—옮긴이)를 여러 마리 키우고, 포도주도 매일 한 병씩 마실 거야."

"술을 그렇게 많이 마시겠다고? 어디 내 눈에 띄기만 해봐라, 그땐 병을 뺏어버릴 거야."

베넷 부인이 으름장을 놓았다.

소년은 그럴 수 없다고 항변하고, 베넷 부인은 그럴 거라고 주장하면서 그날의 방문은 이 논쟁으로 마무리되었다.

6장

롱번의 숙녀들은 곧 네더필드 아가씨들을 방문했고, 답례 방문도 격식에 따라 이루어졌다. 베넷 양의 싹싹한 태도에 허스트 부인과 빙리 양은 더욱 호감을 갖게 됐다. 그 집 어머니는 참아줄 수 없을 정도였고, 어린 동생들은 말할 가치도 없었다. 그럼에도 손위 두 언니들에게는 친하게 지내고 싶다는 바람을 전했다.

제인은 기쁘게 관심을 받아들였지만, 엘리자베스는 여전히 그들 자매가 모두한테 거만하게 구는 듯한 느낌이 들었다. 심지어 언니한테도 예외 없이 거만하게 대하자 도무지 좋아할 수가 없었다. 이런 변변치 않은 친절도 십중팔구 빙리가 제인에게 보이는 호감의 영향을 받았다고 생각하면 그나마 긍정적인 가치가 있었다. 빙리와 제인이 만날 때면 그가 제인을 '정말로' 좋아한다는 걸 누가 봐도 알 수 있었다. 제인 또한 처음부터 빙리에게 품었던 호감에 굴복하며 조금씩 더 사랑이 커지고 있음이 '엘리자베스의 눈'에는 분명히 보였다. 하지만 다행스럽게 제인에게는 풍부한 감성과 침착한 성품이 공존했고 누구한테나 싹싹하게 굴었다. 따라서 그 감정은 다른 사람들에게는 잘 드러나지 않았고, 덕분에 오지랖 넓은 사람들의 의심을 피해갈 수 있었다. 엘리자베스는 이런 생각을 친구인 루커스 양에게 털어놓았다.

"이런 경우 세상 사람들의 눈을 속일 수 있다면 즐거운 일이겠지."

샬럿이 대답했다.

"그런데 어떤 때는 드러내지 않는 성격이 불리하게 작용할 수도 있어. 여자가 좋아하는 상대한테까지 이런 성격으로 애정을 숨긴다면 그를 잡을 기회를 잃게 될 수도 있겠지. 대부분의 애정은 감사하는 마음이나 허영심이 상당 부분을 차지하기 때문에 애정만으로는 불안해. 다들 '시작'은 자유롭게 할 수 있어, 약간의 호감은 자연스러운 현상이니까. 하지만 호감을 인정받지 못하는데도 진정한 사랑에 빠질 만큼 큰 용기를 가진 사람이 우리 가운데 몇이나 되겠어. 열 명에 아홉은 여자가 실제 감정보다 '더 많은' 애정을 보여주는 편이 낫다고 봐. 빙리가 네 언니를 좋아하는 건 틀림없어. 하지만 제인이 돕지 않는다면 그냥 좋아하다가 말 거야."

"하지만 언니도 성격이 허락하는 한 최대로 그를 돕고 있는 걸. 나도 언니가 품은 감정을 알 수 있는데, 그가 알지 못한다면 정말 바보지."

"엘리자, 그분은 너만큼 제인의 성격을 알지 못한다는 걸 명심해야지."

"그래도 여자가 한 남자를 진심으로 좋아하고, 굳이 마음을 감추려고 애쓰지 않는다면 남자도 분명 눈치 챌 거야."

"두 사람이 자주 만날 수 있다면 그렇겠지. 하지만 빙리와 제인은 자주 만난다고는 해도 몇 시간씩 함께 있는 건 아니잖아. 게다가 늘 여럿이 만나니 줄곧 자기들끼리만 대화를 나누는 것도 불가능하고. 그러니까 제인은 그분의 관심을 받을 수 있는 삼십 분을 최대한 활용해야 해. 마음을 확실하게 얻어낸 다음에는 얼마든지 여유롭게 사랑에 빠질 수 있을 거야."

"좋은 계획이야. 여자에게 결혼을 잘하고 싶다는 욕심만 있는 경우라면 말이야. 부자 남편을 만나겠다든지 아무튼 아무 남자하고라도 결혼해야겠다고 결심했다면 나도 그런 계획을 세웠을 거야. 하지만 언니 감정은 그렇지 않거든. 계획에 따라 행동하는 것도 아니고, 아직까지도 자기감정이 어느 정도인지, 이런 감정을 느껴도 되는지 확신하지 못하고 있어. 그분을 겨우 보름 정도 알고 지냈을 뿐이잖아. 메리턴에서 네 번 춤을 췄고, 아침에 그분의 집을 방문한 적이 한 번 그리고 저녁 식사 네 번 한 게 전부야. 그것만으로 언니가 그분의 성격을 다 파악할 수는 없다고."

엘리자베스가 대답했다.

"네 말대로라면 그렇지. 그냥 함께 '식사만' 한다면 그 사람의 식욕이 좋은지 말고 무엇을 알 수 있겠니? 하지만 두 사람이 네 번의 저녁 시간도 함께 보냈음을 잊으면 안 돼. 저녁 시간 네 번은 대단한 거라고."

"그럼 그 네 번의 저녁 시간에 두 사람 다 '코머스'보다 '뱅텅'(카드 게임의 이름—옮긴이)을 좋아한다는 걸 확인할 수 있었지. 그런데 다른 중요한 자질은 그다지 많이 드러난 것 같지 않아."

"글쎄. 나는 진심으로 제인이 성공하기를 바라고 있어. 그리고 내일 당장 그분과 결혼하든, 아니면 열두 달 동안 탐색 기간을 거친 후에 결혼하든 행복해질 가능성은 같다고 봐. 행복한 결혼생활은 단순히 운에 달린 문제야. 사람들의 성격을 아주 잘 안다거나 서로 많이 닮았다고 해서 반드시 더 행복해질 수 있다는 보장은 없어. 서로의 차이점은 계속해서 벌어지게 마련이어서 나중에는 짜증을 유발하게 되거든. 인생을 함께할 상대의 결점은 최대한 모르는 편이 나아."

"그 말 정말 재미있구나, 샬럿. 하지만 그건 정상이 아니라고. 너도 그렇다는 거 알잖아. 너 자신도 그렇게 행동하지 않을 테고."

제인을 향한 빙리 씨의 관심을 관찰하느라 정신이 팔려 엘리자베스는 빙리 씨의 친구가 자신을 관심 있게 바라보고 있다는 건 상상도 하지 못했다. 처음에 다아시 씨는 그녀가 예쁘다고 인정하지 않았고, 무도회에서도 아무 감흥 없이 그녀를 보았을 뿐이다. 다음에 만났을 때는 비판할 구석만 눈에 띄었다. 그러나 얼굴에서 예쁜 구석을 찾기 어렵다고 단언하자마자 그녀의 짙은 눈동자에서 아름답게 빛나는 표정이 보기 드문 지성을 드러내고 있음을 깨달았다. 그러고 나자 이에 못지않게 그의 자존심을 상하게 하는 다른 자질도 눈에 띄었다. 매서운 시선으로 그녀 몸에서 완벽한 균형을 깨뜨리는 단점을 하나 이상 발견했음에도 그녀의 모습이 여전히 밝고 보기 좋다는 사실을 인정하지 않을 수 없었던 것이다. 그녀의 몸가짐은 분명 상류층에는 도무지 어울리지 않았는데 편안한 장난기가 그의 관심을 사로잡고 말았다. 그런데 정작 그녀는 이를 눈치 채지 못했다. 그녀에게 다아시 씨는 어디에서도 환영받지 못하는 태도를 지닌 남자였고, 춤을 청할 만큼 미인은 아니라고 자신을 평가했던 사람에 불과했다.

다아시 씨는 엘리자베스를 더 알고 싶었고, 대화해볼 마음으로 그녀가 다른 사람과 대화를 나눌 때 귀를 기울였다. 그 행동이 그녀의 주의를 끌었는데, 윌리엄 루커스 경의 집에 사람들이 함께 모였을 때였다.

"내가 포스터 대령과 나누는 대화에 귀를 기울이다니 다아시 씨는 무슨 생각인 걸까?"

그녀가 샬럿에게 물었다.

"그건 다아시 씨만이 대답할 수 있는 질문인데."

"다음에 또 그러면 그가 무슨 속셈으로 그러는 건지 잘 알고 있다는 척해주겠어. 그 눈빛이 어찌나 냉소적인지 내가 먼저 뻔뻔스럽게 나가지 않으면 곧 그를 두려워하게 될 것 같아."

그 말이 끝나기가 무섭게 다아시 씨가 다가왔지만 여전히 말을 걸 생각은 없어 보였다. 루커스 양은 친구가 다아시 이야기를 그만하게 하려고 했지만, 그것이 오히려 엘리자베스를 자극해 그녀는 곧장 그를 바라보며 말했다.

"다아시 씨, 제가 조금 전 메리턴에서 무도회를 열어달라고 포스터 대령을 조를 때 말솜씨가 아주 뛰어났다고 생각하지 않으세요?"

"대단한 열의를 보이시더군요. 하지만 숙녀분들은 늘 그런 화제에 열의가 넘치죠."

"여자들에게 가혹하시네요."

"이제 제가 '친구'를 조를 순서네요. 엘리자, 내가 피아노 뚜껑을 열 건데, 그럼 넌 다음에 뭘 해야 하는지 알지?"

루커스 양이 말했다.

“무슨 친구가 이렇담! 사람도 많은데 아무 앞에서나 피아노를 치며 노래하라고 하다니! 내가 음악 쪽에 허영심이 있다면 넌 정말 소중한 친구였겠지만, 최고의 연주만 들어온 사람들 속에서 피아노 앞에 앉고 싶지는 않아.”

그럼에도 루커스 양이 끈질기게 권하자 그녀는 덧붙였다.

“좋아, 꼭 그래야만 한다면 해야겠지.”

그러고는 제법 엄숙한 눈빛으로 다아시 씨를 바라보았다.

“여기에 어울리는 괜찮은 속담이 하나 있는데, 여러분도 아마 다 아실 거예요. ‘입김은 죽 식힐 때나 써라(쓸데없는 말참견은 하지 말라는 뜻—옮긴이).’ 저도 목청을 돋우려면 입담을 아껴야겠어요.”

엘리자베스의 노래는 최고라고 할 수는 없었지만 퍽 듣기 좋았다. 한두 곡을 부르고 난 뒤 한 곡 더 해달라는 몇몇 요청에 답하기 전에 동생 메리가 재빨리 피아노를 넘겨받았다. 메리는 가족들 가운데 유일하게 얼굴이 못난 편이어서 지식과 교양을 쌓는 데 힘썼고, 이를 늘 자랑하고 싶어 안달이었다.

메리는 천재성도 감각도 없었다. 허영심 때문에 열심히 노력하기는 했지만 허세가 심하고 젠체하는 태도가 있어 그녀가 지금보다 더 뛰어난 연주가라고 해도 연주를 망칠 판이었다. 엘리자베스는 메리 실력의 반도 따라가지 못했지만 편안하고 꾸밈없는 연주여서 듣기에 훨씬 더 편안하고 즐거웠다. 메리는 긴 협주곡 후에 동생들의 청을 받아 스코틀랜드와 아일랜드 선율을 선보여 많은 찬사와 감사를 받았다. 그새 동생들은 루커스 집안의 딸들과 함께 두세 명의 장교와 어울려 방 한쪽에서 열심히 춤을 추고 있었다.

다아시 씨는 그 근처에 서 있었고, 모든 대화에서 배제된 채 이런 기분으로 저녁 시간을 보낸다는 사실에 말없이 골을 내고 있었다. 자신의 생각에 몰두한 나머지 윌리엄 루커스 경이 말을 걸어올 때까지 그가 옆에 서 있는 줄도 몰랐다.

"젊은 사람들에게는 얼마나 즐거운 오락입니까, 다아시 씨! 결국 춤만 한 것이 없지요. 품위 있는 사회에서 제일가는 교양이라 생각됩니다."

"물론입니다, 윌리엄 경. 그리고 덜 품위 있는 사회에서도 유행할 수 있다는 것이 춤의 또 다른 장점이지요. 야만인도 모두 춤을 추니까요."

윌리엄 경은 미소만 지을 뿐이었다. 그러고는 말을 잠시 멈췄다가 빙리가 무리에 합류하자 이렇게 말했다.

"친구분은 매우 즐겁게 춤을 추시는군요. 물론 다아시 씨도 춤에 조예가 있으시겠지요."

"메리턴에서 제가 춤추는 모습을 보셨을 텐데요, 윌리엄 경."

"네, 그랬지요. 아주 보기 좋더군요. 세인트제임스 궁에서도 자주 춤을 추시나요?"

"전혀요."

"춤이야말로 궁정에 바치는 적절한 찬사라고 생각하지 않으십니까?"

"피할 수만 있다면 어떤 장소에도 그런 찬사는 바치고 싶지 않군요."

"분명 런던에 저택이 있으시겠지요."

다아시 씨는 고개를 끄덕였다.

"저도 한때는 런던에 정착할 생각을 했답니다. 상류사회를 좋아했으니까요. 하지만 제 아내한테 런던의 분위기가 잘 맞을지 확신할 수가 없었답니다."

윌리엄 경은 대답을 바라며 말을 멈췄다. 그러나 상대는 전혀 대답할 생각이 없어 보였다. 때마침 엘리자베스가 다가오자 불쑥 예의 바른 행동을 해야겠다는 생각이 떠올라 그녀를 불러 세웠다.

"친애하는 엘리자 양, 왜 춤을 추지 않나요? 다아시 씨, 제가 이 젊은 아가씨를 매력적인 파트너로 소개시켜드려도 되겠지요. 이런 미인이 앞에 있는데 춤을 거절하지 않으시리라고 믿습니다."

그리고는 엘리자베스의 손을 잡아서 다아시 씨에게 건네려고 했다. 다아시 씨는 깜짝 놀라기는 했지만 기꺼이 손을 잡을 생각이었는데, 그 순간 그녀가 뒤로 물러서며 윌리엄 경에게 짐짓 곤란한 말투로 말했다.

"어머, 저는 춤출 생각이 조금도 없어요. 부디 이쪽에 파트너를 구하러 왔다고 생각하지 말아 주세요."

다아시 씨는 정중히 예의를 갖춰 함께 춤출 영광을 달라고 청했지만 소용없었다. 엘리자베스는 단호했고, 윌리엄 경이 중간에 끼어들어 설득해도 그녀의 마음을 돌릴 수 없었다.

"엘리자 양의 뛰어난 춤 솜씨를 바라볼 수 있는 행복을 내게서 빼앗다니, 이리 무정할 때가 있나요? 여기 신사분도 평소 오락을 즐기지는 않으셨지만 반 시간 정도 우리를 기쁘게 해주는데 전혀 이의가 없어 보이시는데."

"다아시 씨는 항상 예의가 바르시니까요."

엘리자베스는 미소를 지으며 말했다.

"정말 그렇긴 하군요. 하지만 엘리자 양, 춤을 청할 상대를 보면 이분의 정중함도 놀랍지가 않군요. 대체 누가 이런 파트너를 거절하겠소?"

엘리자베스는 장난스러운 표정을 짓고는 자리를 떴다. 다아시 씨는 거절당했는데도 그녀를 생각하는 마음이 조금도 줄어들지 않았고, 오히려 흐뭇한 마음으로 그녀를 생각하게 되었다. 그러던 차에 빙리 양이 다가왔다.

"무슨 생각을 하시는지 짐작이 가요."

"그럴 리가요."

"이런 사교계에서 보내는 저녁 시간이 견디기 힘들고 낭비라고 생각하셨겠지요. 사실 저도 그렇거든요. 짜증스러울 정도예요! 따분한 데다가 시끄럽고, 별것도 없으면서 자신이 최고인 줄 아는 사람뿐이니! 가차 없는 비난의 말씀을 기꺼이 들어드리겠어요!"

"짐작이 완전히 틀리셨습니다. 제 머리는 좀 더 즐거운 생각을 하고 있었답니다. 아름다운 여성의 빛나는 눈동자 한 쌍이 주는 커다란 기쁨을 음미하던 중이었지요."

그 순간 빙리 양은 다아시 씨를 똑바로 바라보며 그런 감상을 일으키게 한 숙녀가 누구인지 말해달라고 청했다. 그는 대담하게 대답했다.

"엘리자베스 베넷 양입니다."

"엘리자베스 베넷 양이라고요!"

빙리 양은 앵무새처럼 말을 따라 했다.

"정말 놀랍군요. 언제부터 그녀를 각별하게 생각하신 거죠? 그리고 언제 축하를 드려야 할까요?"

"그렇게 물어보시리라고 예상했습니다. 숙녀분들의 상상력은 아주 성급하지요. 감탄에서 사랑으로, 사랑에서 결혼으로 순식간에 건너뛰시는군요. 그러니 제게 축하를 해주실 거라고 예상했습니다."

“아이, 그렇게 진지하시다면 이미 정해진 일이라고 생각해야겠네요. 근사한 장모님도 생기실 텐데, 그분은 당연히 늘 펨벌리에서 함께 지내시려고 하겠지요.”

다아시는 이런 식의 놀림을 아주 담담하게 들었다. 그의 평정심을 보고 걱정할 일이 없다는 생각이 들자 빙리 양의 농담은 더 길게 이어졌다.

7장

베넷 씨의 재산은 연 2천 파운드의 수입이 나오는 토지가 전부라고 할 수 있었는데, 딸들에게는 불행한 일이지만 아들이 없는 경우 먼 친척에게 한사 상속(재산을 상속할 때 원 소유자가 미리 다음 세대의 상속자를 지정하는 제도—옮긴이)하도록 되어 있었다. 베넷 부인의 재산은 그녀의 신분에서는 적다고 말할 수 없지만, 남편 재산의 부족을 채울 정도까진 아니었다. 메리턴의 변호사였던 그녀의 아버지는 4천 파운드를 남겨주셨다.

베넷 부인의 여동생은 아버지 밑에서 일하다가 사업을 넘겨받은 필립스 경과 결혼했고, 남동생은 런던에서 괜찮은 사업을 꾸리며 정착했다.

메리턴은 롱번 마을에서 2킬로미터 정도밖에 떨어져 있지 않아서 젊은 아가씨들이 일주일에 서너 번 이모를 방문하거나 그 근처 모자 가게에 들르기 딱 좋았다. 특히 자매 가운데 가장 어린 캐서린과 리디아가 이 산책을 즐겼다. 언니들과 비교했을 때 생각이 떨어지는 두 사람은 별다른 일이 없을 때면 오전 시간을 즐겁게 보내고, 저녁 시간 얘깃거리를 풍성하게 만드는 데 메리턴 산책이 꼭 필요했다. 소식이라고 해봤자 시골에서는 특별한 것이 없을 때가 대부분이지만, 두 사람은 용케도 늘 이모한테서 무언가를 끄집어냈다. 그런데 요즘 이웃에 군부대가 들어선 덕분에 풍성한 얘깃거리와 즐거움까지 누리고 있던 터였다. 군부대는 겨울 내내 머무를 예정이었고, 메리턴이 그 본거지였다.

필립스 부인을 방문할 때마다 흥미진진한 정보가 끊이지 않고 흘러나왔는데, 매일 더 많은 장교의 이름과 그들 신상에 관련된 얘기를 알게 됐다. 장교 숙소도 오래지 않아 알게 되었고, 마침내 장교들을 직접 만날 수 있었다. 필립스 씨는 많은 장교를 방문해 조카들한테 예전에 알지 못하던 행복의 문을 열어주었다. 모여 있을 때마다 손아래 두 딸은 장교들 이야기만 줄곧 떠들어댔는데, 어머니에게 큰 관심사인 빙리 씨의 막대한 재산이 그녀들 눈에는 소위 군복만도 못했다.

어느 날 아침, 두 사람이 여느 때와 같은 화제로 시끄럽게 떠들어대자 베넷 씨는 냉정하게 말했다.

"말하는 것을 듣고 있자니 너희 둘은 이 동네에서 가장 어리석은 사람이구나. 가끔 내 생각을 의심하곤 했는데, 이젠 확실해졌어."

캐서린은 당황해서 아무 대답도 하지 않았다. 하지만 리디아는 눈도 깜짝하지 않고 쉴 새 없이 카터 대위를 찬양하면서 다음 날 아침 그가 런던으로 가는 길에 만날 수 있으면 좋겠다고 떠들었다.

"어머! 깜짝 놀랐잖아요, 여보. 어쩜 자식들한테 어리석다는 말을 그처럼 아무렇지도 않게 하세요. 흉을 보시려면 다른 집 자식들 흉을 보라고요, 우리 아이들 말고요."

베넷 부인이 화가 나서 말했다.

"우리 애들이 어리석다면 그 사실을 본인들도 알아야지."

"그래요, 어리석다면 그렇죠. 하지만 다들 얼마나 똑똑하다고요."

"우리 생각이 안 맞는 부분이 그것뿐이라니 참으로 다행스럽군. 당신과 모든 면에서 생각이 일치한다면 좋겠지만 나는 가장 어린 두 딸이 유난히 어리석다는 의견이니, 당신의 생각과 다르다는 걸 인정할 수밖에 없군."

"아유, 당신도 참. 아이들에게 부모와 같은 변별력을 기대하시면 어떡해요. 우리 나이쯤 되면 장교 생각은 더는 하지 않을 텐데요, 뭘. 나도 영국 병사들의 붉은 군복을 좋아하던 시절이 있었답니다. 사실은 아직도 마음 한구석에 남아 있지만요. 연수입이 오륙천 정도 되는 젊고 멋진 대령이 우리 딸애와 결혼하고 싶다면 거절하지 않을 생각이에요. 지난밤 윌리엄 경의 집에서 포스터 대령을 봤는데 군복 입은 모습이 근사하던걸요."

"엄마."

그때 리디아가 목청을 높였다.

"이모 말이 포스터 대령과 카터 대위가 이제는 예전처럼 왓슨 양을 자주 찾아가지 않는다고 하던데. 요즘은 클라크 도서관에 서 있는 모습이 종종 보인대요."

베넷 부인이 뭔가 말하려는 순간 하인이 베넷 양에게 온 편지를 들고 들어왔다. 네더필드에서 온 편지였고, 하인은 답장을 기다리고 있었다. 베넷 부인은 기쁨으로 눈을 반짝거리며 딸이 편지를 읽는 내내 조급하게 굴었다.

"그래, 제인, 누가 보낸 편지니? 무슨 일이래? 뭐라고 써 있어? 아유, 제인, 빨리 무슨 내용인지 말해다오. 어서, 우리 딸."

"빙리 양한테서 온 편지에요."

제인은 이렇게 말한 뒤 큰 소리로 편지를 읽었다.

친애하는 나의 친구

오늘 저와 루이자를 측은하게 여겨 함께 식사를 해주지 않는다면 저희 둘은 평생 서로를 미워하며 살아갈지도 몰라요. 두 여자가 온종일 단둘이 시간을 보내다 보면 싸움으로 끝나지 않는 법이 없으니까요. 이 편지를 받자마자 와주세요. 오빠와 신사분들은 장교들과 저녁 식사를 하러 나가신답니다.

당신의 친구, 캐롤라인 빙리

"장교들과 식사라니! 이모가 왜 그 이야기를 우리한테 안 했을까?"

리디아의 입에서 볼멘소리가 흘러나왔다.

"저녁을 먹으러 나간다고, 그것 참 안타깝네."

베넷 부인이 말했다.

"제가 마차를 써도 될까요?"

제인이 물었다.

"아니지, 얘야. 이제 곧 비가 올 것 같으니 말을 타고 가렴. 그러면 하룻밤 머물게 될 수밖에 없지 않겠니."

"좋은 생각이에요. 그쪽에서 언니를 데려다 주지 않을 게 확실하다면 말이죠."

엘리자베스가 말했다.

"앗! 하지만 신사들이 빙리 씨의 마차를 타고 메리턴에 갈 테고, 허스트 부부는 자기들 마차가 없잖아."

"저는 마차로 가고 싶은걸요."

"하지만 애, 아버지께서는 말을 여러 마리 내어줄 여력이 없으실 게다. 농장에서 필요하니까, 안 그래요, 여보?"

"농장에서는 내가 감당하지 못할 정도로 많은 말을 필요로 할 때가 종종 있지."

"오늘 이미 말들을 쓰고 있다면 어머니의 목적이 이루어지겠네요."

엘리자베스가 말했다.

부인은 마침내 남편한테서 말들은 이미 쓸 데가 있다는 대답을 끌어내고야 말았다. 제인은 어쩔 수 없이 마차를 포기해야 했다. 어머니는 문가에서 딸을 배웅하며, 날이 궂을 거라는 여러 가지 징조를 흐뭇한 마음으로 바라보았다. 하늘이 희망에 응답한 건지 제인이 떠나고 머지않아 세찬 비가 내렸다. 동생들은 언니를 걱정했지만 어머니는 아주 기뻐했다. 비는 저녁 내내 줄기차게 내렸고, 제인은 결국 돌아올 수 없게 되었다.

"참으로 멋진 생각이었지 뭐야!"

베넷 부인은 마치 자신이 비를 내리게 한 양 몇 번이고 이렇게 말했다.

그러나 다음 날 아침까지는 베넷 부인조차도 자신의 계획이 얼마나 잘 맞아떨어졌는지 알지 못했다. 아침 식사가 미처 끝나기도 전에 네더필드에서 온 하인이 엘리자베스에게 쪽지를 전했다.

사랑하는 동생 리지에게

아침에 일어났는데 몸 상태가 무척 좋지 않구나. 아무래도 어제 내린 비에 흠씬 젖은 탓인 듯해. 여기 친절한 친구들은 낫기 전까지는 집에 보낼 수 없다고 하네. 존스 씨도 봐야 한다고 난리야. 그러니 존스 씨가 여기 오셨다는 말을 들어도 괜히 놀라지 마. 목이 아프고 두통이 조금 있는 것 말곤 다 괜찮아.

언니가

엘리자베스가 큰 소리로 편지를 읽자 베넷 씨가 말했다.

"이것 참, 여보. 당신 딸이 심각하게 위독한 상태거나 죽게 된다면, 당신 말에 따라 빙리 씨를 쫓아다닌 덕이라는 사실이 퍽 위안이 되겠구려."

"어머나! 제인이 죽지 않을까 하는 염려는 붙들어 매세요. 가벼운 감기 정도로는 죽지 않는다고요. 게다가 그 댁에서 어련히 잘 보살펴줄까요. 거기 있는 동안 다 괜찮아지고말고요. 마차를 쓸 수 있다면 그 애를 보러 갈 텐데."

엘리자베스는 정말로 걱정스러워 마차가 없어도 언니를 보러 가려고 마음먹었다. 말을 탈 줄 몰랐으니 유일한 대안은 걷기였다. 그녀는 자신의 결심을 말했다.

"애가 왜 이리 멍청할까. 이 진흙투성이 길을 보고도 그런 말이 나오니! 도착할 때쯤엔 꼴이 아주 말이 아닐 게다."

어머니가 얼굴을 찌뿌리며 소리쳤다.

"언니를 만나는 데는 문제없잖아요. 그거면 된 거라고요."

"마차에 쓸 말을 내어달라는 의미냐, 리지?"

아버지가 물었다.

"아뇨, 정말 괜찮아요. 제가 걷기를 마다할 리 없잖아요. 분명한 동기만 있다면 거리는 아무 문제가 되지 않는다고요. 고작 5킬로미터 정도인걸요. 저녁 식사 전까지는 돌아올게요."

"언니의 자비심은 존경할 만해. 하지만 모든 감정의 충동은 이성으로 절제해야만 해. 노력은 반드시 그 필요에 비례해 늘어나야 한다는 게 내 의견이고."

메리는 논평까지 내놓았다.

"우리가 메리턴까지 같이 가줄게."

캐서린과 리디아가 엘리자베스를 거들었다. 그녀가 승낙하자 세 명의 아가씨는 함께 출발했다.

"서두르면 카터 대위가 떠나기 전에 볼 수 있을지도 몰라."

리디아는 함께 걸으며 말했다.

이들은 메리턴에서 헤어졌다. 두 동생은 장교의 아내 한 명이 묵고 있는 숙소로 향했고, 엘리자베스는 혼자서 걸음을 재촉했다. 들판을 빠른 걸음으로 가로지르고, 층계로 된 울타리를 넘고, 웅덩이를 서툴게 건너뛰었다. 마침내 저택이 눈에 보이기 시작했을 때 발목은 피곤하고, 양말은 더러워지고, 뺨은 붉게 달아오른 채 빛나고 있었다.

엘리자베스는 조찬실로 안내받았다. 제인을 빼고 다들 그곳에 모여 있었는데 그녀의 모습에 모두 깜짝 놀랐다. 이른 아침에 5킬로미터나 되는 거리를 궂은 날씨에 그것도 혼자서 걸어오다니, 허스트 부인과 빙리 양으로서는 도저히 상상할 수도 없는 일이었다. 엘리자베스는 여자들이 그런 이유로 자신을 경멸하고 있음을 눈치 챘다. 그래도 일단은 정중한 대접을 받았다. 빙리 씨의 태도에는 정중함 이상의 친절과 다정함 같은 것이 있었다. 다아시 씨는 거의 말을 하지 않았고, 허스트 씨는 한 마디도 하지 않았다. 다아시 씨는 산책으로 빛나는 얼굴에 찬탄하면서도 굳이 혼자서 먼 길을 올 필요가 있었는지 생각하고 있었다. 허스트 씨는 아침 식사 생각을 하는 중이었다.

언니의 안부를 묻자 별로 반갑지 않은 대답이 돌아왔다. 베넷 양은 잠도 잘 이루지 못했고, 일어나서도 열이 높고 몸이 좋지 않아서 방을 나올 수 없을 정도라고 했다. 다행히 엘리자베스는 곧바로 그녀에게 안내되었다. 제인은 방문해줬으면 싶으면서도 괜히 불편이나 걱정을 끼칠까 봐 부탁하지 못했던 터라 동생이 들어오자 몹시 반가워했다. 그러나 여전히 많은 대화를 나눌 수 있는 상태는 아니었다. 빙리 양이 두 사람만 있도록 방을 나갈 때 친절에 대단히 감사하다는 인사만 겨우 할 수 있을 정도였다. 엘리자베스는 조용히 언니 옆을 지켰다.

아침 식사가 끝나자 숙녀들이 돌아왔다. 엘리자베스는 두 사람이 제인에게 보여주는 애정과 배려를 지켜보며 이들이 좋아지기 시작했다. 왕진을 온 의사는 환자를 진찰한 후, 짐작했던 대로 독감에 걸렸으니 회복할 수 있게 모두 도와야 한다고 했다. 제인에게는 침대로 돌아가도록 권한 뒤 약을 지어주겠다고 했다. 열이 점점 더 올랐고, 두통도 심해져 제인은 곧바로 의사의 조언을 따랐다. 엘리자베스는 한순간도 언니 옆을 떠나지 않았고, 빙리 자매도 수시로 자리를 지키곤 했다. 사실 신사들이 전부 외출한 터라 달리 할 일이 없긴 했다.

시계가 세 시를 알리자 엘리자베스는 가야 할 시간이라는 생각에 마지못해 돌아가겠다고 말했다. 빙리 양이 마차를 내어주겠다고 제안했고, 조금만 더 권하면 엘리자베스도 승낙하려고 했다. 그런데 제인이 동생과 헤어지는 것을 걱정하는 기색이 너무도 역력해 빙리 양도 어쩔 수 없이 마차를 내주겠다는 제안을 거두고 당분간 네더필드에 머물러달라고 청해야 했다. 엘리자베스는 진심으로 그 초대에 감사했고, 롱번에 하인을 보내 자신의 체류를 알리고 갈아입을 옷가지를 가져오게 했다.

8장

다섯 시가 되자 두 숙녀는 옷을 갈아입으러 물러났고, 여섯 시 삼십 분이 되자 엘리자베스에게 저녁 식사 시간을 알렸다. 예의를 차린 안부 인사가 쏟아졌고, 그중 특히 빙리 씨의 염려가 대단해 흐뭇한 마음까지 들었지만 기대한 답변을 전할 수는 없었다. 제인은 조금도 나아지지 않았던 것이다. 빙리 자매는 그 말에 몹시 안타까워하며 독감에 걸렸다는 게 정말 충격적이고, 자기들은 앓아눕는 일이 끔찍하게 싫다는 말을 서너 번 되풀이하더니 더는 그 문제에 신경 쓰지 않았다. 제인이 앞에 없다는 이유로 무관심해지는 그녀들의 모습을 보자 엘리자베스는 다시 싫은 감정이 되살아났다.

그러나 이들의 오빠는 엘리자베스가 여기서 마음 편히 대할 수 있는 유일한 사람이었다. 제인을 염려하는 기색이 분명했고, 엘리자베스도 많이 배려해주어 자신이 다른 사람들이 생각하는 것만큼 불청객은 아니라고 느끼게 해주었다. 빙리 외에는 다들 그녀에게 아무 관심도 없었다. 빙리 양은 다아시 씨에게 몰두했고, 그건 언니 쪽도 못지않았다. 엘리자베스 옆에 앉은 허스트 씨는 나태한 사람으로 오로지 먹고 마시거나 카드놀이를 하기 위해 사는 듯했다. 엘리자베스가 라구(고기와 채소에 갖은 양념을 해서 끓인 음식—옮긴이)보다 담백한 음식을 좋아한다고 말하자 더는 아무 말도 걸지 않았다.

식사가 끝나자 엘리자베스는 곧장 제인에게 돌아갔다. 빙리 양은 그녀가 방을 나가자마자 흉을 보기 시작했다. 매너는 오만과 무례로 똘똘 뭉쳐 정말이지 형편없고, 대화 솜씨나 스타일, 취향, 외모에도 전혀 봐줄 만한 구석이 없다고 했다. 허스트 부인도 동의하면서 거들고 나섰다.

"한마디로 아주 잘 걷는 것 말고는 칭찬할 구석이 하나도 없지 뭐야. 오늘 아침 그 꼴은 평생 잊지 못할 거야. 아까는 정말 야만인이라고 해도 되겠더라."

"내 말이 그거야, 루이자. 표정 관리가 어찌나 어렵던지. 여기 올 생각을 한 것 자체가 정말 어이없어! 언니가 감기에 좀 걸렸다고 자기가 온 동네를 깡충거리며 다닐 이유가 뭐람? 머리는 엉망진창 산발을 해갖고는!"

"페티코트는 또 어떻고. 너도 페티코트 봤지? 밑단이 20센티미터는 진흙에 빠졌던 게 분명해. 가리려고 치맛자락을 계속 끌어내리던데 어림도 없지."

"분명 그런 묘사가 정확하겠지, 루이자. 하지만 내 눈에는 그런 것들이 전혀 안 보였어. 오늘 아침 들어올 때 엘리자베스 베넷 양한테서는 생기가 넘쳤어. 더러운 페티코트 따윈 눈에 들어오지 않던걸."

빙리 씨는 진심을 담아 말했다.

"아니, '당신'은 분명히 보셨겠지요, 다아시 씨. 그리고 '여동생'이 그런 꼴로 나타나기를 바라지는 않으실 거라고 생각하는데요."

빙리 양이 물었다.

"물론입니다."

"5킬로미터를 걸어서, 아니 6킬로미터든 7킬로미터든 거리가 얼마가 되든지 간에 말이야. 진흙에 발목까지 빠지면서 혼자서, 세상에나 그것도 혼자서 걸어오다니! 대체 그게 무슨 짓이야? 독립심을 뽐내고 싶은 꼴사나운 행동으로밖에 안 보인다고. 이 시골 마을 사람들은 도대체 예의를 모른다니까."

"언니를 생각하는 마음이 난 아주 보기 좋던데."

빙리 씨가 말했다.

그때 빙리 양이 반쯤 속삭이듯 말했다.

"그런데 다아시 씨, 그 아가씨의 아름다운 눈에 바쳤던 찬사가 오늘의 소란으로 영향을 받지 않았을까 걱정되네요."

그러자 그가 표정 하나 바꾸지 않고 대꾸했다.

"전혀요. 운동으로 더 빛이 나던걸요."

이 말에 잠깐의 침묵이 흘렀고, 허스트 부인이 다시 입을 열었다.

"제인 베넷 양은 정말이지 괜찮은 아가씨야, 아주 사랑스럽기도 하고. 진심으로 그 아가씨가 남들이 부러워하는 결혼을 했으면 해. 하지만 부모도 그렇고, 저속한 친척들까지 있으니 그럴 가능성은 없어 보여."

"예전에 이모의 남편이 메리턴에서 변호사를 한다고 들었던 것 같은데."

"맞아. 그리고 삼촌이 있는데 치프사이드(런던의 상업 구역으로, 평판이 좋지 않은 지역—옮긴이) 근처에 산다고 하더라고."

"정점을 찍는구나."

빙리 양의 말이 끝나자 두 사람은 배꼽을 잡고 웃어젖혔다.

"만약 두 아가씨의 삼촌이 치프사이드 '전역'을 채울 만큼 많다고 해도 사람 자체의 호감은 조금도 깎아내릴 수 없어."

"하지만 괜찮은 남자와 결혼할 가능성이 상당히 줄어드는 것도 사실이지."

다아시가 말했다.

이 말에 빙리는 대답하지 않았지만, 누이들은 진심으로 동의를 표하면서 사랑하는 친구의 천한 친인척들을 흉보는 즐거움에 한동안 푹 빠져 있었다.

그러다가 상냥함이 되살아났는지 거실을 나가 제인의 방으로 갔고, 커피를 마시러 오라고 알릴 때까지 그 방에서 머물렀다. 제인은 여전히 몸이 좋지 않았고, 엘리자베스는 언니 곁을 떠날 수 없었다. 저녁 늦게 언니가 잠드는 모습을 보고 마음이 조금 놓이자 재미보다는 예의를 차리기 위해 아래층으로 내려갔다. 거실에 들어가자 모두들 카드놀이의 일종인 루를 하고 있다가 그녀를 보자 곧 함께 게임을 하자고 청했다. 하지만 엘리자베스는 어쩐지 큰돈이 걸려 있다는 생각이 들어서 언니 핑계를 대며 거절했다. 그러고는 곧 다시 올라가 봐야 할 테니 그동안 혼자서 책을 읽겠다고 말했다. 허스트 씨는 놀란 표정으로 그녀를 보았다.

"카드놀이보다 책이 좋단 말입니까? 특이한 분이군요."

"엘리자베스 베넷 양은 카드놀이 따위는 경멸하시지요. 대단한 독서가라서 독서 외에는 즐거운 일이 없답니다."

빙리 양이 말했다.

"저는 그런 칭찬도, 그런 비난도 받을 이유가 없는데요. 대단한 독서가도 아닌 데다가 책을 읽는 것 말고도 많은 일을 즐기니까요."

엘리자베스가 소리를 높여 말했다.

"언니 간호도 즐겁게 맡아 하시는 것 같더군요. 언니가 빨리 나아서 그 즐거움이 보상받기를 바랍니다."

빙리가 말했다.

엘리자베스는 진심으로 감사를 표한 뒤 책 몇 권이 놓여 있는 탁자로 걸음을 옮겼다. 그는 바로 자기 서재에 있는 다른 책들을 전부 가져다주겠다고 제안했다.

"제게 더 많은 책이 있다면 당신께도 좋고, 저도 뿌듯했을 테지만 제가 워낙 게을러서 그럴 수가 없군요. 하지만 그래도 실제 읽은 것보다는 많은 책을 가지고 있답니다."

엘리자베스는 거실에 있는 책만으로도 괜찮다고 그를 안심시켰다.

"정말 놀랐지 뭐야. 아버지가 책을 그렇게 조금 물려주실 줄은 몰랐어……. 펨벌리의 서재는 정말 근사하죠, 다아시 씨!"

빙리 양의 말에 다아시는 이렇게 대답했다.

"그럴 수밖에요. 여러 세대에 걸쳐 모은 책이니까요."

"그리고 다아시 씨도 많은 책을 보태셨잖아요. 책을 자주 사시잖아요."

"요즘 같은 때 가문의 서재를 그냥 두는 건 있을 수 없는 일이지요."

"그냥 두다니요! 그 훌륭한 저택에 아름다움을 더하는 일은 무엇 하나 그냥 두실 리가 없지요. 오빠도 언젠가 '오빠' 집을 짓는다면 펨벌리의 반만큼이라도 근사했으면 좋겠어요."

"나도 그랬으면 싶군."

"진심으로 조언하면 펨벌리 근처에 대지를 구해 그 저택을 모방한 집을 짓는 게 어때요? 잉글랜드에 더비셔만 한 지역은 없을 거예요."

"전적으로 동감이야, 캐롤라인. 다아시가 펨벌리를 팔기만 한다면 사들이려고."

"가능성 있는 이야기를 해야지, 찰스."

"어이쿠, 캐롤라인. 펨벌리를 갖고 싶다면 모방보다는 구입하는 쪽이 좀 더 가능성 있는 방법이라고 생각하는데."

엘리자베스는 방 안에서 오가는 말을 듣느라 도무지 책에 집중할 수가 없었다. 그래서 곧 책을 옆에 내려놓고, 카드 테이블 옆으로 다가가서 빙리 씨와 첫째 누이 사이에 자리를 잡고 게임을 구경했다.

그때 빙리 양이 물었다.

"다아시 양은 봄 이후로 많이 자랐겠지요? 이제는 저만큼 큰가요?"

"그럴 것 같군요. 지금도 엘리자베스 베넷 양만큼 큰데, 어쩌면 더 클지도 모르겠군요."

"다아시 양을 얼마나 다시 보고 싶은지 몰라요! 만나서 그처럼 즐거운 사람은 없다니까요. 표정이나 몸짓까지 말이에요! 어쩌면 그 나이에 다른 사람들이 깜짝 놀랄 만한 교양을 갖췄는지! 피아노 연주 솜씨도 아주 탁월하고요."

빙리가 말했다.

"난 항상 놀란다니까. 젊은 아가씨들이 그 정도의 교양을 쌓을 만큼 인내심이 강하다니. 누구나 그렇잖아."

"젊은 아가씨들이 누구나 교양이 있다니! 오빠, 대체 그게 무슨 소리예요?"

"그래, 전부 다 그런 것 같던데. 누구나 그림을 그리고, 수를 놓고, 지갑을 짤 수 있잖아. 내가 아는 아가씨들 가운데 그런 걸 할 줄 모른다는 사람은 한 명도 없던걸. 그리고 젊은 아가씨를 처음 소개받을 때면 늘 교양을 갖춘 아가씨라는 말이 빠지지 않고 말이야."

다아시가 말했다.

"흔히 말하는 교양이라면 그 정도면 되겠지. 지갑을 짜거나 수를 놓을 줄 안다는 것 외에는 아무 자격도 없는 많은 아가씨한테도 교양 있다는 말을 하니까. 하지만 아가씨들 전체에 대한 평가에는 동의하기가 어려운걸. 내가 아는 아가씨들을 통틀어 정말로 교양 있다고 말할 만한 사람은 여섯 명도 되지 않으니까."

"저도 마찬가지예요."

빙리 양이 다아시의 말에 동의하고 나섰다.

"그렇다면 당신이 말하는 교양 있는 여성에는 아주 많은 것이 포함되겠군요."

엘리자베스가 말했다.

"네, 아주 많은 것이 포함됩니다."

다아시의 열성적인 지지자가 외쳤다.

"오! 당연하지요. 정말로 교양 있다는 평가를 받으려면 보통의 수준을 훨씬 뛰어넘어야 해요. 음악과 노래, 그림, 춤, 현재 통용되는 외국어에도 통달해야만 그런 평가를 들을 자격이 있지요. 그 외에도 분위기와 걸음걸이, 어조, 태도, 표정에 무언가 특별한 게 있어야 하고요. 그렇지 않다면 반쪽짜리 교양인 거예요."

"그 모든 것을 갖춰야 하는 건 물론이고 더 중요한 것은 폭넓은 독서로 내면을 닦아야 한다는 겁니다."

"이제는 교양 있는 여성을 '단' 여섯 명만 아신다는 사실이 놀랍지 않네요. 오히려 '한 명'이라도 알고 계신다는 사실이 놀라운데요."

"모든 것을 갖출 수 있다는 가능성을 의심하시다니, 같은 여성에게 아주 냉정하시군요?"

"저는 그런 여성을 한 명도 본 적이 없거든요. 당신이 말씀하시는 그런 능력과 취향, 근면함, 우아함을 모두 갖춘 여성은 만난 적이 없거든요."

허스트 부인과 빙리 양은 한 목소리로 엘리자베스의 평가가 부당하다고 외치면서 자신들은 그런 묘사에 걸맞은 여성을 많이 안다고 항변했다. 그때 허스트 씨가 조용히 하라면서 다들 카드놀이에 집중하지 않는다고 불평을 늘어놓아 모든 대화는 거기서 끝났다. 엘리자베스는 곧 거실을 나갔다.

엘리자베스가 나가고 문이 닫히자마자 빙리 양이 말했다.

"엘리자 베넷 양은 같은 여성을 폄하하면서 이성에게 자신을 돋보이게 하고자 하는 부류의 아가씨군요. 그게 통하는 남자도 많겠죠. 하지만 제가 볼 때 그건 아주 보잘것없고 비열한 수작이에요."

이 말을 건넨 주요 대상이었던 다아시가 대답했다.

"의심할 여지가 없지요. 아가씨들이 때때로 상대의 마음을 사로잡기 위해 품위도 버리고 사용하는 수작에는 전부 비열한 데가 있습니다. 교활한 구석이 있다면 무엇이든 경멸받아야 하지요."

빙리 양에게는 이 대답이 썩 만족스럽지 않았기 때문에 화제가 이어지지는 않았다.

엘리자베스는 언니의 상태가 더 나빠져 그녀 곁을 떠날 수 없다는 말을 전하러 응접실로 돌아왔다. 빙리는 당장 존스 씨를 불러야 한다고 주장했지만, 누이들은 시골 의사의 진단은 도움이 안 된다고 주장하며 급행으로 런던에 가서 저명한 의사를 만나야 한다고 했다. 엘리자베스는 누이들의 말은 듣지 않았지만 빙리 씨의 제안을 따르지 않을 이유가 없었다. 그래서 베넷 양이 아침까지 눈에 띄게 나아지지 않으면 곧바로 존스 씨를 부르는 것으로 합의했다. 빙리는 몹시 불안해했고, 누이들은 걱정스러워 우울하다고 말했다. 그런 뒤 누이들은 식사를 끝내고 이중창으로 우울함을 달랜 반면 빙리 씨는 가정부한테 아픈 아가씨와 여동생에게 각별히 신경을 쓰라고 명령하는 것 외에는 마음을 풀 길이 없었다.

9장

엘리자베스는 언니의 방에서 밤을 새우다시피 했고, 다행스럽게도 다음 날 아침 언니의 상태를 묻는 질문에 괜찮다는 대답을 할 수 있었다. 빙리 씨가 가장 먼저 가정부를 보내 안부를 물었고, 잠시 후에 누이들의 시중을 드는 우아한 아가씨 두 명이 안부를 묻기 위해 찾아왔다. 언니가 많이 좋아지기는 했지만 엘리자베스는 롱번으로 쪽지를 보내 어머니가 직접 오셔서 상태를 보고 판단해주셨으면 한다고 전했다. 쪽지는 바로 전달되었고, 적힌 내용대로 재빨리 이행되었다. 네더필드에서 가족 아침 식사가 끝나고 얼마 지나지 않아 베넷 부인이 어린 두 딸과 함께 도착했다.

제인이 정말 위독해 보였다면 베넷 부인도 걱정이 이만저만이 아니었을 테지만, 위험할 정도는 아닌 것을 확인하고 나더니 흡족해하며 빨리 낫기를 바라지 않았다. 건강이 회복되면 네더필드를 떠나야 하기 때문이었다. 그래서 집으로 데려다 달라는 제인의 요청을 무시했으며, 같은 시간 도착한 의사도 움직이지 않는 편이 좋다고 말했다. 어머니와 세 딸은 한동안 제인 옆에 앉아 있다가 빙리 양의 초대를 받아 조찬실로 내려갔다. 빙리가 이들을 맞이하며, 베넷 부인한테 베넷 양의 상태가 걱정만큼 심각하지 않기를 바란다고 말했다.

베넷 부인은 짐짓 걱정스럽다는 듯이 대답했다.

"사실 생각보다 더 안 좋군요. 몸이 상당히 안 좋아서 움직이기는 무리겠어요. 존스 씨도 데려갈 생각은 하지 말라고 하네요. 이런 상황이다 보니 좀 더 신세를 져야겠어요."

이 말에 빙리가 외쳤다.

"데려가시다니요! 그런 생각은 아예 하지 마세요. 누이들도 분명 그런 소리는 듣고 싶지 않을 겁니다."

그때 옆에 있던 빙리 양이 예의상 말했다.

"걱정하지 말고 저희한테 맡기세요, 부인. 베넷 양이 여기 있는 동안 최대한 신경 쓰겠습니다."

베넷 부인은 감사 인사를 아낌없이 쏟아부었다.

"정말이지 이런 좋은 친구들이 없었다면 그 애가 어떻게 됐을지, 몸 상태가 아주 안 좋거든요. 고통도 아주 심할 테고, 물론 워낙 인내심이 강한 아이라서 잘 참고는 있지만요. 그 애는 늘 그렇답니다. 저만큼 착한 아이는 한 번도 본 적이 없다니까요. 다른 애들한테도 종종 너희는 '큰언니'에 비하면 아무것도 아니라고 말하곤 하죠. 여기 거실은 참 멋지네요, 빙리 씨. 자갈 산책로로 향한 전망도 훌륭하고요. 이 지역에서는 네더필드만 한 장소가 없답니다. 빨리 떠나실 생각은 아니겠지요, 빙리 씨. 단기임대로 들어오시기는 했지만요."

그가 대답했다.

"저는 무슨 일이든 서둘러 처리하는 성미라서요. 만약 네더필드를 떠나겠다고 결심하면 채 오 분도 걸리지 않을 겁니다. 하지만 현재로서는 여기 오래 머무를 생각입니다."

"그렇게 대답하실 거라고 짐작했어요."

엘리자베스가 말했다.

"저를 이해하기 시작하셨군요?"

빙리는 그녀 쪽으로 몸을 돌리며 말했다.

"아! 그럼요. 완벽하게 이해했답니다."

"칭찬으로 듣고 싶지만 속이 이렇게 쉽게 들여다보인다면 한심한 노릇이네요."

"그렇게 볼 수도 있죠. 하지만 속이 깊고 복잡한 성격이 당신 같은 성격보다 짐작하기에 더 어렵다거나 쉽다고 말할 수는 없어요."

그때 베넷 부인이 끼어들었다.

“리지. 지금 여기가 어딘지 잊었니? 집에서나 하던 나쁜 버릇은 그만두지 못해.”

“성격 연구가이신 줄은 미처 몰랐습니다. 아주 재미있는 연구겠는데요.”

빙리가 즉시 말을 받았다.

“네. 하지만 재미만 따지면 복잡한 성격이 ‘제일’이에요. 그 사람들에게도 최소한 그런 장점은 있답니다.”

“시골에서는 대개 그런 연구 대상이 부족하지요.”

이번에는 다아시가 끼어들었다.

“이웃이 아주 한정되어 있고, 큰 변화도 없으니까요.”

“하지만 사람들은 많은 변화를 겪기 때문에 평생을 살펴봐도 새로운 관찰거리가 있기 마련이지요.”

그러자 베넷 부인이 시골 운운하는 다아시의 태도에 화를 내며 크게 외쳤다.

“그렇고말고요. ‘그런 일’은 런던만큼이나 시골에서도 많이 일어나곤 하죠.”

모두가 깜짝 놀랐다. 다아시는 잠깐 베넷 부인을 바라본 뒤 조용히 몸을 돌렸다. 그녀는 완벽한 승리라도 거둔 양 우쭐해하며 계속했다.

“런던에 가게와 공공시설이 조금 더 많은 것 빼고는 시골보다 특별히 뭐가 나은지 모르겠어요. 시골에도 재미있는 일이 잔뜩 있는데요. 그렇지 않아요, 빙리 씨?"

그가 대답했다.

"시골에 있을 때면 시골을 떠나고 싶지 않지요. 런던에 가면 또 런던을 떠나고 싶지 않고요. 저마다 장점이 있고, 저는 어디에 있든 똑같이 행복하답니다."

"아유, 그거야 빙리 씨가 올바른 성품을 지니셨기 때문이지요. 그렇지만 저 신사분은……."

이렇게 말끝을 흐리다가 베넷 부인은 다아시를 바라보며 이렇게 말했다.

"시골이 별거 아니라고 생각하시는 듯하네요."

이때 엘리자베스가 얼굴을 붉히며 말했다.

"사실은요, 엄마가 오해하신 거예요. 다아시 씨의 말씀을 잘못 이해하신 거라고요. 저분 말씀은 단지 시골에서는 런던만큼 다양한 종류의 사람들을 만날 수 없다는 뜻이에요. 그러니 그게 사실이라고 인정하셔야죠."

"어머, 얘. 누가 아니라니? 하지만 이 근방에서 많은 사람을 만날 수 없다고 했는데 우리만큼 이웃이 많은 집안도 드물다고. 같이 저녁을 먹는 가족이 스물 네 가구나 되잖아."

빙리는 오로지 엘리자베스를 위한 배려심으로 초연한 표정을 유지할 수 있었다. 하지만 누이들은 그만큼 사려 깊지 않아서 다아시 씨 쪽을 향해 의미심장한 미소를 보냈다. 엘리자베스는 어머니의 관심을 돌릴 만한 화제를 찾아 자신이 이곳에 온 이후로 샬럿 루커스가 롱번에 온 적이 있는지 물었다.

“그래, 어제 아버지와 들렀단다. 윌리엄 경은 얼마나 좋은 분인지! 빙리 씨, 그렇지 않나요? 참으로 품격 있는 분이죠! 어쩜 그리 품위가 있고 품성이 넉넉하신지! 누구한테나 그 사람에게 꼭 맞는 화제를 찾아내어 말을 거시니까요. ‘그게’ 바로 제가 생각하는 훌륭한 교양이에요. 본인이 엄청 중요한 사람이라는 생각에 취해 입을 꾹 다물고 있는 사람들은 교양을 단단히 오해한 거죠.”

“샬럿이 저녁도 함께했나요?”

“아니, 집에 가야 한다고 했어. 민스파이(다진 고기를 넣어 작게 만든 파이—옮긴이)를 만드는 데 샬럿의 도움이 필요했던 모양이야. 제 경우는요, 빙리 씨, 하인들이 늘 제 몫을 하게 해요. ‘제’ 딸들이 그런 일은 직접 하지 않도록 키웠지요. 하지만 각자 생각이 다를 수 있으니까요. 루커스 씨네 딸들은 아주 착한데, 얼굴이 그렇게 못나서 안됐지 뭐예요! 뭐 ‘엄청’ 못났다고는 생각하지 않지만…… 우리야 각별히 친한 사이니까요.”

“아주 좋은 아가씨처럼 보이더군요.”

빙리가 말했다.

“어머! 그럼요, 그렇고말고요. 하지만 그 아이가 정말 못생겼다는 사실은 인정하실 거예요. 루커스 부인조차도 종종 그렇게 말하면서 제인의 미모를 부러워하거든요. 제 입으로 자식 자랑을 하고 싶지는 않지만, 확실히 제인은……. 그 아이보다 예쁜 아가씨는 보기 드물잖아요. 모두가 그렇게 말한답니다. 제 딸이라서 이런 말을 하는 게 아니에요. 제인이 열다섯 살밖에 안 됐을 때 런던에 사는 제 남동생 가드너의 집에 한 신사가 있었는데, 제인에게 푹 빠졌지 뭐예요. 글쎄 올케는 우리가 떠나기 전에 그 신사가 제인한테 청혼할 거라고 장담할 정도였다니까요. 정말 청혼을 하지는 않았지만요. 아마 제인이 너무 어리다고 생각한 거 같아요. 그렇지만 그분이 제인에게 시 몇 편을 바쳤는데 정말 아름다운 시였답니다."

그때 엘리자베스가 조바심을 내며 말을 끊었다.

"그와 함께 그분의 애정도 끝이 났지요. 제 생각에는 같은 방식으로 사랑이 끝나버린 사람이 많을 거예요. 사랑을 멀어지게 하는 시의 효험을 누가 처음 발견했는지 궁금하다니까요!"

"저는 '시'가 사랑의 '양식'이라고만 생각했는데요."

다아시가 말했다.

"훌륭하고, 굳세고, 건강한 사랑이라면 그렇겠지요. 이미 강한 사랑이라면 무엇이든 자양분으로 삼을 테니까요. 하지만 깊이 없고 얄팍한 감정에 불과하다면 괜찮은 소네트 한 편만으로 완전히 바닥을 드러낼 수 있어요."

다아시는 미소만 지었다. 방 안에서 대화가 멈추자 엘리자베스는 어머니가 또다시 어리석은 소리를 할까 봐 조마조마했다. 아무 말이라도 하고 싶었지만 별다른 말이 떠오르지 않았다. 잠깐의 침묵이 흐른 후 베넷 부인은 다시 빙리 씨가 제인에게 베푼 친절에 감사하고, 리지까지 신세를 지게 해서 미안하다는 말을 되풀이했다. 빙리 씨는 꾸밈없고 예의 바르게 대답했고, 누이들에게도 똑같이 예의를 갖추고 상황에 맞는 인사를 하도록 시켰다. 누이들은 시키는 대로 하긴 했지만 별로 정중하지는 않았다. 그러나 베넷 부인은 흡족해했고, 잠시 후 마차를 준비시켰다. 이 말을 신호로 어머니와 함께 온 두 동생이 앞으로 나섰다. 두 딸은 방문 내내 귓속말로 서로 속삭이더니 결국에는 막내딸이 나서서 빙리 씨에게 처음 이곳으로 왔을 때 네더필드에서 무도회를 열겠다고 약속하지 않았느냐면서 졸랐다.

통통한 리디아는 열다섯 살 소녀치고는 성장이 빨랐으며 고운 피부를 가졌고 상냥한 표정을 지을 줄 알았다. 어머니가 가장 아끼는 딸이어서 그 애정에 힘입어 이른 나이에 사교계에 나올 수 있었다. 밝은 성격과 일종의 자만심을 타고났는데, 최근에는 이모부가 장교들에게 훌륭한 식사를 대접하고 그녀 자신도 접근하기 쉽게 행동한 덕분에 많은 장교의 관심을 받고 있어서 그런 성향이 더욱 강해졌다. 그러니 빙리 씨에게 돌발적으로 무도회 이야기를 꺼내며 약속을 지키라고 조르는 것은 그녀다운 일이었다. 게다가 약속을 지키지 않는다면 세상에서 가장 수치스러운 행동이라고 덧붙이기까지 했다. 이 기습적인 질문에 대한 빙리의 대답은 어머니의 귀를 흡족하게 했다.

"저는 이미 약속을 지킬 준비가 끝났으니 안심하세요. 언니분이 쾌차하시면 아가씨가 좋다는 날짜로 무도회를 열겠습니다. 하지만 언니가 병석에 누워 있는데 춤을 추고 싶지는 않으시겠지요."

리디아는 만족해하며 대답했다.

"어머! 물론이지요. 언니가 나을 때까지 기다리는 편이 훨씬 좋아요. 그때가 되면 카터 대위님도 다시 메리턴으로 돌아오실 테니까요. 그리고 빙리 씨가 무도회를 열고 나면요……."

그녀가 덧붙였다.

"그분들도 무도회를 열어야 한다고 조를 생각이에요. 포스터 대령님께도 무도회를 열지 않는다면 엄청난 수치라고 말할 거예요."

베넷 부인과 딸들이 떠나고, 엘리자베스는 두 아가씨와 다아시 씨에게 자신과 가족들의 매너를 이야깃거리로 남겨둔 채 바로 제인에게 돌아갔다. 그러나 빙리 양이 '아름다운 눈'을 두고 온갖 재담으로 다아시 씨를 사뭇 놀려댔음에도 '엘리자베스'와 관련된 험담에 그를 끌어들일 수는 없었다.

10장

그날은 전날과 비슷하게 지나갔다. 허스트 부인과 빙리 양은 오전에 환자와 몇 시간을 보냈고, 제인은 느리지만 꾸준히 회복되고 있었다. 엘리자베스는 저녁에 거실로 내려가서 모임에 합류했다. 그러나 루 게임은 하고 있지 않았다. 다아시 씨는 편지를 쓰고 있었는데, 빙리 양은 그 옆에 앉아서 편지 쓰는 모습을 지켜보면서 여동생한테 이런저런 말들을 전해달라고 말하며 끊임없이 그의 주의를 끌어보려 했다. 허스트 씨와 빙리 씨는 카드 게임의 일종인 피케를 하고 있었으며, 허스트 부인은 그 옆에서 게임을 구경하고 있었다.

엘리자베스는 자수 놓을 거리를 집어 들었는데, 다아시 씨와 상대방이 나누는 대화를 듣는 것만으로도 충분히 재미있었다.

빙리 양은 그의 손글씨나 똑바른 줄 간격, 편지의 길이를 두고 쉴 새 없이 찬사를 늘어놓는 반면 찬사를 받는 대상은 완벽하게 무관심해서 대화가 기묘하게 이어지고 있었다. 엘리자베스가 평소 두 사람에 대해 생각했던 것과도 꼭 들어맞는 모습이었다.

"다아시 양이 이 편지를 받는다면 얼마나 기쁠까요!"

다아시는 대답하지 않았다.

"글씨를 정말 빨리 쓰시네요."

"잘못 보셨습니다. 저는 느리게 쓰는 편이지요."

"일 년 내내 때맞춰 쓸 편지가 얼마나 많으실까! 사업상 편지도 그렇고요! 생각만 해도 끔찍해요!"

"편지를 쓸 사람이 저여서 다행이군요."

"다아시 양에게 제가 정말로 보고 싶어 한다고 전해주세요."

"아까 그렇게 말씀하셔서 이미 한 번 적었습니다."

"펜 상태가 마음에 들지 않으실 것 같아요. 제가 한번 손봐드릴게요. 펜 손질에는 일가견이 있거든요."

"감사합니다만 저는 늘 펜을 직접 손질합니다."

"어쩌면 그렇게 글을 고르게 쓰세요?"

이 말에 그는 침묵했다.

"하프 솜씨가 늘었다는 소식을 듣고 제가 기뻐하더라고 전해주세요. 그리고 다아시 양이 만든 조그맣고 아름다운 테이블

보 도안은 가히 황홀한 솜씨더라고도요. 제가 볼 땐 그랜틀리 양 솜씨보다 훨씬 훌륭하던걸요."

"그 황홀함은 다음번 편지로 미뤄도 되겠습니까? 지금은 적당한 공간이 남아 있지 않군요."

"어머! 별로 중요한 이야기도 아닌걸요. 1월에 다아시 양을 만날 테고요. 그런데 늘 여동생한테 이렇게 길고 매력적인 편지를 쓰시나요, 다아시 씨?"

"보통 길게 쓰기는 합니다만 매력적인지는 제가 판단할 문제가 아니라서요."

"이렇게 긴 편지를 쉽게 써내려가는 사람이 편지를 못 쓸 리가 없죠."

그때 빙리 씨가 소리쳤다.

"캐롤라인, 그건 다아시에게 칭찬이 안 되겠는데. 그 친구는 편지를 쉽게 쓰는 법이 없거든. 네 음절로 된 현학적인 단어를 찾는 데 지나치게 골몰하곤 하지. 그렇지 않은가, 다아시?"

"내 글 쓰는 스타일은 자네와는 완전히 다르지."

빙리 양이 소리를 높였다.

"아유! 찰스보다 편지를 조심성 없이 쓰는 사람은 절대 없을 거예요. 단어는 절반쯤 빼먹고, 잉크 방울은 여기저기 덕지덕지 묻히고."

"내 생각이 너무 빨리 흘러가서 쓰는 속도가 따라가질 못하는 거라고. 그래서 편지에 아무 생각도 전달하지 못하는 경우가 잦긴 하지."

엘리자베스가 말했다.

"겸손하시네요, 빙리 씨. 비판이 무색해지는걸요."

그러자 다아시가 말했다.

"겸손한 척하는 것보다 더 기만적인 행동도 없지요. 어떨 때는 단순히 관심이 없는 거고, 어떨 때는 은근한 자랑이니까요."

"그렇다면 지금 '내' 작은 겸손은 둘 중 뭐라고 하겠나?"

"은근한 자랑이지. 자네는 사실 글쓰기에서의 단점이 생각은 빠르고 표현은 대충할 때 생기는 결함이라 생각하고 자랑스럽게 여기니까. 존경받을 만한 일은 아니어도 굉장히 흥미로운 성격이라고 자부하지. 일을 빨리 처리하는 사람들은 그런 능력에 높은 점수를 매기고, 종종 그 과정에서 생기는 불완전함에는 신경을 쓰지 않거든. 오늘 아침 베넷 부인에게 네더필드를 떠날 마음만 먹으면 오 분 안에 떠날 수 있다고 한 것도 일종의 칭찬이나 자화자찬으로 한 말이지. 그런데 그렇게 서두르다 보면 꼭 필요한 일들을 미완으로 남기게 될 텐데, 거기에 어떤 칭찬할 거리가 있겠어? 그리고 자네나 다른 누구에게 무슨 이득이 있겠나?"

빙리가 외쳤다.

"아이쿠. 아침에 했던 바보 같은 말을 밤까지 기억하고 있다니 너무하지 않은가. 그런데 명예를 걸고 말하지만 나는 나 자신에게 솔직했고, 지금도 그렇게 믿고 있다네. 그러니까 쓸데없이 성급한 성격을 가장해서 숙녀분들에게 뽐낼 속셈은 아니라는 말이야."

"물론 자네는 스스로에게 솔직했지. 그렇더라도 자네가 서둘러 떠날 수 있다는 말은 전혀 믿기지가 않아. 자네 행동도 내가 아는 여느 사람들과 마찬가지로 기회에 좌우되기 쉽거든. 만약 자네가 말에 올랐을 때 친구가 '빙리, 다음 주까지만 머물러주게'라고 말한다면 친구의 뜻에 따라 떠나지 않을걸. 아마 한 달도 머무를 수 있을 거야."

엘리자베스가 목소리를 높였다.

"그 말씀은 빙리 씨가 본인의 성격을 부당하게 폄하하셨다는 증거밖에 안 되겠는데요. 지금 빙리 씨보다 그분을 훨씬 더 칭찬하신 거잖아요."

빙리가 말했다.

"그렇게 봐주시다니 아주 흐뭇한데요. 저 친구가 한 말을 제 성격이 좋다는 상냥한 칭찬으로 해석해주셨군요. 하지만 저 친구는 전혀 다른 뜻으로 낸 의견일 겁니다. 다아시라면 그런 상황에서 제가 단칼에 거절하고, 즉시 말을 달려 떠나버려야만 저를 높게 봐줄 친구거든요."

"그렇다면 다아시 씨는 원래의 결정이 경솔했더라도 한번 내린 결정은 완고하게 지켜야만 한다는 쪽이신가요?"

"이런! 그건 제가 정확하게 답할 수 있는 문제가 아니니 다아시한테 직접 답을 들어야겠는걸요."

"난 그런 의견을 낸 줄도 몰랐는데, 자네 멋대로 내 의견이라면서 설명까지 요구하는군. 그렇지만 베넷 양, 지금 이야기한 상황대로라면, 그 친구는 빙리가 떠날 계획을 연기해서 다시 네더필드로 돌아가기를 원한 모양인데 단순히 청하기만 했을 뿐 그에 따른 적절한 근거는 제시하지 않았다는 점을 기억하셔야지요."

"친구의 '설득'을 흔쾌히, 다시말해 선뜻 받아들이는 것이 다아시 씨에게는 장점이 아닌가 보군요."

"확신도 없이 설득당한다면 양쪽 다 칭찬할 만한 사고방식은 아니겠죠."

"그 말씀을 들으니 다아시 씨는 우정과 애정의 영향력을 전혀 인정하지 않으시는 것 같아요. 존중하는 사람이 요청한다면 때로는 이유를 묻지 않고도 선뜻 청을 받아들일 수 있잖아요. 지금 빙리 씨가 처했다고 상상해본 상황만 두고 하는 말이 아니에요. 빙리 씨의 행동이 신중했는지를 논하려면 그런 상황이 올 때까지 기다리는 편이 낫겠지요. 하지만 만약 일반적인 친구 사이에서 어느 한쪽이 상대에게 그다지 중대하지 않은 어떤 결정을 바꿔달라고 부탁할 때, 이유를 따지지 않고 부탁을 들어주는 사람에게 문제가 있다고 생각하시나요?"

"그 문제를 더 논하기에 앞서 그 요청이 얼마나 중요한지, 또 두 사람은 얼마나 친한지를 상세하게 규정하는 편이 바람직하지 않을까요?"

빙리가 외쳤다.

"그렇다면 조목조목 한번 따져봅시다. 두 사람의 키와 몸집 비교도 잊으면 안 됩니다. 베넷 양, 그런 것들이 당신 생각보다 의외로 더 중요하거든요. 만약 다아시가 저보다 저렇게 크지만 않았다면 지금의 반도 존중하지 않았을 겁니다. 분명히 말하지만 특정한 상황과 장소에서 제게 다아시보다 더 무서운 사람은 없답니다. 저 친구가 달리 아무런 할 일이 없을 때 그 집에서 함께 보내는 일요일 저녁은 특히 그렇지요."

다아시 씨는 미소를 지었지만, 엘리자베스는 그가 다소 불쾌해한다는 느낌을 받아서 웃음을 참았다. 빙리 양은 다아시 씨가 받은 모욕에 발끈 분개하며 별 터무니없는 소리를 한다고 오빠를 나무랐다.

다아시가 말했다.

"자네 의도를 알겠군, 빙리. 자네는 논쟁을 싫어하니 얼른 이 토론을 잠잠하게 만들고 싶은 거야."

"그랬을지도 모르지. 논쟁과 분쟁은 너무 닮았거든. 자네와 베넷 양이 내가 방을 나갈 때까지만 논쟁을 참아준다면 아주

고맙겠네. 그때는 나를 두고 무슨 말을 해도 좋으니.”

엘리자베스가 말했다.

“저로서는 그 부탁을 들어드리지 않을 이유가 없지요. 다아시 씨도 얼른 편지를 끝내셔야 할 테고요.”

다아시는 그녀의 조언대로 편지를 마무리했다.

편지쓰기가 끝나자 다아시는 빙리 양과 엘리자베스에게 연주를 들려달라고 청했다. 빙리 양은 재빨리 피아노로 향했다. 그러고는 예의 바르게 엘리자베스에게 먼저 연주를 들려달라고 청했다가, 엘리자베스가 역시 예의를 지키면서도 극구 사양하자 결국 자신이 피아노 앞에 앉았다.

허스트 부인이 여동생과 노래를 부르는 동안 엘리자베스는 피아노 위에 놓인 악보들을 뒤적이고 있었는데, 자꾸 자신에게로 향하는 다아시 씨의 시선을 의식하지 않을 수가 없었다. 저런 대단한 분에게 찬사의 대상이 될 수 있다고는 생각해본 적도 없고, 그렇다고 그녀를 싫어해서 자꾸 바라본다는 것은 더욱 이치에 맞지 않았다. 결국 내린 결론은 그의 기준에서 봤을 때 자신이 여기 있는 다른 사람들보다 잘못을 하거나 비난받을 만한 일을 더 많이 저지른 모양이라는 것이었다. 그렇다고 상처받지는 않았다. 인정받고 싶어 안달일 만큼 그를 좋아하지 않았기 때문이다.

이탈리아 노래를 몇 곡 연주한 후 빙리 양은 활기찬 스코틀랜드풍의 음악으로 다양한 매력을 뽐냈다. 잠시 후 다아시 씨가 엘리자베스 옆으로 오더니 말을 걸었다.

"베넷 양, 지금 릴(스코틀랜드와 아일랜드, 미국 등에서 보통 두 명이나 네 명이 추는 빠른 춤—옮긴이)을 즐길 좋은 기회라고 생각하지 않으십니까?"

엘리자베스는 미소를 지을 뿐 대답하지 않았다. 그는 침묵에 살짝 놀라며 다시 똑같은 질문을 했다.

그녀가 말했다.

"어머! 질문은 아까도 들었어요. 단지 뭐라고 대답해야 할지 바로 결정하지 못했을 뿐이에요. 아마 제가 '그렇다'고 대답하기를 바라셨겠지요. 그러면 제 취향을 경멸하면서 즐거움을 누릴 수 있으실 테니까요. 하지만 저는 늘 그런 종류의 음모를 쓸모없게 만들어 경멸하려고 마음먹은 사람들을 도리어 골탕 먹이는 일을 즐기거든요. 그러니 이제 대답을 정했어요, 다아시 씨, 저는 전혀 릴을 추고 싶지 않아요. 자, 이제 어디 한번 경멸해보세요."

"그럴 생각이 전혀 안 드는군요."

엘리자베스는 다아시 씨에게 모욕을 줄 생각이었기에 그가 정중하게 나오자 깜짝 놀랐다. 그러나 그녀의 태도에는 상냥함과 장난기가 섞여 있어 누군가를 모욕하기란 실로 어려운 일이었다. 다아시 씨는 누구한테도 그녀에게만큼 마음을 빼앗겨

본 적이 없다. 그녀의 집안이 그렇게 천하지만 않았더라면, 정말로 위험할 뻔했다고 진심으로 생각했다.

빙리 양은 그런 모습을 목격했거나 혹은 군이 보지 않았더라도 그의 마음을 충분히 짐작할 수 있었기에 질투를 느꼈다. 친한 친구 제인의 회복을 바라는 마음이 엘리자베스가 사라져주었으면 하는 바람으로 더욱 커졌다.

빙리 양은 시시때때로 다아시에게 결혼을 가정하는 말을 던지고, 그런 결합에서 행복해지려면 어떻게 해야 하는지를 이러쿵저러쿵 말하면서 엘리자베스를 싫어하게 하려고 애썼다.

다음 날 두 사람이 함께 관목 숲을 산책할 때 빙리 양이 입을 열었다.

"제 생각에는 다아시 씨가 장모님께, 그러니까 그런 경사가 있다면 말이에요. 입을 다물고 계시는 편이 훨씬 낫다고 귀띔해주셨으면 싶어요. 가능하다면 어린 처제들이 장교 꽁무니를 쫓아다니는 일도 바로잡아주시고요. 아, 이런 말씀드리기는 조심스럽지만 안주인 되실 분의 그 사소한 결점, 오만하고 거들먹거리는 태도도 고쳐주시는 게 좋겠어요."

"제 가정의 행복을 위한 다른 제안이 더 있으신가요?"

"어머! 그럼요. 필립스 경 내외의 초상화도 펨벌리 홀에 걸어두셔야죠. 판사를 지내신 종조부님 초상화 옆에 두면 되겠네요. 어쨌든 같은 업종에 계시니까요, 계통이 다르다 뿐이지요.

엘리자베스의 초상화는 그릴 엄두도 내지 마세요. 세상 어떤 화가가 그 아름다운 두 눈을 그려낼 수 있겠어요?"

"그건 맞는 말씀이군요. 그 눈의 표정을 잡아내는 일은 분명 쉽지 않겠죠. 하지만 그 색과 모양, 유난히 길고 고운 속눈썹은 똑같이 그려낼 수 있겠지요."

그때 두 사람은 산책을 나온 허스트 부인 그리고 엘리자베스와 마주쳤다.

"산책할 생각이신 줄 몰랐어요."

빙리 양은 조금 전 대화가 들렸을까 봐 당황하며 말했다.

허스트 부인이 대답했다.

"어쩜 두 사람 정말 서운하네요. 우리한테는 산책 간다는 말도 없이 도망 나오다니요."

그러고는 다아시 씨의 나머지 한쪽 팔을 잡고 엘리자베스는 혼자 걷게 내버려두었다. 길은 딱 세 사람이 걸어갈 수 있는 넓이였다. 다아시는 자신들이 무례하다는 생각이 들어 곧바로 이렇게 제안했다.

"이 길은 모두가 산책할 만큼 넓지 않군요. 더 큰 길로 나가는 편이 좋겠습니다."

그러나 엘리자베스는 그 사람들과 같이 걸을 생각이 없었기에 웃으면서 대답했다.

"아니에요, 그대로 계세요. 함께 계시니 참 잘 어울리시고 보기 드문 장관인걸요. 네 명이 된다면 그림을 망치겠어요. 그럼 저는 이만."

엘리자베스는 활기차게 뛰어갔고, 하루 이틀 뒤면 집으로 돌아갈 수 있다는 희망에 부풀어 산책을 즐겼다. 제인의 몸은 많이 좋아져서 그날 저녁에는 한두 시간 정도 방에서 나올 예정이었던 것이다.

11장

식사가 끝난 뒤 숙녀들이 자리를 떠야 할 때가 되자 엘리자베스는 얼른 언니에게 올라가서는 춥지 않게 옷을 단단히 입었는지 확인한 후 함께 거실로 내려왔다. 두 친구는 수없이 기쁜 마음을 표하면서 제인을 환영했다. 신사들이 합류하기 전까지 그녀들은 일찍이 본 적이 없을 만큼 살갑게 굴었다. 대화의 기술도 뛰어났다. 연회를 정확하게 묘사할 줄도 알았고, 일화를 재미나게 이어갈 줄도 알았으며, 지인들을 유쾌하게 비웃을 줄도 알았다.

그러나 신사들이 들어오자 제인은 더 이상 관심 대상이 되지 못했다. 빙리 양의 시선은 즉시 다아시를 향했고, 그가 몇 걸음 떼기도 전에 벌써 말을 걸고 있었다. 다아시는 곧장 제인에게 다가와서 예의 바르게 축하 인사를 건넸다. 허스트 씨도 살짝 인사를 하며 "아주 기쁘군요"라고 말했다. 그러나 빙리 씨의 인사만큼 열의가 넘치고 따스한 것은 없었다. 그는 무척 기뻐하며 제인에게만 온갖 배려를 쏟았다. 방이 바뀐 제인이 혹시 힘들까 봐 장작을 높이 쌓느라 처음 삼십 분이 그냥 지나갔고, 제인이 문에서 더 떨어져 있어야 한다며 벽난로 옆으로 자리를 옮기게 했다. 그러고는 제인 옆에 앉아서 그녀하고만 이야기를 주고받았다. 엘리자베스는 반대쪽 구석에 앉아서 이 모든 광경을 기쁜 마음으로 지켜보고 있었다.

차를 다 마신 후 허스트 씨는 처제에게 카드 게임을 하자고 은근히 말해보았지만 헛수고였다. 빙리 양은 이미 다아시 씨가 카드 게임을 좋아하지 않는다는 정보를 입수했기 때문이다. 그래서 허스트 씨가 공개적으로 카드 게임을 하자고 청했을 때도 거절했다. 빙리 양은 카드 게임을 하고 싶어 하는 사람은 아무도 없다며 그를 설득했고, 그 말에 모두 침묵으로 일관하며 무언의 찬성을 표했다. 결국 허스트 씨는 특별히 할 일이 없자 소파에 늘어져서 잠이 들었다. 다아시는 책을 한 권 들었고, 빙리 양도 그를 따라 했다. 허스트 부인은 주로 팔찌와 반지들을 만지작거리는 일에 몰두했고, 가끔 베넷 양과 빙리 씨의 대화에 끼어들었다.

빙리 양은 자기 책만큼이나 다아시 씨가 책을 얼마나 읽었는지 들여다보는 일에도 관심이 많았다. 그녀는 계속해서 질문을 하거나 그가 읽는 페이지를 넘겨다보았지만 그에게서 어떤 대화도 이끌어낼 수 없었다. 그는 질문에만 간신히 대답하고 독서를 계속했던 것이다. 결국 다아시 씨가 읽는 책의 두 번째 권이라는 이유만으로 선택했던 자신의 책에 재미를 붙여보려는 노력에 지친 빙리 양은 크게 하품을 하며 말했다.

"이렇게 저녁 시간을 보내니 정말 즐겁네요! 아무래도 독서만한 오락은 없다니까요! 책에 비하면 다른 것들은 어쩜 그리 빨리 싫증이 나는지! 제 집을 갖게 됐을 때 훌륭한 서재가 없다면 끔찍할 거예요."

이 말에 아무도 대답하지 않았다. 그녀는 다시 하품을 하더니 책을 내려놓고 재미있는 일이 없을까 방을 둘러보았다. 그러다 오빠가 베넷 양에게 하는 무도회 이야기를 듣고는 불쑥 그를 돌아보며 말했다.

"말이 났으니 하는 말인데요, 정말로 네더필드에서 무도회를 열 생각인가요? 결정하기 전에 여기 있는 사람들의 의견도 들어봐야지요. 제가 알기론 우리 중에는 무도회를 오락이 아니라 벌처럼 여기는 사람이 분명히 있거든요."

오빠가 큰 소리로 대답했다.

"다아시 얘기라면 무도회가 시작되기 전에 자러 가면 될 거야. 자기 마음이지. 그렇지만 무도회는 이미 정해진 일이야. 니

콜스가 크림수프를 충분히 만드는 대로 바로 초대장을 보내려고 해."

"무도회를 다르게 진행한다면 훨씬 좋을 텐데."

빙리 양이 대답했다.

"보통 그런 모임의 진행 방식은 끔찍할 정도로 지루한 구석이 있다니까. 주요 행사로 춤 대신 대화를 나눈다면 훨씬 이성적인 모임이 될 거고."

"더 이성적이기는 하겠지만, 캐롤라인, 그건 무도회라고 말할 수 없지 않을까."

이 말에 빙리 양은 아무 대답도 하지 않았다. 잠시 후 그녀는 자리에서 일어나 방 안을 걷기 시작했다. 자태는 우아했고, 걸음걸이는 훌륭했다. 그러나 그 모습을 보아주었으면 하는 다아시 씨는 여전히 꿈쩍도 하지 않고 책만 보고 있었다. 초조한 마음에 그녀는 한 가지 시도를 더 해보자 싶어 엘리자베스를 돌아보며 말했다.

"엘리자 베넷 양, 제가 했던 대로 방을 한 바퀴 돌아보면 어떨까요? 오랫동안 한 자세로 앉아 있었다면 좋은 기분 전환이 된답니다."

엘리자베스는 조금 놀라기는 했지만 곧 동의했다. 빙리 양의 예의 바른 행동은 진짜 목적을 달성했다. 다아시 씨가 고개를 든 것이다. 그 또한 빙리 양의 관심이 엘리자베스만큼 의외라고 느껴져 무의식중에 책을 내려놓았다. 그와 동시에 함께 걷자는 청을 받았지만 거절하면서 두 분이 함께 방을 걷는 이유가 자신은 두 가지밖에 떠오르지 않으며, 어느 쪽이든지 그가 함께 걷는다면 방해만 될 뿐이라고 말했다.

"저건 무슨 뜻일까요? 대체 무슨 의미인지 궁금해 죽겠어요."

그러면서 빙리 양은 엘리자베스에게 그 말이 무슨 뜻인지 알겠느냐고 물었다.

그녀가 대답했다.

"전혀요. 하지만 분명 우리를 비판하실 생각인 듯하니, 가장 확실하게 그를 실망시키려면 아무것도 묻지 말아야겠죠."

그러나 어떤 이유로든 다아시 씨를 실망시킬 수 없었던 빙리 양은 두 가지 이유를 설명해달라고 졸랐다.

그녀가 묻자마자 그가 대답했다.

"설명해드리지 않을 이유가 없지요. 저녁 시간에 함께 걷기를 택하셨다면 서로 은밀하게 논의할 이야기가 있기 때문이거나 두 분의 자태가 걸을 때 가장 빛나 보인다는 걸 의식하고 있기 때문이겠지요. 첫 번째 이유라면 저는 방해만 될 테고, 두 번째 이유라면 벽난로 옆에 가만히 앉아서 감탄하는 편이 낫지 않을까요."

빙리 양이 소리쳤다.

"어머나, 세상에! 저런 망측한 소리는 처음 들어요. 저런 말을 하다니 어떤 벌을 주면 좋을까요?"

엘리자베스가 말했다.

"그럴 마음만 있다면 그보다 쉬운 일은 없지요. 우리는 늘 서로 괴롭히고 벌을 주잖아요. 놀릴 수도 있고, 비웃을 수도 있고요. 당신처럼 친한 사이라면 어떻게 해야 하는지 분명 알고 계시겠죠."

"하지만 정말이지 잘 모르겠는걸요. '그걸' 알 만큼 친밀한 사이가 아니거든요. 저렇게 침착하고 냉철한 사람을 어떻게 놀릴 수 있죠! 아이, 안 돼요. 그래 봤자 소용없다고 자신만만해하는 게 느껴져요. 비웃어주려고 해도 비웃을 거리가 없으니 섣불리 시도했다가는 우리만 곤란한 꼴을 당할 거예요. 다아시 씨만 좋은 일을 시키는 거라고요."

엘리자베스가 대답했다.

"비웃을 거리가 없다고요! 그거 참으로 보기 드문 장점인데요. 그리고 저는 그 장점이 계속 드물었으면 좋겠어요. 그런 친구가 많으면 '제게는' 큰 손해니까요. 저는 웃는 걸 참 좋아하거든요."

다아시가 말했다.

"빙리 양은 제가 감당하지 못할 신뢰를 주시는군요. 세상에서 가장 현명하고 훌륭한 사람도, 심지어 그런 사람들의 가장 현명하고 훌륭한 행동이라 할지라도 인생의 첫 번째 목표가 웃음인 사람 앞에서는 농담거리가 될 수 있으니까요."

엘리자베스가 대답했다.

"분명 그런 사람들도 있지요. 하지만 제가 '그런' 사람이 아니라면 좋겠네요. 현명하거나 훌륭한 행동을 보고 비웃은 적이 없기를 바라고요. 어리석고 터무니없는 행동, 변덕과 모순은 저를 즐겁게 해요. 그래서 기회 있을 때마다 웃음거리로 삼지요. 짐작건대 이런 것들은 당신에게 없는 약점이겠지요."

"그런 약점이 없는 사람은 아마 없을 겁니다. 저는 지나치게 유식해서 웃음거리가 되고 마는 약점만큼은 줄곧 피하려고 노력했습니다."

"허영과 오만 같은 약점 말씀이군요."

"그렇습니다. 허영은 진짜 단점입니다. 그러나 오만은…… 진실로 뛰어난 지성을 지닌 사람이라면 오만을 제대로 통제할 수 있는 법이지요."

엘리자베스는 미소를 감추려고 고개를 돌렸다.

이때 빙리 양이 말했다.

"다아시 씨 탐구가 드디어 끝나셨나 봐요. 부디 결과를 말씀해주세요."

"다아시 씨에게는 어떤 단점도 없다는 것을 확신하게 되었네요. 본인도 숨김없이 인정하시고요."

다아시가 말했다.

"아니요. 그런 허세를 부린 적은 없습니다. 저에게도 단점은 많지만 지성과 관련된 게 아니기를 바랄 뿐입니다. 저는 성격이 별로 좋지 못합니다. 절대 순수하다고는 할 수 없지요……. 세상살이가 불편할 지경입니다. 다른 사람의 어리석음과 악덕, 저한테 불쾌감을 안겨준 행동을 빨리 잊어버려야 하는데도 쉽게 잊질 못합니다. 제 감정은 바꾸기로 작정하면 언제든 쉽게 바꿀 수 있는 것이 못 됩니다. 화를 담아두고 사는 성격이라고도 할 수 있죠. 제게 한번 밉보이면 그걸로 영원히 끝이니까요."

엘리자베스가 외쳤다.

"정말로 '그건' 단점인데요! 화를 누그러뜨리지 않으신다니, 성격적인 약점이 분명해요. 하지만 단점을 아주 잘 고르셨어요. 제겐 그런 단점을 '비웃을' 능력이 없으니까요. 저는 걱정하지 않으셔도 되겠어요."

"분명 모든 사람의 성격에는 사악한 경향이랄까, 최선의 교육으로도 어쩔 수 없는 타고난 단점이 있는 것 같습니다."

"그리고 '당신'의 단점은 모든 사람을 싫어하는 경향이고요."

그는 미소를 지으며 대답했다.

"당신의 단점은 바로 다른 사람의 말을 일부러 꼬아 듣는 버릇이군요."

자신이 대화에 끼어들 수 없자 지루해진 빙리 양이 외쳤다.

"지금부터는 음악을 듣도록 해요. 언니, 형부를 깨워도 괜찮지 않을까?"

허스트 부인이 이의를 제기하지 않자 피아노 뚜껑이 열렸다. 다아시는 잠시 생각에 잠겼다가 아쉬워할 일이 아니라고 여겼다. 엘리자베스에게 위험할 정도로 지나친 관심을 보였다는 생각이 들기 시작했던 것이다.

12장

엘리자베스는 언니와 의논한 끝에 다음 날 아침 어머니에게 편지를 보내 그날 중으로 마차를 보내달라고 부탁했다. 그러나 베넷 부인은 제인이 네더필드에 간 지 딱 일주일이 되는 다음 주 화요일까지 그곳에 머무를 것으로 계산했기 때문에 그전에 돌아온다는 소식이 그리 반갑지 않았다. 그러니 어머니의 대답은 집에 가고 싶어 안절부절못하는 엘리자베스에게는 전혀 좋은 소식이 아니었다. 베넷 부인은 다음 주 화요일까지는 마차를 보내줄 수 없으며, 추신까지 덧붙여 빙리 씨와 누이들이 더 오래 머무르라고 한다면 얼마든지 그렇게 하라고 적었다. 그러나 더 머무르지 않겠다는 엘리자베스의 결심은 확고했고, 더 머물러달라는 청을 기대하지도 않았다. 오히려 쓸데없이 오래 머물러 불청객으로 여겨질까 봐 염려되어 그녀는 빙리 씨의 마차를 빌려보자고 제인을 설득했다. 결국 그날 아침 네더필드를 떠나겠다는 원래 계획을 알리고, 마차를 빌려달라고 부탁하기로 했다.

그 말을 꺼내자 다들 걱정을 쏟아내면서 하루만 더 머물러달라고 간곡히 만류하는 바람에 제인의 마음이 약해졌고, 출발은 다음 날로 미루어졌다. 그러나 머지않아 빙리 양은 하루 더 머물러달라고 했던 제안을 후회했다. 한 사람에 대한 질투와 싫은 감정이 다른 한 사람에 대한 애정을 압도했기 때문이다.

빙리 씨는 두 사람이 곧 떠난다는 소식에 진심으로 서운해하면서 베넷 양에게 아직 몸이 충분히 회복되지 않아 위험하다고 거듭 설득했다. 그러나 제인은 옳다고 믿는 바를 행할 때는 단호했다.

다아시 씨에게는 반가운 소식이었다. 엘리자베스는 이미 네더필드에 너무 오래 머물렀고, 그는 스스로 내키지 않을 정도로 그녀에게 끌렸다. 더욱이 빙리 양은 '그녀'에게 무례하게 굴면서 평소보다 더 그를 놀려대고 있었다. 그는 '이제부터' 어떤 찬사의 기색도 내보이지 않도록 특별히 주의해야겠다고 현명한 결심을 하기에 이르렀다. 그녀가 그의 행복에 어떤 영향을 미칠 수도 있다는 희망을 품을 만한 행동을 하지 않기로 마음먹었다. 혹시라도 벌써 그런 생각을 조금이라도 품게 했다면 마지막 날 그의 행동이 엘리자베스의 희망을 굳히게 할 수도, 좌절시킬 수도 있는 중요한 저울추가 될 거라는 데 생각이 미쳤기 때문이다. 자신의 목적에 충실하기 위해 토요일 내내 그녀에게 열 마디도 채 건네지 않았고, 한번은 반 시간 동안 둘이 있을 기회가 있었지만 유난히 책에만 몰두하면서 그녀를 쳐다보지도 않았다.

일요일, 아침 식사를 마친 후 대부분의 사람이 기다리던 작별 시간이 다가왔다. 헤어질 때가 가까워질수록 빙리 양이 엘리자베스를 대하는 정중함도 눈에 띄게 늘었고, 제인을 향한 애정도 마찬가지였다. 그래서 헤어질 때 제인에게는 롱번이나 네더필드에서 다시 만날 수 있다면 정말 기쁠 거라고 말한 뒤 아주 다정하게 그녀를 끌어안았고, 엘리자베스와도 악수를 나누었다. 엘리자베스는 모든 사람에게 활기차게 작별을 고했다.

어머니는 집에 돌아온 두 사람을 별로 반가워하지 않았다. 베넷 부인은 두 사람의 귀가에 놀라면서 짧은 생각으로 그 집에 큰 민폐를 끼쳤다며 나무라고, 제인이 다시 감기에 걸릴 게 분명하다고 했다. 아버지가 보인 기쁨의 표현은 아주 간결했지만, 두 사람을 진심으로 반기고 있었다. 가족 내에서 두 사람이 얼마나 중요한지 다시 한 번 느꼈던 것이다. 모두 모여 대화를 나누는 저녁 시간은 제인과 엘리자베스의 빈자리로 생기도 잃고 아무런 의미도 없었다.

메리는 평소처럼 통주저음(通奏低音, 바로크 시대 유럽에서 성행하던 특수한 연주 습관을 수반하는 저음 파트—옮긴이)법과 인간의 본성에 골몰하고, 감탄할 만한 글줄을 새로 발췌하며, 오래된 교훈과 관련된 새로운 논평에 귀를 기울였다. 캐서린과 리디아는 다른 종류의 정보가 있었는데, 수요일 이후로 부대에 많은 일이 있어 화젯거리가 풍성했다. 장교 몇 명이 최근 이모부와 함께 저녁을 먹었고, 이등병 한 명은 태형을 받았으며, 포스터 대령이 조만간 결혼하리라는 암시를 확실하게 내비쳤다는 소식을 전했다.

13장

다음 날 아침 식사 도중에 베넷 씨가 아내를 불렀다.

“여보, 오늘 저녁 식사는 신경 써서 준비해주었으면 좋겠소. 우리 가족 말고도 올 손님이 있거든.”

“누구 말씀이세요, 여보? 특별히 올 사람이 없는 것 같은데요. 샬럿 루커스가 놀러온다면 또 모를까. 그 애한테는 ‘우리’ 정도의 저녁 식사면 충분하지 않나요. 자기 집에서는 보기 어려운 식사일 텐데요.”

“내가 말하는 사람은 아가씨가 아닌 신사요. 잘 모르는 사람이기도 하고.”

베넷 부인의 눈이 반짝였다.

“신사에다가 잘 모르는 사람이라니, 빙리 씨군요! 아유, 제인은 귀띔 한 마디를 안 해주다니, 여우같기는! 빙리 씨라면 두 팔 벌려 환영이지요. 어머나, 맙소사! 이를 어째! 오늘은 생선이 하나도 없는데. 리디아, 벨을 울려라. 당장 힐에게 이야기해야겠다."

남편이 말했다.

"빙리 씨가 아니오. 내 평생 한 번도 본 적이 없는 사람이라는 말이었소."

이 말에 모두가 깜짝 놀랐다. 그는 아내와 다섯 딸이 한꺼번에 퍼붓는 질문을 만끽했다.

잠깐 동안 가족들의 호기심을 즐긴 뒤 베넷 씨는 이렇게 설명했다.

"한 달 전쯤 이 편지를 받았고, 보름 전에 답신을 보냈소. 미묘한 사안이기도 했고, 빠른 답신이 필요하다는 생각이 들었거든. 친척인 콜린스 씨가 보낸 편지인데, 이 사람은 마음만 먹으면 내가 죽자마자 우리 가족들을 이 집에서 쫓아낼 수도 있지 않소."

아내가 소리쳤다.

"아유, 여보! 그런 말씀은 견딜 수가 없어요. 그 밉살스러운 사람 얘기는 꺼내지도 말아요. 당신 땅을 자식들에게 물려주지 못하고 한사 상속이 된다니, 세상에 그보다 원통한 일이 어디 있겠어요? 제가 당신이라면 벌써 오래전에 무슨 수든 썼을 거라고요."

제인과 엘리자베스는 이미 여러 번 설명했지만, 어머니에게 다시 한 번 한사 상속의 특성을 이해시키려고 애썼다. 그래도 베넷 부인은 도통 이해하지 못한 채 아버지의 재산을 다섯 딸이 아닌 아무 상관도 없는 남자에게 물려줘야 한다는 가혹한 현실을 저주하며 비통해하기 일쑤였다.

베넷 씨가 말했다.

"분명 아주 부당한 일이오. 그렇다고 롱번을 물려받는 죄악에서 콜린스 씨를 구원할 방법도 전혀 없으니. 하지만 콜린스 씨 편지를 읽어보면 이 사람의 태도에 당신 마음이 조금은 누그러질지도 모르지."

"아뇨, 절대 그럴 리가 없어요. 당신에게 편지까지 쓰다니 아주 뻔뻔스럽고 위선적인 작자가 분명해요. 난 그렇게 겉으로만 친구입네 하는 사람은 질색이라고요. 왜 자기 아버지처럼 당신과 다투라고 하지 그러세요?"

"들어보면 알겠지만, 이 친구도 그 일 때문에 자식으로서 가책을 느끼는 것처럼 보이는군."

헌스퍼드, 웨스터햄 근교, 켄트 주

10월 15일

친애하는 베넷 씨께

어르신과 제 선친 사이에 일어난 불화로 늘 제 마음이 불편했습니다. 그러던 중 불행히도 아버지를 여의고 난 후 종종 그 틈을 메울 기회가 있기를 바랐습니다. 하지만 불화로 말미암아 소홀하셨던 분과 잘 지내는 것이 아버지의 뜻을 거스르는 일은 아닐까 걱정되어 한동안 만남을 자제해왔습니다. —"바로 이 부분이오, 부인."—그러나 이제 비로소 그 일을 해결하기로 결심이 섰습니다. 지난 부활절에 성직 서임을 받고, 운 좋게도 루이스 드 버그 경의 미망인이신 캐서린 드 버그 부인을 후원자로 모시는 영광을 입었기 때문입니다. 캐서린 드 버그 부인이 큰 은혜를 베풀어 저를 교구 목사직에 발탁하셨고, 저는 귀부인을 존경하는 마음으로 품위를 지키기 위해 신실한 노력을 기울이며, 언제라도 국교회에서 정한 의례와 의식을 수행할 준비를 갖추고 있습니다. 더욱이 저는 성직자로서 제 영향력 내에 있는 모든 가정의 평화를 지켜야 한다는 의무가 있습니다. 이런 이유로 저는 지금의 제안이 선의에서 나온 것으로 칭찬받을 만하다는 자부심을 느낍니다. 그러니 다음 세대에 롱번을 한사 상속받게 될 저의 처지를 어르신 편에서도 너그러이 눈감아주시기를 바라고, 제가 내민 올리브 가지를 부디 거절하지 말아 주십시오. 베넷 가의 사랑스러운 따님들께 해를 끼치게 되는 것이 안타까운 마음이니 부디 제 사과를 받아주시길 청하며, 아울러 앞으로 이를 보상할 수 있는 가능한 모든 방도를 취할 것을 약속드립니다. 귀댁 방문을 반대하지 않으신다면 11월 18일 월요일 오후 네 시까지 어르신과 가족들을 찾아뵙고자 하는 마음을 실행에 옮기고자 하며, 다음 토요일까지 귀댁에서 머무르기를 청합니다. 캐서린 부인께서는 대신 의무를 맡아줄 다른 성직자만 있다면 가끔 일요일에 자리 비우는 것을 반대하지 않으시니 아무 문제 없이 머무를 수 있을 듯합니다. 다른 가족들께도 존경의 인사를 전해주시기 바라며 이만 줄이겠습니다.

귀댁의 행복과 안녕을 바라며,

윌리엄 콜린스

베넷 씨는 편지를 접으며 말했다.

"그러니까 우리는 네 시에 화해를 청하는 이 신사를 만나게 되겠지. 내 생각에는 아주 양심적이고 예의 바른 청년인 듯한데, 알아두면 좋은 벗이 될 것도 같고. 물론 캐서린 부인께서 너그러운 마음으로 이 청년이 다시 우리를 방문하도록 허락하셔야 하겠지만 말이야."

"우리 딸들에 대한 말은 납득이 좀 되네요. 어떤 식으로든 보상할 마음이 있다면 내가 굳이 거절할 이유는 없죠."

제인이 말했다.

"짐작하기가 어렵네요. 그분이 우리 몫으로 생각하는 부분을 어떤 식으로 보상해주신다는 말인지. 그래도 그런 바람만큼은 분명 칭찬할 만해요."

엘리자베스는 캐서린 부인에 대한 콜린스의 유난스러운 존경심과 교구 주민들이 필요로 할 때 기꺼이 세례와 결혼, 장례식을 주관하겠다는 등 당연한 친절을 생색내는 점이 가장 마음에 걸렸다.

그녀가 말했다.

"이상한 사람일 것 같아요. 무슨 말을 하는지 정확히 이해할 수가 없어요. 문체에는 몹시 잘난 척하는 구석이 있고요. 게다가 다음번 한사상속자가 된 점을 사과한다니 무슨 뜻이죠? 상속을 포기할 수 있다고 해도 그럴 사람은 아닌 것 같은데요. 과연 분별력이 있는 남자일까요, 아버지?"

"그렇지 않을 것 같구나, 리지야. 오히려 그 반대이지 않을까 하는 생각이 든단다. 편지 내용에 비굴함과 자존심이 뒤섞인 것만 봐도 잘 알 수 있지. 하여튼 얼른 만나보고 싶군."

메리가 말했다.

"작문의 관점에서 보면 흠 잡을 구석이 별로 없네요. 올리브 가지라는 표현이 그리 신선하지는 않지만 적절한 표현이라고 생각해요."

캐서린과 리디아는 편지나 편지를 쓴 사람에게 아무런 관심도 없었다. 사촌이 진홍색 군복을 입고 올 가능성은 희박했고,

지난 몇 주 동안 다른 옷을 입은 남자들과 어울려 즐거웠던 적이 없었기 때문이다. 어머니의 경우 콜린스 씨의 편지로 나쁜 감정이 어느 정도 누그러져 침착하게 그를 맞을 준비를 함으로써 남편과 딸들을 놀라게 했다.

콜린스 씨는 예정된 시간에 도착했고, 모든 가족한테서 대단히 정중한 인사를 받았다. 베넷 씨는 거의 말을 하지 않았지만 숙녀들은 기꺼이 대화하려고 했으며, 콜린스 씨도 옆에서 부추기거나 하지 않더라도 침묵을 지킬 마음은 없어 보였다. 그는 키가 크고, 진중한 표정을 한 스물다섯 살의 젊은이였다. 분위기는 엄숙하고 근엄했으며, 태도는 지나치다는 생각이 들 정도로 격식을 차렸다. 자리에 앉자 곧 베넷 부인에게 훌륭한 따님들을 두셨다는 칭찬을 했고, 뛰어난 외모는 익히 들었지만 지금 보니 소문이 실물에 훨씬 못 미친다고 했다. 그리고 모두가 적절한 나이에 좋은 집안에 시집갈 것이 분명해 보인다고 말했다. 이 예의범절은 그 자리에 있는 몇몇 청중의 취향과는 동떨어진 것이었지만 칭찬이라면 마다하지 않는 베넷 부인은 이렇게 대답했다.

“아주 친절하시네요, 콜린스 씨. 그럼요, 저도 그렇게 생각한답니다. 진심으로 그렇게 되기를 바라고요. 그렇지 않다면 딸들이 빈곤하게 살아야 할 테니까요. 상황이 참 이상하게 되어 있잖아요.”

"한사 상속을 말씀하시나 봅니다."

"에휴! 맞아요, 그렇답니다. 가엾은 아이들에게 얼마나 가슴 아픈 처사인지, 그건 인정하시겠지요. 물론 '당신'의 잘못이라는 뜻은 아니에요. 세상에는 그런 일들도 있다는 걸 저도 잘 안답니다. 재산이 한사 상속되기로 한번 정해지면 어떻게 될지 아무도 모르지요."

"부인, 저 또한 아리따운 사촌들이 겪을 어려움을 잘 인지하고 있습니다. 그 문제에 대해 많은 말씀을 드리고 싶지만 지금은 제가 너무 조급하게 구는 것처럼 보일까 봐 조심스럽습니다. 하지만 젊은 숙녀분들을 기꺼이 찬양할 마음으로 왔다는 점은 분명히 말씀드릴 수 있습니다. 지금으로선 이 이상은 말씀드릴 수 없지만, 우리가 서로를 좀 더 알게 된다면……."

저녁이 준비되었다는 소리에 콜린스 씨의 말이 중단되었다. 딸들은 서로 미소를 교환했다. 그의 찬사 대상은 그녀들만이 아니었다. 홀, 식당, 모든 가구까지 꼼꼼히 관찰하더니 이와 관련해서도 찬사를 늘어놓았다. 평소라면 베넷 부인은 그의 온갖 칭찬을 기쁜 마음으로 받아들였을 테지만, 지금은 그가 앞으로 자신이 소유하게 될 물건들에 감탄하고 있다는 생각이 들어 그러질 못했다. 식사 역시 감탄과 칭찬의 대상이 되었다. 그는 아름다운 사촌들 가운데 훌륭한 요리 솜씨를 지닌 분이 누구인지 알고 싶다고 했다. 그러자 베넷 부인이 그의 말을 바로잡으며 다소 퉁명스러운 어조로 자신들은 좋은 요리사를 둘 만한 재산이 있고, 딸들에게 부엌일은 전혀 시키지 않는다고 대답했다. 그가 불쾌하게 해드려 죄송하다고 용서를 구하자 베넷 부인은 한층 부드러워진 어조로 기분이 상하진 않았다고 말했지만, 그의 사과는 십오 분 동안이나 계속되었다.

14장

저녁 식사를 하는 동안 베넷 씨는 거의 입을 열지 않았다. 그러나 하인들이 물러가자 손님과 대화를 나눌 때라는 생각이 들어 그가 굉장히 자랑스러워할 만한 화제를 꺼냈다. 후원자에 행운이 따른 것 같다고 말문을 연 것이다. 캐서린 드 버그 부인이 콜린스 씨의 소망에 보이는 관심도 그렇고, 편의를 배려해주는 마음 씀씀이도 아주 돋보인다고 말했다. 베넷 씨는 최고의 화제를 고른 셈이었다. 콜린스 씨는 곧바로 부인에 대한 열렬한 찬사를 늘어놓았다. 이 말을 하는 동안 다른 때보다 더 근엄한 태도와 엄숙한 표정으로 다른 높은 신분의 사람들한테서 캐서린 드 버그 부인과 같은 태도, 친절, 은혜를 받아본 적이 없다고 했다. 벌써 두 번이나 그분 앞에서 설교하는 영예를 안았는데, 두 번 모두 송구스럽게도 칭찬해주셨다는 것이다. 또한 부인이 두 번이나 로징스에서 열리는 식사에 초대해주셨으며, 바로 지난 토요일 저녁에도 카드리유(네 명이서 하는 카드 게임—옮긴이)에 머릿수를 채우도록 그를 불러주셨다는 등 찬사가 이어졌다. 많은 사람이 캐서린 부인을 오만하다고 말하는데 '자신'은 상냥한 모습밖에 뵌 적이 없고, 언제나 신사를 대하듯 그에게 말씀하신다고 했다. 이웃의 사교계에 들어선 일이나 친척을 만나려고 일이 주 정도 교구를 비우는 일도 전혀 언짢아하지 않으셨고, 심지어 아내감을 신중하게만 고를 수 있다면 되도록 빨리 결혼하는 게 좋겠다는 충고까지 해주셨다고 벅찬 감격을 담아 말했다. 한번은 누추한 목사관으로 직접 찾아와 진행 중이던 건물 개조를 전적으로 승인해주셨고, 위층 옷장 선반에 대해서는 몸소 몇 가지 조언까지 해주셨다는 등 사소한 일까지 자세히 말했다.

베넷 부인이 말했다.

"모두 적절하고 친절하신 행동이네요. 참 훌륭한 분일 것 같아요. 대개 지체 높은 귀부인들은 그분 같지 않으니 안타까울 따름이지요. 그분이 가까이 사시나요?"

"제 누추한 처소에 딸린 정원과 귀부인이 머무시는 로징스 파크 사이에 오솔길이 하나 있을 뿐입니다."

"미망인이라고 하셨지요? 그럼 가족은 더 없으신가요?"

"외동딸이 한 분 계십니다. 로징스 외에도 막대한 재산을 상속받게 되시지요."

베넷 부인이 머리를 살짝 흔들며 말했다.

"어머나! 다른 아가씨들보다 유복한 분이겠군요. 그 아가씨는 어떤 분인가요? 미인인가요?"

"정말로 매력적인 아가씨입니다. 캐서린 부인도 진정한 아름다움이란 관점에서 보면 가장 아름다운 여성보다도 드 버그 양이 훨씬 낫다고 말씀하시니까요. 그분께는 훌륭한 집안의 아가씨들이 지닌 특유의 기품이 있기 때문이지요. 안타깝게도 허약한 체질이라 다방면의 교양을 쌓지는 못하셨지만, 몸만 건강했다면 못하셨을 분이 아니랍니다. 아가씨의 교육을 감독하면서 함께 사는 숙녀분이 직접 하신 이야기입니다. 하지만 참으로 상냥하시고, 종종 조랑말이 끄는 작은 사륜 쌍두마차를 타고 누추한 처소에 들러주시기도 한답니다."

"폐하를 알현하신 분인가요? 궁정의 귀부인들한테서 그 아가씨의 이름을 들은 기억이 없군요."

"건강이 좋지 않아서 불행하게도 런던에 가지 못하신답니다. 캐서린 부인께도 이 말씀을 한번 드렸는데, 그 탓에 영국 왕실은 가장 빛나는 장식품을 하나 잃었지요. 귀부인도 이 칭찬에 흡족해하시는 듯 보였습니다. 짐작하시겠지만 매 상황마다 귀부인들의 마음에 흡족하실 사소하고 섬세한 칭찬을 드리는 것이 제 기쁨입니다. 캐서린 드 버그 부인께도 매력적인 따님이 공작부인이 되기 위해 태어나신 분 같으며, 아무리 높은 신분도 따님을 돋보이게 하기보다는 따님 덕분에 돋보이게 될 거라고 여러 번 말씀을 올렸지요. 이런 사소한 칭찬이야말로 귀부인을 기쁘게 해드리면서 제게 보여주시는 관심에 보답할 길이라고 생각합니다."

베넷 씨가 말했다.

"훌륭한 판단입니다. 섬세하게 남의 비위를 맞추는 재능도 복이지요. 그런 상냥한 배려가 즉석에서 떠오르는지, 아니면 미리 연구하신 결과인지 물어도 되겠습니까?"

"주로 그때 그때 떠오르는 대로 이야기하지만, 종종 일반적인 상황에 잘 맞는 품위 있는 찬사를 미리 준비하는 즐거움을 누리기도 합니다. 물론 가능하면 준비한 티를 내지 않으려고 합니다만."

베넷 씨의 기대는 완벽하게 충족되었다. 사촌은 예상만큼 우스꽝스러운 사람이었다. 베넷 씨는 겉으로 침착한 표정을 유지했지만 속으로는 아주 재미있어하면서 그의 말을 들었다. 가끔씩 엘리자베스와 눈짓을 주고받는 것 외에는 즐거움을 나눌 다른 상대도 필요하지 않았다.

그러나 차 마실 시간이 되자 즐거움은 이미 충분하다 싶었고, 베넷 씨는 기꺼이 손님을 다시 거실로 안내했다. 다과가 끝나자 콜린스 씨는 숙녀들에게 책을 읽어달라는 청을 받았고, 그가 흔쾌히 승낙하자 책 한 권이 건네졌다. 그러나 책을 보더니(책의 면면을 보면 순회 도서관에서 빌려온 책이 분명했음) 그는 흠칫 놀라 뒤로 물러서면서 자신은 절대 소설을 읽지 않는다며 양해를 구했다. 키티는 그를 멍하니 바라보았고, 리디아는 짧게 탄성을 질렀다. 다른 책 몇 권이 건네졌고 그는 심사숙고 끝에 포다이스의 설교집을 선택했다. 그가 책장을 펼치자마자 리디아는 크게 하품을 했고, 무미건조하고 근엄한 어조로 세 쪽을 채 끝내기도 전에 입을 열어 낭독을 중단시켰다.

"엄마, 그거 아세요? 필립스 이모부가 리처드를 해고할 생각인데, 만약 그렇게 되면 포스터 대령이 그를 고용할 거래요. 이모가 토요일에 직접 말해줬어요. 내일 메리턴으로 산책 가서 그곳 소식도 더 듣고, 데니 씨가 런던에서 언제 돌아오는지도 물어볼까 봐요."

두 언니가 리디아를 조용히 시켰지만, 이미 기분이 상한 콜린스 씨는 책을 내려놓으며 말했다.

"젊은 아가씨들에게 유익함을 안겨주는 진지한 책에 정작 당사자들은 거의 관심이 없지요. 종종 겪는 일입니다. 참으로 놀라운 일이라고 말할 수밖에요. 분명 가르침보다 유익한 것은 없으니까요. 하지만 더는 어린 사촌을 괴롭히지 않겠습니다."

그러고는 베넷 씨에게 주사위놀이 상대가 되어주겠노라고 제안했다. 베넷 씨는 도전을 받아들이면서 아가씨들이 자기들끼리 사소한 놀이를 즐기도록 한 것은 아주 현명한 생각이라고 말했다. 베넷 부인과 딸들은 리디아의 방해를 아주 정중하게 사과하면서 다시 책을 읽어주신다면 이제는 그런 일이 없을 거라고 약속했다. 그러나 콜린스 씨는 자신의 어린 사촌에게 나쁜 마음이 전혀 없으며, 그녀의 태도를 모욕으로 받아들여 화가 나거나 하지 않았다고 숙녀들을 안심시켰다. 그리고 베넷 씨와 함께 다른 테이블에 앉아서 주사위놀이를 준비했다.

15장

콜린스 씨는 분별력을 갖춘 남성은 아니었다. 그는 타고난 단점을 고칠 수 있는 교육이나 사교 관계의 도움도 거의 받지 못했다. 인생의 대부분을 무식한 수전노 아버지 아래서 보냈으며, 대학에 들어가기는 했지만 필요한 학기만 겨우 채웠을 뿐 도움이 될 만한 지인을 사귀지 못한 때문이었다. 아버지가 그를 키우면서 복종만을 가르친 탓에 본래 그의 태도는 비굴했다. 그 비굴함은 이제 머리는 나쁘지만 세상 사람들과 떨어져 지내는 이들에게서 나타나는 오만함과 예기치 못한 이른 성공에 따른 우쭐함으로 상당 부분이 상쇄되었다. 헌스퍼드 목사 자리가 비었을 때 캐서린 드 버그 부인의 추천을 받은 것은 행운이었다. 거기에 귀부인의 높은 신분에 대한 존경심과 후원자를 향한 숭배가 자기 자신을 높게 평가하는 마음, 성직자로서의 권위, 교구 목사라는 권한과 뒤섞여 그를 오만과 아부, 자존심과 비굴함이 뒤섞인 사람으로 만들어놓았다.

이제 좋은 집도 있고, 상당한 수입도 생겼겠다 싶어 콜린스는 결혼할 마음을 먹었다. 그래서 롱번 집안과 화해의 방법으로 결혼을 생각했고, 만약 사촌들이 그 명성에 맞게 미인이고 상냥하다면 그중 한 명을 고르겠다고 마음먹었다. 이것이 한사 상속받는 재산에 대한 그의 보상, 즉 속죄 계획이었다. 그는 마음속으로 이 계획이 아주 적절하고 합당하며, 몹시 너그럽고 공평하기까지 한 훌륭한 계획이라고 뿌듯해했다.

사촌들을 만난 뒤에도 그 계획은 변함이 없었다. 맏딸인 베넷 양의 사랑스러운 얼굴은 그의 생각을 굳혀주었는데, 여기에는 손윗사람부터 순서를 지켜야 한다는 원칙도 한몫했다. 첫날 저녁에 벌써 '제인'을 선택해두었지만, 다음 날 아침 선택이 바뀌었다. 아침 식사 전 십오 분간 베넷 부인과 단 둘이 대화할 기회가 있었는데, 대화의 주제는 자연스럽게 롱번에서 안주인을 찾고 싶다는 희망사항으로 이어졌다. 이 자리에서 베넷 부인은 아주 상냥한 미소와 격려로 위장한 채 그가 마음에 둔 제인에 대해 주의를 주었기 때문이다.

"제인의 '동생들'은 달리 드릴 말씀은 없지만…… 정확한 사실을 모르긴 하지만…… 걔들은 딱히 만나는 사람이 '없는' 것 같아요……. 다만 '큰딸'은 말씀드려야만 할 것 같은데…… 귀띔을 해드리는 것이 도리겠지요. 그 애는 머지않아 약혼을 할 것 같아요."

콜린스 씨로서는 그저 대상을 제인에서 엘리자베스로 바꾸면 될 일이었다. 그것도 아주 순식간에 바꿀 수 있었는데, 베넷 부인이 불씨를 뒤적이는 아주 짧은 시간으로도 충분했다. 엘리자베스는 제인 바로 아래 동생이면서 미모도 제인 다음 가니 당연히 제인의 자리를 이어받은 것이다.

베넷 부인은 콜린스 씨의 은근한 암시를 소중히 간직한 채 조만간 두 딸을 시집보낼 수 있겠다는 기대로 들떴다. 그리하여 예전에는 이름도 듣기 싫던 그가 이제 아주 괜찮은 청년으로 둔갑해버렸다.

메리턴으로 산책을 가겠다는 리디아의 마음은 그대로였고, 메리를 제외한 자매들이 그녀와 함께 집을 나섰다. 콜린스 씨도 함께 산책에 나섰는데, 그를 쫓아내고 서재를 혼자 쓰고 싶어 안달이 난 베넷 씨가 청했기 때문이다. 콜린스 씨는 아침 식사 후 베넷 씨를 따라 서재로 들어가 독서를 하겠다면서 가장 크고 두꺼운 책 한 권을 꺼내들기는 했지만, 실제로는 베넷 씨에게 끊임없이 말을 걸면서 헌스퍼드의 집과 정원에 대해 떠들어댔다. 이런 행동은 베넷 씨의 평정심을 흔들기에 충분했다. 그는 서재에서만큼은 언제나 평온하고 여유롭게 지내왔으며,

엘리자베스에게도 얘기했듯이 집안 다른 곳에서는 얼마든지 어리석고 교만한 꼴을 봐줄 수 있지만 서재만큼은 예외 장소로 남겨두었던 것이다. 그런 이유로 콜린스 씨에게 딸들과 함께 산책해달라고 청했고, 그도 사실 독서보다는 걷기가 더 좋았으므로 매우 기뻐하며 책을 덮고 나갔다.

콜린스 씨는 알량한 면모를 부풀려 뽐내고, 사촌들은 여기에 정중하게 응해주면서 일행은 메리턴으로 들어섰다. 하지만 그 순간부터 그는 더 이상 어린 사촌들의 관심 대상이 아니었다. 이들은 곧바로 거리를 탐색하며 장교를 찾기 시작했고, 가게 진열창에 걸린 아주 멋진 모자나 새로 나온 모슬린이 아니면 이들의 눈길을 돌릴 수 없었다.

그러다가 모든 아가씨의 이목이 단숨에 예전에 본 적 없는 아주 신사다운 외모의 청년한테로 집중되었다. 그는 길 건너편에서 다른 장교 한 명과 걷고 있었다. 그 장교는 바로 리디아가 런던에서 언제 돌아올지 궁금해하던 데니 씨로, 자매들을 보자 목례를 하고 지나갔다. 모두가 그 낯선 사람에게 강한 인상을 받았고, 누구일지 몹시 궁금해했다. 키티와 리디아는 그가 누구인지 알아볼 속셈으로 건너편 가게에서 살 물건이 있는 척 길을 건너갔고, 운 좋게도 길을 건너자 마침 두 명의 신사가 갔던 길을 되돌아와서 아까 그 장소에 도착했다. 데니 씨가 직접 이들에게 인사를 건네고, 친구인 위컴 씨를 소개하겠다고 청했다. 어제 런던에서 함께 온 친구인데 기쁘게도 이번에 자기 부대에 장교로 임관됐다고 했다. 그야말로 훌륭했다. 그 청년은 군복만 입는다면 완벽할 거라고 생각되었기 때문이다. 그의 외모는 누구에게나 환심을 살 만했다. 잘생긴 얼굴과 큰 키에 상대를 유쾌하게 만들어주는 말솜씨까지 훌륭한 남자라고 말할 만한 좋은 부분을 두루 갖춘 것처럼 보였다. 그는 소개를 받자 자연스레 대화를 나누기 시작했는데, 경우가 바르고 적당한 선을 넘지 않았다. 그들이 함께 모여 즐거운 대화를 나누고 있을 때 말굽 소리가 주의를 끌었다. 다아시와 빙리가 말을 탄 채 내려오고 있었다. 숙녀들을 알아본 두 신사는 곧장 이들에게 다가와서 평소처럼 예의 바르게 인사를 했다. 말하는 쪽은 주로 빙리였고, 그 주요 상대는 베넷 양이었다. 그는 롱번으로 그녀의 상태를 알아보러 가는 길이었다고 했다. 다아시 씨는 살짝 고개를 숙여 그 말을 인정했고, 엘리자베스를 바라보지 않으려고 고개를 돌리는 순간 낯선 청년에게 눈길이 멈췄다. 두 사람이 서로의 존재를 확인하는 순간 엘리자베스는 우연히 두 사람의 표정을 목격하고, 그 만남이 가져온 파장에 깜짝 놀랐다. 둘 다 얼굴색이 변했는데, 한 명은 하얗게 질렸고 다른 한 명은 벌겋게 달아올랐다. 잠시 후 위컴 씨가 모자에 슬쩍 손을 올려 인사했고 다아시 씨는 마지못해 인사를 받았다. 이게 무슨 일인지 짐작도 할 수 없었고, 궁금해하지 않을 수도 없었다.

다음 순간 어떤 일이 있었는지 눈치 채지 못한 빙리 씨는 작별 인사를 하고 친구와 함께 자리를 떴다.

데니 씨와 위컴 씨는 필립스 씨의 집 앞까지 숙녀들과 함께 걸었다. 리디아가 안에 들어갔다 가라고 끈질기게 졸라댔고, 필립스 부인까지 응접실 창문을 밀어 올리고 큰 소리로 초대했음에도 두 사람은 인사를 하고 떠났다.

필립스 부인은 조카들은 언제나 환영이었고, 특히 최근에 자리를 비웠던 큰조카딸 둘을 반가워했다. 그러면서 마차를 보내지도 않았는데 두 사람이 갑자기 집으로 돌아왔다는 소식에 정말 놀랐다는 말을 야단스레 늘어놓았다. 우연히 길에서 존스 씨네 점원을 만나 베넷 양이 네더필드를 떠나 더는 그 집으로 약을 보내지 않는다는 소식을 듣지 않았다면 까맣게 몰랐을 뻔했다는 것이다. 그때 제인이 콜린스 씨를 소개하자 그녀는 얼른 예의를 차려 인사했다. 필립스 부인은 최대한 정중하게 그를 맞이했고, 그는 그보다 훨씬 더 과장된 정중함으로 답례를 했다. 친분도 없는 그녀의 집에 불쑥 찾아와 죄송하다고 사죄하며, 자신을 소개해준 아가씨와 친척 관계이기 때문에 용납해주시리라고 편하게 생각할 수밖에 없었다고 말했다. 필립스 부인은 엄청난 예의범절에 사뭇 기가 질린 듯했지만, 아가씨들이 새로 등장한 장교에 대한 찬사와 질문을 쏟아냈기 때문에 그 낯선 청년을 향한 생각은 오래 이어지지 않았다. 새로운 장교에 대해서는 필립스 부인도 조카들이 이미 알고 있는 정보밖에 줄 수 없었다. 데니 씨가 런던에서 그를 데려왔고, ○○ 부대에 장교로 임관하게 될 거라는 정도였다. 조금 전까지 그가 한 시간째 거리를 오가는 모습을 지켜봤다고 했는데, 위컴 씨였다면 키티와 리디아도 분명 창가를 떠나지 않았을 것이다. 그러나 불행히도 지금 창밖에는 위컴 씨 탓에 '멍청하고 평범한 사람'으로 전락한 몇몇 장교만 지나다닐 뿐이었다. 그중 몇 사람은 다음 날 필립스 씨 댁에서 식사를 함께할 예정이었는데 필립스 부인은 롱번 가족들이 내일 저녁에도 올 수 있다면 남편에게 부탁해 위컴 씨를 초대하도록 하겠다고 약속했다. 모두가 오겠다고 하자 필립스 부인은 로터리 티켓 게임(특정 카드를 손에 쥔 사람이 이기는 여러 명이 하는 카드 게임—옮긴이)이나 한 판 시끌벅적하게 벌이고, 이후에 가벼운 저녁을 함께하자고 제안했다. 모두 그 제안으로 마음이 들떠 기운 넘치는 작별 인사를 했다. 콜린스 씨는 집을 나오면서까지 계속해서 사과했고, 필립스 부인도 끈기 있게 예의를 갖춰 전혀 그럴 필요가 없다고 안심시켰다.

집으로 걸어오는 동안 엘리자베스는 제인에게 두 신사 사이에서 있었던 일을 이야기했다. 무언가 잘못된 점이 보였다면 제인은 한쪽이나 양쪽 모두를 변호했을 테지만, 제인으로서도 그 이유가 뭔지 알 수 없기는 동생과 마찬가지였다.

콜린스 씨는 집으로 돌아와 필립스 부인의 태도와 예의에 칭찬을 늘어놓아서 베넷 부인을 기쁘게 했다. 캐서린 부인과 그 영애를 제외하면 그토록 우아한 여성은 본 적이 없다고 주장했다. 그를 몹시 예의 바르게 맞아주었을 뿐 아니라 아무런 친분도 없는 자신을 꼭 집어서 다음 날 있을 식사에 초대해준 것만 봐도 알 수 있다고 했다. 아마 베넷 집안과의 인척 관계 덕분이라고 짐작하지만 평생 이토록 넘치는 환대를 받은 적이 없다는 것이다.

16장

딸들이 이모와 한 약속은 어떤 반대에도 부딪히지 않았고, 콜린스 씨가 자신은 손님이기 때문에 단 하루라도 베넷 부부만 남겨두고 나갈 수 없다고 버텼으나 다들 괜찮다고 말리는 바람에 그와 다섯 사촌은 적절한 시간에 맞춰 메리턴에 도착했다. 아가씨들이 응접실에 들어가자 위컴 씨가 이모부의 초대를 받아들여 집에 와 있다는 반가운 소식이 전해졌다.

그 소식이 전해지고 모두 자리에 앉자 콜린스 씨는 한가로이 주변을 둘러보며, 응접실의 규모와 가구가 로징스의 작은 여름 별실을 떠올리게 할 정도로 인상적이라고 감탄했다. 처음에는 이 말이 왜 칭찬인지 잘 알 수 없었다. 그러나 콜린스 씨가 로징스가 어떤 곳이며 누구 소유인지 밝히고, 캐서린 부인이 소유한 많은 응접실 중 한 곳을 설명하면서 벽난로 장식만 8백 파운드라고 말하자 콜린스 씨의 말을 대단한 칭찬으로 느끼게 되었다. 만약 캐서린 부인의 가정부 방과 비교했더라도 화를 내지 않았을 것 같았다.

콜린스 씨는 캐서린 귀부인과 저택의 위엄을 묘사하고 중간중간 자신의 누추한 집과 최근 그곳을 어떻게 개조했는지를 자랑스럽게 늘어놓으면서 다른 신사들이 합류할 때까지는 아주 즐거운 시간을 보냈다. 필립스 부인은 그의 말에 관심을 보이는 청중으로, 이야기를 들으면서 그를 더 높이 평가하게 되었다. 그래서 되도록 빨리 주변 이웃들에게 그 이야기를 들려줘야겠다고 결심하기에 이르렀다. 사촌의 말을 가만히 듣고 있지 못하는 아가씨들은 피아노 연주나 했으면 하고 바라거나 벽난로 앞 선반 위에 놓인 자기들이 만든 허술한 도자기 모사품을 구경하는 일 외에는 달리 할 일이 없었다.

그러다가 마침내 기다림이 끝났다. 신사들이 들어왔고, 방으로 들어오는 위컴 씨를 보자 엘리자베스는 어제 그를 처음 봤을 때부터 줄곧 지녔던 호감이 적절했음을 느꼈다. ○○ 부대의 장교들은 대체로 훌륭하고, 신사다운 외모를 지녔으며, 오늘 파티에는 그중 내로라하는 장교들이 참석했는데도 위컴 씨는 외모와 분위기, 태도 등 모든 면에서 다른 장교들보다 우위에 있었다. 그 우월함은 장교들 뒤를 따라 포트와인 냄새를 풍

기며 들어온 넓적한 얼굴의 고지식한 필립스 이모부와 다른 장교들의 격차만큼이나 컸다.

위컴 씨는 그 자리에 참석한 모든 여성의 시선을 받은 행복한 남자였고, 엘리자베스는 그가 마침내 옆에 앉기로 결정한 행복한 여자였다. 그는 앉자마자 훌륭한 매너로 대화를 시작했다. 대화라고는 해도 오늘 밤 비가 왔고, 장마가 시작될지도 모르겠다는 말을 했을 뿐인데도 엘리자베스는 아무리 흔하고 지루하며 케케묵은 화제도 말하는 사람의 기술에 따라 대단히 흥미로워질 수 있다고 생각했다.

위컴 씨를 비롯한 장교들의 등장으로 경쟁자가 나타나자 콜린스 씨는 숙녀들의 관심사에서 까마득히 멀어지는 듯했다. 젊은 아가씨들은 그를 없는 사람 취급했지만, 여전히 친절한 필립스 부인이 때때로 그의 말을 들어주고 세심하게 신경 써준 덕분에 커피와 머핀은 풍족하게 대접받을 수 있었다.

카드 테이블이 마련되자 콜린스 씨는 부인의 친절에 보답할 기회를 잡기 위해 휘스트 게임 자리에 앉으며 말했다.

"지금은 이 게임을 잘 모르지만 기꺼이 배워보고 싶습니다. 저 같은 처지에서는……."

필립스 부인은 참여에 아주 감사해했지만 그 이유를 일일이 들어줄 시간은 없었다.

위컴 씨는 휘스트 게임을 하지 않았고, 다른 테이블의 환영을 받으며 엘리자베스와 리디아 사이에 자리를 잡았다. 처음에는 못 말리는 수다쟁이인 리디아가 그를 독차지하는 것처럼 보였다. 그러나 리디아는 로터리 티켓 게임을 너무 좋아해 베팅을 하고 이기면 소리를 지르느라 누구 한 사람에게 특별히 관심을 기울일 수가 없었다. 위컴 씨는 게임을 적당히 따라가면서 여유롭게 엘리자베스에게 말을 건넸다. 엘리자베스에게 가장 궁금한 얘기는 다아시 씨와의 과거 인연이었지만, 그 이야기를 듣게 될 리 없을 거라고 생각하면서도 아주 기쁘게 그의 말에 귀를 기울였다. 그녀로서는 차마 그 신사의 이름을 입에 올리기도 어려웠다. 그런데 엘리자베스의 호기심은 예상치 않게 해소되었다. 위컴 씨가 먼저 그 화제를 꺼낸 것이다. 그는 메리턴과 네더필드 사이의 거리가 얼마나 되는지 물었고, 그녀의 대답을 듣고 나자 주저하듯 다아시 씨가 언제부터 머물렀는지 물었다.

"한 달 정도 됐어요."

엘리자베스가 말했다. 그러고는 화제를 바꾸고 싶지 않아서 덧붙였다.

"더비셔에 굉장한 재산이 있다고 하던데요."

이 질문에 위컴은 심드렁하게 대답했다.

"그렇지요. 그곳 영지에서 막대한 수입이 나옵니다. 전혀 과장하지 않고 일 년에 1만 파운드를 버니까요. 그분에 대해 저보다 정확한 정보를 줄 수 있는 사람은 아마 없을 겁니다. 어렸을 때부터 그분 집안과는 아주 특별한 인연을 맺어왔기 때문이지요."

엘리자베스는 놀란 표정으로 그저 쳐다보기만 했다.

"당연히 놀라셨을 겁니다, 베넷 양. 아마 우리가 어제 만났을 때 서로 냉랭하게 구는 모습을 보셨을 테니 제 주장이 놀라울 수밖에요……. 다아시 씨를 잘 아시나요?"

그 순간 엘리자베스는 흥분된 목소리로 말했다.

"알 만큼은 알지요. 그 사람과 같은 집에서 나흘 정도 지낸 적이 있는데, 아주 불쾌한 사람이더군요."

위컴이 말했다.

"그분이 불쾌한 사람인지 가타부타할 권리는 '제게' 없습니다. 그런 평가를 할 자격이 없지요. 올바른 판단을 하기에는 아주 긴 시간을 알아왔기 때문입니다. '저는' 공정해질 수가 없군요. 하지만 당신의 그런 견해를 들으면 보통은 깜짝 놀랄 것 같습니다. 여기야 가족들만 있으니 그러셨을 테지만 아마 다른 곳이었다면 그렇게 강하게 표현하지 않으셨겠지요."

"맹세코 네더필드만 아니면 근방 어디를 가더라도 지금 '여기'에서 한 말을 그대로 할 수 있어요. 하트퍼드셔에서는 아무도 그분을 좋아하지 않거든요. 모두 그 오만함에 치를 떨 정도라니까요. 오히려 저보다 더 좋게 말하는 사람은 찾기 어려우실 거예요."

"안타까운 척할 수는 없겠군요."

위컴은 잠깐 침묵했다가 말을 이었다.

"그분이든 누구든 사람은 행동에 따라 당연한 평가를 받아야 하니까요. 그렇지만 이 법칙은 '그분'에겐 잘 적용되지 않더군요. 그의 재산과 신분에 눈이 멀었는지, 아니면 오만하고 당당한 태도에 두려움을 느끼는지 세상 사람들은 그가 바라는 대로 그를 보아줍니다."

"짧은 시간 '제' 얄팍한 친분으로도 성격이 고약한 사람처럼 보이던데요."

위컴은 고개만 저을 뿐이었다.

다시 말할 기회가 생기자 그는 이렇게 물었다.

"혹시 그분이 여기 더 오래 머무실 것 같은가요?"

"저도 아는 바가 없어요. 하지만 지난번 네더필드에 있을 때 그분이 떠난다는 이야기는 듣지 못했어요. 그분이 이웃해 있다는 이유로 ○○ 부대에 체류하는 당신 계획에 차질이 생기지 않았으면 해요."

"아! 아닙니다. 피할 사람은 '제'가 아닙니다. '저'를 보고 싶지 않다면 '그'가 떠나겠지요. 우리가 우호적인 사이라고는 할 수 없어 그를 만날 때면 늘 고통스럽습니다. 그렇지만 제가 '그'를 피해야 할 이유는 전혀 없습니다. 세상 앞에서 당당히 선언할 수 있습니다. 제가 얼마나 부당한 대우를 받았는지, 그분의 존재가 얼마나 큰 고통인지를 말입니다. 베넷 양, 다아시 씨의 아버님은 세상에서 가장 선한 분이셨고 제 생애 가장 진실한 벗이셨습니다. 지금의 다아시 씨와 한자리에 있을 때면 돌아가신 다아시 씨와의 다정한 기억이 너무 많이 떠올라 슬픔으로 가슴이 무너지곤 합니다. 다아시 씨가 제게 한 짓은 수치스러운 행동이지요. 그렇지만 그것이 돌아가신 다아시 씨의 신뢰를 배반하고 그 기억을 더럽히는 일만 아니었다면 무슨 짓이든 용서할 수 있었을 거라고 진심으로 생각하고 있습니다."

엘리자베스는 지금의 화제가 점점 더 흥미진진해졌기에 귀를 열고 경청했다. 하지만 민감한 문제라서 깊은 질문을 할 수는 없었다.

위컴 씨는 다시 일반적인 화제로 말을 돌렸다. 메리턴과 이웃, 사교계 등을 화제로 꺼냈는데, 지금까지는 전부 만족하고 있는 듯 보였다. 그는 특히 사교계에 은근하지만 아주 분명한 관심을 보였다.

"사교 모임이 꾸준하고, 또 훌륭하다는 말을 들었습니다. 그것이 ○○ 부대를 결정하는 데 가장 큰 이유였습니다. 이 부대가 가장 존경받고 평판이 좋은 부대라는 사실은 알고 있었는데, 친구 데니가 현재 주둔지를 설명해주자 더욱 욕심이 생기더군요. 솔직히 고백하면 제게는 사교 관계가 꼭 필요했습니다. 많은 좌절을 겪은 후라서 더는 고독을 버텨낼 힘이 없기 때문입니다. 제게 '꼭' 필요한 두 가지가 직장과 사교였습니다. 군인은 제가 본래 하려던 일은 아니지만 상황이 그렇게 만들었지요. '원래' 목사가 되려고 했습니다. 그래서 목사가 되기 위한 교육을 받았고, 조금 전 이야기했던 신사분 마음에만 들었다면 지금쯤 성직자로서 가치 있는 삶을 누리고 있을 겁니다."

"세상에나!"

"그렇답니다. 돌아가신 다아시 씨는 가장 좋은 자리가 생기면 저를 후임으로 임명하도록 해주셨습니다. 그분은 제 대부셨고, 과분할 만큼 저를 사랑해주셨지요. 그분의 친절은 이루 다 말할 수 없을 정도였습니다. 그분은 제게 충분한 수입을 주실 생각이었고, 또 그렇게 했다고 생각하셨습니다. 하지만 막상 그 자리가 비었을 때 다른 사람이 그 자리를 차지하고 말았습니다."

엘리자베스가 소리쳤다.

"맙소사! 하지만 '그런 일'이 어떻게 가능하죠? 어떻게 유언을 무시할 수 있지요? 왜 법적인 도움을 구하지 않으신 거죠?"

"유언에 공식적으로 기록된 사안이 아니라서 법은 도움을 주지 못했습니다. 신의를 존중하는 사람이라면 고인의 의도를 의심할 수 없겠지만 다아시 씨는 의심했지요. 아니, 그저 단순한 조건부 권고사항으로 취급한 겁니다. 그러고는 제가 사치가 심하고 경솔하다는, 요컨대 아무 이유나 갖다 붙여 제 권리를 박

탈하겠다고 주장했습니다. 그러더니 이 년 전에 그 자리를 맡을 수 있는 나이가 됐을 때 마침 목사 자리에 공석이 생기자 다른 사람을 임명하더군요. 하지만 제가 정말 그 자리를 잃을 정도로 나쁜 짓을 저질렀는지 도무지 알 수가 없습니다. 제 성격이 급하고 직설적이어서 가끔 그에 대한 제 의견을 '직접' 대놓고 이야기한 적은 있지만 그보다 더 나쁜 짓을 한 기억은 없습니다. 하지만 확실한 것은 그는 우리와 전혀 다른 부류의 인간이고, 저를 혐오하고 있다는 사실입니다."

"정말 충격적이에요! 그는 사람들 앞에서 모욕을 당해 마땅해요."

"언젠가는 '그럴' 날이 오겠죠. 하지만 '제'가 그렇게 만들 수는 없습니다. 그분의 아버님을 잊어버리지 않는 한 '그'에게 반항한다거나 그가 한 짓을 폭로할 수는 없습니다."

엘리자베스는 위컴의 배려에 존경을 표하면서 착한 마음을 가진 그가 유난히 멋져 보인다고 생각했다.

"그렇지만 대체 왜 그런 짓을 했을까요?"

그녀는 잠깐 침묵하고 나서 다시 물었다.

"무엇 때문에 그런 지독한 행동까지 한 걸까요?"

"저를 철저하게 혐오하기 때문입니다……. 질투 외에는 어떤 감정으로도 설명되지 않는 혐오감입니다. 돌아가신 다아시 씨가 저를 덜 아끼셨다면, 그 아드님도 저를 잘 대해주셨을지 모를 일이지요. 하지만 돌아가신 다아시 씨는 저를 유난히 아끼셨고, 그게 다아시 씨는 아주 어린 시절부터 분했나 봅니다. 그 사람 성격상 우리 사이에 존재하는 일종의 경쟁 그리고 제가 받던 편애를 견딜 수 없었을 겁니다."

"다아시 씨가 그렇게 나쁜 사람인 줄은 생각도 못 했어요. 좋아한 적은 한 번도 없지만 또 그렇게 나쁘게 보지도 않았는데……. 다른 사람들을 경멸한다는 느낌은 받은 적이 있지만, 그처럼 악의적인 복수와 부당하고 비인간적인 행동을 저지른 줄은 짐작도 못 했어요!"

한동안 생각에 잠겼던 그녀가 말을 이었다.

"그러고 보니 전에 네더필드에서 자신은 화를 잘 풀지 않고, 누군가를 용서하는 성격이 못 된다고 자랑스레 했던 말이 기억나네요. 됨됨이가 정말 고약해요."

위컴이 대답했다.

"그 문제에서는 제 판단이 공정할지 스스로를 믿기가 어렵군요. 저로서는 정당한 평가가 힘듭니다."

엘리자베스는 다시 곰곰이 생각에 잠기더니 잠시 후 이렇게 소리쳤다.

"아버지의 대자이자 벗에게, 그렇게 아끼던 사람에게 그런 지독한 짓을 하다니!"

그리고 '게다가 당신처럼 누가 봐도 좋은 사람을'이라고 덧붙이고 싶었지만 대신 이렇게 말하는 것으로 만족했다.

“게다가 어린 시절을 함께 보낸 가장 가까운 친구에게!”

“우리는 같은 교구, 같은 울타리 안에서 태어났고 어린 시절 많은 시간을 함께 보냈습니다. 같은 저택에서 살고, 같은 즐거움을 공유하고, 같은 아버지의 사랑을 받았습니다. ‘제’ 아버지는 당신의 이모부 되시는 필립스 씨가 현재 신실하게 종사하시는 바로 그 일로 인생을 시작하셨지요. 하지만 돌아가신 다아시 씨 밑에서 일하기 위해 모든 것을 포기했고, 펨벌리의 재산 관리에 한평생을 바치셨습니다. 돌아가신 다아시 씨는 제 아버지를 아주 높게 평가하셨고, 가장 친밀하고 믿을 수 있는 벗으로 여기셨습니다. 그분은 종종 제 아버지의 적극적인 재산 관리에 보답해야 한다고 말씀하셨으며, 아버지가 돌아가시기 직전에 당신이 먼저 저를 돌봐주겠다는 약속을 하셨습니다. 저에 대한 애정만큼이나 ‘아버지’에게 진 감사의 빚을 갚겠다는 마음도 있으셨을 겁니다.”

엘리자베스가 외쳤다.

“어떻게 그런 일이! 정말 끔찍하네요! 다아시 씨처럼 자존심이 대단한 사람이 그런 말도 안 되는 짓을 저지르다니 믿을 수가 없어요! 달리 더 나은 이유가 없어도 그 자존심에 정직하지 못한 일은 참기 어려웠을 텐데요. 그리고 당신께 한 일은 분명 부정한 짓이었고요.”

위컴이 대답했다.

"그가 하는 거의 모든 행동의 원인은 자존심에 있으니 놀라운 일이 분명하지요. 자존심은 그의 가장 친한 벗이고, 미덕을 행하는 이유도 다른 감정보다 자존심 때문이니까요. 하지만 누구도 한결같을 수는 없고, 그가 제게 한 행동은 자존심보다 더 강한 충동에서 비롯된 일이겠지요."

"그 끔찍한 자존심으로 덕을 볼 때가 있을까요?"

"그럼요. 그 사람은 종종 자존심 때문에 후하고 관대해집니다. 사람들에게 아낌없이 돈을 주고, 친절을 베풀고, 소작인들을 도와주고, 빈민들을 구제해주지요. 가문의 자부심 그리고 '자식'으로서의 자부심이지요. 본인도 아버지가 하신 일을 매우 자랑스러워하니까요. 가문의 명예도 지키고, 사회적인 덕망도 유지하고, 펨벌리 저택의 영향력을 떨어뜨려서도 안 된다는 마음가짐이 강력한 동기가 되어줄 테죠. '오빠로서의' 자부심도 크고, 거기에 '약간'의 애정도 있어 하나뿐인 여동생에게는 아주 친절하고 사려 깊은 보호자입니다. 모두 입을 모아 세상에서 가장 자상하고 사려 깊은 오빠라고 칭송하는 소리를 듣게 되실 겁니다."

"다아시 양은 어떤 아가씨인가요?"

그는 고개를 저었다.

"사랑스러운 아가씨라고 말씀드릴 수 있다면 좋으련만. 다아시 가문을 나쁘게 말하자니 너무도 고통스럽습니다. 하지만 그녀도 오빠와 많이 닮아 대단히 오만합니다. 어린 시절에는 다정하고 상냥하며 저를 무척이나 따랐어요. 함께 놀아주느라 많은 시간을 쏟아부었지요. 지금은 제게 아무 의미도 없는 사람입니다. 열다섯이나 열여섯 살쯤 된 아름다운 아가씨이고, 교양이 높다고 들었습니다. 아버지가 돌아가신 후에는 교육을 담당하는 부인 한 명과 런던에서 살고 있습니다."

여러 번 대화가 중단되고 화제를 다른 데로 돌리려고도 애썼지만, 엘리자베스는 결국 원래의 주제로 다시 돌아올 수밖에 없었다.

"그런 사람이 빙리 씨와 친한 친구라니 놀라워요! 빙리 씨는 좋은 인품 그 자체처럼 보이고 정말로 상냥한 분인데, 그런 남자와 친구라니? 두 사람은 어떻게 친하게 지낼 수 있는 걸까요? 빙리 씨를 아시나요?"

"전혀 모릅니다."

"그분은 상냥하고 다정하고 매력적인 신사예요. 그런데 다아시 씨의 실체를 모르고 있는 것 같아요."

"그럴 수도 있겠지요. 다아시 씨는 마음만 먹으면 사람들에게 호감을 줄 수 있습니다. 그럴 능력은 충분하니까요. 그래야 할 가치가 있다고 판단되면 전혀 다른 친구가 되기도 하지요. 자신과 비슷한 신분의 사람들 사이에 있으면 자신보다 부족한 사람들을 대할 때와는 전혀 다른 모습을 보여줍니다. 오만함이야 여전하죠. 하지만 부유한 사람들과 있을 때면 그는 관대하고 공정하고 진실하고 이성적이고 명예를 중요하게 여기고 상냥해지기까지 합니다. 재산과 지위를 염두에 두는 것이겠지요."

휘스트 게임이 끝나고, 휘스트를 하던 사람들이 다른 테이블로 모였다. 콜린스 씨는 사촌인 엘리자베스와 필립스 부인 사이에 자리를 잡았다. 필립스 부인이 예의상 게임은 잘했느냐고 묻자 그는 별로 좋지 않았다면서 할 때마다 돈을 잃었다고 답했다. 필립스 부인이 우려를 표시하자 그는 아주 근엄한 태도로 자신에게 돈은 하찮은 것이니 전혀 문제가 되지 않는다고 거듭 안심시키면서 부디 곤란해하지 마시라고 했다.

그가 말했다.

"부인, 일단 카드 테이블에 앉게 되면 판돈은 운에 맡겨야 한다는 사실을 잘 알고 있습니다. 다행히 5실링 정도는 제게 큰 문제가 되지 않습니다. 불행하게도 저처럼 말할 수 없는 사람도 많겠지만, 저는 캐서린 드 버그 부인 덕분에 사소한 금액을 하나하나 신경 쓸 필요가 없습니다."

순간 위컴 씨가 콜린스 씨를 쳐다보았다. 잠시 그를 살펴본 후 엘리자베스에게 낮은 목소리로 그녀의 사촌이 드 버그 집안과 아주 가까운 사이인지를 물었다.

그녀가 대답했다.

"캐서린 드 버그 부인이 최근 콜린스 씨를 목사직에 임명해주셨다고 들었어요. 콜린스 씨가 드 버그 부인을 처음 알게 된 경위는 잘 모르지만, 오래 알고 지낸 사이는 아닌 듯했어요."

"캐서린 드 버그 부인과 앤 다아시 부인이 자매라는 사실은 당연히 알고 계시겠지요. 그러니까 그분은 현재 다아시 씨의 이모가 되십니다."

"아뇨, 전혀 몰랐어요. 캐서린 부인의 친인척은 아는 바가 없어요. 그저께까지만 해도 그런 분이 있는지도 몰랐는걸요."

"귀부인의 딸 드 버그 양은 막대한 재산을 갖게 되지요. 사람들은 그녀와 사촌의 재산이 하나가 될 거라고 생각한답니다."

그 소식에 엘리자베스는 가엾은 빙리 양을 떠올리며 미소를 지었다. 다아시에게 이미 정해진 결혼 상대가 있다면 그녀가 그에게 쏟던 관심도 그렇고, 그의 동생에게 보이던 애정이나 그를 향한 그녀의 찬사까지 모두 헛수고에 불과했으니 말이다.

엘리자베스가 말했다.

"콜린스 씨는 캐서린 부인과 그 따님을 아주 높게 평가하시더군요. 하지만 귀부인에 대해 하는 말을 가만히 들어보면 감사의 마음 때문에 판단이 흐려지지 않았나 싶어요. 물론 콜린스 씨의 후견인이시지만, 아주 콧대 높고 거만한 사람이 아닌가 싶던데요."

위컴이 대답했다.

"제대로 보신 겁니다. 뵌 지 몇 년이 지나기는 했지만 한 번도 좋아했던 적이 없고, 고압적이며 남을 무시하던 태도는 아직도 기억이 나네요. 아주 분별 있고 머리가 좋은 분이라는 명성이 자자하지만 제가 볼 때 그런 평판의 일부는 부인의 지위와 부에서, 일부는 권위적인 태도에서 그리고 나머지는 자신과 관련된 사람들은 모두 최고의 지성을 갖춰야 한다는 다아시 씨의 오만함에서 비롯되었다고 생각합니다."

엘리자베스는 그 설명이 아주 합리적이라는 점을 인정했고, 두 사람은 카드 게임이 끝나고 식사하러 가기까지 만족스럽게 대화를 이어갔다. 식당으로 자리를 옮기자 다른 아가씨들도 위컴 씨의 관심을 나눠 갖게 되었다. 필립스 부인의 저녁 식사는 워낙 시끌벅적해서 대화를 할 수는 없었지만 그의 매너는 모두에게 호감을 샀다. 위컴 씨가 무슨 말을 하든 공감을 얻었고, 몸가짐은 어디서나 품위가 있었다. 엘리자베스는 그의 생각으로 가득 차서 이모 댁을 나섰다. 집에 가는 길 내내 위컴 씨 생각과 그가 했던 말들이 머릿속을 떠나지 않았다. 그러나 리디아와 콜린스 씨가 잠시도 조용히 있지 않아서 그의 이름을 꺼낼 기회조차 없었다. 리디아는 로터리 티켓 게임과 자신이 피시(카드 게임에서 점수를 계산할 때 현금 대용으로 쓰는 칩—옮긴이)를 얼마나 따고 잃었는지를 끊임없이 떠들었다. 또한 콜린스 씨는 필립스 부부의 예의를 칭찬하고, 휘스트에서 잃은 돈은 전혀 마음에 두지 않는다고 힘주어 말한 뒤 저녁 식사에 나왔던 요리들을 하나하나 열거하고, 자신 때문에 사촌들의 자리가 너무 좁지 않았는지 거듭 염려하느라 마차가 롱번에 도착할 때까지도 할 말을 다 마치지 못했을 정도였다.

17장

다음 날 엘리자베스는 제인에게 위컴 씨와 있었던 일을 털어놓았다. 제인은 놀라움 반 걱정 반으로 그녀의 말을 경청했다. 다아시 씨가 빙리 씨의 존중을 받을 가치가 없는 인물이라는 사실을 어떻게 믿어야 할지 몰랐다. 하지만 그녀의 타고난 성격상 위컴 씨처럼 상냥한 얼굴을 한 청년의 진실함을 의심할 수도 없었다. 그런 홀대를 받았을 가능성만으로도 제인의 여린 마음을 울리기에 충분했다. 그러니 제인에게 남은 유일한 길은 둘 다 좋은 쪽으로 생각해 각자의 행동을 변호해주고, 아무래도 설명할 길 없는 일들은 전부 우연이나 오해 탓으로 돌리는 것뿐이었다.

그녀가 말했다.

"두 사람 다 속은 걸 거야. 우리는 생각도 할 수 없는 어떤 방식으로 기만당한 거야. 이해관계가 있는 누군가가 두 사람을 이간질했을지도 몰라. 요컨대 둘 중 한쪽을 비난하지 않고서는 두 사람이 소원해진 원인이나 상황을 추측하기란 불가능한 말이니까 말이야."

"맞는 말이야. 그런데 언니, 이해관계가 있는 사람들이 관여했다고 치면 그 사람들 편에서는 무슨 이야기를 해줄 거야? 그 사람들도 옹호해줄 수 없으면 결국은 누군가를 나쁘게 생각해야 하는데."

"비웃고 싶으면 비웃으렴. 하지만 내 생각을 바꾸진 못해. 얘, 리지야. 다아시 씨가 선친이 가장 아끼고 돌봐주기로 약속까지 한 분을 그런 식으로 취급했다면 자기 자신이 얼마나 수치스러울지 한번 생각해 봐. 그럴 수는 없어. 인간성이 평균만 돼도, 자신의 인격을 조금이라도 존중하는 마음이 있다면 절대 그렇게는 못 해. 가장 각별한 친구조차 완벽하게 속일 수 있다고? 아! 말도 안 돼."

"어제 위컴 씨가 내게 말해준 과거 일, 그러니까 이름이나 사건, 격식 없이 털어놓았던 모든 사건이 전부 꾸며낸 거라고 믿기보다는 난 빙리 씨가 친구에게 속고 있다고 믿는 편이 훨씬 쉬운데. 아니라고 한다면 다아시 씨가 한번 반박해보라지. 게다가 위컴 씨의 표정에는 진심이 있었거든."

"정말이지 어렵다…… 괴롭기도 하고. 나는 어떻게 생각해야 할지 모르겠어."

"미안하지만 나는 어떻게 생각해야 할지 분명히 알겠어."

그러나 제인에게 분명한 것은 단 하나였다. 빙리 씨가 지금까지 '속았다면' 그 사실이 만천하에 밝혀졌을 때 몹시 괴로워하리라는 점이었다.

두 아가씨는 관목 숲을 산책하며 대화를 나누던 중 조금 전 화제에 올랐던 당사자 몇몇이 도착했다는 소식을 듣고 불려 나왔다. 빙리 씨와 누이들이 오랫동안 고대하던 네더필드 무도회가 다음 주 화요일로 정해졌다며 직접 초대하러 온 것이었다. 두 누이는 친구인 제인을 다시 만나 반갑다면서 만난 지 수백 년이 흐른 것 같다고, 헤어진 후로 어떻게 지냈느냐고 거듭 물었다. 다른 가족들에게는 거의 관심을 보이지 않았다. 베넷 부인은 될 수 있는 한 피하려고 했으며, 엘리자베스하고만 몇 마디 겨우 나눴을 뿐 다른 자매들에게는 전혀 말을 걸지 않았다. 손님들은 금세 자리를 떴다. 누이들은 빙리 씨가 깜짝 놀랄 정도로 갑작스럽게 자리에서 일어나더니, 베넷 부인의 정중한 대접에서 도망치듯 집을 떠났다.

베넷 집안의 여성들은 모두 기대감에 들떠 네더필드 무도회를 기다렸다. 베넷 부인은 이번 무도회가 맏딸을 위한 것이라고 멋대로 믿었다. 특히 빙리 씨가 의례적으로 카드를 보내지 않고 직접 찾아와 초대했다는 사실에 대단히 우쭐해했다. 제인은 두 친구의 우정과 이들 오빠의 애정을 떠올리며 행복한 저녁 시간을 꿈꿨다. 엘리자베스는 위컴 씨와 춤을 많이 출 수 있을 테고, 다아시 씨의 표정과 태도를 보면 모든 것을 명확히 알 수 있으리라는 생각에 즐거웠다. 캐서린과 리디아의 설렘은 어떤 특정한 사건이나 특별한 사람에게 있지 않았다. 둘 다 엘리자베스처럼 저녁 시간의 절반은 위컴 씨와 춤출 생각이었지만, 그가 만족스러운 유일한 파트너는 아니었다. 무도회는 어쨌든 무도회였다. 심지어 메리조차도 무도회에는 아무런 이의가 없다고 말했다.

"뭐, 나는 오전 시간만 혼자 보낼 수 있으면 돼. 그거면 충분해. 가끔 저녁 모임에 참석한다고 해서 희생이라고 생각하지 않아. 사교는 우리 모두에게 필요하니까. 그리고 나로 말하자면 때때로 취하는 휴식과 즐거움은 누구에게나 바람직하다고 생각하는 사람인걸."

엘리자베스는 평소 콜린스 씨와 불필요한 대화는 하지 않았다. 하지만 그날따라 무도회 생각에 마음이 들떠 자기도 모르게 빙리 씨의 초대를 받아들일 생각인지, 만약 그렇다면 저녁 시간의 오락이 적절하다고 여기는지 질문하고 말았다. 그는 무도회에 조금도 거리낌이 없다면서, 춤을 췄다고 대주교나 캐서린 드 버그 부인에게 질책을 받지 않을까 염려하는 모습을 전혀 보이지 않아 엘리자베스를 놀라게 했다.

그가 말했다.

"분명히 말씀드립니다. 젊은 신사가 존경스러운 분들에게 베푸는 이런 종류의 무도회는 전혀 나쁘지 않다고 생각합니다. 저 자신도 춤을 싫어하지 않으니, 저녁 시간에 아름다운 사촌들과 춤출 수 있는 영광도 기대하고 있습니다. 말이 나온 김에 엘리자베스 양, 처음 두 번의 춤을 저와 함께해주시기를 청하고자 합니다. 제인 양도 둘째인 당신께 먼저 춤을 청하는 게 무례를 범하려는 것이 아니라 다른 정당한 이유가 있다고 이해해주시리라 생각합니다."

엘리자베스는 자기가 판 무덤에 빠진 기분이었다. 바로 그 두 번의 춤을 위컴 씨와 추고 싶었기 때문이다. 그런데 콜린스 씨라니! 괜한 발랄함이 화를 불러온 꼴이었다. 하지만 어쩔 도리가 없었다. 위컴 씨와 그녀의 행복은 뒤로 미루고, 콜린스 씨의 청을 최대한 정중하게 받아들였다. 엘리자베스는 그 제안에 다른 의미가 있다는 생각이 들자 그의 친절이 더더욱 반갑지 않았다. 자매들 가운데 '그녀'가 헌스퍼드 목사관의 안주인이자 로징스에 다른 손님이 없을 때 카드리유 게임 머릿수를 채울 자격이 있는 사람으로 선택된 것이 아닐까 하는 생각이 언뜻 머리를 스쳤기 때문이다. 그 생각은 곧 확신으로 바뀌었다. 콜린스 씨는 그녀에게 유독 친절하고, 그녀의 재치와 발랄함을 칭찬하려고 노력하는 게 보였던 것이다. 그녀는 자신의 매력이 불러온 결과가 흐뭇하다기보다는 경악스러웠는데, 곧 어머니는 두 사람이 결혼한다면 '자기'는 아주 환영이라는 암시까지 흘렸다. 엘리자베스는 이 은근한 암시를 못 들은 척했다. 선불리 대답했다가는 심각한 언쟁으로 번질 것이 분명했기 때문이다. 콜린스 씨가 청혼을 하지 않을지도 모르니, 실제로 청혼하기 전까지는 그 문제로 싸워봐야 소용없다는 생각이었다.

만약 네더필드 무도회를 준비하고, 이를 화제로 수다를 떨 수 없었다면 베넷 가의 어린 동생들은 아주 가엾은 처지에 놓일 뻔했다. 초대를 받은 날부터 무도회까지 줄곧 비가 내려 메리턴으로 한 번도 산책을 나가지 못했기 때문이다. 이모도 장교도 만날 수 없고, 새로운 소식도 듣지 못했다. 네더필드 무도회에서 신을 구두의 장미 장식도 심부름꾼을 보내 사와야 했다. 엘리자베스조차 위컴 씨와 친분을 쌓을 기회가 늦춰지자 날씨가 자신의 인내심을 시험한다는 기분이 들 정도였다. 화요일에 춤을 춘다는 기대로 키티와 리디아는 금요일, 토요일, 일요일, 월요일을 버텨냈다.

18장

엘리자베스는 네더필드의 응접실로 들어서서 그곳에 모인 장교들 틈에서 위컴 씨를 찾아보았지만 허사였다. 그제야 무도회에 위컴 씨가 오지 않을지도 모른다는 생각이 스쳤다. 두 사람이 나눈 대화를 돌이켜보면 그런 의심을 가졌을 법도 한데, 아무런 의심 없이 무도회에서 그를 만날 수 있다고 믿었던 것이다. 그래서 평소보다 옷차림에 더 신경을 썼고, 그의 마음에서 아직도 그녀에게 매혹되지 않은 부분이 있다면 모두 정복해버리리라고 단단히 벼르고 있었다. 하루 저녁이면 충분하다는 믿음도 있었다. 그 순간 빙리 씨가 다아시 씨 때문에 일부러 위컴을 뺀 나머지 장교만 초대했을지 모른다는 끔찍한 의심이 고개를 들었다. 다행히 그건 사실이 아니었지만, 위컴이 오지 않는다는 소식을 친구인 데니가 확인해주었다. 리디아가 열심히 이유를 알고 싶다고 조르자 위컴은 그저께 일 때문에 런던에 가서 아직 돌아오지 않았다고 설명하며 의미심장한 미소로 덧붙였다.

"여기에 피하고 싶은 신사만 없었다면 하필 지금 일 때문에 멀리 가지는 않았겠지요."

리디아는 이 말을 알아차리지 못했지만 엘리자베스는 놓치지 않았다. 처음의 성급한 짐작은 빗나갔지만, 어쨌든 위컴 씨가 오지 않은 것은 다아시의 책임이었기에 실망하지 않을 수 없었다. 다아시한테 울화가 치밀어 그가 다가와 예의 바르게 안부를 물었을 때 제대로 대답하기도 어려울 지경이었다. 다아시에 대한 관심과 관용, 인내는 위컴을 배신하는 짓이었다. 그녀는 그와 어떤 대화도 하지 않기로 결심하고, 다소 언짢은 기분으로 몸을 돌렸다. 그 기분은 빙리 씨와 대화할 때도 완전히 누그러지지 않았다. 다아시에 대한 맹목적인 편애가 그녀의 심기를 건드렸기 때문이다.

그러나 엘리자베스는 나쁜 기분을 오래 담아두는 성격이 아니었다. 오늘 저녁 그녀의 기대는 모두 산산조각 났지만 그 생각을 곧 떨쳐버렸다. 일주일 만에 만난 샬럿 루커스에게 속상한 마음을 전부 털어놓고 나자 대화는 곧 사촌의 기이한 행동으로 옮겨갔고, 그 이야기만 계속했다. 그러나 처음 두 번의 춤을 추고 나자 그녀는 다시 우울해졌다. 그 춤은 가시밭길을 걷는 기분이 들게 했다. 콜린스 씨는 서투르면서 근엄했고, 배려하는 대신 변명만 늘어놓았으며, 종종 실수하면서도 알아차리지 못하는 등 아무튼 불쾌한 파트너한테서 겪을 수 있는 온갖 굴욕과 비참함을 두 번의 춤을 추는 동안 전부 안겨주었다. 그에게서 해방되는 순간 그녀는 환희를 느꼈다.

그다음 춤은 한 장교와 추면서 위컴 이야기를 나누고, 누구나 그를 좋아한다는 말에 한결 기분이 좋아졌다. 춤이 끝나고 샬럿 루커스와 대화를 나누고 있을 때 다아시 씨가 불쑥 춤을 신청했고, 놀란 그녀는 얼떨결에 승낙하고 말았다. 그는 바로 자리를 떴고, 잠시 후 그녀는 그렇게 얼결에 춤을 승낙한 자신에게 화를 냈다. 그러자 옆에서 샬럿이 그녀를 위로해주려고 했다.

"어쩌면 꽤 괜찮은 사람일지도 모르잖아."

"당치도 않아! '그거야말로' 정말 불행한 일이라고. 싫어하기로 마음먹은 사람이 사실은 괜찮은 사람이었다니! 그건 저주라니까."

그러나 때마침 춤이 시작되었고, 다아시 씨가 엘리자베스에게 손을 내밀자 샬럿은 얼른 그녀의 귀에 바보같이 굴지 말라고 속삭였다. 위컴을 향한 호감으로 그보다 열 배는 중요한 남자에게 불쾌하게 굴어서는 안 된다는 말이었다. 엘리자베스는 아무 대꾸 없이 자리를 잡았는데, 다아시 씨 앞에 선 순간 자신의 지위가 격상되는 느낌에 스스로도 놀랐고 다른 사람들의 표정에서도 똑같은 놀라움을 목격할 수 있었다. 두 사람은 한동안 아무 말도 하지 않았다. 처음에는 두 번 춤을 추는 내내 그가 입을 다물고 있을 거라고 생각하며 자기가 먼저 말을 걸지는 않겠노라 다짐했다. 그러나 문득 계속 말을 시키는 것이 오히려 파트너에게는 더 곤욕일 거라는 생각이 들어 춤을 화제로 가볍게 말을 건넸다. 그는 대답만 하고 다시 침묵했다. 몇 분 후 그녀는 다시 말을 걸었다.

"이번에는 '당신이' 아무 말씀이나 하실 차례예요, 다아시 씨. 제가 춤에 대해 이야기했으니, '당신'은 방의 크기라든가 커플의 숫자라든가 그런 이야기를 하셔야지요."

다아시는 미소를 지어 보이면서 그녀가 바라는 대로 말하겠다고 했다.

"아주 좋아요. 지금은 그 정도로 됐어요. 잠시 후에는 제가 아마 공식적인 무도회보다는 이런 개인적인 무도회가 훨씬 즐겁다고 말할지도 몰라요. 하지만 '지금'은 그냥 조용히 있기로 해요."

"춤을 출 때 늘 규칙에 따라 이야기하십니까?"

"때로는요. 아시다시피 말을 하긴 해야 하잖아요. 반 시간을 함께 춤추면서 한 마디도 하지 않으면 이상하게 보이니까요.

하지만 '몇몇' 사람에게는 되도록 말하는 수고를 줄일 수 있도록 대화를 배치하는 게 좋겠죠."

"지금 같은 경우는 당신의 기분을 고려한 건가요, 아니면 저를 위한 건가요?"

엘리자베스가 장난스럽게 대답했다.

"둘 다죠. 우리 성격에 비슷한 구석이 많다고 생각했거든요. 비사교적이고 과묵한 성격에 말하기를 싫어하지만, 일단 무슨 말인가 하려면 방 안에 있는 사람들이 모두 깜짝 놀라 감탄하면서 대대손손 명언으로 물려줄 정도는 되어야 한다고 바라잖아요."

그가 말했다.

"당신 성격과는 전혀 들어맞지 않아 보이는군요. 그렇다고 '제' 성격과 비슷한 묘사인지도 뭐라 말하기 어렵겠는데요. 물론 '당신'은 아주 제대로 된 묘사라고 생각하시나 봅니다만."

"제가 저 자신을 판단할 수는 없지요."

다아시는 대답하지 않았다. 두 사람은 다시 아무 말 없이 춤을 추다가 그가 자매들이 메리턴으로 자주 산책을 다니는지 물었다. 엘리자베스는 그렇다고 대답한 뒤 유혹을 참지 못하고 덧붙였다.

"지난번 메리턴에서 만났을 때 저희는 새로운 신사를 소개받고 있었지요."

효과는 바로 나타났다. 그의 얼굴 전체에 오만한 표정이 짙어졌지만 그는 한 마디도 하지 않았고, 엘리자베스는 자신의 소심함을 자책하며 더는 어떤 말도 할 수가 없었다. 마침내 다아시 씨가 아주 절제된 목소리로 말했다.

"위컴 씨는 싹싹한 태도로 친구를 '만드는' 재주가 있지요. 하지만 과연 우정을 '유지'하는 재주도 뛰어난지는 확실하지가 않습니다."

이 말에 엘리자베스는 강하게 받아쳤다.

"불행하게도 '당신'의 우정을 잃은 것은 분명하더군요. 그 때문에 평생 고통을 받게 되겠죠."

다아시는 대답이 없었다. 화제를 바꾸고 싶은 듯 보였다. 때마침 윌리엄 경이 춤추는 사람들 틈을 지나서 방 반대편으로 가다가 두 사람을 지나치게 되었는데, 다아시 씨를 보자 멈춰서서는 아주 예의바르게 목례를 한 뒤 그의 춤과 파트너에 찬사를 보냈다.

"정말이지 이토록 보기 좋은 커플은 본 적이 없습니다, 다아시 씨. 이렇게 훌륭한 춤 솜씨도 보기 드물지요. 춤 솜씨도 아주 으뜸이시군요. 이런 말씀을 드려도 될지 모르겠지만, 파트너의 춤 솜씨도 전혀 뒤지지 않는군요. 두 분의 춤을 자주 볼 수 있다면 정말 기쁘겠습니다. 특히나 엘리자 양, 기쁜 소식이 (제인과 빙리 씨를 힐끗 바라보며) 곧 들릴 것 같던데요. 그렇다면 얼마나 큰 축복이겠습니까! 다아시 씨, 잘 부탁드립니다. 하지만 이제 방해는 그만해야겠지요. 젊은 아가씨와 대화에 흠뻑 빠져 있을 때 누군가의 방해를 받고 싶지 않으실 테니까요. 아가씨의 반짝이는 두 눈도 저를 나무라고 있군요."

다아시 씨에게 뒷부분은 거의 들리지 않았다. 자신의 친구에 대해 윌리엄 경이 내비친 암시가 머릿속을 강타했고, 그는 심각한 표정으로 곧장 함께 춤을 추고 있는 제인과 빙리를 돌아다보았다. 그러나 그는 곧 정신을 추스르고 파트너에게 몸을 돌렸다.

"윌리엄 경의 방해 때문에 무슨 대화를 하고 있었는지 잊어버렸습니다."

"아무 대화도 하지 않았는데요. 아마 이 방에서 우리만큼 방해받을 대화가 없는 커플도 없었을걸요. 이미 두세 가지 화제를 시도해봤지만 실패했고, 다음에는 무슨 말을 해야 할지 모르겠네요."

"책 이야기는 어떻습니까?"

그가 미소를 지으며 말했다.

"책이라니, 어머! 싫어요. 우리가 같은 책을 읽었을 리도 없고, 혹시 읽었다고 해도 감상이 같을 리 없으니까요."

"그렇게 생각하신다니 유감입니다. 하지만 그런 경우라도 이야깃거리는 생기지 않겠습니까? 서로 다른 의견을 비교해볼 수 있을 테니까요."

"안 돼요. 무도회장에서 책 이야기를 할 수는 없어요. 제 머릿속은 늘 다른 생각으로 가득 차 있거든요."

"이런 장소에서는 늘 '현재'에 몰입하신다는 말인가요?"

그는 미심쩍다는 표정이었다.

"그럼요, 늘 그렇죠."

엘리자베스는 무슨 말을 하는지도 모르고 대답했다. 그녀가 완전히 동떨어진 생각을 하고 있었다는 사실은 잠시 후 갑작스러운 말로 드러나고 말았다.

"다아시 씨, 예전에 당신은 누군가를 잘 용서하지도 않고 일단 화가 나면 쉽게 가라앉지 않는다고 말씀하셨죠. 그렇다면 '화를 내는 대상'은 아주 신중하게 결정하시겠네요."

"그렇습니다."

그가 단호하게 말했다.

"절대 편견에 눈이 멀지 않으시고요?"

"아니기를 바랄 뿐입니다."

"자신의 의견을 절대 바꾸지 않는 사람들에게는 특히나 처음에 제대로 판단해야 하는 의무가 있지요."

"왜 그런 질문을 하시는지 물어봐도 되겠습니까?"

그녀는 심각함을 떨쳐내려고 노력하며 말했다.

"그냥 '당신'의 성격을 그려보고 있었어요. 알아보려는 중이거든요."

"그래서 성공하셨나요?"

그녀는 고개를 저었다.

"전혀 모르겠어요. 당신에 대해서는 아주 상반된 이야기가 들리니 상당히 혼란스럽네요."

그가 진지하게 대답했다.

"저를 둘러싼 상반된 소문이 있으리란 건 쉽게 짐작할 수 있습니다. 그렇지만 베넷 양, 지금 당장은 제 성격을 결정하지 않으셨으면 합니다. 그 결과가 별로 믿을 만하지 못할 거라고 걱정할 만한 이유가 있기 때문입니다."

"하지만 지금이 아니면 다음 기회는 없을지도 모르잖아요."

"그러시다면 엘리자베스 양의 즐거움을 막을 생각은 전혀 없습니다."

다아시는 냉랭하게 대답했다. 그녀도 더는 아무 말도 하지 않았고, 두 사람은 말없이 춤을 추고 헤어졌다. 양쪽 다 기분이 상했지만, 그 정도가 달랐다. 다아시는 이미 엘리자베스에게 강한 호감을 품고 있었기에 곧 그녀를 용서하고 모든 분노를 다른 사람에게로 돌렸던 것이다.

두 사람이 헤어지고 얼마 지나지 않아 빙리 양이 다가오더니 짐짓 경멸을 예의로 가장한 채 그녀 옆에 섰다.

"어머, 엘리자 양, 조지 위컴 씨와 꽤 친한 사이라고요! 제인이 계속 그 사람 이야기를 하면서 질문을 잔뜩 하던데요. 그런데 그 젊은이가 다른 이야기는 하면서 자기 아버지가 돌아가신 다아시 씨의 관리인이었다는 이야기는 깜빡한 모양이더라고요. 친구로서 하는 충고인데, 그의 말을 너무 믿지는 마세요. 다아시 씨가 그를 부당하게 대했다는 이야기는 새빨간 거짓말이니까요. 오히려 조지 위컴의 배은망덕한 행동에도 다아시 씨는 관대한 친절을 베풀었지요. 저도 자세한 내막은 알지 못하지만, 다아시 씨는 비난받을 행동을 한 적이 없고 조지 위컴이라는 이름을 듣는 것만도 견딜 수 없어 했어요. 오빠도 장교들에게 초대장을 보내면서 어쩔 수 없이 그를 초대하기는 했지만 그가 알아서 빠져주었다는 소식에 얼마나 반가워했는지 몰라요. 이 지역으로 이사를 오다니 정말 뻔뻔스러운 행동이고, 어떻게 그런 짓을 할 생각을 했는지 어이가 없을 지경이에요. 엘리자 양이 마음에 둔 분의 잘못을 드러내려니 안타깝지만 그 사람의 핏줄을 생각하면 그보다 나을 거라는 기대를 할 수도 없겠죠."

엘리자베스는 화난 어조로 말했다.

"그러니까 위컴 씨의 핏줄이 곧 그의 잘못이라는 뜻인가요? 지금 하신 말씀을 들으면 다아시 씨 관리인의 아들인 게 그분의 가장 큰 잘못인 것 같군요. 그리고 '그 점'에 대해서는 벌써 직접 들어 알고 있답니다."

빙리 양이 비웃는 표정으로 돌아서며 말했다.

"미안해요. 괜한 참견으로 실례가 많았어요. 좋은 의도로 드린 말씀이었는데 말이죠."

그러자 엘리자베스는 혼잣말을 중얼거렸다.

"건방지기는! 그런 시시한 공격에 내가 흔들릴 줄 알았다면 큰 오산이지. 오히려 저 자신의 무식과 다아시 씨의 악의만 보여준 꼴이잖아."

그러고는 빙리 씨에게 위컴에 대해 물어보기로 했던 언니를 찾아갔다. 제인은 즐거움에 겨워 사랑스러운 미소로 동생을 맞이했다. 행복으로 빛나는 얼굴만 봐도 오늘 저녁 무도회를 얼마나 즐겁게 보내고 있는지 알 수 있었다. 엘리자베스는 언니를 보자마자 그 기분을 알아차렸고 그 순간 위컴에 대한 걱정과 그의 적들에 대한 분노, 그 밖의 모든 것은 언니가 행복해졌으면 하는 바람 앞에 사라져버렸다.

엘리자베스도 언니 못지않은 즐거운 미소를 지으며 말했다.

"언니, 위컴 씨에 대해 무슨 이야기를 들었는지 알고 싶어. 그렇지만 언니가 너무 행복해서 다른 사람은 생각할 겨를이 없었다고 해도 용서해줄게."

제인이 말했다.

"아니야, 잊어버리지 않았어. 하지만 만족스러운 대답은 해줄 수 없을 것 같아. 빙리 씨도 그의 과거를 다 알지 못하고, 특히 다아시 씨의 감정을 상하게 한 일은 전혀 아는 바가 없대. 하지만 친구의 선함과 정직, 명예는 보증할 수 있다면서 위컴 씨가 오히려 다아시 씨에게 과분한 배려를 받았다고 굳게 믿고 있어. 이런 말을 하기는 싫지만, 빙리 씨 누이의 이야기를 들어 봐도 그는 전혀 존중받을 청년이 아닌 모양이야. 혹시 다아시 씨의 신뢰를 잃어 마땅한 경솔한 짓을 저지르지 않았을까 걱정스러워."

"빙리 씨와 위컴 씨가 직접 아는 사이는 아니지?"

"응. 지난번 아침에 메리턴에서 처음 봤다고 했어."

"그렇다면 그건 전부 다아시 씨한테서 들은 이야기겠네. 납득이 가네. 목사 자리에 대해서는 뭐라고 해?"

"다아시 씨가 몇 번 이야기한 적이 있는데 자초지종은 기억나지 않는대. 하지만 분명 '조건'이 있었던 것 같다고."

엘리자베스가 흥분해서 말했다.

"빙리 씨의 진심은 의심하지 않아. 하지만 그분의 확신만으로는 납득할 수 없는 나도 이해해줘. 빙리 씨는 아주 신뢰가 가는 변호인이지만 그래도 중간 중간 알지 못하는 부분이 있어. 그리고 알고 있다는 부분도 친구한테 들은 이야기일 테니 위컴 씨와 다아시 씨에 대한 본래의 내 생각을 바꾸지는 않겠어."

그러고는 서로 기분 좋게 감정이 부딪치지 않는 화제로 넘어갔다. 제인은 빙리의 호감으로 조심스럽게 품게 된 행복한 기대감을 말했고, 엘리자베스는 그 말을 기쁘게 들어주면서 온 힘을 다해 자신감을 북돋아 주려고 노력했다. 빙리 씨가 두 사람에게 합류하자 엘리자베스는 자리에서 물러나 루커스 양에게로 돌아왔다. 샬럿은 바로 전 파트너가 어땠는지 물었고, 그녀가 대답하려던 참에 콜린스 씨가 두 사람 앞에 나타나서는 기뻐 어쩔 줄 몰라 하면서 지금 막 아주 중대한 발견을 했다고 떠들었다.

그가 말했다.

"우연히 놀라운 이야기를 들었지 뭡니까. 지금 이 방에 제 후원자분의 가까운 친척이 계신답니다. 조금 전에 저 신사분이 안주인 역할을 맡고 계신 아가씨(빙리 양을 뜻함—옮긴이)와 하는 대화를 우연히 들었는데, 그분이 드 버그 양을 사촌이라고 언급하고 캐서린 부인 이름도 꺼내시더군요. 이런 일이 생기다니 정말 굉장합니다! 제가 이 무도회에서 캐서린 부인의 조카 되시는 분을 만날 줄이야 생각이나 했겠습니까! 그 사실을 제때 알게 되어 인사를 드릴 수 있게 되었으니 얼마나 감사한 일인지요. 이제 인사를 드릴 생각입니다. 진작 인사드리지 못한 잘못은 이해해주시겠지요. 그분의 인척 관계를 전혀 몰랐다는 무지함이 변호가 될 테니까요."

"설마 다아시 씨에게 가서 직접 자기소개를 하려는 건 아니시겠지요?"

"직접 드려야지요. 진작 인사드리지 못했으니 용서를 구해야지요. 캐서린 부인의 '조카'가 틀림없으시니까요. 귀부인께서 일주일 전까지 평안하셨다고 안부를 전해드리는 것이 제 도리입니다."

엘리자베스는 그 계획을 단념시키려고 무던히 애썼다. 다아시 씨는 소개도 없이 직접 인사하는 것을 이모님에 대한 경의라기보다는 무례한 행동으로 여길 것이 틀림없다고 설득했다. 두 분이 굳이 여기서 인사를 나눌 필요가 없고, 만약 그럴 필요가 있더라도 신분이 높은 다아시 씨가 먼저 행동을 취하는 것이 당연하다고 말했다. 그러나 콜린스 씨는 이미 결심을 굳힌 상태로 엘리자베스의 말을 듣고 나더니 이렇게 말했다.

"친애하는 엘리자베스 양, 당신의 이해 범위 안에서 일어나는 일들이라면 분명 탁월한 판단을 내리시리라고 생각합니다. 하지만 일반인과 성직자들의 예의범절 형식에는 아주 큰 차이가 있다는 말씀을 드리지 않을 수 없군요. 이런 말씀을 드려도 될지 모르겠지만 저는 성직자가 품격에서는 영국 내 가장 높은 신분과도 동등하다고 여기고 있습니다. 다만 적절한 겸손함이 따라야 하겠지요. 그러니 이 문제에서는 제 양심이 이끄는 의무를 따르도록 허락해주십시오. 이번만큼은 조언을 따르지 못하더라도 양해 부탁드립니다. 다른 경우라면 당신의 조언이 제게 한결같은 안내자가 되겠지만, 지금은 교육으로 보나 경험으로 보나 시시비비를 가리는 데 엘리자베스 양처럼 젊은 아가씨보다는 제가 더 적합합니다."

콜린스 씨는 목례만 남기고 다아시 씨에게 힘차게 다가갔다. 엘리자베스는 그가 다가섰을 때 다아시 씨의 반응을 유심히 지켜보았다. 다아시 씨는 그런 식으로 다가오는 콜린스 씨에게 놀란 기색이 뚜렷했다. 사촌은 엄숙하게 고개를 숙인 뒤 말문을 열었다. 실제로는 한 마디도 들리지 않았는데도 무슨 말을 하는지 들리는 것 같은 기분이 들었다. 입 모양을 보니 '사죄', '헌스퍼드', '캐서린 드 버그 부인' 등의 말을 하고 있었다. 다아시 씨 앞에서 저런 꼴을 내보이다니 정말 보고 있기가 괴로웠다. 다아시 씨는 의아한 눈빛을 감추지 않고 쳐다보다가 마침내 콜린스 씨의 말이 끝나 말할 기회를 잡자 딱딱하고 정중하게 답례를 했다. 그러나 콜린스 씨는 지치지도 않고 다시 말을 시작했고, 두 번째 말이 길어질수록 다아시 씨의 경멸도 늘어가는 듯이 보였다. 그러고는 인사가 끝나자 살짝 목례만 해 보이고는 자리를 떴다.

잠시 후 콜린스 씨는 엘리자베스에게로 돌아왔다.

"장담하건대 인사를 드리기로 한 제 결정이 만족스럽지 않을 이유는 전혀 없었습니다. 다아시 씨가 제 인사에 상당히 기뻐하시는 듯 보였습니다. 매우 정중하게 대답해주셨고, 캐서린 부인의 신중함을 잘 알기에 그만한 자질이 없는 사람에게는 목사직을 내리셨을 리 없다는 칭찬까지 해주셨습니다. 정말 감사한 마음입니다. 전체적으로 아주 기분 좋은 만남이었습니다."

엘리자베스는 자신을 위해 더는 할 일이 없어 언니와 빙리 씨를 관찰하는 데 몰두하다시피 했다. 그리고 자신이 본 모습에서 꼬리를 물고 이어지는 즐거운 상상으로 제인 못지않게 행복해했다. 그녀의 상상 속에서 제인은 무도회가 열리는 이 저택에 살면서 진실한 애정으로 맺어진 결혼이 선사하는 온갖 기쁨을 누리고 있었다. 그런 상황이라면 빙리 가의 두 자매도 좋아해보려고 노력할 수 있을 것 같았다. 어머니의 생각도 같다는 것이 너무도 뻔했기 때문에 호들갑스러운 수다를 피하려면 어머니 곁에는 가지 말아야겠다고 마음먹었다. 그랬으니 식당에서 어머니와 한 사람 건너 나란히 앉았을 때는 정말 운이 나쁘다고 여길 수밖에 없었다. 설상가상으로 어머니가 사이에 있는 그 사람(루커스 부인)에게 큰 소리로 거리낌 없이 제인이 빙리 씨와 결혼할 거라면서 줄기차게 그 이야기만 하는 모습을 보자 더욱 난감해졌다. 베넷 부인은 신이 나서 그 결혼의 장점을 지치지도 않고 줄줄이 늘어놓았다. 빙리 씨는 매력적인 젊은이인데다가 부자이고, 사는 곳도 5킬로미터 정도밖에 떨어져 있지 않다는 것이 자축의 가장 큰 이유였다. 그러고는 두 누이도 제인을 마음에 들어 하고, 자신만큼이나 그 결혼을 바라고 있는 듯하니 정말 다행이라고도 했다. 제인의 결혼 덕분에 동생들도 부잣집 남자를 만날 가능성이 커졌으니 미래는 보장된 거라고 큰소리까지 쳤다. 마지막으로 자기 나이에 벌써 딸들을 큰딸에게 맡기고 자신은 가고 싶은 파티에만 갈 수 있으니 얼마나 좋으냐고도 했다. 물론 이는 관례상 그렇게 말했을 뿐 베넷 부인은 몇 살이 되더라도 한가로이 집에 있는 생활을 좋아하게 될 리가 없었다. 그러고는 루커스 부인에게도 곧 자기만큼 좋은 일이 생기기를 진심으로 바란다고 말을 끝맺었는데, 그런 행운은 없을 거라고 의기양양해하는 모습이 뻔히 보였다.

엘리자베스는 어머니의 속사포 같은 말을 늦춰보려고도 노력하고, 큰 소리로 기쁘다고 자랑할 때는 다른 사람에게 들리지 않도록 소리를 낮추시라고 설득도 해봤지만 아무 소용없었다. 무엇보다도 맞은편에 다아시 씨가 앉아서 어머니가 하는 말을 거의 다 듣고 있다는 사실이 이루 말할 수 없이 당혹스러웠다. 어머니는 허튼소리 하지 말라면서 되레 엘리자베스를 나무랐다.

"다아시 씨가 대관절 뭔데 내가 신경을 써야 한다는 거냐? 우리가 무슨 신세를 졌다고 '그 사람'이 듣고 싶은 말만 골라 해야 하니?"

"맙소사, 엄마, 제발 목소리 좀 낮추세요. 다아시 씨 기분을 나쁘게 해서 좋을 건 또 뭐예요? 이런 식으로는 친구에게 좋은 이야기가 들어갈 리 없잖아요."

그러나 베넷 부인은 어떤 말을 해도 귓등으로 흘려들으면서 여전히 누구나 들을 수 있는 큰 소리로 자신의 생각을 떠들었다. 엘리자베스는 수치심과 속상함으로 얼굴이 붉어졌다. 그녀는 자기도 모르게 자꾸만 다아시 쪽을 힐긋거렸는데, 그때마다 자신의 염려를 확인할 수 있었다. 다아시 씨가 계속 어머니를 보고 있지는 않았지만, 분명 그 말을 빠짐없이 듣고 있었다. 처음 얼굴에 나타난 경멸의 빛은 점차 심각한 표정으로 바뀌더니 쭉 그 표정을 짓고 있었다.

마침내 베넷 부인도 더는 할 말이 없게 되었고, 자신과는 아무 상관도 없는 행복을 반복해 들어주느라 하품만 하고 있던 루커스 부인은 그제야 차가운 햄과 닭고기를 편안히 즐길 수 있었다. 엘리자베스도 겨우 활기를 되찾기 시작했다. 그러나 평온은 오래가지 않았다. 식사가 끝나고 노래를 듣자는 말이 나오자 청한 사람도 없는데 메리가 노래를 하겠다고 나서서 엘리자베스를 창피하게 했다. 이를 막아보려고 의미심장한 눈빛과 말 없는 애원을 보냈지만 허사였다. 메리는 전혀 눈치 채지 못하고 재주를 뽐낼 기회에 들떠 곧 노래를 시작했다. 엘리자베스는 괴로운 마음으로 동생에게서 눈을 떼지 못했다. 메리가 노래 몇 소절을 부르는 동안 엘리자베스는 안절부절못하며 동생을 지켜보았는데, 결국 분위기는 걱정한 대로 흘러갔다. 노래가 끝나자 사람들이 감사를 표했고, 한 곡 더 해주었으면 좋겠다는 소리가 언뜻 들리자 삼십 초 정도 쉰 후에 다른 노래를 부르기 시작한 것이다. 메리의 재능은 결코 뽐낼 만한 것이 못 되었다. 성량은 부족했고, 태도는 부자연스러웠다. 엘리자베스는 몹시 괴로웠고, 제인은 어떻게 견디고 있나 보려고 눈을 돌렸다. 언니는 빙리와 편안하게 대화를 나누고 있었다. 빙리 가의 두 자매는 조소의 눈빛을 교환하며 다아시 씨에게도 같은 눈짓을 보내는 것이 보였다. 그러나 다아시 씨는 계속 속을 알 수 없이 심각한 표정이었다. 그녀는 메리가 저녁 내내 노래를 부르지 않도록 말려달라는 표정으로 아버지를 바라보았다. 아버지가 눈치를 채고, 두 번째 노래를 끝내자 메리에게 큰 소리로 말했다.

"아주 훌륭한 노래였다, 얘야. 그만하면 충분히 즐겼으니 이제 다른 아가씨들에게도 솜씨를 뽐낼 시간을 주자꾸나."

메리는 듣지 못한 척했지만 당황한 기색이었다. 엘리자베스는 동생도 안타깝고, 아버지가 하신 말씀도 안타까워 괜한 불안으로 아무에게도 도움이 되지 않을 참견을 한 건 아닌지 걱정스러웠다. 이제 다른 사람들도 서로 노래를 청했다.

콜린스 씨가 말했다.

"만일 제가 운 좋게도 노래에 재능이 있었다면 자신 있게 노래를 선사하는 즐거움을 누렸을 것입니다. 제게 음악은 아주 순수한 여가활동이며, 성직자의 임무와도 완벽하게 양립할 수 있다고 생각하기 때문이지요. 하지만 그렇다고 해서 음악에 너무 많은 시간을 할애해서는 안 됩니다. 성직자에게는 달리 해야 할 일이 있으니까요. 교구 목사는 할 일이 아주 많습니다. 우선 후원자에게 무례하지 않을 선에서 자신에게도 도움이 될 만큼의 십일조 헌금을 걷어야 합니다. 설교문도 작성해야 하고요. 그러고 남는 얼마 안 되는 시간은 교구 목사의 의무를 다 하고, 처소를 관리하고 개선하는 데 씁니다. 처소를 되도록 안락하게 꾸미는 일을 소홀히 할 수는 없지요. 또한 모든 이에게, 특히 자신을 임명해주신 분들에게 주의를 기울이고 협조적인 태도를 보이는 것도 결코 가벼운 일이 아닙니다. 성직자의 당연한 의무이며, 후원자의 가족과 친척에게 존경을 표해야 할 때 그냥 지나쳐서도 안 되는 법이지요."

그리고 다아시 씨에게 목례를 보내며 말을 마쳤다. 그 목소리가 어찌나 컸던지 방 안에 있는 사람들 가운데 절반은 들을 수 있을 정도였다. 많은 사람이 그를 빤히 바라보았고 미소를 짓고 있었지만 베넷 씨만큼 재미있어하는 사람은 없었다. 하지만 베넷 부인은 현명한 말씀이라며 진지하게 그를 칭찬했고, 루커스 부인에게 반쯤 속삭이는 목소리로 아주 똑똑하고 착한 젊은이라고 말했다.

엘리자베스가 볼 때 가족 모두 저녁 내내 최대한 망신을 당하자고 작정하며 나왔다고 해도 이보다 더 감쪽같이 각자의 역할을 해내거나 더한 성공을 거두는 일은 불가능했을 것 같았다. 다행히 빙리 씨와 제인은 못 보고 지나친 장면도 있었고, 눈에 띄던 바보 같은 일들도 그의 감정에 그다지 큰 영향을 주지 않았을 듯했다. 그러나 빙리의 두 누이와 다아시 씨는 엘리자베스의 가족들을 비웃을 기회를 놓치지 않을 테니, 그것만으로도 이미 최악이었다. 신사의 말 없는 경멸과 숙녀들의 무례한 비웃음 중 무엇이 더 견디기 어려운지는 우열을 가리기 어려울 정도였다.

남은 저녁 시간도 전혀 즐겁지 않았다. 콜린스 씨는 끈질기게 그녀 옆을 지키면서 괴롭게 했고, 다시 그와 춤을 추는 일만은 어떻게든 막아냈으나 다른 사람과도 춤을 출 수 없었다. 방에 있는 다른 아가씨를 소개해드릴 테니 춤을 추면 어떻겠냐고 권했지만 허사였다. 그는 춤에 전혀 관심이 없다고 힘주어 말했다. 오늘 그의 가장 큰 목표는 그녀를 자상하게 배려해서 좋은 인상을 주는 것이고, 그러니 저녁 내내 그녀 옆에 있어야 한다고 말했다. 그렇게 말하는 데 할 말이 없었다. 친구인 루커스 양이 종종 다가와서 상냥하게도 콜린스 씨의 대화 상대가 되어준 덕분에 그나마 한숨을 돌릴 수 있었다.

적어도 다아시 씨는 더 이상 엘리자베스를 괴롭히지 않았다. 그녀 가까이에 혼자 서 있는 일이 종종 있었으나 한 번도 말을 걸 만큼 가까이 다가오지는 않았다. 위컴 씨 얘기를 꺼냈기 때문인가 보다고 생각하며 그녀는 흐뭇해했다.

롱번 가족들은 가장 마지막에 떠났다. 베넷 부인이 꾀를 부린 탓에 모두가 떠난 후에도 십오 분이나 마차를 기다려야 했던 것이다. 네더필드의 가족 일부는 손님들이 얼른 떠났으면 하는 마음을 숨기지 않았다. 허스트 부인과 빙리 양은 입만 열면 피곤하다며 불평했고, 얼른 자기들끼리만 집에 있고 싶어 하는 모습이 역력했다. 베넷 부인이 대화를 시도하려 할 때마다 이를 무시했고, 그 탓에 모두가 그저 지루해하면서 기다릴 수밖에 없었다. 여기에 콜린스 씨가 나서서 빙리 씨와 누이들에게 파티가 격조 있고 손님 대접도 아주 정중하며 후하다고 늘어놓은 장황한 칭찬은 정말 도움이 되지 않았다. 다아시 씨는 아무 말도 하지 않았다. 베넷 씨도 똑같이 입을 다물고 그 상황을 즐겼다. 빙리와 제인은 다른 일행과 살짝 떨어져 둘이서만 이야기를 나누었다. 엘리자베스는 허스트 부인이나 빙리 양만큼이나 침묵을 지켰다. 리디아마저도 녹초가 되어 가끔씩 크게 하품을 하며 "아유, 정말 피곤하다!"라고 외칠 뿐이었다.

마침내 떠나기 위해 자리에서 일어나자 베넷 부인은 강요하다시피 조만간 모두 롱번에서 만났으면 한다고 힘주어 말했다. 특히 빙리 씨에게는 공식적으로 초대하지 않아도 언제라도 가족들의 식사에 함께해준다면 정말 기쁘겠다고 말했다. 빙리 씨도 그 말에 감사를 표하며 다음 날 런던에 가야 하지만 곧 돌아올 것이며, 런던에서 돌아오는 대로 최대한 빨리 찾아뵙겠다고 약속했다.

베넷 부인은 대단히 만족스러워했다. 저택을 나서면서는 새로운 마차와 결혼식에 입을 옷 등 필요한 준비를 하는 시간을 고려해 서너 달 후면 자기 딸이 네더필드의 안주인이 되리라고 즐거운 상상을 했다. 둘째 딸과 콜린스 씨의 결혼도 기정사실인 양 생각하고 있었는데, 첫째만큼은 아니지만 그 또한 흡족했다. 엘리자베스는 그녀가 가장 덜 아끼는 딸이었으니 그 정도 남자에다 그 정도 결혼이면 '둘째'치고는 괜찮은 조건이었다. 하지만 빙리 씨와 네더필드에 비하면 아무것도 아니었다.

19장

다음 날 롱번에서는 새로운 상황이 벌어졌다. 콜린스 씨가 정식으로 청혼한 것이다. 그는 다음 토요일까지밖에 휴가를 낼 수 없어 시간을 낭비하지 않을 작정이었다. 또한 청혼하는 순간까지도 자신감이 없다거나 거절당하지 않을까 염려하는 마음이 전혀 없었기 때문에 통상적인 절차라고 생각되는 수순을 밟으며 차근차근 준비해갔다. 아침 식사가 끝나고 베넷 부인과 엘리자베스, 동생 한 명이 한자리에 있게 되자 그는 베넷 부인에게 이렇게 말을 꺼냈다.

"베넷 부인, 오늘 오전 아름다운 따님 엘리자베스와 단둘이 대화를 나눌 영예를 청하고자 하는데 허락해주시겠습니까?"

엘리자베스가 깜짝 놀라 얼굴만 붉힌 채 무슨 말을 하기도 전에 베넷 부인이 바로 대답했다.

"어머나, 세상에! 그럼요, 되고말고요. 리지도 아주 기뻐할 거예요, 반대할 리가 없지요. 얘, 키티야, 얼른 위층으로 올라가거라."

그리고 하던 일감을 챙겨 서둘러 나가려고 하자 엘리자베스가 소리쳤다.

"엄마, 제발 가지 마세요. 이렇게 부탁할게요. 콜린스 씨도 양해해주세요. 다른 사람이 없는 곳에서 제게만 하실 이야기가 있으실 리 없어요. 저도 나가겠어요."

"아니, 아니, 말도 안 돼, 리지야. 넌 여기 그대로 있어야지."

엘리자베스가 정말로 곤혹스럽고 당황한 표정으로 나가려 하자 베넷 부인이 힘주어 말했다.

"리지, 여기 앉아서 콜린스 씨의 말을 들으라니까."

그렇게 명령하는 데는 거부할 수가 없었다. 다시 생각해보니 최대한 조용하고 빠르게 끝내버리는 편이 오히려 현명하겠다 싶은 생각이 들어 다시 자리에 앉았다. 그리고 괴롭기도 하고 우습기도 한 기분을 감추려고 뜨개질을 계속했다. 베넷 부인과 키티가 나가자마자 콜린스 씨가 입을 열었다.

"엘리자베스 양, 그대의 수줍음은 단점이 되기는커녕 당신의 완벽함을 돋보이게 해줄 뿐이군요. 다소 삼가는 모습을 보이지 '않으셨다면' 제 눈에는 분명 덜 사랑스러워 보였을 겁니다.

이미 존경하는 어머님의 허락을 받고 드리는 말씀이니 안심하십시오. 제가 하려는 말의 의도를 타고난 섬세한 성품으로 모르는 척하실 수는 있겠지만, 진심으로 의심하지는 못하실 겁니다. 제 호감은 너무도 뻔해서 눈치 채지 않기가 어려웠을 테니까요. 이 집에 들어오고 나서 곧바로 저는 당신을 제 미래의 배우자로 선택했습니다. 제 감정을 주체할 수 없게 되기 전에 결혼을 하려는 이유, 나아가 하트퍼드셔에서 아내를 선택할 생각이었다는 말씀과 아울러 당연히 그렇게 하려는 이유를 먼저 설명해드리는 것이 바람직할 거라는 생각입니다."

저 근엄한 콜린스 씨가 감정을 주체할 수 없게 되는 모습을 상상하자 엘리자베스는 웃음이 터질 뻔해서, 그가 말을 잠깐 멈춰 틈이 생겼을 때 말을 중단시키려는 시도를 할 수 없었다. 그는 다시 말을 이었다.

"제가 결혼을 하려는 이유는 이렇습니다. 첫째, 안정적인 생활을 누리는 모든 성직자는(저처럼 말입니다) 자신의 교구 내에서 결혼의 올바른 모범을 보여야 합니다. 둘째, 결혼이 제게 더 큰 행복을 가져다주리라고 믿기 때문입니다. 셋째, 이 이유를 먼저 말씀드려야 했겠지만, 영광스럽게도 제 후견인을 맡아주신 고귀하신 귀부인께서 특별히 제게 충고와 권고를 해주셨기 때문입니다. 부인은 감사하게도 두 번이나(여쭈어보지도 않았습니다만!) 제게 이 문제에 대한 의견을 주셨습니다. 헌스퍼드를 떠나기 바로 전 토요일 밤에 카드리유 게임을 하는 도중 젠킨스 부인이 드 버그 양의 발받침을 놓아주고 있을 때였습니다. '콜린스 씨, 얼른 결혼하게. 자네 같은 성직자는 꼭 결혼을 해야지. 나를 위해서 참하고 얌전한 숙녀를 고르고, 자네를 위해서는 활발하고 일을 잘하는 여자, 너무 곱게 자란 여자 말고 적은 수입으로도 살림을 잘 꾸려나갈 수 있는 그런 여자를 고르게. 내 충고일세. 되도록 빨리 그런 여자를 찾아 헌스퍼드로 데려오면 내 한번 만나러 가지.' 그런데 이 말씀을 먼저 드리면, 아름다운 엘리자베스 양, 캐서린 드 버그 부인의 친절과 관심은 제가 결혼으로 드릴 수 있는 작지 않은 이점입니다. 그분의 기품은 제가 다 설명할 수 없고, 그분은 당신의 재기발랄함을 용납해주실 겁니다. 높은 신분이 불러일으키는 침묵과 존중에 의해 재기발랄함은 순화될 수 있을 테니 말입니다. 여기까지가 결혼을 결심하게 된 전반적인 이유입니다. 이제는 제가 가까운 곳에 있는 많은 참한 아가씨를 두고 굳이 롱번까지 찾아온 이유를 말씀드릴 차례입니다. 아시다시피 저는 댁의 훌륭하신 아버님이 돌아가신 후에(물론 아직도 살날이 많이 남으셨습니다만) 재산을 상속받게 됩니다. 따라서 그분의 따님을 제 아내로 맞이해 슬픈 일이 일어났을 때, 물론 아까도 말씀드렸듯이 한참 후에야 있을 일이긴 하지만 그 손실을 최소한으로 줄여드리지 않고서는 저 자신이 떳떳할 수가 없습니다. 친애하는 사촌 엘리자베스 양, 이것이 제 동기입니다. 이로 말미암아 저를 향한 존경심이 줄지 않을 거라고 자부합니다. 이제는 저의 열렬한 애정을 생생한 표현으로 납득시켜 드릴 일만 남았습니다. 저는 재산에 아무런 관심이 없으며, 아버님께 어떤 요구도 하지 않을 것입니다. 부친께서 요구를 들어주실 수 없다는 점도 잘 알고 있으며, 어머님이 돌아가신 후에야 받게 될 연 4퍼센트의 1천 파운드짜리 국채가 당신이 상속받을 재산의 전부인 점도 아주 잘 알고 있습니다. 그러므로 그 점에 대해서는 앞으로도 죽 입을 다물 것이며, 우리가 결혼한 뒤에도 이를 두고 졸렬한 말을 내뱉는 일은 결코 없으리라고 약속드립니다."

이제는 정말로 말을 중단시킬 때였다. 그녀는 약간 소리를 높여 말했다.

"너무 성급하시네요, 콜린스 씨. 제가 아직 대답하지 않았는데, 이 점을 잊으셨나 봐요. 시간을 더 낭비하지 않도록 말씀드릴게요. 저를 이렇게 높이 평가해주셔서 감사합니다. 콜린스 씨의 청혼은 분명 영광스러운 일이지만, 저는 거절할 수밖에 없습니다."

콜린스 씨는 정중하게 손을 내저으며 대답했다.

"젊은 아가씨들이 청혼을 받았을 때 속으로는 받아들일 생각이면서도 한 번 거절하는 일이 흔하다고 하더군요. 어느 때는 두 번, 세 번까지도 거절한다지요. 그러니 지금 하시는 말에 전혀 낙담하지 않고, 머지않아 저와 결혼해주시리라는 희망을 놓지 않겠습니다."

답답한 마음에 엘리자베스가 소리쳤다.

"진심으로 드리는 말씀입니다. 거절했는데도 희망을 가지시겠다니 의외입니다. 분명히 말씀드리건대 저는 그런 아가씨들과는 달리, 정말 그런 아가씨들이 있다면 말이지만요, 두 번째 청혼받을 확률에 제 행복을 거는 대담한 짓은 하지 않겠어요. 제 거절은 진심입니다. 콜린스 씨는 '저를' 행복하게 해주시지 못하고, 저 또한 '당신을' 행복하게 만들어드릴 여자와는 거리가 멀어요. 당신이 친애하는 캐서린 부인도 저를 알게 되신다면, 제가 그 자리에 어느 면으로 보나 부적격이라고 여기실 것이 분명합니다."

콜린스 씨는 아주 엄숙하게 말했다.

"캐서린 부인이 그렇게 생각하신다고 해도 당신을 내치지는 않으시리라고 생각합니다. 제가 그분을 다시 만나뵙고 당신의 겸손함과 검소함, 다른 사랑스러운 성품에 대해 최고의 찬사를 붙여 말씀드리겠습니다."

"정말이지 콜린스 씨, 그런 칭찬은 안 하셔도 돼요. 저 자신을 판단하는 일은 제게 맡겨주시고, 칭찬을 하려거든 그저 제가 하는 말을 믿어주세요. 콜린스 씨의 삶이 행복하고 번창하시기를 진심으로 바라고, 이를 위해 제가 할 수 있는 일이라고는 청혼을 거절하는 것뿐이에요. 제게 하신 청혼만으로도 저희 가족을 배려하는 마음을 보여준 것이니 만족하시고 훗날 롱번을 상속받아도 자책은 하지 마세요. 그럼 이 문제는 결론이 난 것으로 알겠습니다."

말하면서 이미 자리에서 일어난 엘리자베스는 바로 방을 나가려는데, 그 순간 콜린스 씨가 다시 말을 시작했다.

"다음에 다시 청혼하는 영광을 누릴 때는 이보다 더 흡족한 대답을 얻게 되기를 소망합니다. 물론 지금도 엘리자베스 양의 잔인함을 비난하지는 않습니다. 처음 청혼을 받았을 때 거절하는 것은 여성분들에게 관습적으로 굳어진 일이니까요. 지금 엘리자베스 양의 말씀도 여성으로서 섬세함을 유지하는 한에서 제 구애를 격려하신 것이겠지요."

엘리자베스는 다소 격앙된 어조로 말했다.

"콜린스 씨, 정말이지 저를 혼란스럽게 하시는군요. 지금까지 한 말들을 전부 격려하는 의도로 해석하셨다면, 도대체 어떻게 해야 제 거절을 납득하실지 알 수가 없네요."

"아름다운 엘리자베스 양, 지금의 거절이 그저 마음에 없는 말이라고 자신하는 것을 허락해주십시오. 그렇게 믿는 이유를 간단히 말씀드리겠습니다. 제가 볼 때 제 청혼은 당신이 승낙할 만큼의 가치가 있으며, 오히려 상당히 바람직한 결혼이 될 것이기 때문이지요. 제 지위와 드 버그 가문과의 친분, 당신 가문과의 관계 등 모두가 제게 유리한 조건입니다. 그리고 엘리자베스 양이 매력이 많은 분이기는 하지만 이후에 다른 청혼을 받지 못할 가능성도 염두에 두셔야 합니다. 불행히도 당신 몫의 재산이 너무 적으니, 그 사랑스럽고 다정한 성품도 쓸모없게 되어버릴 수 있습니다. 그러므로 저는 당신의 거절이 진심이 아니며, 다른 우아한 여성들이 그렇듯 더 큰 애정을 얻기 위해 저를 애타게 만들려는 의도라고 결론내릴 수밖에 없습니다."

"분명히 말씀드리지만, 저는 훌륭한 신사분께 고통을 드리는 우아함을 흉내 낼 생각이 전혀 없습니다. 칭찬하려거든 차라리 제 말을 그대로 믿어주세요. 콜린스 씨의 청혼을 받는 영광을 주셔서 거듭 감사드리지만, 정말로 받아들일 수가 없습니다. 제 모든 감정이 거부하고 있으니까요. 이보다 더 직설적으로 말씀드릴 수 있을까요? 저를 당신을 고문하려는 우아한 여성으로 여기지 마시고, 마음속 깊은 진실만을 말하는 이성적인 존재로 봐주세요."

그는 어딘가 어색하게 예의를 차리면서 말했다.

"그래도 여전히 매력적이십니다! 양친께서 부모의 권위로 허락해주신다면 당신도 제 청혼을 받아들이시리라고 믿습니다."

콜린스 씨의 집요하고 제멋대로인 자아도취에 엘리자베스는 아무 대꾸도 없이 입을 다물고 방을 나왔다. 아무리 끈질기게 거절해도 알아듣지 못하고 애정을 북돋기 위한 격려로만 여긴다면, 아버지께 과감하고 단호하게 거절해달라고 말씀드릴 생각이었다. 아버지의 말씀이라면 적어도 우아한 여성의 내숭이나 가식이라고 오해하지는 않을 테니까 말이다.

20장

콜린스 씨가 조용히 사랑의 성취를 음미할 수 있는 시간은 길지 않았다. 거실 입구에서 대화가 끝나기를 기다리며 서성거리던 베넷 부인은 엘리자베스가 문을 열고 나와 빠른 걸음으로 그녀를 지나쳐 계단 쪽으로 가버리자 얼른 거실로 들어가서는 이제 더욱 가까운 사이가 될 테니 콜린스 씨에게도 자신에게도 얼마나 기쁜 일이냐고 하면서 열정적인 축하 인사를 퍼부었다. 콜린스 씨 또한 기쁘게 축하를 받고, 축하를 전했다. 그리고 두 사람이 나눈 구체적인 대화 내용을 전하면서 사촌의 일관된 거절은 부끄러움을 타는 수줍은 성격과 섬세한 성품에서 우러나온 자연스러운 것이기 때문에 결과에 만족하지 않을 이유가 없다고 말했다.

그러나 그 소식을 들은 베넷 부인은 화들짝 놀랐다. 딸의 거절이 정말로 그를 부추기려는 의도였다면 부인도 아주 만족스러웠겠지만, 아무래도 그렇게 생각되지 않았기에 이렇게 말할 수밖에 없었다.

"어머나! 염려하지 마세요, 콜린스 씨. 리지도 이성을 찾게 될 거예요. 제가 직접 이야기해볼게요. 워낙 고집이 세고 어리석어서 자기한테 뭐가 좋은지도 모른다니까요. 하지만 제가 '가르치고' 말겠어요."

그러자 콜린스 씨가 소리 높여 말했다.

"말씀 중에 죄송합니다, 베넷 부인. 하지만 엘리자베스 양이 정말 고집불통에 어리석은 사람이라면 결혼생활이 당연히 행복하기를 바라는 저 같은 남자에게 어울리는 아내가 될지 모르겠군요. 그러니 제 청혼을 끈질기게 거절한다면 굳이 청혼을 받아들이도록 애쓰지 않는 편이 낫겠습니다. 그런 성격상 단점은 제게 행복을 주지 못할 테니까요."

베넷 부인은 불안해져 다독이듯 말했다.

"아유, 콜린스 씨. 제 말을 오해하셨나 봐요. 리지가 이런 문제에는 고집불통이라는 거지, 다른 문제에서는 그렇게 순할 수가 없어요. 지금 남편한테 가서 바로 이 문제를 정리할 테니 걱정하지 말아요."

베넷 부인은 그가 대답할 시간도 주지 않고 허겁지겁 남편에게로 달려가서는 서재 문을 열며 소리쳤다.

"세상에! 여보, 지금 당장 좀 도와줘야겠어요. 아주 큰일이 났다고요. 얼른 리지한테 콜린스 씨와 결혼하라고 하세요. 그 애가 결혼하지 않겠다며 버티고 있으니 서두르지 않으면 콜린스 씨도 '엘리자베스'와 결혼할 마음을 단념할 거라고요."

베넷 씨는 책에서 고개를 들어 부인의 얼굴을 빤히 쳐다보았는데, 이야기를 다 듣고 나서도 처음과 마찬가지로 태평한 표정이었다.

부인이 말을 마치자 그가 말했다.

"무슨 말인지 잘 모르겠군. 무슨 이야기를 하는 거요?"

"콜린스 씨와 리지요. 리지가 콜린스 씨와 결혼하지 않겠다고 선언했고, 이제는 그도 리지와 결혼하지 않겠다는 말을 하기 시작했다고요."

"당신은 내가 어쩌기를 바라는 거요? 그 결혼은 영 가망이 없어 보이는데."

"당신이 직접 리지한테 말씀하세요. 그와 결혼하라고 단호하게 명령 좀 하세요."

"리지 좀 불러오시구려. 그 애도 내 의견을 들어야겠지."

베넷 부인은 벨을 눌러 하인을 부르더니 엘리자베스를 데려오도록 했다.

그녀가 나타나자 아버지가 큰 소리로 말했다.

"왔구나, 얘야. 중요한 문제로 불렀단다. 콜린스 씨가 네게 청혼을 했다던데, 사실이냐?"

엘리자베스는 그렇다고 답했다.

"좋아. 그리고 넌 청혼을 거절했단 말이지?"

"그랬어요, 아버지."

"그래. 이제 본론을 말해야겠구나. 네 엄마는 청혼을 받아들이라고 주장하신다. 그렇지, 여보?"

"그럼요. 안 그러면 다시는 쟤를 안 볼 거예요."

"네 앞에 불행한 선택지가 놓여 있구나, 엘리자베스. 오늘로 너는 부모 중 한 명과는 남남이 되어야 한다. 네가 콜린스 씨와 결혼하지 '않으면' 어머니가 다시는 널 보지 않겠다고 하고, 결혼을 '한다면' 내가 다시는 널 보지 않을 게다."

엘리자베스는 시작과 전혀 다른 결론에 미소를 참을 수가 없었다. 그러나 남편과 자기의 바람이 같다고 믿었던 베넷 부인은 몹시 낙담했다.

"아니, 그게 무슨 말씀이세요, 여보? 콜린스 씨와 결혼'하라고' 설득해주신다면서요."

베넷 씨가 답했다.

"여보, 내게 두 가지 작은 청이 있소. 첫째는 지금 문제에 내 지성을 마음대로 쓰게 해달라는 것이고, 두 번째는 내 서재를 마음대로 쓰게 해달라는 것이오. 이제 서재에 혼자 있게 해준다면 고맙겠구려."

그러나 베넷 부인은 남편에게 실망하기는 했어도 주장을 굽히지 않았다. 엘리자베스를 꾀어도 보고 을러대기도 하면서 설득을 거듭했다. 또한 제인을 자기편으로 끌어들이려고 했는데, 그녀는 관여하고 싶지 않다면서 최대한 완곡하게 거절했다. 엘리자베스는 때로는 진지하게, 때로는 장난스럽게 베넷 부인의 공략에 대응했다. 하지만 대응 태도는 바뀌어도 결심만큼은 결코 변하지 않았다.

그동안 콜린스 씨는 좀 전에 있었던 일을 곰곰이 생각해보고 있었다. 아무리 생각해도 자신이 너무 훌륭하기 때문에 사촌이 무슨 이유로 그를 거절했는지 이해할 수가 없었다. 자존심에 상처를 입기는 했지만, 그 외에는 딱히 괴롭지 않았다. 그녀를 향한 호감은 대부분 상상이었고, 어머니에게 혼쭐이 나도 마땅하다는 생각이 들어 안쓰러운 마음도 들지 않았다.

이렇게 가족들이 전부 정신이 없을 때 샬럿 루커스가 놀러 왔다. 현관에서 마주친 리디아는 재빨리 그녀에게 뛰어가더니 반쯤 속삭이듯 말했다.

"정말 잘 왔지 뭐야, 여기 진짜 재미있는 일이 벌어지고 있거든! 오늘 아침에 무슨 일이 있었는지 알아? 콜린스 씨가 리지 언니한테 청혼했는데, 언니가 거절했다고."

샬럿이 뭐라고 대답할 틈도 없이 이번에는 키티가 달려오더니 똑같은 소식을 전해주었다. 이들이 거실에 들어서자 그곳에 혼자 있던 베넷 부인도 같은 이야기를 하면서 루커스 양의 동정을 구했다. 친구니까 리지가 온 가족의 소망을 들어주도록 설득해달라고 애원했다.

“이렇게 부탁한다, 샬럿.”

그러고는 구슬프게 덧붙였다.

“내 편은 아무도 없어, 아무도 내 말을 안 들어준다고. 아이고, 다들 내게 너무 한다니까. 내 연약한 신경이 가엾지도 않은지 말이야.”

샬럿이 막 대답하려던 때 제인과 엘리자베스가 들어왔다.

베넷 부인이 말했다.

“그래, 저기 오는구나. 저 아무렇지도 않은 표정 좀 보라고. 자기 하고 싶은 대로 하고 살 수 있다면 가족들은 저기 먼 요크에 가 있다는 듯이 신경도 안 쓰겠지. 말해두겠는데, 리지 양, 이런 식으로 들어오는 청혼마다 퇴짜를 놓는다면 평생 결혼하지 못할 거랍니다. 그리고 아버지가 돌아가시면 누가 널 먹여 살리게 될지 난 모른다고. 나는 널 계속 보살펴줄 능력이 없어. 이제 정신이 좀 번쩍 나겠지. 오늘부터 너와 나는 아무 상관없는 사이라고. 서재에서 내가 말했지, 다시는 너랑 말도 섞지 않겠다고 말이야. 그리고 나는 한번 내뱉은 말은 천금처럼 지키는 사람이라고. 너처럼 부모 마음을 몰라주는 애랑은 말 섞기도 싫어. 나처럼 연약한 신경으로 고통받는 사람은 말을 많이 하는 것도 괴롭다니까. 내가 얼마나 고통스러운지 아무도 몰라! 늘 이런 식이야. 불평을 하지 않으면 아무도 동정해주지 않는다고."

딸들은 모두 입을 다문 채 어머니의 장황한 신세 한탄을 듣고만 있었다. 이유를 설명하거나 기분을 달래려는 시도는 오히려 화만 돋울 뿐이라는 걸 잘 알고 있었기 때문이다. 그래서 그녀는 아무런 방해도 받지 않고 콜린스 씨가 들어올 때까지 쉴 새 없이 불평을 해댔다. 콜린스 씨가 평소보다 더 근엄하게 거실로 들어오자, 그를 본 어머니는 딸들에게 말했다.

"자, 이제 너희 모두 입을 다물어라. 콜린스 씨와 잠깐 대화 좀 해야겠다."

엘리자베스는 조용히 방을 나왔고, 제인과 키티도 뒤를 따랐다. 그러나 리디아는 거기 남아서 들을 수 있는 데까지 들어볼 속셈이었다. 샬럿은 처음에 콜린스 씨가 정중하게도 그녀와 가족들의 안부를 묻는 말에 일일이 대답해주느라 붙잡혀 있다가 나중에는 약간의 호기심이 생겨 대화를 듣지 않는 척하며 창가에 서 있었다. 베넷 부인이 간절한 목소리로 말문을 열었다.

"아아, 콜린스 씨!"

그가 말했다.

"베넷 부인, 이 문제는 서로 영원히 입을 다물도록 하지요."

그러고는 불쾌함이 역력한 목소리로 말을 이었다.

“따님의 태도에 화를 낼 마음은 조금도 없습니다. 나쁜 일을 피할 수 없다면 감수하는 것이 우리 의무니까요. 특히 저처럼 일찍 출세한 운 좋은 청년은 더욱 그렇지요. 그래서 저는 포기하고 물러나겠습니다. 아름다운 사촌이 영광스럽게도 제 청혼을 받아들였다고 한들 과연 제가 행복할 수 있었을까 의구심이 들기 때문이기도 합니다. 저는 거부당한 축복이 그 빛을 잃을 때 비로소 완벽하게 포기할 수 있음을 종종 목격했습니다. 제가 두 분께 부모의 권위로 제 편을 들어주십사 청하지 않고 청혼을 거둔다고 해서 경의를 표하지 않았다고는 생각하지 말아주십시오. 어르신들 말씀이 아닌 따님의 거절만 듣고 청혼을 물리는 행동을 못마땅하게 여기실까 봐 두렵기도 합니다. 하지만 우리는 모두 실수하기 마련입니다. 저는 이 모든 일을 좋은 마음으로 진행했음을 확실하게 말씀드릴 수 있습니다. 사랑스러운 배우자도 얻고, 베넷 집안의 이익도 지켜드리고자 했습니다. 만약 제 ‘태도’에 비난받아야 할 점이 있었다면 부디 용서해주시기 바랍니다.”

21장

콜린스 씨의 청혼을 두고 벌어진 논쟁은 거의 끝이 났다. 이제 엘리자베스는 여기에 필연적으로 따라오는 불편한 감정과 가끔씩 어머니가 내뱉는 신경질 섞인 불만만 견디면 되었다. 콜린스 씨는 '자신'의 감정을 당혹감이나 실의, 그녀를 피하려는 태도로 표현하는 대신에 주로 꽁한 태도와 언짢은 표정을 하고 입을 꾹 다무는 것으로 드러냈다. 엘리자베스에게는 말을 거는 일이 거의 없고, 본인도 잘 알고 있는 예의 근면한 관심은 루커스 양에게로 옮겨갔다. 그녀가 예의 바르게 그의 말을 경청해준 덕분에 가족 모두, 특히 엘리자베스가 편안해질 수 있었다.

다음 날도 베넷 부인의 불편한 심기나 나쁜 건강은 나아지는 기색이 없었다. 콜린스 씨도 여전히 상처 입은 자존심으로 화가 난 상태였다. 엘리자베스는 그가 화가 나서 방문 기간을 줄이기를 기대했지만, 그의 계획은 아무런 영향도 받지 않은 듯했다. 그는 변함없이 토요일에 떠날 생각으로, 그때까지는 계속 머물고자 했다.

아침 식사 후 자매들은 위컴 씨가 돌아왔는지도 알아보고, 그가 네더필드 무도회에 참석하지 못한 아쉬움도 털어놓을 겸 메리턴으로 산책을 나갔다. 메리턴에 들어설 때 위컴 씨를 만나 이모 집까지 함께 갔다. 이모 집에서 그는 자신도 속상하고 유감이었다고 말했으며, 모두 걱정이 많았다는 이야기 등을 나누었다. 그는 엘리자베스에게 미리 무도회에 가지 않은 것은 스스로 내린 결정이었다고 털어놓았다.

위컴이 말했다.

"날짜가 다가올수록 다아시 씨를 만나지 않는 편이 좋겠다는 생각이 들었습니다. 한 공간에서 오랜 시간 함께 있는 일이 견디기 어려울 것 같았고, 그로 말미암아 저뿐 아니라 다른 분들에게 불쾌감을 줄 수도 있을 테니까요."

엘리자베스는 위컴의 관대함을 높이 평가하고, 두 사람은 한가로이 그 문제를 두고 오랫동안 이야기를 나누며 정중하게 칭찬을 주고받았다. 롱번으로 돌아가는 길에 위컴과 다른 장교 한 사람이 동행했고, 걷는 동안 내내 그가 그녀 옆에서 걸어 충분히 대화를 나눌 수 있었다. 그와 동행하는 것에는 두 가지 장점이 있었다. 그녀는 자신에게 쏟아지는 온갖 찬사를 누릴 수 있었고, 그를 부모님께 소개할 수 있는 좋은 기회이기도 했다.

롱번에 돌아오고 얼마 지나지 않아서 베넷 양에게 편지 한 통이 배달되었다. 네더필드에서 온 편지였고, 제인은 곧바로 편지를 뜯었다. 봉투 안에 든 조그맣고 우아한 고급 편지지에는 숙녀의 유려하고 고운 필체가 빼곡했다. 편지를 읽는 동안 제인의 안색이 변했는데, 어떤 대목에서는 유난히 오래 눈길이 머물기도 했다. 그러나 제인은 곧 마음을 추스르고 편지를 치운 뒤 평소처럼 활기차게 대화에 끼려고 애썼다. 이 모습에 엘리자베스는 무언가 불안해져 위컴 씨를 생각할 겨를조차 없었다. 잠시 후 그와 다른 장교가 떠나자 제인이 그녀에게 2층으로 올라오라는 눈짓을 보냈다. 방에 들어가자 제인은 편지를 꺼내면서 말했다.

"캐롤라인 빙리가 보낸 편지야. 내용을 읽고 정말 놀랐어. 지금 네더필드 사람들은 모두 런던으로 가고 있대. 그리고 다시 돌아올 생각이 없다는 거야. 여기 쓴 내용을 들어봐."

그리고 첫 문장을 소리 내어 읽었다. 그들은 조금 전 오빠를 따라 런던으로 떠나기로 결정을 내렸고, 오늘은 허스트 씨 집이 있는 그로스브너 가에서 저녁 식사를 할 계획이라고 했다. 다음 문장은 이랬다.

하트퍼드셔를 떠나면서 아쉬움이 있다면 오로지 나의 친구, 당신과의 우정을 두고 가는 것뿐이에요. 그러나 앞으로 언젠가 다시 만나 지금과 같은 즐거운 교제를 누릴 날을 간절히 바라며, 그때까지는 종종 진심 어린 서신을 주고받으면서 이별의 아픔을 달랠 수 있기를 바라봅니다. 그래 주시리라 믿어요.

엘리자베스에게는 지나치게 유려한 이 표현이 오히려 차가운 불신을 불러일으켰다. 갑작스러운 이사에 놀라기는 했지만, 그렇다고 안타까울 일은 전혀 없었다. 이들이 네더필드에 없다고 해서 빙리 씨까지 오지 말란 법은 없고, 제인은 친구를 잃었다고 하겠지만 곧 빙리 씨를 만나는 기쁨으로 괜찮아질 거라고 확신했다.

잠시 후 엘리자베스가 말했다.

"안타까운 일이기는 해. 떠나기 전에 친구들한테 작별 인사도 하지 않고 갔다니 서운할 수밖에. 하지만 빙리 양이 간절히 바란다는 언젠가가 예상 외로 빨리 올 수도 있지 않을까? 게다가 우정이라는 돈독한 관계가 그땐 시누이와 올케로 바뀐다면 더욱 즐겁지 않겠어? 누이들 때문에 빙리 씨까지 런던에 묶여 있을 필요는 없으니까."

"캐롤라인은 자기들 가운데 누구도 이번 겨울에 하트퍼드셔로 돌아오지 않을 거라고 단언하고 있어. 내가 읽어줄게."

어제 오빠가 네더필드를 떠났을 때는 런던에서의 일이 사나흘이면 마무리될 줄 알았는데 그럴 수가 없게 되었어요. 그리고 오빠가 런던에서 굳이 서둘러 돌아올 이유도 없기 때문에 우리도 런던으로 따라가자고 결정하게 되었지요. 그렇지 않으면 오빠가 여가 시간을 호텔에서 쓸쓸하게 보내야 하니까요. 이미 많은 지인이 그곳에서 겨울을 보내고 있답니다. 친애하는 제인, 당신도 그 무리에 있다면 얼마나 기쁠까요. 그럴 수 없으니 그저 낙담하고 있답니다. 하트퍼드셔에서 크리스마스의 즐거움을 만끽하고, 제인 옆에 멋진 친구가 많이 있어 저희 셋의 빈자리를 느낄 겨를이 없기를 진심으로 바랄 뿐이에요.

"이 부분을 보면 그분이 이번 겨울에는 돌아오지 않으실 게 분명해."

"빙리 양 혼자서 자기 오빠가 '돌아오면 안 된다'고 생각하나 보지."

"왜 그렇게 생각하니? 당연히 그분이 직접 내린 결정이겠지. 자기 일은 자기가 판단하는 분이잖아. 하지만 이게 '다'가 아니야. 다음 문단이 특히 가슴 아팠어. '네 앞에서' 뭘 숨기겠니."

다아시 씨는 여동생을 만날 날을 손꼽아 기다리고 있어요. 솔직히 말씀드리면 '우리'도 그분 못지않게 그녀가 몹시 보고 싶답니다. 미모와 우아함, 교양까지 조지아나 다아시에 비할 여성은 없으니까요. 루이자와 저는 그녀가 우리 올케가 될지도 모른다는 조심스러운 희망을 품고 있어 갈수록 애정이 커지는 듯해요. 예전에 이런 제 마음을 언급한 적이 있는지는 잘 모르겠지만 떠나는 마당에 숨길 이유가 없겠지요. 제인 양도 터무니없다고 생각하지는 않을 거예요. 오빠가 다아시 양을 한결같이 아끼고, 이제는 가까이서 자주 그녀를 만날 기회가 생겼으니까요. 다아시 양의 친인척들도 우리 가족만큼이나 두 사람의 결혼을 바라고 있으며, 누이라서 하는 말이 아니라 찰스는 어떤 여성의 마음이든지 얻을 수 있는 남자잖아요. 게다가 모든 상황이 두 사람의 결혼을 축복하고, 어떤 장해물도 없으니 말이에요. 제인, 많은 사람이 행복해질 즐거운 일을 기대하는 제가 잘못일까요?

제인은 편지를 다 읽고 나서 질문했다.

"그럼 '이' 문장은 어떻게 생각하니, 리지야? 이보다 더 분명할 수 있을까? 캐롤라인은 내가 올케가 될 거라고 전혀 생각지도 않고 바라지도 않는다고 분명하게 말하고 있어. 오빠가 내게 관심이 없다고 확신하고 있으니, 혹시 내가 그분께 어떤 호감을 품었다면 조심하라고 (친절하게도!) 일러주는 것이 아닐까? 여기에 다른 의견이 있을 수 있겠어?"

"당연히 있지. 내 의견은 완전히 다른걸. 내 의견을 한번 들어볼래?"

"어서 말해봐."

"몇 마디면 충분해. 빙리 양은 오빠가 언니를 사랑하게 된 걸 알고, 그를 계속 런던에 머무르게 할 작정으로 따라가는 거라고. 다아시 양과 결혼했으면 하는 마음인 거지. 그리고 언니한테는 그분이 어떤 특별한 감정이 없다고 설득하려는 거고."

이 말에 제인은 고개를 저었다.

"분명해, 언니. 그러니 내 말을 믿어야 해. 두 사람이 함께 있는 모습을 보았다면 누구도 그분의 애정을 의심할 수 없을 거야. 빙리 양도 당연히 그랬겠지. 바보는 아니니까. 만약 빙리 씨가 언니에게 보이는 애정의 반만큼이라도 다아시 씨가 빙리 양에게 보였다면 그녀는 벌써 웨딩드레스를 주문했을걸. 하지만 문제는 우리가 자기들과 어울릴 만큼 부자도 아니고, 신분도 높지 않다는 거야. 게다가 오빠가 다아시 양과 결혼하기를 절실히 바라는 이유가 또 있어. 두 집안 사이에 '한 번' 결혼이 성사되면, 두 번째 결혼은 더 쉽지 않을까 하는 속셈이겠지. 분명 기발하기는 해. 드 버그 양만 빠져준다면 성공할 가능성도 있겠지. 하지만 언니, 오빠가 다아시 양을 무척 아낀다는 빙리 양의 말만 듣고 빙리 씨가 언니를 좋아하는 마음이 마지막으로 본 화요일에 비해 조금이라도 덜해졌다고 생각할 수는 없어. 또 빙리 양에게 오빠가 사랑하는 사람이 언니가 아니라 다아시 양이라고 설득할 수 있는 힘이 있을 리도 없고."

제인이 답했다.

"빙리 양에 대한 우리 생각이 비슷했다면 네 해석을 전부 받아들이고 마음이 꽤 편해졌을 거야. 하지만 네 의견은 전제 자체가 잘못됐어. 캐롤라인은 누군가를 고의로 기만할 사람이 못 돼. 그러니 이 경우 내가 바랄 수 있는 건 캐롤라인도 오해하고 있다는 거야."

"그래, 맞아. 내 말에서 위안을 얻지 못한다면, 그게 가장 만족스러운 설명이겠지. 빙리 양이 오해하고 있다고 그냥 믿어버려. 아무튼 언니가 할 수 있는 건 다 했으니까 더는 마음 졸이지 말고."

"얘, 리지야. 백번 양보해서 그분과 결혼한다고 해도, 누이들과 친구들은 모두 그이가 다른 사람과 결혼하기를 바라는데 과연 내가 행복할 수 있을까?"

엘리자베스가 말했다.

"그건 언니 스스로 결정할 문제야. 깊이 잘 생각해봤더니 그분의 아내가 되는 행복보다 두 누이의 뜻을 거스르는 고통이 훨씬 더 크다고 결론이 난다면 절대 결혼하지 말라고 충고할 거야."

제인은 희미하게 미소를 지어 보였다.

"어떻게 그런 말을 하니? 두 사람이 반대한다니 몹시 애석한 일이기는 하지만, 그렇다고 망설이지는 않을 거야."

"그럴 거라고 생각했어. 사정이 그러니까 지금도 언니의 처지를 동정할 마음은 없어."

"그렇지만 그분이 이번 겨울에 돌아오지 않는다면, 선택할 기회도 없겠지. 6개월이면 수만 가지 일이 일어날 수 있는걸!"

엘리자베스는 빙리 씨가 돌아오지 않을 거라는 말은 귓등으로 흘려버리면 된다고 확신했다. 그녀가 볼 때는 단지 캐롤라인의 이기적인 희망사항에 불과했고, 그런 소망을 아무리 직설적으로 또는 교묘하게 떠벌린다고 해도 이제 성인이 된 남성에게 영향을 미칠 가능성은 전혀 없어 보였다.

엘리자베스는 언니에게 자신의 주장을 최대한 강하게 말했고, 다행히 곧 긍정적인 효과가 나타났다. 제인은 평소에도 고민에 젖어 있는 성격이 아니었다. 가끔씩 애정을 확신할 수 없다는 수줍음에 압도되기는 했지만, 점차 빙리가 네더필드로 돌아와 그녀의 진심 어린 소망에 답하리라는 기대가 살아났다.

베넷 부인에게는 네더필드 가족이 떠났다는 소식만 전하기로 했다. 굳이 빙리 씨의 일을 전해 걱정하게 만들 필요는 없었다. 그러나 그 소식만 듣고도 어머니는 걱정이 대단해서, 이제 막 친해지려고 하는데 숙녀들이 갑자기 떠나버리다니 운도 없다고 안타까워했다. 한참 동안 걱정을 늘어놓은 후에야 베넷 부인은 빙리 씨가 곧 다시 돌아와 롱번에서 함께 저녁 식사를 하게 되리라는 희망을 위안으로 삼았다. 그리고 아무리 가족 식사에 초대하기는 했지만 두 가지 정식 코스를 준비해야겠다고 기분 좋게 큰소리치는 것으로 걱정을 마무리 지었다.

22장

베넷 집안은 루커스 집안과 저녁 식사를 함께했고, 루커스 양은 또 한 번 친절하게도 콜린스 씨의 말에 귀를 기울여주었다. 엘리자베스는 틈을 봐서 그녀에게 고맙다는 말을 전했다.

"네 덕분에 콜린스 씨의 기분이 계속 좋네. 정말 어떻게 고맙다는 말을 해야 할지 모르겠어."

샬럿은 친구에게 도움이 됐다니 기쁘고, 자신의 시간을 조금 희생했을 뿐인데 과한 인사라고 말했다. 정말 상냥한 대답이었지만, 사실 샬럿의 친절은 엘리자베스가 생각지도 못한 속셈을 품고 있었다. 다름 아닌 콜린스 씨가 다시 엘리자베스에게 청혼하는 대신 자신한테 청혼하게 하려는 목적이었다. 이것이 루커스 양의 계획이었고, 상황은 꽤 순조롭게 흘러가고 있었다.

그리고 그날 밤 헤어질 때는 콜린스 씨가 조만간 하트퍼드셔를 떠날 일정만 아니라면 거의 성공했을 거라고 확신하기에 이르렀다. 그러나 이 부분에서는 샬럿이 그의 열정과 독립심을 잘못 판단했다. 콜린스 씨는 다음 날 아침 감탄할 만큼 몰래 롱번을 빠져나가 루커스 로지로 달려가서는 샬럿의 발아래 무릎을 꿇었던 것이다. 그는 사촌들의 주의를 끌지 않으려고 몹시 조심했는데, 만약 자신이 집을 나서는 모습을 본다면 그의 계획이 단박에 들통 날 거라고 믿었기 때문이다. 그의 입장에서는 성공 전까지 청혼 계획이 알려지는 것을 바라지 않았다. 이번에는 샬럿이 어느 정도 관심을 드러내서 성공하리라는 확신이 있었지만 그래도 수요일의 모험 이후 예전에 비해 소심해졌기 때문이다. 하지만 그곳에서 그는 대단한 환대를 받았다. 루커스 양은 그의 걸어오는 모습을 위층 창문으로 보고는 바로 달려나가 오솔길에서 우연인 척 마주칠 수 있었다. 그렇지만 그녀도 그토록 엄청나고 뜨거운 사랑 고백이 기다리고 있는 줄은 전혀 예상하지 못했다.

콜린스 씨의 긴 웅변이 끝나자 모든 일은 순식간에 양쪽 다 만족스럽도록 결정되었다. 그리하여 두 사람이 집으로 들어선 순간부터 콜린스 씨는 세상에서 가장 행복한 남자가 될 날을 정해달라고 열성적으로 청했다. 너무 이르기는 했으나 숙녀 쪽에서도 그의 행복을 두고 장난칠 생각은 없었다. 타고난 것 자체가 둔해서 그의 구애에 매력이라곤 없었으니 여자는 괜히 시간을 끌고 싶지 않았다. 게다가 아무 감정 없이 순전히 고정 수입만 보고 청혼을 받아들인 루커스 양의 입장에서는 재산을 좀 더 빨리 얻는다고 해도 나쁠 것이 없었다.

윌리엄 경과 루커스 부인에게도 곧바로 허락을 구했고, 두 사람은 아주 기뻐하며 얼른 허락했다. 콜린스 씨의 지금 조건만으로도 물려받을 재산이 거의 없는 딸에게는 아주 훌륭한 남편감이었는데, 앞으로 더 부자가 될 가능성까지 있다니 금상첨화였다. 루커스 부인은 다른 일은 제쳐두고 베넷 씨가 앞으로 몇 년을 더 살게 될지 열성적으로 계산해보기 시작했다. 윌리엄 경은 콜린스 씨가 롱번을 물려받게 되면, 콜린스 부부는 마땅히 세인트제임스 궁에서 국왕을 알현해야 한다는 점을 힘주어 말했다. 온 가족이 이 소식에 들떴다. 여동생들은 원래 예정보다 일이 년 빨리 사교계에 나설 희망이 생겼고, 남동생들은 샬럿이 노처녀로 죽을지도 모른다는 걱정에서 벗어났다. 샬럿 자신은 오히려 꽤 침착했다. 목적을 이루었으니 이제 생각해볼 시간이 생겼다. 그리고 대체로 만족스럽다는 결론을 내렸다. 콜린스 씨는 똑똑하지도 유쾌하지도 않았다. 그와 함께 있는 시간은 지루했고, 그녀를 향한 애정은 분명 상상 속에서나 존재할 터였다. 그래도 그녀의 남편이었다. 남자니 결혼생활이니 하는 것은 딱히 중요하지 않았다. 결혼만이 그녀의 목표였기 때문이다. 교육은 잘 받았지만 재산이 없는 젊은 여자에게는 결혼만이 영예로운 보장이었고, 결혼생활의 행복은 불분명하더라도 가난을 막아줄 만족스러운 예방책이 될 것은 분명했다. 이제 그 예방책을 얻었으니, 스물일곱 살이 될 때까지 한 번도 예쁜 적이 없는 샬럿에게는 모든 것이 행운처럼 느껴졌다. 다만 그녀에게 둘도 없이 소중한 친구인 엘리자베스 베넷은 이 소식을 들으면 기겁하며 그녀를 나무랄 것이 분명했으니 그 부분이 가장 마음에 걸렸다. 그런다고 해서 자신의 결심이 흔들리지는 않겠지만 반대한다면 아무래도 마음에 상처를 입을 수밖에 없다. 그녀는 친구에게 직접 소식을 전하기로 결심하고, 콜린스 씨에게는 롱번으로 돌아가더라도 저녁 때까지 약혼 사실을 밝히지 말 것을 부탁했다. 비밀을 지키겠다고 단단히 약속했지만, 실제로 그 일을 입 다물고 있기란 쉽지 않은 일이었다. 롱번에 돌아가자 오랫동안 자리를 비운 이유를 궁금해하던 가족들이 질문을 던졌기 때문에 이를 피하느라 약간의 창의성을 발휘했고, 게다가 청혼 사실을 밝히고 싶어 입이 근질거려 어마어마한 자제력까지 끌어다 썼다.

콜린스 씨는 다음 날 새벽 일찍 출발해야 해서 그날 저녁 미리 작별 인사를 나누었고, 아가씨들도 자러 가기 전에 그 자리에 참석했다. 베넷 부인은 예의 바르고 상냥하게 다시 롱번에서 볼 수 있으면 좋겠다며 사정이 허락하면 언제든 방문해달라고 말했다.

그도 예의를 갖춰 대답했다.

"감사합니다, 부인. 내심 초대를 받았으면 하고 바랐는데, 이렇게 초대해주시니 정말 감사합니다. 되도록 빨리 다시 찾아뵙도록 노력할 생각입니다."

이 말에 베넷 가족들은 모두 깜짝 놀랐다. 베넷 씨는 빠른 방문을 원하지 않았기에 이렇게 덧붙였다.

"그렇지만 캐서린 부인이 반대하시지 않겠는가? 후견인을 불쾌하게 만드는 위험을 무릅쓰느니 친척들을 소홀히 하는 편이 낫지."

콜린스 씨가 답했다.

"이처럼 친절하게 염려해주시니 정말 감사드립니다. 저는 캐서린 부인의 동의 없이 그렇게 중요한 결정을 내리지 않을 테니 믿으셔도 됩니다."

"조심은 아무리 해도 지나치지 않은 법이니, 심기를 거스를 만한 일로 도박을 걸지 마시게. 우리를 다시 방문한다고 캐서린 부인이 불쾌해하실 기미가 보이면, 분명 그럴 것 같다는 생각이 드는데 그때는 집에 조용히 있는 편이 나을 걸세. '우리'는 전혀 기분 나쁘게 생각하지 않을 테니 염려하지 말고."

"애정 어린 관심에 진심으로 감사드립니다. 염려해주신 마음과 제가 하트퍼드셔에 머무는 동안 베풀어주신 모든 친절에 감사하는 마음을 담아 곧장 편지를 보내도록 하겠습니다. 아리따운 사촌들도, 그리 오래지 않아 다시 방문하겠지만 모쪼록 건강하고 행복하시기를 바랍니다. 물론 엘리자베스 양도요."

숙녀들은 적절한 예의를 갖추고 물러났다. 다들 그가 곧 다시 방문한다는 계획에 깜짝 놀랐다. 베넷 부인은 그가 다른 딸에게 청혼할 생각이기를 바라면서, 어쩌면 이미 메리를 설득했을지도 모른다고 믿고 싶어 했다. 메리는 다른 자매들보다 그의 능력을 높이 평가했고, 그의 견실함에 종종 감탄해 마지않았으며, 그녀만큼 똑똑하지는 않지만 자신을 모범으로 삼아 열심히 책을 읽고 자기계발을 한다면 괜찮은 상대가 될 것 같다고 생각했다.

그러나 다음 날 아침 모든 희망은 사라졌다. 아침 식사가 끝나자마자 루커스 양이 방문해 엘리자베스와 단둘이 있을 때 전날 있었던 일을 밝혔기 때문이다.

최근 이틀 사이 콜린스 씨가 혹시 친구를 사랑한다는 상상에 빠지지 않을까 하는 가능성이 잠깐 머릿속을 스쳐 지나가기는 했지만, 샬럿이 그의 청혼을 받아들인다는 건 자기만큼이나 말이 안 된다고 생각했다. 그랬으니 엘리자베스는 깜짝 놀라서 예의고 뭐고 자기도 모르게 소리를 질렀다.

"콜린스 씨와 약혼을 했다니! 맙소사, 샬럿. 말도 안 돼!"

루커스 양은 이야기하는 내내 침착함을 유지했지만, 직접적인 비난을 받는 순간 평정심을 잃고 당혹스러운 표정을 지었다. 그러나 이미 예상했던 일이기에 얼른 정신을 가다듬고 차분하게 대답했다.

"왜 그렇게 놀라는 거야, 엘리자? 콜린스 씨가 네 마음을 얻지 못했으니 다른 여자의 호감도 사지 못할 줄 알았어?"

엘리자베스는 가까스로 마음을 추스르고, 엄청난 노력을 기울인 덕에 꽤 침착한 어조로 두 사람이 맺어져 진심으로 기쁘며 행복한 일이 가득하기를 바란다고 말할 수 있었다.

샬럿이 대답했다.

"네가 무슨 생각을 하는지 알아. 놀랐을 거야, 아주 많이 놀랐겠지. 얼마 전까지만 해도 콜린스 씨는 너와 결혼하고 싶어 했잖아. 하지만 시간을 두고 생각해보면 내 결정을 이해하게 될 거야. 너도 알다시피 나는 낭만적인 사람이 못 돼. 전혀! 나는 그저 안락한 가정을 원할 뿐이야. 콜린스 씨의 성격이나 인맥, 사회적 지위를 염두에 둔다면 우리 두 사람도 대부분의 다른 부부만큼 행복해질 가능성이 있다고 믿어."

엘리자베스는 조용히 대답했다.

"물론 그럴 거야."

그리고 잠깐 어색한 침묵이 흐른 뒤 두 사람은 다른 가족들에게로 합류했다. 샬럿은 오래 머물지 않았고, 이후 엘리자베스는 그녀가 한 말을 곰곰이 생각해보았다. 너무 어울리지 않은 결혼이라서 인정하기까지 오랜 시간이 걸렸다. 사흘 만에 두 여자에게 청혼한 콜린스 씨의 어처구니없는 행동도 샬럿이 청혼을 받아들였다는 사실에 비하면 아무것도 아니었다. 평소에도 샬럿의 결혼관이 자기와 다른 줄은 알고 있었지만 실제로 세속적인 이익을 위해 더 나은 것들을 희생할 줄은 몰랐다. 샬럿이 콜린스 씨의 아내라니, 참으로 수치스러운 그림이었다! 친구가 스스로의 얼굴에 먹칠을 하고 자신을 실망시켰다는 사실도 마음이 아팠지만, 그녀 자신이 선택한 인생에서 보통만큼도 행복할 수 없으리라는 확신이 엘리자베스를 더욱 우울하게 만들었다.

23장

엘리자베스는 어머니와 자매들과 함께 앉아 샬럿의 말을 곱씹으며 이 소식을 자신이 전해야 할지 고민하고 있었다. 그때 샬럿의 부탁을 받은 윌리엄 루커스 경이 두 사람의 약혼 사실을 알리기 위해 찾아왔다. 그는 장황한 인사와 함께 앞으로 있을 두 집안의 결합을 자축하면서 그 소식을 전했다. 듣는 사람들은 단지 놀라는 정도가 아니라 믿지를 못했다. 베넷 부인은 무례하다 싶을 정도의 강한 어조로 잘못 알고 계신 거라고 우겨댔고, 평소에도 직설적이고 버릇없는 리디아는 호들갑을 떨며 소리쳤다.

"맙소사! 윌리엄 경, 어쩜 그런 이야기를 하세요? 콜린스 씨가 리지 언니에게 청혼했던 거 모르세요?"

궁중 예법이 몸에 밴 윌리엄 경이 아니었다면 이런 상황에서 화를 내지 않을 수 없었을 것이다. 그는 훌륭한 매너로 끝까지 잘 참아냈다. 윌리엄 경은 약혼이 사실이라고 거듭 밝히면서 가족들의 무례한 말을 대단한 인내심을 갖고 들어주었다.

엘리자베스는 윌리엄 경을 이 불쾌한 상황에서 구해내야 한다는 의무감에 직접 나서서 샬럿에게 이미 들었다고 그의 말을 확인해주었다. 그러고는 어머니와 동생들의 난리법석을 막으려고 윌리엄 경에게 진심으로 축하 인사를 건넸다. 제인도 얼른 동생을 따라 했다. 두 사람은 콜린스 씨의 훌륭한 성품과 런던과 헌스퍼드 사이의 멀지 않은 거리 등 결혼에서 기대되는 조건을 늘어놓았다.

베넷 부인은 크나큰 충격에 빠져 윌리엄 경이 머무는 내내 말을 잇지 못했다. 하지만 그가 떠나자마자 순식간에 감정이 폭발했다. 처음에는 전부 믿을 수 없는 일이라고 주장했다. 다음에는 콜린스 씨가 함정에 빠졌다고도 했다. 세 번째는 두 사람이 결코 행복할 수 없을 거라고 확신했고, 네 번째로는 결혼이 깨질 수도 있다고 우겼다. 하지만 이 모든 주장은 결국 두 가지로 귀결됐다. 하나는 엘리자베스가 이 모든 불운의 원흉이라는 것이고, 다른 하나는 다들 자신에게 너무 가혹하다는 것이었다. 그리고 온종일 이 두 가지 주장만 되풀이했다. 그날은 무엇으로도 베넷 부인의 울분을 달랠 수가 없었다. 엘리자베스를 볼 때마다 책망하지 않기까지 일주일이나 걸렸고, 윌리엄 경이나 루커스 부인에게 무례한 말을 하지 않기까지는 한 달이 걸렸으며, 그 집의 딸을 용서할 수 있겠다고 마음먹기까지는 여러 달이 걸렸다.

베넷 씨는 이번 일을 훨씬 담담하게 받아들였다. 오히려 그나마 똑똑하다고 생각했던 샬럿 루커스가 자기 아내만큼이나 어리석고, 딸들보다는 더 어리석다는 사실이 아주 재미있다고 했다. 제인은 솔직히 이 결혼이 다소 의외라고 털어놓기는 했지만, 그래도 놀랐다는 말보다 진심으로 행복을 빌어주는 말을 더 많이 했다. 엘리자베스가 행복할 리 없다고 아무리 설명해도 전혀 통하지 않았다. 키티와 리디아는 루커스 양을 별로 부러워하지 않았다. 콜린스 씨는 고작 목사였고, 그들에게 이 결혼은 그저 메리턴에 퍼트릴 소문 하나에 지나지 않았다.

루커스 부인은 딸이 좋은 혼처를 구했다는 기쁜 소식으로 베넷 부인에게 설욕할 기회를 그냥 지나치지 않았다. 그래서 평소보다 더 뻔질나게 롱번에 드나들면서 행복을 과시했고, 베넷 부인의 떫은 표정과 심술궂은 대꾸로 행복이 달아났을 법도 한데 전혀 개의치 않았다.

엘리자베스와 샬럿은 둘 다 그 화제를 입에 올리지 않았다. 엘리자베스는 둘 사이에 더는 진정한 신뢰가 존재하지 않는다고 느꼈다. 샬럿에 대한 실망으로 언니를 향한 애정은 더욱 깊어졌는데, 제인의 정직함과 섬세함에 대한 믿음은 결코 흔들리지 않으리라고 믿었기 때문이다. 그런 언니의 행복 때문에 엘리자베스는 하루가 다르게 불안해졌다. 빙리가 떠난 지 일주일이 지났는데도 돌아온다는 소식이 없었기 때문이다.

제인은 일찌감치 캐롤라인에게 답장을 보냈고, 다시 소식이 오기를 손꼽아 기다렸다. 콜린스 씨가 약속한 감사 편지는 화요일에 아버지 앞으로 도착했는데, 마치 일 년 동안 신세를 진 가족에게나 보낼 법한 감사 인사를 온갖 정중한 표현으로 적어 보냈다. 장황한 감사로 양심의 가책을 덜어낸 뒤 그는 다시 온갖 열정적인 표현을 동원해 롱번의 상냥한 이웃인 루커스 양의 마음을 얻는 행복을 누리게 되었다고 알렸다. 또한 롱번에서 다시 만나자는 친절한 초대에 선뜻 응한 이유는 오직 그녀를 만나게 될 즐거움 때문이라고 설명했다. 그리고 이 주일 후 월요일에 뵙게 되었으면 한다고 적은 뒤 캐서린 부인께서는 자신의 결혼을 기꺼이 승낙하셨고, 되도록 빨리 식을 올리길 바란다고 덧붙였다. 그리고 사랑스러운 샬럿은 아무 이의 없이 자신을 가장 행복한 남자로 만들어줄 빠른 날짜를 정할 거라고 믿는다고도 했다.

콜린스 씨의 하트퍼드셔 방문은 더 이상 베넷 부인의 즐거움이 아니었다. 오히려 남편만큼이나 불만이었다. 루커스 로지가 아니라 롱번으로 온다니 정말 이상하다, 얼마나 불편하고 손이 많이 가는 줄 아느냐고 투덜거렸다. 몸도 안 좋은데 손님을 맞는다니 정말 싫고, 그중 연인이 가장 꼴 보기 싫다고도 했다. 이렇게 베넷 부인은 구시렁리며 불평을 늘어놓았고, 불평을 늘어놓지 않을 때는 더 속상한 문제인 빙리 씨의 계속된 부재에 애를 태웠다.

제인과 엘리자베스도 그 문제로 마음이 편치 않았다. 빙리 씨에게 아무런 소식도 없이 하루하루가 지났고, 메리턴에는 그가 이번 겨울 네더필드에 돌아오지 않을 거라는 소문이 삽시간에 퍼졌다. 소문을 들은 베넷 부인은 흥분한 채 말도 안 되는 뜬소문이라고 꼬박꼬박 응수했다.

엘리자베스마저도 두려워지기 시작했다. 빙리 씨의 애정을 의심해서가 아니라 누이들이 그를 떼어놓는 데 성공한 게 아닌가 싶어서였다. 그렇게 생각하면 제인의 행복이 산산조각 났다고 인정해야 했으며, 언니의 연인에게는 지조가 없다는 불명예를 씌워야 했기에 그러지 않으려고 애썼다. 그러나 자꾸 그런 가능성이 머릿속에 떠올랐다. 몰인정한 두 누이와 영향력이 강한 친구가 합심하고, 여기에 다아시 양의 매력과 런던의 즐거움이 더해진다면 단단한 그의 사랑도 흔들리지 않을까 두려웠다.

소식이 늦어질수록 엘리자베스보다 제인이 더 불안해하고 고통스러워했다. 그러나 제인은 지금 자신의 감정을 드러내고 싶어 하지 않았고, 엘리자베스도 그 화제를 입에 올리지 않았다. 그러나 세심함이라고는 찾아보기 어려운 베넷 부인은 한 시간이 멀다 하고 빙리 이야기를 하면서 왜 돌아오지 않는지 초조해하고, 심지어는 그가 돌아오지 않는다면 너를 가지고 논 것이 아니냐는 자신의 생각을 제인에게 강요하기까지 했다. 온순한 제인의 성격으로도 겨우겨우 그 공격을 참아낼 수 있을 정도였다.

콜린스 씨는 정확히 이 주일 후 월요일에 다시 롱번을 방문했고, 이번에는 처음과 같은 환대를 받지 못했다. 그렇지만 그는 자기 행복에 취해 별로 신경 쓰지 않았다. 게다가 다행스럽게도 콜린스 씨가 연애하느라 바빴기 때문에 롱번 가족들은 그를 상대할 필요가 없었다. 그는 매일 대부분의 시간을 루커스 로지에서 보냈고, 어느 때는 잠들 시간 바로 전에 오래 자리를 비워 죄송하다는 용서를 구할 시간만 남겨두고 돌아오기도 했다.

베넷 부인의 처지는 정말로 가엾었다. 두 사람의 결혼 이야기만 나오면 끔찍한 고통에 시달렸는데, 사람들은 어딜 가나 그 이야기를 했다. 루커스 양은 보기만 해도 밉살스러웠다. 그녀가 롱번을 물려받는다니 볼 때마다 질투와 증오가 들끓었다. 샬럿이 롱번을 방문하면 이 저택을 물려받을 날이 얼마나 남았는지 계산하고 있을 거라며 툴툴거렸는데, 낮은 목소리로 콜린스 씨와 이야기할 때면 롱번의 재산에 대해 속닥이고 있다고 확신했다. 그리고 베넷 씨가 세상을 뜨자마자 이 집에서 그녀와 딸들을 쫓아낼 것이 분명하다고 믿었다. 그녀는 남편에게 이 모든 불평불만을 털어놓곤 했다.

"정말이지, 샬럿 루카스가 이 집의 안주인이 된다니 생각만 해도 끔찍해요. '개'가 나를 쫓아내고, 내 자리를 차지하는 모습을 보게 되다니요!"

"여보, 그렇게 우울한 생각은 접으시구려. 긍정적으로 생각합시다. '내'가 당신보다 더 오래 살지도 모르잖소."

이 말이 베넷 부인에게는 전혀 위로가 되지 않는지 그녀는 대꾸도 하지 않고 하던 말만 되풀이했다.

"그 사람들이 우리 재산을 모두 갖는다니 생각만 해도 끔찍해요. 한사 상속만 아니었다면 신경 쓰지 않을 텐데."

"뭘 신경 쓰지 않는단 말이오?"

"아무것도 신경 쓰지 않았을 거예요."

"그런 무신경한 상태에 빠지는 걸 막아줬으니 감사하게 생각합시다."

"대체 뭘 감사한단 말이에요, 여보. 한사 상속에 감사할 여지 따위는 없어요. 우리 딸들한테서 재산을 가로채 가다니 도저히 납득이 안 돼요. 대체 양심이 있는 사람인지. 콜린스 씨도 그래요! 왜 '그 사람'이 더 많은 재산을 가져야 하죠?"

"그건 혼자 생각해보시구려."

베넷 씨가 조용히 말했다.

제2부

1장

빙리 양의 편지가 도착했고, 모든 의문에 마침표가 찍혔다. 첫 문장부터 런던에 자리 잡고 겨울을 보낼 예정이라고 확인시켜주었다. 마지막은 오빠가 하트퍼드셔를 떠나기 전 친구들에게 인사를 전하지 못해 아쉬워한다는 말로 끝을 맺었다.

희망은 물거품이 되어 사라지고 말았다. 제인은 나머지 부분도 꼼꼼히 읽어보았지만 예의상 하는 우정의 말 외에는 어떤 위안거리도 찾아볼 수 없었다. 다아시 양의 칭찬이 대부분이었다. 그녀의 온갖 매력이 다시 언급되었고, 캐롤라인은 그녀와의 사이가 더욱 돈독해졌다고 신이 나서 자랑했다. 지난번 편지에서 밝혔던 소망이 이루어질 것 같다고도 적었다. 오빠가 다아시 씨 집에 머물고 있어 기쁘다면서 다아시 씨가 새 가구를 들일 생각이라는 계획까지 열광적으로 늘어놓았다.

제인은 엘리자베스에게 편지 내용을 대부분 전해주었다. 엘리자베스는 마음속으로 분노를 꾹꾹 삼켰는데, 언니에 대한 걱정과 다른 이들을 향한 분노가 반반씩 차지했다. 빙리가 다아시 양을 유난히 아낀다는 캐롤라인의 주장은 다시 생각할 가치도 없었다. 빙리는 진심으로 제인을 좋아했고, 한 번도 그 사실을 의심해본 적이 없었다. 엘리자베스는 그에게만큼은 늘 우호적이었지만 그 태평한 성격과 우유부단함에는 분노가 치밀었고, 심지어 경멸이라는 감정까지 들었다. 그 우유부단함 탓에 교활한 주변 사람들에게 끌려다니고, 그들이 시키는 대로 하면서 자기 행복을 제 발로 걷어차고 있었다. 자기 행복만 포기하는 거라면 얼마든지 하고 싶은 대로 해도 된다. 하지만 언니의 행복까지 걸려 있었고, 그도 그 사실을 모르지 않을 것이다. 한마디로 이 문제는 아무리 오래 고민해도 소용없을 터였다. 그녀는 다른 생각은 전혀 할 수가 없었다. 빙리 씨의 애정이 정말로 희미해졌는지 아니면 주변의 방해에 억눌렸는지, 제인의 관심을 알고 있었는지 아니면 전혀 눈치도 못 챘는지, 어떤 경우냐에 따라 빙리를 향한 엘리자베스의 생각은 바뀔 수밖에 없다. 그러나 언니의 처지는 변함없을 테고, 상처받은 마음도 그대로일 것이다.

하루 이틀이 더 지난 후에야 제인은 엘리자베스에게 자신의 감정을 털어놓을 용기를 냈다. 베넷 부인이 네더필드와 그 주인에게 평소보다 더 오래 짜증을 부리고 둘만 남긴 채 나가자 제인은 자기도 모르게 입을 열었다.

"아아! 어머니가 조금만 더 참아주셨으면 좋겠어. 그분의 이름을 쉴 새 없이 언급할 때마다 내가 얼마나 고통스러운지 전혀 모르고 계시잖아. 하지만 불평하지는 않을 거야. 오래가지는 않을 테니까. 곧 그분을 잊고 원래대로 돌아가겠지."

엘리자베스는 회의적인 표정으로 걱정스럽다는 듯 언니를 바라볼 뿐 아무 말도 하지 않았다.

그러자 제인은 얼굴을 살짝 붉히더니 좀 더 큰 목소리로 말했다.

"내 말을 안 믿는구나. 정말이야, 믿지 않을 이유가 없지. 그분은 내 추억 속에서 가장 다정했던 분으로 살아 있겠지만 그게 전부야. 희망을 품거나 두려워할 것도 없고, 그분을 책망할 이유도 없어. '그런' 고통은 없으니 정말 다행이지 뭐야! 약간의 시간만 있으면 돼. 그러면 나아질 거야."

그러고는 곧 힘찬 어조로 덧붙였다.

"그것만으로도 좀 위로가 돼. 나 혼자 착각한 일이니 나 말고 다른 사람을 다치게 하지는 않았잖아."

엘리자베스는 그만 소리를 지르고 말았다.

"아, 언니! 언니는 너무 착해. 다정하고 욕심도 없고 정말 천사 같아. 무슨 말을 해야 할지 모르겠어. 나는 언니를 제대로 알지도 못했고, 제대로 사랑해주지도 못했던 것 같아."

베넷 양은 그런 칭찬은 말도 안 된다고 열심히 부인하더니 오히려 동생의 따뜻한 마음씨를 칭찬했다.

엘리자베스가 말했다.

"아니. 이건 정말 불공평해. '언니'는 세상 모든 것을 존중하고, 내가 누군가를 험담하면 가슴 아파하잖아. '언니'는 정말 완벽하다고 말하고 싶어. 언니는 아니라고 말하겠지만 말이야. 내가 너무 극단적인 게 아닐까 걱정하지 말고, 언니처럼 누구에게나 착하게 대할까 봐 걱정하지도 마. 세상을 알게 될수록 더 실망하게 되니까. 매일매일 인간의 본성이란 참으로 변덕스럽고, 겉으로 드러난 장점이나 이성은 믿을 것이 못 된다고 깨닫게 돼. 최근에 두 가지 일을 겪었잖아. 하나는 말하지 않을 거고, 또 하나는 샬럿의 결혼이야. 정말 납득할 수가 없어! 아무리 생각해도 이해가 안 된다고!"

"얘, 리지, 그런 기분에 휩쓸리지 마. 그러면 네 기분만 망치는 거야. 상황과 성격에 따른 차이를 인정해야지. 콜린스 씨의 사회적 지위와 샬럿의 신중하고 침착한 성격을 생각해봐. 샬럿의 집안은 대가족이라는 것도 명심하고. 재산을 생각하면 아주 잘 어울리는 결합이야. 그리고 모두를 위해서라도 샬럿이 콜린스 씨에게 존경이나 애정을 느낄 수 있다고 믿어주렴."

"언니가 하는 말이라면 무엇이든 믿어보려고 하겠지만, 내 믿음이 누구에게 도움이 되겠어? 샬럿이 그를 존중할 수 있다고 믿는다면 그 애의 감성보다 지성에 더 문제가 있다고 의심하게 될 거야. 지금은 감성에만 문제가 있다고 생각하거든. 언니, 콜린스 씨는 거만하고 뽐내기 좋아하고 편협하고 어리석은 사람이야. 나도 알고, 언니도 알잖아. 그리고 그런 남자와 결혼하는 여자가 제정신이 아니라고 느낄 테고. 나도 그렇거든. 아무리 샬럿 루커스라도 변명의 여지가 없어. 한 사람 때문에 원칙과 진실의 의미를 바꿀 수도 없고, 이기심을 신중함이라 부르거나 무모한 행동을 행복의 보장이라고 포장해 나나 언니 자신을 설득하려고 해서는 안 돼."

제인이 대답했다.

"두 사람에게 말이 너무 심하다. 그 부부가 행복하게 사는 모습을 보고 내 말이 맞았다고 인정하게 되기를 바랄 뿐이야. 이 얘기는 이쯤에서 끝내자. 아까 다른 사례도 있다고 했지. '두 가지'라고 말했잖아. 무슨 말인지는 알겠지만…… 리지, 부탁이니 '그분'을 비난하거나 실망했다는 말로 나를 괴롭히지는 말아줘. 다른 사람이 우리에게 고의로 상처를 입혔다고 쉽게 단정해서는 안 돼. 혈기왕성한 젊은 남자가 늘 조심스럽고 신중하기를 기대할 수는 없어. 또 허영심이 자기 자신을 속이는 경우도 종종 있으니까. 여자들은 남자의 호감을 부풀려 받아들이고 싶어 하잖아."

"남자들이 그렇게 착각하게 만드는걸."

"물론 고의적인 행동이라면 정당화될 수 없지. 하지만 사람들의 생각과는 달리 세상에 계획적으로 일어나는 일은 그다지 많지 않아."

엘리자베스가 말했다.

"빙리 씨가 계획적으로 그랬다고는 생각하지 않아. 하지만 나쁜 짓을 할 속셈이거나 누군가를 불행하게 만들 계략이 아니었더라도 상처를 주거나 끔찍한 짓을 저지를 수 있어. 생각이 짧거나 다른 사람의 감정을 배려하지 않거나 결단력이 부족해서도 그런 일이 벌어질 수 있잖아."

"이번 경우도 그중 하나가 원인이라고 생각하니?"

"응. 마지막 사례에 해당한다고 생각해. 하지만 계속 말을 하다 보면 언니가 좋아하는 사람들을 어떻게 생각하는지 말해버려 언니를 슬프게 할 거야. 그만하라고 하면 그만할게."

"그러니까 지금도 빙리 씨가 누이들의 영향을 받는다고 믿는구나."

"응. 그분의 친구도 합세했겠지."

"믿을 수가 없어. 왜 그분에게 영향력을 행사하려 들겠어? 그 사람들도 빙리 씨의 행복만을 바랄 텐데. 만약 그분이 나를 좋아한다면 다른 여자를 만나서 행복할 리가 없잖아."

"첫 번째 전제부터 틀렸어. 행복만 바라는 것이 아니라 더 많은 걸 바라지. 재산이 늘고 신분이 높아지기를 바랄 수도 있고, 돈이나 가문, 오만함을 모두 갖춘 여성과 결혼하기를 바랄 수도 있지."

제인이 대답했다.

"물론 그들은 그분과 다아시 양이 이어지기를 '몹시' 바라고 있어. 하지만 네 추측과는 달리 선한 의도일지도 모르잖아. 나보다 다아시 양을 좀 더 오래 알고 지냈으니 그 아가씨를 더 좋아하는 것도 당연해. 하지만 자신들의 소망이 어떻든 오빠 뜻을 거스르지는 않을 거야. 결사반대를 할 분명한 이유가 있지 않고서야 어떤 누이가 그런 짓을 하겠니? 오빠가 나를 사랑한다고 믿었다면, 우리를 갈라놓으려고 애쓰지 않았을 거야. 혹시 정말로 그랬더라도 그분이 나를 진정으로 사랑하셨다면 성공하지 못했겠지. 그분이 나를 사랑한다고 가정하니까 다른 사람들의 행동은 모두 이상하고 잘못된 것이 되어버리고, 나는 정말 불행하게 돼. 제발 그런 생각으로 나를 괴롭히지 마. 내가 오해했더라도 부끄럽지 않아. 아니, 적어도 빙리 씨나 누이들을 나쁘게 생각해야 하는 기분에 비한다면 이편이 나아. 내가 이번 일을 좋은 쪽으로만 생각할 수 있도록 도와줘. 그래야 나도 이해하기 쉬우니까."

엘리자베스는 언니의 이런 소망을 거스를 수가 없었다. 그래서 이후로 두 사람이 빙리 씨를 언급하는 일은 드물었다.

그러나 베넷 부인은 여전히 왜 그가 돌아오지 않느냐며 투덜거렸다. 엘리자베스가 매일같이 분명하게 이유를 설명해주는데도 그때마다 늘 똑같이 혼란스러워했고 앞으로도 쭉 그럴 것 같았다. 엘리자베스는 자신도 납득할 수 없는 이야기로 어머니를 설득하려고 애썼다. 빙리의 호감은 일시적이고 지나가는 감정이었다, 그러니 눈에서 멀어지자 마음에서도 멀어진 거다. 이렇게 설명하면 베넷 부인도 그럴 수 있겠다고 인정하다가도 다음 날이면 똑같은 이야기를 되풀이했다. 그리고 빙리 씨가 여름에는 꼭 돌아올 거라는 믿음으로 위안을 삼았다.

베넷 씨의 태도는 달랐다. 어느 날 그가 말했다.

"리지야, 네 언니가 실연을 당한 모양이더구나. 축하할 일이야. 여자들은 결혼에 버금가게 실연당하기를 좋아하잖니. 생각할 거리가 되기도 하고, 친구들보다 특별하다는 기분도 드는 모양이니까 말이야. 네 차례는 언제냐? 제인이 너무 앞서나가게 두지는 말아야지. 이제는 네 차례다. 이 지역 아가씨들을 전부 실연시킬 만큼 많은 장교가 메리턴에 있다던데, 위컴 씨가 '네' 상대로 어떠냐? 꽤 괜찮은 친구고, 훌륭하게 널 차줄 것 같은데."

"고마워요, 아버지. 하지만 그보다 덜 괜찮은 남자로도 만족할래요. 누구나 언니처럼 운이 좋을 수는 없으니까요."

베넷 씨가 말했다.

"그렇지. 하지만 든든하지 뭐냐. 어떤 남자가 너를 차든 실연의 아픔을 최대한으로 만들어줄 다정한 어머니가 네 옆에 있으니."

위컴 씨와의 교제는 우울함을 떨쳐낼 수 있는 큰 힘이 되어주었다. 롱번 가족들은 최근 잇달아 일어난 여러 가지 일로 상당히 우울해했다. 가족들은 자주 위컴 씨를 만났고, 그의 수많은 장점에 이제는 누구에게나 솔직하다는 장점을 하나 더 보탤 수 있었다. 엘리자베스는 이미 들어 알고 있는 다아시 씨에게 그가 받았던 부당한 대우와 고통이 이제는 공공연히 알려지고 화제에 오르곤 했다. 그리고 모두 그런 사연을 모를 때도 다아시 씨를 얼마나 싫어했는지 떠올리며 흐뭇해했다.

오직 베넷 양만이 무언가 하트퍼드셔에는 알려지지 않은, 그럴 만한 사정이 있었을 거라고 생각했다. 그녀는 온화하고 한결같은 진솔함으로 그럴 만한 다른 이유가 있을 거라고, 오해일지도 모른다고 말했다. 하지만 다른 사람들은 모두 다아시 씨를 아주 몹쓸 사람이라고 단정 지었다.

2장

콜린스 씨는 사랑을 속삭이고 행복한 미래를 계획하면서 일주일을 보냈다. 토요일이 되자 사랑스러운 샬럿을 두고 돌아갈 시간이 되었다. 그러나 이별의 아픔은 새 신부를 맞을 준비를 하면서 달랠 수 있을 터였다. 다음번 하트퍼드셔에 오면 그를 세상에서 가장 행복한 남자로 만들어줄 날짜를 정하자는 말이 나왔기 때문이다. 그는 롱번의 친척들에게 예전처럼 엄숙한 작별 인사를 하면서 아름다운 사촌들의 건강과 행복을 빌고, 베넷 씨에게는 감사 편지를 또 보내겠다고 약속했다.

다음 월요일에는 반갑게도 베넷 부인의 남동생 내외가 찾아왔다. 평소처럼 크리스마스를 롱번에서 함께 보내려고 찾아온 것이다. 가드너 씨는 분별력을 갖춘 신사다운 남자로, 천성으로 보나 교육 정도로 보나 누이보다 훨씬 나은 사람이었다. 네더필드의 숙녀들도 장사하며 상점만 들락거리는 사람이 이렇게 예의가 바르고 상냥하다면 믿기 어려워했을 것이다. 아내인 가드너 부인은 베넷 부인과 필립스 부인보다 몇 살 아래였는데, 상냥하고 지적이며 우아한 여성으로 롱번의 조카들은 모두 그녀를 따랐다. 특히 맨 위의 두 조카딸과는 각별한 애정을 나누고 있었으며, 두 자매는 종종 런던의 외숙모 집에 머무르기도 했다.

가드너 부인이 도착해서 가장 먼저 한 일은 선물을 나눠주고 최신 유행을 알려주는 것이었다. 그러고 나선 먼저 나설 자리가 없었다. 이제는 들어줄 차례였다. 베넷 부인은 원망할 일도 불평할 일도 아주 많았다. 가드너 부인이 지난번 왔다 간 이후로 가족들에게 안 좋은 일이 있었다고 운을 떼더니 두 딸이 결혼 문턱까지 갔는데 결국 전부 수포로 돌아갔다고 불평했다.

그녀가 말했다.

"제인은 잘못이 없어. 할 수만 있으면 빙리 씨와 결혼했을 테니까. 그런데 리지, 얘는! 아, 올케! 그렇게 고집불통으로 굴지만 않았어도 지금쯤 콜린스 씨의 아내가 됐을 텐데. 정말 생각도 하기 싫어. 바로 이 방에서 청혼을 했는데 거절했지 뭐야. 그 탓에 루커스 부인이 나보다 먼저 딸을 시집보내게 되었잖아. 이제 롱번은 한사 상속되는 수밖에 없어. 루커스 집안 사람들이 어찌나 교활한지 가질 수 있는 건 다 가져갈 거라고. 이런 말을 하면 안 되지만 사실인걸. 우리 가족들은 나를 배신하고, 가까운 이웃은 남 생각을 전혀 안 하고 이기적이니 내가 신경증이 도지고 몸까지 안 좋아. 하지만 때마침 올케가 찾아와주니 얼마나 큰 위안이 되는지 모르겠어. 게다가 그 긴 소매 유행 이야기를 들어 기쁘고."

가드너 부인은 이미 제인과 엘리자베스의 편지로 대략적인 소식을 들어 알고 있어서 시누이한테 가볍게 대꾸해준 뒤 조카들을 배려해 다른 얘기를 했다.

이후 엘리자베스와 둘이서만 있게 되자 그녀는 다시 그 화제를 꺼냈다.

"제인에게는 참 좋은 혼처였을 것 같은데, 그렇게 끝나버리고 말았다니 안타깝네. 하지만 종종 있는 일이야! 네가 설명해준 대로라면 빙리 씨 같은 젊은 남자는 예쁜 아가씨와 몇 주 만에 쉽게 사랑에 빠졌다가 우연히 멀리 떨어져 있게 되면 또 쉽게 잊기도 해. 그런 변덕은 아주 흔하다고."

엘리자베스가 말했다.

"나름대로는 훌륭한 위로지만 '우리'한테 큰 위로가 안 돼요. '우연히' 당한 일이 아니거든요. 독립된 재산을 가진 젊은 남자에게 친구들이 끼어들어 며칠 전만 해도 열렬하게 사랑하던 여자를 만나지 말라고 가로막는 일은 절대로 흔하지 않아요."

"하지만 '열렬한 사랑'이라니, 너무 상투적이고 애매한 표현이라서 감이 잘 오지 않는걸. 삼십 분 만에 타오르는 감정부터 진실하고 강한 사랑에 이르기까지 다들 그런 표현을 쓰곤 하니까 말이야. 그래, 빙리 씨의 사랑은 얼마나 '열렬'했니?"

"그토록 낙관적인 조짐은 처음 봤어요. 오로지 언니한테만 몰두하느라 갈수록 다른 사람들은 신경도 쓰지 않게 됐거든요. 두 사람이 만날 때마다 그 감정은 더 뚜렷하고 선명해졌어요. 네더필드에서 자기가 연 무도회에서는 아가씨 두세 명에게 춤을 신청하지 않는 무례를 범하기도 했고, 저도 말을 걸었다가 두 번이나 대답을 듣지 못했어요. 그보다 더 확실한 표시가 있을까요? 다른 이들에게 실례를 범하게 되는 것이 바로 사랑의 본질 아닌가요?"

"그래, 그렇지! 그가 어떤 사랑에 빠져 있었는지 알 수 있을 것 같아. 가엾은 제인! 정말 안타까워. 금방 털고 일어날 수 있는 성격이 못 되니까. 차라리 '너'한테 일어났다면 좀 나았을 텐데. 너라면 금방 웃어넘기고 말 테니까 말이야. 리지, 혹시 제인에게 우리와 함께 가자고 하면 싫어하려나? 주변 환경이 바뀌면 도움이 될 수도 있고, 집에서 벗어나 보는 것도 괜찮을 것 같은데."

엘리자베스는 그 제안을 몹시 반기면서 언니도 기꺼이 따라나설 거라고 확신했다.

가드너 부인이 덧붙였다.

"제인이 그 청년과 마주칠까 하는 걱정은 안 해도 좋아. 런던이라도 우리는 다른 구역에 살고 있는 데다가 아는 사람들도 전혀 다르니까. 너도 잘 알다시피 우리는 주변 왕래가 거의 없어서 그 사람이 직접 만나러 오지 않는 이상 마주칠 일은 절대 없을 거야."

"찾아오기도 불가능하다고 봐야죠. 지금은 친구가 그를 감시하고 있으니까요. 다아시 씨는 친구가 제인을 만나러 그런 곳에 가도록 내버려둘 사람이 아니에요! 외숙모도 참, 어떻게 그런 생각을 하세요? 다아시 씨가 그레이스처치 가라는 장소를 '들어본 적'이 있는지도 의문이지만, 그 동네에 발을 디디기만 해도 불결함을 씻어내려면 한 달은 족히 걸릴 거라고 생각할 사람이에요. 그리고 빙리 씨는 그 친구와 함께 가는 게 아니라면 움직이지 않을 거예요."

"그럼 잘 되었네. 두 사람이 아예 안 만나는 게 좋을 것 같아. 하지만 제인이 빙리 씨 누이와 편지를 주고받지 않아? 그러면 방문하지 않을 수 없을 텐데."

"교제를 완전히 끊을 거예요."

엘리자베스는 확신에 차서 말하기는 했지만, 절교를 한다거나 빙리가 제인을 만나지 못하게 방해받을 수 있다는 것을 곰곰이 생각해보니 완전히 없을 법한 일은 아니라는 생각이 들었다. 그리고 그의 애정이 다시 살아나고, 제인의 타고난 매력이 자연스럽게 친구들의 영향력을 넘어설 수 있지 않을까 싶은 마음이 있어 가끔은 정말 그렇게 될 것 같다는 생각도 들었다.

베넷 양은 외숙모의 초대를 기쁘게 받아들였다. 그 순간만큼은 빙리 가족을 염두에 두지도 않았고, 단지 캐롤라인이 오빠와 같이 살고 있지 않으니 그분을 마주칠 걱정 없이 가끔 오전 시간을 함께 보냈으면 좋겠다는 바람이 전부였다.

가드너 부부는 롱번에서 일주일을 머물렀고, 하루도 빠짐없이 필립스 집안과 루커스 집안, 장교들과 어울려 연회를 즐겼다. 베넷 부인이 동생 부부를 위한 연회를 세심하게 계획하는 바람에 한 번도 가족끼리만 오붓하게 식사를 즐길 시간이 없었다. 집에서 열리는 연회에는 늘 장교가 몇 명씩 참석했는데, 그때마다 위컴 씨는 빠지지 않았다. 가드너 부인은 엘리자베스가 위컴 씨를 열심히 칭찬하기에 혹시나 하는 마음에 두 사람을 주의 깊게 관찰했다. 아무런 선입견 없이 그저 관찰한 바로 미루어보면 두 사람이 심각한 사랑에 빠져 있지는 않았지만, 호감을 느끼는 것은 분명해 보여서 조금 걱정스러웠다. 그래서 하트퍼드셔를 떠나기 전에 엘리자베스한테 그 이야기를 해주고 그런 호감이 얼마나 경솔한 것인지 말해줘야겠다고 다짐했다.

위컴은 사람들의 호감을 사는 많은 장점 외에도 가드너 부인의 마음에 드는 장점이 하나 더 있었다. 가드너 부인은 결혼하기 십 년쯤 전에 꽤 오랫동안 더비셔 지역에 머물렀기 때문이다. 그래서 두 사람 모두가 알고 있는 지인이 많았다. 위컴 씨도 오 년 전 다아시 씨의 부친이 세상을 뜬 이후로는 그곳에 간 적이 없지만, 그래도 가드너 부인보다는 더 최근의 옛 친구들 소식을 전해줄 수 있었다.

가드너 부인은 펨벌리를 본 적도 있고, 돌아가신 다아시 씨도 아주 훌륭한 분이라고 기억했다. 그러다 보니 이야깃거리는 끝이 없을 정도로 많았다. 위컴이 펨벌리를 여기저기 묘사하면 부인은 자신의 기억과 비교해보기도 하고, 돌아가신 펨벌리 주인의 인품을 칭찬하면서 두 사람 다 즐거운 대화를 나눌 수 있었다. 지금의 다아시 씨가 그를 부당하게 취급했다는 이야기를 듣자 그녀는 어린 시절의 다아시 씨가 그런 부당한 행동을 할 만한 평판이 있었는지 기억해보려고 애썼다. 그러다가 마침내 예전에 피츠윌리엄 다아시가 아주 오만하고 성격이 나쁜 소년이라는 소문을 들은 기억을 떠올릴 수 있었다.

3장

가드너 부인은 엘리자베스와 단둘이 있을 기회가 생기자마자 애정 어린 충고를 해주었다. 자신의 생각을 솔직하게 말한 다음 그녀는 이렇게 덧붙였다.

"리지야, 너는 주변에서 반대한다는 이유만으로 사랑에 빠져버리는 어리석은 아이는 아니니까 에두르지 않고 말할 테니 진지하게 들어주렴. 경계심을 늦추면 안 돼. 너도 그 사람도 가진 재산이 없으니 경솔하다고 할 수밖에 없는 사랑에 빠져들지 않도록 조심하려무나. '사람' 자체에는 아무 반대가 없어. 아주 괜찮은 젊은이야. 원래 받기로 했다는 수입만 있었다면 나도 이런 경고를 하지 않았을 거야. 하지만 현실이 그렇잖니……. 감정에 취해 휩쓸리면 안 된단다. 넌 이성적인 아이고, 가족들 모두 네가 현명하게 행동하리라 기대하고 있어. 네 아버지도 '네' 결단력과 단정한 행실을 믿고 계시는데 실망하실 일은 하지 말아주렴."

"어머, 외숙모. 이거 정말 심각해지는데요."

"그래, 너도 진지하게 생각해줘."

"그렇다면 외숙모, 아무 걱정하지 마세요. 제가 제 몸도 챙기고, 위컴 씨도 챙길게요. 가능하면 그분이 저를 사랑하지 못하도록 막아보고요."

"엘리자베스, 넌 하나도 진지하지 않구나."

"죄송해요. 다시 말씀드릴게요. 지금은 위컴 씨를 사랑하지 않아요. 그건 확실해요. 하지만 여러모로 그만큼 괜찮은 남자는 만난 적이 없기도 해요. 그 사람이 정말로 저를 사랑하게 된다면…… 저도 그런 일은 없어야 한다고 생각해요. 경솔한 일이 맞아요. 아유! '저' 괘씸한 다아시! 아버지의 믿음은 제게 큰 명예고, 그걸 잃는다면 저도 아주 참담할 거예요. 하지만 아버지도 위컴 씨를 좋게 보고 계세요. 외숙모, 그러니까 전 가족들 가운데 누구도 저 때문에 불행해지지 않았으면 좋겠어요. 하지만 요즘은 젊은 연인들이 당장의 재산이 없어도 약혼하는 일이 아주 많은데, 제가 그런 유혹을 받았을 때 과연 다른 또래보다 현명하게 처신하겠다고 약속할 수 있을까요? 아니, 감정에 저항하는 것이 현명하다고 판단할 수 있을까요? 그러니 전 서

두르지 않겠다는 약속밖에 드릴 수가 없어요. 그가 가장 사랑하는 여자가 바로 저라고 섣불리 믿어버리지도 않을게요. 그와 함께 있을 때는 그런 소망을 품지도 않겠어요. 아무튼 최선을 다할게요."

"될 수 있으면 위컴 씨가 지금처럼 자주 방문하지 않도록 하는 편이 낫겠어. 적어도 어머니한테 그를 초대하자고 '상기'시키지는 마."

엘리자베스가 의미심장한 미소를 지었다.

"요전에 제가 그랬듯이 말이지요. 맞는 말씀이에요. 그런 행동은 삼가는 편이 현명하겠어요. 하지만 위컴 씨는 자주 오지 않아요. 이번 주에는 외숙모와 외삼촌이 계시니까 자주 초대한 거예요. 어머니는 집에 친척이 오면 늘 다른 손님이 있어야 한다고 생각하시잖아요. 그렇지만 진심으로 약속할게요. 제가 가장 지혜롭다고 판단하는 쪽으로 행동할 테니, 이 정도로 만족해주세요."

외숙모는 알았다고 했다. 엘리자베스는 친절한 충고에 감사를 표했고, 두 사람은 그렇게 헤어졌다. 이런 문제에서 서로 얼굴을 붉히지 않고 충고한 모범적인 본보기였다.

가드너 부부와 제인이 떠나자 곧 콜린스 씨가 하트퍼드셔를 방문했다. 하지만 이번에는 루커스 댁에서 머물렀으므로 베넷 부인에게 폐를 끼칠 일은 없었다. 두 사람의 결혼은 성큼성큼

다가왔고, 베넷 부인도 결국 어쩔 수 없다고 체념했는지 불퉁거리는 말투이긴 하지만 "개들이 행복했으면 좋겠구나"라는 말을 되풀이했다.

결혼식은 목요일이었고, 수요일에 루커스 양이 작별 인사를 하러 방문했다. 잠시 후 샬럿이 자리에서 일어나자 엘리자베스는 어머니의 불친절하고 마지못한 축하 인사가 부끄럽기도 하고 진심으로 슬픈 마음도 들어 밖에까지 그녀를 배웅했다. 함께 계단을 내려가며 샬럿이 말했다.

"소식을 자주 보내줄 거라고 믿을게, 엘리자."

"그럼, 당연하지."

"부탁이 하나 더 있어. 나를 만나러 와줄래?"

"하트퍼드셔에서 자주 만날 수 있을 거야. 그러기를 바라."

"한동안은 켄트를 떠나지 못할 거야. 그러니까 헌스퍼드로 놀러 오겠다고 약속해줘."

엘리자베스는 그 방문이 별로 즐겁지 못할 거라는 생각이 들었지만 거절할 수가 없었다.

"3월에 아버지와 머라이어가 나를 보러 올 거야."

그러고 나서 샬럿이 덧붙였다.

"너도 함께 와주었으면 좋겠어. 진심이야, 엘리자. 아버지와 머라이어만큼이나 너를 환영할 거야."

결혼식이 거행되었다. 신랑과 신부는 교회 문을 나서 켄트로 출발했고, 남은 사람들은 보통 때처럼 결혼과 관련된 이런 저런 이야기를 한참 떠들었다. 샬럿은 곧바로 엘리자베스에게 편지를 보내왔다. 두 사람의 서신 왕래는 규칙적으로 자주 오갔지만, 예전만큼 속내를 털어놓기란 불가능한 일이었다. 엘리자베스는 편지를 쓸 때면 사이좋고 편안하던 시절은 이제 끝났다는 기분이 들었지만 그래도 편지 보내는 일을 게을리하지 말자고 다짐했다. 그건 지금보다는 과거의 좋았던 시절을 기리기 위해서였다. 처음 샬럿의 편지를 받았을 때는 몹시 궁금증이 일었다. 새로운 집을 어떻게 말할지, 캐서린 부인은 마음에 드는지, 지금 얼마나 행복하다고 말할지 궁금할 수밖에 없었다. 하지만 막상 편지를 읽고 나니 샬럿이 자기 기대치와 어긋난 이야기는 조금도 쓰지 않았다는 기분이 들었다. 어조는 활기찼고, 아주 편안해 보였으며, 칭찬이 아닌 말은 한 마디도 없었다. 집이며 가구, 이웃, 길 등 모든 것이 그녀의 취향에 꼭 맞았고 캐서린 부인은 정말 친절하고 정중한 분이라고 했다. 헌스퍼드와 로징스에 대한 콜린스 씨의 묘사를 합리적인 표현으로 완화한 내용 같았다. 엘리자베스가 다른 실제 모습을 알려면 직접 찾아갈 때까지 기다리는 수밖에 없었다.

제인은 일찌감치 동생에게 런던에 잘 도착했다는 편지를 보냈다. 엘리자베스는 언니의 다음번 편지에서 빙리 가족 이야기를 듣게 되기를 바랐다.

두 번째 편지를 초조하게 기다렸지만, 그런 초조함이 흔히 그렇듯 실망스러운 결과를 얻었을 뿐이다. 제인은 런던에 일주일 머무는 동안 캐롤라인을 만나지도, 소식을 듣지도 못했다고 했다. 그렇지만 제인은 아마 롱번에서 마지막에 보냈던 편지가 사고로 분실된 모양이라고 추측했다.

그리고 '외숙모가 내일 그쪽 지역으로 가신다고 하니까 그때 나도 그로스브너 가를 방문해볼 생각이야'라는 내용을 덧붙였다.

제인은 빙리 양을 만났다고 다시 편지를 썼다.

캐롤라인은 기운이 없어 보였어. 하지만 나를 보자 아주 반가워하면서 왜 런던에 온다는 소식을 알리지 않았느냐고 나무라던걸. 역시 내 생각대로 롱번에서 보낸 편지가 도착하지 않았나 봐. 당연히 오빠 안부도 물었는데, 그분은 잘 지내신대. 하지만 늘 다아시 씨와 지내서 자기들도 보기 어렵다고. 다아시 양이랑 그날 식사하기로 했대. 나도 만나보고 싶었는데. 캐롤라인이랑 허스트 부인이 외출해야 해서 오래 머물지는 않았어. 아마 조만간 두 사람이 나를 보러 오겠지.

엘리자베스는 이 편지를 읽고 고개를 흔들었다. 우연이 아니고서야 빙리 씨가 제인이 런던에 있다는 사실을 알게 될 리 없을 거라는 생각이 들었다.

사 주가 지났고, 제인은 빙리 씨를 한 번도 보지 못했다. 그녀는 서운해하지 않으려고 스스로 다독였다. 그러나 빙리 양의 무심함을 더는 모를 수가 없었다. 빙리 양을 방문한 후 보름 동안 제인은 아침마다 손님을 기다렸고, 저녁이 되면 다른 일이 있었겠지 하고 매일 다른 변명으로 변호해주었다. 그리고 마침내 방문한 그녀는 아주 잠깐만 머물렀고, 태도도 예전과 완전히 달랐기에 제인도 더는 자신을 속일 수가 없었다. 그때 동생에게 쓴 편지를 보면 제인이 느낀 감정이 어떠했는지 그대로 나타나 있다.

사랑하는 동생, 리지

내가 그간 빙리 양과의 우정이 전부 거짓임을 깨달았다고 인정한다 해도 너는 그것 보라며 의기양양해할 사람이 아니지. 리지야, 이번 일은 네가 옳다고 드러났지만 나를 고집불통이라고 생각하지는 말아줘. 나는 여전히 네 의심만큼이나 나의 신뢰도 당연했다고 생각하거든. 빙리 양이 그렇게 믿게끔 행동했으니까. 나와 친해지려 한 이유는 잘 모르겠지만 만약 다시 같은 상황이 벌어지더라도 나는 또 속아 넘어가고 말 거야. 캐롤라인은 어제야 찾아왔어. 그동안 편지 한 줄, 쪽지 한 장 보내지 않았지. 여기 왔을 때도 마지못해 온 기색이 역력했어. 일찍 찾아오지 못해 미안하다고 대충 형식적인 사과를 하고, 다시 만나자는 말도 없이 떠났어. 모든 면에서 완전히 다른 사람을 보는 것 같았어. 그래서 어제 그녀가 외숙모 댁을 나갈 때 나는 더 이상 교제하지 말자고 결심했어. 그녀를 어쩔 수 없이 비난하지만 가엾은 마음도 들어. 나와 각별하게 지내고자 했던 건 그녀 잘못이야. 누가 봐도 먼저 다가온 쪽은 그녀였으니까. 그래도 가엾다고 하는 이유는 오빠를 걱정하는 마음에 그릇된 행동인 줄 알면서도 그래야 했으니까 말이야. 더는 길게 설명하지 않을래. '우리'야 빙리 양의 불안이 괜한 걱정이라는 걸 알지만 아무튼 그녀는 오빠를 걱정했을 테고, 그럼 나한테 한 행동도 쉽게 설명이 돼. 누이에게 오빠는 소중한 가족이니까, 오빠를 걱정하는 것은 자연스럽고 다정한 마음이라고 해야겠지. 하지만 나는 그녀가 왜 그런 걱정을 하는지가 궁금해. 그분이 정말로 나를 마음에 두셨다면 우리는 벌써 오래전에 만났어야 하지 않을까? 빙리 양의 말을 들어보면 그분도 내가 런던에 있는 걸 아는 게 분명하거든. 하지만 빙리 씨가 다아시 양에게 빠져 있다는 이야기는 캐롤라인 혼자 그렇게 믿고 싶어 하는 것처럼 들렸어. 이해할 수가 없어. 나쁘게 말하고 싶지는 않지만, 모든 일 뒤에 분명 어떤 속임수가 있다고 말하고 싶을 정도야. 하지만 고통스러운 생각은 접어두고 행복한 생각만 떠올리려 노력하고 있어. 너의 애정과 사랑하는 외삼촌, 외숙모가 베풀어주시는 변함없는 친절 같은 것만 생각할 거야. 네 소식도 얼른 듣고 싶어. 빙리 양은 다시는 네더필드로 돌아가지 않을 거라고, 계약도 끝낼 것처럼 말했지만 확실하지는 않아. 그 이야기는 그만해야겠다. 헌스퍼드에 있는 친구한테서 반가운 소식을 받았다니 정말 기쁘다. 윌리엄 경과 머라이아와 함께 꼭 만나러 가보렴. 그곳에서 마음 편히 지낼 수 있을 거야.

사랑을 담아

이 편지가 엘리자베스의 마음을 아프게 했다. 하지만 제인이 더 이상 빙리 자매에게 속지 않을 테니 그나마 다행이라고 여기고 기운을 찾았다. 빙리 씨에 대한 기대도 전부 접었다. 더는 그의 관심이 되살아나기를 바라지도 않았다. 생각할수록 그의 성품이 의심스러웠고, 차라리 다아시 씨의 여동생이랑 얼른 결혼해버렸으면 좋겠다는 생각까지 들었다. 위컴 씨의 말대로라면 다아시 양과의 결혼은 빙리 씨에게는 형벌이었고, 제인에게는 이익이었다. 엘리자베스는 그가 아마도 제인을 버린 일을 몹시 후회하게 될 거라고 생각했다.

그즈음 가드너 부인도 엘리자베스에게 위컴 씨와 관련된 약속을 잘 지키고 있는지 물어보며 소식을 궁금해했다. 엘리자베스는 자신보다는 외숙모가 더 흡족해할 소식을 전해주었다. 그의 호감은 눈에 띄게 희미해졌고, 관심도 끝이 났다. 위컴 씨는 요즘 다른 여자에게 구애하고 있었다. 엘리자베스는 관심

있게 그를 지켜봤기에 처음부터 끝까지의 내용을 다 알고 있었다. 하지만 그때도, 지금 편지를 쓸 때도 별로 고통스럽지 않았다. 마음이 살짝 아프기는 했지만 '자기'에게 적당한 재산만 있었다면 위컴 씨는 망설임 없이 자신을 선택했으리라고 믿는 것만으로도 허영심이 충족되었다. 요즘 그가 관심을 쏟는 아가씨의 가장 큰 매력은 갑자기 1만 파운드를 상속받았다는 것뿐이기 때문이다. 하지만 샬럿 때보다 판단력이 흐려졌는지 경제적으로 독립하고 싶다는 그의 소망이 나쁘게 보이지 않았고, 오히려 그보다 더 당연한 일은 없어 보였다. 그리고 그도 마음속으로 몇 번은 갈등했을 거라고 짐작하면서 두 사람 모두를 위한 현명하고 바람직한 선택이었음을 기꺼이 인정했고, 진심으로 그가 행복하기를 바랐다.

가드너 부인에게 이런 소식을 전하고 상황을 설명한 후 엘리자베스는 이렇게 덧붙였다.

사랑하는 외숙모, 이제는 알겠어요. 제가 깊이 사랑에 빠진 것은 아니었더군요. 순수하고 강렬한 열정이었다면 지금쯤 그 사람의 이름까지 증오하면서 온갖 악담을 퍼붓고 있겠지요. 하지만 저는 여전히 '그 사람'에게 우호적인 마음이고, 킹 양에게도 나쁜 마음이 안 생겨요. 킹 양이 아주 밉다거나 전혀 매력적인 여자가 아니라며 우기고 싶은 마음 또한 추호도 없고요. 그러니 사랑이 아니었던 거지요. 신중함이 효과가 있었나 봐요. 제가 그를 열렬히 사랑했더라면 지금 지인들 사이에서는 흥미로운 이야깃거리가 됐을 테죠. 주목받지 못해 유감이라고는 말할 수 없겠네요. 흥미의 대상이 되는 것에는 종종 지나친 대가가 따르니까요. 위컴 씨의 변절에 저보다는 키티와 리디아가 더 가슴 아파하고 있답니다. 아직 어려서 세상 물정을 몰라요. 잘생긴 남자도 먹고살기 위해서는 못생긴 남자와 마찬가지로 재산이 필요하다는 가슴 아픈 현실을 받아들이지 못하는 거지요.

4장

롱번에 더는 별다른 사건 없이 1월과 2월이 흘러갔다. 메리턴으로 가는 산책길이 때로는 진흙탕이고 때로는 추웠다는 정도의 미미한 변화만 있었을 뿐이다. 3월 엘리자베스는 헌스퍼드에 갈 예정이었다. 처음에는 그곳 방문을 별로 진지하게 생각하지 않았다. 하지만 곧 샬럿이 그 일을 크게 기대하고 있음을 알게 되었고, 엘리자베스 자신도 점점 그 방문이 기다려지면서 꼭 가자고 마음먹었다. 오랫동안 만나지 못해 샬럿이 보고 싶다는 마음은 강해졌고, 콜린스 씨에 대한 혐오감은 약해졌다. 계획 자체도 신선했고, 어머니나 마음에 안 드는 동생들과 오랜 시간 집에 있는 것도 썩 내키는 상황은 아니었기에 약간의 변화라도 환영하지 않을 이유가 없었다. 게다가 방문하는 길에 제인도 잠깐 만날 수 있다고 생각하니, 날짜가 다가올수록 출발 일이 미뤄지지 않기를 간절히 바랄 정도였다. 다행히 진행은 순조로웠고, 일정은 처음 샬럿이 계획했던 대로 확정되었다. 이 방문에 윌리엄 경과 그의 둘째 딸이 동행했다. 런던에서 하룻밤을 보내는 추가 제안도 제때 확정되었고, 계획은 더할 나위 없이 완벽했다.

다만 아버지를 두고 가는 것이 마음에 걸렸다. 아버지는 분명 그녀를 보고 싶어 하실 것이다. 떠날 날이 다가오자 못내 아쉬워하며 편지를 쓰라고 하면서 답장까지 약속할 기세였다.

위컴 씨와의 작별 인사는 아주 다정했다. 남자 쪽이 더 상냥했다. 현재 다른 여자에게 구애하고 있었지만 엘리자베스가 그의 관심을 끌었던 첫 여인이었고, 처음으로 자신의 말을 들어주고 연민을 보여준 여인이며, 처음으로 흠모했던 여인임이 분명했기 때문이다. 위컴 씨는 그녀에게 즐거운 여행이 되기를 바란다고 작별 인사를 하고, 캐서린 드 버그 부인이 어떤 사람인지 상기시켜주었다. 부인에 대해서는 그와 그녀뿐 아니라 모든 사람이 같은 의견일 거라고 말하는 모습에서 배려와 관심이 느껴졌고, 그로 말미암아 그녀는 늘 진심으로 그를 존중할 수 있을 것 같다고 생각했다. 위컴 씨와 헤어지면서 엘리자베스는 그가 기혼이든 미혼이든 언제나 다정하고 기분 좋은 남성의 모범이 되리라고 확신했다.

다음 날의 동행은 위컴 씨를 생각하는 마음을 조금도 없애주지 못했다. 윌리엄 루커스 경도, 싹싹하지만 아버지만큼이나 머리가 빈 머라이아도 쓸모 있는 말은 한 마디도 하지 않아서 엘리자베스에게는 마차 바퀴 굴러가는 소리와 별반 다르지 않게 지루할 지경이었다. 엘리자베스가 어리석은 소리를 재미있어하기는 했지만 윌리엄 경의 경우 너무 오래된 이야기였다. 국왕 알현과 기사 작위식에 대해 전혀 새롭지 않은 이야기를 늘어놓았고, 점잔 빼는 말씨도 말하는 내용만큼이나 오래된 것이었다.

거리도 38킬로미터 정도에 지나지 않았고, 아침 일찍 출발한 덕분에 정오경에는 그레이스처치 가에 도착할 수 있었다. 마차가 가드너 씨의 문 앞에 당도할 때쯤 제인은 응접실 창문에서 마차가 오는 것을 지켜보고 있다가 현관에서 기쁘게 일행을 맞이했다. 엘리자베스는 제인의 얼굴을 찬찬히 살펴보고는 예전과 다름없이 사랑스럽고 건강한 모습에 한시름 놓았다. 계단에는 한 무리의 꼬마가 사촌을 얼른 보고 싶은 마음에 응접실에서 기다리지 못하고 나와 있었는데, 그럼에도 열두 달 만에 사촌을 보자 수줍어 현관 아래로 내려오지 못하고 있었다. 모두 유쾌하고 친절했다. 그날은 정말 즐겁게 지나갔다. 낮에는 쇼핑을 한다고 난리였고, 저녁에는 극장에 갔다.

극장에서 엘리자베스는 일부러 외숙모 옆자리를 택했다. 첫 번째 화제는 제인이었다. 외숙모에게 언니의 안부를 조목조목

물었더니 늘 활기차게 지내려고 애쓰지만 우울해할 때가 더러 있다는 대답이 돌아와 놀라기보다는 슬퍼졌다. 오래가지 않기를 바라는 수밖에 없었다. 가드너 부인은 빙리 양이 그레이스처치 가를 방문했을 때 이야기도 자세히 전해주었고, 제인이 빙리 양과의 교제를 진심으로 포기한 모양이라면서 자신과 나눈 이런저런 대화도 되풀이해서 들려주었다.

그러고는 조카가 위컴 씨에게 실연당했다고 놀려대면서 그래도 잘 처신한 거라고 칭찬했다.

그녀가 덧붙였다.

"그런데 엘리자베스, 킹 양은 어떤 아가씨니? 우리 친구가 돈만 좇는 속물이라고 생각하고 싶지는 않은데."

"그러지 마세요, 외숙모. 결혼에서 속물과 신중함이 뭐가 다른가요? 어디까지가 신중이고, 어디부터가 욕심일까요? 지난 크리스마스 때 제게 경솔한 결혼을 조심하라고 하셨는데, 지금은 1만 파운드 때문에 결혼하려는 사람을 속물로 만들고 싶어 하시네요."

"킹 양이 어떤 아가씨인지만 말해주면 판단할 수 있을 것 같은데."

"아주 착한 아가씨일 거예요. 험담은 못 들어봤어요."

"그렇지만 돌아가신 할아버지한테서 유산을 상속받기 전까지는 아무런 관심도 보이지 않았잖니."

"맞아요. 왜 관심을 갖겠어요? 제가 돈이 없으니까 '제' 애정을 구해서는 안 된다면, 저만큼 돈도 없고 관심까지 없는 여자에게 애정을 구할 이유 또한 없잖아요?"

"하지만 그런 일이 있자마자 구애라니, 어쩐지 천박하게 보이는구나."

"절박한 남자는 다른 사람들처럼 우아하게 예의 따위를 차릴 시간이 없는 법이지요. '킹 양'이 괜찮다면 '우리'가 무슨 상관이겠어요?"

"그 아가씨가 괜찮다고 해서 '그의 행동'을 정당화시킬 수는 없어. 그건 단지 아가씨의 머리나 마음의 부족함을 드러내는 증거밖에 되지 않지."

엘리자베스가 소리를 높였다.

"그렇다면 마음대로 생각하세요. 그는 속물이고, 그 아가씨는 바보라고요."

"아니, 내 마음대로라면 오히려 그렇게 생각하고 싶지 '않아'. 더비셔에서 오래 산 젊은이를 나쁘게 보고 싶지는 않거든."

"아하! 그거라면 전 지금 더비셔에 사는 젊은이들을 굉장히 나쁘게 보고 있는걸요. 하트퍼드셔에 사는 친한 친구들도 나을 게 없고요. 전부 신물이 나요. 천만다행이지요! 내일 가는 곳에서 만날 남자는 태도나 변별력이나 뭐 하나 내세울 게 없는 시답잖은 사람이니까요. 아무튼 오직 바보 같은 남자만이 알고 지낼 가치가 있네요."

"진정해라, 리지야. 아주 실망했다는 말투 같구나."

연극이 끝나고 헤어지기 전 외숙모는 이번 여름 외삼촌과 계획하는 여행에 엘리자베스도 함께 가자고 초대해 뜻밖의 기쁨을 안겨주었다.

가드너 부인이 말했다.

"얼마나 멀리 갈지는 아직 결정하지 않았어. 하지만 호수 지방(잉글랜드 북서부의 호수가 많은 지역—옮긴이)까지 갈 것 같아."

어떤 계획도 이보다 더 엘리자베스를 기쁘게 할 수는 없을 터였다. 그녀는 감사해하며 흔쾌히 초대를 받아들였다.

"외숙모, 외삼촌. 얼마나 기쁜지 몰라요! 정말 행복해요! 제게 새로운 생기와 활력을 불어넣어 주셨어요. 슬픔도 우울함도 떨쳐버릴 수 있을 거예요! 바위와 산맥에 비하면 남자가 다 뭐라고. 아, 얼마나 근사한 시간이 될지! 돌아올 때는 다른 여행자들처럼 보고 들은 것 하나 제대로 설명하지 못하고 그러지는 않을래요. 어디를 갔는지 꼼꼼히 '알아두고', 무엇을 보았는지 하나하나 '기억'해야죠. 호수, 산, 강, 모두가 머릿속에서 뒤엉켜버리지 않게 할 거예요. 그리고 어떤 구체적인 풍경을 자세하게 묘사해야 할 때 제각각 다른 기억으로 입씨름하는 일도 없을 거고요. 우리가 처음 내뱉는 감탄사도 일반적인 여행자들보다는 그럴듯해야겠지요."

5장

엘리자베스에게 다음 날 여정은 모든 것이 새롭고 흥미로웠다. 다행히 안색이 좋아 보여 언니의 건강 걱정은 사라졌고, 북부 지방을 여행한다는 기대감이 그녀를 끊임없이 설레게 만들어 즐거움을 만끽할 수 있는 마음의 여유가 생겼다.

큰길을 벗어나 헌스퍼드로 향하는 오솔길로 접어들자 사람들의 눈은 모두 목사관을 찾아 두리번거렸고, 모퉁이를 돌 때마다 목사관이 나타나지 않을까 기대했다. 길 한편으로 로징스 파크의 울타리가 길게 이어졌다. 엘리자베스는 저곳 사람들에 대해 들었던 이야기들을 떠올리며 미소 지었다.

마침내 목사관이 모습을 드러냈다. 길 쪽으로 경사가 진 정원 안에 집이 있었다. 초록색 말뚝과 월계수 울타리, 모든 것이

목적지에 도착했음을 알려주었다. 콜린스 씨와 샬럿이 문 앞까지 마중을 나왔고, 다들 눈인사와 미소를 주고받는 가운데 마차는 작은 대문 앞에 멈춰 섰다. 대문 안쪽으로 짧은 자갈길이 집까지 이어져 있었다. 일행은 곧바로 마차에서 내려 몹시 들뜬 마음으로 반가움을 나누었다. 콜린스 부인은 너무나 반가워하며 친구를 맞이했고, 엘리자베스도 친구가 좋아하는 모습을 보자 오길 잘했다는 생각이 들어 흡족했다. 결혼 후에도 사촌의 태도는 변하지 않았음을 금세 알 수 있었다. 지나치게 격식을 차리는 정중함은 예전과 똑같았고, 가족들의 안부를 일일이 묻는다고 그녀를 몇 분 동안이나 대문 앞에 세워두었다. 그 후에는 입구가 얼마나 깔끔한지 보라면서 잠시 지체했을 뿐 곧장 집으로 들어갔다. 응접실로 들어가자마자 누추한 집에 와주셔서 감사하다는 장황하고 예의 바른 인사를 또다시 되풀이했고, 아내가 마실 것을 권할 때마다 어김없이 인사를 반복했다.

엘리자베스는 콜린스 씨가 의기양양해할 모습을 각오하고 온 터였다. 방들의 적절한 구조와 면면을 보여주고, 가구들을 자랑하듯 설명할 때면 마치 청혼을 거절한 엘리자베스에게 유독 여봐란 듯이 떠드는 것 같은 기분이 들었다. 실제로 모든 것이 깔끔하고 안락해 보였지만, 후회하는 내색을 보여 그를 기쁘게 해줄 생각은 없었다. 그보다는 이런 배우자와 살면서도 생기를 잃지 않는 친구가 놀라울 따름이었다. 그는 아내가 부끄러워할 말들을 꽤 자주 했는데 그때마다 엘리자베스는 자기도 모르게 샬럿을 바라보았다. 그녀는 한두 번 얼굴을 붉혔을 뿐 대개는 현명하게도 못 들은 척했다. 방 안에 있는 찬장부터 벽난로 앞 난로망에 이르기까지 모든 가재도구에 일일이 감탄하고, 런던에 다녀온 이야기가 전부 끝나자 콜린스 씨는 정원을 산책하자고 청했다. 정원은 넓었고, 잘 정돈되어 있었다. 조경 작업에 콜린스 씨가 직접 참여했다고 했다. 정원 일은 그가 가장 즐기는 고상한 취미 중 하나였다. 샬럿이 정원 가꾸는 일은 건강에도 좋으니 될 수 있는 한 많이 하도록 권한다고 말할 때는 그 침착한 표정에 엘리자베스도 감탄해 마지않았다. 산책로와 갈림길을 전부 돌아보며 콜린스 씨는 그렇게 칭찬을 좋아하면서도 사람들에게 칭찬할 틈도 주지 않은 채 보이는 족족 세심하게 설명을 늘어놓았다. 그 덕분에 아름다움을 감상하는 일은 완전히 뒷전으로 밀렸다. 그는 사방에 있는 밭의 개수를 말해줄 수도 있었고, 가장 먼 숲의 나무가 몇 그루인지도 알고 있었다. 그러나 자신의 정원이나 이 지역, 아니 이 나라가 자랑하는 모든 풍경을 모아놓더라도 로징스의 전망만 한 것은 없다고 했다. 콜린스 씨 집 거의 정면에 장원의 경계선을 따라 나무가 심어져 있었고, 그 틈으로 보이는 로징스는 주변보다 높은 지대에 자리 잡은 멋진 현대식 건물이었다. 정원에서 콜린스 씨는 주변에 있는 목초지 두 곳까지 안내하고 싶어 했으나 숙녀들은 하얀 서리가 남아 있는 길을 걸을 만한 신발이 없어 먼저 돌아섰다. 윌리엄 경만 그를 따라갔고, 샬럿은 동생과 친구를 데리고 집으로 돌아왔다. 남편의 간섭 없이 집을 보여줄 기회를 얻게 되어서인지 샬럿은 아주 들떠 있었다. 집은 작지만 튼튼하고 편리했으며, 모든 것이 꼭 어울리는 자리에 깔끔하게 정돈되어 있었다. 엘리자베스는 전부 샬럿의 솜씨라고 짐작했다. 콜린스 씨만 잊을 수 있다면 정말로 안락하고 평온했다. 그리고 샬럿이 눈에 띄게 즐거워하는 모습으로 봐서는 그가 자주 잊히는 모양이었다.

엘리자베스는 캐서린 부인이 로징스에 있다는 소식을 이미 들어 알고 있었는데, 저녁을 먹을 때 콜린스 씨가 합류하더니 다시 일러주었다.

"엘리자베스 양, 이번 일요일에 교회에서 캐서린 드 버그 부인을 뵙는 영광을 누릴 수 있을 겁니다. 엘리자베스 양도 분명 부인을 좋아하게 되실 겁니다. 친절하고 겸손한 분이니 예배가 끝나면 어떤 식으로든 아는 체하는 영광을 베풀어주실 겁니다. 송구스럽게도 저희를 초대할 때면 당신과 처제 머라이아도 함께 초대해주시리라고 주저 없이 말씀드릴 수 있습니다. 제 안사람에게도 아주 잘해주시지요. 매주 두 번 로징스에서 식사를 하는데, 한 번도 집까지 걸어오게 하지 않으셨답니다. 부인의 마차를 준비해주시지요. 아, 마차들 가운데 하나라고 분명히 말씀드려야겠습니다. 여러 대를 갖고 있으시거든요."

샬럿이 덧붙였다.

"캐서린 부인은 아주 점잖고 합리적인 분이셔. 그리고 이웃들에게도 신경을 많이 써주시고."

"그렇지, 여보. 내 말이 바로 그 말이오. 아무리 많은 존경을 받아도 모자란 분이지."

그날 저녁은 주로 이미 편지에 썼던 하트퍼드셔 소식을 이야기하면서 보냈다. 저녁 식사가 끝나자 엘리자베스는 방에서 혼자 조용히 앉아 샬럿이 얼마나 만족하고 있을지 생각해보았다. 집을 안내할 때 그녀가 했던 말이나 침착하게 남편을 견뎌내는 모습을 곰곰이 떠올리자 일이 잘 풀렸다는 것을 인정할 수밖에 없었다. 그러고는 여기서 머무는 시간이 어떨지도 생각해보았다. 보통은 조용히 지낼 테지만, 콜린스 씨의 참견은 짜증스러울 것이며, 로징스와의 교제는 호들갑스러울 것이다. 엘리자베스는 풍부한 상상력으로 금세 이 모든 것을 그려볼 수 있었다.

다음 날 정오쯤 엘리자베스가 방에서 산책 준비를 하고 있을 때, 갑자기 아래층이 떠들썩해지면서 온 집안이 난리법석이었다. 잠시 귀를 기울이자니 누군가가 허겁지겁 계단을 뛰어 올라오면서 그녀의 이름을 크게 외치고 있었다. 문을 열자 층계참에 있던 머라이아가 흥분해서 숨을 몰아쉬며 외쳤다.

"어머, 엘리자 언니! 얼른 식당으로 와봐, 정말 볼 만한 광경이지 뭐야! 뭔지는 말 안 해줄래. 얼른 서둘러, 지금 당장 내려오라고."

엘리자베스가 무슨 일인지 물었지만 소용없었다. 머라이아는 더 이상 이야기하지 않았고, 두 사람은 부랴부랴 식당으로 내려갔다. 오솔길이 내다보이는 식당에서 그 볼 만한 광경을 볼 수 있었다. 정원 입구에 두 숙녀가 탄 나지막한 사륜 쌍두마차가 멈춰 서 있었다.

엘리자베스가 소리쳤다.

"이게 다야? 정원에 돼지 떼라도 들어온 줄 알았네! 그냥 캐서린 부인과 따님이잖아!"

머라이아는 그녀의 실수가 놀랍다는 듯이 말했다.

"맙소사, 엘리자. 캐서린 부인이 아니야. 저 나이 든 숙녀는 같이 살고 있는 젠킨슨 부인이고, 다른 쪽은 드 버그 양이야. 드 버그 양을 좀 봐. 정말 조그만 사람이야. 저렇게 마르고 조그맣다니 누가 상상이나 했겠냐고!"

"바람이 이렇게 부는데 샬럿을 문밖에 세워놓다니 정말 무례하다. 왜 안으로 들어오지 않는 거지?"

"아유! 샬럿이 그러는데 드 버그 양이 들어오는 일은 거의 없대. 그녀가 집으로 들어올 때는 최고의 친절을 베푸는 거래."

엘리자베스가 다른 생각이 떠올라서 말했다.

"외모가 마음에 든다. 병약하고 신경질적으로 보이는걸. 그래, 그 사람과 아주 잘 어울려. 딱 어울리는 아내가 되겠어."

콜린스 씨와 샬럿은 둘 다 문가에 서서 숙녀들과 대화를 나누고 있었다. 엘리자베스에게는 윌리엄 경의 모습이 아주 재미있었는데, 현관 앞에 꼭 붙어서서 눈앞에 있는 훌륭한 분을 열심히 바라보다가 드 버그 양이 그쪽을 볼 때마다 연신 고개를 조아렸다.

마침내 더는 할 말이 없어지자 숙녀들은 떠났고, 콜린스 내외는 집 안으로 들어왔다. 콜린스 씨는 두 아가씨를 보자 정말 운이 좋다면서 축하 말을 하기 시작했고, 샬럿이 여기 있는 사람들 모두 다음 날 저녁에 로징스로 초대를 받았다고 설명해주었다.

6장

캐서린 부인의 초대 덕분에 콜린스 씨는 완전히 의기양양해졌다. 손님들에게 후견인의 위엄을 자랑해 놀라게 하고, 캐서린 부인이 자기네 부부를 얼마나 친절하게 대하는지 보여주는 것은 그야말로 콜린스 씨가 바라던 장면이었다. 그 기회가 이토록 빨리 주어진 것 또한 이미 그가 충분히 감탄해 마지않았던 캐서린 부인의 배려 덕분이었다.

콜린스 씨가 말했다.

"이제 와 드리는 말씀이지만 캐서린 부인께서 일요일에 로징스로 와서 다과를 함께하자고 초대하셨더라도 전혀 놀라지 않았을 겁니다. 이미 그분의 상냥함을 잘 알고 있는 저로서는 오히려 그러실 거라 기대하고 있었습니다. 하지만 이런 배려를 누가 상상이나 했겠습니까? 여러분이 도착하자마자 로징스에서 식사를 (그것도 여기 있는 모든 분을 초대해) 함께하자고 해주실 줄은 아무도 상상하지 못했을 겁니다!"

윌리엄 경이 말했다.

"내게는 별로 놀랄 일이 아니네. 내 사회적 신분 덕분에 정말 높으신 분들의 매너를 잘 알고 있으니까 말일세. 궁정에서는 이런 우아한 예의가 드문 일은 아니지."

그날 내내, 아니 다음 날 아침까지도 줄곧 로징스를 방문하게 될 이야기만 나누었다. 콜린스 씨는 손님들이 방의 모습이라든가, 많은 하인이라든가, 화려한 식사 메뉴 등에 완전히 압도당할까 봐 무엇을 보게 될지 미리 조목조목 알려주었다.

숙녀들이 옷을 갈아입으려고 일어서자 그는 엘리자베스에게 말했다.

"옷차림은 너무 걱정하지 마십시오, 엘리자베스 양. 캐서린 부인은 저희에게까지 부인이나 따님과 같은 우아한 옷차림을 요구하지 않으십니다. 가지고 오신 옷 중에 가장 나은 옷을 입는 것으로 충분합니다. 캐서린 부인은 옷차림이 간소하다고 사람을 나쁘게 보지는 않으시니까요. 신분 차이가 드러나는 쪽을 좋아하시지요."

숙녀들이 옷을 입는 동안 콜린스 씨는 방마다 돌아다니면서 두세 번씩 문을 두드리며 서두르라고 재촉했다. 캐서린 부인은 식사에 늦는 것을 몹시 무례하게 여기신다는 거였다. 캐서린 부인이나 부인의 생활 방식에 대한 장황한 설명은 아직 사교 경험이 적은 머라이어 루커스를 겁에 질리게 했다. 로징스에서 소개받기를 기다리는 그녀의 마음은 아버지가 세인트제임스 궁에서 알현할 때만큼이나 떨렸다.

날씨가 좋아서 장원을 가로지르는 1킬로미터 정도의 거리는 기분 좋은 산책길이었다. 모든 장원은 그만의 아름다움과 전망이 있는 법이다. 엘리자베스도 이곳이 아주 마음에 들었지만 콜린스 씨가 기대했던 만큼의 황홀감은 생기지 않았다. 그가 저택 앞면의 창문이 몇 개인지 열거하고, 창문 유리에 루이스 드 버그 경이 얼마나 큰돈을 썼는지 늘어놓아도 별다른 감흥이 없었다.

현관으로 향하는 계단 하나를 올라갈 때마다 머라이어의 떨림도 커졌고, 윌리엄 경마저 온전히 침착한 상태는 아니었다. 그러나 엘리자베스의 대담함은 그녀를 저버리지 않았다. 캐서린 부인의 특별한 재능이나 경이로운 미덕에 대한 이야기는 들어본 적이 없으니 오직 돈과 지위로 얻은 위엄뿐이라면 경외할 필요가 없다는 생각이 들었다.

현관에 들어서자 콜린스 씨는 예의 그 황홀경에 빠진 목소리로 훌륭한 구조와 섬세한 장식들을 가리키며 쳐다보게 했다. 이후 이들은 하인을 따라 대기실을 지나 캐서린 부인과 딸, 젠킨슨 부인이 있는 곳으로 안내되었다. 부인은 큰 배려를 베풀어 자리에서 일어나 그들을 맞았다. 콜린스 부인이 소개를 맡기로 미리 남편과 합의했기에 콜린스 씨에게는 꼭 필요했을 사과와 감사의 말들은 빠지고 적절하게 소개가 이루어졌다.

세인트제임스 궁의 경험이 있었음에도 윌리엄 경은 장엄한 주변 환경에 완전히 얼어붙어 겨우 허리를 깊이 숙여 인사만 했을 뿐 한 마디도 하지 못하고 자리에 앉았다. 머라이어는 겁에 질려 거의 제정신이 아닌 상태로 의자 끝에 걸터앉아서 시선 둘 곳을 찾지 못하고 헤맸다. 엘리자베스는 평소와 같이 행동할 수 있어 침착하게 세 숙녀를 관찰했다. 캐서린 부인은 키와 몸집이 큰 여성으로, 한때는 미인이었을 듯 이목구비가 뚜렷했다. 온화한 분위기는 찾아볼 수 없었고, 방문객을 맞이할 때도 아랫사람임을 잊지 않도록 대했다. 입을 다물고 있을 때면 위압적인 분위기는 없었지만, 일단 입을 열면 항상 권위적인 말투로 말하고 자만심도 대단했다. 엘리자베스는 곧장 위컴이 한 말을 떠올렸다. 그날의 관찰을 종합해본 결과 그의 묘사는 정확했다.

어머니 쪽을 살펴본 후에는 딸에게로 시선을 돌렸는데, 너무나 마르고 왜소한 아가씨여서 엘리자베스도 머라이어에 버금가게 놀랐다. 캐서린 부인의 얼굴과 몸가짐에서는 다아시 씨와 닮은 구석을 쉽게 발견할 수 있었는데, 딸은 몸집도 얼굴도 어머니와 비슷한 점이 없었다. 드 버그 양은 창백하고 병약해 보였고, 얼굴이 못나지는 않았지만 평범했다. 말은 거의 하지 않았고, 가끔씩 낮은 목소리로 젠킨슨 부인에게 속삭이는 것이 전부였다. 젠킨슨 부인의 외모에는 특별한 점이 전혀 없었다. 드 버그 양이 하는 말을 들어주고, 그녀 눈앞에 있는 가림막(불의 직접적인 열기를 막아주는 장치—옮긴이)을 적절한 방향으로 놓아주는 일에만 몰두했다.

몇 분 정도 앉아 있다가 다들 창가로 가서 풍경을 감상할 시간을 가졌다. 콜린스 씨는 옆에서 풍경의 아름다움을 일일이 설명했고, 캐서린 부인은 여름이면 훨씬 더 볼 만하다고 친절히 알려주었다.

식사는 대단히 훌륭했고, 콜린스 씨가 이야기했던 대로 많은 하인과 훌륭한 요리가 있었다. 콜린스 씨는 오기 전에 예견했던 대로 캐서린 부인의 청에 따라 식탁 끝에 앉는 좋은 대접을 받았는데, 그때의 표정은 마치 인생 최고의 순간을 맞은 사람처럼 보일 정도였다. 그는 기쁨에 들떠서 경쾌하게 요리를 썰고, 먹고, 칭찬했다. 요리가 나올 때마다 칭찬했는데, 콜린스 씨가 먼저 칭찬하면 다소 정신을 차린 윌리엄 경이 그 말을 그대로 따라 했다. 엘리자베스는 캐서린 부인이 그런 태도를 참을 수 있을까 궁금해했는데, 오히려 부인은 과장된 감탄사에 흐뭇해하며 자애로운 미소를 지었다. 특히 식탁에 오른 어떤 요리를 처음 맛본다고 하면 더욱 만족스러워했다. 대화는 그리 많지 않았다. 엘리자베스는 기회만 있으면 얼마든지 대화할 생각이었지만, 한쪽 옆에 앉은 샬럿은 캐서린 부인의 말을 경청하느라 여념이 없고 드 버그 양은 식사 내내 그녀에게 한 마디도 하지 않았다. 젠킨슨 부인은 주로 드 버그 양이 너무 적게 먹을까 봐 지켜보면서 다른 요리를 권하기도 하고, 몸이 좋지 않을까 봐 걱정하고 있었다. 머라이어는 입을 열 엄두도 내지 못했고, 신사들은 음식을 먹고 찬양하는 일만 반복했다.

응접실로 돌아간 숙녀들은 캐서린 부인의 말을 듣는 것 외에는 달리 할 일이 없었다. 부인은 커피가 나올 때까지 쉬지 않고 떠들면서 온갖 주제에 대한 자신의 의견을 단호하게 피력했다. 미루어보건대 자신의 견해에 반대를 용납하지 않는 종류의 사람이었다. 샬럿의 집안 살림을 서슴없이 이것저것 캐묻고, 어떻게 관리해야 하는지 일일이 충고를 늘어놓았다. 그녀 집처럼 작은 곳은 모쪼록 이러저러하게 관리해야 한다며 일러주고, 소와 닭을 어떻게 보살피는지도 가르쳤다. 무엇도 이 위대하신 부인의 관심사에서 벗어날 수 없었고, 어떤 주제든 다른 사람들에게 명령할 기회로 삼았다. 콜린스 부인과 대화를 나누는 중간중간 머라이어와 엘리자베스에게도 다양한 질문을 던졌는데, 특히 엘리자베스에게 자주 질문을 했다. 콜린스 부인에게서 엘리자베스가 집안은 잘 몰라도 아주 얌전하고 예쁘장한 처녀라고 들었다고 했다. 캐서린 부인은 그녀에게 자매는 몇이냐, 그중 몇째냐, 누가 곧 결혼할 것 같으냐, 미인이냐, 교육은 받았느냐, 아버지가 어떤 마차를 가지셨느냐, 어머니의 처녀 시절 성은 무어냐 등의 질문을 던졌다. 엘리자베스는 다소 무례한 질문이라고 느꼈지만 침착하게 대답했다. 그러자 캐서린 부인이 말했다.

"아버지 재산이 콜린스 씨에게 한사 상속된다지."

그러고는 샬럿을 바라보며 이렇게 덧붙였다.

"자네 처지에서는 기쁜 일이겠군."

그러고 나서 다시 말을 이었다.

"하지만 나로서는 여자들이 재산을 상속받지 못하는 이유를 알 수가 없어. 루이스 드 버그 경 집안에서는 생각할 필요도 없는 문제지만. 베넷 양은 연주와 노래를 하나?"

"조금 합니다."

"아하! 그렇다면 한번 들어볼 시간이 있으면 좋겠군. 여기 악기는 아주 최고급이라서 아마 비교도 안 되게 훌륭할 테니…… 나중에 한번 연주해보게. 언니와 동생들도 연주와 노래를 하나?"

"한 명이 합니다."

"왜 모두 배우지 않았지? 당연히 다 배웠어야지. 웨브스 네는 수입이 자네 부친만 못해도 자매들 모두 연주를 하는데. 그림은 그리나?"

"아니요, 전혀."

"뭐? 아무도?"

"아무도요."

"그건 정말 이상하군. 아마 기회가 없었나 보지. 어머니가 매년 봄마다 런던으로 데리고 가서 선생님께 지도를 받게 했어야 하는데."

"어머니는 전혀 이의가 없으셨을 테지만 아버지가 런던을 싫어하십니다."

"가정교사는 이제 나갔나?"

"저희는 가정교사를 둔 적이 없습니다."

"가정교사도 없었다고! 그런 일이 가능하다니? 다섯 딸을 집에서 가정교사도 없이 기르다니! 지금껏 그런 이야기는 들어보지도 못했어. 어머니께서 자네들 교육을 도맡아 하느라 고생하셨겠군."

이 부분에서 엘리자베스는 미소를 누르지 못하고 그런 일은 없었다고 답했다.

"그럼 누가 자네들을 가르쳤지? 누가 시중을 들고? 가정교사가 없었다면 분명 방치되었을 텐데."

"어떤 가정과 비교한다면 방치되었다고 할 수도 있지요. 하지만 배우고 싶어 하는 마음만 있으면 방법이 없었던 적은 없습니다. 늘 독서를 장려하셨고, 필요하다면 어떤 선생님도 붙여주셨지요. 게으르고 싶어 하는 사람은 게으르게 지낼 수 있었고요."

"그럼, 당연하지. 그런 일을 막으려고 가정교사가 필요한 게야. 내가 자네 모친을 알고 지냈다면 아주 성실한 가정교사를 소개해주었을 텐데. 늘 하는 말이지만 꾸준하고 규칙적인 지도 없이는 아무런 교육도 이뤄지지 않거든. 그리고 그건 가정교사만이 할 수 있는 일이고. 그런 면에서 내가 얼마나 많은 집에 가정교사를 소개했는지 생각하면 정말 뿌듯해. 젊은 친구들에게 적절한 자리를 마련해주는 일은 언제나 기쁘거든. 젠킨슨 부인의 조카 네 명도 내 소개로 자리를 잘 잡았고, 요전에는 우연히 알게 된 한 젊은이를 추천해줬는데 그 집에서 그 친구가 아주 마음에 들었나 보더군. 콜린스 부인, 메트컬프 부인이 어제 내게 감사 인사를 하러 왔다고 얘기했던가? 포프 양을 보물이라고 부르더군. '캐서린 부인, 제게 보물을 주셨어요'라고 하더라니까. 동생들도 사교계에 나섰나, 베넷 양?"

"네, 부인. 전부 나왔습니다."

"전부라고! 다섯 명이 한꺼번에 나왔단 말인가? 정말 이상하군! 자네가 겨우 둘째인데 말이야. 언니들이 결혼도 하기 전에 동생들이 사교계에 나오다니! 동생들은 무척 어릴 텐데?"

"네, 막냇동생은 열여섯 살이 안 되었지요. 사실 '막내'는 이른 감이 있지요. 그렇지만 부인, 언니들이 일찍 결혼할 능력이나 의향이 없다는 이유로 사교와 즐거움을 누리지 못한다면 동생들에게 가혹한 일이라고 생각합니다. 막내로 태어났더라도 첫째와 마찬가지로 즐거움을 누릴 권리는 있으니까요. 그런데 '그런' 이유로 즐거움을 누릴 수 없다니요! 그런 식으로는 자매간의 애정이나 배려도 향상되기 어려울 거라 생각합니다."

"젊은 친구가 아주 당돌하게 의견을 밝히는군. 그래, 나이가 어떻게 되지?"

엘리자베스가 미소를 지으며 대답했다.

"다 큰 동생이 셋이나 있는걸요. 그런데도 제 나이를 밝힐 거라고 기대하지는 않으시겠지요."

캐서린 부인은 바로 대답을 듣지 못하자 상당히 놀란 듯했다. 엘리자베스는 자신이 그녀의 권위적이고 무례한 질문을 감히 농담으로 받아넘긴 첫 번째 사람일 거라고 생각했다.

"스물은 안 되었을 거야, 분명. 그러니 나이를 밝히게."

"스물 하나는 안 되었습니다."

그때 신사들이 합류했고, 다과가 끝나자 카드 테이블이 마련되었다. 캐서린 부인과 윌리엄 경, 콜린스 씨 부부가 카드리유 테이블에 앉았고, 드 버그 양은 '카지노' 게임을 선택해 다른 아가씨 두 명이 젠킨슨 부인과 함께 머릿수를 채우는 영광을 받았다. 그녀들의 테이블은 그야말로 따분하기 그지없었다. 게임과 관련 없는 말은 거의 한 마디도 오가지 않았고, 젠킨슨 부인 혼자 드 버그 양이 덥거나 너무 춥지는 않을지 또는 불빛이 너무 과하거나 적지 않은지 걱정을 표하는 것이 전부였다. 다른 테이블에서는 훨씬 많은 대화가 오갔다. 말을 하는 사람은 주로 캐서린 부인이었는데, 다른 세 명의 실수를 지적하거나 자신의 개인적인 일화를 늘어놓는 정도였다. 콜린스 씨는 부인이 하는 말에 무조건 동의하면서 피시를 딸 때마다 감사를 표하고, 너무 많이 땄을 때는 사죄하느라 바빴다. 윌리엄 경은 머릿속에 귀족들의 이름과 이야기들을 저장하느라 말을 많이 하지 않았다.

캐서린 부인과 딸이 충분히 게임을 즐긴 뒤 테이블이 치워졌다. 마차를 내주겠다는 제안을 받은 콜린스 부인이 감사 인사와 함께 이를 받아들이자 곧바로 명령이 떨어졌다. 마차가 준비될 때까지는 다들 벽난로 주변에 모여 앉아 캐서린 부인의 내일 날씨 이야기를 들어야 했다. 강의 같은 이야기를 듣는 중에 마차가 도착했다는 소식이 들렸다. 콜린스 씨가 끊임없이 감사 인사를 하는 동안 윌리엄 경은 수없이 고개를 조아린 끝에 드디어 출발할 수 있었다. 마차가 출발하자마자 사촌은 엘리자베스에게 로징스에서 본 것들에 대한 의견을 물었고, 엘리자베스는 샬럿을 생각해 실제보다 과장해서 칭찬했다. 그러나 그녀로서는 꽤 곤욕을 치른 칭찬도 콜린스 씨를 만족시킬 수 없었다. 결국 콜린스 씨가 직접 캐서린 부인을 찬양하기 시작했다.

7장

윌리엄 경은 헌스퍼드에 고작 일주일을 머물렀을 뿐이지만, 딸이 아주 안락한 삶을 누리고 있으며 참으로 보기 드문 훌륭한 남편과 이웃을 만났다고 확신하기에는 충분했다. 윌리엄 경이 머무는 동안 콜린스 씨는 마차에 장인을 모시고 주변을 둘러보며 오전 시간을 보냈다. 윌리엄 경이 떠나고 온 가족이 일상으로 돌아온 후 사촌을 자주 보게 될 일이 없자 엘리자베스는 감사한 마음까지 들었다. 그는 아침부터 저녁까지는 정원에서 일을 하거나, 책을 읽고 편지를 쓰거나, 서재에서 길 쪽으로 나 있는 창밖을 바라보며 대부분의 시간을 보냈다. 숙녀들은 집 뒤편에서 지내는 시간이 많았다. 처음에는 왜 샬럿이 평소 쓰는 방으로 식당을 겸한 응접실을 고르지 않았는지 궁금했다. 그 방은 크기도 더 넓고 전망도 좋았는데 말이다. 하지만 곧 그럴 만한 이유가 있다는 것을 깨달았다. 숙녀들이 머무는 곳이 콜린스 씨 방처럼 쾌적했다면 그가 자기 방에서 보내는 시간은 훨씬 줄어들었을 것이다. 그녀는 샬럿의 현명함에 다시 한 번 감탄했다.

응접실에서는 오솔길을 잘 볼 수 없었지만, 콜린스 씨 덕분에 어떤 마차가 오가는지, 특히 드 버그 양의 사륜마차가 얼마나 자주 지나가는지 알 수 있었다. 거의 매일같이 드 버그 양의 마차가 지나갔는데, 그때마다 빠짐없이 콜린스 씨가 찾아와서 알려주었다. 그녀가 목사관 앞에 마차를 세운 뒤 샬럿과 몇 분간 대화를 나누는 일은 드물지 않았지만, 마차 밖으로 나오는 일은 거의 없었다.

콜린스 씨가 로징스를 방문하지 않는 날은 드물었고, 그의 아내도 마찬가지였다. 엘리자베스는 두 사람이 왜 그렇게 많은 시간을 희생하는지 이해할 수 없었는데, 머지않아 더 받을 것이 있다는 데 생각이 미쳤다. 가끔 귀부인이 목사관을 방문하는 영예도 누렸는데, 그럴 때면 방 안에 있는 무엇도 그녀의 관심을 피해갈 수 없었다. 살림살이를 점검하고, 해놓은 일들을 확인하며, 방법을 달리해보라고 충고가 떨어졌다. 가구가 잘못 배치되었다고 흠을 잡거나 하녀가 태만하다고 지적하기도 했다. 가벼운 식사라도 하는 날이면 그건 오로지 콜린스 부인이 자른 고깃덩어리가 가족 수에 비해 너무 크다고 질책하기 위해서인 것 같았다.

엘리자베스는 곧 귀부인이 공식적으로 지역의 치안 의무를 맡지는 않았지만, 교구 내에서 아주 적극적으로 치안 판사 역할을 한다는 것을 알게 되었다. 아주 사소한 문젯거리도 콜린스 씨가 고해바쳤으며 마을 사람들이 다툼을 벌인다거나, 불만이 많다거나, 너무 가난하다거나 하는 일이 있을 때마다 귀부인은 곧장 마을로 달려가서 다툼을 중재하고 불평을 잠재우며 이들을 꾸짖어 화해시키고 평안한 분위기를 유도했다.

로징스에서 즐기는 식사는 일주일에 두어 번 반복되었다. 윌리엄 경이 빠졌고, 카드 테이블이 하나만 마련되었다는 것 외에는 식사 내용은 처음과 똑같았다. 다른 교제는 거의 없었다. 이웃들의 전반적인 생활 수준이 콜린스 씨 집안을 웃돌았기 때문이다. 그러나 엘리자베스에게는 나쁠 것이 없었고, 그녀는 충분히 편안한 시간을 보냈다. 반 시간 정도 샬럿과 즐거운 담소를 나누었고, 계절에 비해 날씨가 좋아서 종종 밖에 나가는 즐거움을 만끽하기도 했다. 다른 사람들이 캐서린 부인을 뵈러 가면 자신이 가장 좋아하는 산책로를 즐겨 찾았다. 장원 한쪽을 에워싼 탁 트인 숲 속 길로, 쾌적한 그늘이 드리운 오솔길이었다. 그런데 그녀 말고는 아무도 그 길을 좋아하지 않는 듯했고, 캐서린 부인의 호기심도 거기까지는 미치지 않는 것 같았다.

방문 후 처음 이 주일은 조용히 지나갔다. 부활절이 다가왔고, 그전 주에 새로운 친척이 로징스를 방문하기로 되어 있었다. 사교계가 한정된 로징스에서는 아주 중요한 방문이었다. 엘리자베스는 여기 도착한 직후에 다아시 씨가 몇 주 내로 방문할 예정이라는 소식을 들었다. 엘리자베스에게는 누가 오더라도 다아시 씨보다는 반갑겠다 싶었다. 그래도 그의 방문이 로징스에 비교적 신선한 바람을 불어넣어 줄 테고, 캐서린 부인이 다아시 씨를 사윗감으로 점찍은 만큼 그가 결혼 상대인 사촌을 어떻게 대하는지 보면서 빙리 양의 계획이 얼마나 절망적인지 즐길 수도 있을 터였다. 캐서린 부인은 그의 방문에 아주 흡족해하면서 칭찬을 자자하게 늘어놓았는데, 루커스 양과 엘리자베스가 이미 그를 만난 적이 있다고 말하자 거의 화가 난 것처럼 보일 정도였다.

다아시 씨가 도착하자마자 곧 목사관에 소식이 전해졌다. 콜린스 씨가 가장 먼저 그의 도착을 알고 싶어서 아침 내내 헌스퍼드 길로 향한 오두막을 바라보며 서성인 덕분이었다. 마차가 장원으로 접어들자 그는 고개를 숙여 인사한 후 놀라운 소식을 전하려고 헐레벌떡 집으로 돌아왔다. 다음 날 아침 그는 인사를 하기 위해 서둘러 로징스로 갔다. 다아시 씨와 백부의 차남인 피츠윌리엄 대령이 함께 와서 인사를 해야 할 캐서린 부인의 조카가 두 명이 되었다. 그런데 콜린스 씨가 목사관으로 돌아올 때 그 신사들이 함께 오자 다들 깜짝 놀랐다. 샬럿은 남편 방에서 신사들이 오는 모습을 보고는 곧바로 다른 아가씨들에게 그 소식을 알리면서 덧붙였다.

"엘리자, 이번 방문은 네 덕분이지 싶어. 다아시 씨가 나를 보러 이렇게 빨리 찾아오지는 않으셨을걸."

엘리자베스가 그런 감사를 받을 이유가 전혀 없다고 부인하는데 도착을 알리는 초인종이 울렸고, 잠시 후 세 명의 신사가 방으로 들어왔다. 앞장 선 피츠윌리엄 대령은 서른 살 정도 되어 보였는데 잘생긴 얼굴은 아니지만 풍채나 말하는 태도가 진짜 신사다웠다. 다아시 씨는 하트퍼드셔에서 봤을 때와 변함이 없었고, 평소처럼 적은 말수로 콜린스 부인에게 인사를 했다. 그리고 엘리자베스에게는 어떤 감정이 있는지 몰라도 표정만은 침착하게 대했고, 그녀 또한 아무 말 없이 살짝 무릎을 굽혀 인사했다.

피츠윌리엄 대령은 교양 있는 신사다운 편안함으로 기꺼이 바로 대화를 시작했고, 유쾌하게 이야기를 이어갔다. 그러나 그 사촌은 콜린스 부인의 집과 정원에 대해서만 간단히 몇 마디 했을 뿐 한동안 아무에게도 말을 걸지 않고 앉아 있었다. 그러다가 결국 예의를 차려야 한다는 생각이 들었는지 엘리자베스에게 가족의 안부를 물었다. 그녀는 평소처럼 대답하고, 잠시 뜸을 들였다가 덧붙였다.

"저희 언니가 최근 3개월 동안 런던에 머물고 있는데, 만난 적이 없으신가요?"

만난 적이 없다는 건 이미 알고 있었다. 그러나 빙리 집안과 제인의 일들을 알고 있다면 무의식중에 드러내지 않을까 싶었던 것이다. 그가 베넷 양을 만나뵙는 행운을 갖지 못했다고 대답할 때 다소 당황한 듯 보인다는 생각이 들었다. 대화는 더 이상 이어지지 않았고, 잠시 후 신사들은 돌아갔다.

8장

목사관에서는 다들 피츠윌리엄 대령의 태도를 입이 마르게 칭찬했고, 숙녀들은 로징스의 저녁 식사가 훨씬 즐거워지겠다는 기대감을 가졌다. 그러나 로징스에 다른 손님이 있을 때는 딱히 이들이 필요하지 않아서 초대 비슷한 걸 받기까지는 며칠이 더 걸렸다. 신사들이 도착하고 일주일 가까이 흐른 부활절이 되어서야 겨우 그런 영광을 누렸는데, 그것도 예배가 끝나고 돌아가는 길에 저녁 때 방문하라는 권유를 받았을 뿐이다. 그 전 일주일 동안은 캐서린 부인이나 딸을 보기가 어려웠다. 피츠윌리엄 대령은 한 번 이상 목사관을 방문했지만, 다아시 씨는 교회에서 만난 것이 전부였다.

일행은 당연히 초대를 받아들였고, 적당한 시간에 캐서린 부인의 응접실에 합류했다. 부인은 정중하게 이들을 맞긴 했지만, 다른 방문객이 없을 때만큼은 아니었다. 실제로도 조카들에게만 신경 쓰며 말을 건넸는데, 특히 다아시에게 말을 많이 걸었다.

피츠윌리엄 대령은 이들을 진심으로 반기는 듯했다. 로징스에서 한숨 돌릴 만한 일이면 무엇이든 환영인 데다가 콜린스 부인의 예쁜 친구가 퍽 마음에 들기도 했다. 그는 그녀 옆에 앉더니 켄트와 하트퍼드셔, 여행과 집에서의 일상생활, 새로운 책과 음악을 소재로 유쾌하게 대화를 나누었다. 엘리자베스는 로징스에서 지금의 반만큼이라도 즐거웠던 시간이 있었나 싶었다. 두 사람은 아주 활기차고 막힘없이 대화를 나누어 캐서린 부인뿐 아니라 다아시 씨의 관심까지 끌었다. '그'의 호기심 어린 눈길은 두 사람 쪽을 자주 돌아보았다. 부인도 같은 마음이었는지 공공연히 궁금증을 드러내며 서슴없이 큰 소리로 말했다.

"무슨 이야기를 하는 거냐, 피츠윌리엄? 둘이서 무슨 이야기를 하고 있어? 베닛 양에게 무슨 말을 했니? 나도 좀 들어보자꾸나."

"음악 이야기를 하고 있었습니다."

그는 더 이상 피할 수 없자 이렇게 대답했다.

"음악이라고! 그러면 크게 이야기하렴. 내가 아주 좋아하는 주제야. 음악 이야기라면 나도 빠질 수 없지. 잉글랜드에서 나만큼 진정으로 음악을 즐기거나 뛰어난 감각을 가진 이는 별로 없을 거다. 배우기만 했다면 훌륭한 음악가가 되었을 텐데. 앤도 마찬가지야. 건강만 허락했다면 아주 훌륭한 연주를 할 수 있었을 텐데. 조지아나는 잘하고 있니, 다아시?"

그러자 다아시 씨는 애정을 듬뿍 담아 동생의 연주 실력을 칭찬했다.

캐서린 부인이 말했다.

"칭찬을 들으니 아주 기쁘구나. 그리고 그 애에게 내 말을 전해주렴. 엄청난 연습 없이는 실력이 나아지기를 바라지 말라고 말이야."

그가 대답했다.

"이모님, 제가 장담하는데 그런 충고는 필요 없으실 겁니다. 이미 아주 열심히 연습하고 있으니까요."

"그럼 더욱 잘 되었구나. 연습은 아무리 해도 지나치지 않지. 다음번에 편지를 쓸 때 연습을 게을리하지 말라고 가르쳐야지. 내가 젊은 아가씨들에게 늘 말하지만 꾸준한 연습 없이는 훌륭한 연주를 할 수 없는 법이거든. 베넷 양에게도 누누이 말했지만 연습을 더 하지 않으면 절대 훌륭한 연주를 할 수 없어. 콜린스 부인에게도 피아노가 없으니 언제든 로징스에 와서 젠킨슨 부인 방에 있는 피아노를 연주하라고 말해두었지. 그 방이라면 아무한테도 방해가 되지 않으니까."

다아시 씨는 이모의 무례함에 살짝 당황한 듯 아무 대답도 하지 않았다.

커피를 다 마시자 피츠윌리엄 대령은 엘리자베스에게 연주 약속을 상기시켰고, 그녀는 곧바로 피아노 앞에 앉았다. 그러자 그는 의자를 끌어다 그녀 옆에 앉았다. 캐서린 부인은 연주를 반쯤 듣다가 조금 전처럼 다른 조카에게 말을 걸었다. 잠시 후 다아시는 이모 옆에서 일어나 평소처럼 신중한 태도로 피아노로 다가가 아름다운 연주자의 얼굴을 정면에서 볼 수 있는 곳에 자리를 잡았다. 엘리자베스는 그가 하는 양을 지켜보다가 잠깐 손을 쉬는 틈에 장난스러운 미소와 함께 그를 바라보며 말했다.

"제 연주를 들으러 일부러 오다니 겁주시려는 의도겠죠, 다아시 씨? 하지만 당신 여동생이 '아무리' 연주를 잘한다고 해도 저는 두렵지 않아요. 저도 고집스러운 데가 있어 누가 겁을 주려고 하면 그냥은 못 넘어가지요. 위협을 당할 때마다 용기가 샘솟는답니다."

그가 대답했다.

"굳이 해명하지는 않겠습니다. 제가 정말 겁을 줄 생각이었다고 믿는 건 아닐 테니까요. 저도 엘리자베스 양과 오랜 시간 알고 지내는 즐거움을 누린 덕에 이따금 본마음과는 전혀 다른 말을 하면서 재미있어하시는 걸 알 만큼은 됐지요."

엘리자베스는 자신에 대한 묘사가 재미있어 마음껏 웃었다. 그러고는 피츠윌리엄 대령에게 말했다.

"대령님 사촌이 저와 관련된 꽤나 좋은 말씀을 해주시겠네요. 제가 하는 말은 믿지 말라고 가르쳐줄 테니까요. 저는 정말 운도 없어요. 믿을 만한 사람인 척 행동하려는 마당에 하필 제 본성을 저렇게 잘 폭로해줄 분을 만나다니요. 다아시 씨, 하트퍼드셔에서 본 제 단점을 낱낱이 밝혀버리다니 정말 냉정하시군요. 하지만 왜 별로 현명한 행동은 아니라는 생각이 드는 걸까요? 이렇게 되면 저도 복수하지 않을 수 없으니 친척분들이 들으면 깜짝 놀랄 이야기를 폭로하겠어요."

그는 미소를 지으며 말했다.

"두렵지 않습니다."

그때 두 사람의 대화를 듣고 있던 피츠윌리엄 대령이 재미있다는 듯 소리쳤다.

"어서 다아시가 무슨 잘못을 했는지 얘기해주세요. 낯선 사람들 사이에서 어떻게 행동하는지 정말 궁금하거든요."

"그럼 들어보세요. 하지만 먼저 각오를 단단히 하세요, 정말 끔찍한 이야기거든요. 전 다아시 씨를 하트퍼드셔의 무도회에서 처음 뵈었는데, 그 무도회에서 저분이 어떻게 했을지 상상이 되시나요? 네 번밖에 춤을 안 추셨답니다! 가슴 아프시겠지만, 사실이에요. 신사분이 부족했는데도 네 번밖에 춤을 안 추셨어요. 게다가 제 기억으로는 분명히 파트너가 없는 젊은 아가씨가 여러 명 앉아 있었어요. 다아시 씨, 이 사실을 부정하실 수는 없겠지요."

"제 일행 외에는 무도회에 참석한 다른 아가씨들을 알고 지내는 영광은 누리지 못했습니다."

"맞아요. 그리고 무도회에서는 모르는 사람을 소개받을 수도 없고 말이죠. 음, 피츠윌리엄 대령님, 다음은 무슨 곡을 연주할까요? 제 손가락이 명령을 기다리고 있답니다."

다아시가 말했다.

"소개를 부탁했다면 제 평가는 조금 나아졌을 테지요. 하지만 저는 낯선 사람들과 쉽게 어울리는 재주가 없습니다."

엘리자베스는 여전히 피츠윌리엄 대령에게 말했다.

"사촌분께 그 이유를 여쭤볼까요? 분별 있고, 교육도 받고, 세상 경험도 많으신 분이 왜 낯선 사람과 어울리는 재주가 없으실까요?"

피츠윌리엄이 말했다.

"그건 저도 대답할 수 있습니다. 굳이 다아시에게 물어볼 필요도 없어요. 노력하지 않기 때문이지요."

다아시가 말했다.

"다른 사람에게는 있는 어떤 재능이 제게는 없습니다. 한 번도 본 적이 없는 사람들과 쉽게 대화하는 재능 말입니다. 대화의 분위기를 맞추기도 어렵고, 관심사에 흥미가 생기지도 않습니다."

엘리자베스가 말했다.

"제 손가락은 다른 많은 아가씨와는 달리 피아노 위에서 자유롭게 움직이지 못해요. 다른 아가씨들만큼의 힘이나 날렵함도 없고, 그런 표현력도 갖지 못했지요. 하지만 그건 제 잘못이지요. 제가 그만큼 연습하지 않았으니까요. 그렇다고 '제' 손가락이 다른 훌륭한 연주를 하는 아가씨들의 손가락보다 재능이 없다고 생각하지는 않아요."

다아시는 미소를 지으며 말했다.

"지극히 당연한 말씀입니다. 당신은 시간을 더 잘 활용했지요. 누구라도 당신 연주를 듣는 행운을 누린다면 부족한 점을 찾아내지 못할 겁니다. 우리는 둘 다 낯선 사람 앞에서 재능을 발휘하지 않을 뿐이죠."

이때 캐서린 부인이 끼어들어 큰 소리로 무슨 이야기를 하는지 물었다. 엘리자베스는 곧바로 다시 연주를 시작했다. 캐서린 부인은 옆으로 다가와서 몇 분 정도 듣고 있더니 다아시에게 말했다.

"베넷 양이 연습을 더 하고, 런던의 선생님한테서 교육을 받았다면 그럭저럭 연주를 했을 텐데 말이야. 손가락 움직임은 아주 좋지만, 감각은 앤만 못하네. 앤이 피아노를 배울 만큼 건강하기만 했다면 훌륭한 연주자가 되었을 텐데."

엘리자베스는 다아시가 사촌의 칭찬에 얼마나 다정하게 동의하는지 보려고 고개를 들었다. 그러나 사랑의 증후는 전혀 포착해낼 수가 없었다. 드 버그 양을 대하는 태도를 본 엘리자베스는 빙리 양이 들었다면 안심할 만한 결론을 얻었다. 빙리 양이 그의 친척이었다면 '그녀'와 결혼할 확률도 드 버그 양과 비슷했을 것이다.

캐서린 부인은 엘리자베스의 연주를 계속 평가하면서 연주와 감각에 대해 수많은 지침을 늘어놓았다. 엘리자베스는 오로지 예의 때문에 그것을 모두 참아넘겼다. 그리고 집에 데려다 줄 마차가 준비될 때까지 신사들의 요청을 받아 피아노 앞에 앉아 있었다.

9장

다음 날 아침 엘리자베스는 제인에게 편지를 쓰고 있었다. 콜린스 부인과 머라이어는 읍내에 볼일이 있어 외출하고 없었다. 그때 손님의 방문을 알리는 초인종 소리가 울리자 화들짝 놀랐다. 마차 소리는 듣지 못했지만 캐서린 부인일지도 모른다는 생각에 무례한 질문을 피하려고 반쯤 쓰다 만 편지를 치우고 있을 때 문이 열렸다. 그리고 정말 놀랍게도 다아시 씨가, 그것도 혼자서 방으로 들어왔다.

그 역시 그녀가 혼자 있는 모습에 깜짝 놀란 듯 다른 숙녀분들도 함께 계시는 줄 알았다며 갑작스러운 방문을 사과했다.

그러고는 둘 다 자리에 앉았는데, 엘리자베스가 로징스에 사는 이들의 안부를 묻고 나자 완벽한 정적이 흐를 위험에 처했다. 무슨 화제라도 생각해내야만 했는데, 다급하게 할 말을 찾던 순간 하트퍼드셔에서 그를 마지막으로 봤던 '때'가 떠올랐다. 그리고 네더필드를 그렇게 서둘러 떠난 일을 어떻게 변명할지 궁금하기도 해서 이렇게 말했다.

"지난 11월 그렇게 갑자기 네더필드를 떠나시다니요, 다아시 씨! 빙리 씨는 다들 그렇게 금방 만날 줄은 몰랐을 테니 아주 반가워했겠네요. 제 기억이 맞는다면 빙리 씨는 그 전날 떠나셨지요, 아마? 런던을 떠나실 때 빙리 씨와 누이들은 잘 지내시던가요?"

"아주 잘 지내고 있습니다. 감사합니다."

다른 대답이 나올 것 같지는 않았다. 잠깐 침묵이 흐른 뒤 그녀가 덧붙였다.

"빙리 씨는 다시 네더필드로 돌아올 생각이 없으시다고 하던데요?"

"그런 말은 듣지 못했습니다만, 앞으로 그곳에서 시간을 보낼 일은 거의 없겠지요. 지금도 주위에 친구가 많고, 우리 나이 때는 친구도 교제도 계속해서 늘어나니까요."

"만약 빙리 씨가 네더필드에서 머물 생각이 별로 없으시다면 이웃들을 위해서도 그 집을 완전히 포기하는 편이 나을 텐데요. 그럼 다른 가족이 들어올 수도 있으니까요. 하지만 빙리 씨가 이웃들의 편의를 위해서 집을 구하신 것은 아니니, 마찬가지로 머무시든지 떠나시든지 그분 혼자 내릴 결정이겠지요."

"적당한 구매자가 나타나는 즉시 그가 집을 넘긴다고 해도 놀라지는 않을 겁니다."

다아시가 대꾸했다.

엘리자베스는 아무 대답도 하지 않았다. 더는 빙리 씨 이야기를 하기가 두려웠다. 그리고 또 할 이야기가 없어지자 이번에는 화제를 정하는 수고를 그에게 넘기기로 했다.

그가 눈치를 채고 말을 하기 시작했다.

"아주 아늑한 집이로군요. 콜린스 씨가 처음 헌스퍼드에 왔을 때 제 이모님이 많이 도와주셨다지요."

"그러셨겠지요. 그리고 분명 그 친절을 콜린스 씨보다 더 찬양할 수 있는 사람은 찾지 못하셨을걸요."

"콜린스 씨는 참 좋은 아내를 맞이한 것 같더군요."

"그래요. 그분의 친인척도 당연히 기뻐하셨을 거예요. 지각 있는 여성 중에서 콜린스 씨의 청혼을 받아줄 여자는 거의 없고, 있다고 해도 그를 행복하게 만들어줄 여자는 더더욱 드물었을 텐데 바로 그런 여자를 만났으니까요. 제 친구는 지성이 뛰어나거든요. 물론 콜린스 씨와의 결혼은 친구가 한 가장 현명한 결정이라고 볼 수는 없지만요. 하지만 정말로 행복해 보이고, 신중함이라는 측면에서 보면 아주 잘한 결혼인 건 분명하니까요."

"친정과 친구들 가까이에 가정을 꾸리셨으니, 그 또한 만족스러운 장점이겠지요."

"가까운 거리라고 하셨나요? 80킬로미터나 되는걸요."

"잘 포장된 길로 80킬로미터 아닙니까? 반나절 조금 넘게 걸리는 길이니, 저라면 '아주 가까운' 거리라고 하겠습니다."

엘리자베스가 소리를 높였다.

"저는 한 번도 '거리'가 이 결혼의 장점이라고 생각해본 적이 없어요. 저라면 콜린스 부인이 친정 '가까이' 산다고 말하지 않을 거예요."

"그 말은 하트퍼드셔에 대한 당신의 애착을 증명할 뿐이지요. 롱번 바로 옆이 아니라면 어느 곳이든 아마 멀어 보이실 겁니다."

이 말을 하면서 그가 어떤 미소를 짓자 엘리자베스는 그 의미를 알 것 같았다. 제인과 네더필드를 염두에 두고 한 이야기라고 짐작한 것이다. 그녀는 얼굴을 붉히고 대답했다.

"여성이 친정 가까이 정착할수록 좋다는 의미로 드린 말씀은 아니에요. 멀고 가깝고는 상대적인 개념이지요. 많은 변수가 존재하지요. 아주 부유해서 여행에 드는 비용이 별거 아니라면 거리가 무슨 문제겠어요. 하지만 '샬럿의 경우'는 아니에요. 콜린스 부부는 안정적인 수입이 있지만, 자주 여행을 할 수 있을 만큼은 아니죠. 그러니 저라면 제 친구가 현재의 '절반'도 안 되는 거리에 살고 있어도 친정 '가까이'에 산다고 말하지는 않았을 거예요."

다아시 씨는 의자를 살짝 그녀 쪽으로 끌어당겨 앉으면서 말했다.

"롱번에 그처럼 강한 애착을 가지시면 안 될 텐데요. 늘 롱번에만 머무실 것도 아니잖습니까."

엘리자베스의 얼굴에 놀란 표정이 떠올랐다. 그는 상대의 감정 변화를 느끼고, 다시 의자를 뒤로 빼더니 테이블 위의 신문을 집어 훑어본 뒤 좀 더 냉정해진 목소리로 말했다.

"켄트는 마음에 드십니까?"

이 지역을 화제로 짧은 대화가 이어졌다. 양쪽 다 침착하고 간결하게 말하던 중 샬럿과 머라이아가 산책에서 돌아와 대화는 거기서 끊겼다. 두 사람이 앉아 있는 모습을 본 자매는 깜짝 놀랐다. 다아시 씨는 자신의 실수로 베넷 양을 방해했다고 말한 뒤 누구와도 별다른 대화를 나누지 않고 몇 분 더 앉아 있다가 자리를 떴다.

다아시 씨가 가자마자 샬럿이 말했다.

"이게 무슨 뜻이겠어! 세상에나! 엘리자, 그분이 너를 사랑하나 봐. 그렇지 않으면 절대 이렇게 스스럼없이 우리를 방문할 사람이 아니잖아."

그러나 다아시 씨가 입을 다물고 앉아 있던 상황을 엘리자베스한테서 들은 뒤 그렇게 되길 바라던 샬럿의 눈에도 어쩐지 가능성이 희박해 보였다. 온갖 추측 끝에 결국 그가 달리 할 일이 없어 찾아왔다는 결론을 내릴 수밖에 없었다. 계절을 생각하면 더욱 그럴듯한 추측이었다. 야외 스포츠의 계절이 끝났고, 실내에 캐서린 부인과 책, 당구대도 있었지만 신사들이 늘 집 안에만 있을 수는 없는 노릇이었다. 그리고 목사관이 가까워서인지, 산책로가 쾌적해서인지, 목사관에 머무는 사람들이 좋아서인지 두 사촌은 거의 매일 그곳까지 산책하고 싶어 하는 듯했다. 이들은 때로는 따로, 때로는 함께 목사관을 방문했다. 그리고 이따금씩은 이모와 함께 아침 식사 후 다양한 시간대에 목사관을 방문하기도 했다. 피츠윌리엄 대령은 누가 봐도 교제가 즐거워서 찾아오는 것이 분명해 보였다. 그래서 당연히 더 큰 호감을 샀다. 엘리자베스도 그와 함께하는 시간이 흡족했고, 그도 그녀에게 분명한 호감을 드러냈기 때문에 한때 그녀가 좋아했던 조지 위컴이 떠오르곤 했다. 굳이 비교하면 피츠윌리엄 대령의 태도는 사람을 사로잡는 부드러움이 조금 부족하긴 했지만, 박식함으로는 그가 최고 아닌가 싶었다.

그러나 다아시 씨가 왜 목사관에 자주 오는지는 알아내기가 쉽지 않았다. 교제를 즐겨 찾아오는 건 아니었다. 십 분이 넘도록 입도 달싹 안 하고 앉아 있을 때가 대부분이었고, 말할 때도 하고 싶지는 않지만 필요하니까 어쩔 수 없이 하는 것처럼 보였다. 즐겁지는 않지만 예의를 차리기 위해 희생한다는 듯한 태도였다. 진짜로 생기가 넘쳐 보이는 적도 드물었다. 콜린스 부인은 그가 대체 무슨 생각을 하는지 알 수가 없었다. 피츠윌리엄 대령이 종종 그가 멍하게 있다고 놀려댔기에 평소에는 그렇지 않나 보다 하고 짐작할 뿐, 그녀가 그에 대해 아는 것만으로는 도저히 이해할 수가 없었다. 샬럿은 이런 변화가 사랑의 힘이고, 그 상대는 친구 엘리자라고 믿고 싶어 혼자 진지하게 그 증거를 찾아보려고 애썼다. 그러나 로징스에 갈 때도, 그가 헌스퍼드에 왔을 때도 유심히 지켜보았지만 이렇다 할 성과는 없었다. 다아시 씨가 친구를 자주 바라보기는 했지만 그 표정은 뭐라 단정할 수가 없었다. 눈빛은 진지하고 꾸준했지만 애정이 담겨 있는지는 확신이 서지 않았고, 가끔은 그냥 아무 생각이 없어 보이기도 했다.

엘리자베스에게 다아시 씨가 너를 특히 좋아하는 것 같다고 한두 번 이야기해봤지만, 그때마다 그녀는 말할 가치도 없다는 듯 웃음을 터트렸다. 콜린스 부인은 혹시 기대만 키웠다가 실망으로 끝나버릴지도 모른다는 걱정에 더 이상 그 추측을 부추기지 말아야겠다고 생각했다. 샬럿은 그가 엘리자베스를 사랑한다고만 하면, 지금 그녀가 품고 있는 혐오감은 순식간에 사라져버릴 거라고 확신했다.

샬럿은 엘리자베스 대신 행복한 계획을 세워보면서, 이따금씩 피츠윌리엄 대령과의 결혼도 상상했다. 그는 누구보다도 유쾌한 신사였고, 분명 엘리자베스를 좋아하고 있었으며, 사회적인 지위도 적격이었다. 그러나 다아시 씨는 이 모든 장점을 한 번에 눌러버릴 수 있었는데, 사촌에게는 전혀 없는 성직 임명권이 아주 많았던 것이다.

10장

엘리자베스는 장원 안을 산책하다가 예상치 못하게 다아시 씨를 만나는 일이 여러 번 생겼다. 지금껏 아무도 오지 않던 길에서 그를 만나다니 심술궂은 운명이라고밖에 생각되지 않았다. 그래서 다시 이런 일이 없도록 하기 위해 처음 마주쳤을 때 친절하게 여기가 자신이 가장 좋아하는 산책로라고 일러주었다. 그럼에도 또 마주치게 되다니 정말 이상한 일이었다! 하지만 마주친 건 사실이었고, 심지어 세 번이나 똑같은 일이 벌어졌으니 이쯤 되면 일부러 심술을 부리거나 자발적으로 고행에 나선 것처럼 보였다. 우연히 마주치면 몇 마디 형식적인 안부를 묻고, 어색하게 잠시 서 있다가 각자 갈 길을 가면 되는데도 그러지 않고 꼭 가던 길을 돌아서 그녀와 함께 걸었기 때문이다.

말도 많이 하지 않았고, 그녀도 굳이 대화를 주고받는 수고를 하려고 하지 않았다. 그렇지만 세 번째로 우연히 만나 걸을 때는 그가 서로 연결되지 않는 기묘한 질문을 하고 있다는 느낌을 받았다. 헌스퍼드에서 지내는 건 어떤지 묻더니 혼자 걷는 것을 좋아하느냐, 콜린스 부부가 행복하다고 생각하느냐 물었다. 그러더니 로징스를 화제에 올리고, 그녀가 그 저택을 다 알지 못한다면서 다음번 켄트에 올 때는 '그곳'에 머물기를 기대하는 것처럼 말했다. 무언가 의미심장한 말처럼 들렸다. 피츠윌리엄 대령을 염두에 두고 한 말인가? 만약 그런 의미였다면 지금 둘 사이에 무언가가 있다고 짐작하는 것이 분명했다. 그런 생각을 하자 숨이 막힐 듯해 그녀는 목사관 맞은편 울타리 입구에 도착했을 때 다행이라는 생각이 들었다.

어느 날 혼자 산책하면서 제인이 가장 최근에 보낸 편지를 다시 읽으며 유독 기운이 없어 보이는 몇몇 문장을 곱씹어보고 있을 때, 이번에는 다아시 씨가 아닌 피츠윌리엄 대령이 인사를 해서 그녀를 깜짝 놀라게 했다. 서둘러 편지를 집어넣은 뒤 억지로 미소를 지으며 그녀가 말했다.

"이 길을 산책하시는지 몰랐네요."

그가 대답했다.

"장원을 전부 둘러보고 있었습니다. 매년 하는 일이랍니다. 그리고는 목사관을 방문할 생각이었는데, 더 산책하실 생각인가요?"

"아니요, 저도 막 돌아가려던 참이었어요."

그 말대로 그녀는 방향을 바꿨고, 두 사람은 목사관을 향해 함께 걸었다.

"토요일에 켄트를 떠나시는 거죠?"

"네, 다아시가 또 미루지만 않는다면요. 저는 그의 처분을 따를 뿐입니다. 일정은 다아시 마음대로 처리하거든요."

"그렇다면 일이 만족스럽게 되지 않는 경우에도 최소한 선택권을 가졌다는 기쁨은 누리겠네요. 다아시 씨처럼 자기 뜻대로 할 수 있는 권한을 즐기는 사람은 처음이에요."

피츠윌리엄 대령이 답했다.

"분명 자기 뜻대로 하는 것을 아주 좋아하기는 합니다만, 그건 누구라도 마찬가지죠. 다만 다아시는 부자니까 다른 가난한 사람들보다는 더 많은 수단을 가진 것뿐입니다. 진심으로 드리는 말씀입니다. 아시다시피 형제간 서열에서 뒤처지면 자기를 부정하고 의존적으로 살게 되거든요."

"제가 볼 때 백작의 차남은 어느 쪽도 잘 알지 못하실 것 같은데요. 자, 정말로 대령님이 자기 부정이나 의존적인 삶을 산 적이 있나요? 돈이 부족해서 가고 싶은 곳을 가지 못하거나 갖고 싶은 것을 갖지 못한 적이 있으세요?"

"정곡을 찔렀군요. 그런 어려움을 겪었다고 말할 수는 없습니다. 하지만 좀 더 중요한 문제에서는 돈이 없어 고통을 받을 수도 있지요. 차남은 자신이 좋아하는 사람과 결혼할 수 없으니까요."

"그 여성이 재산가라면 이야기가 달라지겠지요. 그런 경우를 많이 보기도 했고요."

"소비 습관 때문에 지나치게 의존적이 되는 경향도 있지요. 저와 같은 위치에 있는 사람들 가운데 돈을 신경 쓰지 않고 결혼할 수 있는 사람은 그리 많지 않습니다."

엘리자베스는 생각했다.

'이건 내게 하는 말일까?'

그 생각에 얼굴이 붉어졌지만 다시 마음을 추스르고 발랄하게 대꾸했다.

"그렇다면 백작의 차남은 보통 얼마 정도 하나요? 장남이 아주 병약하지 않은 이상 5만 파운드 넘게 요구하지는 않으시겠지요."

피츠윌리엄 대령도 농담조로 대답했고, 그 화제는 더 이상 이어지지 않았다. 그녀는 지금 나눈 대화 때문에 의기소침해졌다고 오해를 받을까 봐 얼른 이렇게 말을 이었다.

"사촌분은 자기 뜻대로 할 사람이 필요해서 대령님과 함께 오셨나 보네요. 왜 결혼을 안 하실까요? 결혼하면 언제든 자기 뜻대로 할 사람이 계속 옆에 있게 될 텐데요. 하지만 지금은 아무래도 여동생이 있으니까요. 그리고 여동생에게 보호자는 그 분 하나일 테니 뭐든 자기 마음대로 하면 되겠네요."

피츠윌리엄 대령이 말했다.

"아니요, 그 즐거움은 저와 나눠야 합니다. 저 또한 다아시 양의 후견인이거든요."

"어머, 그런가요? 그렇다면 어떤 후견인이신가요? 그 책임이 대령님을 힘들게 하지는 않나요? 그 나이의 젊은 아가씨들은 다루기 어려운 경우가 많고, 다아시 씨의 핏줄을 이어받았다면 동생 역시 제멋대로 하기를 즐길 텐데요."

엘리자베스가 말하는 동안 피츠윌리엄 대령은 진지하게 그녀를 바라보더니 곧바로 왜 다아시 양이 자신을 힘들게 할 거라고 생각하는지 물었다. 이 물음에 그녀는 어느 정도 정곡을 찔렀다고 확신하게 되었다.

"놀라실 필요 없어요. 나쁜 이야기를 들은 건 아니에요. 아마 세상에서 가장 순한 여성일 가능성이 높겠죠. 제가 아는 분들도 그 아가씨를 굉장히 좋아하던데요. 허스트 부인과 빙리 양이오. 그러고 보니 두 분과도 알고 지내신다지요."

"약간 친분이 있습니다. 오빠 되는 분이 아주 호감 가는 신사지요. 다아시의 절친한 벗이라고 들었습니다."

엘리자베스가 메마른 목소리로 대답했다.

"네! 그래요. 다아시 씨는 유난히 빙리 씨에게 친절하시지요.

각별히 돌봐주시기도 하고요."

"돌봐준다! 정말 그렇습니다. 최근에도 그 친구에게 꼭 필요한 도움을 준 모양이더군요. 여기 오는 길에 제게 무슨 이야기를 했는데, 아무래도 빙리가 큰 도움을 받지 않았나 짐작했습니다. 그렇지만 그 사람이 정말 빙리인지는 알 도리가 없으니 괜한 실례일 수도 있겠습니다. 모두 추측일 뿐이니까요."

"무슨 말씀이세요?"

"다아시는 소문이 퍼지는 걸 원하지 않을 겁니다. 분명 그 아가씨 집에서는 불쾌해할 테고요."

"소문을 내지 않을게요. 믿으셔도 돼요."

"그리고 그 사람이 빙리라고 단정 지을 근거도 없음을 기억해 주시기 바랍니다. 다아시는 그저 이렇게 말했거든요. 최근 친구 하나가 자칫 경솔한 결혼을 할 뻔했는데 자신이 그 곤경에서 구해줄 수 있어 기뻤다고요. 하지만 구체적인 이름이나 다른 정황은 언급하지 않았습니다. 그저 지난여름 내내 두 사람이 함께 지내기도 했고, 또 빙리라면 그런 곤경에 빠질 수 있는 청년이니 그렇게 추측해봤을 뿐입니다."

"다아시 씨가 개입한 이유도 말씀하시던가요?"

"아마 그 아가씨 집안 쪽에 아주 중대한 흠이 있었던 걸로 압니다."

"그렇다면 어떤 수를 써서 두 사람을 갈라놓았을까요?"

피츠윌리엄이 미소를 지었다.

"자신의 전략은 이야기하지 않았습니다. 지금 말씀드린 것이 전부입니다."

엘리자베스는 아무 말 없이 산책을 계속했다. 하지만 가슴속이 분노로 터질 것 같았다. 잠시 그녀를 지켜보던 피츠윌리엄은 무슨 생각을 그리 골똘히 하는지 물었다.

그녀가 대답했다.

"지금 들은 이야기를 생각해보고 있었어요. 다아시 씨가 한 행동이 저는 이해가 안 되는군요. 왜 친구 일을 자기가 나서서 판단하죠?"

"다아시가 개입한 것이 오지랖 넓은 참견이었다고 생각하시는군요?"

"다아시 씨에게는 친구의 의지가 옳다 그르다 판단할 권리가 전혀 없을 텐데요. 자기 멋대로 친구가 이래야 행복하다느니 결정하려 드는 이유도 모르겠고요. 하지만……."

그녀는 마음을 가다듬고 얼른 말을 이었다.

"우리는 자세한 내용은 모르니 함부로 그분을 비난하는 건 부당하겠지요. 그 연인이 열렬한 감정은 아니었나 보다고 짐작할 수밖에요."

그는 고개를 끄덕이며 말했다.

"전혀 불가능한 추측은 아니군요. 그렇다면 안타깝지만 제 사촌의 자부심은 한풀 꺾이겠는데요."

피츠윌리엄은 장난스럽게 말했지만, 엘리자베스는 실제로 다아시 씨가 자부심을 느낄 만한 일이 전혀 아니라고 생각했기 때문에 자신이 불쑥 실수라도 할까 싶어 차라리 입을 다물었다. 그리고 돌연 화제를 바꾸어 목사관에 도착할 때까지 가벼운 대화만 나누었다. 그리고 손님이 목사관을 떠나자마자 방에 들어가 문을 닫고, 자신이 들은 이야기를 혼자서 하나하나 따져보았다. 다른 사람 이야기라고는 생각할 수 없었다. 그녀가 아는 사람들이 분명했다. 다아시 씨가 그렇게 강력한 영향력을 행사할 수 있는 사람이 세상에 '두 명'이나 있을 수는 없다. 그가 빙리와 제인의 이별에 관여한 줄은 짐작하고 있었지만, 지금까지는 당연히 주로 계획을 짜고 실행한 사람은 빙리 양일 거라고 의심했다. 하지만 그가 우쭐해서 무용담을 부풀린 것이 아니라면 '다아시'가 바로 모든 일의 원흉이고, 그의 오만과 변덕이 바로 지금 제인이 겪고 있으며 앞으로도 겪게 될 모든 고통의 원인이었다. 그 남자가 세상에서 가장 다정하고 착한 마음에서 행복의 씨앗을 철저히 파괴해버렸다. 그가 저지른 악행이 얼마나 오래 영향을 미칠지 아무도 알 수 없었다.

피츠윌리엄 대령은 분명 "그 아가씨 집안 쪽에 아주 중대한 흠이 있었던 걸로 압니다"라고 말했다. 중대한 흠이란 아마도 그녀의 이모부가 지방 변호사고, 외삼촌은 런던에서 장사를 한다는 뜻일 터였다.

그녀가 소리쳤다.

"언니만 본다면 반대할 이유가 전혀 없어. 사랑스러움과 선함 그 자체인걸! 머리도 좋고, 교양 있고, 태도도 매력적이고. 아버지 때문에 반대할 리도 없지. 약간 괴짜 같은 구석이 있으시긴 하지만 재능은 무시할 수 없고, 인품은 다아시 씨가 발끝도 따라가지 못할 거라고."

그 순간 어머니를 생각하자 자신감이 한 풀 꺾였지만, 여전히 어떤 중대한 흠이 있다고 생각할 수는 없었다. 다아시 씨는 친구의 가족이 될 사람들이 지성이 부족하기 때문이 아니라 신분이 성에 차지 않아서 자존심에 상처를 입은 것이 확실했다. 그리고 결국 이렇게 결론을 내렸다. 그 남자가 한편으로는 그 끔찍한 오만 때문에, 다른 한편으로는 빙리를 여동생의 짝으로 맺어주고 싶은 소망 때문에 그런 짓을 저질렀다고 말이다.

그런 생각을 하다 보니 마음이 어지럽고 눈물이 나고 머리가 지끈거렸다. 저녁이 되자 두통은 더욱 심해졌고, 다아시 씨를 보고 싶지 않은 마음에 사촌이 로징스에 다과를 나누러 갈 때 함께 가지 않기로 마음먹었다. 콜린스 부인은 엘리자베스가 정말 몸이 좋지 않자 억지로 권하지 않았고, 남편의 강요도 최대한 막아주었다. 그러나 콜린스 씨는 엘리자베스가 가지 않으면 캐서린 부인이 불쾌해하실 거라는 염려를 숨기지 않았다.

11장

사람들이 나가고 나서 엘리자베스는 다아시 씨에게 온갖 울분을 터트리기로 작정한 듯 켄트에 온 뒤 제인한테서 받은 편지들을 낱낱이 살펴보았다. 편지에는 직접적으로 불평하는 내용이 전혀 없었고, 과거의 일을 되새기거나 현재의 고통을 드러내 말하는 내용도 전혀 없었다. 그러나 구구절절 제인 특유의 생기가 사라져 있었다. 마음의 평온함과 한 번도 그늘진 적 없는 친절한 마음씨에서 우러나오던 활기를 찾아보기가 어려웠다. 엘리자베스는 편지를 받았을 때보다 더욱 주의 깊게 편지를 다시 읽으면서 이제야 편지의 모든 행간에 담긴 우울함을 읽을 수 있었다. 다아시 씨가 한 사람에게 지독한 상처를 입히고 이를 자랑까지 했다는 사실을 알게 되자 언니가 겪고 있을 고통이 더욱 애절하게 다가왔다. 그가 모레면 로징스를 떠난다고 하니 그나마 다행이었고, 언니를 다시 만날 날이 보름도 남지 않았으니 그때 온갖 애정을 쏟아 기운을 차리도록 도와주자고 다짐하면서 마음을 달랬다.

다아시 씨가 켄트를 떠난다고 생각하자 그의 사촌도 함께 간다는 생각이 자연스레 떠올랐다. 그러나 피츠윌리엄 대령은 청혼할 의사가 없음을 분명히 밝혔고, 그는 분명 호감이 가는 남자였지만 그렇다고 해서 그 사실이 우울하지도 않았다.

이런 생각들을 정리하고 있을 때 갑자기 초인종이 울렸고, 엘리자베스는 피츠윌리엄 대령이 혼자 방문하지 않았을까 하는 기대감에 잠시 설렜다. 예전에도 저녁 늦게 방문한 적이 있었고, 지금도 아마 그녀가 괜찮은지 보려고 일부러 들렀을지도 모른다. 그 기대는 곧 어긋났는데, 그녀는 다른 의미에서 몹시 놀랐다. 정말 상상도 하지 못했던 다아시 씨가 방으로 들어왔기 때문이다. 그는 다소 허둥대며 들어오자마자 건강이 어떤지 안부를 물었고, 좀 나아졌다는 대답을 들을 수 있을까 해서 방문했다고 말했다. 그녀는 차갑고 예의 바른 태도로 답했다. 그는 잠시 자리에 앉아 있다가 일어나서 방 안을 서성이기 시작했다. 엘리자베스는 놀라긴 했지만 아무 말도 하지 않았다. 한동안 침묵이 흐른 후 그가 동요하는 모습으로 이렇게 말하기 시작했다.

"노력해봤지만 소용이 없었습니다. 불가능합니다. 제 감정을 억누를 수가 없군요. 제가 얼마나 열렬히 당신을 흠모하고 사랑하는지 고백할 수밖에 없습니다."

엘리자베스는 경악으로 말문이 막혔다. 그를 빤히 바라보며, 얼굴을 붉히고, 귀를 의심하며 아무 말도 하지 못했다. 그녀의 반응을 충분한 격려라고 여겼는지, 그는 곧 자신이 얼마나 오랫동안 이런 마음을 갖고 있었는지 고백하기 시작했다. 그의 말은 달변이었지만 사랑 외에도 다른 감정을 일일이 밝혔는데, 애정보다는 자존심을 언급할 때 더욱 열정적이었다. 그녀의 신분이 낮다는 점, 그것이 집안의 수치라는 점, 저속한 그녀의 가족이 자신의 감정을 가로막았다는 점, 어쩌면 지금도 자신이 중요하게 여기던 모든 것을 손상시키고 있다는 괴로움에서 비롯된 열변이었을 테지만 구애에는 전혀 도움이 되지 않았다.

이런 남자가 자신을 사랑한다는 사실에 아무리 엘리자베스의 혐오가 뿌리 깊어도 도무지 무심할 수가 없었다. 거절하겠다는 마음은 한순간도 흔들리지 않았지만 그래도 처음에는 그가 받을 고통이 안쓰러웠다. 하지만 그의 말이 계속될수록 화가 치밀었고, 연민은 분노로 말미암아 깡그리 사라져버렸다. 그녀는 침착하게 인내심을 가지고 그의 말이 끝날 때까지 대답을 아꼈다. 그는 온갖 노력에도 감정을 억제하지 못했으니, 그 사랑이 얼마나 강렬한지를 알 수 있다면서 이제 자신의 청혼을 승낙해 소망에 답해달라는 부탁으로 말을 마쳤다. 말은 그렇게 했지만 당연히 청혼을 받아들일 거라는 확신에 찬 표정이었다. '말로는' 염려니 불안이니 하고 떠들었지만, 표정은 전혀 의심하지 않고 있었다. 그 상황에 그녀는 더욱 격분해서 그가 말을 마치자 발갛게 상기된 뺨을 한 채 이렇게 말했다.

"이런 경우라면 승낙 여부와는 상관없이 우선 고백해주신 마음에 관례적으로 감사 인사를 드려야 한다는 걸 잘 알고 있습니다. 당연히 고마운 마음이 생겨야 마땅하고요. 제가 고마움을 '느꼈다면' 지금 감사 인사를 드렸을 거예요. 하지만 그럴 수가 없군요. 저는 당신의 애정을 바란 적이 없습니다. 당신도 마지못해 감정에 굴복하셨고요. 제가 누구든 고통스럽게 했다면 안타까운 일입니다. 정말이지 의식해서 한 일은 아니었으니 부디 조만간 고통이 끝나시기를 진심으로 바랍니다. 이미 말씀하셨지만, 애정을 억제해야 하는 이유를 스스로도 잘 알고 있어 오랫동안 그렇게 해오셨고 이제 제 설명까지 들으셨으니 괴로움을 이겨내기는 어렵지 않으실 겁니다."

벽난로 장식에 기대서 있던 다아시 씨는 엘리자베스를 뚫어지게 바라보면서 놀란 만큼이나 분개하는 표정으로 그녀의 말을 듣고 있었다. 얼굴은 분노로 창백해졌고, 동요하는 기색이 표정에 완전히 드러났다. 침착해 보이려고 애썼지만, 마음이 진정됐다고 확신하기 전까지는 입을 열지 않을 생각인 듯했다.

그 잠깐의 침묵이 엘리자베스에게는 정말 끔찍했다. 마침내 간신히 침착해진 목소리로 그가 말했다.

"이것이 영광스럽게도 제가 기다리고 있는 대답이군요! 왜 예의를 갖추려는 '노력'도 없이 제 청혼을 거절하시는지 이유를 묻고 싶습니다. 중요한 문제는 아니지만요."

그녀가 말했다.

"저도 묻고 싶네요. 왜 저를 불쾌하게 만들고 모욕하면서까지 당신의 의지와 지성에 반해, 심지어 당신의 인품까지도 거스르면서 저를 좋아한다고 말씀하셨나요? 제가 '만약' 무례했다면 당신의 무례함이 어느 정도 변명이 되지 않을까요? 하지만 다른 이유도 있어요. 알고 계실 거예요. 제가 당신에게 반감이 없었더라도, 그저 무관심했다거나 심지어 호감이 있었다고 해도 제가 가장 사랑하는 언니의 행복을 아마도 영원히 산산조각 낸 남자의 청혼을 받아들일 수 있을까요?"

그 말을 입 밖에 낸 순간 다아시 씨의 안색이 변했다. 하지만 감정을 드러낸 순간은 짧았고, 그녀가 말을 계속하자 조용히 듣고만 있었다.

"당신을 나쁘게 생각할 이유라면 많지요. '그 사건에서' 당신이 한 짓은 부당하고, 무자비하며, 어떤 변명도 통하지 않아요. 두 사람을 갈라놓고선 한 사람은 변덕스럽고 지조가 없다는 세상의 비난을 받게 하고, 다른 한 사람은 희망을 좌절시키고 웃음거리로 만들어 두 사람 모두를 끔찍한 고통 속에 몰아넣도록 주도했다는 사실은 감히 부인하실 수 없을 거예요."

엘리자베스는 잠깐 말을 멈추었다. 그는 어떤 죄책감도 느끼지 않는 듯 아무렇지 않은 얼굴이었고, 심지어 믿을 수 없다는 미소까지 띤 채로 그녀를 보고 있었다. 그녀가 거듭 물었다.

"당신이 한 짓을 부인하실 건가요?"

그는 짐짓 침착하게 대답했다.

"제 친구와 당신 언니를 갈라놓기 위해 제가 할 수 있는 노력을 다했음을 부인할 생각은 없으며, 성공해서 다행이라고 여기고 있습니다. 그건 저보다는 '빙리'를 위한 일이었습니다."

엘리자베스는 비정한 그 말을 알아들은 척도 하기 싫었지만 그 의미는 너무나 분명했고, 화가 누그러질 리는 더욱 없었다.

그녀가 말을 이었다.

"그 일뿐만이 아니에요. 당신을 싫어하는 이유는 또 있답니다. 그 일이 있기 훨씬 전부터도 당신에 대한 평가는 이미 정해져 있었어요. 몇 달 전 위컴 씨의 이야기를 듣고 나서 당신의 실체를 분명히 알게 되었지요. 그 문제는 뭐라고 말씀하시겠어요? 이번에도 가짜 우정을 내세우며 변명하실 건가요, 아니면 거짓말로 다른 사람에게 비난을 떠넘기실 건가요?"

이번에는 그의 침착한 어조가 다소 흔들렸고, 얼굴은 더욱더 붉어졌다.

"그 사람 문제에 관심이 아주 많으시군요."

"그분이 겪은 불행을 아는 사람이라면 관심을 갖지 않을 수가 없지요."

다아시는 경멸하듯이 내뱉었다.

"불행이라고요! 그렇지요, 정말로 큰 불행이었지요."

엘리자베스가 흥분해서 소리쳤다.

"바로 당신이 내린 형벌이었죠. 당신이 그분을 궁핍한 처지로 내몰았어요. 상대적으로 궁핍한 처지라는 말이지만요. 그분에게 돌아갈 이익을 뻔히 알면서도 당신이 빼앗았어요. 그분의 인생에서 절정기를 빼앗았고, 그분이 누려 마땅한 경제적인 자립을 짓뭉갰어요. 전부 당신이 저지른 짓이잖아요! 그런데 그분의 불행을 경멸과 조소로 대하시다니요."

다아시가 빠른 걸음으로 방 안을 가로지르며 소리쳤다.

"이것이었군요! 저에 대한 당신의 의견! 그동안 저를 이렇게 평가하고 있었군요! 잘 설명해주셔서 대단히 감사합니다. 당신 말씀대로라면 제가 저지른 잘못은 무겁기 그지없군요!"

그는 걸음을 멈추고 그녀에게로 돌아서며 말했다.

"제가 오랫동안 청하지 못한 이유들을 솔직하게 털어놓지 않고, 당신의 자존심도 건드리지 않았더라면 지금 하신 비난은 모른 척 넘어가셨겠지요. 제가 좀 더 현명하게 굴어 그동안의 내적 갈등을 숨기고, 이성적으로 따져봤을 때 모든 면에서 절대

적이고 순수한 애정으로 청혼했다고 믿게 만들었다면, 그래서 당신을 우쭐하게 했다면 이런 무자비한 비난은 쏟아지지 않았을 겁니다. 하지만 저는 모든 종류의 가식을 혐오합니다. 제가 말씀드린 감정이 부끄럽지도 않습니다. 모두가 정당하고 당연한 감정이었으니까요. 제가 비천한 당신 집안과 친인척이 되는 일을 기뻐할 거라고 생각하셨습니까? 신분이 한참 아래인 사람들과 친밀한 관계를 맺게 됐다고 자랑스러워할 줄 아셨나요?"

엘리자베스는 그의 말 한 마디 한 마디에 더욱 분노가 일었다. 하지만 간신히 침착함을 유지하면서 말했다.

"잘못 아셨습니다, 다아시 씨. 당신의 어조나 태도는 제 결정에 다른 영향을 미치지 않았을 겁니다. 단지 더 신사답게 행동하셨다면 청혼을 거절하면서 미안한 마음은 들었겠지요."

그는 흠칫 놀라는 듯했지만 여전히 아무 말도 하지 않았다. 그녀가 말을 이었다.

"어떤 태도였더라도 저는 당신의 청혼을 받아들이지 않았을 거예요."

다아시는 다시 놀라는 기색이 역력했다. 그가 믿을 수 없다는 표정과 굴욕감이 뒤섞인 얼굴로 바라보는 동안 그녀는 말을 계속했다.

"당신이라는 사람과 알고 지내기 시작한 순간부터 당신의 태도에서 오만하고 건방지며, 다른 사람을 깔보는 이기적인 사람이라는 인상을 받았습니다. 그때 받은 좋지 않은 인상이 토대가 되고, 그 위에 다른 여러 가지 사건이 쌓이면서 혐오감이 더욱 견고해졌어요. 당신을 알고 한 달도 되지 않아서 당신과는 정말 결혼하고 싶지 않다고 생각하게 되었습니다."

"그만하면 충분합니다, 엘리자베스 양. 당신의 감정은 완벽하게 이해했고, 지금은 제 감정이 부끄러울 따름입니다. 너무 많은 시간을 빼앗아서 죄송했습니다. 당신의 안녕과 행복을 빌겠습니다."

그 말과 함께 다아시 씨는 급히 방을 나갔다. 잠시 후 엘리자베스는 현관문이 열리며 그가 집을 나가는 소리를 들을 수 있었다.

그제야 엘리자베스의 마음이 괴로움으로 요동치기 시작했다. 제대로 서 있을 힘도 없어 맥없이 자리에 주저앉은 뒤 반 시간 동안이나 울었다. 조금 전 일어난 일을 하나하나 생각해보자 놀라움은 더욱 커졌다. 다아시 씨한테서 청혼을 받다니! 그가 몇 달 동안이나 그녀를 사랑해왔다니! 친구가 언니와 결혼하지 못하게 막았던 그 모든 단점에도, 친구 못지않게 자신도 견딜 수 없는 그 단점에도 결혼하고 싶을 정도로 그녀를 열렬히 사랑한다니 믿을 수가 없었다! 자기도 모르는 새 그런 강렬한 애정을 일으켰다니 내심 기분이 좋기는 했다. 하지만 그 오만함이라니, 끔찍한 오만! 제인에게 저지른 짓을 시인할 때의 뻔뻔한 태도, 위컴 씨에 대해 말할 때 드러냈던 무자비함, 딱히 부인하지도 않던 잔인한 행동 등이 잠시나마 그의 애정으로 솟아나려 했던 연민을 뭉개버렸다.

그렇게 정신을 차리지 못하고 생각에 잠겨 있을 때 캐서린 부인의 마차 소리가 들렸고, 샬럿을 아무렇지 않게 마주할 자신이 없던 그녀는 서둘러 방으로 돌아갔다.

12장

다음 날 아침 엘리자베스는 지난밤 겨우 눈을 감았을 때와 같은 생각, 같은 심정으로 눈을 떴다. 아직도 어제 벌어진 사건의 놀라움에서 벗어날 수가 없었다. 다른 일을 생각하기도 불가능했고, 전혀 내키지도 않아서 아침 식사를 하자마자 밖으로 나와 바깥 공기를 쐬며 몸을 움직여보기로 했다. 곧장 가장 좋아하던 산책로로 향하다가 다아시 씨와 이따금 그 길에서 마주치던 생각이 나서 장원으로 들어가는 대신 오솔길을 따라 큰길에서 더 멀리 떨어진 곳으로 향했다. 오솔길 한편으로 장원의 울타리가 쭉 이어졌고, 그녀는 곧 장원으로 들어가는 입구 하나를 지나쳤다.

그 길을 따라 두세 번 왔다 갔다 하다가 장원의 아름다운 아침 풍경에 이끌려 문 앞에 멈춰서 안을 들여다보았다. 켄트에서 보낸 오 주일 동안 자연 경관은 날마다 푸르름이 더해져 크게 변해 있었다. 산책을 계속하려는 순간 장원 한쪽에 있는 수풀 속에서 얼핏 한 신사가 보였다. 그 신사는 그녀 쪽으로 다가오고 있었으며, 그녀는 다아시 씨면 어쩌나 싶어서 얼른 발걸음을 돌렸다. 그러나 그 신사는 성큼성큼 걸어와 금세 그녀를 알아볼 수 있을 만큼 가까워졌고, 이내 걸음을 서두르며 그녀의 이름을 불렀다. 그녀는 몸을 돌리다가 자기 이름을 부르는 소리를 들었고, 다아시 씨의 목소리가 분명했지만 그래도 다시 문 쪽으로 돌아갔다. 때마침 그도 문 앞에 도착했다. 그가 편지 한 통을 내밀었고 그녀는 얼떨결에 받았다. 그는 오만하고 침착한 표정으로 말했다.

"당신을 만날 수 있을까 하는 마음에 한동안 숲길을 헤맸습니다. 이 편지를 읽어주시겠습니까?"

그러더니 살짝 목례를 하고 몸을 돌려 시야에서 사라졌다.

별다른 기대는 없었지만 강한 호기심을 느끼며 엘리자베스는 편지를 열었다. 놀랍게도 봉투로 보이는 종이 안에는 내용이 빼곡하게 들어찬 편지지 두 장이 들어 있었고, 그것도 부족해 봉투 종이에까지 글씨가 꼼꼼히 적혀 있었다. 오솔길을 걸으며 그녀는 편지를 읽기 시작했다. 로징스에서 오전 여덟 시에 쓴 편지였고, 다음과 같은 내용을 담고 있었다.

엘리자베스 양, 혹시 이 편지를 받고 제가 어젯밤 당신을 불쾌하게 했던 감정을 다시 털어놓거나, 청혼하는 건 아닐까 경계하지는 마십시오. 서로의 행복을 위해 빨리 잊을수록 좋을 희망을 질질 끌어 당신을 괴롭게 하거나 저 자신을 초라하게 만들 의도는 전혀 없습니다. 제 성격상 이렇게 편지를 쓰고 읽어주십사 청하지 않을 수 없어서 저 자신은 편지를 쓰는 수고를, 당신에게는 이것을 읽는 수고를 끼치게 되었습니다. 부디 제 마음대로 당신의 수고를 청하는 것을 용서해주십시오. 흔쾌히 이 편지를 읽어주실 기분이 아니겠지요. 하지만 감히 말하지만 이건 공정함의 문제입니다.

어젯밤 제 청혼을 거절하면서 그 무게와 성격이 전혀 같지 않은 두 가지 비난을 하셨습니다. 첫 번째는 빙리와 언니분의 감정은 무시하고 두 사람을 떼어놓았다는 비난입니다. 두 번째는 제가 위컴 씨가 마땅히 가져야 할 권리를 빼앗고, 파렴치하고 수치스러운 행동으로 현재의 행복과 전도유망한 앞길을 짓밟았다는 것입니다. 만일 제가 고의로 아무 이유도 없이 어린 시절의 친구이자 아버지가 가장 총애하던 젊은이를, 제 후견 외에는 의지할 곳도 없고 그 후원을 기대하며 자랐던 젊은이를 팽개쳤다면 그야말로 패륜이라고 불러 마땅합니다. 고작 몇 주 동안 애정을 키워온 연인을 갈라놓은 일과는 비교도 할 수 없는 일일 것입니다. 그러나 두 가지 경우에서 각각 제가 한 행동과 이유를 설명하고, 지난밤 당신이 아낌없이 퍼부었던 가혹한 비난을 조금이나마 거두어주시기를 바라며 편지를 썼으니 부디 읽어주시기 바랍니다. 제 입장에서 설명하다 보면 불가피하게 당신의 기분을 상하게 할 감정이 언급될 수밖에 없는데, 그 점은 죄송하다는 말밖에 할 수가 없습니다. 꼭 필요한 설명이다 보니 지나치게 사죄하는 것도 불합리한 일이겠지요. 다른 사람들처럼 저도 하트퍼드셔에 도착하고 얼마 지나지 않아 빙리가 다른 아가씨들보다 유난히 당신 언니를 좋아하고 있음을 알게 되었습니다. 하지만 네더필드 무도회가 열린 그날 저녁까지만 해도 진지한 감정은 아니라고 생각해서 별다른 걱정을 하지 않았습니다. 빙리가 사랑에 빠지는 것을 예전에도 종종 보았기 때문입니다. 그런데 무도회에서 당신과 춤을 출 때 윌리엄 루커스 경이 우연히 하신 말씀을 듣고, 그제야 빙리가 당신 언니에게 보인 관심이 주변 사람들에게 결혼을 기대하도록 했음을 깨닫게 되었습니다. 루커스 경은 결혼을 이미 정해진 일처럼, 단지 시간문제라는 듯이 말씀하셨지요. 그 순간부터 저는 친구의 행동을 유심히 관찰했고, 베넷 양을 향한 애정이 과거에 보아온 호감과는 다르다는 것을 금방 알 수 있었습니다. 저는 당신 언니도 지켜봤습니다. 표정과 태도는 변함없이 솔직하고 생기 넘치고 매력적이었지만, 특별한 사랑의 징조는 찾아볼 수 없었습니다. 그날 저녁 지켜본 결과 저는 제인이 빙리의 관심을 기쁘게 받아들이고는 있지만 특별한 감정은 없다고 확신하게 되었습니다. '당신'이 잘못 아신 것이 아니라면, 제가 잘못 본 것이 분명합니다. 당신이 언니를 훨씬 잘 알고 있을 테니 아마도 후자일 가능성이 크겠지요. 만약 그렇다면, 다시 말해 제 그릇된 판단과 행동으로 베넷 양에게 고통을 드렸다면 당신의 분노는 부당하지 않습니다. 그러나 아무리 날카로운 관찰자라도 당신 언니의 표정과 분위기를 보면 그저 원래가 다정한 성격일 뿐 특별히 누군가에게 마음이 있지 않다고 확신했을 것이라 거리낌 없이 주장할 수 있습니다. 베넷 양이 친구에게 관심이 없다고 믿고 싶은 바람도 분명 있었습니다. 하지만 감히 단언하건대 희망이나 염려가 제 관찰과 판단을 흐리는 경우는 거의 없습니다. 그랬으면 좋겠다는 희망으로 그녀가 무관심하다고 믿은 것이 아닙니다. 제 바람에도 합리적인 이유가 있었고, 그에 못지않게 제 믿음에도 공정한 근거가 있었습니다. 결혼을 반대한 이유는 그뿐만이 아닙니다. 지난밤 제가 강렬한 애정으로 포기했던 이유가 전부는 아닙니다. 제 친구에게는 부족한 집안이 저만큼 큰 문제가 되지는 않습니다. 하지만 저와 제 친구에게 똑같이 문제가 되는 다른 끔찍한 이유들이 있었습니다. 저는 눈앞의 문제가 아니기에 애써 잊으려 했지만, 그 이유를 말씀드리지 않을 수 없으니 최대한 간략하게 적겠습니다. 당신 어머니 집안도 반대할 이유로 충분했지만, 모친과 세 명의 여동생이 처음부터 끝까지 한결같이 빈번하게 드러내던, 또 가끔씩 당신 부친이 보여준 철저하게 교양 없는 행동에 비하면 아무것도 아니었습니다. 용서하십시오. 불쾌감을 드려서 저 또한 괴롭습니다. 가장 가까운 가족들의 단점으로 걱정스럽고 속도 상하시겠지만, 당신과 언니의 행동만큼은 어떤 비난도 비껴간 채 칭찬을 받았으며 두 분의 지성과 성품은 영예롭게 여겨졌다고 하면 위로가 되실지 모르겠습니다.
조금만 더 말씀드리겠습니다. 그날 저녁 무도회에서 당신 가족들에 대한 제 의견은 굳어졌고, 불행해질 것이 뻔한 결혼에서 친구를 구해야겠다는 마음이 전에 없이 강해졌습니다. 다음 날 그가 네더필드를 떠나 런던으로 간 것은 알고 계시지요. 그는 곧 돌아올 예정이었습니다. 이제 제가 한 일을 말씀드릴 차례입니다. 그의 누이들 또한 저처럼 불안해하고 있었으며, 우리는 곧 같은 걱정을 하고 있음을 알았습니다. 이어 한시도 지체하지 말고 그를 떼어놓아야 한다는 의견이 모아져 곧바로 그를 따라 런던으로 가기로 결정했습니다. 런던으로 따라간 후 저는 친구에게 그 결혼이 가져올 명백한 폐단을 지적하는 임무를 기꺼이 맡았습니다. 저는 열심히 설명하고 설득했습니다. 하지만 제 설명이 그의 결심을 늦추거나 흔들리게 할 수는 있을지언정 당신 언니에게는 특별한 감정이 없다고 서슴없이 단언하지 않았더라면 결국 그 결혼을 막지는 못했을 겁니다. 그때까지 그는 제인도 자신의 애정과 같은 마음, 또는 같지 않더라도 진실한 마음으로 답하고 있다고 믿었습니다. 하지만 빙리는 천성이 조심스러워서 자신의 판단력보다는 저를 더 믿었습니다. 그러니 그가 착각하고 있다고 확신시키기는 그리 어렵지 않았습니다. 일단 확신을 갖자 하트퍼드셔로 돌아가지 않도록 설득하기까지는 그리 오랜 시간이 걸리지 않았습니다. 저는 제 행동이 잘못됐다고 생각하지 않습니다. 제 마음에 걸리는 일은 단 한 가지, 제인이 런던에 있다는 사실을 숨기려고 손을 썼던 것뿐입니다. 저도 알고 빙리 양도 알았지만, 빙리는 아직까지도 모르고 있습니다. 두 사람이 만났다면 결과는 나쁘지 않았을 수도 있겠지요. 아마 그랬을 겁니다. 그러나 제가 볼 때 그녀를 만나도 아무렇지 않을 만큼 그의 애정이 약해진 것 같지는 않았습니다. 아마도 그런 은폐와 거짓은 저 자신의 품위를 떨어트리는 행동이었을 겁니다. 하지만 이미 벌어진 일이고, 저로서는 최선의 결과를 위한 일이었습니다. 이 문제에서는 더 이상 드릴 말씀도, 사죄할 말도 없습니다. 제가 베넷 양의 마음에 상처를 입혔다면, 그건 알지 못하고 한 일입니다. 제 동기가 당신에게는 부족하게 보일 수도 있겠지만 저는 아직도 왜 비난을 받아야 하는지 모르겠습니다. 이제 더 중대한 비난, 위컴 씨에게 피해를 입혔다는 비난에 반박하려면 우선 저희 집안과 그와의 관계를 털어놓아야 합니다. 그가 '구체적으로' 무엇을 지탄했는지는 모르겠습니다. 하지만 제가 지금 드리는 말이 의심할 수 없는 사실이라고 증언해줄 사람이 최소한 한 명은 있습니다. 위컴 씨의 선친은 몇 년 동안 펨벌리의 재산을 맡아 관리해주신 존경스러운 분이었고, 자신이 맡은 일을 훌륭하게 수행해주셨습니다. 당연히 저희 아버지는 그분과 그분의 착한 아들 조지 위컴에게 보답하고자 했고 후한 친절을 베푸셨습니다. 제 아버지는 조지 위컴의 교육비를 대고, 이후 케임브리지에서 학업을 이어가도록 지원하셨습니다. 위컴 씨 댁은 모친의 소비벽으로 늘 가난해서 아들을 신사로 키울 교육을 시킬 형편이 아니었으니 아버지의 도움은 아주 소중한 것이었습니다. 또한 아버지는 늘 싹싹한 성격과 매력적인 태도를 지닌 그 친구를 많이 아끼셨고, 무척 높이 평가해서 성직자가 되기를 기대하며 자리도 주실 생각이셨습니다. 그렇지만 저는 수년 전부터 그를 달리 평가하고 있었습니다. 그가 가장 친한 벗인 아버지께는 늘 조심스럽게 숨겨오던 부도덕한 성품, 즉 원칙 결여 등은 또래여서 방심한 순간의 그를 여러 번 볼 기회가 있었던 제 관찰을 피해갈 수 없었습니다. 아버지는 알지 못하셨습니다. 제가 다시 당신을 괴롭게 만들겠군요. 얼마나 큰 고통일지는 당신만이 아시겠지요. 하지만 위컴 씨에게 어떤 감정을 품고 계시든지 간에 저로서는 그의 본성을 밝힐 수밖에 없습니다. 오히려 더욱 말씀드려야만 합니다. 제 훌륭하신 선친은 오 년 전에 작고하셨습니다. 위컴 씨에 대한 애정은 마지막까지 한결같으셔서 그가 성공을 거두도록 최선을 다해 도우라고 특별히 유언을 남기셨습니다. 만약 성직자가 되고자 한다면 가장 좋은 자리가 공석이 되는 즉시 그를 임명하라고도 하셨습니다. 1천 파운드의 유산까지 따로 남기셨습니다. 그의 아버지도 머지않아 돌아가셨고, 장례를 치르고 반년도 지나기 전에 위컴 씨가 제게 편지를 보냈습니다. 그는 자신은 성직자가 되지 않기로 결심했으니 성직 임명을 포기하는 대신 지금 당장 금전적인 보상을 해주기 바란다며 제가 불합리한 요구라고 생각하지 않았으면 좋겠다고 했습니다. 자신은 법을 공부할 생각인데 유산으로 받은 1천 파운드의 이자만으로는 학업을 계속하기가 부족하다는 이유를 덧붙이더군요. 그때 저는 그가 진지하다고 믿고 싶었을지도 모릅니다. 어찌 됐든 저는 위컴의 제안을 선뜻 받아들였습니다. 위컴 같은 사람이 성직자가 되어서는 안 된다고 생각했으니까요. 거래는 곧 성사되었습니다. 그는 자리가 생겼을 때의 임명을 포기하는 조건으로 3천 파운드를 받았습니다. 이제 우리 사이에는 아무런 접점도 남지 않은 듯했습니다. 저는 그를 좋게 보지 않아서 펨벌리에 초대하는 일도 없었고 교제도 끊었습니다. 그는 계속 런던에 살았던 것 같지만 법률 공부는 핑계에 불과했고, 모든 제약에서 해방돼 나태하고 방탕한 삶을 살았습니다. 삼 년간 그의 소식을 거의 듣지 못했습니다. 그런데 원래 그에게 약속되어 있던 교회의 목사님이 돌아가시자 다시 편지를 보내 그 자리를 달라고 청했습니다. 자신의 상황이 몹시 어렵다고 저를 설득하려 했는데 쉽게 예상할 수 있는 결과였지요. 그는 법 전공으로는 충분한 수입을 낼 수 없음을 깨달았다면서 문제의 그 자리만 준다면 성직자가 되기로 결심을 굳혔다고 했습니다. 그리고 그 자리에 임명할 사람이 따로 있지도 않을 테고, 존경하는 부친의 유지를 어길 수 없을 거라고 주장하면서 자신에게 그 자리를 줄 거라 믿어 의심치 않는다고 하더군요. 제가 그 부탁을 들어주지 않았고, 이후 거듭된 부탁에도 요지부동이었다고 해서 저를 비난하지는 않으시겠지요. 생계가 궁핍해질수록 그에 비례해 저에 대한 분노도 커졌습니다. 제 앞에서 저를 격렬하게 비난했던 만큼 다른 사람들 앞에서도 저를 심하게 헐뜯었습니다. 그 시기가 지나자 우리 둘 사이의 교제는 완전히 중단되었습니다. 그 후 어떻게 살았는지는 모릅니다. 하지만 지난여름, 그는 끔찍할 만큼 고통스러운 형태로 제 눈앞에 다시 나타났습니다. 이제 저 자신도 잊고만 싶은 그때의 일을 말씀드릴 수밖에 없겠습니다. 지금처럼 불가피한 상황이 아니었다면 누구에게도 털어놓지 않았을 이야기입니다. 이렇게까지 말씀드렸으니 비밀은 지켜주시리라 믿습니다. 저와 열 살 넘게 차이가 나는 여동생은 저와 제 사촌인 피츠윌리엄 대령이 후견인을 맡고 있습니다. 일 년 전쯤 학교를 마치고 런던에서 살았습니다. 지난여름 동생은 집안일을 돌봐주던 영 부인과 램스게이트에 갔는데, 위컴도 나쁜 마음을 품고 그곳에 따라갔습니다. 나중에 알게 된 사실이지만 그와 영 부인은 예전부터 알던 사이였더군요. 불행하게도 그 부인이 우리를 속인 것입니다. 그곳에서 위컴은 부인의 방조와 협조 아래 조지아나의 호감을 사는 데 성공했습니다. 그 애의 마음이 여리기도 했고, 어린 시절 친절하던 그의 모습이 강하게 남아 있어 자신이 그를 사랑한다고 설득당해 도피행에 동의하고 말았습니다. 그때 동생은 겨우 열다섯 살이었으니 어린 나이가 변명이 될 수도 있겠지요. 동생은 경솔했지만, 다행히 그 사실을 제게 고백한 사람도 동생이었습니다. 도피하기 하루 이틀 전에 제가 갑자기 조지아나를 방문했고, 그 애는 아버지처럼 우러러보던 오빠가 슬퍼하고 속상해할 거라는 생각을 견디지 못해 제게 전부 털어놓았습니다. 제가 어떤 기분이었을지, 어떻게 행동했을지 상상하실 수 있겠지요. 제 동생의 명예와 감정을 감안해 공개적으로 알려지는 일은 막았지만, 위컴에게는 당장 그곳을 떠나라고 편지를 썼고 영 부인은 당연히 해고했습니다. 위컴이 3만 파운드에 달하는 동생의 재산을 노렸음은 의심의 여지가 없습니다. 거기에 제게 품은 앙심도 강력한 동기가 아니었을까 추측하고 있습니다. 성공했다면 정말 완벽한 복수였겠지요. 엘리자베스 양, 지금까지 관련된 사건의 전모를 충실하게 기록했습니다. 이 모두가 거짓은 아니라고 믿어주신다면 부디 위컴 씨에게 가혹한 행동을 했다는 혐의는 벗겨주시기를 바랍니다. 그가 어떤 거짓말로 어떻게 속였는지는 모르지만, 당신이 속아 넘어갔다고 해도 놀랄 일은 아닙니다. 예전에 일어난 일들을 전혀 모르셨으니까요. 거짓을 간파할 수도 없었고, 의심하려는 의도도 없으셨을 겁니다. 어젯밤에는 왜 이 이야기를 하지 않았는지 궁금해하실지도 모르겠습니다. 하지만 어디까지 밝혀야 하고, 또 밝혀도 되는지 제대로 생각할 정신이 없었습니다. 제가 드린 말씀의 진위를 가리고자 한다면, 특별히 피츠윌리엄 대령의 증언을 들어보시라고 하겠습니다. 저와 가깝게 지낸 친척이기도 하고, 아버지의 유언 집행자 중 한 명이라서 자연스럽게 이 모든 일을 낱낱이 알게 되었습니다. 혹시 저에 대한 혐오감 때문에 '제' 주장을 묵살하더라도, 제 사촌의 이야기를 듣지 않을 이유는 없으시겠지요. 그와 대화를 나눌 기회를 드리기 위해서라도 이 편지를 오전 중에 전하도록 노력하겠습니다. 축복이 그대와 함께하기를.

피츠윌리엄 다아시

13장

다아시 씨가 편지를 주었을 때 엘리자베스는 설마 다시 청혼을 하리라고 기대하지 않았지만, 이런 내용은 정말 상상도 하지 못했다. 하지만 편지에 실제로 그런 내용이 담겨 있었으니, 그녀가 얼마나 열심히 편지를 읽었는지 그리고 얼마나 모순되는 다양한 감정을 느꼈을지 충분히 짐작할 수 있을 것이다. 편지를 읽는 그녀의 감정은 한 마디로 정의하기가 어려웠다. 처음에는 그가 자신이 한 짓을 변호할 수 있다고 믿는다는 사실에 놀랐고, 그럼에도 그가 아무런 해명도 할 수 없을 거라고 믿었다. 수치심이 있다면 그럴 수 없다고 생각한 것이다. 그가 하려는 말에 색안경부터 끼고 네더필드에서 있었던 일을 어떻게 설명하는지 읽기 시작했다. 너무 열심히 읽는 바람에 무슨 뜻인지 이해할 정신이 없었고, 얼른 다음 문장을 읽고 싶다는 조급함에 눈앞의 문장이 무슨 뜻인지 제대로 파악할 수가 없었다. 언니가 무관심해 보였다는 말은 즉시 거짓이라 치부했고, 결혼을 반대한 가장 큰 이유라고 밝힌 것들에 분노한 나머지 그의 행동을 합리적으로 따져볼 생각조차 들지 않았다. 그녀의 비위를 맞출 만한 후회도 없었고, 태도는 참회보다는 거만에 가까웠다. 오만과 무례, 그 자체였다.

그러나 위컴 씨에 대한 설명으로 넘어갈 때는 다소 맑은 정신으로 편지를 읽을 수 있었다. 만약 그가 이야기한 내용이 사실이라면 위컴에 대한 좋은 평가를 완전히 뒤엎을 만한 것이었다. 게다가 위컴이 직접 이야기한 과거와 놀랄 만큼 비슷해 그녀는 고통스럽기도 하고, 뭐라 형용하기 어려운 기분을 느꼈다. 놀라움과 불안, 심지어는 공포심이 그녀를 짓눌렀다. 그녀는 이 편지를 모조리 부정하고 싶어 거듭해서 외쳤다.

"이건 거짓말이야! 그럴 리가 없어! 어쩌면 이렇게 역겨운 거짓말을!"

편지를 다 읽고 난 뒤에는 맨 뒤 한두 쪽의 내용이 무슨 뜻인지 제대로 이해하지 못했으면서 황급히 편지를 치워버리고는 다시는 편지를 읽지도 신경 쓰지도 않겠다고 다짐했다.

마음이 어지러워 아무 생각도 나지 않았다. 엘리자베스는 무작정 방 안을 서성였다. 하지만 이래서는 안 됐다. 삼십 초 후 그녀는 다시 편지를 펼친 뒤 최대한 마음을 진정시키려고 노력하며 위컴 씨에 대한 부분을 다시 읽는 고행에 들어갔다. 흥분을 가라앉히고 한 줄 한 줄의 의미를 파악해보았다. 펨벌리 가문과의 관계는 위컴의 말과 정확하게 일치했다. 돌아가신 다아시 씨의 친절도, 어느 정도 친절하셨는지를 구체적으로 몰랐을 뿐 위컴의 말과 차이가 없었다. 서로의 이야기가 상대의 말을 증명하고 있었다. 하지만 유언 부분에 이르자 완전히 달라졌다. 위컴이 성직을 두고 한 말은 아직도 기억에 생생했고, 그가 어떤 표현을 썼는지도 정확하게 기억하고 있었으니 어느 한쪽은 지독한 거짓말을 하고 있었다. 잠시 동안 그녀는 자신이 잘못 판단했을 리 없다고 자부했다. 하지만 바로 그다음 위컴이 성직에 대한 모든 권리를 포기하는 대신 3천 파운드라는 상당한 금액을 받았다는 대목을 유심히 읽고 또 읽고 나니 망설여졌다. 그녀는 편지를 내려놓고 모든 상황을 공정하게 저울질하며, 각자의 주장이 사실일 가능성을 따져보려고 했다. 하지만 성과는 없었다. 양쪽 다 주장뿐이었다. 그녀는 다시 편지를 계속 읽었다. 하지만 한 줄 한 줄 읽을수록 더욱 분명해지는 건 어떤 교묘한 변호로도 몰염치하다고밖에 말할 수 없을 것 같았던 다아시 씨의 행동이 전체 사건을 놓고 보면 전혀 비난할 여지가 없다고 생각할 수도 있다는 것이었다.

위컴 씨가 사치와 방탕을 일삼았다는 서슴없는 단정은 엘리자베스에게는 정말 큰 충격이었다. 더 큰 충격은 그녀가 이 말을 반박할 어떤 증거도 떠올릴 수 없었다는 사실이다. 위컴이 ○○ 부대에 들어오기 전 생활은 전혀 알지 못했고, 부대에 들어온 계기도 런던에서 우연히 만나 안면만 익히고 지내던 청년의 소개 덕분이라고 했다. 하트퍼드셔에 알려진 과거는 전부 그의 입에서 직접 흘러나온 이야기뿐이었다. 설사 그녀에게 그의 실체를 알 수 있는 기회가 있었더라도 조사해볼 생각은 하지 않았을 것이다. 얼굴과 목소리, 태도만 보고 단번에 온갖 미덕을 갖춘 남자라고 믿었다. 엘리자베스는 다아시 씨의 혐의를 벗길 만한 위컴의 선한 행동이나 진실성, 자애로움을 증명할 특별한 증거를 생각해내려고 애썼다. 최소한 어떤 두드러지는 미덕이 있다면 다아시 씨가 지적한 여러 해 동안의 나태함이나 패악을 한때의 실수라고 두둔해볼 수 있을 것 같았다. 그러나 도움이 될 만한 사례는 전혀 떠오르지 않았다. 매력적인 태도와 말재주는 바로 눈앞에 떠올랐지만, 이웃들이 대체로 그를 좋아했으며 싹싹한 성격으로 많은 사람의 호감을 얻었다는 것 외에 실제적인 미덕은 기억해낼 수 없었다. 한동안 이 부분에 머무르며 고민하다가 일단 계속 편지를 읽었다. 맙소사! 그다음에 이어진 다아시 양을 계획적으로 유혹했다는 이야기는 바로 어제 오전 피츠윌리엄 대령과 나눈 대화로도 어느 정도 증명할 수 있었다. 편지 말미에는 피츠윌리엄 대령에게 자세한 내용을 알아보라고도 했다. 대령이 다아시의 일에 밀접하게 관여한다는 사실은 이미 알고 있었으며, 그의 인품을 의심할 이유도 없었다. 잠시지만 그에게 물어보려고 결심했다가 그런 질문으로 어색해질 순간을 상상하고는 이내 마음을 고쳐먹었다. 게다가 사촌이 자신의 손을 들어줄 것을 확신하지 않았다면 굳이 다아시 씨가 그런 위험을 자처하지도 않았을 거라는 데 생각이 미치자 피츠윌리엄 대령에게 물어보겠다는 생각은 완전히 접었다.

엘리자베스는 필립스 이모부 댁에서 처음 위컴과 만났을 때 나눈 대화를 낱낱이 기억하고 있었다. '이제야' 처음 만난 사람과 그런 대화를 하는 것이 얼마나 부적절한지 깨달았고, 미처 그런 생각을 하지 못한 자신에게 깜짝 놀랐다. 위컴이 스스로 뽐내던 모습은 천박했고, 말과 행동은 조금도 일치하지 않았다. 다아시 씨를 만나도 전혀 두렵지 않다고 당당히 말하면서 '자신'은 꼼짝도 안 할 거라고 말한 뒤 다아시 씨가 이 지역을 떠나야 할 거라고 주장해놓고는 바로 다음 주에 있는 네더필드 무도회를 피했다. 또한 네더필드 사람들이 떠나기 전에는 그녀만 알고 있던 다아시 씨의 이야기가 그들이 떠나자 여러 사람의 입에 오르내렸다는 것도 생각났다. 돌아가신 다아시 씨를 참으로 존경했고, 그런 이유로 그분의 아들을 구설수에 휘말리게 하고 싶지 않다고 말해놓고는 다아시 씨의 인품을 깎아내리는 데 조금의 망설임도 주저함도 없었다.

이제 위컴의 모든 행동이 예전과 다르게 보이기 시작했다! 킹 양을 향한 관심도 지금 생각하면 혐오스러운 속물근성으로밖에 보이지 않았다. 킹 양의 재산이 얼마 되지 않았기 때문에 그의 소망이 소박하다고 생각했지만, 이제 보니 지푸라기라도 잡을 만큼 절박했을 뿐이다. 엘리자베스에게 친절했던 태도도 지금 와서 생각해보면 좋은 마음이 아니었을지 모른다. 그녀의 재산을 잘못 알고 있었거나, 그녀가 경솔하게 드러냈던 호감을 부추기면서 자기 허영심을 채웠을 뿐이다. 그를 좋은 쪽으로 해석하려고 애쓰던 마음은 점점 약해졌고, 다아시 씨의 말이 진실이라는 생각이 들었다. 오래전 제인이 물었을 때 빙리 씨는 위컴 씨 사건에서 다아시가 비난받을 짓을 하지 않았다고 단언했으며, 다아시의 태도가 오만하고 불쾌하기는 했어도 알고 지내는 동안 단 한 번도 원칙이 없다거나 부당하다고 할 만한 행동을 한 적은 없었다. 종교적으로나 도덕적으로 잘못된 사람이라고 할 만한 일도 없었다. 최근에는 가까이 지내는 시간이 더 많았는데도 그랬다. 가까운 사람들은 그를 높이 평가하고 존중했다. 심지어 위컴조차도 그가 오빠로서는 괜찮은 사람이라고 인정했다. 그녀 또한 동생 이야기를 할 때 다정다감해지는 모습을 종종 보면서 그도 애정을 느낄 줄 아는 사람이라고 생각했다. 만약 위컴의 주장이 진실이라면 그런 끔찍하고 파렴치한 행동을 끝까지 숨길 수 없었을 테고, 그런 남자가 빙리처럼 좋은 사람과 우정을 쌓는 일도 불가능했을 것이다.

이제 엘리자베스는 자기 자신이 몹시 부끄러웠다. 다아시든 위컴이든 생각할 때면 그녀는 맹목적이었고 편파적이었으며 편견에 사로잡혀 어리석은 판단을 내렸던 것이다.

그녀가 소리쳤다.

"어쩜 이렇게 옹졸한 짓을 했을까! 안목만큼은 자부하던 내가 말이야! 심지어 똑똑하다고 스스로 우쭐대던 내가 그런 짓을 하다니! 언니의 너그럽고 솔직한 품성을 종종 무시하면서 쓸데없는 의심으로 허영심을 충족시켰다니. 아, 깨닫고 나니 얼마나 부끄러운지! 당연히 부끄러워해야지! 사랑에 빠졌다고 하더라도 이보다 더 지독하게 눈이 멀지는 않았을 거야. 하지만 어리석게 군 이유는 사랑이 아니라 허영심이었어. 한쪽은 호감을 보여줘서 기뻤고, 다른 쪽은 나를 무시해서 불쾌했으니 처음부터 두 사람에 대한 편견과 무지로 똘똘 뭉쳐 이성을 무시했던 거야. 지금까지도 나 자신을 모르고 있었어."

엘리자베스의 생각은 자신한테서 제인으로, 제인한테서 빙리로 궤도를 그리며 이어지다가, 곧 '그 문제'에 대한 다아시 씨의 설명이 충분하지 못하다는 데 이르렀다. 그래서 편지를 다시 읽었다. 두 번째 읽을 때는 완전히 다른 느낌으로 다가왔다. 하나의 주장은 인정하면서, 어떻게 다른 주장은 묵살할 수 있단 말인가? 다아시는 언니의 애정이 의심스러웠다고 했다. 그러자 샬럿이 늘 하던 말이 자연스럽게 떠올랐다. 제인에 대한 묘사가 부당하다고는 말할 수 없었다. 제인의 감정은 열렬하기는 해도 겉으로 드러나지 않았고, 특별한 감정이 없는 사람에게도 한결같이 친절한 분위기나 태도를 보였다.

가족들에 대한 부분은 화가 나기는 해도 수긍할 수밖에 없는 비난이었으니 부끄러움이 더했다. 다아시 씨의 지적은 너무도 정당해서 어떻게 해도 부인할 수가 없었다. 특히 구체적으로 언급했던 네더필드 무도회 때의 상황은 원래 그가 가지고 있던 반감을 더욱 굳히는 계기가 되었지만, 그녀 또한 못지않게 심각하다는 인상을 받았던 것이다. 그녀와 언니를 칭찬하는 말도 그저 무심할 수는 없어 조금은 위안이 됐다. 그러나 다른 가족들이 제 손으로 벌어들인 경멸을 생각하면 도저히 마음이 편해질 수가 없었다. 제인의 절망이 가장 가까운 가족들 때문이었고, 자신과 언니의 평판이 가족들의 부적절한 행동으로 심각한 상처를 입을 수 있다고 생각하자 전에 없이 우울해졌다.

엘리자베스는 두 시간가량 오솔길을 헤매며 이런저런 생각에 골몰했다. 지금까지 있었던 일들을 다시 따져보고, 일어날 수도 있었던 일들을 이리저리 가늠해보며, 갑작스럽고 엄청난 변화에 자신을 진정시키느라 피로가 몰려왔다. 또한 너무 오래 집을 비웠다는 생각이 들어 다시 목사관으로 돌아왔다. 그녀는 평소처럼 활기차게 보이려고 노력해야겠다고 다짐했다. 대화를 해야 하니 이런 생각들은 접어두자고 각오를 다졌다.

집에 들어가자마자 엘리자베스가 없는 동안 로징스의 두 신사가 따로따로 찾아왔었다는 소식이 기다리고 있었다. 다아시 씨는 몇 분 정도 앉아 있다가 자리를 떴지만 피츠윌리엄 대령은 한 시간이나 기다리다가 그녀를 직접 찾아 나서려고 했단다. 그녀는 겉으로는 그를 만나지 못해 아쉬운 '척'했지만 사실은 안심이 되었다. 피츠윌리엄 대령은 더는 문제가 안 됐다. 그녀의 머릿속은 온통 편지 생각뿐이었다.

14장

다음 날 아침 두 명의 신사는 로징스를 떠났다. 콜린스 씨는 오두막 근처에서 기다리고 있다가 공손하게 작별 인사를 나눈 뒤 집에 돌아와서는 두 사람이 아주 건강해 보였으며, 로징스와 석별의 정을 나눈 것을 감안하면 기분도 그럭저럭 괜찮아 보였다는 기쁜 소식을 전했다. 그러고는 캐서린 부인과 따님을 위로하기 위해 서둘러 로징스로 향했는데, 돌아올 때는 캐서린 부인이 몹시 따분한 나머지 모두와 함께 식사를 하고 싶다는 전언을 자랑스레 들고 왔다.

엘리자베스는 캐서린 부인을 보자 지금쯤 장래 조카며느리로 인사를 드렸을지 모른다는 생각을 하지 않을 수 없었다. 게다가 그 소식에 부인이 얼마나 분통을 터트렸을까 생각하니 자꾸 웃음이 새어 나왔다.

'뭐라고 했을까? 어떻게 행동했을까?'

그녀는 혼자 그런 질문들을 해보며 즐거워했다.

가장 먼저 오른 화제는 로징스의 식구가 줄었다는 거였다.

캐서린 부인이 말했다.

"정말이지 빈자리가 너무나 커. 친한 사람들이 왔다 갈 때 나만큼 허전해하는 사람도 없을 거야. 그 애들을 각별히 아끼기도 하고 말이야. 그 애들도 나를 얼마나 좋아하는지! 이번엔 떠날 때 몹시 애석해하더라니까! 하긴 늘 그랬지. 대령은 그래도 마지막까지 그럭저럭 괜찮았는데, 다아시는 작년보다 훨씬 더 안타까워하는 것 같았어. 로징스를 향한 애착이 해마다 커지는 모양이야."

여기에 콜린스 씨가 칭찬과 은근한 암시를 보태자 모녀는 다정하게 미소를 보냈다.

저녁 식사를 마친 뒤 캐서린 부인은 베넷 양이 기운이 없어 보인다면서 아마 곧 집에 돌아가야 하니 그런 모양이라고 멋대로 추측했다.

"그렇다면 조금 더 여기 머물도록 내가 모친께 편지를 드리지. 콜린스 부인도 자네와 있는 걸 좋아할 테니까."

엘리자베스가 답했다.

"친절하신 초대 정말 감사합니다. 하지만 안타깝게도 초대를 받아들일 수가 없어요. 다음 주 토요일에는 런던에 가야 하거든요."

"이런! 그렇다면 여기 고작 육 주밖에 머물지 않는 거로군. 두 달은 머물 줄 알았는데. 자네가 오기 전에 콜린스 부인에게 그렇게 말했고, 이렇게 빨리 돌아가지 않아도 되는데 말이야. 분명 베넷 부인도 보름 정도 더 머물 수 있게 허락하실 거야."

"하지만 아버지께서 싫어하실 거예요. 지난주에도 어서 돌아오라고 편지를 쓰셨거든요."

"무슨! 어머니가 괜찮다면 아버지도 당연히 괜찮으실 테지. 아버지에게 딸들이 뭐 그리 중요하겠어. 한 달을 꽉 채워 더 머문다면 내가 직접 런던까지 데려다 줄 수도 있고. 6월 초 런던에 가서 일주일 동안 머물 예정이거든. 도슨이 마부석에 앉아 가면 되니까 아가씨 한 명 탈 자리는 충분히 나올 거야. 날씨만 선선하다면 아가씨 둘 다 태워줄 수도 있고. 두 사람 다 덩치가 크지 않으니까 말이야."

"정말 친절하시군요, 부인. 하지만 역시 원래 계획대로 떠나야 할 것 같습니다."

캐서린 부인은 단념한 듯 보였다.

"콜린스 부인, 하인을 꼭 딸려서 보내게. 내가 늘 말하지만 젊은 아가씨 둘만 마차를 타고 여행하는 것은 견딜 수가 없어. 아주 부적절한 행동이야. 어서 누구 딸려 보낼 사람을 구해보게. 그런 짓은 내가 세상에서 가장 경멸하는 일 중 하나야. 젊은 아가씨는 신분에 맞는 보호를 받아야 하고, 옆에서 시중 들 사람도 꼭 있어야 해. 내 조카 조지아나가 지난여름 램스게이트에 갔을 때도 하인 두 명을 함께 보냈어. 펨벌리의 고 다아시 씨와 앤 부인의 영애인 다아시 양이라면 품격에 맞는 예의범절을 지켜야지. 나는 그런 일에 특별히 신경을 쓰지. 콜린스 부인, 아가씨들과 함께 존을 보내도록 하게. 미리 말해줄 수 있어 정말 다행이야. 아가씨 둘만 보낸다면 '자네' 체면이 말이 아니게 될 테니."

"제 외삼촌이 하인을 보내주신답니다."

"오오! 아가씨 외삼촌이 사람을 보낸다고! 하인을 두고 있나 보군. 누군가는 적절한 예의를 염두에 두고 있다니 아주 다행이야. 말은 어디서 바꾸지? 아! 당연히 브롬리일 테지. 벨에서 내 이름을 대면 특별히 신경을 써줄 거야."

캐서린 부인은 그 외에도 여행과 관련해 이것저것 궁금한 게 많았고, 혼자 묻고 답하지 않을 때도 있어 계속 잘 듣고 있어야만 했다. 엘리자베스에게는 오히려 다행스러운 일이었다. 그렇지 않았다면 온통 편지 생각에 잠겨 자신이 어디 있는지도 잊어버릴 지경이었다. 사색은 혼자 있는 시간으로 미뤄두었고, 혼자 있을 때면 크게 안도하면서 상념에 잠겼다. 혼자 하는 산책을 하루도 거르지 않으니 씁쓸한 회상을 따라다니는 온갖 재미를 맛볼 수밖에 없었다.

얼마 지나지 않아 다아시 씨의 편지는 외울 지경이 되었다. 그녀는 문장 하나하나를 꼼꼼하게 읽었고, 그때마다 다아시를 향한 감정은 시시각각 바뀌었다. 그가 청혼하던 말투를 떠올리면 아직도 화가 치밀었다. 그러나 그를 부당하게 비난하고 질책했던 일을 떠올리면 자신에게 화가 났다. 그러다 보니 어느새 낙심했을 그에게 연민이 느껴졌다. 그의 애정이 고마웠고 됨됨이를 존경하게 되었다. 하지만 그래도 청혼을 승낙할 마음은 없었고, 한순간이라도 거절을 후회하거나 그를 다시 만나고 싶다는 마음이 생기지 않았다. 과거 자신의 행동을 생각하면 끝없이 괴롭고 후회스러웠다.

한편 가족들의 단점은 엘리자베스의 마음을 더욱 짓눌렀다. 해결되리라는 희망도 없었다. 아버지는 다른 가족들을 비웃는 것으로 만족할 뿐 어린 딸들의 경박한 행동을 엄격하게 제지하려는 노력을 하지 않았다. 어머니는 자신의 사고와 태도가 바르다고 할 수 없었으니 무엇이 잘못인지도 몰랐다. 엘리자베스는 종종 제인과 함께 캐서린과 리디아의 경솔한 행동을 고치려고 노력했지만, 어머니가 멋대로 풀어주는 데는 어찌할 수가 없었다. 캐서린은 의지가 약하고 짜증이 많으며, 리디아만 쫓아다녔다. 간혹 다른 언니들의 충고를 들으면 드러내놓고 기분 나빠했다. 고집이 세고 경솔한 리디아는 언니들의 충고를 들은 척도 하지 않았다. 두 동생은 무식하고 게으르고 머리에 허영심만 가득 찼다. 메리턴에 장교가 한 명이라도 남아 있다면 그와 희희낙락거릴 테고, 롱번에서 메리턴까지 걸어 다닐 수 있는 한 평생 그곳으로 놀러다닐 것이다.

또 하나 큰 걱정은 수심에 잠겨 있을 제인이었다. 다아시 씨의 해명으로 빙리의 평가는 다시 회복되어 제인이 그런 사람을 잃었다는 안타까움은 더욱 커졌다. 그의 사랑은 진실했고, 행동에 비난받을 점은 없었다. 친구를 무조건적으로 신뢰했다는 것이 잘못이라면 잘못이었다. 어느 모로 보나 바람직하고 긍정적이고 행복이 약속된 결혼을 가족들의 어리석고 교양 없는 행동으로 빼앗겼다고 생각하니 안타까울 지경이었다.

여기에 위컴의 실제 본성까지 더해지니, 밝은 성격이라서 우울해본 적이 별로 없는 엘리자베스조차 괜찮은 기분인 척 흉내조차 낼 수 없음은 이해할 만했다.

마지막 주에는 첫 주만큼 자주 로징스를 방문했다. 떠나기 바로 전날 캐서린 부인은 또다시 여행에 대해 이것저것 세세하게 질문하고, 짐을 싸는 가장 좋은 방법을 가르쳐주고, 드레스를 꾸리는 좋은 방법은 하나밖에 없다고 강조하는 바람에 머라이어는 목사관으로 돌아가면 오전 내내 쌌던 짐을 풀고 다시 싸야겠다고 생각했을 정도였다.

헤어질 때 캐서린 부인은 짐짓 너그러움을 뽐내며 좋은 여행이 되기를 바란다고 말하며, 내년에 다시 헌스퍼드에 오라고 초대했다. 드 버그 양은 수고스럽게도 무릎을 굽혀 인사하고는 두 사람에게 손을 내밀었다.

15장

토요일 아침, 엘리자베스는 다른 사람들이 아침 식사를 하러 내려오기 몇 분 전에 콜린스 씨와 둘만 마주치게 되었다. 그는 그 기회를 놓치지 않고 꼭 해야만 했던 작별 인사를 했다.

그가 말했다.

"엘리자베스 양. 저희 집을 찾아주신 친절에 제 아내가 이미 감사를 표했는지 모르겠습니다만, 하지 않았다면 떠나기 전에는 분명 감사 인사를 받으실 겁니다. 함께해주신 호의에 진심으로 감사하고 있으니까요. 누추한 저희 집에는 딱히 이렇다 할 매력이 없지요. 생활은 검소하고 방은 좁으며 하인도 몇 명 안 되고 교제의 폭도 좁으니 당신처럼 젊은 아가씨에게는 헌스퍼드 생활이 지루했을 겁니다. 하지만 저희가 무척 감사하고 있으며 잠시라도 따분하지 않도록 최선의 노력을 다했음을 믿어주시기 바랍니다."

엘리자베스는 감사를 표하고, 정말 즐거운 시간이었다고 말했다. 지난 육 주 동안 참으로 즐거웠고, 샬럿과 함께 있어 기뻤으며, 친절한 관심에 오히려 '자신'이 감사하다고 말했다. 콜린스 씨는 흐뭇해하며 근엄한 미소를 짓고 대답했다.

"지내는 동안 불쾌하지 않으셨다니 정말 기쁘군요. 저희는 분명 최선을 다했고, 운 좋게도 아주 고귀하신 로징스의 가족분들을 소개해드릴 수 있어 기뻤습니다. 로징스와의 교제 덕분에 누추한 환경을 자주 바꿀 수 있었으니 헌스퍼드 방문이 순전히 귀찮기만 한 일은 아니었으리라고 자부합니다. 캐서린 부인의 가문과 맺은 관계는 정말 보기 드문 특권이라고 할 수 있으며, 그런 축복을 누릴 수 있는 사람은 그리 많지 않을 겁니다. 저희가 어떻게 지내는지 보셨지요. 로징스와 얼마나 꾸준히 연을 이어가는지도 보셨고요. 사실 초라한 목사관의 온갖 단점에도 불구하고 로징스와의 친밀한 인연만으로도 연민의 대상이 되지 않았으리라 믿어 의심치 않습니다."

엘리자베스가 진심과 예의를 갖추려고 애쓰며 짧게 몇 마디를 하는 동안 콜린스 씨는 감정이 벅차오르는지 말로는 부족한 듯 방 안을 서성이기 시작했다. 그는 몇 마디를 더했다.

"하트퍼드셔에 저희가 아주 잘 지낸다고 전해주셔도 될 겁니다, 엘리자베스 양. 아무 거리낌 없이 그렇게 하실 수 있을 테니 저는 아주 자랑스럽습니다. 캐서린 부인이 제 아내를 얼마나 세심하게 살펴주시는지 매일 보셨겠지요. 어느 모로 봐도 당신 친구가 잘못된 결정을 내렸다고는…… 하지만 이 점에서는 입을 다물어야겠지요. 단지 친애하는 엘리자베스 양, 당신 또한 저처럼 행복한 결혼을 하시길 진심으로 바랄 뿐입니다. 사랑스러운 샬럿과 저는 같은 마음, 같은 생각입니다. 우리 두 사람은 성격도 생각도 모든 면에서 닮았지요. 그야말로 천생연분인 듯합니다."

엘리자베스는 그렇다니 얼마나 기쁜 일이냐고 무난하게 대답할 수 있었고, 마찬가지로 가정의 안녕을 확신하고 기쁘게 생각한다고 말할 수 있었다. 콜린스 씨가 자기 부부가 얼마나 행복한지 장황하게 늘어놓으려던 참에 바로 그 주인공인 아내가 들어와서 그의 말은 중단되었고, 엘리자베스는 방해를 받았지만 전혀 안타깝지 않았다. 가엾은 샬럿! 이런 사람들 사이에 그녀를 남겨두고 가려니 우울한 기분이 들었다. 하지만 그녀는 스스로 뻔히 보이는 이 삶을 선택했다. 샬럿은 손님들을 떠나보내면서 아쉬워하는 기색이 역력했지만, 동정을 구하지는 않았다. 그녀의 집과 살림살이, 교구, 양계 그리고 이에 따른 여러 가지 일이 아직 매력을 잃지 않았던 것이다.

마침내 마차가 도착했다. 큰 짐은 동여매고 작은 짐은 안에

실은 후 떠날 준비가 끝났다고 알려왔다. 친구들은 다정한 작별 인사를 나누었고, 엘리자베스는 콜린스 씨의 배웅을 받으며 마차로 향했다. 정원을 걸어가는 동안 그는 가족 모두에게 안부를 전해달라고 부탁했으며, 지난겨울 롱번에서 받았던 친절에 감사하다는 말도 잊지 않았고, 본 적도 없는 가드너 부부에게까지 안부 인사를 전했다. 그러고는 그녀 먼저, 다음에는 머라이아가 마차에 오르도록 도와주었다. 문이 막 닫히려는데 그가 황급히 로징스의 숙녀분들께 아무런 인사도 남기지 않았음을 상기시켰다.

"하지만 두 분이 여기 머문 동안 베풀어주신 친절에 진심으로 감사하다는 말씀과 함께 삼가 경의를 표해드리기를 바라시겠지요."

이 말에 엘리자베스는 아무런 반대도 없었다.

그제야 문을 닫을 수 있었고, 마차가 드디어 출발했다.

몇 분의 침묵이 흐르고 나서 머라이아가 소리쳤다.

"정말 대단해! 우리가 여기 온 지 며칠밖에 지나지 않은 것 같은데 참 많은 일이 있었어!"

엘리자베스는 한숨을 쉬며 대꾸했다.

"정말 많은 일이 있었지."

"로징스에서 아홉 번이나 저녁을 먹고, 다과도 두 번이나 갖다니! 가서 해줄 이야기가 얼마나 많은지!"

엘리자베스도 속으로 덧붙였다.

'나는 숨길 이야기가 얼마나 많은지.'

가는 길에는 별다른 대화나 뜻밖의 상황이 일어나지 않았다. 헌스퍼드를 떠나고 네 시간이 채 되지 않아서 두 사람은 가드너 씨 집에 도착했다. 그들은 여기서 며칠 머물 생각이었다.

제인은 좋아 보이긴 했는데 외숙모가 친절하게도 다양한 모임을 준비해놓으셔서 언니의 기분을 유심히 살필 기회가 거의 없었다. 그러나 이제 함께 집으로 돌아갈 테니 롱번에서는 언니를 지켜볼 여유가 충분할 터였다.

언니에게 다아시 씨가 청혼한 이야기를 하고 싶어 롱번으로 돌아갈 때까지 참느라고 얼마나 힘들었는지 모른다. 그 일을 말하면 제인이 몹시 놀랄 것은 당연했고, 아직 완전히 없애지 못한 자신의 허영심도 채워질 테니 말하고 싶은 유혹을 억누를 수가 없었다. 그러나 어디까지 이야기해야 하는지 판단하기가 어려웠고, 또 그 이야기를 하다 보면 자연스레 빙리 씨를 떠오르게 해 언니를 더욱 슬프게 만들지도 모른다는 두려움에 겨우 입을 다물 수 있었다.

16장

5월 둘째 주에 세 명의 아가씨는 그레이스처치 가에서 함께 출발해 하트퍼드셔의 ○○ 마을로 향했다. 베넷 씨의 마차가 마중을 나오기로 약속한 여관 근처에 다다르자 마부가 시간을 잘 지켰는지 위층 식당에서 밖을 내다보는 키티와 리디아가 보였다. 두 아가씨는 한 시간이 넘게 건너편 모자 가게를 구경하기도 하고, 보초 서는 사병들을 지켜보기도 하고, 오이 샐러드도 만들면서 즐거운 시간을 보내고 있었다.

언니들을 반갑게 맞이한 뒤 여관 식당에서 흔히 대접하는 냉육이 차려진 테이블을 자랑스럽게 가리키며 외쳤다.

"멋지지 않아? 기뻐서 깜짝 놀랐지?"

리디아가 덧붙였다.

"이건 우리가 낼게. 하지만 일단 돈을 좀 빌려줘야 해. 우리 돈은 저 밖 상점에서 다 써버렸거든."

그러고는 자신이 산 물건을 자랑하며 말했다.

"이것 봐봐, 나 이 보닛 샀다. 아주 예쁘지는 않지만 그나마 안 사는 것보다는 낫겠다 싶어 산 거야. 집에 가자마자 완전히 뜯어고치려고 해. 그러면 훨씬 나아질 거야."

언니들이 모자가 별로라고 하자 리디아는 전혀 개의치 않는 목소리로 말했다.

"어머! 하지만 가게에는 이것보다 훨씬 안 예쁜 모자도 두엇 있었는걸. 여기에 예쁜 색 새틴을 사서 달면 꽤 괜찮을 거야. 게다가 이번 여름에는 ○○ 부대도 없는데 무슨 모자를 쓰든 상관없다고. 보름 후면 부대가 떠난대."

"그래?"

이 소식에 엘리자베스가 반색했다.

"브라이턴 근처에 주둔할 거라는데 아빠가 이번 여름에 우리를 데리고 그곳에 간다면 좋으련만! 엄청 구미가 당기지 않아? 손해 볼 것도 전혀 없고. 엄마도 무척 가고 싶어 하실걸! 그러지 않으면 이번 여름은 생각만 해도 지루해!"

엘리자베스는 마음속으로 생각했다.

'그래, 퍽이나 즐거운 계획이네. 모두에게 완벽한 계획이겠지. 맙소사! 브라이턴에다 군인이 잔뜩 있는 캠프라니. 우리는 작

은 부대 하나, 달마다 열리는 메리턴의 무도회만으로도 이렇게 야단법석인데 말이야.'

리디아가 식탁 앞에 앉으며 말했다.

"그리고 새로운 소식이 있어. 무슨 소식일까 맞춰보라고. 정말 어마어마한 소식이야. 우리 모두가 좋아하는 사람에 대한 중대 발표야."

제인과 엘리자베스는 서로를 바라보더니 웨이터에게 물러가도 좋다고 말했다. 리디아는 까르륵 웃으며 말했다.

"아유, 누가 언니들 아니랄까 봐. 뭘 그렇게 격식을 차리고 조심을 떨어. 웨이터가 들으면 안 된다고 생각했나 본데 우리 얘기에 신경이나 쓰겠어? 내가 지금 하려는 말보다 흉한 소리도 많이 들었을 텐데. 하지만 못생기기는 했어! 차라리 없는 게 낫겠지. 저렇게 턱이 긴 사람은 난생처음이야. 아무튼 내 소식 말인데, 친애하는 위컴 씨에 대한 이야기야. 저 웨이터가 듣기에는 너무 멋진 이야기 아니야? 위컴과 메리 킹이 결혼할 가능성이 사라졌어. 짜잔! 메리는 리버풀에 있는 삼촌 댁으로 갔다나 봐. 아예 거기서 살 거래. 이제 위컴은 안전해."

엘리자베스가 덧붙였다.

"메리 킹도 안전하지! 재산을 생각하면 그런 경솔한 관계를 맺지 않아서 다행이야."

"만약 위컴 씨를 좋아했다면 그렇게 가버리는 건 정말 바보짓

이야."

제인이 말했다.

"하지만 두 사람 모두 큰 애정은 없었을 거라고 생각해."

"분명 '위컴'에게는 없었어. 확실하게 말할 수 있어. 그 여자를 눈곱만큼도 좋아하지 않았다고. 그런 성질 나쁜 주근깨투성이 땅딸보를 대체 누가 좋아하겠어?"

엘리자베스는 그 말에 충격을 받았다. 저렇게 거친 '표현'은 쓰지 않았지만, 자기가 예전에 했던 '생각'도 저보다 조금도 나을 게 없지 않은가! 그런 생각을 마음에 품고 제멋대로 자라게 내버려두었다니!

식사를 마친 뒤 제인이 값을 치르고 마차를 준비시켰다. 상자, 반짇고리, 작은 짐 꾸러미, 거기에 키티와 리디아의 달갑지 않은 구입품까지 이리저리 겨우 집어넣은 후에야 다들 앉을 자리가 생겼다.

리디아가 외쳤다.

"세상에, 꽉꽉 잘도 쑤셔넣었네! 보닛을 사서 정말 기뻐! 그냥 판지 상자 하나를 추가하는 재미밖에 없다고 해도 말이야! 자, 이제 아주 아늑하고 편안하게 집까지 웃고 떠들면서 가보자고. 우선은 있지, 언니들 떠난 이후로 무슨 일이 있었는지 전부 말해줘. 괜찮은 남자들 좀 만났어? 연애는 좀 했어? 돌아오기 전에 남편감을 구하기를 엄청 바랐는데 말이야. 제인 언니는 이제 노처녀잖아. 스물세 살이 다 되었다니! 맙소사, 내가 스물세 살이 될 때까지 결혼을 못 하면 얼마나 창피할까! 필립스 이모도 언니들이 남편 얻기를 얼마나 바라는지 생각도 못 할 거야. 이모는 리지 언니가 콜린스 씨와 결혼했어야 했대. 하지만 그랬다면 정말 재미없었을 거야. 아유! 그냥 내가 먼저 결혼해버릴까 봐. 그리고 무도회에 언니들의 보호자로 가는 거야. 내 정신 좀 봐! 요전에 포스터 대령 댁에서 정말 웃기는 일이 있었어! 그날 키티와 내가 거기 갔는데 포스터 부인이 저녁에 작은 무도회를 열어주기로 약속한 거야. (이건 딴 얘기지만 포스터 부인이랑 내가 '그 정도로' 친해졌거든!) 아무튼 해링턴 자매에게도 오라고 초대했는데, 해리엇이 아파서 펜 혼자 올 수밖에 없었어. 그래서 우리가 어떻게 했는지 알아? 챔벌라인한테 여자 옷을 입히고서 일부러 숙녀 행세를 시켰지. 정말 웃겼겠지! 대령이랑 포스터 부인이랑 나랑 키티 빼고는 아무도 몰랐다니까. 아, 이모도 빼야지, 이모 드레스를 빌려야 했거든. 얼마나 그럴 듯했는지 상상도 못 할걸! 데니랑 위컴이랑 프랫이랑 남자들 두세 명이 더 왔는데 아무도 남자인 줄 모르더라니까. 맙소사! 얼마나 웃었는지! 포스터 부인도 배꼽을 잡았지. 나는 웃다가 죽는 줄 알았다니까. 그제야 남자들이 의심하고 결국 무슨 일인지 밝혀냈지."

리디아가 온갖 파티와 장난을 친 이야기를 떠들어대는 동안 키티는 옆에서 한두 마디 덧붙이거나 살짝 거들었고, 롱번으로 가는 내내 언니들을 재미있게 해주려고 노력했다. 엘리자베스는 거의 귀를 기울이지 않았지만 위컴의 이름이 자주 언급되자 듣지 않을 수 없었다.

집에서도 다정하게 맞아주었다. 베넷 부인은 제인의 미모가 조금도 바래지 않았다며 기뻐했고, 베넷 씨는 저녁 식사를 하는 내내 몇 번이고 엘리자베스에게 이렇게 말했다.

"돌아와서 정말 기쁘구나, 리지야."

식당에는 머라이어를 만나고 소식을 들으러 루커스 집안 사람들도 전부 와 있어 인원이 상당했다. 온갖 이야기가 화제에 올랐다. 루커스 부인은 테이블 맞은편에 앉은 머라이어에게 맏딸이 얼마나 잘 지내고 있는지, 양계는 어떤지 등을 물었다. 베넷 부인은 한편으로는 약간 아래쪽에 앉은 제인한테서 요즘 유행하는 패션 이야기를 듣고, 다른 한편으로는 그 이야기를 루커스 집안의 어린 딸들한테 전해주느라고 두 배로 분주했다. 리디아는 특별히 누구와 대화를 나누지도 않으면서 가장 큰 목소리로 오전에 있었던 다양한 재밋거리를 늘어놓았다.

그녀가 말했다.

"아유, 메리 언니! 언니도 함께 갔으면 좋았을 텐데, 정말 재미있었거든! 키티랑 가는 동안 마차 블라인드를 전부 올리고 아무도 없는 척했는데, 키티가 멀미만 안 했으면 도착할 때까지 그렇게 갔을 거야. 조지 여관에 갔을 때는 아주 세련되게 행동했지. 세 사람에게 세상에서 가장 근사한 냉육을 대접했는데, 언니도 함께 갔으면 같이 먹을 수 있었을 텐데. 그리고 밖으로 나왔을 때는 또 얼마나 재미있었다고! 우리가 마차에 다 못 타는 줄 알았지 뭐야. 웃느라 죽을 뻔했어. 그리고 집에 오는 내내 또 재미있게 놀았지. 너무 크게 웃고 떠들어서 아마 멀리까지도 우리 소리가 들렸을 거야!"

그 말에 메리는 아주 엄숙하게 대답했다.

"리디아, 난 그런 즐거움을 평가 절하하는 사람은 아니야. 대부분의 여성도 같은 취미를 가졌다는 건 의심할 여지가 없지. 하지만 솔직히 말해서 '나한테는' 아무런 재미도 없어. 나는 독서가 훨씬 더 좋단다."

그러나 리디아에게는 이 대답이 한 마디도 들리지 않았다. 다른 누구의 말도 삼십 초 이상 경청하지 못했는데, 특히 메리가 하는 말은 전혀 신경 쓰지 않았다.

오후에 리디아는 나머지 자매들한테 다들 어떻게 지내는지 보러 메리턴에 산책을 가자고 졸랐다. 그러나 엘리자베스가 단호하게 반대했다. 베넷 집안의 자매들이 집에 온 지 반나절도 지나지 않아서 장교들을 쫓아다닌다는 소리를 듣고 싶지 않았다. 물론 그녀에게는 다른 이유도 있었다. 위컴을 다시 만나기가 두려웠고, 가능한 한 피하고 싶었다. 부대가 이동한다는 소식은 '그녀'에게 뭐라 말할 수 없는 위안이 되었다. 보름 후면 부대는 떠날 테고, 그러고 나면 더는 그의 이야기로 괴로워할 일이 없기를 바랐다.

집에 온 지 몇 시간 지나지 않아 엘리자베스는 리디아가 여관에서 슬쩍 언급한 브라이턴 방문 계획을 두고 부모님이 자주 논쟁하는 것을 들었다. 아버지는 허락할 의사가 조금도 없다는 건 금방 알 수 있었지만 답변이 워낙 애매모호해서 어머니는 계속 실망하면서도 언젠가는 성공하리라는 희망을 버리지 않았다.

17장

엘리자베스는 그동안 있었던 일을 제인에게 말하고 싶은 조급함을 더는 억누를 수가 없었다. 마침내 언니와 관련된 자세한 내용은 최대한 빼놓기로 마음먹고, 다음 날 아침 놀라지 말라고 경고한 뒤 다아시 씨와의 일을 대강 털어놓았다.

베넷 양은 크게 놀랐지만 동생에 대한 각별한 애정으로 곧 진정됐다. 제인에게는 누군가 엘리자베스를 흠모하는 것이 너무도 당연해 보였기 때문이다. 그리고 뜻밖의 놀람은 곧 다른 감정에 묻혀버렸다. 다아시 씨가 청혼에 전혀 도움이 되지 않는 태도를 보였다는 사실을 안타까워했다. 하지만 그보다도 동생에게 거절당한 그의 처지를 슬퍼해주었다.

그녀가 말했다.

"그렇게 성공을 확신한 태도는 잘못이었어. 그런 마음을 드러내면 안 되는 거였는데 말이야. 그리고 그 때문에 실망도 컸을 거야."

엘리자베스가 대답했다.

"언니 말이 맞아. 나도 진심으로 미안하게 생각해. 하지만 나를 좋아하지 않을 다른 이유도 있으니 금세 잊겠지. 그런데 언니, 청혼을 거절했다고 나를 탓하지는 않겠지?"

"너를 탓하다니! 말도 안 돼."

"하지만 감정이 격해져 위컴 편을 들며 떠들었으니 그건 혼낼 거잖아."

"도무지 네가 뭘 잘못했다는 건지 모르겠어."

"이제 '곧' 알게 될 거야. 바로 다음 날 있었던 일을 이야기해줄게."

엘리자베스는 편지 이야기를 하며 조지 위컴에 관한 내용들을 상세하게 말해주었다. 하지만 가엾은 제인이 받은 충격이라니! 모든 사람의 사악함을 다 합쳐도 그만큼은 되지 않으리라고 기꺼이 믿고 살아온 그녀였기에 단 한 사람 속에 그런 악한 마음이 있었다니 깜짝 놀라지 않을 수 없었다. 다아시 씨의 누명이 벗겨졌으니 기쁜 일이지만 온전히 즐거워할 수는 없었다. 제인은 어떤 실수가 있었을 가능성을 열심히 궁리하며 서로 연관되지 않으면서 각자 변명해줄 설명을 찾아보려고 애썼다.

엘리자베스가 말했다.

"그렇게는 안 돼. 두 사람 다 좋은 사람이라는 결론은 불가능해. 우린 선택을 해야 해. 한 사람으로 만족하는 수밖에 없어. 두 사람 사이에 존재하는 선함의 질량은 꼭 한 사람 분만큼 있고, 나한테는 그게 다른 사람 쪽으로 크게 기울어버렸어. 나는 다아시 씨에게 모든 선함이 있다고 믿을래. 언니는 언니하고 싶은 대로 해."

한참 뒤 제인의 얼굴에 겨우 미소가 떠올랐다.

그녀가 말했다.

"이렇게 큰 충격은 처음이야. 위컴이 그렇게 나쁜 사람이었다니, 도무지 믿을 수 없을 정도야. 게다가 가엾은 다아시 씨! 리지, 그분이 겪었을 고통을 한번 생각해보렴. 네가 품고 있던 나쁜 견해를 들었을 때는 또 얼마나 크게 낙심했을까! 동생의 일까지 털어놓아야 했으니 말이야! 너무도 가슴이 아파. 물론 너도 그렇겠지."

"어머! 아니야. 후회와 연민으로 가득 찬 언니의 모습을 보니 내 것은 전부 사라졌어. 언니가 다아시 씨의 마음을 충분히 잘 알아줄 테니, 나는 매 순간 마음이 더 가벼워지는걸. 언니의 마음이 넘쳐나니 내 것은 아껴둘래. 언니가 안타까워할수록 내 마음은 깃털처럼 가벼워질 거야."

"불쌍한 위컴. 그렇게 선한 얼굴을 하고! 또 매너는 얼마나 신사답고 솔직해 보였니!"

"두 남자가 받은 교육은 분명 대단히 잘못됐어. 한 사람은 선함을 모두 가졌고, 또 다른 한 사람은 선해 보이는 외모를 모두 가졌잖아."

"너는 그렇다고 말하지만 난 다아시 씨의 '외모'가 그렇게 부족하다고는 생각하지 않는걸."

"아무튼 난 아무 근거도 없으면서 그를 싫어하는 것으로 혼자 똑똑한 척하고 싶었나 봐. 누군가를 그렇게 싫어하면서 내 천재성을 뽐내고, 마음껏 농담을 해댈 속셈이었던 거지. 그러다 보면 정당한 평가는 한 마디도 없이 독설만 퍼붓게 될 수 있어. 하지만 한 사람을 줄기차게 비웃다 보면 가끔씩 영리한 말이 얻어걸리기도 하니까."

"리지야, 너도 처음 편지를 읽었을 때는 상황을 지금처럼 판단하지 못했겠지?"

"맞아. 정말로 불편했어. 아니, 불행했다고 해야 할까. 누구에게 말할 수도 없고, 내 마음을 털어놓을 사람도 없고, 언니가 있어서 내가 생각만큼 나약하고 허영심덩어리에 어리석은 사람이 아니라고 위로해줄 수 있는 것도 아니었고! 아아, 언니! 언니가 얼마나 보고 싶었는지 몰라!"

"다아시 씨에게 위컴 문제를 그렇게 신랄하게 비난했다니 참 안타까워. 나중에 전부 부당한 질책으로 밝혀졌잖아."

"그러게. 하지만 신랄한 말로 비난을 자초한 것도 내 손으로 판 무덤이지. 그동안 내가 어떤 편견을 키워왔는지 생각해보면 말이야. 언니, 조언을 듣고 싶어. 내가 위컴의 실체를 다른 사람들에게도 알려야 할까?"

제인은 잠시 생각에 잠겼다가 대답했다.

"굳이 그런 일을 들춰내는 가혹한 짓을 할 필요는 없겠지. 네 생각은 어떠니?"

"나도 그러고 싶지 않아. 다아시 씨는 그 사실을 공개해도 좋다고는 허락하지 않았어. 오히려 동생과 관련된 사안은 나 혼자 알고 있기를 바랐지. 만약 그 부분을 빼고 사람들에게 오해를 밝히려고 한다면 누가 나를 믿어줄까? 사람들은 다아시 씨에게 크나큰 반감이 있잖아. 그를 좋게 말하려고 하면 선량한 메리턴 사람 절반은 목숨을 걸고 달려들 텐데, 난 감당할 자신이 없어. 위컴은 곧 떠날 테니 그 사람의 본성이 어떻든 이제 무슨 상관일까 싶어. 언젠가 전모가 밝혀지면 그때까지도 알지 못했던 사람들을 비웃어줄 수는 있겠지. 하지만 지금은 아무 말도 안 할래."

"네 말이 맞아. 그 사람 잘못을 공공연히 폭로한다면 그의 인생을 망치게 될 거야. 어쩌면 지금 자신이 한 짓을 뉘우치고 새로운 삶을 살기 위해 노력하는 중일 수도 있잖아. 그를 절망에 빠뜨리지는 말자."

시끄럽던 엘리자베스의 마음은 언니와의 대화로 진정되었다. 보름 동안 그녀를 억눌렀던 두 가지 비밀을 털어놓을 수 있었고, 다른 이야기가 하고 싶어질 때면 언제든 제인은 그녀의 말을 들어줄 게 분명했다. 그러나 여전히 섣불리 밝힐 수 없는 이야기도 남아 있었다. 다아시 씨 편지의 절반가량은 도저히 이야기할 엄두가 나지 않았다. 그의 친구가 언니를 진심으로 소중하게 생각했다는 해명도 전할 수가 없었다. 이건 누군가 참견할 수 있는 문제가 아니었다. 그녀가 판단할 때는 당사자가 서로 완벽하게 이해하는 날에 비로소 이 무거운 마지막 비밀을 벗어버릴 수 있을 터였다. 그녀는 생각했다.

'그런 날이 오는 건 불가능해 보이지만, 혹시 그런 날이 온다고 해도 그때는 빙리 씨가 직접 더 기분 좋게 말할 수 있을 테니 비밀은 비밀이 아니게 되겠군.'

집에 돌아온 뒤 엘리자베스는 언니의 속내를 찬찬히 들여다볼 여유가 생겼다. 제인은 행복하지 않았다. 빙리를 향한 사랑은 아직도 애틋했다. 과거 진실한 사랑에 빠진 적이 없기에 그녀의 마음은 온통 첫사랑의 뜨거움을 간직하고 있었으며, 나이와 타고난 성격 때문에 다른 누구의 첫사랑보다도 한결같았다. 게다가 빙리와의 기억을 워낙 소중히 간직했고, 그 어떤 남자보다도 그를 좋아해서 회한에 빠지지 않게 하려면 온갖 분별력과 주변인을 배려하는 마음을 상기시켜야 했다. 그런 후회는 그녀 자신의 건강도 주변 사람들의 안정도 크게 다치게 할 것이 분명했다.

어느 날 베넷 부인이 말했다.

"얘, 리지야. '지금은' 제인에게 일어난 슬픈 사건을 어떻게 생각하니? 나는 말이다, 이제 아무에게도 그 이야기를 다시 안 하기로 했단다. 네 이모한테도 요전에 그렇게 말해뒀지. 그런데 제인이 런던에서 그를 잠깐 보기나 했는지 도통 모르겠구나. 흥, 하긴 그럴 자격도 없는 젊은이야. 이제 제인이 그를 붙잡을 기회는 영영 사라진 모양이야. 알 만한 사람들에게는 전부 물어봤는데 여름에 네더필드에 온다는 소식도 없고."

"아마 다시는 네더필드에 오지 않겠죠."

"에휴, 그거야 그 사람 마음이겠지. 온다고 해도 누가 환영해줄 줄 알고? 그 인간이 내 딸에게 얼마나 못된 짓을 했는지 평생 입에 달고 살 거다. 내가 제인이라면 그냥은 못 넘어갈 거야. 제인이 몹시 상심해서 죽게 될 테고, 그땐 자신이 한 짓을 땅을 치고 후회할 거라고 생각하면 그나마 위안이 된단다."

엘리자베스는 그런 생각이 전혀 위안이 되지 않았기에 대답하지 않았다.

어머니가 곧바로 말을 이었다.

"그건 그렇고, 리지야. 콜린스 씨 부부는 아주 편안하게 살고 있더냐? 그래, 그래, 뭐 오래가기만을 바라야지. 그런데 식탁은 어떻게 차리던? 샬럿은 대단한 살림꾼이니까 걔네 엄마 반만큼만 약삭빠르다면 저축도 충분히 할 수 있을걸. 걔네 살림에서 사치는 없을 거야."

"네, 전혀 없어요."

"살림을 아주 잘하겠지, 암. 그럼, 그럼. '자기들' 수입을 초과하는 지출은 안 할 테니, 돈 문제로 걱정하는 일은 결코 일어나지 않겠지. 걔들한테는 얼마나 잘된 일이니! 그리고 네 아버지가 돌아가시면 롱번을 차지하게 된다고 늘 떠들겠지. 그럴 때마다 롱번이 자기들 것인 양 굴게 분명해."

"제 앞에서는 그런 이야기를 못 하겠지요."

"당연하지. 그런다면 얼마나 이상한 사람들이니. 하지만 분명히 자기들끼리 있을 때는 그러고 있을 거야. 흥! 법적으로 정당한 자기 재산도 아닌데 그렇게 냉큼 챙기다니, 아주 좋기도 하겠다. 나라면 한사 상속으로 받은 재산 따윈 부끄러워할 텐데 말이다."

18장

집에 돌아오고 첫 주는 순식간에 지나갔다. 두 번째 주가 시작되었고, 이는 곧 부대가 메리턴에서 머무는 마지막 주이기도 해서 주변의 젊은 아가씨들은 모두 시무룩해졌다. 낙담하지 않은 사람을 찾아보기 어려울 정도였다. 베넷 집안의 손위 두 딸만은 여전히 먹고 마시고 자고 평소처럼 자기 할 일을 했다. 키티와 리디아는 두 사람에게 어찌 그리 무정하냐고 항의할 정도였다. 막내들은 엄청난 비탄에 빠져 있었고, 자기 가족이 이렇게 냉정하다니 이해할 수가 없었다.

"아아! 우리는 이제 어떻게 될까! 어쩌면 좋아!"

그러고는 무시로 절절한 슬픔에 잠겨 소리를 질러댔다.

"리지 언니는 어떻게 지금 웃을 수가 있어?"

다정한 어머니도 함께 슬픔을 나누었다. 그녀 또한 이십오 년 전에 겪었던 비슷한 슬픔을 떠올렸다.

"밀러 대령의 부대가 떠나고 이틀 내내 울었단다. 심장이 찢어지는 줄 알았어."

리디아가 말했다.

"내 심장은 정말 찢어지고 말 거야."

베넷 부인이 말했다.

"브라이턴에 갈 수만 있다면!"

"그러니까 브라이턴에 갈 수만 있다면 좋을 텐데! 아빠는 정말 너무하셔!"

"해수욕만 해도 기운이 좀 나련만."

"필립스 이모도 해수욕이 '내게' 아주 좋을 거라고 했는데."

키티가 옆에서 거들었다.

이런 식의 탄식이 온종일 롱번 집안에서 울려 퍼졌다. 엘리자베스는 기분을 바꿔보려 애썼지만 수치스러움으로 모든 즐거움이 사라져버렸다. 새삼 다아시 씨의 반대가 정당했다는 생각이 들었고, 친구 일에 끼어들 수밖에 없었던 그를 이해하는 마음이 솟아올랐다.

그러나 리디아의 앞날을 덮고 있던 우울함은 금세 걷혔다. 포스터 대령의 아내인 포스터 부인한테서 함께 브라이턴에 가자는 초대를 받은 것이다. 이 소중한 친구는 결혼한 지 얼마 안

된 아주 젊은 여성이었고, 싹싹함과 활달함이 리디아와 꼭 닮아서 서로 마음이 통했는지 '석 달' 만에 둘도 없는 친한 친구가 되었다.

초대받은 리디아의 환희, 포스터 부인을 향한 찬양, 베넷 부인의 기쁨, 초대받지 못한 키티의 괴로움 등은 이루 표현할 수 없을 정도였다. 언니 속도 모르고 리디아는 기뻐서 온 집 안을 방방 뛰어다녔고, 아무에게나 축하해달라고 외치며 여느 때보다 더 신나게 웃고 떠들었다. 반면 불운한 키티는 자신의 운명을 한탄하며 말도 안 되는 억지를 부렸다.

"포스터 부인은 왜 '나도' 같이 초대하지 않은 거지. 내가 아주 각별한 친구는 '아니지만' 나도 초대받을 권리가 있다고. 아니, 오히려 내가 초대를 받았어야지. 내가 두 살이나 더 많은데 말이야."

엘리자베스가 잘 설명하고, 제인이 포기하라며 달랬지만 소용없었다. 엘리자베스는 어머니나 리디아처럼 기뻐할 수가 없었다. 오히려 리디아에게 마지막 남은 상식을 사형대로 보내는 선고처럼 느껴졌다. 그래서 나중에 알게 되면 크게 난리가 날 것을 알고도 아버지에게 리디아를 보내지 말라고 몰래 말씀드릴 수밖에 없었다. 리디아의 평소 단정치 못한 품행을 말씀드리고, 포스터 부인 같은 여자와 친해봤자 얻을 게 없다고 주장했다. 브라이턴에서 그런 사람들과 어울린다면 가뜩이나 집보다 유혹이 많은 곳인데 분명 경솔하게 행동할 거라고 설득했다. 아버지는 그녀의 말을 진지하게 듣고는 이렇게 말했다.

"리디아는 사람들 앞에 나서지 않으면 잠시도 가만히 있질 못하잖니. 지금처럼 별다른 불편도 끼치지 않고 비용도 들지 않는 기회는 다시 없을 거다."

"리디아의 경솔하고 천박한 태도가 모조리 드러나면 우리 가족들이 어떤 피해를 입을지 생각하셔야지요. 아니, 이미 그런 피해를 입었다고요. 부디 생각을 바꿔주세요."

베넷 씨가 그녀의 말을 따라 했다.

"이미 피해를 입었다니! 아니, 네 애인 몇 명이 겁을 먹고 달아나기라도 했다는 말이냐? 가엾은 우리 리지! 하지만 기죽지 마라. 어리석은 아이와는 친척이 될 수 없다고 예민하게 구는 남자라면 후회할 가치도 없단다. 어디, 리디아의 바보짓으로 떨어져나간 가엾은 친구 명단이나 보여주렴."

"잘못 짚으셨어요. 제가 그런 억울한 일을 당하지는 않았어요. 구체적인 무엇이 아니라 일반적인 해악을 말씀드리는 거예요. 변덕스럽고 뻔뻔하고 방종한 리디아의 품성이 우리 집안의 무게감과 존경심을 깎아내리게 된다고요. 죄송하지만 솔직히 말씀드릴게요. 만약 아버지가 지금 당장 나서서 저 왕성한 혈기를 눌러주시고, 평생 남자나 쫓아다니며 살아서는 안 된다고 가르치지 않으시면 이제 곧 걷잡을 수가 없게 된다고요. 성격은 그대로 굳어져 버릴 테고, 열여섯 살에 이미 바람둥이로 낙인 찍혀서 자신은 물론 가족들까지 웃음거리로 만들 거예요. 그것도 아주 방탕한 희대의 바람둥이가 될 거라고요. 어리고 인물이 반반하다는 것 말고는 아무 매력도 없고, 무식하며 머리는 텅 비었는데 관심받고 싶어 안달이 나 있으니 어떻게 세상 사람들의 경멸을 피할 수 있겠어요? 키티도 마찬가지로 위험해요. 늘 리디아만 좇아다니잖아요. 허영심 많고 무식하고 게으르고 완전히 통제 불능이기까지 하니! 아버지, 그 애들이 가는 곳마다 비난과 경멸을 받고 언니인 우리까지 불명예에 휘말리게 하지 않을 거라고, 정말 그렇게 생각하세요?"

베넷 씨는 온 마음을 다한 딸의 열변을 가만히 듣고 있었다. 그리고 다정하게 그녀의 손을 잡으며 대답했다.

"너무 불안해하지 마라, 얘야. 너와 제인을 아는 사람이라면 누구라도 너희를 존중하고 사랑할 수밖에 없을 테니. 어리석은 동생 둘, 아니 세 명이지, 아무튼 동생들이 너희를 깎아내릴 수는 없단다. 리디아를 브라이턴에 보내지 않으면 롱번에 평화가 없을 테니 그냥 보내주자꾸나. 포스터 대령은 사리가 밝은 분이니 그 아이가 큰 잘못을 저지르지 않도록 막아주실 게다. 게다가 다행히 재산이 별로 없으니 누군가의 먹잇감이 되지도 않을 테고. 브라이턴에 가면 바람둥이 축에도 못 낄 거다. 장교들도 더 나은 아가씨를 좇아다닐 거고, 그러면 자신이 얼마나 보잘것없는지 깨달을 수도 있지 않겠니. 이미 더 나빠질 수도 없고, 더 나빠진다면 평생 집에다 가둬놓고 살련다."

엘리자베스는 이 대답으로 만족해야 했다. 하지만 그녀의 생각은 변함이 없어서 실망스럽고 서운한 마음으로 서재를 나왔다. 그래도 성격상 전전긍긍하며 속을 끓이지는 않았다. 엘리자베스는 할 일은 다했다고 생각했다. 그리고 피할 수 없는 재난을 가슴 졸이고 지켜보며 불안에 떠는 일은 그녀의 성격과도 맞지 않았다.

엘리자베스가 아버지와 나눈 대화를 리디아나 어머니가 알았다면 둘이 합심해도 울분을 풀 만한 표현을 찾지 못했을 것이다. 리디아의 상상 속 브라이턴은 지구상에서 누릴 수 있는 모든 행복의 집결체였다. 상상에 사로잡힌 그녀 눈앞에 장교들이 가득한 해수욕장의 거리가 펼쳐졌다. 그곳에서 그녀는 아직 알지 못하는 수십 명의 장교에게 흠모의 대상이 되고 있었다. 캠프의 장관도 화려했다. 아름답게 줄지어 선 막사에 눈부신 군복을 입은 젊은 군인이 빼곡했다. 그리고 자신이 한 막사 아래 앉아 최소한 여섯 명의 장교와 동시에 다정하게 속삭이고 있는 모습으로 상상의 정점을 찍었다.

이 부푼 기대와 현실에서 언니가 자신을 떼어놓으려 했다면 어떤 기분이었을까? 오직 어머니만이 같은 기분을 느끼며 그녀의 마음을 알아주었을 것이다. 베넷 부인은 우울하게도 결국 남편이 그곳에 갈 생각이 전혀 없다는 것을 확인했으니, 리디아가 브라이턴에 가는 것만이 유일한 낙이었다.

어떤 일이 있었는지는 전혀 몰랐으니 리디아는 집을 떠나는 바로 그날까지도 기쁨이 멈출 줄을 몰랐다.

엘리자베스가 위컴 씨를 만나는 것도 그날이 마지막이었다. 돌아온 뒤 여러 번 그를 만날 자리가 있어 어지럽던 마음은 제법 진정되었고, 한때 느꼈던 설렘은 완전히 사라져버렸다. 처음에는 그녀를 들뜨게 했던 신사다운 친절도 그 속에서 가식과 단조로움을 간파하자 혐오스럽고 역겨웠다. 게다가 지금 그녀를 대하는 태도는 새삼 불쾌감을 일으켰다. 초창기에 확연했던 호감을 되살리려고 노력하는 모양새가 뻔했는데, 모든 사실을 알게 된 후에는 그런 모습이 짜증스러울 뿐이었다. 자기가 저 무의미하고 천박한 사람의 관심 대상이 되었다니 그를 향한 모든 관심이 완전히 사라졌다. 그리고 애써 생각하지 않으려고 했지만 위컴이 오랫동안 아무 이유 없이 호감을 거두었다가도 언제든 처음의 설렘을 되살려 그녀의 허영심을 만족시키고 마음도 얻을 수 있다고 믿게 만든 것은 자신의 책임임을 쓰리지만 인정할 수밖에 없었다.

부대가 메리턴에 머무는 마지막 날, 그는 다른 장교들과 함께 롱번에서 식사를 했다. 엘리자베스는 그와 좋게 헤어질 마음이 없었기 때문에 헌스퍼드에서 어떻게 지냈느냐는 질문에 피츠윌리엄 대령과 다아시 씨가 로징스에 삼 주 동안 머물렀다고 대답한 뒤 대령을 알고 있는지 물었다.

위컴은 놀라고 불쾌해하면서 경계하는 표정이었다. 하지만 잠시 후 마음을 추스르고 다시 미소를 지으며 자주 만났다고 대답했다. 아주 신사다운 분이라고 평하고는 엘리자베스의 의견도 물었다. 그녀도 대령을 칭찬했다. 그는 무심한 척 이렇게 덧붙였다.

"그분이 로징스에 얼마나 머무셨다고 했지요?"

"삼 주 가까이 머무셨어요."

"자주 만나셨습니까?"

"네, 거의 매일 뵈었죠."

"사촌과는 전혀 다른 분입니다."

"네, 정말 그래요. 하지만 다아시 씨도 알면 알수록 괜찮은 사람이더라고요."

"그렇습니까!"

위컴이 소리치듯 대답했다. 그 순간 엘리자베스는 그의 표정을 놓치지 않았다.

그는 정신을 수습하고는 짐짓 가벼운 어조로 덧붙였다.

"그렇다면 이런 질문을 드려도 될까요? 말투가 좀 나아졌나요? 평소보다 정중하게 굴면서 생색을 내던가요?"

그러더니 목소리를 낮추고 자못 심각하게 말했다.

"본질이 나아졌으리라는 기대는 차마 할 수가 없군요."

엘리자베스가 말했다.

"아, 그래요! 그분의 본질이야 예전과 똑같다고 생각해요."

그 말에 위컴은 기뻐해야 하는지, 달리 숨겨진 의미가 있는지 갈피를 잡지 못하는 표정이었다. 그녀의 표정에는 어딘가 그를 불안하게 만들고, 귀를 기울이게 하는 힘이 있었다.

"알면 알수록 괜찮다는 말은 그분의 마음 씀씀이나 태도가 나아졌다는 뜻이 아니었어요. 그분을 잘 알게 되니까 성격을 이해할 수 있겠더라고요."

이제 위컴의 얼굴은 벌겋게 달아올랐고, 놀라고 당황하는 표정이 역력했다. 잠시 그는 침묵했다. 당혹감을 누르면서 다시 그녀에게 부드러운 어조로 말했다.

"제가 다아시 씨에게 어떤 마음인지 잘 알고 계시지요. 그러니 그가 '겉으로'라도 올바르게 행동하려는 현명함을 갖추었다니 제가 얼마나 진심으로 기뻐하는지도 이해하실 겁니다. 그런 쪽으로는 그의 오만도 자신에게는 아니더라도 다른 사람들에게는 쓸모가 있을 것도 같습니다. 저를 괴롭힌 것 같은 파렴치한 행동은 하지 않을 테니 말입니다. 그러나 제 걱정은 당신께서 보신 조심스러운 모습이 혹시 이모 앞에서만 나타나는 신중함이 아닌가 하는 것입니다. 이모를 어려워하면서 잘 보이고 싶어 하는데, 분명 드 버그 양과의 결혼을 마음에 두고 있기 때문이 아닌가 생각됩니다."

엘리자베스는 웃음을 참기가 어려웠지만 고개를 살짝 끄덕이는 것으로 대답을 대신했다. 그는 자신이 부당한 일을 당했다는 케케묵은 화제로 그녀를 끌어들이고 싶어 했지만, 그녀는 그렇게 둘 마음이 전혀 없었다. 이후 저녁 시간 내내 그는 '겉으로는' 평소와 다름없이 활기찼지만 더 이상 엘리자베스를 특별하게 대하려는 시도를 하지 않았다. 두 사람은 서로 예의 바르게 마지막 인사를 나누고 헤어졌다. 아마 마음속으로는 둘 다 다시 만나지 않기를 바랐을 것이다.

연회가 끝나자 리디아는 포스터 대령과 메리턴으로 향했고, 그곳에서 내일 아침 일찍 브라이턴으로 출발할 예정이었다. 그녀와 가족들의 이별은 가슴 아프다기보다는 소란스러웠다. 눈물을 보인 사람은 키티뿐이었는데, 그것도 질투와 울분을 참지 못했기 때문이다. 베넷 부인은 딸의 행복을 열렬히 빌어주면서 즐길 수 있는 기회는 놓치지 말고 최대한 즐기라고 당부했다. 아마 그 조언은 특별히 귀담아들었을 것이 분명했다. 리디아는 들떠 요란스럽게 작별을 고했고, 그 탓에 언니들의 얌전한 작별 인사는 들리지도 않았다.

19장

엘리자베스의 가치관이 자기 가족을 기반으로 형성되었다면 가정의 안락함이나 부부간의 행복에 그리 유쾌한 견해를 갖지 못했을 것이다. 아버지는 젊은 시절 아름답고 착해 보이기까지 한(젊고 아름다우면 착해 보이기 마련이니) 여자에게 반해 결혼했다. 그러나 결혼식을 올리고 나서 얼마 지나지 않아 아내의 이해력이 모자라고 생각이 답답하다는 것을 알게 되었고, 그 탓에 아내를 향한 사랑은 일찌감치 끝나버렸다. 존중과 존경, 신뢰는 영원히 사라지고 자신이 꿈꾸던 가정의 행복도 무너졌다. 그러나 베넷 씨는 경솔한 자신에게 실망하기는 했지만, 어리석거나 부덕한 짓을 한 사람들이 종종 빠지는 유흥과는 거리를 두었다. 그 대신 전원과 책을 사랑했고, 여기서 얻는 즐거움이 그의 주된 즐거움이 되어주었다. 아내는 자주 무식함과 어리석음으로 그를 재미있게 해주었지만 그뿐이었다. 이는 일반적으로 남자가 아내에게 바라는 행복은 아니었다. 하지만 도무지 즐거울 일이 없다면 주어진 상황에서라도 장점을 취하는 게 진정한 현자일 것이다.

그러나 아버지의 행동은 남편으로서는 부적절했고, 엘리자베스도 그 사실을 알고 있었기에 그럴 때마다 가슴이 아팠다. 그녀는 아버지의 재능을 존경했고, 자신에게 보여주는 애정에 감사했다. 그래서 그냥 지나쳐서는 안 되는 일들을 잊으려고 애썼으며, 부부간의 의무와 예법을 어기면서 아내가 자식들에게 경멸을 당하도록 내버려둔 일은 비난받아 마땅했음에도 외면하려고만 했다. 하지만 부적절한 결혼이 자식들에게 어떤 영향을 미치는지 지금처럼 마음에 사무치게 느낀 적도 없었고, 재능을 잘못된 방향으로 사용할 때 발생하는 해악을 지금처럼 절실하게 깨달은 적도 없었다. 아버지가 재능을 올바르게 사용했다면 아내의 옹졸한 성미를 바로잡지는 못해도 최소한 딸들의 품격은 지켜낼 수 있었을 것이다.

엘리자베스는 위컴이 떠난 것은 기뻤지만 그 외에는 달리 부대가 떠나서 좋을 이유가 없었다. 집 밖에서 열리는 파티는 전보다 단조로워졌고, 집 안에서는 어머니와 동생이 쉴 새 없이 따분하다고 투덜거려 분위기를 우울하게 만들었다. 키티는 머릿속을 어지럽히던 문제들이 눈앞에서 사라지자 시간이 지나면서 어느 정도 분별력을 회복하는 듯했지만, 더 큰 문제를 일으킬 수 있는 성격인 리디아는 해변과 캠프, 두 배의 위험에 처해 있어 어리석음과 뻔뻔함만 늘지 않을까 싶었다. 그러니 전반적으로 봤을 때 초조한 마음으로 고대하던 일도 막상 벌어지고 나면 예상만큼 만족스럽지는 않다는 걸 다시금 깨닫게 된다. 그래서 엘리자베스는 진정한 행복의 시작점을 다시 정해야만 했다. 그녀의 소망과 희망이 이루어질 시점을 정하고 그날을 손꼽아 기다리는 즐거움을 누리는 것만이 현재 유일한 위안이었고, 다른 실망스러운 일도 참아내게 했다. 호수 지방 여행은 이제 그녀의 가장 행복한 상상이었고, 어머니와 키티의 불평으로 얼룩진 나날에 최고의 위안이 되어주었다. 제인도 함께 갈 수만 있다면 완벽한 계획이었을 것이다.

그녀는 생각했다.

'하지만 오히려 아쉬운 것이 있어 다행이야. 모든 계획이 완벽했다면 아마 무언가 또 실망할 일이 생겼을 테지. 그런데 이번 여행에서는 언니가 없어 아쉬워하는 마음이 늘 끊이지 않을 테니, 다른 즐거움은 예상대로 이루어질 거라고 바라도 되겠지. 어느 모로 보나 즐거운 계획이라면 절대 성공할 리 없어. 전체적인 실망을 피하려면 작은 속상한 일을 미리 방패로 삼는 수밖에.'

리디아는 떠나면서 자주 상세하게 편지를 쓰겠다고 어머니와 키티에게 약속했지만 편지는 늘 오래 기다려야 했고 그 내용도 아주 짧았다. 어머니에게 보내는 편지에는 짧게 지금 막 도서관에서 오는 길이다, 도서관에서 어떤 장교를 만났다, 정신이 쏙 빠질 만큼 아름다운 장식물을 보았다, 새 드레스와 파라솔을 샀다, 더 자세히 적고 싶지만 포스터 부인이 급하게 찾아서 얼른 가봐야 한다, 이제 부대로 갈 예정이다 이런 이야기뿐이었다. 키티에게 보낸 편지에서도 알 수 있는 것이 별로 없었다. 내용은 조금 더 길었지만, 비밀로 하라고 당부하는 밑줄이 잔뜩 그어져 있었기 때문이다.

리디아가 떠나고 이 주에서 삼 주 정도 지나자 롱번에는 다시 건강함과 웃음과 활기가 돌기 시작했다. 모든 것이 한층 밝아졌다. 런던에서 겨울을 보냈던 가족들이 돌아왔고, 여름 모임과 옷차림 이야기로 분위기가 활기찼다. 베넷 부인은 평상시처럼 툴툴거리며 평온함을 되찾았고, 6월 중순쯤 되자 키티는 더 이상 울지 않고도 메리턴에 갈 수 있을 만큼 괜찮아졌다. 그 덕분에 엘리자베스는 크리스마스쯤 되면 키티가 하루에 한 명씩만 장교 이야기를 꺼낼 만큼 괜찮아지지 않을까 하는 행복한 기대를 하게 되었다. 육군성이 또 다른 부대를 메리턴에 주둔시키는 심술만 부리지 않는다면 말이다.

북부 지방으로 여행을 가기로 한 날이 빠르게 다가왔다. 그런데 출발을 고작 보름 앞두고 가드너 부인한테서 편지가 도착했다. 출발이 늦어지고, 여행 기간도 줄어들 거라는 내용이었다. 외삼촌이 일 때문에 7월 보름 이후에나 출발할 수 있고, 떠나더라도 한 달 안에 다시 런던으로 돌아와야 한다고 적혀 있었다. 기간이 너무 짧아져 멀리 가지 못하게 되었고, 계획대로 다 둘러보지 못하거나 적어도 여유롭게 둘러볼 시간은 안 될 것 같다는 소식이었다. 따라서 호수 지방은 포기하고 더 단축된 여정으로 대체하게 되었는데, 그 계획으로는 더비셔보다 북쪽으로는 갈 수 없었다. 더비셔 지방에도 볼거리가 많으니 삼 주는 족히 걸릴 터였고, 특히 가드너 부인은 그곳에 애착이 많았다. 예전에 몇 년 동안 살았고, 이번에 며칠 머물게 될 그 지역은 매틀록이나 채츠워스, 도브데일, 피크 지역의 유명한 관광지 못지않게 호기심을 불러일으키는 곳이었던 것이다.

엘리자베스는 크게 실망했다. 호수 지방에 갈 기대감으로 부풀었었고, 여전히 시간이 충분하지 않을까 생각했다. 하지만 그 정도로 만족하는 수밖에 없었고, 그녀는 낙관적인 성격으로 금세 행복해졌다. 그렇게 모든 일이 곧 제자리를 찾았다.

더비셔는 많은 생각을 떠올리게 했다. 엘리자베스는 펨벌리와 그 주인을 떠올리지 않을 수 없었다.

'그렇지만 그 사람 영토에 들어가는 게 범죄도 아니고, 몰래 화석화된 나무 몇 개는 집어올 수 있겠지.'

설레며 기다려야 하는 시간이 이제 두 배로 늘어났다. 외삼촌 내외는 사 주 후에나 올 예정이었다. 하지만 마침내 사 주가 지났고, 가드너 부부와 네 명의 아이가 롱번을 찾아왔다. 여섯 살, 여덟 살 된 여자아이 둘과 더 어린 남동생들은 롱번에 남기로 했고 제인이 특별히 보살펴주기로 했다. 아이들이 제인을 가장 따르기도 했고, 차분하고 상냥한 성격이라서 아이들을 가르치고 놀아주고 예뻐해주며 보살피는 데 적격이기도 했다.

가드너 부부는 롱번에서 하룻밤만 지내고 다음 날 아침 엘리자베스와 함께 새로운 즐거움을 찾아 출발했다. 마음이 맞는 여행친구와 함께하는 즐거움만은 확실했다. 불편함을 견딜 수 있는 건강함, 즐거움을 더해주는 활기, 여행하다 낙심할 일이 생겨도 서로 챙길 수 있는 애정과 지혜, 이런 것들이 마음이 맞는다는 말에 포함되어 있었다.

더비셔를 묘사하거나 그곳까지 가는 길에 지나쳐간 유명한 장소들을 설명하는 것은 이 글의 목적이 아니다. 옥스퍼드, 블레넘, 워릭, 케닐워스, 버밍엄 등은 아주 유명하다. 여기에서는 더비셔의 작은 부분에만 집중하려고 한다. 램턴이라는 작은 마을은 가드너 부인이 예전에 살던 곳이었고, 최근 아직도 아는 사람이 남아 있다는 소식을 듣기도 했다. 일행은 주요 관광지들을 다 둘러본 후에 그곳으로 발길을 옮겼다. 외숙모는 램턴에서 8킬로미터도 채 떨어지지 않은 곳에 펨벌리가 위치해 있다고 일러주었다. 가는 길은 아니었지만 2, 3킬로미터만 더 돌아가면 되었다. 전날 저녁 일정을 짜면서 가드너 부인은 펨벌리에 다시 가보고 싶다고 말했다. 가드너 씨도 그러자고 하면서 엘리자베스에게도 동의를 구했다.

외숙모가 말했다.

"얘, 펨벌리라는 이름은 수없이 들었을 텐데 한번 봐야 하지 않겠니? 네가 아는 사람이 여럿 관련되어 있기도 하잖아. 위컴도 어린 시절을 줄곧 그곳에서 보냈다면서."

엘리자베스는 난처했다. 펨벌리에 가서는 안 될 것 같은 생각이 들었고, 그래서 어쩔 수 없이 보고 싶지 않은 척했다. 대저택은 이미 질리도록 봤고, 더는 고급 카펫이나 새틴 커튼을 봐도 그다지 감흥이 일지 않는다고 했다.

가드너 부인은 그녀가 어리석다고 지적했다.

"그저 고급 가구들을 채워넣은 화려한 저택이라면 나도 관심 없어. 하지만 그 집터가 정말 멋져. 이 고장에서 가장 훌륭한 숲도 그 부근이고 말이야."

엘리자베스는 더 이상 아무 말도 할 수 없었지만, 속으로는 여전히 꺼림칙했다. 그곳을 둘러보다가 다아시 씨를 만날지도 모른다는 생각이 불쑥 떠올랐다. 그러면 얼마나 민망할까! 그녀는 생각만으로도 얼굴을 붉히며 외숙모에게 솔직히 털어놓고 그런 위험을 피하고 싶었다. 그러나 그것도 쉽지는 않아서 결국 저택에 지금 주인이 있는지 몰래 알아본 후에 그렇다고 한다면 최후의 수단으로 털어놓자고 미뤄두었다.

엘리자베스는 밤에 자기 방으로 돌아가자 마음먹은 대로 객실 청소부에게 펨벌리가 그렇게 멋진 곳이냐고 물었다. 그러고 나서 조마조마한 심정으로 주인 이름과 그 가족이 저택에서 여름을 보내는지 물어보았다. 마지막 질문에는 다행스럽게도 없다는 대답이 나왔다. 그래서 다음 날 아침 외숙모가 다시 그 화제를 꺼내면서 거듭 그녀의 의향을 물었을 때 아무렇지 않은 척 싫지 않다고 대답했다.

그래서 이들은 펨벌리로 가게 되었다.

제3부

1장

마차를 타고 가는 동안 엘리자베스는 다소 복잡한 마음으로 펨벌리 숲이 나타나기를 기다렸다. 그리고 마침내 입구에 들어서자 가슴이 빠르게 콩닥거렸다.

장원은 아주 넓었고, 다양한 지형이 눈앞에 펼쳐졌다. 일행은 가장 낮은 지대로 들어서서 한동안 넓고 아름다운 숲 속을 달렸다.

엘리자베스는 가슴이 벅차 대화도 나눌 수 없었다. 근사한 풍경과 전망을 보면서 그저 감탄할 뿐이었다. 오르막으로 8백 미터 정도 올라가자 어느새 상당한 높이까지 올라와 있었다. 숲은 끝나고, 계곡 반대편에 위치한 펨벌리 하우스가 한눈에 들어왔다. 그곳으로 향하는 길은 다소 급하게 굽어 있었다. 펨벌리 하우스는 크고 위풍당당한 석조 건물로 오르막에 우뚝 서 있었으며, 그 뒤로 울창한 숲으로 이루어진 산마루가 버티고 있었다. 저택 앞에는 원래 그 자리에 있던 개울을 조금 더 넓혀놓았는데 인공적인 미가 전혀 느껴지지 않았다. 둑은 형식적으로 만들어놓은 것처럼 보이지 않았고, 억지스러운 장식으로 꾸며놓지도 않았다. 엘리자베스는 기뻤다. 자연이 이처럼 돋보이는 곳 또는 자연의 아름다움을 이상한 취향으로 망가뜨리지 않은 곳은 처음이었다. 모두가 감탄을 금치 못했다. 그 순간 그녀는 펨벌리의 안주인이 된다는 것이 대단한 일일 거라고 생각했다.

언덕을 내려와서 마차는 다리를 건너 문을 향해 달렸다. 저택을 가까이서 살펴보는 동안 혹시 집주인이 돌아오지는 않았을까, 객실 청소부가 잘못 알고 있는 건 아니었을까 하는 걱정으로 조마조마했다. 저택 구경을 부탁하자 일행은 모두 홀로 안내되었다. 엘리자베스는 하녀장을 기다리는 동안 여유를 찾고 자신이 있는 곳을 새삼 신기하다는 듯 둘러보았다.

하녀장은 나이가 지긋한 품위 있는 여성으로 엘리자베스가 생각한 만큼 세련돼 보이지는 않았지만 생각보다 친절했다. 일행은 그녀를 따라 응접실에 들어섰다. 넓고 배치가 잘 된, 잘 꾸며진 방이었다. 엘리자베스는 잠깐 방을 둘러보고 창가로 가서 전망을 즐겼다. 조금 전 일행이 내려왔던 언덕 위로 나무가 울창했고, 멀리서 보니 험준한 위용을 뽐내는 것이 아름다운 예술품처럼 느껴졌다. 지형도 모두 훌륭했다. 그녀는 강, 둑 위에 드문드문 서 있는 나무, 구불구불 이어진 계곡 등 눈앞에 펼쳐진 풍경에 감탄하며 되도록 멀리까지 바라보았다. 다른 방에 들어가자 풍경이 달라졌는데, 어느 창으로 보든 저마다의 아름다움을 감상할 수 있었다. 방들은 고상하고 근사했으며, 가구는 주인의 재력에 걸맞게 훌륭했다. 그러나 쓸데없이 번드르르하거나 천박하지 않아서 그의 안목에 감탄하지 않을 수 없었다. 로징스의 가구보다 화려함은 덜했지만 진정한 우아함은 한 수 위였다.

그녀는 생각했다.

'내가 이곳의 안주인이 될 수도 있었다니! 지금쯤 여기 방들에 아주 익숙해졌을지도 모르지! 손님으로 둘러보는 대신 주인으로 즐기고, 외삼촌과 외숙모를 손님으로 맞았을 거야. 아니, 아니야.'

그녀는 이내 정신을 차리려는 듯 고개를 가로 흔들었다.

'그런 일은 없었을걸. 외삼촌 부부를 초대하지 못하게 했을 테고, 더는 두 분을 만나지도 못했을 거야.'

이런 생각이 들다니 다행이었다. 그 덕분에 후회 비슷한 감정에서 벗어날 수 있었다.

엘리자베스는 하녀장에게 주인이 정말로 이곳에 없는지 물어보고 싶었지만 용기가 나지 않았다. 그런데 외삼촌이 마침 그 질문을 했고, 그녀는 긴장된 모습으로 돌아보았다. 레이놀즈 부인은 그렇다고 대답하면서 이렇게 덧붙였다.

"하지만 내일 친구분들과 함께 오실 예정이세요."

그 순간 엘리자베스는 여행이 어떤 이유로든 하루 더 미뤄지지 않은 것이 얼마나 다행인지 안도의 숨을 내쉬었다!

그때 외숙모가 그림을 보라고 그녀를 불렀다. 벽난로 위 다른 세밀화 몇 점 사이에 위컴 씨를 닮은 초상화가 있었다. 외숙모는 미소를 지으면서 그림이 어떠냐고 물었다. 하녀장이 다가오더니 이 젊은 신사의 그림은 돌아가신 선대 주인을 모시던 관리인의 아들이고, 선대 주인께서 양육비를 전부 대셨다고 말해주었다.

그녀가 덧붙였다.

"지금은 군대에 갔다고 들었어요. 하지만 아주 방탕한 삶을 산다는 것 같아요."

가드너 부인은 미소를 지으며 조카를 보았지만 엘리자베스는 미소를 지을 수가 없었다.

마침 레이놀즈 부인이 다른 세밀화를 가리키며 말했다.

"그리고 이 그림이 저희 주인님이세요. 실물과 아주 꼭 닮았어요. 저기 다른 그림과 마찬가지로 팔 년 전쯤에 그린 초상화랍니다."

가드너 부인이 그림을 보며 말했다.

"인물이 좋으시다는 말씀을 많이 들었어요. 아주 잘생기셨네요. 어떠니, 리지야, 실물과 닮았는지 네가 한번 말해보렴."

레이놀즈 부인은 엘리자베스가 주인을 알고 있다는 말에 존경심이 한층 높아진 듯했다.

"저 숙녀분이 다아시 씨를 아시나요?"

엘리자베스는 얼굴을 붉히며 답했다.

"조금요."

"정말 잘생긴 신사라고 생각하지 않으세요?"

"네, 아주 잘생기셨지요."

"전 그분만큼 잘생긴 분은 아직까지 본 적이 없답니다. 위층 화랑도 보여드릴 텐데, 거기에 더 정교하고 큰 초상화가 있어요. 이 방은 선대 주인이 가장 좋아하시던 방이고 세밀화들도 다 그때 그대로랍니다. 이 그림들을 아주 좋아하셨지요."

그제야 엘리자베스는 왜 위컴 씨의 그림이 여기 걸려 있는지 알 수 있었다.

레이놀즈 부인은 이번에는 다아시 양의 그림을 가리켰는데, 그림 속의 그녀는 여덟 살 정도밖에 안 되어 보였다.

"다아시 양도 오빠가 그렇듯 미인인가요?"

가드너 씨가 물었다.

"어머! 그럼요. 제가 뵌 숙녀분 중 가장 미인이시지요. 교양도 높으시고요! 온종일 연주와 노래를 하신답니다. 옆방에 다아시 양을 위해 주문한 새 악기가 도착해 있어요. 주인님이 보내신 선물이지요. 다아시 양도 내일 함께 오세요."

가드너 씨는 편안하고 유쾌한 매너로 질문도 하고 추임새도 넣으면서 하녀장의 수다를 부추겼다. 레이놀즈 부인은 자부심 때문인지 애정 때문인지 주인과 그 여동생 이야기를 하는 것이 아주 즐거워 보였다.

"주인분은 펨벌리에서 일 년에 얼마나 머무시나요?"

"제가 바라는 것보다는 적어요. 하지만 일 년의 절반은 여기에 머무신다고 해도 될 거예요. 다아시 양은 여름에는 항상 이곳에 내려오세요."

'램스게이트를 가지 않는다면 말이겠지.'

엘리자베스는 마음속으로 생각했다.

"주인분이 결혼하신다면 더 자주 뵙게 되겠지요."

"그렇겠지요. '그게' 언제가 될지 모르지만요. 그분만큼 훌륭한 배필이 있을지 모르겠어요."

가드너 부부는 미소를 지었다. 엘리자베스는 자기도 모르게 말을 걸었다.

"말씀을 들으니 주인분을 많이 신뢰하시나 봐요."

"저는 사실만을 말했을 뿐이에요. 그분을 아는 사람들은 모두 그렇게 말한답니다."

부인이 대답했다.

엘리자베스는 그 대답이 조금 과장됐다고 생각했다. 그러나 하녀장이 곧이어 하는 말을 듣고는 깜짝 놀랐다.

"제 평생 그분한테서 험한 말 한 마디 들어본 적이 없어요. 그분이 네 살 됐을 때부터 모셨는데 말이에요."

이 칭찬은 다른 어떤 말보다 놀라웠는데, 그녀의 평가와는 완전히 반대되는 것이었다. 성격은 별로 좋지 않다는 것이 그녀의 확고한 의견이었기 때문이다. 호기심이 일어 귀를 쫑긋 세우며 더 듣고 싶었던 참에 고맙게도 외삼촌이 이렇게 말했다.

"그런 칭찬을 들을 정도의 사람은 거의 없을 텐데요. 좋은 주인을 만났다니 운이 좋으시군요."

"그럼요. 저도 그렇게 생각하고 있답니다. 온 세상을 뒤져도 더 나은 분을 모실 수 없을 거예요. 제가 늘 하는 말이지만 될 성부른 나무는 떡잎부터 안다지요. 주인님은 어렸을 때도 세상에서 가장 다정하고 너그러운 마음씨를 지닌 소년이었답니다."

엘리자베스는 눈을 둥그렇게 뜨고 그녀를 바라보았다.

'지금 내가 아는 다아시 씨의 이야기가 맞는지!'

가드너 부인이 말했다.

"선친께서 아주 훌륭한 분이셨지요."

"네, 정말로 훌륭한 분이셨지요. 아드님도 그분과 꼭 닮으셨답니다. 선친만큼이나 가난한 사람들에게도 친절하고 다정하세요."

엘리자베스는 귀를 기울이면서 궁금하기도 하고 의아하기도 하고, 더 듣고 싶어 조바심이 났다. 레이놀즈 부인의 다른 이야기에는 아무런 흥미도 없었다. 그림이나 방의 규모, 가구의 가격 등에는 전혀 관심이 없었다. 가드너 씨는 주인을 과장되게 칭찬하는 것을 친밀한 사이에 갖는 한쪽으로 치우친 애정으로 생각했고, 그것이 사뭇 재미있었는지 곧 다시 그 화제를 꺼냈다. 그러자 하녀장은 엄청나게 크고 넓은 계단을 올라가는 동안 주인의 수많은 장점을 열심히 늘어놓았다.

그녀가 말했다.

"최고의 주인이시자 최고의 지주이시죠. 요즘 청년들은 자기밖에 모르고 제멋대로 구는데 그분은 전혀 그렇지가 않아요. 소작인이나 하인 중에 그분을 칭찬하지 않는 사람은 아마 없을 거예요. 어떤 사람들은 그분을 오만하다고 하는데, 저는 지금까지 단 한 번도 그런 느낌을 받은 적이 없답니다. 제 생각에는 단지 다른 젊은이들보다 말수가 적어 오만하다는 평가를 들으시는 것 같아요."

엘리자베스는 마음속으로 생각했다.

'정말 좋은 사람 같잖아!'

외숙모가 걸으면서 속삭였다.

"이렇게 칭찬을 받다니. 다아시 씨가 가엾은 우리 친구에게 한 짓과는 맞지 않는구나."

“어쩌면 우리가 속았을지도 모르지요.”

“아마 그렇지는 않을 거야. 우리 소식통도 아주 좋은 사람이었잖니.”

위층에 있는 널찍한 로비에 이르자 일행은 곧 아름다운 거실로 안내되었다. 아래층에 있는 공간보다 더욱 우아하고 밝은 분위기로 최근에 꾸몄다고 했다. 다아시 양이 지난번 펨벌리에 왔을 때 이 방을 마음에 들어 하자 동생을 기쁘게 해주려고 최근에 완성했다는 설명이었다.

엘리자베스는 창가로 걸어가면서 말했다.

“좋은 오빠인 건 분명하네요.”

레이놀즈 부인은 다아시 양이 여기 오면 대단히 기뻐할 거라고 했다. 그녀가 덧붙였다.

“주인님은 늘 이런 식이세요. 동생을 기쁘게 하는 일이라면 단번에 해치워버리지요. 동생을 위해서는 못할 일이 없으시답니다.”

이제 구경할 곳은 화랑과 두세 개의 침실 정도만 남아 있었다. 화랑에는 훌륭한 그림이 많이 걸려 있었다. 하지만 엘리자베스는 그림에는 문외한이라 아래층에서 이미 본 비슷한 그림들보다는 오히려 다아시 양이 그린 그림 몇 점에 눈길이 갔다. 크레용으로 그린 그림의 주제들은 대개 흥미롭고 이해하기도 더 쉬웠다.

화랑에는 가족 초상화가 많이 걸려 있었지만, 모르는 사람의 관심을 끌 정도는 아니었다. 엘리자베스는 아는 얼굴만 찾아 걸음을 옮겼다. 마침내 그림 한 점이 눈길을 사로잡았다. 다아시 씨와 놀랍도록 닮은 그림이었다. 그림 속의 다아시는 이따금 그녀를 보며 짓던 기억 속의 미소와 똑 닮은 미소를 짓고 있었다. 그녀는 몇 분 동안 그 앞에서 조용히 진지하게 그림을 바라보았고, 화랑을 나서기 전 다시 그 그림 앞에 섰다. 레이놀즈 부인이 선친 생전에 그린 그림이라고 설명해주었다.

그 순간 분명 엘리자베스의 마음속에 그림의 모델을 향한 부드러운 감정이 일렁거렸다. 알고 지내는 동안은 한 번도 느껴보지 못한 감정이었다. 레이놀즈 부인이 바친 찬사는 절대로 사소하게 넘길 것이 아니었다. 슬기로운 하인이 바치는 찬사보다 더 가치 있는 찬사가 있단 말인가. 오빠로서도, 지주로서도, 주인으로서도 얼마나 많은 사람의 행복을 지켜주고 있는지! 그가 지닌 힘으로 얼마나 큰 기쁨 또는 고통을 가져다줄 수 있는지! 그가 행할 수 있는 미덕 또는 악덕은 얼마나 대단한지! 하녀장의 한결같은 칭송은 그의 인품을 말해주었고, 그가 그려진 화폭 앞에서 눈을 맞출 때 그녀는 그가 보여주었던 관심에 과거 어느 때보다 깊은 감사를 느꼈다. 그 열렬함이 떠올랐고, 부적절한 표현에도 한결 마음이 누그러졌다.

일반에게 공개된 부분을 전부 보고 난 뒤 일행은 다시 아래층으로 내려왔다. 하녀장과 헤어진 후 일행은 현관에서 기다리던 정원사의 안내를 받았다.

잔디밭을 가로질러 강 쪽으로 걸어가다가 엘리자베스는 저택을 한 번 더 보려고 몸을 돌렸다. 외삼촌과 외숙모도 함께 멈췄고, 그녀는 건물이 지어진 날짜를 추측해보고 있었다. 그런데 바로 그때 그 저택의 주인이 뒤쪽 마구간으로 이어진 길에서 불쑥 나타났다.

18미터 정도밖에 되지 않는 거리였고, 그가 워낙 갑작스럽게 나타나는 바람에 숨는 것은 불가능했다. 곧바로 두 사람의 눈이 마주쳤고, 둘의 얼굴은 빨갛게 달아올랐다. 그는 깜짝 놀라서 잠시 동안 꼼짝도 하지 않았다. 하지만 곧 정신을 차리고 일행 쪽으로 다가와서 엘리자베스에게 말을 건넸다. 완전히 침착하다고는 할 수 없었지만, 예의만큼은 완벽했다.

엘리자베스는 본능적으로 몸을 돌렸다가 그가 다가오자 당황스러워 어쩔 줄 몰라 하며 그의 인사를 받았다. 나머지 두 사람은 그를 처음 보았으니 방금 전에 본 그림과 닮았다는 정도만으로 그 사람이 다아시 씨라고 확신할 수 없었을 테지만, 주인을 본 정원사의 놀란 표정을 보고 곧바로 알아챌 수 있었을 것이다. 그가 조카에게 말을 거는 동안 두 사람은 조금 떨어져 있었다. 엘리자베스는 놀라고 당황해서 그의 얼굴도 제대로 쳐다보지 못했고, 가족들의 안부를 묻는 예의 바른 질문에도 무슨 대답을 해야 할지 모를 지경이었다. 두 사람이 마지막으로 만났을 때와 확연히 달라진 그의 태도에 질문을 받을 때마다 점점 더 당혹스러워졌다. 게다가 지금 자기가 이 자리에 있는 것이 부적절한 행동이라는 데 생각이 미치자 대화를 나누는 그 몇 분이 그녀 평생 가장 불편한 시간이 되었다. 그도 편해 보이지는 않았다. 말할 때 평소의 침착한 어조는 전혀 없었다. 거듭 롱번을 언제 떠났는지, 더비셔에는 언제까지 머무를 건지 허둥대며 자꾸 묻는 것이 정신을 제대로 차리지 못하는 듯했다.

결국 더는 할 이야기가 생각나지 않는지 잠시 아무 말 없이 서 있다가 문득 정신을 차리고는 자리를 떴다.

그러자 외삼촌 내외가 엘리자베스에게 다가와 그의 외모를 칭찬했다. 엘리자베스는 그 말이 한 마디도 귀에 들어오지 않았다. 오로지 자기감정에만 사로잡힌 채 조용히 두 사람의 뒤를 따랐다. 부끄럽고 당혹스럽다는 생각뿐이었다. 여기를 오다니, 세상에서 가장 불운하고 무분별한 짓이었다! 그녀를 얼마나 이상하게 봤을까! 저 오만한 남자라면 수치도 모르는 여자라고 생각할 테지! 일부러 그를 만나러 펨벌리에 온 것처럼 보였을지도 모른다. 아! 왜 여기 왔을까. 아니, 그는 왜 예정보다 하루 더 빨리 왔단 말인가. 그녀가 십 분만 빨리 움직였다면 보지 못했을 텐데 말이다. 딱 봐도 그때 도착해 말이나 마차에서 내린 것이 분명해 보였다. 이 뒤틀린 만남이 자꾸만 생각나서 얼굴을 붉히고 또 붉혔다. 게다가 몰라보게 바뀐 그의 태도라니, 그건 무슨 뜻일까? 그녀에게 말을 건 것도 놀라웠다. 그 예의 바른 태도 하며, 가족들의 안부를 묻기까지 하다니! 이번의 예상치 못한 만남만큼 위엄을 부리지 않은 모습은 처음이었고, 그렇게 상냥한 말투도 처음이었다. 지난번 로징스 파크에서 그녀에게 편지를 쥐여줄 때와는 완전히 다르지 않은가! 어떻게 생각해야 할지, 어떻게 설명해야 할지 알 수가 없었다.

이제 세 사람은 강가에 있는 아름다운 산책로로 접어들었다. 한 걸음 내디딜 때마다 경사면의 웅장함은 더해졌고, 숲은 절경을 더해갔다. 그러나 한참 동안 엘리자베스는 풍경이 눈에 들어오지 않았다. 외삼촌 부부의 찬사에 기계적으로 대꾸했고, 두 사람이 가리키는 경치를 보고 있었지만 생각은 다른 곳에 가 있었다. 그녀의 머릿속은 펨벌리 저택, 지금 다아시 씨가 있을 곳에 집중되어 있었다. 지금 그가 속으로 무슨 생각을 하고 있을지 너무나 알고 싶었다. 그녀를 어떻게 생각하고 있는지, 이 모든 상황에도 자신을 향한 애정이 변함없는지도 정말 궁금했다. 혹시 이제 마음이 편해졌기 때문에 예의 바르게 대할 수 있었던 게 아닐까? 하지만 그 목소리에는 편안함과는 다른 '무언가'가 있었다. 그녀를 만나 고통스러웠는지 기뻤는지는 알 수 없지만, 적어도 침착하게 그녀를 볼 수 없던 것은 분명했다.

결국 어디에 정신이 팔려 있느냐는 동행의 물음에 엘리자베스는 평소처럼 행동해야겠다고 정신을 가다듬었다.

일행은 강과는 잠시 안녕을 고하고 숲으로 들어가 더 높은 지대로 올라갔다. 나무들 사이로 볼 만한 풍경이 많았다. 계곡의 아름다운 풍경과 길게 숲이 펼쳐진 반대편 언덕들, 가끔 강도 드문드문 보였다. 가드너 씨는 장원 전체를 둘러보고 싶다고 말했지만, 걸어서 둘러볼 수 있을지 의문이었다. 안내하는 사람이 의기양양한 미소를 지으며 둘레가 16킬로미터에 달한다고 대답하는 순간 그 얘기는 쏙 들어갔다. 일행은 잘 닦인 순환로로 접어들었다. 우거진 나무 사이로 한참을 걸어가자 폭이 좁은 지류와 만나게 되었고, 주변 풍경과 잘 어울리는 수수한 다리를 건넜다. 이곳은 지금까지 본 어느 곳보다도 손을 덴 흔적이 적었다. 이쯤부터 계곡이 아주 좁아져 가느다란 시냇물과 거친 잡목 숲 사이로 좁은 산책로만 겨우 나 있을 뿐이었다. 엘리자베스는 굽이굽이마다 탐험해보고 싶은 마음이 굴뚝같았지만, 잘 걷지 못하는 가드너 부인은 다리를 건넌 뒤 저택에서 상당히 멀어졌다는 사실을 깨닫자 산책하기보다는 얼른 마차로 돌아가고 싶어 했다. 엘리자베스는 조카로서 그 말에 따르는 수밖에 없었다. 일행은 강 맞은편에 있는 저택으로 이어지는 지름길을 택했다. 그러나 속도는 더뎠다. 낚시를 마음껏 즐기지는 못해도 몹시 좋아하는 가드너 씨가 때때로 나타나는 송어를 보며 안내인과 대화를 나누느라 앞으로 나아가지 못했기 때문이다.

이렇게 느릿느릿 걷고 있을 때 멀지 않은 곳에서 다가오는 다아시 씨를 보고 모두 깜짝 놀랐다. 특히 엘리자베스는 아까만큼이나 크게 놀랐다. 이쪽 산책로는 반대편보다 은폐물이 적어 그와 마주치기 전에 미리 그를 볼 수 있었고, 그녀는 놀라기는 했지만 아까보다 마음의 준비를 할 여유가 있었다. 만약 다아시 씨가 정말로 자기들을 만나러 오는 길이라면 이번에는 침착하게 대응하자고 다짐했다. 한동안은 그가 다른 길로 갔다고 생각했다. 산책로 모퉁이에 가려 그가 보이지 않는 동안에는 분명 그럴 거라고 생각했다. 하지만 모퉁이를 돌자마자 그와 마주쳤고, 한눈에 봐도 아까의 정중함을 잃지 않은 모습이었다. 그녀도 그를 따라 공손하게 이곳의 아름다움을 칭찬했다. 하지만 "정말 멋져요"와 "아름다워요"라는 말을 꺼냈을 때 불현듯 나쁜 회상이 끼어들어 펨벌리 칭찬이 악의적으로 해석될 수도 있겠다는 생각이 들었다. 그녀는 얼굴을 붉히고 더 이상 말을 꺼내지 않았다.

가드너 부인은 조금 뒤에 서 있었는데, 엘리자베스가 말을 멈추자 다아시 씨는 부디 일행을 소개해주지 않겠느냐고 청했다. 그녀로서는 미처 예상하지 못한 친절이었다. 게다가 그녀에게 청혼할 때 자신의 자존심이 용납할 수 없다고 했던 바로 그 친인척을 지금은 소개해달라고 청하다니 그녀는 미소를 참기가 어려웠다.

엘리자베스는 마음속으로 생각했다.

'누구인지 알면 깜짝 놀라겠지! 상류층 사람들이라고 생각하고 있나 봐.'

그녀는 바로 소개를 하면서 자신과의 관계를 밝힐 때는 어떤 표정인가 싶어 그를 힐끔 쳐다보았다. 그가 부끄러운 자리에서 최대한 빨리 벗어나려고 할지도 모른다는 생각도 들었다. 그러나 어떤 사이인지 알게 되었을 때 그는 분명 '놀라기는' 했지만 의연하게 자리를 지켰다. 그리고 도망치는 대신 방향을 돌려 걸으며 가드너 씨와 대화를 나누기 시작했다. 엘리자베스는 기쁘고 자랑스러웠다. 그녀에게도 얼굴을 붉히지 않아도 되는 친척이 있다는 사실을 알릴 수 있어 위안도 됐다. 두 사람 사이에 오가는 대화를 주의 깊게 들으면서 지성과 안목과 예의 바름을 보여주는 외삼촌의 표현 하나, 문장 하나에 뿌듯해졌다.

화제는 곧 낚시로 넘어갔고, 다아시 씨가 아주 정중하게 근처에 머무는 동안 원하는 만큼 낚시하셔도 좋다고 초대하면서 낚시 도구를 빌려주겠다고 제안하는 소리가 들렸다. 그러면서 낚시가 가장 잘 되는 강 언저리를 알려주기도 했다. 엘리자베스와 팔짱을 끼고 가던 가드너 부인은 무슨 일이냐는 듯이 그녀를 바라보았다. 엘리자베스는 아무 말도 하지 않았지만 속으로는 무척이나 기뻤다. 그녀 때문에 호의를 베푸는 것이 분명했다. 그러나 한편으로는 크게 놀라지 않을 수도 없어서 혼자 이런 생각을 했다.

'왜 저렇게 사람이 변했을까? 무슨 일이 벌어진 거지? 나 때문일 리가 없어. 나 때문에 태도가 상냥해지지는 않았을 거야. 헌스퍼드에서 내가 한 비난이 그를 바꿔놓았을 리 없어. 그가 아직 나를 사랑하는 건 불가능해.'

한동안 여자 둘은 앞에서 걷고 남자 둘은 뒤에서 걷다가 특이하게 생긴 수중식물을 보려고 강가에 내려갔다 온 뒤로는 자리가 바뀌었다. 긴 산책에 지친 가드너 부인이 엘리자베스의 팔에 기대는 것으로 부족해서 남편과 함께 걷겠다고 한 것이다. 부인 대신 다아시 씨가 엘리자베스의 옆에 서서 걸었다. 잠깐 침묵이 흐른 뒤 그녀가 먼저 말을 꺼냈다. 무엇보다 그가 없는 줄 알고 이곳에 왔다는 말을 꼭 하고 싶었다. 그래서 그의 도착이 아주 의외였다고 입을 열었다.

"하녀장이 내일이나 되어야 오실 거라고 했거든요. 사실 베이크웰을 떠나기 전부터 당신이 여기 없다는 걸 알고 있었어요."

다아시는 전부 사실이라고 말하면서 집사와 상의할 일이 있어 다른 일행보다 몇 시간 앞서 오게 되었다고 설명했다.

그리고 덧붙였다.

"나머지 일행은 내일 일찍 올 겁니다. 당신이 잘 아는 사람들도 있습니다. 빙리 씨와 그 누이들 말입니다."

엘리자베스는 말없이 고개를 조금 숙이는 것으로 대답을 대신했다. 그녀의 생각은 두 사람이 마지막으로 빙리 씨 이름을 언급했던 때로 거슬러 올라갔다. 안색으로 미루어볼 때 그 또한 생판 다른 생각을 하지는 않는 듯했다.

그는 잠시 뜸을 들이다가 입을 열었다.

"일행 중에 다른 사람도 있습니다. 당신과 친해지고 싶어 하는 사람인데, 혹시 지나친 부탁이 아니라면 램턴에 머무시는 동안 제 여동생을 소개해드려도 괜찮겠습니까?"

이 제안은 굉장히 놀라운 것으로, 그녀는 어떻게 받아들여야 할지 알 수가 없었다. 그녀와 친해지고 싶다는 다아시 양의 바람은 분명 오빠의 영향이라는 생각이 들었다. 더 생각할 것도 없이 기뻤고, 그가 그녀에게 앙심을 품고 있지 않다는 사실에 만족스러웠다.

두 사람은 각자 생각에 빠진 채 조용히 길을 걸었다. 엘리자베스는 평소처럼 마음이 편하지 않았다. 그건 불가능한 일이었다. 하지만 우쭐한 마음이 들기도 하고 설레기도 했다. 여동생을 소개해주고 싶다는 그의 바람은 그녀에게는 최고의 칭찬이었다. 두 사람은 곧 다른 일행보다 앞서나갔고, 마차가 있는 곳에 도착했을 때는 가드너 부부와의 거리가 2백 미터가량 벌어져 있었다.

그때 다아시 씨는 저택으로 들어가자고 청했다. 하지만 그녀가 피곤하지 않다고 사양하자 잔디밭 위에 같이 서 있었다. 침묵이 어색해 무슨 말이든 해야 했다. 말을 걸고 싶었지만 모든 화제를 입에 올리지 말자고 암묵적으로 약속한 기분이었다. 가까스로 여행 중이라는 사실을 떠올린 그녀는 매틀록과 도브데일에 관한 대화를 겨우 이어나갔다. 그러나 시간도 외숙모의 걸음도 천천히 움직였고, 외삼촌 내외가 도착했을 때는 그녀의 인내심도 대화거리도 거의 바닥이 나던 참이었다. 가드너 씨 부부가 오자 그는 모두 집 안으로 들어가서 마실 거라도 드시자고 진심으로 권유했으나 일행은 사양했고, 각자 정중한 작별 인사와 함께 헤어졌다. 다아시 씨는 숙녀들이 마차에 오르는 것을 도와주었고, 마차가 출발한 후에 천천히 저택으로 들어가는 모습이 보였다.

외삼촌 내외의 평가가 시작되었다. 어느 모로 보나 생각보다 훨씬 괜찮은 사람이라는 의견이었다. 외삼촌이 말했다.

"태도도 나무랄 데 없이 훌륭하고 정중하며, 거만한 구석이 없더구나."

외숙모가 말을 받았다.

"그래도 약간 위엄을 차리기는 하던데. 하지만 분위기가 그렇다는 거지 부적절한 정도는 아니었어. 나도 이제는 하녀장의 말에 동의하는 데 이의가 없다고. 어떤 사람들은 그를 오만하다고 하지만 '나는' 그런 점을 전혀 느끼지 못했어."

"우리를 대하는 태도에 정말 놀랐다. 예의 바른 정도를 넘어서서 필요 이상으로 배려하던걸. 사실 그렇게까지 세심하게 신경 쓸 필요가 없는데도 말이야. 엘리자베스와 무슨 대단한 사이도 아니고."

외숙모가 말했다.

"리지, 분명한 건 위컴만큼 잘생긴 얼굴은 아니지만 이목구비가 그렇다는 거지 전체적인 풍채는 아주 훤하던데. 그런데 너는 왜 그렇게 불쾌한 사람이라고 얘기했니?"

엘리자베스는 온갖 말로 변명하면서 그녀 또한 켄트에서보다는 나아졌다는 느낌을 받았고, 오늘처럼 상냥하게 구는 모습은 한 번도 본 적이 없다고 대답했다.

외삼촌이 말했다.

"어쩌면 마음 내키는 대로 예의를 차렸다 안 차렸다가 할 수도 있지. 신분이 높은 사람들은 종종 그러거든. 그러니까 낚시에 대한 말도 믿지 않으련다. 다른 날에는 마음이 바뀌어 자기 땅에서 나가라고 할 수도 있으니."

엘리자베스는 두 분이 그의 성격을 완전히 오해하고 있다고 느꼈지만 아무 말도 하지 않았다.

가드너 부인이 덧붙였다.

"오늘 본 바로는 그 사람이 가엾은 위컴한테 했던 것 같은 잔인한 짓을 누구에게라도 했을 것 같지 않구나. 악의를 가진 얼굴이 아니야. 오히려 말할 때 입가에 기분 좋은 무언가가 느껴지던걸. 생김새도 기품이 있어 마음 한구석에 못된 생각을 품을 위인은 아닌 것 같더란 말이지. 그래도 그렇지, 우리에게 저택을 보여준 하녀장은 허풍이 심한 게 분명해! 가끔은 나도 모르게 소리 내어 웃을 뻔했다니까. 하긴, 하인들 눈에야 관대하기만 하면 온갖 미덕을 갖춘 주인처럼 보이겠지."

엘리자베스는 다아시 씨가 위컴에게 한 행동을 어떻게든 변호해야 한다는 사명감이 들었다. 그래서 조심스러운 태도로 켄트에 있는 친척에게 들은 바에 따르면 그의 행동이 전혀 다르게 해석될 여지가 있고, 하트퍼드셔의 평판만큼 다아시 씨가 뾰족한 사람도 아니고 위컴이 괜찮은 사람도 아니라고 설명했다. 그리고 그 말을 납득시키기 위해 이름을 밝힐 수는 없지만 아주 믿을 만한 사람의 말이라고 둘러대면서 둘 사이의 금전적 거래를 낱낱이 밝혔다.

가드너 부인은 놀라고 염려하는 표정이었다. 그러나 즐거운 추억이 깃든 곳에 가까워지자 외숙모의 머릿속은 온통 옛일을 회상하는 즐거움으로 가득 찼다. 그리고 주변 여기저기 흥미로운 곳들을 남편에게 일러주느라 신이 나서 다른 생각을 할 겨를이 없었다. 오전 산책으로 지치기는 했지만 저녁을 먹자마자 옛날 친구들을 만나러 나갔고, 몇 년 동안 소식이 끊겼던 친구들을 다시 만난 것으로 그날 저녁을 만족스럽게 보냈다.

엘리자베스는 그날 너무 많은 일이 일어나는 바람에 새로운 친구들에게 주의를 집중할 수가 없었다. 아무 생각도 하지 못한 채 오로지 다아시 씨의 친절과 무엇보다도 여동생을 소개시켜주겠다는 제안을 의아해하며 생각하고 또 생각했다.

2장

엘리자베스는 다아시 양이 펨벌리에 도착하면 다음 날이나 다아시 씨와 함께 방문할 거라고 여겨 그날은 오전 내내 숙소를 멀리 벗어나지 말아야겠다고 생각했다. 그러나 그녀의 생각이 틀렸다. 그녀들이 램턴으로 돌아온 바로 다음 날 낮에 방문객들이 찾아왔던 것이다.

새로운 친구들과 주변을 산책하고 숙소로 돌아와 함께 식사를 하려고 옷을 갈아입을 때였다. 마차 소리에 창문으로 내다보니 신사와 숙녀를 한 명씩 태운 마차가 길을 올라오고 있었다. 엘리자베스는 하인 제복을 단번에 알아보고는 일행에게 잠시 후 손님이 방문할 거라는 소식을 알려 적잖이 놀라게 했다. 외삼촌 내외의 놀라움은 대단했다. 게다가 엘리자베스가 말할 때 당황하는 태도도 그렇고, 지금 이 상황이나 전날 있었던 여러 가지 일을 따져보면서 이 문제에 새로운 가능성을 생각해보기 시작했다. 지금까지는 그런 생각이 전혀 들지 않았는데, 높은 신분의 사람이 이렇게까지 관심을 보인다면 조카에게 특별한 마음이 있다고밖에 설명할 수 없다는 생각이 들었던 것이다. 두 사람의 머릿속에 새로운 가정이 싹트고 있을 때 엘리자베스는 시시각각 동요가 심해졌다. 자신의 심란한 마음에 스스로도 놀랐지만, 다아시 씨가 치우친 애정으로 동생에게 너무 좋게만 말했으면 어쩌나 두렵기도 했고, 잘 대접하고 싶다는 마음에 평소보다 더 긴장해서 본래의 붙임성도 발휘하지 못할까 봐 걱정스럽기도 했다.

엘리자베스는 밖에서 보이지 않도록 일단 창에서 물러난 뒤 방 안을 왔다 갔다 하면서 자신을 진정시키려고 애썼다. 게다가 외삼촌과 외숙모까지 묻고 싶은 게 많다는 표정으로 그녀를 바라보고 있었다.

다아시 양과 그 오빠가 나타나고, 가슴 졸이던 소개가 있었다. 새로 만난 친구 역시 자신만큼이나 긴장하는 모습을 보여 엘리자베스는 다시 한 번 놀랐다. 램턴에 있는 동안 다아시 양이 콧대 높다는 소문을 들어왔는데 고작 몇 분의 만남으로 그저 수줍음이 많은 숙녀임을 알 수 있었다. 그녀는 한 음절 넘는 단어 하나를 말하는 것도 힘들어했다.

다아시 양은 키가 크고 엘리자베스보다 몸집도 컸다. 열여섯 살이 조금 넘었지만 몸매가 균형 잡혀 있었고, 외모는 여성스럽고 우아했다. 얼굴은 오빠만 못했지만 재기 넘치고 선해 보였으며, 태도는 나무랄 데 없이 겸손하고 우아했다. 엘리자베스는 동생도 다아시처럼 날카롭고 흔들림 없는 관찰자일 줄 알았다가 완전히 다른 성격임을 알고 크게 안심했다.

조금 후 다아시는 빙리도 방문할 거라고 말해주었다. 그녀가 반가워하며 방문객 맞을 준비를 채 하기도 전에 계단에서 빙리의 서두르는 발소리가 들리더니 곧이어 그가 방으로 들어왔다. 그에 대한 엘리자베스의 분노는 오래전에 사라졌다. 설사 앙금이 남아 있었더라도 그녀를 다시 보자마자 꾸밈없이 진심 어린 인사를 하는 그에게 화를 내기도 어려웠을 것이다. 그는 평소와 다름없는 선한 말투와 눈빛으로 일반적인 안부 인사지만 아주 친근하게 가족들의 안부를 물었다.

가드너 씨와 가드너 부인도 엘리자베스 못지않게 빙리에게 관심을 보였다. 오래전부터 그를 만나보고 싶다는 마음이 있었고, 자기들 앞에 있는 일행 전부가 관심의 대상이었다. 다아시 씨와 조카 사이가 의심스러워서 조심스럽게 면면히 살펴본 결과 둘 중 한 사람은 적어도 사랑하는 감정을 품고 있다는 확신이 강하게 들었다. 숙녀 쪽의 감정은 아직 미심쩍었지만 신사 쪽에서는 너무도 분명하게 애정이 넘치고 있었다.

엘리자베스로서는 할 일이 많았다. 방문자들의 기분을 하나하나 확인하고 싶었으며, 자신의 감정은 드러내지 않으면서 모두가 기분 좋은 시간을 보내게 해주고 싶었다. 마지막 목표는 그녀가 실패할까 봐 가장 두려워하던 것이었는데 오히려 성공을 확신할 정도가 되었다. 즐겁게 해줘야 할 사람들이 이미 그녀 편에 서 있었기 때문이다. 빙리는 즐거워할 준비가 됐고, 조지아나는 몹시 즐거워하고 싶어 했으며, 다아시 씨는 즐거워하기로 작정했다.

빙리를 보면서 생각이 자연스럽게 언니를 향해 흘러갔다. 아! 그의 마음도 같은 방향으로 향하는지 알고 싶은 마음이 절실했다. 이따금 예전보다 말수가 적어졌다는 생각이 들었고, 한두 번은 그녀를 볼 때 언니와 닮은 점을 찾아내려는 것 같아서 은근히 기뻤다. 이 모두가 착각이라고 해도 제인의 경쟁자인 줄 알았던 다아시 양을 대하는 빙리의 태도는 도무지 오해할 수가 없었다. 어느 쪽에서도 특별한 애정의 기미가 보이지 않았다. 빙리 씨 누이들의 희망을 실현시킬 어떤 조짐도 없어 그 점은 곧 안심이 되었다. 그리고 그러기를 바랐기 때문인지는 몰라도 빙리 씨는 애정을 담아 제인을 회상하는 기색을 내비치는 것 같았고, 소심하게 제인의 이름을 들을 수 있는 대화를 좀 더 바라는 눈치였다. 다른 사람들이 대화하는 틈에 엘리자베스에게 진심으로 안타깝다는 듯이 이렇게 말했다.

"언니분을 뵙는 즐거움을 누린 지가 오래되었군요."

그녀가 어떤 대답을 하기도 전에 그는 다음 말을 했다.

"벌써 8개월도 넘었습니다. 네더필드에서 함께 춤을 췄던 11월 26일 이후로 뵙지 못했으니까요."

엘리자베스는 그의 정확한 기억에 흐뭇해했다. 그는 다른 사람들의 관심을 피해 자매분들이 '모두' 롱번에 있느냐고 물었다. 앞서 다른 이야기를 했다거나 딱히 구체적인 질문을 하지 않았지만 표정과 태도를 보면 그 의미는 명백했다.

엘리자베스는 다아시 씨에게 자주 눈길을 주지는 않았다. 하지만 한 번씩 힐끔 볼 때마다 그는 늘 정중한 표정이었고 말투가 거만하다거나 상대를 경멸하는 기색이 보이지 않아 변덕이 심하다고 해도 바뀐 태도가 하루 이상 간다는 것을 확인할 수 있었다.

몇 달 전만 해도 교제 자체를 수치스럽게 여겼을 사람들과 인사하고, 좋은 인상을 주려고 노력하며, 그녀한테 드러내고 무시했던 그 친척들에게도 예의 바르게 구는 모습을 보자 헌스퍼드 목사관에서의 마지막 장면이 생생하게 떠오르면서 급작스러운 변화에 머리를 강하게 얻어맞은 듯한 기분이었다. 네더필드에서 친한 친구들과 있을 때나 로징스의 위엄을 갖춘 친척들과 있을 때도 오늘처럼 유쾌하게 사람들을 대하려 노력하고, 자만심이나 고집스러운 침묵을 내려놓은 모습은 일찍이 본 적이 없었다. 노력한다고 해도 얻을 것이 하나도 없고, 오히려 교제 사실이 알려지면 로징스와 네더필드의 숙녀들한테 조롱이나 비난을 받을 텐데 말이다.

방문객들은 삼십 분 정도 머무르다가 떠날 채비를 했다. 다아시 씨는 동생에게 가드너 씨 부부와 베넷 양이 떠나기 전 펨벌리에 한번 모시자고 했다. 다아시 양은 이런 초대가 익숙하지 않은 듯 소심한 모습이었지만 기꺼이 오빠 말에 따랐다. 가드너 부인은 이 초대가 조카 때문일 거라 짐작하고 그녀의 의향이 궁금해 조카를 바라보았다. 그러나 엘리자베스는 고개를 휙 돌려버렸다. 하지만 초대가 싫어서가 아니라 일시적으로 당황했기 때문인 듯 보였고, 사교를 좋아하는 남편이 초대에 얼마든지 응하고 싶어 했기에 가드너 부인은 가겠다고 약속했다. 날짜는 이틀 후로 정해졌다.

빙리는 엘리자베스를 다시 볼 수 있다는 기쁨을 한껏 드러내면서 아직 그녀에게 할 말도 많고 안부를 묻고 싶은 하트퍼드셔의 이웃분도 많다고 했다. 엘리자베스는 이 말을 언니 이야기가 듣고 싶다는 소망으로 받아들이고 기분이 좋아졌다. 다른 여러 가지 이유도 있었지만 빙리 씨 덕분에 손님들이 머물던 삼십 분을 흡족한 마음으로 돌아볼 수 있었다. 정작 손님들이 있을 때는 거의 즐기지 못했지만 말이다. 혼자 있고 싶은 마음도 크고, 외삼촌과 외숙모가 무슨 질문을 하거나 은근히 암시를 내비칠까 싶어 겁이 난 엘리자베스는 빙리에 대한 호의 넘치는 칭찬까지만 듣고 옷을 갈아입겠다면서 서둘러 자리를 떴다.

그러나 가드너 씨 부부의 호기심은 걱정할 필요가 없었다. 두 사람 다 억지로 말을 시킬 생각이 없었기 때문이다. 조카가 생각보다 다아시 씨와 훨씬 가까운 사이인 것은 분명했고, 그가 엘리자베스를 사랑하는 것도 분명했다. 분명 묻고 싶은 말이 많았지만 그렇다고 해서 마구 물어볼 수는 없었다.

다아시 씨에 대해서는 이제 나쁘게 생각할 이유가 없었다. 직접 만나보니 어떤 결점도 찾을 수 없었다. 예의 바른 모습은 감탄스러웠고, 만약 자기들이 느낀 것처럼 그 집 하인들의 표현만 빌어 성격을 묘사한다면 하트퍼드셔에서 그를 알던 누구도 그 사람이 다아시 씨라고는 생각하지 못할 정도였다. 이제는 하녀장의 말도 믿을 수 있을 것 같았다. 그를 네 살 때부터 보아온 데다가 예절도 훌륭하던 하녀장의 말을 굳이 믿지 않을 이유가 없었다. 램턴의 친구들 이야기를 들어봐도 그 평가를 특별히 깎아내리는 말은 없었다. 오만하다는 것 말고는 별다른 비난이 없었다. 오만함은 그럴 만했고, 만약 그게 사실이 아니라면 그 집안과 교류가 없는 작은 시장 마을 사람들이 퍼트린 게 분명하다는 생각이 들었다. 그러나 그가 관대하게도 가난한 사람들에게 많은 선행을 베풀었다는 점은 누구나 인정했다.

일행은 곧 위컴의 평판이 썩 좋지 못하다는 사실을 알게 되었다. 후원자 아들과의 사이에 있던 일을 정확하게 알지는 못했지만, 그가 많은 빚을 남기고 더비셔를 떠난 뒤 다아시 씨가 그 채무를 모두 변제해주었다는 이야기는 마을 사람이라면 누구나 아는 사실이었다.

엘리자베스는 지난밤보다 오늘 저녁 펨벌리 생각이 더 많이 났다. 그날 저녁이 유난히 길게 느껴지기는 했어도 그 저택에 있는 '누군가'를 향한 감정을 결정할 수 있을 만큼 길지는 못했다. 자리에 누워 두 시간 동안 자신의 마음이 어떤 건지 알아보려고 애썼다. 증오는 분명 아니었다. 사실 혐오감은 오래전에 사라졌고, 미움이라고 부를 만한 감정 자체를 부끄러워하게 된 지도 그만큼 오래되었다. 그의 인품을 알게 되면서 싹튼 존경심을 처음에는 인정하고 싶지 않았지만 반감은 조금씩 옅어졌다. 그리고 사람들이 그를 높이 평가하며 아주 상냥한 사람이라고 하는 이야기를 듣자 그 감정을 더 자연스럽게 받아들일 수 있었다. 하지만 존경과 칭찬 외에도 호감을 품게 만든 결정적인 이유가 하나 있었는데, 그건 바로 감사였다. 감사한 마음. 한때 그녀를 사랑해주었고, 청혼을 거절할 때 그녀가 보인 무례함이나 폭언, 그 모든 부당한 비난을 용서하고 여전히 그녀를 사랑해주는 그가 고마웠다. 그녀가 생각해도 자신을 일생일대의 적으로 돌리고 피할 법도 한데, 우연한 만남을 적극적으로 이어가려고 했다. 두 사람만 알고 있는 일을 무례하게 티를 내거나 이상하게 행동하지 않고 자신의 친척들에게 호감을 사기 위해 노력했으며, 누이동생을 그녀에게 소개시켜주기까지 했다. 저 오만한 남자가 이렇게까지 변하다니 놀랍고도 고마운 마음이었다. 사랑, 열렬한 사랑에서 비롯된 변화라고 말할 수밖에 없었다. 그녀의 기분은 딱 집어 말할 수는 없지만 불쾌감은 전혀 없고, 어떻게 보면 설레기도 했다. 그녀는 그를 존경하고 존중했으며, 그에게 감사한 마음을 갖고 있고 그가 행복하기를 진심으로 바랐다. 지금 그녀는 그의 행복을 자신이 결정할 수 있기를 스스로 얼마나 바라는지가 궁금했다. 또한 그가 다시 청혼하게 만들 힘이 아직 그녀에게 있는 듯한데, 과연 그 힘을 사용하는 것이 두 사람의 행복에 도움이 될지도 궁금했다.

그날 저녁 외숙모와 조카는 다아시 양이 펨벌리에 도착해 늦은 아침을 먹고 곧바로 방문해주었으니 그 놀라운 친절을 흉내 낼 수는 없겠지만 자기들 쪽에서도 뭐라도 해야 하지 않겠느냐고 의견을 모았다. 그러다 결국 내일 아침 펨벌리를 방문하는 것이 예의라는 결론을 내렸다. 그렇게 두 사람은 방문을 결정했고, 엘리자베스는 자신도 모르는 이유로 어쩐지 기뻤다.

가드너 씨는 아침을 먹자마자 자리를 비웠다. 그 전날 낚시 계획을 새로 짜서 정오에 펨벌리의 신사들과 만나기로 약속한 것이다.

3장

이제 엘리자베스는 빙리 양이 자신을 싫어하는 이유가 질투임을 확신하게 되었다. 그러니 펨벌리에 자신이 나타나면 그다지 환영받지 못할 거라는 기분이 들었고, 다시 만나게 되면 그쪽 누이들이 얼마나 예의 바르게 대할지도 궁금했다.

저택에 도착한 두 사람은 홀을 지나서 응접실로 안내받았다. 응접실은 북향이어서 여름에 서늘했고, 창밖으로 보이는 저택 뒤편의 나무가 우거진 언덕 그리고 잔디밭 여기저기 서 있는 아름다운 오크나무와 스페인 밤나무가 싱그러웠다.

방에는 다아시 양이 있다가 두 사람을 맞았다. 그 옆으로 허스트 부인과 빙리 양, 런던에서 함께 산다는 부인이 앉아 있었다. 조지아나의 태도는 아주 정중했지만 수줍음이 엿보였고 혹시 실수할까 봐 몹시 마음을 쓰는 기색이 역력했다. 그 모습이 아랫사람들에게는 오만하고 내성적으로 보일 수도 있었겠다는 생각이 들었다. 하지만 가드너 부인과 조카는 그녀를 이해했고, 오히려 안쓰러워했다.

허스트 부인과 빙리 양은 겨우 예의만 차리는 정도였다. 두 사람이 자리에 앉자 침묵이 흘렀고, 이런 종류의 침묵이 늘 그렇듯 어색한 분위기가 몇 분 동안 이어졌다. 처음 입을 연 사람은 앤즐리 부인으로, 고상하고 호감 가는 외모의 이 부인은 어떤 대화라도 시작해보려고 노력하는 모습이 다른 두 사람보다 훨씬 더 교양 있어 보였다. 그래서 주로 그녀와 가드너 부인이 대화를 하고 이따금 엘리자베스가 거들면서 대화가 이어졌다. 다아시 양은 대화에 끼어들 용기가 있었으면 하는 표정으로, 가끔 다른 사람들한테 안 들리겠다 싶을 때 짧은 문장을 조심스럽게 말하는 정도였다.

엘리자베스는 빙리 양이 자신을 주의 깊게 관찰하고 있음을 눈치 챘다. 특히 다아시 양에게 무슨 말이라도 하려고 하면 어김없이 빙리 양이 신경을 곤두세우는 것이었다. 그녀가 지켜본다고 다아시 양과 대화를 나누지 못할 이유는 없었지만 두 사람은 대화를 나누기에는 불편한 자리에 앉아 있었다. 하지만 말을 많이 하지 못해 아쉽거나 하지는 않았다. 머릿속이 온통 자기 생각밖에 없었기 때문이다. 신사들이 언제 방에 들어오는지 주의를 기울였고, 그 신사들 가운데 이 저택의 주인이 있기를 바라기도 하고 한편으로는 그럴까 봐 두렵기도 했다. 그녀 자신도 어느 감정이 더 크다고 말할 수가 없었다. 빙리 양이 입을 다물고 십오 분 정도 가만히 앉아 있더니 어느 순간 냉랭하게 엘리자베스 가족들의 건강을 물었다. 엘리자베스는 질문에 퍼뜩 정신을 차리고 마찬가지로 짤막하고 무심하게 대답했다. 그러자 상대는 더 이상 말이 없었다.

두 사람의 방문은 하인들이 냉육과 케이크, 갖가지 신선한 제철 과일들을 들고 들어오자 분위기가 바뀌었다. 하지만 이 또한 앤즐리 부인이 다아시 양에게 여러 번 의미심장한 눈짓과 미소를 보내 그녀의 역할을 일깨우고 난 뒤의 일이었다. 이제 모든 사람에게 할 일이 생겼다. 말은 하지 않아도 먹을 수는 있었기 때문이다. 포도와 천도복숭아, 복숭아가 아름답게 피라미드 모양으로 쌓인 테이블 주변으로 사람들이 곧 모여들었다.

그렇게 어울리는 동안 마침내 엘리자베스가 다아시 씨의 등장을 두려워했는지, 바라고 있었는지 판단할 좋은 기회가 왔다. 그가 문을 열고 들어온 것이다. 그전까지는 보고 싶다고 믿는 쪽이 우세했으나, 지금은 그가 오지 않았으면 하는 마음이 큰 것 같았다.

다아시 씨는 가드너 씨와 저택의 다른 신사 두세 명과 강에서 시간을 보내다가 두 숙녀가 오늘 오전에 조지아나를 방문한다는 소식을 듣자 그곳을 떠난 것이다. 그가 모습을 드러내자마자 엘리자베스는 당황하지 말고 편하게 대하자고 마음먹었다. 필요한 결심이었지만 지키기는 어려웠다. 다른 사람들이 두 사람을 미심쩍어하며 촉각을 세우고 있는 데다가 그가 방에 들어온 순간부터 그의 행동을 주시하지 않는 사람이 없었기 때문이다. 그러나 빙리 양만큼 얼굴에 호기심을 잔뜩 드러낸 사람은 없었다. 그럼에도 호기심의 대상 한쪽에 말을 걸 때만큼은 늘 만면에 미소를 지었는데, 아직 질투심으로 절박해질 정도는 아니었기 때문이다. 게다가 다아시 씨를 향한 호감도 사라지지 않아서였다. 다아시 양은 오빠가 들어오자 말을 많이 하려고 노력했다. 엘리자베스는 그가 여동생과 자신이 친해지기를 몹시 바라고 있으며, 되도록 양쪽에서 많은 대화를 이끌어내려고 노력한다는 것을 알 수 있었다. 빙리 양도 그런 상황을 파악하고는 분노로 분별을 잃어 말할 기회를 잡자마자 짐짓 예의 바른 척하며 비웃듯 말했다.

“그런데 엘리자 양, ○○ 부대가 메리턴을 떠났다면서요? ‘그쪽’ 집안에는 큰 손해겠네요.”

다아시 씨 앞인지라 차마 위컴의 이름을 언급하지는 않았지만, 그를 암시하며 한 말이라는 건 누구나 알 수 있었다. 그와 관련된 온갖 기억이 밀려들어 순간 괴로웠지만, 이 악의적인 공격을 제대로 물리쳐주자 싶어 얼른 아무렇지 않은 어조로 대꾸했다. 말하면서 자기도 모르게 다아시 쪽을 힐끔 보았는데, 그는 상기된 얼굴로 진중하게 그녀를 바라보고 있었으며 누이동생은 당혹스러워 눈도 제대로 들지 못했다. 자신이 사랑하는 사람에게 어떤 고통을 준 것인지 알았다면 빙리 양도 그런 암시를 흘리지 못했을 것이다. 오로지 엘리자베스가 특별히 호감을 가졌던 남자 이야기를 꺼내 그녀를 동요시킬 생각이었던 것이다. 그녀가 분별력을 잃으면 다아시는 나쁜 인상을 받을 테고, 아울러 그녀의 동생들이 군인들과 어울리면서 저지른 온갖 어리석고 부조리한 짓들을 떠올리게 할 속셈이었던 것이다. 비밀 엄수를 위해 엘리자베스 외에는 아무에게도 말한 적이 없었으니 다아시 양의 불발된 도피 행각은 전혀 듣지 못했던 것이다. 게다가 엘리자베스가 오래전부터 짐작해왔듯 여동생을 빙리의 가족으로 만들고 싶은 소망이 있어, 특히 빙리의 친인척들에게는 그 이야기를 감췄다. 그런 소망은 분명 존재했고, 단지 그것 때문에 베넷 양과 빙리를 갈라놓지는 않았더라도 친구의 행복을 염려하는 마음을 조금 거들기는 했을 것이다.

그러나 엘리자베스의 침착한 태도에 다아시도 곧 감정을 다스렸다. 빙리 양은 짜증도 나고 실망스러운 마음에 위컴 비슷한 이름도 감히 꺼내지 못했기에 조지아나도 곧 안정을 되찾았다. 그러나 무슨 말을 할 수 있을 정도는 아니었다. 그녀는 오빠와 눈을 맞추지 못했는데 정작 그녀의 오빠는 도망 사건은 생각도 못 하고 있었다. 다아시의 마음을 엘리자베스한테서 돌려놓으려고 계획한 바로 그 상황이 오히려 더욱 확실하고 긍정적으로 그녀를 생각하도록 만든 것이다.

그 질문과 대답이 오고 간 뒤 얼마 지나지 않아 방문은 끝났다. 다아시 씨가 마차까지 배웅해주는 동안 빙리 양은 엘리자베스의 외모나 태도, 옷차림 등을 마구 헐뜯으면서 기분을 풀고 있었다. 그러나 조지아나는 거기에 동참하지 않았다. 오빠의 추천만으로도 그녀 편에 설 이유는 충분했다. 오빠의 판단은 틀린 적이 없었고 그간 오빠가 엘리자베스에 대해 한 이야기로 미루어보면 상냥하고 사랑스러운 사람이 분명했다. 다아시가 응접실로 돌아오자 빙리 양은 참지 못하고 여동생에게 했던 이야기를 되풀이했다.

그녀는 들으란 듯이 소리를 높였다.

"오늘 아침 엘리자 베넷 양은 정말 보잘것없더군요, 다아시 씨. 지난겨울에 보고 오늘 봤는데 그렇게나 변해버리다니, 그런 사람은 평생 처음 봐요. 그 거무죽죽하고 거칠한 얼굴이라니! 루이자와 저는 다시 만나지 않았으면 좋았겠다고 생각하는 중이었어요."

이런 말이 다아시 씨에게는 달갑지 않았다. 그래도 자신이 볼 때는 얼굴이 조금 탄 것밖에 모르겠다고, 그거야 여름철에 여행을 하다 보면 있을 수 있는 일 아니냐는 식으로 냉랭하게 대꾸하고 넘어갔다.

그러자 빙리 양이 응수했다.

"솔직하게 말해 저는 그 여자 어디가 예쁜지 전혀 모르겠어요. 얼굴은 너무 말랐고, 안색에 윤기도 없고, 이목구비도 그다지 예쁘지 않잖아요. 코는 개성이 부족하고, 콧날도 봐줄 만한 구석이 없고요. 이는 그럭저럭 괜찮지만, 그래 봤자 보통 정도고요. 더러 눈이 아주 예쁘다고도 하던데 저는 정말 특별한지 모르겠거든요. 날카롭고 성질이 사나운 눈빛이라서 개인적으로 좋아하지 않아서요. 전체적인 분위기만 봐도 고상함이라고는 찾아볼 수 없으면서 콧대만 높아서는, 정말 못 봐주겠다니까요."

다아시가 엘리자베스를 사모하고 있다는 사실이 분명할 때 이런 방법은 빙리 양 자신을 돋보이게 하는 최선의 수단이 되지 못한다. 그러나 화가 난 사람들은 지혜롭지 못한 법이다. 어쨌든 표정을 보니 다소 심기를 건드린 것 같아 그녀로서는 목적한 바를 이루었다는 생각이 들었다. 그럼에도 그가 계속 고집스럽게 침묵을 지키자 그녀는 입을 열게 할 심산으로 이렇게 덧붙였다.

"하트퍼드셔에서 그 여자를 처음 봤을 때가 떠오르네요. 이름 난 미인이라는 이야기를 듣고 우리 모두 얼마나 놀랐어요? 특히 어느 날 밤엔가 이런 말씀을 하셨잖아요? '저 여자가 미인이라고! 그렇다면 저 여자 어머니는 현자라고 불러야겠군.' 그런데 이후에는 점점 괜찮게 보셨는지, 한때는 꽤 예쁘다고까지 생각하셨던 것 같아요."

다아시 씨가 더는 참지 못하고 대답했다.

"네, '그건' 그녀를 처음 봤을 때뿐입니다. 최근 몇 달 동안은 그녀보다 아름다운 여자는 없다고 생각했으니까요."

그러고는 나가버렸다. 빙리 양은 누구도 아닌 스스로에게만 상처를 줄 말을 억지로 하게 만들었다는 씁쓸한 만족감만 곱씹어야 했다.

가드너 부인과 엘리자베스도 돌아가는 길에 방문한 동안 있었던 모든 일을 화제에 올려 대화를 주고받았지만, 두 사람 다 가장 흥미로운 화제는 입 밖에 내지 않았다. 모든 사람의 표정과 태도가 화제에 오르긴 했지만 가장 관심을 끌었던 단 한 사람에 대해서는 입을 다물었다. 여동생, 친구, 저택, 과일 등 그 사람과 관련된 모든 것이 화제에 올랐지만 정작 그 장본인은 쏙 빠졌다. 하지만 엘리자베스는 가드너 부인이 그를 어떻게 생각하는지 몹시 궁금했고, 부인도 조카가 먼저 그 화제를 꺼내주었다면 아주 기뻤을 것이다.

4장

엘리자베스는 램턴에 처음 도착했을 때 제인이 편지를 보내 놓지 않아서 무척 실망했다. 아침마다 실망은 계속되었다. 하지만 사흘째 되는 날 언니가 보낸 편지 두 통을 한꺼번에 받자 불평은 쏙 들어갔다. 한 통에 잘못 배달되었다는 표시가 있었다. 제인이 주소를 알아보기 어렵게 적었으니 어찌 보면 당연한 일이었다.

다 같이 산책을 준비하고 있을 때 마침 편지가 도착했고, 외삼촌과 외숙모는 조용히 편지를 읽으라고 엘리자베스만 두고 산책을 나갔다. 처음 썼던 잘못 배송된 편지를 먼저 뜯었다. 오 일 전에 쓴 편지였다. 처음에는 파티라던가 모임 등 동네에서 일어난 이런저런 사소한 소식을 담고 있었다. 하지만 하루가 지난 후에 쓴 뒷부분은 동요하면서 쓴 기색이 역력했고, 몹시 심각한 소식이 들어 있었다. 편지 내용은 이랬다.

리지야, 여기까지 편지를 쓰고 나서 예상치 못한 심각한 사태가 벌어졌단다. 너무 놀라지는 않았으면 좋겠구나. 우리 가족 모두 몸은 건강하니까. 내가 하려는 말은 가엾은 리디아의 일이야. 어젯밤 열두 시쯤 우리 모두가 잠자리에 들고 얼마 지나지 않아 포스터 대령이 보낸 속달이 도착했는데, 리디아가 장교 한 명이랑 스코틀랜드로 도망을 갔다는 거야. 그래, 솔직히 말하면 위컴이랑 도망을 갔다는 거야! 우리가 얼마나 놀랐을지 상상할 수 있겠지. 그렇지만 키티는 어느 정도 예상하고 있었나 봐. 정말이지, 나는 몹시 안타까워. 이렇게 경솔한 결혼이 어디 있니! 이렇게 된 이상 우리가 그의 인품을 오해한 거라고 바라는 수밖에. 이번 일은 생각 없고 무분별한 행동이라고밖에 말할 수 없지만 그래도 본심이 못된 사람이라고 단정할 수는 없지 않을까(그 점을 기쁘게 여기자꾸나). 아버지가 그 애에게 아무것도 물려주실 수 없다는 걸 잘 알 테니, 적어도 다른 욕심은 없겠지. 가엾은 어머니는 몹시 슬퍼하며 탄식하고 계셔. 아버지는 조금 더 잘 견디고 계시는데, 두 분에게 그의 좋지 않은 평판을 알려드리지 않아서 얼마나 다행인지 몰라. 이제 우리도 그 이야기는 잊어야겠지. 두 사람은 토요일 자정에 도망친 모양이지만 어제 아침 여덟 시까지는 사라진 줄 몰랐나 봐. 알게 된 즉시 속달을 보냈다니까. 아, 리지야, 두 사람은 분명 여기서 반경 16킬로미터도 떨어지지 않은 곳을 지나갔을 텐데. 포스터 대령이 곧 방문하시겠대. 리디아가 대령님 부인에게 자신들의 계획을 몇 줄 남기고 갔다나 봐. 편지는 여기서 마쳐야겠다. 가엾은 어머니를 혼자 오래 둘 수가 없어. 네가 제대로 이해할 수 있을지 모르겠다. 나도 내가 무슨 말을 쓰고 있는지 잘 모르겠어.

편지를 읽자마자 다른 생각을 할 겨를도 없이 그녀는 급히 다른 편지를 집어 들고 조마조마한 마음으로 서둘러 뜯어 읽었다. 첫 편지를 쓴 다음 날 쓴 편지였다.

사랑하는 리지, 지금쯤이면 먼저 보낸 편지를 받았겠지. 이번 편지에서는 좀 더 제대로 설명하고 싶지만 시간 제한이 있는 것도 아닌데 생각이 갈피를 잡을 수 없어 조리 있게 글을 쓸 수가 없구나. 리지야, 나도 무슨 말을 써야 할지 모르겠지만 나쁜 소식을 들어 더는 지체할 수가 없었단다. 가엾은 리디아와 위컴 씨의 결혼이 경솔한 짓이기는 해도, 우리는 이제 결혼하기만 해도 좋겠다는 간절한 마음이란다. 두 사람이 스코틀랜드로 가지 않은 것 같다고 의심할 이유가 너무 많구나. 포스터 대령은 그제 브라이턴을 떠나 어제 우리가 속달을 받고 몇 시간 후에 방문하셨어. 리디아가 포스터 부인에게 남긴 짧은 쪽지에는 그레트나 그린으로 간다고 썼다는데 친구 데니는 위컴이 그곳에 갈 리도 없고, 리디아와 결혼할 리는 더더욱 없다고 장담하더래. 그 말을 들은 포스터 대령도 보통 일이 아니라는 생각이 들어 얼른 두 사람을 쫓으려고 브라이턴을 떠나셨대. 클래펌까지는 쉽게 추적했는데 거기서부터는 놓치셨다는구나. 그곳에서 두 사람은 엡섬에서 타고 온 마차를 버리고 임대 마차로 갈아탔다고 하는데, 그 후에는 런던 어딘가에서 봤다는 목격담밖에 아는 바가 없다더구나. 어떻게 생각해야 할지 모르겠어. 포스터 대령은 그쪽 런던에서 가능한 모든 조사를 다 해보고 하트퍼드셔로 오셨어. 바넷과 하트필드의 유료도로나 여관에서 새로운 소식을 알 수 있지 않을까 하는 마음에 곳곳을 뒤지셨지만 별다른 성과도 없었고, 그들이 지나가는 모습을 아무도 못 봤다는 거야. 친절하게도 롱번까지 직접 찾아와 진심에서 우러나오는 염려를 해주셨어. 그분과 포스터 부인도 정말 안쓰러워. 누가 그분들을 탓할 수 있겠니. 사랑하는 리지야, 우리의 절망은 이루 말할 수가 없단다. 아버지와 어머니는 최악의 상황을 생각하시지만, 나는 그를 그렇게까지 나쁘게 생각할 수가 없어. 여러 가지 조건상 애초의 계획보다는 런던에서 몰래 결혼식을 올리는 편이 더 나았을지도 몰라. '그 사람'도 리디아 같은 어린 아가씨를 두고 그런 속셈을 품었을 리 없을 테고, 설사 그렇다 해도 그 애가 그렇게 아무 생각이 없을 수 있을까? 그럴 리 없어. 하지만 슬프게도 포스터 대령은 두 사람이 결혼하지 않았으리라고 생각하신단다. 내 소망을 말씀드렸더니 그분은 고개를 설레설레 저으면서 위컴이 그렇게 믿을 만한 남자가 아니라서 걱정이시라는 거야. 가엾은 어머니는 몸져누우셔서는 방에만 계셔. 기운을 좀 내신다면 좋으련만 기대할 수 없을 것 같아. 아버지도 그렇게 충격을 받으신 모습은 평생 처음이야. 두 사람 사이를 숨겼다고 키티만 잔뜩 혼이 났어. 그렇지만 그런 비밀스러운 일을 누가 짐작이나 할 수 있었겠니. 사랑하는 리지야, 이 괴로운 상황을 너만이라도 피할 수 있었으니 정말 기뻐. 하지만 처음의 충격은 이제 끝났으니 네가 곧 돌아오기를 바라도 될까? 그러기 어렵다면 억지로 돌아오라고 이기적으로 강요하고 싶지는 않아. 이만 줄일게. 지금 내가 하지 않겠다고 한 말을 해야 할 것 같아서 다시 펜을 들었어. 상황이 여의치 않아서 되도록 빨리 너와 외삼촌 내외까지 함께 와주기를 간절히 바라고 있어. 내가 아는 외삼촌과 외숙모라면 거리낌 없이 이런 부탁을 드려도 될 거야. 외삼촌께는 부탁드릴 일이 하나 더 있어. 아버지는 곧장 리디아를 찾으러 포스터 대령과 함께 떠나실 거야. 어떻게 하실 계획인지는 나도 잘 모르겠어. 하지만 지금처럼 극도로 낙심하신 상태에서 가장 안전하고 좋은 방법을 찾으실 수 있을지 의문이야. 포스터 대령은 내일 저녁까지는 브라이턴으로 돌아가셔야 한대. 사태가 긴급하니 외삼촌의 조언과 도움이 무엇보다도 필요해. 외삼촌도 내 마음을 금방 이해해 주실 테고, 외삼촌의 선의를 믿을 따름이야.

"이럴 수가! 어디, 외삼촌은 어디 계실까?"

엘리자베스는 편지를 다 읽자마자 소리치며 자리에서 벌떡 일어나 외삼촌을 찾아 나서려고 했다. 한시가 급했다. 하지만 그녀가 문 앞까지 갔을 때 하인이 문을 열더니 다아시 씨가 나타났다. 창백한 얼굴과 허둥대는 모습에 놀란 그가 정신 차리고 무슨 말인가를 하기도 전에 리디아의 상황으로 머릿속이 꽉 찬 엘리자베스가 먼저 다급하게 소리쳤다.

"실례합니다만 지금 당장 나가봐야 해요. 곧바로 외삼촌을 찾아야 해요. 지체할 수가 없어요. 한시도 낭비할 수 없어요."

"맙소사! 대체 무슨 일입니까?"

그 또한 예의를 잊고 감정에 휩쓸려 외쳤다. 그러나 곧 정신을 수습하고 말했다.

"막으려는 것이 아닙니다. 하지만 가드너 씨 부부를 찾는 일은 저나 하인들에게 맡기세요. 지금 이렇게 좋지 못한 상태로는 혼자 보내드릴 수가 없습니다."

엘리자베스는 머뭇거렸으나 무릎이 떨려 찾으러 나선다고 해도 별로 도움이 되지 않을 것 같았다. 그래서 하인을 불러 거의 알아듣기도 어려운 숨 가쁜 목소리로 주인 내외를 당장 모셔오라고 보냈다.

하인이 방을 나가자 엘리자베스는 제대로 서 있을 힘조차 없어 자리에 주저앉았다. 괴로워하는 그 모습에 다아시는 그녀만 두고 갈 수가 없었고, 위로를 담은 다정한 어조로 이렇게 말하지 않을 수 없었다.

"하녀를 불러오겠습니다. 마음을 진정시킬 수 있도록 무언가 드셔야 하지 않겠습니까? 포도주라도 한 잔 가져다 드릴까요? 안색이 정말 안 좋으십니다."

그녀는 정신을 차리려고 애쓰며 대답했다.

"아뇨, 괜찮아요. 감사합니다. 전 아무 문제도 없어요. 저는 괜찮아요. 지금 막 롱번에서 받은 끔찍한 소식 때문에 괴로워서 그래요."

그 일을 언급하자 눈물이 터져버렸고, 몇 분 동안은 한 마디도 할 수가 없었다. 다아시는 마음을 졸이면서 불분명한 발음으로 몇 마디 염려를 표하고는 말없이 연민을 담아 그녀를 지켜볼 수밖에 없었다. 마침내 그녀가 다시 입을 열었다.

"조금 전 언니한테서 끔찍한 소식이 담긴 편지를 받았어요. 결국은 다 드러날 일이겠죠. 저희 막내가 가족들을 버리고 연인과 도망쳤대요. 스스로 그 사람, 아니 위컴 씨에게 몸을 던졌다는군요. 브라이턴에서 함께 도망쳤대요. 나머지는 말하지 않아도 아시겠지요. 그 애는 돈도 없고, 집안도 부족하고, 그를 매혹시킬 만한 것이 전혀 없어요……. 이제 그 애는 영원히 안녕이에요."

다아시는 놀라운 소식에 온몸이 굳은 듯했다.

그녀는 몹시 흔들리는 목소리로 덧붙였다.

"제가 그 일을 막을 수도 있었는데! 저는 그가 어떤 인간인지 알았으니까요. 제가 알고 있는 사실의 조금이라도, 아주 일부분이라도 가족들에게 알려주었다면! 그가 어떤 사람인지 알았다면 이런 일이 일어나지 않았을지도 모르잖아요. 하지만 이제는 너무 늦어버렸어요."

다아시가 소리를 높였다.

"저도 정말 안타깝습니다. 안타깝고 충격적입니다. 하지만 정말인가요, 확인된 사실인가요?"

"아, 그럼요! 두 사람은 일요일 밤에 함께 브라이턴을 떠났고, 런던까지는 어찌 추적이 됐는데 그 뒤로는 행적이 묘연하대요. 스코틀랜드로 가지 않은 것은 분명하고요."

"그렇다면 동생분을 찾기 위해 지금 무슨 노력을 하고 있으신지요?"

"아버지가 런던으로 가셨고, 제인은 외삼촌이 어서 도와주시기를 청하고 있어요. 저 혼자 생각으로는 삼십 분 안에 다 같이 출발하지 않을까 싶어요. 하지만 아무것도 할 수가 없어요. 아무것도 할 수가 없다고요. 그런 남자를 어떻게 설득하지요? 일단 두 사람을 찾을 수 있을까요? 일말의 희망도 없어요. 어디를 봐도 끔찍한 절망뿐이에요!"

다아시는 잠자코 고개를 흔들었다.

"그의 진짜 모습을 알게 되었을 때 '제가'…… 아! 그때 제가 용기를 내서 마땅히 해야 하는 일들을 했어야 하는데! 하지만 저는 선불리 행동하기가 두려웠어요. 참담하고, 또 참담한 실수였어요!"

다아시는 대답이 없었다. 그녀의 말을 듣고 있는지도 알 수 없었다. 그저 깊은 생각에 잠긴 채 방 안을 서성거릴 뿐이었다. 미간을 찌푸리고, 분위기는 암울했다. 엘리자베스도 그 모습을 보고 바로 그 의미를 이해했다. 그녀의 힘이 무너지고 있었다. 가족들의 약점이 드러나고, 씻을 수 없는 치욕이 확실해진 지금 그녀의 힘은 무너질 수밖에 없었다. 놀랄 일도 비난할 일도 아니었다. 그가 자제력을 발휘하고 있다는 생각도 전혀 위로가 되지 못했고, 슬픔을 달래주지도 못했다. 오히려 지금에야 자신의 소망을 확실하게 알 수 있었다. 모든 사랑이 물거품이 된 지금만큼 진심으로 그를 사랑할 수 있을 것 같은 기분이 든 적이 없었다.

그러나 잠깐 자신의 처지를 생각했을 뿐 그 생각에 골몰할 겨를이 없었다. 리디아…… 그 아이가 가족 모두에게 안겨준 수치와 고통이 모든 사사로운 염려를 집어삼킨 것이다. 그녀는 손수건으로 얼굴을 가린 채 달리 아무 생각도 할 수 없었다. 몇 분이나 침묵이 흘렀을까. 감정을 절제하면서도 연민이 담긴 한 남자의 목소리로 말미암아 새삼 자신의 상황을 깨닫게 되었다.

"제가 여기 없었으면 하고 바라시지는 않을까 걱정스럽기도 하고, 저도 속절없이 진심으로 염려를 표하는 것 말고 여기 더 머물러 무슨 일을 할 수 있을까 싶기도 합니다. 제 어떤 말이나 행동으로 당신의 슬픔을 달래드릴 수만 있다면 얼마나 좋을까요. 하지만 감사 인사나 받자고 헛된 희망으로 당신을 위로하며 고통을 안겨드릴 생각은 없습니다. 이 불행한 사건으로 오늘 제 누이가 펨벌리에서 당신을 뵙는 기쁨을 누리지는 못하겠군요."

"아, 네. 부디 다아시 양에게 저희를 대신해 미안한 마음을 전해주세요. 급한 일이 생겨 곧장 집으로 돌아갔다고요. 이 끔찍하고 절망적인 진실은 되도록 오래 숨겨주세요. 비밀이 그리 오랫동안 지켜지지는 않겠지만 말이에요."

다아시는 선뜻 그렇게 하겠다고 약속했다. 그는 다시 그녀의 괴로움에 안타까움을 표하고는 지금 바랄 수 있는 것보다 더 나은 결론이 나기를 소망한다는 말과 가족들에게 안부 인사를 남기고는 단 한 번 진지한 작별의 눈길을 보낸 후 떠났다.

다아시가 방을 나가자 엘리자베스는 더비셔에서와 같은 따뜻한 만남을 다시는 기대할 수 없으리라는 생각이 들었다. 온갖 모순과 사건으로 얼룩진 두 사람의 과거를 처음부터 끝까지 되짚어보았다. 예전이었다면 절교를 기뻐했을 텐데 지금은 교제가 이어지기를 바라고 있다니, 그 어긋난 감정에 절로 한숨이 나왔다.

감사와 존경이 사랑의 긍정적 요소라면 엘리자베스의 감정 변화는 당연한 일이었고, 잘못된 일도 아니었다. 하지만 이를 바탕으로 생겨나는 애정이 첫눈에 반하거나 두세 마디도 나눠보기 전에 느꼈다고 묘사되는 사랑에 비해 비합리적이라거나 부자연스럽다고 한다면 엘리자베스를 변호해줄 말이라고는 이것밖에 없다. 두 번째 방법을 이미 위컴 씨에게 실험해보았지만 별로 좋지 못한 결과를 거두었기에 이번에는 좀 덜 흥미로운 사랑의 방식을 시험해보고 있다는 것뿐이다. 어찌 됐든 그녀는 안타까운 마음으로 떠나는 그를 바라보았다. 리디아의 수치스러운 행동으로 말미암아 이런 일이 벌어지고 나니, 이번 사태가 더욱 비통하게 느껴졌다. 제인의 두 번째 편지를 읽고 난 뒤 위컴이 리디아와 결혼할지도 모른다는 희망은 한순간에 달아나버렸다. 제인 외에는 아무도 그런 기대감으로 마음을 달래지 않을 것이다. 놀라움은 이번 사태에서 그녀가 느낀 유일한 감정이 아니었다. 물론 첫 번째 편지를 읽었을 때는 놀라움뿐이었다. 위컴이 재산도 없는 여자와 결혼한다니 놀라웠고, 리디아가 그의 마음을 얻을 수 있었다는 것도 받아들이기 어려웠다.

그러나 이제는 전부 그럴 만하다는 생각이 들었다. 그런 애정이라면 리디아 정도만 돼도 충분히 매력적이었을 테고, 리디아가 결혼할 마음도 없이 도피 행각을 벌이지 않았을 거라고 해도 평소 그 애의 도덕심이나 이해력을 생각한다면 손쉬운 먹잇감이었던 것은 분명했다.

하트퍼드셔에 부대가 주둔해 있는 동안 리디아가 특별히 위컴을 흠모한다는 조짐은 전혀 보이지 않았다. 하지만 리디아는 조금만 부추기면 누구라도 사랑할 수 있는 아이였다. 장교들이 보이는 관심에 따라 어느 때는 이 장교를, 다른 때는 저 장교를 좋아했기 때문이다. 그녀의 애정은 변덕이 심했지만, 상대가 없던 적은 없었다. 이번 사태는 그런 아이를 방치하다시피 하고, 제멋대로 굴도록 놔둔 탓이었다. 아! 이제야 그녀는 현실을 뼈저리게 절감했다.

엘리자베스는 집에 돌아가고 싶어 안절부절못했다. 집으로 돌아가서 직접 듣고, 보고 싶었으며, 힘들어하는 가족들을 혼자서 전부 책임지고 있을 제인의 짐을 나누고 싶었다. 아버지는 안 계셨고, 충격으로 자리에 누운 어머니는 보살핌을 받아야 할 상황이었다. 달리 할 수 있는 일이 없어 보여도 외삼촌의 도움이 무엇보다 중요해 보였다. 그런 생각에 외삼촌이 방에 들어왔을 때는 초조하고 괴로운 마음이 극에 달해 있었다. 가드너 씨 부부는 하인의 설명을 듣고 놀라서 조카가 갑자기 어디아픈가 싶어 서둘러 돌아왔다. 엘리자베스는 얼른 그건 아니라고 그들을 안심시킨 후 갑작스럽게 부른 이유를 설명하기 위해 두 통의 편지를 큰 소리로 읽었다. 두 번째 편지의 추신을 읽을 때는 목소리가 떨렸다. 가드너 부부는 리디아를 썩 예뻐하지는 않았지만 크게 상심하지 않을 수 없었다. 리디아뿐 아니라 모두의 일이었기 때문이다. 끔찍한 사태에 경악하며 탄식하던 외삼촌은 선뜻 힘닿는 데까지 도와주겠다고 약속했다. 예상한 일이었지만 고마운 마음에 엘리자베스는 눈물까지 흘렸다. 세 사람은 이제 한마음 한뜻으로 신속하게 여행과 관련된 모든 사항을 정리하기 시작했다. 그리고 준비가 끝나자마자 서둘러 출발하기로 했다.

가드너 부인이 소리쳤다.

"참, 펨벌리 일은 어쩌지? 네가 존을 보낼 때 여기 다아시 씨가 있었다던데, 맞니?"

"네. 약속을 지킬 수 없게 되었다고 말해두었어요. '그건' 다 정리되었어요."

외숙모는 준비하러 방으로 뛰어가면서 그 말을 되풀이했다.

"다 정리되었다니. 두 사람이 진실을 털어놓을 만큼 가까운 사이라는 건가! 도대체 어떻게 되어가는 건지 좀 알았으면!"

그러나 그런 소망은 이제 소용없었다. 기껏해야 바쁘고 혼란스러운 와중에 짧은 순간 혼자 흐뭇해하는 것이 고작이었다.

엘리자베스도 여유를 부릴 틈이 있었다면 이런 참담한 상황에서는 아무것도 손에 잡히지 않는다는 것을 깨달았겠지만, 그녀도 외숙모 못지않게 바빴다. 램턴에 있는 친구들에게 갑작스러운 출발에 대한 거짓 변명을 일일이 적어 보내는 것도 그녀 몫이었다. 한 시간 만에 모든 정리가 끝났다. 가드너 씨가 숙박비를 정산하고 나자 이제는 떠나는 일밖에 남지 않았다. 오전 내내 비참함에 시달리던 엘리자베스는 예상보다 빨리 롱번으로 떠나는 마차에 오르게 되었다.

5장

마을을 벗어나자 외삼촌이 말했다.

"엘리자베스, 내가 다시 한 번 곰곰이 생각해봤는데 말이다. 진지하게 생각해보면 이 문제에서는 네 언니의 판단을 믿고 싶은 마음이 어느 때보다 크구나. 아무리 생각해도 젊은 남자가, 그것도 대령의 집에 머물고 있는 아가씨를 상대로 그런 짓을 했다는 게 도무지 말이 안 되는 일이거든. 보호자나 가족이 없는 아가씨도 아닌데 말이야. 그러니 나도 좋은 쪽으로 생각하려고 해. 그 청년도 여자 쪽 가족들이 나설 거라고 생각하지 않을까? 포스터 대령에게 그런 모욕을 주고도 부대에 돌아갈 수 있을 거라고 생각하지는 않았을 거 아니니? 그런 위험을 무릅쓰고 어린 아가씨를 유혹하지는 않았을 거야."

엘리자베스는 한층 밝아진 목소리로 대답했다.

"정말 그렇게 생각하세요?"

가드너 부인이 말했다.

"내 생각에도 외삼촌 말씀이 맞는 것 같아. 그런 짓을 저지른다면 체면이고 명예고 이익이고 모두 너무 큰 상처를 입게 되니까. 위컴이 그렇게까지 못된 사람은 아니라고 생각해. 리지야, 너는 그 남자가 그런 짓까지 할 수 있는 사람이라고 생각하니?"

"아마 자기 이익이야 챙기겠지요. 하지만 그 외에는 충분히 그럴 수 있는 사람이에요. 말씀하신 대로만 된다면 좋겠지만! 하지만 저는 감히 그렇게 될 거라고 기대하지 못하겠어요. 그렇다면 왜 스코틀랜드로 가지 않았을까요?"

가드너 씨가 대답했다.

"우선 스코틀랜드로 가지 않았다는 명백한 증거도 없어."

"아아! 그렇지만 마차를 버리고 임대 마차로 갈아탔다는 것만으로도 충분히 짐작할 수 있잖아요! 게다가 바넷으로 갔다는 흔적도 전혀 찾을 수 없었고요."

"음, 그렇다면…… 두 사람이 런던에 있다고 생각해보자. 다른 특별한 목적이 있어서라기보다는 숨어 있으려는 생각이겠지. 두 사람 다 돈이 넉넉하지 않을 테니까 시간은 좀 더 걸리더라도 스코틀랜드보다는 런던에서 결혼하는 편이 더 경제적이라고 생각했을 수도 있어."

"그렇다면 왜 비밀로 하겠어요? 왜 들킬까 봐 몸을 사리죠? 몰래 결혼해야 하는 이유가 뭐냔 말이에요? 아! 아니, 아니에요, 그럴 리가 없어요. 제인의 편지 보셨잖아요. 위컴의 친구가 분명하게 그는 리디아와 결혼할 마음이 없다고 말했다고 하잖아요. 위컴은 재산이 없는 여자와 결혼할 사람이 절대 아니에요. 감당할 능력도 없고요. 리디아는 어리고 건강하고 발랄하다는 것 말고 내세울 게 없어요. 그 남자가 결혼으로 쉽게 한몫 챙길 수 있는 기회를 버리고 그 애를 선택할 만한 이유는 전혀 없다고요. 부대에서 자기 체면을 생각한다면 리디아와 부적절한 도피행각을 벌이지 않았을 거라고 하셨지요? 그 부분은 저도 판단이 안 서네요. 이런 행동이 어떤 영향을 끼치는지 아는 바가 없으니까요. 하지만 외삼촌이 말씀하신 다른 이유들은 의문이에요. 리디아에게는 나서줄 오빠도 없고, 아버지의 평소 느긋하고 무관심한 태도를 잘 알고 있으니 가족들에게 무슨 일이 있다고 나설 분이 아니란 것도 이미 알고 있을 거예요. 이런 문제에서는 여느 아버지들과 마찬가지로 달리 행동을 취하지도 않고, 신경도 쓰지 않을 거라고 생각한 거 아닐까요."

"하지만 리디아가 사랑에 빠져 모든 것을 버릴 수 있는 아이라고 생각하니? 결혼도 안 하고 동거하는 일에 찬성할 만큼?"

엘리자베스는 눈물을 글썽이며 대답했다.

"가장 충격적인 부분이 그거예요. 이런 상황에서 여동생의 품위나 정조 관념을 의심할 수밖에 없다니요. 그렇지만 정말로 무슨 말씀을 드려야 할지 모르겠어요. 어쩌면 제가 그 아이를 잘못 봤을지도 모르죠. 하지만 아직 철도 없고, 진지하게 고민하는 법을 배운 적도 없어요. 지난 반년, 아니 열두 달 동안 오로지 재미와 허영만 좇았으니까요. 가장 게으르고 경박하게 시간을 허투루 보내고 뭐든지 자기 멋대로 행동했고요. ○○부대가 메리턴에 주둔한 이후로는 연애니 실없는 농담이니 장교니 하는 것밖에는 머릿속에 든 게 없었어요. 오로지 그 문제만 생각하고 온 정신이 거기에만 매달리다 보니, 뭐라고 해야 할까요? 이미 타고난 감성도 풍부한 아이가 그쪽으로 더 예민하게 감성을 키웠다고 할까요? 게다가 위컴은 우리도 알다시피 여자를 사로잡는 매력적인 외모와 말솜씨를 갖췄잖아요."

외숙모가 말했다.

"그렇지만 너도 보았듯이 제인은 위컴을 그렇게 나쁘게 생각하지 않잖니. 그런 짓을 할 수 있는 사람이라고는 믿지 않고 있어."

"언니가 누구를 나쁘게 말하는 것 보셨어요? 과거에 어디서 무슨 짓을 했더라도 모든 사실이 낱낱이 밝혀지기 전까지는 그런 못된 짓을 할 사람이 아니라고 믿잖아요? 하지만 언니도 위컴의 실체를 저만큼이나 잘 알아요. 어느 모로 봐도 난봉꾼이라고밖에 할 수 없는 사람이라고요. 진정성이나 명예라고는 없는 사람이에요. 거짓말을 하고 사람들을 기만하면서 환심만 살 뿐이지요."

"정말로 확실하게 아는 거니?"

가드너 부인이 물었다.

대체 어떻게 이처럼 자세히 알고 있는지 궁금한 마음이 잔뜩 일었다.

엘리자베스는 얼굴을 붉혔다.

"잘 알아요. 지난번에 그가 다아시 씨에게 어떤 파렴치한 짓을 했는지 말씀드렸잖아요. 외숙모도 롱번에서 위컴이 자기한테 관대하고 너그럽게 베풀어준 사람을 어떤 식으로 말하는지 직접 들으셨고요. 그리고 제 마음대로 말할 수 없는 다른 일도 있어요. 입에 담을 만한 가치도 없는 일이지만요. 어쨌든 펨벌리 가문을 두고 그가 한 거짓말은 한도 끝도 없어요. 다아시 양에 대한 말을 들었을 때는 거만하고 시큰둥해 있는 마음에 맞지 않은 여자를 보게 되겠구나 하고 마음의 준비를 했어요. 그런데 우리도 볼 수 있던 상냥하고 솔직한 모습을 그 사람이 몰랐을 리 없어요. 알면서도 정반대로 말한 거죠."

"그런데 리디아는 아무것도 모른단 말이니? 너나 제인이 아는 일을 어떻게 그 아이가 모를 수 있어?"

"아, 그럼요! 그것이, 그것이 정말 최악의 사태예요. 저도 켄트에 가서 다아시 씨와 친척인 피츠윌리엄 대령을 만나뵙기 전까지는 그런 사실을 전혀 몰랐으니까요. 집에 돌아왔을 때는 ○○ 부대가 일주일에서 보름 후면 곧 메리턴을 떠난다고 했고요. 그래서 제 이야기를 전부 들은 언니도 그렇고 저도 굳이 모든 사실을 사람들에게 밝힐 필요가 없다고 생각했어요. 이웃들 모두 좋은 인상을 가지고 있는데 그걸 뒤엎어봤자 무슨 소용이 있겠는가 싶었던 거죠. 리디아가 포스터 부인에게 놀러 가기로 정해졌을 때조차도 위컴의 본모습을 일러줘야겠다는 생각은 미처 하지 못했어요. '그 아이'가 그런 속임수에 걸려들 거라고는 생각도 안 했거든요. 외숙모는 믿어주시겠지요. '그' 때문에 이 지경이 될 거라고는 정말 상상도 못 했어요."

"그러니까 부대가 브라이턴으로 옮길 때만 해도 두 사람이 서로 좋아한다고 믿을 만한 조짐이 없었다는 이야기네."

"요만큼도요. 어느 쪽에서도 애정의 낌새를 느낀 적이 없어요. 조금이나마 그런 조짐이 보였다면 그냥 지나칠 가족이 아닌 거 아시잖아요. 처음 그가 부대에 왔을 때는 첫눈에 그에게 빠졌지요. 그때는 우리 모두가 그랬어요. 메리턴에 있는, 아니 메리턴 부근에 있는 여자들까지 전부 처음 두 달은 그 사람에게 넋이 나갔어요. 하지만 위컴이 특별히 막내한테 관심을 보인 적도 없고, 리디아도 한바탕 요란을 떠는 시기가 지나자 흥미를 잃고 자신을 더 특별하게 대접해주는 다른 장교를 좋아하게 되었어요."

쉽게 짐작할 수 있겠지만 아무리 되풀이해 논의한다고 해서 일행의 걱정이나 희망, 추측을 바꿀 만한 새로운 사실이 생겨날 리 없었다. 그래도 워낙 중대한 화제인지라 여행 내내 그 이야기를 꺼내지 않을 수가 없었다. 또한 그 문제는 잠시도 엘리자베스의 머릿속을 떠나지 않았다. 그녀는 극심한 불안과 자책에 사로잡혀 잠시라도 마음을 편하게 갖거나 그 문제를 잊을 수가 없었다.

일행은 될 수 있는 한 길을 서둘렀고, 마차에서 하룻밤을 보내고 다음 날 저녁 시간 롱번에 도착했다. 제인이 지쳐버릴 때까지 오래 기다리게 하지 않았다는 생각이 엘리자베스에게는 그나마 위안이 되었다.

마당으로 들어선 마차를 보고 신이 나서 가드너 부부의 아이들이 집 계단에 서 있었다. 그리고 마침내 마차가 문 앞에 정차하자 아이들은 환한 표정으로 이리저리 뛰어다니며 온몸으로 기쁨에 찬 환영 인사를 했다. 세 사람이 처음으로 받은 진심 어린 환영 인사였다.

엘리자베스는 뛰어내려 아이들에게 하나하나 서둘러 입을 맞추고는 현관으로 달려갔다. 그리고 어머니 방에서 나와 계단을 뛰어 내려오던 제인과 마주쳤다.

엘리자베스는 애정을 담아 그녀를 꼭 끌어안았다. 두 사람의 눈가에 눈물이 맺혔다. 그러고는 조금도 지체하지 않고 도망간 사람들한테서 무슨 소식이 있는지를 물었다.

제인이 대답했다.

"아직 없어. 하지만 이제 외삼촌이 오셨으니 전부 괜찮아질 거야."

"아버지는 런던에 계셔?"

"응. 편지에 썼듯이 화요일에 런던에 가셨어."

"소식은 자주 보내시고?"

"한 번밖에 안 보내셨어. 수요일에 잘 도착하셨다면서 몇 줄 보내고, 내가 부탁드렸던 머무는 곳 주소를 함께 적어주셨을 뿐이야. 달리 알려야 할 중요한 사안이 생길 때까지 편지를 쓰지 않겠다고 덧붙이셨어."

"어머니는, 어머니는 어떠셔? 다들 괜찮은 거야?"

"어머니도 충격을 심하게 받으시긴 했지만, 그럭저럭 괜찮으신 편이야. 위층에 계시는데 너와 외삼촌 내외를 보면 정말 기뻐하실 거야. 아직도 침실 곁방에서 나오시질 않아. 메리와 키티는 둘 다 아주 잘 있어, 그나마 다행이지!"

엘리자베스가 소리를 높였다.

"언니는, 언니는 어때? 얼굴이 핼쑥해졌어. 이런 일을 혼자 버텨내느라고 얼마나 힘들었을까!"

그러나 언니는 정말 괜찮다고 동생을 안심시켰다. 이런 대화를 나누는 동안 가드너 부부는 아이들을 챙긴 뒤 두 사람한테로 다가왔고, 자매의 대화도 여기서 끝났다. 제인은 외삼촌과 외숙모에게 달려가서 눈물과 미소를 오가며 환영과 감사 인사를 전했다.

모두 응접실로 들어가자 외삼촌 내외는 앞서 엘리자베스가 했던 질문들을 되풀이했지만, 제인에게도 새로운 소식이 없다는 사실밖에는 알아내지 못했다. 하지만 제인은 착한 마음에서 우러나오는 긍정적인 희망을 아직 버리지 못했다. 여전히 잘 마무리될 거라고 생각하면서 매일 아침마다 리디아나 아버지가 보낸 진행 상황을 설명하는, 어쩌면 결혼을 알리는 편지를 받게 될 거라고 기대했다.

몇 분 동안 대화를 나눈 뒤 모두 베넷 부인의 방으로 갔다. 부인의 반응은 예상한 그대로였다. 회환의 눈물과 비통으로 범벅이 되어 악독한 위컴의 행동을 손가락질하고, 자신이 그간 얼마나 고통받았는지 하소연을 늘어놓았다. 그동안 딸이 제멋대로 굴도록 내버려두어 사실상 이번 일을 초래한 장본인만 쏙 빼고 나머지 사람들을 다 비난하고 나섰다.

어머니가 말했다.

"온 가족이 브라이턴으로 가자고 했을 때 내 말을 들었으면 '이런' 일은 없었을 거 아냐. 가엾은 우리 리디아를 아무도 신경 쓰지 않은 거야. 포스터 부부는 그 아이를 잘 지켜봤어야 했다고. 제대로 보살핌만 받았다면 그런 짓을 할 애가 아닌데, 신경도 안 쓰고 방치했던 것이 분명해. 그 사람들이 리디아를 돌봐줄 만한 사람들이 아니라는 걸 벌써부터 알고 있었는데. 하지만 늘 그렇듯이 내 말은 무시당하고 말았어. 가엾은 우리 아가! 이제 남편도 가버렸고, 위컴을 만나기만 하면 결투를 하실 텐데…… 그럼 죽임을 당하고 말 거야. 그렇게 되면 우리 가족은 어떻게 해야 하지? 무덤에서 그의 몸이 식기도 전에 콜린스네가 우리를 쫓아내겠지. 동생마저도 우리에게 냉정하다면, 어떻게 해야 할지 모르겠구나."

모두 끔찍한 생각은 하지 말라고 입을 모았다. 가드너 씨는 누나와 누나의 가족들을 변함없이 사랑할 거라고 힘주어 말한 뒤 바로 다음 날 런던에 가서 매형이 리디아를 찾는 일을 돕겠다고 말했다.

그가 덧붙였다.

"쓸데없는 걱정은 하지 마시고요. 물론 최악의 상황을 각오해야겠지만, 실제로 벌어지리라고 단정할 수는 없으니까요. 두 사람이 브라이턴을 떠난 지 아직 일주일도 지나지 않았으니까 며칠 후면 무슨 소식을 들을 수 있을 겁니다. 두 사람이 아직 결혼을 안 했고, 결혼할 계획도 없다는 것이 확인되기 전까지는 모든 것이 끝났다는 식으로 생각하지 말자고요. 런던에 도착하면 매형을 찾아가서 그레이스처치 가에 있는 집으로 모실게요. 그리고 어떻게 할지 같이 의논해보죠."

베넷 부인이 대답했다.

"아아! 역시 우리 동생이야. 그렇게만 해준다면 바랄 게 없어. 런던에 가면 그 애들이 어디에 있든지 찾아내고, 아직 결혼을 안 했다면 결혼시켜줘. 결혼 예복을 고르느라 지체하지 말라고 해. 일단 결혼한 후에 원하는 대로 살 수 있는 돈을 주겠다고 리디아한테 말하고. 무엇보다도 남편이 결투를 못 하게 막아야 한다. 내 상태가 얼마나 안 좋은지도 전해줘. 놀라서 정신은 혼미하고, 온몸이 오들오들 떨리며, 옆구리에는 경련이 일 지경이고, 가슴이 두근거려 온종일 쉬지를 못한다고 말이야. 그리고 귀여운 리디아한테는 나를 볼 때까지 옷을 고르지 말라고 꼭 전해줘. 그 애는 어디가 가장 좋은 옷가게인지 모르니까. 아이고, 우리 동생, 정말 친절하기도 하지! 네가 어떻게든 해줄 거라고 믿어."

가드너 씨는 최선의 노력을 기울이겠다고 다시 한 번 누나를 안심시키면서도, 희망이든 걱정이든 적당히 하는 편이 좋겠다고 조언했다. 저녁이 준비되었다고 알려올 때까지 이런 대화를 하다가 베넷 부인의 걱정을 받아줄 가정부만 남기고 다들 방을 나왔다.

가드너 씨 부부는 베넷 부인을 가족들과 격리할 이유는 없다고 생각했지만, 그렇다고 굳이 반대하지도 않았다. 저녁 시중을 드는 하인들 앞에서 말을 조심할 만큼 신중한 성격이 아니어서 가장 믿을 수 있는 가정부 '한 사람'만 베넷 부인의 온갖 걱정을 받아주는 편이 낫다고 판단했던 것이다.

곧 메리와 키티도 식당으로 들어왔다. 두 사람 다 각기 자기 일로 분주해 그제야 모습을 드러냈다. 한 명은 책을 읽다가, 한 명은 화장을 하다가 나왔다. 둘 다 표정은 침착했고, 눈에 띄는 변화는 없었다. 키티는 자신이 가장 좋아하는 동생이 없어져서인지, 아니면 그냥 이 일로 화가 났는지 어투가 달라진 정도였다. 메리는 선생님이라도 된 듯 자리에 앉자마자 엄숙한 얼굴로 엘리자베스에게 속삭이기 시작했다.

"이건 정말 불행한 사고야. 아마 사람들 입에 한동안 오르내릴 거야. 하지만 우린 이 흉악한 물결을 막아내고, 상처받은 서로의 가슴에 자매로서 위로의 향유를 부어줘야만 해."

엘리자베스가 대답하지 않자 그녀는 덧붙였다.

"리디아에게는 불행한 사고지만, 우리는 여기서도 유용한 교훈을 끌어낼 수 있어. 여성에게 정조의 상실은 돌이킬 수 없다는 것, 한 번만 발을 헛디뎌도 끝없이 몰락하게 된다는 것, 여성의 평판은 그 아름다움만큼 부서지기 쉽다는 것, 무가치한 남성 앞에서는 여성이 아무리 몸가짐을 조심해도 지나침이 없다는 것이지."

엘리자베스는 놀라서 눈을 치켜떴을 뿐 말문이 막혀 대꾸조차 할 수 없었다. 그럼에도 메리는 가족들에게 닥친 불운에 계속 그런 도덕적인 교훈을 늘어놓았다.

오후가 되어서야 베넷 가의 손위 두 딸은 삼십 분 정도 두 사람만의 시간을 가질 수 있었다. 엘리자베스는 이 기회를 놓치지 않았고, 제인도 못지않게 열심히 대답했다. 엘리자베스는 이번 사건으로 끔찍한 일들이 벌어질 것 같다고 확신했으며, 제인도 그 말을 부정할 수 없어서 두 사람 다 침통한 기분이었다. 엘리자베스가 화제를 이어가며 이렇게 덧붙였다.

"내가 아직 듣지 못한 것들이 있으면 하나도 빠짐없이 말해줘. 구체적인 내용을 더 알고 싶어. 포스터 대령은 뭐라고 하셨어? 도피하기 전에 두 사람 사이에 걱정할 만한 조짐이 보였대? 아마 두 사람이 함께 있는 모습이 눈에 자주 띄었을 텐데."

"포스터 대령은 특히 리디아 쪽에서 호감을 갖고 있지 않은가 종종 의심하기는 했지만, 특별히 경계할 만한 일은 없었다는 거야. 그분도 정말 안됐어. 그분의 행동은 정말 사려 깊고 친절하셨어. 두 사람이 스코틀랜드로 가지 않았다는 걱정을 하기 전에 우리 가족을 염려해 '이미' 오던 중이셨어. 그러다가 그 소식이 들리자 길을 서두르셨고."

"데니는 위컴이 결혼하지 않을 거라고 큰소리쳤다면서? 그는 도망칠 계획을 미리 알고 있었대? 포스터 대령이 직접 데니를 만나셨대?"

"만나셨다고 했어. 하지만 '대령님'이 묻자 도망 계획은 전혀 모른다고 부인한 채 자기 의견은 말하지 않았다는 거야. 두 사람이 결혼할 리 없다는 말을 반복하지는 않은 거지. '그래서' 혹시 데니가 잘못 안 것은 아닌지 하는 희망을 품고 있어."

"포스터 대령이 오시기 전까지는 가족들 가운데 아무도 두 사람이 결혼하지 않을 거라는 의심은 안 한 거야?"

"그런 생각이 든다는 것 자체가 불가능하지! 심란하기는 했지만 단지 그런 남자와 결혼한 동생이 행복할까 하는 걱정만 했어. 그의 행실이 늘 올바르진 않았다는 걸 나만 알고 있으니까. 부모님은 그 사실을 전혀 모르시고, 그 결혼이 경솔하다고만 생각하셨어. 그때 키티가 다른 사람들보다 더 많이 알고 있다고 우쭐해진 모양인데, 리디아의 마지막 편지를 받았을 때 이런 일이 있을 줄 각오했다는 거야. 키티는 벌써 몇 주 전에 두 사람이 사랑에 빠졌다는 사실을 알고 있었나 봐."

"브라이턴으로 떠나기 전부터는 아니었지?"

"응, 그건 아닌 것 같아."

"포스터 대령은 위컴을 나쁘게 생각하시는 것 같았어? 그의 본성을 알고 계실까?"

"솔직하게 말하면 위컴을 예전만큼 좋게 말하지는 않았어. 낭비가 심하고 경솔한 남자라고 생각하고 계셔. 게다가 이번 사태가 벌어지고 난 뒤 메리턴에 어마어마한 빚을 남겼다는 말이 들려오고 있어. 잘못된 소문이기를 바라지만."

"아아, 언니. 우리가 그에 대해 알고 있는 것을 비밀로 하지 말고 사람들에게 알렸다면 이런 일이 벌어지지 않았을 텐데!"

언니가 대답했다.

"지금보다는 상황이 나았을지도 모르지. 하지만 지금 그 사람의 감정도 모른 채 과거의 잘못을 폭로하는 건 부당한 일이라는 생각이 들었어. 우리는 최선의 행동을 한 거야."

"포스터 대령은 리디아가 부인에게 남겼다는 쪽지 내용을 자세하게 말해주셨어?"

"우리한테 직접 보여주려고 가져오셨어."

제인이 수첩에서 편지를 꺼내 엘리자베스에게 건넸다. 내용은 다음과 같았다.

친애하는 해리엇 언니

제가 어디로 갔는지 알게 되면 언니는 웃음을 터트리겠지요. 내일 아침 제가 사라진 걸 알고 깜짝 놀랄 언니를 생각하니 웃음을 참을 수가 없어요. 저는 그레트나그린으로 가요. 제가 누구랑 있는지 짐작할 수 없다면 언니는 바보가 틀림없어요. 이 세상에서 제 사랑은 단 한 사람이고, 그이는 천사예요. 그 사람과 함께하지 못한다면 전 행복할 수 없어요. 그러니 떠나도 나쁠 것이 없다고 생각해요. 만약 내키지 않으면 롱번에 알리지 않으셔도 돼요. 제가 리디아 위컴이라고 서명해서 편지를 보낸다면 가족들은 더 깜짝 놀랄 테니까요. 정말 재밌을 것 같지 않아요? 웃느라 편지를 쓰기가 힘들 지경이에요. 프랫에게는 오늘 밤 같이 춤추기로 한 약속을 지키지 못해 미안하다고 전해주세요. 모든 사실을 알게 된다면 분명 이해해주리라 믿어요. 그리고 다음번 무도회에서 만나면 기쁜 마음으로 함께 춤을 추겠다고 해주세요. 롱번에 도착하면 옷을 가지러 사람을 보낼게요. 샐리한테는 짐을 챙기기 전에 모슬린 가운의 뜯어진 부분을 수선해놓으라고 해주세요. 잘 있어요. 포스터 대령에게도 애정을 전해주시고요. 우리의 행복한 여행을 위해 건배해주세요.

언니의 벗, 리디아 베넷

"이런 경솔하고, 또 경솔한 것 같으니!"

엘리자베스는 쪽지를 다 읽고 난 뒤 화가 나서 소리쳤다.

"이런 상황에서 쓴 편지가 어떻게 이 따위야! 하지만 어쨌든 '리디아'는 도피의 목적을 진지하게 여겼나 봐. 위컴이 나중에 어떻게 설득했는지는 모르겠지만, 그 애 쪽에서는 이런 수치스러운 짓을 할 속셈은 없었던 거야. 가엾은 아버지! 기분이 어떠셨을까!"

"그렇게 충격을 받으신 모습은 난생처음이었어. 십 분간이나 한 마디도 못 하셨으니까. 어머니는 곧바로 앓아눕고, 온 집안이 난리였어!"

엘리자베스가 걱정스러운 표정으로 물었다.

"아, 언니! 우리 집안 하인들 가운데 그날 사건을 알지 못한 사람도 있어?"

"모르겠어, 있기를 바라지만. 그런 상황에서 입단속을 하기란 정말 어렵잖니. 어머니는 히스테리를 부리시고, 내가 힘닿는 데까지 돕기는 했지만 많이 부족하지 않았나 싶어! 하지만 어떤 끔찍한 일이 일어났을까 봐 나도 기운이 하나도 없었어."

"어머니 간병은 언니에게 힘에 부친 일이었어. 언니도 좋아 보이지 않는걸. 아아! 내가 있었어야 했는데. 언니 혼자서 모든 집안일과 걱정을 떠안아야 했다니."

"메리와 키티는 아주 착한 아이들이니까 분명 내가 진 부담을 덜어주려고 했을 거야. 하지만 두 사람에게 그런 짐을 맡길 수는 없었어. 키티는 몸집도 작고 연약하고, 메리는 공부를 너무 많이 하니까 휴식 시간을 망칠 수 없겠다 싶었어. 아버지가 떠나신 후에는 다행히 필립스 이모가 화요일에 와서 목요일까지 함께 있어주셨지. 큰 도움도 주시고, 우리를 위로해주셨어. 루커스 부인도 참 친절하셨어. 수요일 아침에는 우리를 위로하러 여기 와서 도움이 필요하다면 자기나 딸들 가운데 한 명이 일손을 돕겠다고 자청하셨어."

엘리자베스가 목소리를 높였다.

"그분은 집에 계시는 편이 나았는데. 좋은 '의도'였는지는 몰라도 이런 불행한 일이 있을 때는 이웃들 얼굴을 안 보는 게 낫잖아. 도움은 사실상 불가능하고, 위로는 참을 수 없으니까. 멀리서 우리를 불쌍하게 여기면서 흡족해하면 될 것을."

그리고 엘리자베스는 아버지가 런던에서 딸을 찾기 위해 어떤 일을 하고 계시는지 물었다.

제인이 대답했다.

"내 생각에는 아버지가 엡섬에 가신 것 같아. 마지막으로 말을 바꾼 곳이니까 마부들한테 무언가 알아낼 수 있지 않을까 생각하시나 봐. 가장 큰 목적은 클래펌에서 두 사람이 탄 마차의 번호를 알아내는 걸 거야. 런던에서 승객을 태우고 왔대. 아버지 생각으로는 남자와 여자가 함께 마차에 오르는 모습은 눈에 띄니까 클래펌에서 조사해보면 어떨까 싶으셨나 봐. 마부가 어느 집에 손님을 내려주었는지 알아낼 수만 있다면 그쪽에서 탐문을 해보기로 결정하신 것 같아. 마차 번호와 정거한 곳을 알아내는 것도 불가능하지 않을 거라고 기대하시는 듯해. 그 외에 다른 계획이 있으신 줄은 모르겠어. 아버지도 놀라서 정신이 없으셨고, 너무 황급하게 떠나시는 바람에 이 정도 알아내기도 어려웠어."

6장

가족들은 다음 날 아침에 베넷 씨가 편지를 보내지 않았을까 희망했지만 우체부는 편지 한 줄 가져오지 않았다. 평소에도 편지 쓰기에 게으르고, 늑장을 부리는 건 알고 있었지만 이런 상황에서만큼은 노력해주기를 바랐던 것이다. 별 수 없이 편지를 쓸 만큼 좋은 소식이 없나 보다 하고 결론을 내리고 말았지만, '그것'만이라도 확실하게 알았으면 좋겠다는 생각이 들었다. 가드너 씨는 편지를 기다리다가 그냥 출발했다.

외삼촌이 가셨으니 이제는 일이 어떻게 진행되는지 꾸준히 소식은 받을 수 있겠구나 싶었다. 외삼촌은 베넷 씨를 하루빨리 롱번으로 돌려보내겠다고 약속해서 결투로 남편을 잃을까 봐 전전긍긍하는 누이를 안심시켰다.

가드너 부인과 아이들은 며칠 더 하트퍼드셔에 머물기로 했다. 자기가 있어주는 게 조카들한테 도움이 될 거라고 생각했기 때문이다. 베넷 부인의 간병을 돕고, 쉬는 시간에는 조카들에게 큰 위안을 주었다. 이모도 자기 딴에는 위로도 하고 기운을 북돋아줄 요량으로 자주 찾아왔다. 하지만 올 때마다 위컴의 낭비벽이라던가 부도덕한 행동에 대한 새로운 사례를 전해주는 바람에 이모가 떠나고 나면 더 우울해졌다.

3개월 전만 해도 빛의 천사인 양 받들던 남자를 이제는 온 메리턴이 작심하고 끌어내리는 것 같았다. 그가 빚을 지지 않은 상인이 없었고, 흑심은 유혹이라는 영예로 포장돼 상인들의 온 가족에게 뻗어 있다고 했다. 모두가 위컴을 세상에서 가장 못된 남자라고 손가락질했으며, 하나같이 처음부터 선한 겉모습을 믿지 않았다고 주장하기 시작했다. 엘리자베스는 그 말의 절반도 믿지 않았지만, 그것만으로도 동생의 인생이 끝났음을 확신하기에 충분했다. 원래 이런 말을 잘 믿지 않는 제인조차 희망을 잃기 직전이었다. 특히 두 사람이 정말 스코틀랜드로 갔다면 어떤 소식이 도착하고도 남을 시점이 지나자 제인은 완전히 절망에 빠졌다.

가드너 씨는 일요일에 롱번을 떠났고, 화요일에 아내한테 편지 한 통을 보냈다. 자신이 도착하자마자 매형을 찾았으며, 설득해서 함께 그레이스처치 가로 왔다는 내용이었다. 베넷 씨는 자신이 오기 전에 이미 엡섬과 클래펌에 가보았지만 만족할 만한 정보는 얻지 못했고, 이후에는 런던 시내의 주요 호텔을 전부 탐문할 생각이라고 했단다. 두 사람이 런던에 처음 와서 거처를 얻기 전 호텔에 묵었을 거라고 생각했기 때문이다. 가드너 씨는 이런 방법이 무슨 수확이 있을지 의문이지만 매형이 열심이시니 도울 생각이라고 적었다. 그리고 매형이 지금은 런던을 떠날 생각이 없어 보인다고 덧붙인 뒤 곧 다시 편지하겠다고 약속했다. 다음과 같은 추신도 있었다.

포스터 대령에게 편지를 써서 부대 내에 위컴이 런던 시내에 숨어 지낼 만한 친척이나 친구들을 아는 사람이 있는지 수소문해 달라고 청했소. 만약 아는 사람이 있다면 단서를 얻을 수 있고 어떤 성과를 낼 수 있을 거요. 지금은 도움이 될 만한 단서가 하나도 없으니……. 포스터 대령이라면 힘닿는 데까지 도와주지 않을까 싶소. 하지만 어쩌면 리지가 그의 친척들 가운데 누가 살아 있는지 가장 잘 알고 있지 않을까 하는 생각도 문득 든다오.

엘리자베스는 외삼촌이 왜 자신의 정보력을 믿고 있는지 이해하지 못하는 건 아니지만, 그 기대에 만족할 만한 정보를 제공할 능력이 없었다.

부모님은 이미 여러 해 전에 돌아가셨고, 그 밖에 친척이 있다는 이야기는 들은 기억이 없었다. 그러나 ○○ 부대의 친구들 가운데는 이보다 더 잘 알고 있는 사람이 있을지도 모른다. 그다지 희망적이지 않았지만 그래도 기대해볼 수 있는 일이기는 했다.

롱번에서의 시간은 불안과 걱정으로 흘러갔다. 가장 초조한 순간은 우체부가 오는 시간이었고, 편지가 도착하기를 안절부절못하며 기다리는 게 하루 중 가장 큰 일과였다. 좋은 소식이든 나쁜 소식이든 편지로 올 테니, 매일 다음 날이면 중요한 소식이 있기를 기다릴 뿐이었다.

그러나 가드너 씨가 다시 소식을 전하기 전에 다른 곳에서 아버지 앞으로 편지가 도착했다. 콜린스 씨였다. 아버지가 안 계신 동안 편지를 개봉하도록 위임받은 제인이 편지를 읽었다. 엘리자베스도 그의 편지가 늘 걸작임을 알고 있어 어깨 너머로 같이 편지를 읽었다.

친애하는 어르신

저희 관계나 제 처지로 미루어볼 때 지금 겪고 계신 비통한 사건에 위로를 전하는 것이 마땅히 제가 할 일이라는 생각이 들어 편지를 씁니다. 어제 하트퍼드셔에서 받은 편지로 소식을 들었습니다. 어르신, 저와 제 아내는 존경하는 어르신과 친척분들이 겪고 계실 고통에 진심으로 연민의 말씀을 올리는 바입니다. 이번 슬픔의 원인은 시간이 흐른다고 사라지지 않는 것이니 그 무엇보다도 쓰라린 아픔을 겪으시리라 생각됩니다. 가혹한 불행을 조금이나마 달래드릴 수 있다면, 또 부모의 마음을 가장 애통하게 만드는 이런 상황에서 제가 조금이나마 위안이 될 수 있다면 무엇이든 하고 싶은 마음입니다. 이번 일에 비한다면 차라리 따님의 죽음이 축복이었을 것입니다. 더욱이 제 아내의 말을 들어보면 따님의 부도덕한 행실은 평소 너무 떠받들어 키운 데 그 원인이 있다고 생각됩니다. 그렇다 보니 비탄의 마음을 억누를 수가 없습니다. 하지만 어르신과 아주머님께 위안이 될 말씀을 드리자면 저는 따님이 본래 그릇된 성품을 타고났다고 믿습니다. 그렇지 않고서야 그 어린 나이에 이런 엄청난 짓을 저지를 수 있겠습니까? 그러니 어르신의 비통함은 동정받아 마땅하다는 생각이며, 제 아내뿐 아니라 제가 이 소식을 전해드린 캐서린 부인과 그분의 따님께서도 마찬가지 의견이십니다. 그분들은 따님 한 분의 잘못된 행실이 다른 따님들의 앞날에도 그릇된 영향을 미칠까 봐 걱정하고 계십니다. 송구스럽게도 캐서린 부인은 그런 집안과 연을 맺으려는 사람이 누가 있겠느냐는 염려도 해주십니다. 이런 생각을 하다 보니 저로서는 지난 11월에 있었던 어떤 사건이 자연스레 떠오르며 더없이 흡족한 마음입니다. 그때 일이 다르게 진행되었다면 저 또한 이번 귀댁의 수치와 슬픔에 연루되었을 테니까요. 조언을 허락해주신다면 어르신께서는 부디 스스로 마음을 달래시고, 무가치한 자녀에게서는 영원히 아버지의 정을 거두시어 자신이 뿌린 흉악한 범죄의 열매를 저 혼자 감당하게 내버려두기를 권하는 바입니다.

신실한 마음을 담아

가드너 씨는 포스터 대령한테서 답장을 받고 나서야 다시 편지를 보냈다. 그러나 기쁜 마음으로 편지를 보낼 수는 없었을 것이다. 위컴은 의지할 데 없는 홀몸으로, 달리 친인척도 없고 살아 있는 직계가족이 전혀 없다는 내용이었다. 전에 알고 지내던 사람이야 많았지만 군에 입대한 뒤로는 특별히 누군가와 우정을 이어간 것 같지 않다고 했단다. 그러니 그의 소식을 전해줄 만한 사람을 찾기가 쉽지 않다고 했다. 그리고 리디아의 가족들에게 들킬까 봐 두려웠다기보다는 재정 상태가 파산에 이르러 몰래 숨어 지내고 있을 가능성이 아주 높다고 덧붙였다. 알고 보니 상당한 액수의 도박 빚을 지고 있었다는 것이다. 포스터 대령은 브라이턴에서 그가 진 빚을 갚기 위해서는 적어도 1천 파운드는 필요할 거라고 했다. 상인들에게 외상도 많이 했지만 신용으로 꾼 빚도 꽤 많은 액수가 된다는 것이다. 가드너 씨는 롱번의 가족들에게 구체적인 내용을 숨기려 하지도 않았는데, 제인은 이 소식에 너무 놀라 소리쳤다.

"도박이라니! 정말 예상도 못 했던 일이야. 생각도 못 했어."

가드너 씨는 편지 끝부분에 아버지가 다음 날인 토요일에 집으로 돌아가실 거라고 덧붙였다. 모든 노력이 수포로 돌아가자 베넷 씨도 의욕을 잃고는 자신이 계속 찾아볼 테니 뒷일은 맡기고 집으로 돌아가시라는 처남의 간청에 굴복한 것이었다. 베넷 부인은 이 말을 전해 듣고 생각보다 기뻐하지 않았다. 남편의 목숨을 걱정하던 예전과는 딴판이었다.

베넷 부인은 화가 나서 소리쳤다.

"뭐라고? 가엾은 리디아도 없이 집에 오신다니! 두 사람을 찾기 전까지는 런던을 떠나면 안 되지. 아니, 그이가 런던을 떠나면 누가 위컴과 결투해서 두 사람을 결혼시킨단 말이야?"

가드너 부인도 이제 집에 가고 싶어 해서 베넷 씨가 런던에서 오는 시간에 맞춰 그녀와 아이들은 런던으로 돌아가기로 했다. 그렇게 가드너 부인과 아이들을 태운 마차가 첫 번째 정류장에 이들을 내려주고는 집주인을 태우고 다시 롱번으로 돌아왔다.

가드너 부인은 더비셔에서부터 품었던 엘리자베스와 그녀의 더비셔 친구에 대한 궁금증을 고스란히 안고 집으로 돌아가는 수밖에 없었다. 조카가 자청해서 그 이름을 입에 올리는 일은 한 번도 없었고, 혹시 그에게서 편지가 오지 않을까 반쯤 기대했지만 엘리자베스가 돌아온 후로 펨벌리에서는 편지 한 통 오지 않았다.

현재 가족들이 불행한 처지에 있으니 그녀의 우울한 기분에 다른 이유를 붙일 필요도 없었다. 그러니 오지 않는 편지가 우울한 이유라고 짐작할 근거도 없었다. 하지만 엘리자베스는 이제야 자신의 감정을 어느 정도 알게 되었다. 만약 다아시 씨를 몰랐다면 지금 벌어진 끔찍하고 치욕스러운 사건을 더 잘 버텨낼 수 있었으리라는 걸 명확하게 깨달았다. 집에 도착했을 때 베넷 씨는 겉으론 평소와 마찬가지로 초연하고 침착한 모습이었다. 평소처럼 말수도 적었고, 다녀왔던 일에 대해서도 말 한마디 없었다. 딸들도 용기를 내어 그 일을 입 밖으로 내기까지는 다소 시간이 걸렸다.

오후에 함께 차를 마실 시간이 되자 비로소 엘리자베스는 대담하게 그 화제를 입에 올렸다. 그리고 그간 겪으셨을 심적 고통을 생각하면 마음이 아프다고 간략하게 말했다.

아버지가 대답했다.

"그런 말 하지 마라. 마땅히 내가 괴로워해야 할 일 아니냐? 내가 책임질 일이고, 당연히 괴로워해야지."

엘리자베스가 답했다.

"자신한테 그렇게 가혹하게 굴지 마세요."

"너는 자책하지 말라고 경고하겠지. 인간의 본성이란 얼마나 자책에 빠지기 쉬운지! 아니, 리지, 내 생애 한 번만이라도 이렇게 크게 자책하도록 내버려두렴. 이 감정에 압도당할까 봐 두렵지는 않단다. 이 또한 지나갈 테니."

"두 사람이 지금 런던에 있다고 생각하세요?"

"그래. 아니라면 어디에 이처럼 꽁꽁 숨어 있겠니."

"그리고 리디아는 늘 런던에 가고 싶어 했으니까."

키티가 덧붙였다.

아버지가 건조하게 말했다.

"그럼 그 애는 행복하겠구먼. 얼마 동안은 거기서 살 모양이니까."

그리고 짧은 침묵이 흐른 후 아버지가 말을 이었다.

"리지야, 지난 5월 네가 했던 조언이 맞았다고 해서 속상한 마음은 전혀 없다. 이번 일로 네 생각이 얼마나 깊은지 잘 알겠구나."

그때 제인이 어머니께 드릴 차를 가지러 와서 대화가 끊겼다.

그러자 베넷 씨가 소리를 높였다.

"아주 시위를 하시는군. 이런 불행한 일에도 우아를 떨다니! 다음에는 나도 똑같이 해줘야겠어. 서재에 앉아서 나이트캡을 쓰고 잠옷을 입은 채 한껏 괴롭혀줘야지. 아, 그렇지, 그건 키티가 도망갈 때를 위해 아껴둬야겠군."

이 말에 키티가 칭얼대며 말했다.

"난 도망 안 가요, 아빠. 내가 브라이턴으로 간다면 리디아보다는 바르게 처신할 거라고요."

"네가 브라이턴에 간다고! 이스트본 근처도 믿고 보낼 수가 없어, 50파운드를 준다고 해도! 키티, 이제 아빠가 조심하는 법을 배웠으니 다음번 대상은 너다. 다시는 내 집에 장교는 얼씬도 하지 못하게 할 거다. 마을 산책도 안 돼. 무도회도 언니들 가운데 한 명하고 함께 가지 않는다면 참석 금지다. 하루에 십 분 이상 합리적으로 보냈다고 증명하지 못한다면 문밖으로 한 걸음도 못 나갈 줄 알아라."

키티는 그 말을 전부 심각하게 받아들이고는 울기 시작했다.

베넷 씨가 말했다.

"저런, 저런. 그렇게 슬퍼하지 마라. 앞으로 십 년 동안 착하게 군다면 다시 생각해볼지도 모르니."

7장

베넷 씨가 돌아오고 이틀 후 제인과 엘리자베스는 집 뒤 잡목 숲을 산책하고 있었다. 그때 가정부가 두 사람에게 다가왔다. 어머니가 부르시는 거라 생각하고 가정부에게 다가갔으나 예상했던 호출이 아니었고 그 대신 가정부가 베넷 양에게 이렇게 말했다.

"방해해서 죄송합니다, 아가씨. 하지만 혹시 런던에서 좋은 소식이 왔나 싶어 실례를 무릅쓰고 여쭤보러 왔습니다."

"그게 무슨 말이에요, 힐? 런던에서 아무 소식도 듣지 못했는데요."

힐 부인은 깜짝 놀라 소리를 높였다.

"아가씨, 가드너 씨가 주인님께 속달을 보냈는데 모르셨어요? 삼십 분 전에 도착해서 주인님이 편지를 가져가셨어요."

두 사람은 더는 말할 새도 없이 열심히 달렸다. 현관을 지나 조찬실을 지나고 그곳에서 다시 서재로 뛰어갔다. 아버지는 어디에도 없었다. 어머니하고 위층에 계신 게 아닐까 하고 올라가려던 참에 두 사람을 본 집사가 말했다.

"아가씨들, 주인님을 찾으신다면 저쪽 작은 숲으로 산책을 가셨습니다."

이 말을 듣고 두 사람은 곧바로 몸을 돌려 다시 현관을 지나 잔디밭을 가로질러 아버지를 쫓아갔다. 아버지는 마당 한쪽의 작은 숲을 향해 느릿느릿 걷고 계셨다.

제인은 엘리자베스만큼 몸이 가볍지도, 달리기에 익숙하지도 않아서 곧 뒤처지고 말았다. 그러는 동안 동생은 숨을 헐떡이며 아버지를 따라잡고는 다급하게 외쳤다.

"아버지, 무슨 소식이에요? 무슨 소식이에요? 외삼촌이 보내셨어요?"

"그래, 속달로 편지를 보냈구나."

"그래서요, 무슨 소식을 보내셨어요? 좋은 소식이에요, 나쁜 소식이에요?"

"좋은 소식이 있을 리가 있나. 그래도 읽어보고 싶겠지."

그러고는 주머니에서 편지를 꺼냈다.

엘리자베스는 허겁지겁 편지를 낚아챘다. 그제야 제인도 도착했다.

아버지가 말했다.

"크게 읽어봐라. 나도 무슨 일인지 잘 모르겠으니까."

그레이스처치 가, 8월 2일, 월요일

친애하는 매형

마침내 조카와 관련된 소식을 전해드릴 수 있게 되었습니다. 그리고 이 소식에 매형도 흡족해하시리라고 기대합니다. 토요일에 떠나신 후 저는 운 좋게도 두 사람이 런던 어디에 있는지 알아낼 수 있었습니다. 자세한 내용은 만나서 전해드리지요. 우선은 두 사람을 찾았다는 것만 알려드려도 충분할 듯합니다. 제가 둘 다 만나보았습니다.

제인이 소리쳤다.

"내가 바라던 대로 된 거야. 둘이 결혼했어!"

엘리자베스는 편지를 계속 읽었다.

제가 둘 다 만나보았습니다. 두 사람은 결혼하지 않았고, 그럴 생각도 없어 보였습니다. 하지만 제가 매형을 대신해 한 약속만 기꺼이 지켜주신다면 머지않아 두 사람은 결혼하게 될 것 같습니다. 매형이 해주실 약속은 매형과 제 누이가 사망한 후 딸들 몫으로 돌아가는 5천 파운드에서 리디아의 동등한 몫을 보장해주시는 것입니다. 그리고 살아 계시는 동안에는 연 1백 파운드를 리디아에게 주겠다고 약속해주십시오. 그 조건이면 이러저러한 상황을 고려해봤을 때, 제가 매형을 대신해 약속할 권한이 있다고 판단되어 주저 없이 응했습니다. 대답을 기다리느라 지체할 시간이 없어 속달로 편지를 보냅니다. 자세한 내막을 들으셨으니 위컴 씨의 상황이 사람들의 얘기만큼 절망적이지 않다는 것을 쉽게 아실 수 있으리라 봅니다. 사람들이 잘못 알고 있는 부분입니다. 저에게도 약간의 돈이 있어 그의 빚을 갚아주고도 조카의 결혼에 조금 더 보탤 수 있어 기쁘게 생각합니다. 만약 제게 매형을 대신해 이번 일을 처리할 수 있는 전권을 주신다면, 즉시 해거스턴에게 일러서 적절한 합의를 매듭짓도록 하겠습니다. 다시 런던에 오실 필요는 전혀 없으니 롱번에 편안히 머물러 계시면서 제 근면함과 애쓰는 마음을 믿어주십시오. 되도록 빨리, 명쾌한 답신을 보내주시기 바랍니다. 저희는 조카가 저희 집에서 결혼하는 것이 최선이라고 판단했는데, 그 점도 허락해주시기 바랍니다. 리디아는 오늘 저희 집으로 옵니다. 더 결정되는 사안이 있으면 편지를 드리겠습니다.

에드워드 가드너 올림

엘리자베스는 편지를 다 읽고 나서 소리쳤다.

"이런 일이 벌어지다니! 그 남자가 리디아와 결혼하다니 말이 되는 거야?"

제인이 말했다.

"위컴도 우리가 생각했던 것만큼 무가치한 인간은 아니었나 봐. 아버지, 축하드려요."

엘리자베스가 물었다.

"답장은 쓰셨어요?"

"아니. 하지만 곧 써야 하겠지."

그녀는 더 이상 지체할 시간이 없다고 아버지를 열심히 재촉하면서 소리쳤다.

"아이, 아버지. 돌아가서 얼른 편지를 쓰세요. 이런 상황에서는 한시가 중요하다고요."

제인이 말했다.

"영 내키지 않으시면 제가 대신 쓸게요."

그가 대답했다.

"정말 마음에 안 들긴 하지. 그래도 내가 해야 할 일이다."

그렇게 말하고는 몸을 돌려 집을 향해 함께 걷기 시작했다.

엘리자베스가 말했다.

"그리고 그 조건들 말인데요. 제 생각에는 승낙하셔야 할 것 같아요."

"승낙해야지! 그렇게 조금만 요구하다니 부끄러울 뿐이다."

"그리고 두 사람은 '반드시' 결혼해야 하고요. 그 남자가 '어떤' 인간인지는 이제 중요하지 않아요!"

"그래, 그래, 그래도 결혼은 꼭 해야지. 달리 어쩌겠니. 하지만 내가 정말 알고 싶은 게 두 가지 있다. 하나는 네 외삼촌이 이 결혼을 성사시키려고 얼마나 많은 돈을 썼느냐 하는 것이고, 두 번째는 내가 그 돈을 어떻게 갚느냐는 것이다."

제인이 소리쳤다.

"돈이라고요! 외삼촌이오! 그게 무슨 뜻이에요, 아버지?"

"그 말 그대로다. 제정신인 남자라면 내가 살아 있을 때 일 년에 1백 파운드, 죽고 나서는 연 50파운드라는 쥐꼬리만 한 돈에 리디아와 결혼할 마음이 생길 리 없다는 뜻이다."

엘리자베스가 말했다.

"그건 정말 그러네요. 지금까지 왜 그 생각을 못 했지. 위컴의 빚을 갚고도 돈이 남으셨다니! 아아, 외삼촌이 하신 일이 분명해요! 어쩜 그리 너그럽고 마음이 좋으신지, 이번 일로 곤란을 겪지 않으셨을지 걱정되네요. 적은 금액으로는 턱없이 부족했을 텐데요."

아버지는 고개를 끄덕이며 말했다.

"그렇지. 위컴이 1만 파운드보다 한 푼이라도 적게 받는다면 바보인 게지. 이제 곧 사위가 될 사람을 나쁘게 말할 수밖에 없다니 유감이구나."

"1만 파운드라니! 맙소사! 그 절반이라도 어떻게 갚겠어요?"

베넷 씨는 대답이 없었다. 다들 각자 생각에 빠져 한 마디도 하지 않고 집에 도착했다. 아버지는 답장을 쓰러 서재로 갔고, 딸들은 조찬실로 향했다.

두 사람만 남게 되자마자 엘리자베스가 소리쳤다.

"두 사람이 결혼을 하다니! 정말로 어처구니가 없어! 게다가 '이 따위 일'에 감사해야 한다는 거지. 행복해질 가능성은 요만큼도 없는데 결혼을 해야 하고, 그런 파렴치한과 결혼하는데도 억지로 기뻐해야 한다니! 아유, 리디아!"

제인이 대답했다.

"그래도 그 사람이 리디아를 진심으로 여기지 않았다면 결혼할 리 없다고 생각하니 위안이 돼. 외삼촌이 너그럽게도 그 사람의 빚을 갚아주셨다지만 설마 1만 파운드나 그 비슷한 금액이나마 내셨을까? 외삼촌도 아이들이 있고, 더 생길지도 모르는데. 여윳돈이 1만 파운드의 반이라도 있으셨을까?"

엘리자베스가 말했다.

"위컴의 빚이 얼마인지 알 수 있다면……. 그리고 외삼촌 쪽에서 따로 그 사람에게 얼마나 갔는지 알 수 있다면 외삼촌이 두 사람한테 쓴 돈을 정확히 알 수 있을 텐데. 위컴 수중에는 단돈 6펜스도 없었을 테니까 말이야. 외삼촌과 외숙모의 친절을 어떻게 갚을 수 있을지 모르겠어. 리디아를 집에 데려다가 보살펴주고 도와주시기까지 하다니, 몇 년을 감사하더라도 그 신세를 다 갚지 못할 거야. 지금쯤 그 애는 두 분과 함께 있겠지! 그런 친절을 받고도 자신이 어떤 끔찍한 일을 저질렀는지 깨닫지 못한다면 그 애는 행복할 자격도 없어! 외숙모를 처음 봤을 때 기분이 어땠을까!"

제인이 말했다.

"이제 두 사람 일은 전부 잊도록 노력하자. 아직도 난 두 사람이 행복하기를 바라고, 그러리라고 믿어. 실제로 결혼을 약속한 것만 봐도 알 수 있잖아. 그 사람도 이제 똑바로 생각하게 된 거야. 두 사람의 애정이 서로를 안정시켜줄 테고, 이제 정착해서 올바르게 살아간다면 과거의 경솔한 행동은 곧 잊힐 거라고 믿어."

엘리자베스가 말을 받았다.

"두 사람의 이런 행실은…… 나도 언니도 누구도 잊지 못할 거야. 말해봤자 입만 아프지."

그러다 두 딸은 아직 어머니가 아무것도 모른다는 데 생각이 미쳤다. 두 사람은 서재에 있는 아버지께 가서 어머니한테 소식을 전하려고 하는데 괜찮은지 여쭤보았다. 베넷 씨는 편지를 쓰면서 고개도 들지 않고 차갑게 대꾸했다.

"마음대로 하려무나."

"외삼촌의 편지를 가져가서 읽어드려도 될까요?"

"원하는 건 다 가지고 가거라."

엘리자베스는 책상에 놓인 편지를 집어 들고 위층으로 함께 올라갔다. 메리와 키티도 베넷 부인과 함께 있었다. 그래서 두 번 소식을 전할 필요가 없었다. 좋은 소식이 있다고 먼저 언급한 후 편지를 소리 내어 읽었다. 베넷 부인은 자신을 주체하지 못했다. 제인이 리디아가 곧 결혼하게 될 거 같다는 대목을 읽자마자 베넷 부인은 환호성을 질렀고, 그 뒤 읽는 문장마다 환희가 더해졌다. 예전에 놀라움과 불안으로 안절부절못하던 것과 마찬가지로 지금은 격렬한 기쁨으로 어쩔 줄을 몰랐다. 어떤 걱정도 그녀의 흥분을 막지 못했고, 부도덕한 행실도 더는 부끄러워하지 않았다.

"아유, 우리 귀엽고 예쁜 리디아! 정말 기쁘지 않니! 그 애가 결혼한다니! 다시 그 애를 볼 수 있다니! 열여섯 살에 결혼이라니! 역시 착한 우리 동생! 그 애가 해낼 줄 알았어! 전부 해결해 줄 줄 알았다니까. 딸애를 보고 싶어 못 참겠네! 멋진 위컴도 말이야! 그런데 옷은, 결혼 예복은 어쩌지! 올케한테 바로 편지를 써야겠다. 리지야, 지금 당장 아버지께 가서 그 애에게 돈을 얼마나 줄 수 있는지 물어보렴. 아냐, 아냐, 내가 직접 가야지. 키티야, 힐을 부르도록 해. 옷만 걸치면 되니까. 아유, 우리 귀여운 리디아! 다시 만나면 얼마나 즐거울까!"

맏딸은 미쳐 날뛰는 듯한 환희를 진정시켜볼 요량으로 가족들이 가드너 씨에게 얼마나 큰 신세를 졌는지 말했다. 그러고는 덧붙였다.

"이렇게 행복한 결말을 얻을 수 있었던 건 전부 친절한 외삼촌 덕분이에요. 위컴 씨에게 돈을 준 것이 분명해요."

어머니가 소리쳤다.

"그래. 아무렴, 그래야지. 외삼촌이 아니면 누가 그런 일을 해주겠니? 만약 가족이 없었다면 그 돈은 다 우리 것인데, 지금까지 선물 몇 개 말고는 받은 게 없잖니. 아유! 아무튼 정말 행복하다. 조만간 딸 하나가 결혼을 하는구나. 위컴 부인이라니! 듣기도 좋다. 게다가 지난 6월에야 열여섯 살이 됐는데. 제인, 얘야, 떨려서 편지를 쓰지 못하겠구나. 네가 대신 받아 적으렴. 돈 문제는 네 아버지와 나중에 얘기하고, 우선 주문부터 해야겠다."

그러더니 캘리코, 모슬린, 케임브릭이니 하는 품목을 열거하기 시작했다. 제인이 아버지가 상의할 시간을 낼 때까지 조금만 기다리시라고 어렵사리 설득하지 않았더라면 주문 목록은 금세 넘쳐났을 것이다. 제인은 하루 정도 늦어져도 별 문제가 되지 않는다고 설득했고, 행복에 겨운 어머니는 여느 때만큼 고집을 부리지 않았다. 이는 다른 계획이 머릿속에 떠오른 때문이기도 했다.

어머니가 말했다.

"메리턴으로 가야겠어. 옷을 입자마자 출발해야지. 가서 동생 필립스에게 이 좋은 소식을 전해줘야지. 그리고 돌아오는 길에 루커스 부인이랑 롱 부인한테도 들러야겠다. 키티, 얼른 가서 마차를 준비시켜라. 바람을 쐬면 내 건강에도 좋을 게 분명해. 얘들아, 메리턴에서 뭘 해줄까? 아! 저기 힐이 오네. 힐, 그 소식 들었어? 리디아 아가씨가 곧 결혼할 거야. 결혼식에서는 모두 펀치 한잔씩 마시면서 즐겨도 좋아."

힐 부인은 즉시 기쁨을 표했다. 엘리자베스는 거기 남아서 축하 인사를 듣다가 그 우스꽝스러운 짓거리에 넌더리를 내며 자신의 방으로 들어갔다. 이제 혼자 마음껏 생각에 잠길 수 있었다.

가엾은 리디아의 상황은 아무리 좋게 보려고 해도 이미 충분히 나빴다. 하지만 더 나빠지지 않은 것에 감사해야 했다. 그렇게 느꼈다. 동생의 앞날에 이성적인 행복이나 세속적인 성공을 바랄 순 없지만, 두 시간 전만 해도 자신들이 어떤 걱정을 하고 있었는지 돌이켜본다면 이것만으로도 분에 넘친다는 생각이 들었다.

8장

예전부터 베넷 씨는 자신보다 오래 살 아내와 아이들의 미래를 위해 수입을 다 써버리는 대신 매년 얼마씩 저축했으면 하고 바란 적이 있었다. 그리고 지금은 그 어느 때보다도 절실하게 그랬으면 좋았을 거라고 생각했다. 자신이 책임을 다했다면 외삼촌에게 빚을 지지 않고도 리디아에게 명예나 신용을 다 줄 수 있었을 테니까 말이다. 영국 전역에서 가장 쓸모없는 청년 하나를 설득해 리디아와 결혼하도록 했다는 만족감도 제대로 느낄 수 있었을 것이다.

누구에게도 이득이 없는 이 결혼 비용을 오롯이 처남이 짊어졌다는 사실을 깊이 고민하면서 액수가 얼마인지 되도록 빨리 알아내어 갚아야겠다고 결심했다.

베넷 씨가 막 결혼했을 때만 해도 굳이 절약하면서 살 필요가 없었다. 당연히 아들이 태어날 테고, 성년이 되자마자 한사상속의 제한도 풀릴 테니 미망인과 다른 남매들을 부양하기에 충분했기 때문이다. 그러나 딸 다섯이 줄줄이 세상에 나올 동안 아들은 나오지 않았다. 베넷 부인은 리디아가 태어나고도 여러 해 동안 아들을 가질 수 있다고 믿었다. 하지만 그 희망도 결국 무너졌고, 그땐 이미 저축을 하기에 늦어버렸다. 베넷 부인은 검소한 성격이 못 됐고, 남편은 겨우 수입을 초과하는 지출만 막을 수 있었다.

결혼 약정서에 따르면 베넷 부인과 아이들에게는 5천 파운드가 돌아간다. 하지만 아이들에게 나누어줄 비율을 정하는 것은 부모의 뜻이었다. 리디아에게는 이 비율만 정해주면 되었고, 베넷 씨는 주어진 제안을 망설임 없이 받아들였다. 처남의 친절에 되도록 간결하게 감사 인사를 전하고 나서 지금까지 취한 조치에 전적으로 동의하고, 위컴에게 한 약속도 기꺼이 이행하겠다고 적었다. 예전에는 위컴이 자신의 딸애와 결혼할 줄도 몰랐거니와 이렇게 적은 출혈로 결혼이 성사될 줄도 몰랐다. 일 년에 1백 파운드를 지급한다고 하지만 실제로는 일 년에 10파운드 정도 더 쓰는 것에 불과했다. 리디아의 식비와 용돈, 그 밖에 어머니의 손을 거쳐 지속적으로 나가는 돈을 따져보면 리디아가 일 년에 쓰는 돈이 그에 맞먹기 때문이다.

게다가 별다른 수고 없이도 문제가 해결됐으니 그 또한 반가운 일이었다. 지금 베넷 씨의 최고 소망이라면 되도록 이 문제로 괜스레 힘을 들이지 않았으면 하는 것이었기 때문이다. 처음에는 격분해서 딸애를 찾아 나섰지만, 그 시기가 지나고 나니 자연스레 본래의 나태한 성격으로 돌아왔던 것이다. 편지는 바로 보냈다. 일의 시작은 느려도 실행은 빨랐기 때문이다. 처남에게는 부디 자신이 진 빚이 얼마나 되는지 상세히 알려달라고 했지만, 리디아에게는 너무 화가 나서 한 마디도 전하지 않았다.

기쁜 소식은 집안에 빠르게 퍼졌고, 이웃들에게도 빠르게 전해졌다. 이웃들은 이 소식을 점잖게 받아들였다. 리디아 베넷 양이 런던 길거리에서 발각되었다거나 멀리 떨어진 농가에서 세상과 고립된 채로 지내고 있었다거나 했다면 분명 더 신이 나서 떠들어댔을 것이다. 하지만 결혼만으로도 얘깃거리는 충분했다. 입이 거친 메리턴의 여인네들이 리디아의 행복을 빈다고 떠들어대던 바람은 일이 마무리되었는데도 그 기세가 꺾이지 않았다. 그런 남편을 두었다면 끔찍한 인생이 될 거라고 확신했기 때문이다.

베넷 부인은 보름 만에 아래층으로 내려왔다. 그녀는 몹시 들뜬 기분으로 다시 식탁 머리맡 자기 자리를 차고앉았다. 제인이 열여섯 살이 된 이후로 그녀의 가장 큰 목표는 딸들의 결혼이었고, 이제 그 목표를 이루게 되었으니 그녀의 생각과 말은 온통 우아한 결혼식이니 고급 모슬린이니 새 마차니 하인이니 하는 것들로 가득 찼다. 그리고 이웃에 딸이 살 만한 적당한 집을 물색하느라 분주했는데, 두 사람의 수입은 고려하지도 않고 크기가 작다느니 하면서 퇴짜를 놓았다.

그녀가 말했다.

"헤이 파크면 좋을 텐데. 굴딩 가족이 이사를 간다면 말이다. 거실만 더 넓다면 스토크의 저택도 좋지. 아니야, 애시워스는 너무 멀어! 리디아랑 16킬로미터 넘게 떨어져 살 수는 없어. 퍼비스 로지는 다락이 보잘 것 없고."

남편은 하인들이 있는 동안에는 끼어들지 않고 아내가 떠들도록 내버려두었지만 그들이 물러나자 이렇게 말했다.

"여보, 사위와 딸에게 그 집들을 전부 얻어주건, 하나만 얻어주건 하기 전에 제대로 짚고 넘어갑시다. 나는 '어떤' 집이든 우리 집 근처에 사는 걸 용납할 생각이 없소. 롱번으로 그 애들을 받아들여 뻔뻔스러운 꼴을 부추길 생각이 없단 말이오."

그 선언에 부인이 길게 항의했지만 베넷 씨의 결심은 확고했다. 게다가 곧이어 남편이 딸애 옷을 사는 데 단 한 푼도 내놓지 않겠다고, 이번 결혼식에서 리디아는 어떤 애정 표시도 받지 못할 거라고 단언하자 베넷 부인은 경악에 가까운 비명을 질렀다. 그녀는 도무지 이해할 수가 없었다. 아무리 화가 나도 딸애의 결혼을 결혼답게 만들어줄 특권을 막으려고 하다니, 그녀로서는 믿을 수가 없었다. 그녀에게는 딸이 결혼식도 올리지 않고 보름이나 위컴과 동거했다는 치욕보다 결혼식에서 새 옷을 입지 못해 당할 망신이 더욱 생생하게 다가왔다.

엘리자베스는 이제 순간의 절망감에 다아시 씨한테 동생의 잘못을 털어놓은 일이 진심으로 후회되기 시작했다. 도주 행각은 결혼으로 빠른 시일 안에 적절한 결말을 내게 됐으니 그 자리에 있던 사람이 아니라면 수치스러운 발단은 숨길 수 있으리라는 희망이 생겼기 때문이다.

다아시 씨가 소문을 퍼트릴까 봐 두려운 것이 아니었다. 오히려 그보다 더 비밀을 잘 지켜줄 사람은 없다고 믿었다. 하지만 동시에 여동생의 단점이 다른 누구보다도 다아시 씨에게 알려진 것이 부끄러웠다. 그 사람만큼 몰랐으면 싶은 사람도 없다는 생각이 들었다. 개인적으로 어떤 불이익을 당하지 않을까 두려운 것이 아니었다. 어쨌든 둘 사이에는 좁힐 수 없는 거리가 있었다. 리디아의 결혼이 최선으로 마무리된다고 해도 다아시 씨가 원래 가지고 있던 온갖 반대 이유에 더해 이제는 경멸해 마땅한 사람과 친척이 되면서까지 그녀를 받아들일 리 없었다. 그런 인연을 맺는 걸 꺼린다고 한들 그리 놀랄 일도 아니었다. 더비셔에서 자신의 애정을 얻고자 하는 그의 마음은 분명했지만, 이런 일을 겪고도 그 마음이 살아 있을 거라고는 이성적으로 기대할 수 없었다. 그녀는 자신의 처지가 초라하고 가슴이 아팠다. 무엇 때문인지 그 이유를 몰랐지만 후회도 됐다. 이제 더는 기대할 수 없게 된 그의 호의가 너무나 욕심이 났다. 소식을 듣게 될 가능성이 조금도 없는 이때 그의 소식이 듣고 싶었다. 두 사람이 더 이상 만날 일이 없어진 지경이 되어서야 그와 함께라면 행복할 수 있을 거라는 확신이 들었다.

4개월 전만 해도 거만하게 거절했던 청혼을 이제 그녀가 기쁘고 감사하게 받아들일 거라는 사실을 그가 알면 얼마나 의기양양해할까! 그녀는 종종 생각했다. 그가 너그럽고 세상에서 가장 관대한 사람임을 이제는 믿어 의심치 않지만, 그도 인간이니 분명 승리감은 있을 터였다.

이제 엘리자베스는 다아시가 어떤 남자인지 제대로 이해하게 되었고, 그의 기질과 재능이야말로 자신에게 꼭 어울리는 남자였음을 깨달았다. 그의 이해력과 성품은 그녀와 달랐지만 그녀의 바람을 모두 충족시켰을 것이다. 두 사람 모두에게 득이 되는 결합이었을 거라는 생각도 들었다. 그녀의 편안함과 발랄함은 그의 성격을 부드럽게 만들고 태도를 나아지도록 했을 것이다. 한편 그의 판단력과 지식, 세상에 대한 안목은 그녀에게 소중한 이득이 되었을 것이다.

그러나 축하해주는 사람들에게 결혼의 기쁨을 당당하게 보여줄 수 있을 행복한 결혼은 이제 물거품이 되었다. 전혀 다른 성질의 결합이 그 결혼의 가능성을 가로막으면서 곧 이루어질 테니까 말이다.

위컴과 리디아가 독립적으로 살 수 있을 거라는 생각은 전혀 들지 않았다. 미덕보다는 열정에 이끌려 함께하게 된 부부의 행복이 머지않아 사라지리라는 걸 그녀는 쉽게 짐작할 수 있었다.

가드너 씨는 매형에게 곧바로 편지를 썼다. 베넷 씨가 전했던 감사 인사에 대해서는 가족들의 안녕을 진심으로 바랄 뿐이라고 짤막한 답변만 썼을 뿐이다. 그리고 이 문제는 다시 언급하지 않았으면 좋겠다고 마무리했다. 편지를 쓴 주된 목적은 위컴 씨가 민병대를 떠난다는 사실을 알리기 위해서였는데 "여기에는 결혼하는 대로 민병대를 떠났으면 하는 제 소망이 컸습니다"라는 설명이 붙었다.

가드너 씨는 덧붙였다.

그리고 부대를 떠나는 것이 그를 위해서나 조카를 위해서도 훨씬 바람직하다는 제 의견에 매형도 동의하시리라 믿습니다. 위컴 씨는 정규군으로 들어가고자 했고, 아직 군대에 복무 중인 예전에 사귄 몇몇 친구가 기꺼이 그를 도와줄 능력이 되더군요. 현재 북부에 주둔 중인 ○○ 장군 연대에서 기수직을 얻게 될 예정입니다. 본토와 멀리 떨어져 있다는 장점도 있습니다. 새로운 사람들 속에서 체면을 유지하고 살기 위해서는 두 사람 다 지금보다 신중해져야 할 것입니다. 그도 그러겠다고 약속했고, 저도 그러기를 바랍니다. 포스터 대령에게는 제가 편지를 보내 현재 합의된 사항을 알리고, 브라이턴 내외에 있는 위컴 씨의 채권자들에게 제가 빠른 채무 변제를 보증한다고 알려주시길 부탁드렸습니다. 메리턴 쪽의 채권자들에게도 매형께서 수고롭겠지만 비슷한 언약을 해주시길 부탁드립니다. 그가 일러준 채권자 목록을 첨부하겠습니다. 그가 진 빚은 이것이 전부라고 하니 더는 거짓말을 하지 않기를 바라야겠지요. 해거스턴에게 지시를 내렸으니 일주일이면 전부 마무리가 될 것입니다. 롱번에서 두 사람을 초대해주지 않으신다면, 이들은 곧바로 연대에 합류하게 됩니다. 제 아내 말로는 조카가 남부를 떠나기 전에 가족들을 몹시 보고 싶어 한다는군요. 그 애는 건강하고, 매형과 누이에게 안부를 잊지 말아 달라고 청합니다.

진심을 담아서

에드워드 가드너

베넷 씨와 딸들은 위컴이 ○○ 부대를 떠나야 하는 이유를 가드너 씨만큼 완벽하게 이해했다. 그러나 베넷 부인은 썩 기뻐하지 않았다. 여전히 두 사람을 하트퍼드셔에 머물도록 하려는 희망을 포기하지 못하고 있어 리디아가 북부에 머물게 되었다는 소식에 크게 실망했다. 리디아는 함께 있기에 가장 즐겁고 자랑스러운 딸이었고, 그녀가 친한 친구와 좋아하는 사람이 많은 부대를 떠나게 되었다는 사실이 안쓰러울 뿐이었다.

"포스터 부인을 몹시 따르는데, 그렇게 멀리 떨어져야 한다니 정말 큰 충격일 거야! 걔가 아주 좋아하던 장교도 몇 명 있었잖아. ○○ 장군 연대의 장교들은 별로 재미없을지도 몰라."

북부로 떠나기 전 가족을 보러 갈 수 있게 해달라는 요청, 이 경우에는 요청이라고 해야 마땅한 그 바람은 처음에는 단칼에 거절당했다. 그러나 제인과 엘리자베스가 동생의 감정과 사안의 중요성을 생각하면 부모님께 결혼 인사를 드리는 것이 옳다고 설득했다. 두 사람이 결혼식을 올리는 대로 남편과 아내로 롱번에 와야 한다고 열성적이면서도 이성적이고 부드럽게 설득하는 바람에 베넷 씨도 딸들의 생각에 동의해 그렇게 하자고 했다. 어머니는 딸이 북부로 떠나기 전 이웃들에게 결혼한 딸을 보여줄 수 있어 대만족이었다. 그리하여 베넷 씨는 처남에게 다시 편지를 써서 두 사람이 와도 좋다고 허락했다. 결혼식을 마치자마자 롱번으로 오도록 일정이 정해졌다. 그러나 엘리자베스로서는 위컴이 이 계획에 동의했다는 사실 자체가 놀라웠고, 자신의 기분만 생각하면 그와는 어떤 식으로든 만나고 싶지 않다는 것이 솔직한 심정이었다.

9장

동생의 결혼식 날이 다가왔다. 결혼하는 당사자보다는 제인과 엘리자베스가 더 만감이 교차했을 것이다. 마차가 ○○으로 마중을 나갔고, 두 사람은 저녁 식사 시간까지 도착할 예정이었다. 베넷 가문의 손위 언니들은 두 사람의 방문이 두려웠다. 특히 제인은 '자신'이 당사자라면 느꼈을 법한 감정을 리디아에게 이입해서는 동생이 견뎌야 했을 마음고생을 생각하며 가슴 아파했다.

두 사람이 도착했다. 가족들은 조찬실에 모여 두 사람을 맞았다. 마차가 문 앞에 도착하자 베넷 부인의 얼굴에서 미소가 떠나지 않았다. 남편 얼굴은 속을 알 수 없는 엄숙한 표정이었고, 딸들은 긴장하고 불안해하고 불편해 보였다.

리디아의 목소리가 현관에서 들리는가 싶더니 문이 벌컥 열리고 그녀가 조찬실로 뛰어 들어왔다. 어머니가 몇 걸음 마중을 나가 딸을 끌어안으며 기쁨으로 환영했다. 뒤따라 들어온 위컴에게도 상냥한 미소를 지으며 손을 내밀고 두 사람의 행복을 빌어주었는데, 전혀 어색함이 없는 행동으로 볼 때 둘의 즐거운 결혼생활을 조금도 의심하지 않는 모양이었다.

베넷 씨에게 인사를 하러 돌아섰을 때는 그다지 환대를 받지 못했다. 그의 표정은 엄하게 굳어 있었고, 입을 여는 일도 거의 없었다. 젊은 부부의 태평한 태도가 화를 돋우었던 것이다. 엘리자베스는 진저리를 쳤고, 베넷 양조차 충격을 받았다. 리디아는 여전히 리디아였다. 버르장머리 없고 뻔뻔하고 제멋대로인 데다가 여전히 시끄럽고 겁이 없었다. 언니들에게 일일이 축하를 해달라고 조르더니 마침내 모두가 자리에 앉자 방을 둘러보면서 변한 곳을 몇 군데 집어내며 여기 온 것도 오랜만이라고 소리 내어 웃었다.

위컴도 리디아만큼이나 괴로운 기색이 조금도 없었다. 태도는 평소처럼 유쾌했다. 그의 성품과 결혼이 도리에만 맞았다면 미소와 편안한 태도로 가족처럼 친근하게 구는 게 모두를 흐뭇하게 했을 것이다. 엘리자베스는 그가 이처럼 자신만만하게 나올 줄은 생각도 못 했다. 하지만 자리에 앉으면서 앞으로는 사람이 어디까지 뻔뻔스러워질 수 있는지에 한계를 두지 않기로 마음먹었다. '그녀도' 얼굴을 붉혔고, 제인도 얼굴을 붉혔다. 그러나 이 모든 혼란을 일으킨 두 사람의 얼굴색은 그대로였다.

이야기가 끊이지 않았다. 신부와 어머니는 둘 다 말이 빨랐고, 엘리자베스 가까이에 앉게 된 위컴은 스스럼없는 태도로 이웃에 사는 지인들의 안부를 묻기 시작했다. 그녀는 도무지 뭐라고 대답할 수가 없었다. 두 사람 다 세상에서 가장 행복한 추억만 간직하고 있는 것 같았다. 과거의 어떤 일을 생각해도 고통스러워 보이지 않았고, 심지어 리디아는 언니들이 결코 꺼내고 싶지 않던 화제를 스스로 제 입에 올렸다.

그녀는 소리 높여 이렇게 말했다.

"내가 여길 떠난 지 석 달이나 지났다니. 고작 보름 정도 지난 것 같은데 말이야. 그사이 많은 일이 있기는 했지. 세상에! 떠날 때만 해도 결혼해서 돌아오게 될 줄은 꿈에도 몰랐는데! 그러면 얼마나 재미있을까 생각하기는 했지만 말이야."

이 말에 아버지는 눈을 치켜떴다. 제인은 괴로워했고, 엘리자베스는 리디아에게 눈치를 줬다. 그러나 리디아는 일단 무시하기로 마음먹은 문제는 들리지도 보이지도 않는 듯 계속 유쾌하게 조잘거렸다.

"맞다! 엄마. 사람들이 내가 오늘 결혼한 거 알아? 모를까 봐 걱정되잖아. 집으로 오는 길에 윌리엄 굴딩의 마차를 추월했는데, 이 소식을 알려줘야겠다는 생각이 드는 거야. 그래서 옆

창문을 내리고, 장갑을 벗어 반지가 보이도록 창틀에 딱 올려놓은 뒤 인사하고 활짝 웃어주지 않았겠어?"

엘리자베스는 더는 참을 수가 없었다. 그녀는 일어나서 방을 뛰쳐나왔다. 그리고 사람들이 홀을 지나서 식당으로 들어가는 소리가 들릴 때까지 돌아가지 않았다. 다시 합류했을 때 리디아가 잔뜩 설레는 모습으로 어머니의 오른쪽 옆자리를 차지하고는 맏언니에게 이렇게 말하는 것이 들렸다.

"아이, 제인 언니! 이 자리는 내 거야. 난 이제 기혼 여성이니까 언니가 아랫자리로 내려가야지."

리디아에게는 처음부터 부끄러움이라고는 전혀 찾아볼 수 없었고, 시간이 흐른다고 해도 여전할 것 같았다. 그녀의 태평하고 호들갑스러운 기질은 도를 더해갔다. 필립스 이모와 루커스 가족을 비롯해 다른 이웃들을 전부 만나고 싶어 애가 탔으며, 일일이 '위컴 부인'이라고 불리고 싶어 안달이었다. 그럭저럭 저녁 식사를 마치고는 힐 부인과 다른 두 명의 하녀에게 반지를 보여주며 결혼을 자랑했다.

조찬실로 다시 돌아오자 리디아가 말했다.

"근데, 엄마. 내 남편 어떻게 생각해? 정말 매력적인 남자 아니야? 언니들도 나를 엄청 부러워할걸. 다들 내 반만큼이라도 행운이 따랐으면 좋겠는데. 다 같이 브라이턴으로 갔어야 했어. 남편을 얻기에 딱 좋았거든. 우리가 다 함께 가지 못했다니 안타까운 일 아니야, 엄마?"

"그렇고말고. 내 마음 같아서는 다 같이 가고 싶었지. 하지만 리디아, 이런 식의 갑작스러운 행동은 정말 싫구나. 꼭 그랬어야 했니?"

"아유, 세상 일이 다 그런 거지, 뭘. 그게 중요한가, 뭐? 아, 정말 다 좋을 것 같아. 엄마랑 아빠랑 언니들도 꼭 우리를 만나러 와야 해. 우린 겨울 내내 뉴캐슬에 있을 테고, 무도회도 열릴 거야. 내가 언니들에게 좋은 짝을 소개시켜줄게."

이 말에 어머니가 반색하며 말했다.

"그렇게만 된다면야 정말 좋지!"

"그리고 집으로 돌아올 때는 언니 한두 명은 남겨두고 가. 내가 겨울이 가기 전에 남편감을 얻어줄 테니."

엘리자베스가 말했다.

"생각해줘서 고맙지만 나는 네 방법으로 남편을 구하고 싶지는 않다."

두 사람의 방문은 열흘을 넘지 못했다. 위컴 씨가 런던을 떠나기 전에 임명을 받았고, 보름 후에는 연대에 합류해야 했기 때문이다.

베넷 부인 말고는 아무도 짧은 방문을 아쉬워하지 않았다. 어머니는 그 기간을 딸과 함께 이웃을 방문하고, 집에서 계속 파티를 열거나 하면서 알차게 활용했다. 파티는 사실 모두에게 즐거운 일이었는데, 가족들하고만 있지 않아도 되는 상황은 분별없는 쪽보다는 분별력을 가진 사람에게 더 반가운 일이었다.

리디아를 향한 위컴의 애정은 딱 엘리자베스가 예상한 만큼이었다. 그를 향한 리디아의 애정과는 딴판이었다. 두 사람의 도주 행각이 그의 애정보다는 리디아의 힘으로 일어났다는 추론을 굳이 눈으로 확인할 필요까지 없었다. 만약 그가 도망칠 수밖에 없는 절망적인 상황이라는 걸 몰랐다면, 도대체 왜 특별한 애정도 없으면서 리디아를 선택해 도피를 감행했는지 의문이었을 것이다. 하지만 그는 도망쳐야 하는 상황이었고, 동행을 마다할 사람이 아니었다.

리디아는 위컴에게 푹 빠져 있었다. 그녀에게 남편은 늘 '우리 사랑하는 위컴'이었다. 아무도 그와 비교할 수 없었다. 그가 세상에서 무조건 최고였고, 9월 1일(자고새 사냥 개시 첫날—옮긴이)에는 마을의 누구보다 더 많은 새를 잡을 거라고 확신에 차 있었다.

두 사람이 도착하고 얼마 지나지 않은 어느 날 아침에 리디아는 언니 둘과 앉아 있다가 엘리자베스에게 말했다.

"리지 언니, 내가 결혼식 얘기를 '언니한테는' 안 했지, 응? 엄마한테 이야기할 때 다른 언니들은 있었는데 리지 언니만 없었잖아. 결혼식이 어땠는지 궁금하지 않아?"

엘리자베스는 관심 없다는 듯이 대꾸했다.

"전혀. 그 이야기는 별로 듣고 싶지 않아."

"에이! 언니 참 이상하다! 그래도 어떻게 됐는지 얘기해줄래. 언니도 알다시피 세인트클리먼트 교회에서 결혼했는데, 위컴의 숙소가 그 교구에 속했거든. 우리는 열한 시까지 도착하기로 되어 있었어. 난 외삼촌과 외숙모랑 함께 가고, 다른 사람들은 다 교회에서 만나기로 했어. 글쎄, 월요일 아침이 왔는데 머릿속이 난리도 아닌 거야! 무슨 일이라도 생겨 연기되면 어떡하나 걱정스러웠다고. 으, 실제로 그런 일이 벌어졌다면 난 제정신이 아니었을 거야. 게다가 외숙모는 내가 옷을 입는 내내 설교를 해대는데, 하는 말마다 무슨 설교문이라도 읽는 줄 알았다니까. 하지만 난 열에 아홉은 귓등으로 흘려버렸지. 사랑하는 위컴만 생각하고 있었으니까. 그이가 결혼식에 푸른 제복을 입을지 알고 싶어 참을 수가 없었거든.

아무튼 평소처럼 열 시에 아침을 먹는데, 아침 식사가 평생 끝나지 않을 것 같은 기분인 거야. 그건 그렇고, 이 말을 꼭 해야지. 참, 외삼촌과 외숙모는 진짜 너무해. 내가 거기 있는 내내 끔찍하게 따분했다고. 언니들은 아마 믿지 못할 거야. 보름이나 있었는데 문밖으로는 한 걸음도 못 나가게 하고, 파티라든가 모임이라든가 그런 건 한 번도 없었다니까. 런던이 한산하기는 했어도 작은 극장은 문을 열었을 텐데 말이야. 아무튼 마차가 문 앞에 도착했는데 외삼촌이 처리할 일이 있다고 해서

지긋지긋한 스톤 씨한테 불려간 거야. 그러더니 일단 두 사람이 대화를 시작하니까 한도 끝도 없는 거야. 정말이지, 외삼촌이 내 손을 잡아주기로 했는데 이를 어떻게 해야 하나 얼마나 걱정했다고. 시간 내에 못 가면 그날 결혼은 물 건너간 거잖아. 다행히 십 분 후에 돌아오셔서 우리 모두 출발했지. 하지만 지금 생각해보면 외삼촌이 못 왔더라도 결혼식이 연기될 일은 없었더라고. 다아시 씨가 해주시면 되니까."

이 말에 엘리자베스가 화들짝 놀라 외쳤다.

"다아시 씨라니!"

"응, 맞아! 위컴하고 같이 오셨더라고. 참, 나 좀 봐! 깜박 잊었네! 그 말은 하면 안 됐는데. 말하지 않겠다고 철석같이 약속했거든! 위컴이 알면 뭐라고 할까? 비밀이라고 당부했는데!"

제인이 말했다.

"비밀이라면 더는 얘기하지 않아도 돼. 더 이상 묻지 않을 테니까."

엘리자베스는 호기심 때문에 뺨이 붉게 달아올랐지만 이렇게 말했다.

"아! 당연하지. 더는 캐묻지 않을게."

리디아가 말했다.

"고마워. 만약 언니들이 물어보면 나는 다 말해버릴 테고, 그러면 위컴이 화를 낼 테니까."

이렇게 물어보도록 부채질을 당하자 엘리자베스는 자신을 억누를 수 없을 것 같아서 결국 그 자리를 피했다.

그러나 그 문제를 무시하기란 불가능한 일이었다. 아니, 적어도 무슨 일인지 알아보지 않을 수가 없었다. 다아시 씨가 여동생의 결혼식에 있었다니, 정말 대단한 사건이었다. 그 사람들 틈에 낄 이유도 없고, 가고 싶어 할 이유도 전혀 없었을 텐데 말이다. 엘리자베스의 머릿속이 빠르게 움직이면서 여러 가지 추측이 밀려들었다. 하지만 무엇 하나 만족스럽지 않았다. 가장 긍정적인 해석이 마음에 들었지만, 그 가능성은 가장 낮았다. 초조함을 견딜 수 없어 그녀는 서둘러 편지지를 꺼내 리디아가 실수로 이런 말을 했는데 비밀을 지키기로 맹세한 범위 내에서 설명해주길 부탁한다는 짧은 편지를 썼다.

그리고 이렇게 덧붙였다.

제 궁금증을 잘 이해해주시겠지요. 우리 중 누구와도 관련이 없고, (비교해 말하면) 우리 가족에게는 낯선 사람이나 다름없는 그 사람이 어떻게 그때 그 자리에 있었는지 알고 싶어요. 제 마음을 이해한다면, 부디 바로 답장을 보내주세요. 혹시 비밀을 유지해야 하는 아주 합당한 이유가 있는 게 아니라면요. 리디아는 비밀을 지켜야 한다고 생각하는 것 같던데요. 그리고 그런 경우라면 모르는 채로 만족하며 넘어가려고 노력해야겠지요.

그녀는 편지를 마무리하며 혼자 생각했다.

'하지만 그러지 않을 거야. 외숙모가 명예를 지키기 위해 말을 해주지 않으신다면, 어떤 속임수나 계략이라도 마다하지 않겠어.'

제인은 명예를 생각할 줄 아는 사람이었기에 리디아가 무심코 한 말을 두고 엘리자베스에게 따로 묻지 않았다. 엘리자베스도 그런 제인이 고마웠다. 만족스러운 대답을 듣기 전까지는 털어놓을 사람이 없는 편이 나았기 때문이다.

10장

다행히도 엘리자베스가 기대할 수 있는 가장 빠른 답장을 받았다. 편지를 손에 넣자마자 서둘러 방해받을 염려가 적은 잡목 숲으로 달려가 벤치에 앉았다. 편지 길이로 봤을 때 거절은 아니라는 생각에 기뻐할 채비를 했다.

그레이스처치 가, 9월 6일

사랑하는 조카에게

네 편지를 받자마자 오전 내내 답장을 써야겠다고 마음먹었단다. '짧은' 글줄로는 해야 할 말을 다 적지 못할 테니 말이야. 솔직히 네 질문을 받고 놀랐단다. '네가' 그런 질문을 할 줄은 생각도 하지 못했거든. 화가 났다는 말이 아니야. '네 편'에서 그런 질문이 필요한 줄은 상상도 못 했다는 뜻으로 한 말이란다. 나를 이해하지 못하겠다면 무례함은 용서해주렴. 외삼촌도 나만큼이나 놀라셨어. 외삼촌은 오직 네가 관련된 일이라고 믿었기에 그런 행동을 스스로 용납하셨으니까 말이다. 그런데 네가 정말 아무것도 모르고, 이 일과 무관하다면 명확하게 설명을 해주어야겠구나. 내가 롱번에서 돌아오던 바로 그날, 네 외삼촌은 뜻밖의 손님을 맞았단다. 다아시 씨가 방문해서는 몇 시간 동안 문을 닫아걸고 이야기를 나누었다는 거야. 내가 도착했을 때는 다 끝나갈 무렵이어서 난 네가 그랬을 만큼 격렬한 호기심은 일지 않았어. 그분은 네 동생과 위컴 씨가 어디에 있는지 알아냈다고 하고는 이미 두 사람을 만나 이야기를 나누었다고 하셨다는구나. 위컴과는 여러 번, 리디아와는 한 번 만났다고 했어. 내가 들은 소식에 따르면 우리가 떠나고 그다음 날로 더비셔를 떠나 두 사람을 찾을 작정으로 런던에 가셨다는 거야. 그분 말씀으로는 위컴의 뻔뻔스럽고 부끄러움을 모르는 본성을 밝혀 양갓집 규수가 속아 넘어가거나 그 친구를 사랑하지 못하게 막았어야 했는데 그러지 못해 책임감을 느낀다고 했어. 그분은 너그럽게도 이번 일이 모두 자신의 오만함 탓이라고 하면서 예전에는 그의 개인적 행실을 세상에 알리면 자기 체면이 깎일 거라고 생각했다는구나. 가만두어도 그의 됨됨이가 저절로 드러날 줄 알았다는 거지. 그러니 자신이 뿌린 해악은 자신이 나서서 바로잡는 것이 의무라고 주장했어. 혹시 '다른' 동기가 있었더라도 그분의 명예를 조금도 훼손할 수 없음은 확실해. 런던에 도착하고 며칠 뒤 두 사람을 찾아냈는데, '우리'에게는 없던 단서가 있었나 봐. 그것이 더비셔를 떠나 우리 뒤를 쫓아야겠다고 결심한 이유였겠지. 오래전에 다아시 양의 가정교사로 있던 영 부인이라는 여자가 있는데, 무슨 일인지 구체적으로는 몰라도 어떤 부적절한 행실로 해고를 당했나 봐. 그 여자가 에드워드 가에 큰 주택을 사서 세를 놓으며 살고 있었대. 이 영 부인이 위컴과 돈독한 사이란 걸 알고 있어 런던에 오자마자 위컴의 소식을 들으러 그 여자한테 갔대. 그런데 필요한 정보를 얻기까지는 이삼 일 정도 더 걸렸다고 하더라. 내 생각이지만 정보를 넘기는 대가로 돈을 주거나 하지 않았을까 싶어. 그 여자는 실제로 그 친구를 어디서 찾을 수 있는지 알고 있었으니까. 위컴은 런던에 처음 도착하자마자 그 여자를 찾아갔고, 만약 방이 있었다면 두 사람도 거기 살았을 거라고 하더구나. 어쨌든 친절하신 우리의 친구분은 원하던 주소를 얻었는데, ○○가에 살고 있었대. 그분은 위컴을 먼저 만나고, 리디아를 만나보기로 했다는구나. 첫 번째 목표는 리디아를 설득해 현재의 수치스러운 상황에서 벗어나게 한 뒤 가족들이 받아준다면 그들 품으로 최대한 빨리 돌려보내는 것이었대. 거기에 필요한 도움은 자신이 전폭 지원하겠다고도 말씀하셨다는

구나. 하지만 리디아가 요지부동이었다는 거야. 가족들도 전혀 신경 쓰지 않고, 그분의 도움도 원치 않는다면서 위컴을 떠나라는 말을 들은 체도 안 하더래. 언제가 될지 몰라도 결국에는 두 사람이 결혼할 거라 확신한다고 말했대. 그 애의 감정이 그러니 이제 남은 방법은 최대한 빨리 결혼시키는 길밖에 없었지. 그런데 위컴과 대화를 나누자마자 단박에 '그에게는' 결혼 계획이 없음을 알았나 봐. 연대를 떠난 이유는 도박 빚 독촉이 너무 심해 어쩔 수 없었다고 인정하면서 함께 도망친 리디아가 나중에 어떻게 되든 그건 그 애가 어리석은 탓이라고 서슴없이 말하더래. 장교직은 당장 사퇴할 생각이고, 미래에 대해서는 아무런 대책이 없었다는 거야. 어딘가에는 가야 했지만 어디로 가야 할지 몰랐고, 먹고살 길도 없다는 걸 본인도 잘 알고 있었다고 해. 다아시 씨가 왜 당장 리디아와 결혼하지 않느냐고 물었대. 베넷 씨가 아주 부자는 아니지만 그를 위해 무언가를 해줄 능력은 되고, 결혼하면 상황도 나아질 것이 당연했으니까. 그런데 대답을 들으니 위컴이 아직도 다른 곳에 가서 결혼으로 한몫 챙길 희망을 버리지 않고 있었다는 거야. 하지만 상황이 상황이니만큼 지금 당장 모든 것을 해결할 수 있다는 유혹을 저버리지는 못했나 봐. 두 사람은 여러 번 만나 많은 논의를 했대. 당연히 위컴은 필요 이상으로 과도한 요구를 했지만 결국 합리적인 선에서 마무리되었다고 해. '둘 사이'의 일들이 전부 정리되자 다아시 씨는 네 외삼촌에게 상황을 알려주러 그레이스처치 가를 방문했어. 이게 내가 오기 전날 저녁이었어. 하지만 외삼촌을 만나지 못하셨어. 이것 저것 물어보다가 네 아버지가 외삼촌과 같이 있고, 아버지는 다음 날 아침에 떠나신다는 사실을 듣게 된 거지. 이런 문제를 상의하기에는 아버지보다 네 외삼촌이 더 적절하다고 판단한 모양이야. 그래서 방문은 아버지가 떠나신 이후로 미루었대. 이름도 남기지 않았으니 다음 날이 될 때까지 사업상 어떤 신사분이 찾아오셨다는 정도로만 알고 있었어. 토요일에 그분이 다시 방문했어. 네 아버지는 떠나셨고, 외삼촌은 집에 있었지. 앞서 말했듯이 두 사람은 많은 이야기를 나누었어. 그리고 일요일에 다시 만났는데, 그때 내가 본 거지. 월요일이 되어서야 전부 정리되었고, 마무리가 되자마자 롱번으로 속달을 보냈어. 우리 손님은 정말로 고집불통이었단다. 리지야, 내 생각에는 그 고집스러움이 그분의 진짜 단점이 아닐까 싶어. 그분은 무슨 일이 있을 때마다 많은 단점으로 비난을 받았지만, '이거'야말로 진짜 단점이야. 자신이 직접 해결하지 않으면 아무것도 할 수 없다는 식이었으니까. 그리고 분명히 말하지만, 그분이 아니었으면 네 외삼촌이 이 문제를 해결하려고 기꺼이 무슨 일이든 하셨을 거야(고맙다는 말을 들으려고 하는 생색내기가 아니니 아무 말 하지 마). 오랫동안 이 문제로 논쟁을 벌이셨어. 남자 쪽이든 여자 쪽이든 당사자들에게는 과분한 일이지 뭐니. 결국 네 외삼촌이 백기를 드셨고, 조카에게 실질적인 도움이 되기보다는 그럴 듯한 명예만 짊어지게 되었으니 그이 성격에도 안 맞는 일이었지. 오늘 아침 네 편지를 받고 참 기뻐하셨을 거야. 빌려 입은 날개를 걷어치우고, 칭찬받아 마땅한 분에게 영광을 돌려줄 수 있게 되었으니 말이야. 리지야, 하지만 이 일은 너만 알고 있어라. 제인까지는 괜찮겠지만 말이야. 그분이 젊은 남녀에게 무엇을 해주셨을지 너도 충분히 짐작할 수 있을 거다. 내 생각에는 족히 1천 파운드도 넘는 위컴의 빚을 갚아주었으며, '리디아'의 몫에다 1천 파운드를 더 얹어주고 그의 장교 자리도 사주셨어. 게다가 이 모든 짐을 짊어진 이유는 오로지 앞서 설명한 것뿐이야. 사람들이 위컴의 인품을 오해하게 만들었고, 결과적으로 그가 지금과 같은 평판을 받고 주목받게 된 이유는 자신의 침묵과 모자란 생각 탓이라는 거지. 어떻게 보면 '그 말'도 맞기는 하지만, 난 이번 사건이 '그분'이나 다른 '누구'의 침묵 탓에 일어났다는 생각은 들지 않는단다. 사랑하는 리지, 아무리 좋은 말로 떠들어도 결국 그분이 이 행동으로 얻을 '다른 이로움'이 없다고 생각했다면 외삼촌도 절대 물러서지 않으셨을 거야. 장담해도 좋아. 모든 일이 결정되고 그분은 다시 펨벌리의 친구들에게 돌아갔단다. 하지만 결혼식 날 다시 런던을 방문해 돈 문제를 마무리 짓기로 했지. 이제 할 말은 다 해준 것 같구나. 너는 크게 놀랐다고 말할 거야. 하지만 불쾌감을 느끼지 않았기를 바란다. 리디아는 우리에게 왔고, 위컴도 아무 때나 찾아올 수 있도록 허락했어. 그 사람은 하트퍼드셔에서 만났을 때와 완전히 똑같더구나. 그래도 우리와 있을 때 '리디아'가 보인 좋지 못한 행동은 너희에게 전하지 않으려고 했는데, 수요일 제인의 편지를 보니 집에 돌아가서도 그대로 행동한 모양이더구나. 그러니 새삼 고통스러울 일도 없겠지. 나는 몇 번이고 진지하게 그 애에게 말했단다. 그 애가 얼마나 끔찍한 짓을 저질렀는지, 가족들에게 어떤 불행을 안겨줬는지 설명하려고 애썼어. 듣기나 하면 그나마 다행이었을 텐데, 들은 체도 안 하더구나. 가끔은 화가 머리끝까지 치밀었는데, 그때마다 사랑하는 엘리자베스와 제인 너희를 봐서 참았단다. 다아시 씨는 리디아가 네게 말했듯이 결혼식 날에 맞춰 돌아왔어. 다음 날에는 우리와 저녁을 먹고 수요일인가 목요일에 런던을 떠났어. 리지야, 내가 그분을 얼마나 마음에 들어 하는지 말한다면(예전 같으면 말할 엄두도 못 냈겠지만) 화를 내며 펄쩍 뛸까? 그분이 우리를 대하는 태도는 어느 모로 보나 더비셔에서만큼이나 싹싹했어. 이해력과 식견도 내 마음에 흡족하고, 생기가 조금 부족하기는 하지만 '그건' 결혼을 '신중하게' 한다면 아내가 가르쳐줄 수 있는 부분이겠지. 아주 능청스럽더라고. 네 이름은 꺼내지도 않더라니까. 하지만 요즘은 능청이 유행인가 봐. 내가 너무 주제넘었다면 부디 용서해주렴. 적어도 P에서 내쫓는 벌만큼은 내리지 마. 그 장원 주변을 다 돌아보기 전까지는 행복할 수 없을 테니까. 조그만 조랑말 한 쌍이 끄는 작은 사륜마차라면 충분하겠지. 이제 더는 못 쓰겠구나. 아이들이 반 시간 내내 나를 찾는다.

사랑을 담아서

M. 가드너

편지 내용은 엘리자베스를 사뭇 설레게 했다. 다만 그녀의 마음을 더 많이 차지하고 있는 감정이 즐거움인지 고통인지 알기는 어려웠다. 다아시 씨가 여동생의 결혼이 진행되도록 무언가 돕지 않았을까 하는 애매하고 불확실한 의심이 생각보다 더 큰 진실로 눈앞에 드러나다니! 그럴 법하다고 믿기에는 과분한 선행이라서 생각하기도 두려웠고, 신세를 지게 될까 봐 괴롭기까지 했던 그런 의심 말이다! 그가 일부러 런던까지 따라와서 조사 과정에 따른 온갖 굴욕과 곤혹스러움까지 감수한 것이다. 혐오하고 경멸해 마지않는 여자에게 부탁해야 했고, 이름을 입 밖에 내는 것 자체가 끔찍한 벌이며 되도록이면 만나고 싶지 않아 늘 피해오던 남자를 만난 것이다. 그것도 여러 번 만나 설득하고 뇌물까지 준 것이다. 그 모든 일을 호감도 없고 존중하지도 않는 한 여자를 위해 해주었다. 그녀의 마음은 모든 일이 그녀를 위한 일이라고 속삭였다. 하지만 그 희망은 곧 다른 생각으로 꺾이고 말았다. 그녀의 허영심으로도 이미 한 번 거절당한 여자에게 품은 애정이 위컴과의 친척 관계라는 혐오감을 이길 수는 없다고 생각했기 때문이다. 위컴과 동서지간이라니! 그의 온갖 자존심이 반기를 들고 일어설 것이다. 그는 이미 충분히 많은 일을 해주었다. 그가 얼마나 대단한 일을 해주었는지 생각하면 부끄러울 지경이었다. 하지만 그는 자신이 개입하려는 이유를 밝혔고, 그 이유가 대단히 믿기 어려운 것도 아니었다. 자신의 잘못이라고 생각한다는 말은 언뜻 보면 합리적이었고, 그는 관대함과 그것을 행동으로 옮길 수 있는 힘을 가진 사람이었으니까 말이다. 엘리자베스 자신이 가장 큰 동기였다고 생각하지 않더라도, 그에게 남은 약간의 애정이 그녀 마음의 평온을 좌지우지할 수 있는 사건에 힘을 쓰도록 하는 이차적 동기는 되었다고 믿어도 되지 않을까. 절대 보답할 수 없는 사람에게 이런 신세를 지게 되다니, 정말 괴롭고 고통스러운 일이 아닐 수 없었다. 그 사람 덕분에 리디아를 되찾았고, 명예도 회복했다. 모두 그가 한 일이었다. 아아! 지금까지 그에게 내뱉었던 건방진 말이나 무례한 행동을 생각하니 진심으로 가슴이 아팠다. 자신은 초라해졌지만, 그는 자랑스러웠다. 연민과 명예만을 위해 자기 자신을 이겨낸 그가 자랑스러웠다. 외숙모가 그를 칭찬하는 대목을 다시 찬찬히 읽고 또 읽었다. 충분하지는 못했지만, 그래도 기뻤다. 외삼촌과 외숙모는 그녀와 다아시 씨 사이에 애정과 신뢰가 존재한다고 굳게 믿는 듯했다. 기쁘면서도 씁쓸하지 않을 수 없는 일이었다.

누군가 다가오는 기척을 느낀 그녀는 생각에서 깨어나 자리에서 일어났다. 그리고 미처 다른 길로 피하기 전에 위컴에게 따라잡히고 말았다.

"혼자 산책하시는 데 제가 방해가 됐나요, 처형?"

그는 함께 걷기 시작하며 물었다.

그러자 그녀는 겨우 미소를 지으며 대답했다.

"그러셨어요. 하지만 방해를 환영하지 않는다는 뜻은 아니에요."

"그랬다면 정말 미안합니다. '우리는' 늘 좋은 친구가 아니었습니까. 지금은 더 가까운 사이가 되었고요."

"맞는 말씀이네요. 다른 분들도 나오나요?"

"모르겠습니다. 장모님과 리디아는 메리턴에 간다고 마차를 타고 나가셨어요. 그런데 처형, 외삼촌 내외분 말씀을 들으니 실제로 펨벌리에 가보셨다고요."

그녀는 그렇다고 대답했다.

"처형이 누리셨을 즐거움에 질투가 날 지경이군요. 하지만 제게는 지나친 바람이겠지요. 그렇지 않다면 뉴캐슬로 가는 길에 들러볼 수 있을 텐데요. 참, 나이 든 하녀장도 만나봤겠군요? 가엾은 레이놀즈 부인, 그분은 늘 저를 아주 아끼셨지요. 뭐, 당연히 제 이름을 언급하지 않으셨을 테지만요."

"아뇨, 말씀하셨어요."

"뭐라고 하시던가요?"

"당신이 군대에 가고 나서 아무래도…… 잘못된 것 같다고 걱정하시더군요. '이렇게' 먼 거리에서는 아시겠지만 이야기가 이상하게 와전되기도 하고 그러니까요."

"그럼요."

그는 입술을 깨물고 대답했다. 엘리자베스는 이 정도에서 입을 다물기를 바랐지만, 그는 이어서 말했다.

"지난달 런던에서 다아시를 보고 깜짝 놀랐습니다. 몇 번 스쳐 간 적이 있는데 거기서 뭘 했는지 모르겠군요."

엘리자베스가 말했다.

"드 버그 양과의 결혼이라도 준비했나 보지요. 이맘때 런던에 가다니, 분명 특별한 일이 있었나 봐요."

"의심의 여지가 없지요. 램턴에 계실 때 그분을 만나셨습니까? 가드너 씨 부부한테서 만났다고 들은 것 같아서요."

"네, 우리에게 동생분을 소개시켜주었어요."

"동생은 마음에 드셨나요?"

"아주 마음에 들었어요."

"최근 일이 년 안에 태도가 굉장히 좋아졌다는 말을 들었습니다. 마지막으로 봤을 때는 별로 가망이 없어 보였는데요. 마음에 드셨다니 참 다행이군요. 저 또한 그 애가 잘 지내기를 바랍니다."

"분명 잘 지낼 거예요. 가장 힘든 시기를 이겨냈으니까요."

"킴턴 마을도 들르셨나요?"

"그랬는지 기억이 안 나네요."

"그 이야기를 꺼내는 이유는 거기가 바로 제가 살았어야 하는 곳이기 때문입니다. 정말 멋진 곳이지요! 목사관도 아주 훌륭하고요! 어느 모로 보나 제게 안성맞춤이었을 겁니다."

"설교를 좋아했을까요?"

"아주 잘해냈을 겁니다. 제 인생의 소명으로 여겼으니 거기에 따르는 수고로움이야 곧 아무렇지 않게 되었겠지요. 불평하자고 하는 말은 아니지만 분명 여러모로 제게 꼭 맞는 곳이었을 겁니다! 조용하고 목가적인 삶, 제가 생각하는 행복을 모두 충족시켜주었을 곳입니다! 그렇지만 그렇게 되지 않았지요. 켄트에 가셨을 때 다아시가 그에 대해 무슨 말을 하던가요?"

"믿을 만한 분한테 '들었는데' 그 자리는 조건부로 물려준 것이고, 현재 후원자의 의지에 따라 결정되는 것이었다고요."

"들으셨군요. 네, '그런' 말이 있기는 했죠. 기억하실지 모르겠지만 처음에 제가 그렇게 말씀드렸지요."

"또 '듣기로는' 지금과는 달리 설교가 적성이 아니라고 생각하던 때가 있었고, 실제로도 성직을 맡지 않겠다고 단언하셔서 적절한 선에서 협상이 이루어졌다고도 하던데요."

"그렇게 들으셨군요! 전혀 근거 없는 이야기는 아니지요. 기억하실지 모르겠지만 처음에 제가 그 점을 말씀드린 적이 있었지요."

이제 두 사람은 집 문 앞 가까이 와 있었다. 그녀가 그를 떨쳐내려고 걸음을 빨리한 때문이었다. 여동생을 생각해서 그를 도발하고 싶지 않아 그녀는 상냥하게 미소를 지으며 말했다.

"자, 위컴 씨, 이제 우리는 처형과 제부가 되었네요. 지난 일로는 다투지 말아요. 앞으로 늘 마음이 잘 맞기를 바라요."

그녀가 손을 내밀었고, 그는 예의 바르고 다정하게 손등에 입을 맞췄다. 하지만 시선을 어디에 두어야 할지 몰랐다. 그리고 두 사람은 집으로 들어갔다.

11장

위컴 씨는 이 대화에 아주 만족했기 때문에 다시 그 화제를 입에 올려 자기 무덤을 파거나 처형인 엘리자베스를 자극하거나 하는 일은 없었다. 그녀도 그 정도 대화로 그의 입을 다물게 했음을 깨닫고 흡족해했다.

위컴과 리디아가 출발할 날이 다가왔다. 베넷 부인은 어쩔 수 없이 이별을 받아들여야 했다. 뉴캐슬로 모두 함께 여행을 가자는 계획을 남편이 단칼에 거절했기 때문에 지금 헤어지면 적어도 열두 달은 볼 수 없었다.

그녀는 울먹이며 말했다.

"아아, 우리 귀여운 리디아. 언제 다시 만날 수 있을까?"

"아이, 엄마도! 그야 나도 모르지. 이삼 년 안에는 어렵지 않겠어?"

"편지 자주 해야 한다, 우리 아가."

"가능한 한 자주 할게. 하지만 유부녀는 편지 쓸 시간이 별로 많지 않잖아. 언니들이 '나한테' 쓰라고 해. 달리 할 일도 없을 텐데."

위컴 씨의 작별 인사는 아내보다 훨씬 상냥했다. 미소를 지은 채 잘생긴 얼굴로 듣기 좋은 말들을 늘어놓았다.

두 사람이 집을 떠나자마자 베넷 씨는 말했다.

"내 생전 저렇게 멋진 녀석은 처음 보네. 넉살 좋고 능글거리고 아무한테나 다정하게 굴고 말이지. 정말이지 아주 자랑스러워 죽겠군. 윌리엄 루커스 경도 저만큼 비싼 사위는 구하지 못할 거야."

딸을 잃은 슬픔에 베넷 부인은 며칠 동안이나 멍해 있었다.

베넷 부인이 말했다.

"가족과 헤어지는 것보다 나쁜 일은 없다는 생각이 자꾸 든다. 든 자리는 몰라도 난 자리는 안다더니."

엘리자베스가 말했다.

"아셨죠, 어머니. 딸을 시집보내면 이런 허전함은 어쩔 수 없어요. 그러니 나머지 네 딸은 아직 미혼이라는 사실을 만끽하세요."

"그런 게 아니야. 리디아는 결혼해서 내 곁을 떠난 게 아니라고. 남편 연대가 너무 멀어 어쩔 수 없이 그런 거지. 연대만 더 가까이 있었어도 이렇게 빨리 떠나지 않았을 텐데."

그러나 이번 사건으로 울적해진 마음은 곧 회복되었고, 그 때 떠도는 새로운 소식에 베넷 부인의 마음은 또다시 희망으로 부풀었다. 네더필드의 가정부가 하루 이틀 후에 주인이 내려올 테니 준비하라는 지시를 받았다는 소식이었다. 몇 주간 이곳에서 사냥을 할 계획이라고 했다. 베넷 부인은 가만히 있지를 못했다. 그녀는 제인을 보고 미소를 짓다가 고개를 흔들다가를 반복했다.

"그래, 빙리 씨가 온단 말이지, 얘."

(가장 먼저 소식을 가져온 필립스 부인에게 이렇게 말했다.)

"그래, 아주 좋은 소식이네. 그래도 내가 신경 쓸 바는 아니지. 너도 알겠지만 그 사람이 대관절 우리 가족이랑 무슨 상관이래. '난' 절대로 그 사람을 다시 보고 싶지 않아. 하지만 자기가 네더필드에 오고 싶다는데 누가 뭐라고 하겠어? 그리고 무슨 일이 '생길지' 누가 또 알아? 아무튼 우리랑은 아무 상관없다고. 너도 알지, 그 얘기는 한 마디도 꺼내지 않기로 오래전에 약속했잖아. 그런데 정말로 오는 거래?"

상대가 대답했다.

"믿어도 좋아요. 니콜스 부인이 어젯밤에 메리턴에 왔는데 내가 지나가는 부인을 보고 직접 가서 사실인지 알아봤다니까요.

그리고 확실하다는 대답을 들었다고요. 수요일에 올 가능성이 높은데, 늦어도 목요일에는 내려온다고 했어요. 수요일에 쓸 고기를 주문하려고 정육점으로 가는 길이라면서 마침 딱 잡기 알맞은 오리 세 쌍을 구했다고 말했거든요."

베넷 양은 빙리 씨가 온다는 소식을 듣자 얼굴색이 변했다. 엘리자베스에게 그 이름을 말하지 않은 지도 벌써 몇 개월이나 흘렀다. 하지만 이제는 둘만 남게 되자 이렇게 말할 수밖에 없었다.

"아까 낮에 이모가 소식을 전해줄 때 내 얼굴을 살피더구나, 리지야. 내가 괴로워 보였겠지. 하지만 무슨 바보 같은 이유 때문일 거라고 짐작하지는 말아줘. 그 순간 잠깐 당혹스러웠을 뿐이야. 다들 내 눈치를 살피겠구나 하는 기분이 들었거든. 분명히 말해두지만 그 소식은 내게 어떤 기쁨도, 고통도 주지 못해. 한 가지, 그분이 혼자 오신다니까 기쁠 뿐이야. 그렇다면 만날 일이 별로 없을 테니까. '나 자신'은 걱정되지 않아. 다른 사람들이 떠들어댈 말이 무서울 따름이야."

엘리자베스는 뭐라고 말해야 할지 알 수 없었다. 더비셔에서 그를 보지 않았다면, 그가 오는 이유를 알려진 대로만 받아들이고 그럴 수도 있다고 생각했을 것이다. 그러나 엘리자베스가 볼 때 그는 아직 제인을 흠모했다. 엘리자베스가 모르는 건 그가 친구의 허락을 '받고' 오는지, 아니면 대담하게도 허락 없이 오는지 하는 것이었다.

그녀는 가끔 생각했다.

'하긴, 이건 좀 심하긴 해. 자기가 합법적으로 세든 집에 올 때마다 온갖 추측이 난무하다니! 나라도 내버려두자.'

제인은 실제로 자신이 아무렇지 않을 거라고 믿었고 그렇게 장담하기도 했지만, 말과는 달리 빙리의 도착 날짜가 다가올수록 마음이 불안정하게 흔들리고 있음을 엘리자베스는 쉽게 알 수 있었다.

열두 달 전 부모님 사이에서 뜨겁게 달아올랐던 논쟁거리가 다시 수면 위로 올라왔다.

베넷 부인이 말했다.

"여보, 빙리 씨가 오자마자 당연히 방문하실 거지요?"

"아니, 아니. 당신 등살에 작년에도 방문하지 않았소. 내가 그를 방문하기만 하면 우리 딸들 가운데 하나와 결혼할 거라고 장담해서 말이야. 하지만 아무 일도 없었으니 이제 그런 바보 같은 심부름은 더는 안 하겠어."

아내는 그가 네더필드로 돌아오면 주변 신사들이 관심을 갖는 것이 얼마나 당연한 예절인지 열심히 설명했다.

그가 말했다.

"그런 예절이야말로 내가 경멸하는 거요. 우리와 사귀고 싶다면 그한테 오라고 해. 우리가 어디 사는지도 알잖소. 이웃들이 들락날락할 때마다 인사하러 다니느라 내 시간을 낭비하지는 않을 거요."

"글쎄요, 하지만 당신이 그를 방문하지 않으면 지독한 무례라는 건 나도 알겠네요. 그렇다고 해서 저녁 식사에 초대하지 못하게 막을 수는 없을걸요. 난 그렇게 할 거니까요. 롱 부인하고 굴딩 가족들도 곧 초대해야 하니 우리까지 해서 열셋이고 딱 빙리 씨 자리만 남네."

이런 결심으로 위안을 삼으면서 베넷 부인은 남편의 무례를 잘 견뎌낼 수 있었다. 그렇지만 이웃들이 '자기들'보다 먼저 빙리 씨를 만날 거라는 생각을 하니 초조하지 않을 수 없었다.

이제 빙리 씨의 도착 날짜가 가까워졌다.

제인이 엘리자베스에게 말했다.

"이제는 그분이 오시는 게 속이 상하려고 해. 대수롭지 않은 일이고, 초연하게 그분을 볼 수도 있어. 하지만 끊임없이 그분 이야기만 하는 건 정말 듣기가 힘들어. 어머니야 좋은 뜻으로 하는 말씀이겠지만 그럴 때마다 내가 얼마나 고통스러운지 모르실 거야, 아무도 모르겠지. 이젠 네더필드에서 그분이 완전히 떠나버리셔야 내가 행복해질 거야!"

엘리자베스가 대답했다.

"위로해줄 말이 있다면 좋겠어, 언니. 하지만 내 힘으로는 어떻게 할 수가 없어. 언니도 느끼고 있겠지. 대개 고통받는 사람에게는 인내를 조언하는 정도로 만족하는데, 나는 그렇게 하지 못하겠어. 언니가 얼마나 많이 참아왔는지 아니까."

빙리 씨가 도착했다. 베넷 부인은 하인들의 도움으로 가장 먼저 그 소식을 접했지만, 오히려 초조하고 안절부절못하는 시간만 더 길어지게 만든 꼴이었다. 초대장을 보내기까지 며칠이 남았을까 세어보면서 그전에 그를 볼 수 있다는 기대는 완전히 접었다. 그런데 빙리 씨가 하트퍼드셔에 도착하고 삼 일째 되는 날 아침, 베넷 부인은 침실 곁방 창문으로 그가 목장에 들어서서 집 쪽으로 말을 모는 모습을 보았다.

베넷 부인은 기쁨을 나누려고 호들갑스럽게 딸들을 불렀다. 제인은 테이블 옆 자기 자리를 지켰으나 엘리자베스는 어머니를 흡족하게 해드리려고 창가로 다가갔다. 그런데 밖을 내다보았다가 빙리와 함께 오는 다아시 씨를 발견한 순간 그녀도 언니 옆으로 다시 돌아가 앉아버렸다.

키티가 말했다.

"다른 신사분도 함께 오는데, 엄마. 대체 누구지?"

"친구겠지. 나도 모르는 사람 같은데."

키티가 대답했다.

"어머! 전에 같이 왔던 그 남자 아닌가? 그 남자 이름이 뭐더라, 키가 크고 오만한 사람 있잖아요."

"세상에! 그래, 다아시 씨야! 분명히 그래. 어유, 빙리 씨 친구라면 언제든 환영이지만 저 사람은 꼴도 보기 싫어."

제인은 놀라고 걱정스러운 표정으로 엘리자베스를 바라보았다. 더비셔에서 있었던 둘 사이의 일을 잘 알지 못했지만 해명 편지를 받고 난 후 처음이라고 할 수 있는 자리에서 동생이 얼마나 어색해할까 하는 생각이 들었던 것이다. 두 자매는 마음이 좋지 않았다. 서로 안쓰러워하고 스스로에게도 그랬다. 어머니는 계속 다아시 씨가 마음에 안 든다면서 빙리 씨의 친구니까 딱 그만큼만 예의 바르게 대해주겠다는 다짐을 늘어놓았지만, 두 사람의 귀에는 들리지 않았다. 엘리자베스가 불편해하는 다른 이유를 제인은 짐작도 못 할 것이다. 아직 제인에게 가드너 부인의 편지를 보여주거나 그를 향한 감정의 변화를 얘기할 엄두가 나지 않았기 때문이다. 제인에게 다아시는 그저 동생에게 청혼했다가 거절당한 남자였고, 많은 장점이 있음에도 동생에게 과소평가된 남자에 불과했다. 하지만 더 많은 것을 알고 있는 엘리자베스에게 그는 온 가족이 신세를 진 남자였고, 그를 향한 자신의 감정은 빙리를 향한 제인의 감정만큼 다정하지는 않아도 그만큼 합리적이고 정당한 호감이었다. 그가 자발적으로 네더필드와 롱번에 찾아와서 그녀를 다시 만나려고 하다니 더비셔에서 완전히 달라진 그를 처음 봤을 때 못지않게 놀라웠다.

창백해진 얼굴빛은 삼십 초 만에 새로운 광채를 더하며 돌아왔고, 잠깐 동안이지만 그의 애정과 소망이 전혀 흔들리지 않았다는 생각이 들자 기쁨의 미소가 돌며 눈에 환희의 빛이 더해졌다. 하지만 아직 확신할 수는 없었다.

그녀는 생각했다.

'먼저 그분이 어떻게 행동하는지 봐야겠어. 그때 희망을 가져도 늦지 않겠지.'

엘리자베스는 침착하려고 애쓰면서 눈을 들 엄두도 내지 못한 채 앉은 자세로 손에 든 일감에만 집중했다. 하인이 문으로 다가오자 결국 호기심을 누르지 못하고 언니의 얼굴을 힐긋 보았다. 제인의 얼굴은 평소보다 창백했지만, 예상보다는 침착했다. 신사들이 나타나자 얼굴이 붉어졌지만 그래도 그럭저럭 편안하게 두 사람을 맞이했다. 속상한 티를 내거나 불필요하게 예의를 차리거나 하지 않으면서 적절하게 행동했다. 엘리자베스는 예의에 어긋나지 않는 정도만 가까스로 말을 하고, 다시 앉아서 평소에는 볼 수 없던 집중력으로 일감에 몰두했다. 간신히 용기를 내어 꼭 한 번 다아시 씨를 힐끔 보았는데, 그는 평소처럼 진지한 얼굴이었다. 펨벌리에서 본 표정보다는 예전에 하트퍼드셔에서 봤던 쪽에 가까웠다. 그녀는 외삼촌 내외를 대하는 것과 어머니 앞에 있는 게 전혀 다른 일일 거라고 짐작했다. 괴로운 추측이지만 있을 법한 얘기였다.

빙리 쪽도 슬쩍 보았는데, 짧은 순간이었지만 기쁘면서도 당혹스러워하는 표정을 볼 수 있었다. 베넷 부인한테서 지나친 대접을 받아 두 딸을 부끄럽게 했고, 특히 그의 친구를 대하는 냉랭하고 형식적인 행동과 대조가 되는 바람에 더욱 그랬다.

엘리자베스는 어머니가 가장 아끼는 딸을 돌이킬 수 없는 오명에서 구해준 사람이 그라는 사실을 알고 있었기에 차별 대우에 괴로울 정도로 속이 상했다.

다아시는 가드너 씨 부부의 안부를 물었고, 그녀는 아무렇지도 않은 듯 대답할 수가 없었다. 그 질문 이후로 그는 거의 입을 열지 않았다. 그녀 옆이 아니라서 침묵한다고 생각할 수도 있지만 어쨌든 더비셔에서는 그렇지 않았다. 그곳에서는 그녀에게 말을 걸 수 없을 때는 그녀의 친척들에게 말을 걸었다. 그러나 지금은 그의 목소리가 들리는 일 없이 몇 분이 그냥 흘러갔다. 이따금씩 호기심을 누르지 못하고 그의 얼굴을 바라볼 때면 그의 눈길은 제인이나 그녀에게 향해 있었고, 그보다는 아무도 보지 않고 방바닥만 보고 있을 때가 더 많았다. 지난번 만났을 때보다 생각이 더 많아 보였고, 즐기고 싶지 않다는 기색이 역력했다. 그녀는 그 모습에 실망했는데, 잠시 후 실망한 자신에게 화가 났다.

그녀는 생각했다.

'달리 무슨 기대를 한 거야! 하지만 여기는 왜 왔을까?'

이제 엘리자베스는 그와 이야기하고 싶은 마음밖에 없었다.

그렇다고 그에게 말을 붙일 용기도 없었다.

누이동생의 안부를 묻고 나니 더는 할 말이 없었다.

베넷 부인이 말했다.

"정말 오랜만이에요, 빙리 씨."

빙리도 그 말에 동의하며 고개를 끄덕였다.

"다시는 안 돌아오실까 봐 걱정했다니까요. 사람들 말이 미카엘 축일 전에 이곳을 완전히 떠나실 생각이라고 해서요. 하지만 저는 사실이 아니기를 바랐어요. 떠나신 뒤로 이 동네에도 참 많은 일이 있었답니다. 루커스 양이 결혼했고, 제 딸 하나도 결혼했어요. 아마 소식을 들으셨을 테죠. 신문에 났으니까 분명 보셨겠지요. 〈타임스〉와 〈쿠리어〉에 실렸는데, 제대로 실리지는 않았어요. '최근, 조지 위컴 님과 리디아 베넷 양 결혼' 이렇게만 썼더라니까요. 부친은 누구고, 사는 곳이 어디라는 말은 한 마디도 없었어요. 제 동생 가드너가 한 일인데, 어쩜 일처리를 그처럼 이상하게 했는지 모르겠다니까요. 그 기사 보셨나요?"

빙리는 봤다고 대답한 뒤 축하 인사를 했다. 엘리자베스는 도저히 눈을 들 수가 없었다. 그래서 다아시 씨의 표정이 어땠는지 알 수 없었다.

어머니가 말을 이었다.

"딸을 훌륭한 남자와 결혼시키는 건 정말 기쁜 일이랍니다.

하지만 한편으로는 이런 식으로 멀어지게 되어 참 속상해요. 그 둘은 북부에 있는 뉴캐슬 지방으로 가서 머문다는데, 얼마나 있을지도 모르겠어요. 신랑 연대가 거기 있거든요. ○○ 부대를 나와 지금은 정규군에 들어갔는데 '도와주는' 친구가 있어 다행이지요! 그 사람이야 친구가 많아도 이상할 게 없지만요."

엘리자베스는 그 말들이 다아시 씨를 겨누었다는 사실을 알았기에 크나큰 수치심으로 제대로 앉아 있기가 어려울 지경이었다. 하지만 이렇게 되자 안 나오던 말을 억지로라도 할 수밖에 없었다. 엘리자베스는 빙리에게 이번에는 얼마나 머물 생각인지 물었다. 그는 몇 주 정도 있을 예정이라고 답했다.

그러자 어머니가 끼어들었다.

"빙리 씨, 그쪽에 있는 새를 다 사냥하면 부디 여기 장원으로 와서 마음껏 새를 잡으세요. 남편도 아주 기꺼이 맞아주실 거예요. 그리고 좋은 새 떼를 남겨두실 거예요."

이 쓸데없고 거들먹거리는 친절이라니! 엘리자베스의 비참함은 더해갔다. 일 년 전 가족들을 설레게 했던 기대가 다시금 되살아난들 결국에는 똑같이 우울한 결말로 치닫게 되리라는 확신이 들었다. 그 순간 그녀는 제인이나 자신에게 몇 년간의 행복이 주어진다고 해도 지금 이 순간의 괴로움을 보상해줄 수 없을 거라는 생각이 들었다.

그녀는 생각했다.

'지금 내가 진심으로 바라는 일은 저 두 분 중 누구하고도 다시는 어울리지 않는 거야. 교제를 한다고 해도 지금의 비참함을 보상해줄 즐거움을 얻지 못할 테니까! 두 사람 다 다시 안 봤으면 좋겠어!'

그러나 몇 년의 행복으로도 보상받을 수 없을 것만 같던 비참함은 곧 큰 위로를 받게 되었는데, 언니의 아름다움이 과거 연인의 애정에 다시금 불을 붙인 모습을 볼 수 있었기 때문이다. 처음 들어왔을 때 그는 언니에게 거의 말을 붙이지 않았다. 그러나 오 분씩 지날 때마다 관심이 무럭무럭 자라는 듯했다. 그가 볼 때 언니는 작년처럼 아름답고, 말수는 적어졌지만 여전히 상냥했으며, 꾸밈없는 모습이었던 것이다. 제인은 평소와 다름없어 보이려고 무던히도 애를 썼고, 실제로 자신은 평소만큼 말을 많이 했다고 믿는 듯했다. 하지만 그녀는 머릿속이 너무 복잡해 자신의 침묵을 인식하지는 못하는 듯했다.

신사들이 자리에서 일어나자 베넷 부인은 예의를 차리며 며칠 후 롱번에서 저녁 식사를 하자고 벼르고 있던 초대도 하고 대답도 얻어냈다.

부인이 말을 이었다.

"제게 방문 한 번을 빚지셨잖아요, 빙리 씨. 지난겨울 런던에 가면서 돌아오자마자 저희와 식사하기로 약속하셨다고요. 저는 잊지 않고 있답니다. 그리고 분명히 말씀드리지만, 돌아오지도 않고 약속도 지키지 않으셔서 몹시 실망했답니다."

빙리는 이 말에 약간 멍청한 표정을 짓고는 죄송하다고 말하며 일이 바빠서 그랬노라고 설명했다. 그러고 나서 신사들은 떠났다.

베넷 부인은 조금 더 있다가 저녁까지 먹고 가시라며 권하고 싶은 마음이 굴뚝같았다. 하지만 아무리 늘 식탁을 잘 차린다고는 해도 두 코스만으로는 사윗감에게 충분하지 않아 보였고, 연 수입이 1만 파운드나 되는 남자의 입맛과 오만함을 만족시킬 수 없을 거라고 생각했다.

12장

신사들이 떠나자마자 엘리자베스는 기운을 차리려고 밖으로 나갔다. 다르게 말하면 기운 빠지는 문제를 생각하는 데 아무 방해도 받고 싶지 않았다. 다아시 씨의 태도에 속이 상하기도 하고 어리둥절하기도 했다.

그녀는 생각했다.

'엄숙한 얼굴을 하고 뚱하게 앉아 있으려면 대체 여긴 왜 온 거야?'

아무리 생각해도 만족할 만한 대답이 떠오르지 않았다.

'런던에서 외삼촌과 외숙모를 만났을 때는 다정하고 싹싹하게 굴었다면서 나한테는 왜 그러지 않는 거지? 내가 무섭다면 여긴 왜 왔어? 더 이상 나를 좋아하지 않는다면 왜 그렇게 조용

한 거지? 정말 신경 쓰이는 남자라니까! 이제 더는 그 남자 생각을 안 할 거야.'

엘리자베스의 결심은 언니가 다가오자 어쩔 수 없이 중단되고 말았다. 제인은 그녀보다는 두 사람의 방문이 만족스러웠는지 활기 넘치는 표정이었다.

제인이 말했다.

"첫 만남이 끝나고 나니까 정말로 마음이 편안해. 내가 생각만큼 강하다는 자신도 있고, 그분이 다시 오셔도 절대 당황하지 않을 것 같아. 화요일에 저녁 식사를 함께하기로 해서 다행이야. 다들 우리가 특별한 사이가 아니라는 걸 확인할 수 있을 테니까."

엘리자베스가 웃으며 말했다.

"그래, 참 보통 사이이기도 하겠다. 아유, 언니. 조심해."

"리지야, 내가 또다시 위험에 처할 정도로 나약한 사람처럼 보이니?"

"그분이 다시 언니를 사랑하게 만들 위험은 예전만큼이나 높은 것 같던데."

신사들은 화요일이 되어서야 볼 수 있었다. 그동안 베넷 부인은 삼십 분간의 방문에서 빙리가 보여준 다정함과 보통 때와 다름없는 예의에 힘입어 다시 행복한 계획을 짜기 시작했다.

화요일에는 롱번에 많은 사람이 모였다. 가장 관심을 모았던 두 사람은 사냥꾼다운 정확함으로 정시에 도착했다. 두 사람이 식당에 나타나자 엘리자베스는 빙리 씨가 예전 파티에서는 늘 그랬듯 언니 옆자리에 앉을지를 관심 있게 지켜보았다. 계산이 빠른 어머니도 같은 생각이었는지 자기 옆자리로 오라고 하고 싶은 요청을 꾹 참았다. 빙리는 방에 들어선 순간 머뭇거리는 듯했는데, 그때 우연히 제인이 주변을 둘러보다가 미소를 짓자 망설임은 그것으로 끝이 났다. 그는 그녀의 옆자리에 앉았다.

엘리자베스는 의기양양한 기분으로 그의 친구를 바라보았다. 그가 점잖게 아무렇지 않은 표정을 짓자 엘리자베스는 빙리가 행복해져도 된다는 허락을 받았다고 생각했다. 그때 빙리도 걱정스럽게 웃으며 다아시 쪽을 보고 있었다.

빙리는 식사하는 내내 예전보다 조심스럽기는 했지만 여전히 애정을 담뿍 담아 언니를 대했다. 엘리자베스는 그가 우유부단하게 굴지만 않는다면 제인과 그의 행복은 보장되었다는 생각이 들었다. 물론 결과는 감히 장담할 수 없지만 그의 태도를 보고 있자니 흐뭇했다. 정작 자신은 영 신날 일이 없었지만 언니를 보면서 활기를 찾을 수 있었다. 다아시 씨는 식탁을 사이에 두고 거의 반대쪽에 앉아 있었다. 한쪽 옆에는 어머니가 앉아 있었는데 이런 자리 배치가 어느 쪽에도 즐거움을 주거나 이득이 되지 않으리라는 건 분명했다. 두 사람의 대화를 들을 수 있을 만큼 가깝지는 않았지만 그들은 거의 말을 섞지 않았고, 어쩔 수 없이 말할 때면 형식적이고 냉랭한 기운이 맴돌았다. 엘리자베스는 가족이 그에게 큰 신세를 졌음을 알고 있어 어머니의 불친절한 모습에 애간장을 태웠다. 그의 친절을 온 가족이 알지는 못하지만 자신은 알고 감사하다며 말해줄 수만 있다면 무슨 일이든 할 수 있겠다는 생각이 불쑥불쑥 치밀었다.

저녁에는 두 사람이 같이 있을 수 있는 기회가 있기를 바랐다. 설마 이 방문이 이대로 끝나버리지는 않을 거라고, 처음 들어왔을 때 나눈 형식적인 인사가 처음이자 마지막 대화는 아닐 거라고 기대했다. 불안하고 조급증이 나서 신사들이 들어오기 전 거실에서 보내는 시간이 지겹고 따분해 예의마저 잊어버릴 지경이었다. 오늘 저녁 즐거워질 수 있는 기회가 거기에 달려 있다는 듯 두 사람이 거실에 들어오기만을 손꼽아 기다렸다.

그녀는 생각했다.

'이번에도 그분이 내게 안 오신다면, 그때는 나도 영원히 포기하겠어.'

신사들이 들어왔고, 그녀의 바람은 응답을 받은 것처럼 보였다. 그러나, 맙소사! 베넷 양이 차를 만들고, 엘리자베스가 커피를 따르는 테이블 주변으로 숙녀들이 무슨 음모라도 꾸미듯 우르르 몰려드는 바람에 그녀 옆으로는 의자 하나 놓을 수 있을 만한 빈자리가 없었다. 게다가 신사들이 다가오자 한 아가

씨는 그녀에게 더욱 바싹 다가오더니 이렇게 속삭였다.

"남자들이 우리를 갈라놓지 못하게 해야지. 우린 저 사람들이 필요하지 않다고, 그렇지?"

다아시는 방의 다른 쪽으로 걸어갔다. 그녀는 눈으로 그를 좇으면서 그가 말을 거는 사람마다 질투하고, 자신이 누구에게 커피나 따라주고 있다는 것이 초조해 못 견딜 지경이었다. 그러다가 이렇게 어리석은 자기 자신에게도 화가 났다.

'한 번 거절당한 남자잖아! 그런데 그분의 사랑이 다시 시작되기를 바랄 만큼 어리석다니? 같은 여자한테 두 번이나 청혼하는 말도 안 되는 짓을 하는 남자가 어디 있겠어? 그만큼 불쾌한 모욕도 없었을 거야!'

그러나 그가 직접 커피잔을 가져오자 이내 기운을 차리고 그 기회를 잡아 말을 건넸다.

"여동생분은 아직 펨벌리에 계시나요?"

"네, 크리스마스까지는 그곳에 머물 예정입니다."

"어머, 혼자서요? 친구들이 다 떠나지 않았나요?"

"앤즐리 부인이 같이 있지요. 다른 사람들은 스카버러로 떠난 지 삼 주 됩니다."

더는 할 말이 생각나지 않았다. 만약 그가 대화하고자 했다면 분명 성공했을 텐데 그는 몇 분 동안 아무 말도 없이 옆에 서 있기만 했다. 그리고 젊은 아가씨가 다시 엘리자베스에게 속닥

거리기 시작하자 다른 데로 가버렸다.

찻잔이 치워지고 카드 테이블이 펼쳐지자 숙녀들도 모두 자리에서 일어났다. 엘리자베스는 이제 곧 그와 함께하겠거니 기대했는데, 그런 기대는 완전히 무너지고 말았다. 휘스트 게임을 할 선수를 모으던 어머니의 욕심에 그가 희생양이 되었기 때문이다. 몇 분 뒤에 그는 나머지 사람들과 섞여 앉았다. 이제 그녀는 즐거워질 기대를 완전히 포기해야 했다. 두 사람은 저녁 내내 다른 테이블에 묶여 있었고, 그녀로서는 아무런 기대도 남아 있지 않았다. 그저 그가 자꾸 자신을 바라보느라 자신만큼이나 그의 게임 성적도 형편없기만을 바랄 뿐이었다.

베넷 부인은 네더필드의 두 신사를 야식 먹을 시간까지 붙들어둘 계획이었으나 불행하게도 두 사람의 마차가 다른 마차보다 더 빨리 오는 바람에 붙잡을 기회를 놓쳤다.

모두 떠나고 가족들만 남게 되자 어머니가 입을 열었다.

"자, 얘들아. 다들 오늘 어땠다고 생각하니? 내 생각에는 모든 일이 훌륭하게 진행된 것 같은데. 분명 그래. 내 평생 그렇게 잘 차려진 식사를 해본 적이 있을까 하는 생각이 들 정도였어. 사슴 고기도 알맞게 구워졌고, 뒷다리와 허릿살이 그렇게 두툼한 고기는 처음이라고 다들 그러더라니까. 수프는 지난주 루커스 네에서 먹었던 것보다 오십 배는 더 나았고, 다아시 씨조차 자고새가 아주 잘 구워졌다고 인정했어. 그 집에는 프랑스 요리사가 두세 명은 있을 텐데 말이야. 게다가 우리 제인은 오늘 만큼 아름다워 보인 적이 없었어. 내가 그렇지 않으냐고 물었더니 롱 부인도 동의하면서 뭐라고 덧붙였는지 아니? '아유, 베넷 부인! 마침내 제인을 네더필드에서 보게 되겠군요.' 정말 그랬다니까. 롱 부인만큼 착한 양반도 없을 거야. 조카들도 어찌나 행실이 바른지. 인물은 그리 예쁘지 않지만, 내가 특별히 마음에 들어 하는 아이들이잖니."

한마디로 베넷 부인은 기분이 아주 들떠 있었다. 제인을 대하는 빙리의 태도를 보고는 마침내 그를 잡았다고 확신한 것이다. 너무 자기 좋을 대로만 근거 없이 부풀려 기대하다 보니 다음 날 빙리 씨가 청혼하러 오지 않자 크게 실망했다.

베넷 양이 엘리자베스에게 말했다.

"오늘은 아주 기분 좋은 날이었어. 손님 초대도 적절했고, 다들 잘 어울렸잖아. 이렇게 자주 만났으면 좋겠어."

그러자 엘리자베스가 미소를 지었다.

"리지, 그러지 마. 날 의심하면 안 돼. 그럼 내가 창피하잖아. 분명히 말할 수 있어. 이젠 나도 그분과의 대화를 별다른 소망 없이 즐기는 법을 배웠어. 그저 상냥하고 분별 있는 청년과의 대화라고만 생각해. 지금 그분의 태도는 내 애정을 얻으려는 마음이 요만큼도 없어 보이고, 나는 그 정도에 완전히 만족하고 있어. 그저 다른 남자들보다도 더 다정하게 말씀하시고, 누구한테나 싹싹하게 대하고 싶어 하실 뿐이야."

동생이 말했다.

"언니는 어쩜 그리도 잔인해. 웃지 말라고 해놓고 매 순간 웃게 만들다니."

"내 말을 믿게 하는 일이 정말 어려울 때도 있구나!"

"불가능한 경우도 있고 말이야!"

"그렇지만 너는 왜 내 생각보다 내 감정이 더 깊다고 설득하려 하는데?"

"그 질문엔 나도 어떻게 대답해야 할지 잘 모르겠어. 다들 가르치고 싶어서 난리지만 정작 알 가치도 없는 것들만 가르치게 되잖아. 미안해, 하지만 계속 그렇게 무심하다고 주장한다면 '나'는 비밀을 들어주는 친구가 될 수 없어."

13장

방문이 있고 며칠 후 빙리 씨는 이번에는 혼자서 다시 방문했다. 친구는 그날 아침 런던으로 떠났고 열흘 후에 다시 돌아온다고 했다. 그는 한 시간 넘게 앉아 있었는데 유난히 활기가 넘쳤다. 베넷 부인은 저녁 식사에 그를 초대했지만, 그는 거듭 사과하면서 이미 다른 약속이 있다고 밝혔다.

부인이 말했다.

"다음에 방문하실 때는 행운이 따랐으면 좋겠네요."

그러자 그는 언제라도 환영이라고 말한 뒤 오늘은 그냥 떠나지만 조만간 방문할 기회가 있다면 좋겠다고 했다.

"그럼 내일 오시겠어요?"

그는 그렇게 하겠다면서 내일은 아무 약속도 없다고 대답했다. 베넷 부인의 초대가 흔쾌히 받아들여졌다.

그리고 다음 날 그가 정확한 시간에 방문하는 바람에 숙녀들은 아무도 옷차림을 갖추지 못한 상태였다. 베넷 부인은 가운만 입은 채 머리도 반쯤 손질하다 말고 딸의 방으로 허겁지겁 달려들더니 소리쳤다.

"얘, 제인, 얼른 서둘러 내려가야지. 그분이 오셨어, 빙리 씨가 왔단 말이다. 정말이라니까. 서둘러, 빨리. 새라, 당장 베넷 양이 옷 입는 걸 도와줘. 리지 머리는 신경 쓰지 말고."

제인이 말했다.

"최대한 빨리 내려갈게요. 하지만 키티가 삼십 분 먼저 올라갔으니 우리보다 빠르지 않겠어요?"

"아유! 키티는 무슨! 그 애가 뭔 상관이라고, 서둘러, 빨리! 얘, 너 허리띠는 어딨어?"

어머니가 서둘러 나갔지만, 제인은 동생들 없이는 내려갈 마음이 없었다.

둘만 있게 하려는 베넷 부인의 초조함은 저녁 시간에도 역력히 드러났다. 차를 마신 후 베넷 씨는 늘 하던 습관대로 서재로 물러났고, 메리는 피아노가 있는 위층으로 올라갔다. 다섯 장해물 중 두 명이 사라지자 베넷 부인은 엘리자베스와 캐서린에게 계속 눈짓을 보냈다. 그러나 별 소용이 없었다. 엘리자베스는 보려고도 안 했고, 키티가 마침내 눈치를 채긴 했지만 천진

난만한 표정으로 이렇게 물었다.

"무슨 일이야, 엄마? 왜 자꾸 나한테 윙크를 해? 나보고 뭐 어쩌라고?"

"아무것도 아니다, 얘야. 아무것도 아니야."

그러고서 오 분이나 더 있었을까, 결국 소중한 기회를 낭비할 수 없다고 생각했는지 벌떡 일어나며 키티에게 말했다.

"이리 와줄래, 할 말이 있어서."

그리고 키티와 함께 방을 나갔다. 제인은 얼른 엘리자베스에게 지금의 계획된 듯한 상황 연출에 괴로워하는 눈빛을 보내며 '너는' 나가지 말아 달라고 눈으로 간청했다. 오 분이 지나자 베넷 부인이 문을 반쯤 열고 엘리자베스를 불렀다.

"리지, 너한테도 할 말이 있는데."

엘리자베스도 어쩔 수 없이 일어나야 했다.

그녀가 홀로 나오자마자 어머니가 말했다.

"두 사람만 있게 해야지, 응. 키티하고 나는 2층 곁방에 있을 거야."

엘리자베스는 아무런 이의도 제기하지 않았지만 어머니와 키티가 시야에서 사라지자 다시 거실로 돌아갔다.

이날 베넷 부인의 계략은 무효로 돌아갔다. 빙리는 여전히 모든 면에서 매력적이었지만, 딸에 대한 애정을 공언하지는 않았다. 편안하고 활기찬 그의 태도는 저녁 시간에 유쾌함을 더

해주었다. 어머니의 주제넘은 오지랖도 참아주고, 어리석은 말도 표정 변화 없이 들어주었다. 제인은 특히 그 점이 고마웠다.

야식 시간까지 머물러달라는 요청도 할 필요가 없었다. 떠나기 전에는 자기 자신과 베넷 부인의 뜻에 따라 다음 날 아침 베넷 씨와 사냥을 가기로 약속하기까지 했다.

그날 이후 제인은 더 이상 보통 사이니 하는 말을 하지 않았다. 자매 사이에서 빙리와 관련된 말은 한 마디도 나오지 않았지만, 엘리자베스는 다아시 씨가 예정된 날짜보다 먼저 돌아오지 않는다면 조만간 둘 사이가 행복한 결말을 맺을 거라는 믿음을 품고 잠자리에 들었다. 그러나 한편으로는 이 모든 일이 다아시의 동의 아래 이루어지지 않았나 하는 가설이 꽤 설득력 있게 느껴지기도 했다.

빙리는 약속을 칼같이 지켰고, 그와 베넷 씨는 약속대로 오전 시간을 함께 보냈다. 베넷 씨는 동행에게 생각보다 상냥했다. 빙리에게는 주제넘거나 어리석은 구석이 전혀 없어 조롱하고 싶은 마음이 생기지 않았고, 참기 어려운 성격으로 입을 다물게 만들지도 않았다. 그는 평소보다 말수가 늘었고, 괴팍하게 구는 성미는 줄었다. 빙리는 베넷 씨와 함께 식사 시간에 맞춰 돌아왔고, 저녁이 되자 빙리와 제인 두 사람만 남기려는 베넷 부인의 작업이 다시 시작되었다. 엘리자베스는 편지를 써야 해서 차를 마시자마자 조찬실로 향했다. 모두가 둘러앉아 카드 게임을 하고 있었기에 굳이 어머니의 계략에 맞설 필요가 없다고 생각했기 때문이다.

그러나 편지를 다 쓰고 거실로 돌아왔을 때 그녀가 본 모습은 깜짝 놀랄 만한 것이었다. 어머니의 계략이 자신보다 한 수 위라는 것을 인정하지 않을 수 없었다. 문을 열자 언니와 빙리는 진지한 대화라도 나누는 듯 난로 앞에 함께 있었는데, 그건 그럴 수 있다고 하더라도 두 사람이 화들짝 놀라며 떨어지더니 돌아보는 모양새가 모든 것을 말해주었다. '두 사람'도 어색했을 테지만 그녀가 생각하기에는 '자기' 처지가 더했다. 아무도 먼저 말을 꺼내지 않았고, 엘리자베스가 다시 밖으로 나가려던 참에 같이 앉아 있던 빙리가 벌떡 일어나더니 언니에게 몇 마디 속삭이고는 서둘러 방을 나갔다.

제인은 엘리자베스에게 기쁜 일을 숨기지 못했다. 그녀는 곧바로 엘리자베스를 끌어안으면서 잔뜩 들뜬 목소리로 자신이 세상에서 가장 행복한 사람이라고 말했다.

"정말 너무나 행복해!"

그러더니 덧붙였다.

"정말 행복한 일이야. 내겐 과분한 일이라고. 아! 왜 다들 나만큼 행복할 수 없는 걸까?"

엘리자베스는 진심으로 축하 인사를 건넸다. 세상에 모든 따뜻하고 기쁜 축하 인사를 늘어놓아도 부족할 정도였다. 다정한 말 한 마디 한 마디가 제인을 다시금 행복하게 만들었다. 그러나 지금 당장은 동생 곁에 있을 수도 없었고, 절반도 못한 이야기를 끝까지 할 수도 없었다.

제인이 목소리를 높였다.

"바로 어머니께 가야겠어. 어머니의 다정한 배려를 생각하면 조금도 소홀히 할 수 없어. 다른 사람이 아니라 내가 직접 말씀드리고 싶어. 그이는 벌써 아버지께로 갔어. 아! 리지, 사랑하는 가족 모두에게 이렇게 기쁜 소식을 전하게 되다니! 이렇게 큰 행복을 어떻게 다 감당할 수 있을지!"

그러고는 서둘러 어머니에게로 갔다. 어머니는 카드 게임을 마치고, 키티와 위층에 앉아 있었다.

엘리자베스는 혼자 남아서 이토록 빠르고 쉽게 마침내 제자리를 찾아간 두 사람의 사랑에 미소를 지었다. 이렇게 될 일을 지난 몇 달간 속을 끓이고 불안해했다니 말이다.

그녀는 생각했다.

'결국 이렇게 되고 말걸! 친구가 신중하게 행동한답시고 온갖 걱정을 해대고, 누이들이 거짓과 기만으로 눈을 가렸어도 결국 이렇게 될 것을! 가장 행복하고 지혜롭고 합리적인 결말인걸!'

몇 분 후 빙리가 들어왔다. 아버지와의 면담은 짧지만 효율적으로 끝난 모양이었다.

그는 문을 열고 들어오더니 성급하게 물었다.

"언니분은 어디 있지요?"

"위층에 어머니하고 있어요. 모르긴 해도 잠시 후면 내려올 거예요."

그러자 그는 문을 닫고 그녀에게 다가와서는 처제로서의 축하와 애정을 보여달라고 청했다. 엘리자베스는 가족의 연을 맺게 되어 기쁘다고 진심을 담아 축하 인사를 전했다. 두 사람은 따뜻한 마음으로 악수를 했다. 그러고는 언니가 내려올 때까지 그 자신의 행복과 제인의 완벽함을 칭찬하는 온갖 찬사를 들어야만 했다. 물론 연인이 하는 말이기는 했지만, 엘리자베스는 그가 기대하는 행복에 단단하고 분명한 근거가 있다고 진심으로 믿었다. 두 사람의 탁월한 이해심과 제인의 뛰어난 인품을 생각해도 그랬고, 둘 사이의 감정이나 취향에 공통점이 많기 때문이기도 했다.

저녁 시간은 모두에게 특별히 즐거웠다. 마음에서 우러나오는 기쁨으로 베넷 양의 얼굴은 달콤하게 빛났고, 그 광채가 언니를 여느 때보다도 아름답게 만들어주었다. 키티는 싱글싱글 웃으면서 자기 차례가 곧 찾아오기를 바랐다. 베넷 부인은 어떤 열렬한 승낙과 찬성으로도 자신의 감정을 다 표현할 수 없었는지 삼십 분간 빙리를 붙잡고 그 이야기만 늘어놓았는데도 뭔가 아직 부족한 듯했다. 베넷 씨도 식당에 들어왔을 때 목소리와 태도로 짐작하건데 진심으로 행복해하는 듯했다.

그러나 그는 그에 대해 말 한 마디 입 밖에 내지 않다가 밤이 되어 손님이 떠나고 나서야 제인을 바라보며 말했다.

"제인, 축하한다. 너는 참으로 행복한 아내가 될 거다."

제인은 즉시 아버지에게로 다가가서 입을 맞추고, 축하에 감사 인사를 했다.

그가 대답했다.

"넌 선한 성품을 지녔어. 네 결혼생활이 얼마나 행복할지 생각하면 나도 정말 기쁘구나. 너희 두 사람이 함께 잘살 거라고 믿어 의심치 않는다. 둘의 기질이 전혀 다르지 않으니까. 두 사람 다 남의 말을 잘 들으니 아무것도 결정하지 못할 테고, 너무 편해서 하인들이 너희를 속이려 들 테고, 관대하기 짝이 없으니 늘 수입을 초과하게 될 거다."

"그러지 않기를 바라요. 돈 문제에서 경솔하거나 생각 없이 구는 일을 '저는' 용납할 수 없으니까요."

그때 아내가 목소리를 높였다.

"수입을 초과하다니요! 아유, 당신도 참! 무슨 말씀을 하시는 거예요? 그 사람 수입이 일 년에 4, 5천은 될 테고, 그보다 많을지도 모르는데."

그리고 딸을 향해 말했다.

"아유, 우리 딸, 우리 제인, 엄마는 정말 행복하구나! 오늘 밤엔 한숨도 못 잘 것 같다. 이렇게 될 줄 알았지. 결국엔 이렇게 될 거라고 늘 말했잖니. 괜히 예쁘게 태어난 게 아닌 줄 알았다니까! 지난해 그 사람이 처음 하트퍼드셔에 왔을 때 보자마자 둘이 잘될 줄 알았다니까. 난 그 남자만큼 잘생긴 청년은 본 적이 없단다!"

위컴과 리디아는 까맣게 잊힌 듯했다. 제인은 이제 의심할 여지 없이 가장 아끼는 딸이 되었다. 그 순간만큼은 다른 딸들을 완전히 잊은 듯했다. 어린 동생들은 언니 덕분에 어떤 특혜라도 얻게 되지 않을까 조르기 시작했다.

메리는 네더필드의 서재를 드나들 수 있게 해달라고 부탁했다. 그리고 키티는 겨울마다 몇 번씩 무도회를 열어달라고 간청했다.

그날 이후 빙리 씨는 롱번에 매일 방문하다시피 했다. 아침 식사 전에 올 때도 종종 있었고, 늘 저녁 식사 이후까지 머물다 갔다. 아무리 눈총을 줘도 부족한 몇몇 너절한 이웃이 그를 저녁 식사에 초대해 거기 갈 수밖에 없을 때만 빼면 말이다.

엘리자베스는 언니하고 대화할 시간이 거의 없었다. 그가 있으면 제인은 다른 누구에게 관심을 기울일 여력이 없었다. 두 사람이 간혹 떨어져 있을 때도 있었는데, 그때는 엘리자베스가 양쪽 모두에게 꽤나 유용한 역할을 했다. 제인이 없으면 빙리는 엘리자베스에게 찰싹 붙어 사랑하는 연인과 관련된 이야기를 하는 즐거움을 누렸고, 빙리가 가고 나면 제인도 같은 즐거움을 얻었다.

어느 날 저녁 제인이 말했다.

"그분 덕분에 난 정말 행복해. 그분 말이 지난봄 내가 런던에 있는 줄 까맣게 모르셨다는 거야! 설마 그럴 거라고는 생각도 못 했어."

그러자 엘리자베스는 고개를 끄덕이며 말했다.

"난 그럴 것 같았어. 정확하게 어떻게 설명하셨는데?"

"누이들 짓이 분명해. 그분이 나와 사귄다고 하면 내 편을 들어줄 사람들이 아니니까, 틀림없어. 여러모로 나보다 훨씬 나은 여자를 만날 수 있는 분이잖아. 하지만 누이들도 그분이 나와 함께 행복한 모습을 보면, 분명 그렇게 될 테니까 그네들도 흡족해할 거고 우린 다시 좋은 관계를 맺을 수 있겠지. 하지만 예전과 같은 사이는 절대 될 수 없을 거야."

엘리자베스가 말했다.

"내가 지금까지 언니한테 들은 말 중 가장 못된 소리네. 언니는 정말 착해! 언니가 빙리 양의 거짓된 호의에 또다시 속아 넘어간다면 난 정말 화가 날 거야."

"믿을 수 있겠니, 리지야, 지난 11월 그이가 런던에 갔을 때도 나를 진심으로 사랑하셨대. 그런데 다시 돌아오지 않으신 이유는 오로지 '내가' 자신에게 무관심하다고 믿었기 때문이라는 거야!"

"그건 분명 그분의 실수였어. 하지만 그분이 겸손하다는 방증이기도 하지."

그러자 자연스럽게 제인의 입에서 찬사가 흘러나왔다. 그이는 신중한 면이 있고, 자신의 장점을 과소평가하는 경향이 있다는 말들이었다.

엘리자베스는 빙리가 친구의 개입을 밝히지 않았다는 사실에 안도했다. 아무리 제인이 너그럽고 관대한 마음을 가졌다고 해도 그 말을 들으면 다아시에게 편견을 가질 것이 분명했다.

제인이 소리쳤다.

"나는 세상에서 가장 행운이 넘치는 사람이야! 아아, 리지! 가족들 가운데 특별히 내가 이런 큰 축복을 누리도록 선택받다니! 너도 나만큼 행복해지는 모습을 봤으면 좋겠어! 네게도 그분 같은 남자가 있다면 좋으련만!"

"그런 남자 마흔 명을 준다고 한들 나는 언니만큼 행복할 순 없을 거야. 언니의 인품이나 선량함 없이는 그만큼의 행복을 누릴 수 없을 테니까. 아니, 아냐. 내 일은 내가 알아서 할테니 걱정하지 말라고. 운이 아주 좋다면 두 번째 콜린스 씨를 만날 수 있을지도 모르지."

롱번 집안에서 일어난 일은 결코 비밀일 수 없었다. 베넷 부인은 필립스 부인에게 속닥거리는 특혜를 누렸고, 필립스 부인 또한 허락을 받지 않고 메리턴의 모든 이웃에게 똑같이 했다.

베넷 가문은 몇 주 전 리디아가 처음 도주 행각을 벌였을 때만 해도 지지리 복도 없는 집안이라는 소리를 들었다가 한순간에 세상에서 가장 복 많은 집안으로 불리게 되었다.

14장

빙리와 제인의 약혼이 있고 일주일쯤 지난 어느 날 아침, 빙리와 집안 여자들이 모두 식당에 앉아 있는데 마차 소리가 들려 모두의 관심이 창가로 쏠렸다. 잔디밭 위로 달려오는 사두마차 한 대가 보였다. 방문객이 찾아오기에는 너무 이른 아침이었는데, 마차는 이웃에 사는 사람들의 것도 아니었다. 말은 역마였고 마차나 마차를 모는 하인의 제복이 베넷 가족들한테는 낯설었다. 하지만 누군가 오고 있다는 것은 분명했다. 빙리는 곧 베넷 양에게 갑작스러운 방문에 발목을 잡히기 전에 잡목숲으로 산책을 가자고 꾀어 나가버렸다. 두 사람이 떠나고 남은 셋이 머리를 굴리며 추측해봤지만 이렇다 할 답을 구하지 못했다. 마침내 문이 열리고 방문객이 들어왔다. 바로 캐서린 드 버그 부인이었다.

다들 놀랄 준비는 하고 있었지만, 예상을 훌쩍 뛰어넘는 인물에 모두 기겁했다. 베넷 부인과 키티는 부인과 일면식도 없었지만 엘리자베스보다 더 주눅이 들었다.

부인은 평소보다 더 무례한 태도로 방에 들어오더니 엘리자베스의 예의 바른 인사에도 고개만 까닥할 뿐 별다른 대답을 하지 않았다. 그리고 한 마디 말도 없이 자리에 앉았다. 엘리자베스는 소개해달라는 청은 없었지만 어머니에게 그분의 이름을 알려주었다.

베넷 부인은 이렇게 높은 분을 손님으로 맞이했다는 사실이 우쭐하기도 했지만, 놀란 마음을 제대로 진정시키지 못한 채 최대한 정중하게 부인을 맞이했다. 잠시 침묵이 흐르고 부인은 엘리자베스에게 딱딱하게 말했다.

"잘 지내지요, 베넷 양. 저 부인이 어머니이신가 보네."

엘리자베스는 간결하게 그렇다고 대답했다.

"그리고 '저쪽'은 동생 중 한 명이겠고."

베넷 부인은 드디어 캐서린 부인에게 말을 건넬 수 있다는 생각에 기뻐하며 답했다.

"그렇답니다, 부인. 밑에서 두 번째 아이지요. 막내딸은 최근 결혼했고, 맏딸은 곧 가족이 될 청년과 근처를 산책 중입니다."

잠깐 침묵이 흐른 뒤 캐서린 부인이 말했다.

"정원은 아주 작군."

"로징스에 비하면 아무것도 아니겠으나 감히 말씀드리지만 윌리엄 루커스 경의 정원보다는 훨씬 크답니다."

"이 거실은 여름 저녁을 보내기에는 최악이겠어. 창이 모두 서쪽으로 나 있군."

베넷 부인은 저녁 식사 이후에는 이 방에서 시간을 보내지 않는다고 힘주어 말했다. 그리고 덧붙였다.

"송구스럽지만 콜린스 씨 부부는 잘 지내고 있는지 여쭈어도 될까요?"

"그래요, 아주 잘 지내고 있지. 그저께 밤에도 봤고."

엘리자베스는 이제 부인이 샬럿의 편지를 전해주리라고 예상했다. 부인이 왜 방문했는지 설명할 수 있을 만한 이유는 그뿐이었기 때문이다. 그런데 편지가 없자 그녀는 혼란스러움에 빠지고 말았다.

베넷 부인은 아주 정중하게 마실 것을 드시지 않겠느냐고 청했다. 그러나 캐서린 부인은 아주 단호하게, 별로 예의도 차리지 않고 아무것도 먹지 않겠다며 거절했다. 그러더니 자리에서 일어나 엘리자베스에게 말했다.

"베넷 양, 잔디밭 한쪽에 작은 잡목 숲이 있는 것 같던데 그곳을 돌아보고 싶군. 내게 안내 좀 해주겠나?"

어머니가 소리를 높였다.

"그래, 애야. 부인께 다른 산책로를 보여드리렴. 정자가 있는 작은 정원을 마음에 들어 하실 것 같으니 보여드리는 게 좋겠구나."

엘리자베스는 서둘러 방에 들어가 양산을 들고 나온 뒤 귀한 손님을 모시고 아래층으로 내려갔다. 홀을 지날 때 캐서린 부인은 식당과 거실 문을 열어보고 잠깐 살펴보더니 그럭저럭 괜찮은 방이라고 말한 후 계속 걸었다.

마차는 아직 문가에 있었고, 엘리자베스는 마차 안에 있는 하녀를 볼 수 있었다. 두 사람은 침묵 속에서 잡목 숲 사이로 난 자갈길을 걸었다. 엘리자베스는 평소보다 거만하고 무례하게 구는 사람에게 애써 말을 걸지는 않겠다고 마음먹었다.

'이런 사람을 자기 조카랑 닮았다고 생각했다니?'

그녀는 부인의 얼굴을 보며 생각했다.

잡목 숲으로 들어서자마자 캐서린 부인은 말을 꺼냈다.

"내가 여기 온 이유를 쉽게 짐작할 수 있겠지, 베넷 양. 자네 마음과 양심이 내가 온 이유를 말해줄 테니까."

엘리자베스는 놀라움을 숨기지 않고 말했다.

"부인, 잘못 아셨습니다. 저는 부인을 여기서 뵙게 된 이유를 전혀 짐작도 못 하고 있습니다."

부인이 노여움을 담은 목소리로 대꾸했다.

"베넷 양, 나를 우습게 생각하면 안 될 거야. '자네'가 아무리

나를 기만하기로 마음먹었더라도 '내게는' 통하지 않는다고. 내 성격이 워낙 솔직하고 직설적이기로 유명하니까 지금 같은 경우에도 내 명성에 맞게 행동하겠어. 이틀 전에 아주 경악스러운 소식 하나가 들리더군. 언니가 아주 유리한 결혼을 하게 될 뿐 아니라 '자네' 엘리자베스 베넷 양도 조만간 내 조카와 식을 올린다는 소문이었어. 내 조카, 다아시 말일세. 추악한 거짓 소문임을 내 분명 '알고' 있으며, 사실일 가능성을 상상하는 것만으로도 그 애한테는 모욕임을 알고 있네. 하지만 그래도 서둘러 이곳으로 와서 내 기분을 알려야겠다고 생각했네."

엘리자베스는 놀라움과 모욕으로 얼굴을 붉히며 말했다.

"만약 사실일 리 없다고 믿는다면 굳이 이 멀리까지 찾아오신 이유를 모르겠습니다. 부인께서는 무슨 목적으로 이렇게 하시는 건가요?"

"그 소문이 잘못됐다고 온 세상에 알릴 생각이지."

엘리자베스가 냉랭하게 말했다.

"하지만 롱번에 저와 제 가족들을 보러 오신 것은 오히려 소문을 확인시켜줄 텐데요. 만약 그런 소문이 정말로 존재한다면 말이지만요."

"만약이라니! 모르는 척 시치미를 떼겠다는 건가? 자네가 소문을 퍼트린 장본인이 아니라고 주장할 건가? 사방에 퍼진 소문을 정말 모르고 있다고?"

"들어본 적도 없습니다."

"그렇다면 전혀 '근거'가 없는 뜬소문이라고도 단언할 수 있나?"

"저는 부인처럼 솔직한 사람인 척할 수는 없습니다. '부인께서' 질문을 하실 수는 있지만, '제가' 꼭 대답해야 할 의무는 없습니다."

"정말 참을 수가 없군, 베넷 양. 난 대답을 들어야겠어. 내 조카가 결혼을 청하던가?"

"부인께서 이미 그런 일은 불가능하다고 단언하셨지요."

"당연히 그래야지. 그 애가 이성이 남아 있다면 분명 그랬을 거야. 하지만 '자네가' 온갖 기교와 유혹으로 꾀어낸다면 순간적인 열병에 취해 자기 자신이나 가족들을 완전히 잊어버렸을 수도 있지. 자네가 그 애를 유혹했을 수도 있고."

"그랬다면 다른 사람도 아니고 제가 그 사실을 고백할 리 없지요."

"베넷 양, 내가 누군지 알고 있나? 난 그딴 말장난에 익숙한 사람이 아니야. 그 애와 가장 가까운 친척이고, 그 애한테 걱정거리가 있다면 전부 알아야 할 자격이 있어."

"하지만 '제' 일까지 알 자격은 없으시지요. 더군다나 이런 태도로는 한 마디도 듣지 못하실 겁니다."

"내가 제대로 알려주겠어. 자네가 주제넘게 탐내는 이 결합은 결코 일어나지 않을 거라고. 암, 절대로 일어나선 안 되지. 다아시 씨는 '내 딸'과 약혼했다고. 자, 이제 뭐라고 할 건가?"

"이 말씀만 드리겠습니다. 사실이라면 그분이 제게 청혼했다고 짐작할 이유가 없으실 텐데요."

캐서린 부인은 잠시 멈칫하다가 대답했다.

"두 사람의 약혼은 특별한 경우야. 어렸을 때부터 이미 약속된 거라고. 나도 그렇고 '그 애' 어머니도 두 사람의 결혼이 소원이었지. 걔들이 아직 요람에 있을 때부터 결혼을 약속했고, 이제 우리 자매의 소망이 드디어 결혼으로 실현되려는 때 태생도 천한 돼먹지 않은 집안에다가 우리 가문과는 상관도 없는 젊은 여자가 방해하려고 들어! 그 애 친척들의 소망을 존중할 생각이 전혀 들지 않나? 드 버그 양과의 정혼도? 예의범절이나 사려 깊음 따위는 전혀 없나 보군? 진작부터 그 애가 사촌과 맺어져 있다는 말을 듣지 못했나?"

"아니요, 들었습니다. 그렇지만 그게 저하고 무슨 상관인가요? 제가 조카분하고 결혼하는 데 다른 문제가 없다면 그분 어머니와 이모님이 드 버그 양과의 결혼을 희망한다는 이유만으로 결혼을 포기하지는 않을 것이 분명합니다. 결혼을 계획하는 것으로 두 분은 할 만큼 하신 겁니다. 결혼의 성사 여부는 본인들에게 달려 있는 문제지요. 다아시 씨가 명예나 애정으로 사촌분에게 구속된 것이 아니라면 그분이 다른 선택을 하지 못할 이유가 뭔가요? 만약 그분이 저를 선택하셨다면, 제가 받아들이지 말아야 할 이유는 또 뭐란 말인가요?"

"명예, 예의, 사리분별, 아니 이해관계가 그걸 금하기 때문이지. 그래, 베넷 양, 이해관계 말이야. 그렇게 기를 쓰고 그의 가족이나 친지들의 뜻에 반하려 든다면 행여 그들에게 인정받을 생각은 하지 말게. 그와 관련된 모든 사람이 자네를 불신하고 무시하고 경멸할 거야. 자네 친지들도 같은 수치를 당할 테고, 우리 가운데 누구도 자네 이름을 언급조차 하지 않을 거야."

엘리자베스가 대꾸했다.

"그건 참 불행한 일이겠군요. 하지만 다아시 씨의 부인이 된다면 그에 걸맞은 특별한 행복을 누리게 될 테니 전체적으로 보면 불평할 이유가 없겠네요."

"아주 고집불통에 말귀를 못 알아듣는 아가씨군! 부끄러운 줄 알아야지! 지난봄 내가 베푼 친절의 대가가 고작 이건가? 그 점에서 내게 신세진 것이 전혀 없단 말인가? 자, 앉아보게. 내 말 명심하게, 베넷 양. 나는 내 의지를 관철할 결심으로 여기에 온 거지 자네를 설득하러 온 게 아니야. 난 남의 변덕에 휘둘리는 일 따위는 하지 않아. 실망을 참고 넘어가는 일도 없다고."

"그러시다면 지금 부인은 더욱 안쓰러운 상황에 처하게 되셨군요. 일이 어찌 됐든 간에 '제게'는 어떤 영향도 미치지 못하실 겁니다."

"내 말을 끊지 말게. 조용히 듣기나 하라고. 내 딸과 조카는 천생연분이야. 같이 고귀한 외가 쪽 피를 타고 태어났지. 친가 쪽은 작위는 없어도 명예롭고 유서 깊으며 존경할 만한 집안이고. 양쪽 다 재산도 많아. 모든 친지가 두 사람의 결혼을 한 목소리로 원하고 있는데, 무엇이 두 사람을 갈라놓겠어? 가족도, 인척도, 재산도 없는 젊은 여자가 뻔뻔스럽게 그걸 자처하고 나오다니, 이걸 참을 수 있겠어? 절대 그래서는 안 되지, 암 안 되고말고. 자네가 자신에게 득이 되는 일이 무엇인지 사리분별을 제대로 할 수 있다면 분수에 맞지 않게 행동하지는 않을 텐데 말이야."

"조카분과 결혼한다고 해서 분수에 맞지 않을 이유는 없습니다. 그분도 신사고, 저 또한 신사의 딸이니까요. 우리 두 사람은 동등합니다."

"그래, 자네는 신사의 딸이지. 하지만 자네 모친은? 자네 외삼촌과 이모는? 내가 그 사람들의 처지를 모를 거라고 생각하지 말게."

"제 친척들이 어떤 처지이든 조카분이 이의를 제기하지 않는다면 '부인께서' 반대하실 이유는 없지요."

"한마디로 대답하게. 조카와 약혼했나?"

엘리자베스가 캐서린 부인에게 대답해줄 의무는 없었으니 그 이유뿐이라면 대답하지 않았을 것이다. 그러나 잠시 생각하다가 엘리자베스는 어쩔 수 없이 대답했다.

"아닙니다."

캐서린 부인은 흡족한 표정이었다.

"그럼 절대 약혼하지 않겠다고 내게 약속해주겠나?"

"그런 약속은 할 수 없습니다."

"베넷 양, 정말 놀랍고 충격적이군. 자네가 좀 더 분별력 있는 아가씨인 줄 알았는데. 내가 이렇게 물러날 거라고 생각했다면 큰 오산이야. 내가 바라는 대답을 듣기 전까지는 떠나지 않을 걸세."

"저도 '절대' 그런 대답을 드리지 않을 생각입니다. 협박을 당했다고 해서 말도 안 되는 부조리를 받아들일 순 없으니까요. 부인은 다아시 씨가 따님과 결혼하기를 원하십니다. 하지만 제가 바라던 약속을 드린다고 한들 '두 사람이' 결혼할 확률이 높아질까요? 그분이 제게 애정이 있으시다면 '제가' 그 손을 거절한다고 한들 사촌에게 청혼하고 싶어질까요? 이런 말씀을 드려도 된다면 지금 하시는 주장의 근거도 받아들이기 어려울뿐더러 부인의 주장 또한 근거만큼이나 무분별하지 않나 싶습니다. 만약 제게 그런 설득이 통할 거라고 생각하셨다면 제 성격을 완전히 잘못 보신 겁니다. 조카분이 '본인' 애정사에 부인의 간섭을 얼마나 허용하고 있는지 모르지만, '제' 애정 문제에 관여할 권한은 조금도 없으십니다. 그러니 더는 이 문제로 저를 괴롭히지 말아 주세요."

"세상에나! 아주 성급한 아가씨로군. 내 말 아직 안 끝났네. 내가 이미 언급한 반대 이유 말고도 하나가 더 남아 있지. 나는 자네 막냇동생의 부적절한 도피 행각을 낱낱이 알고 있네. 전부 다 알고 있지. 그 청년이 결혼한 이유도 자네 아버지와 외삼촌이 돈을 줘서 수습한 덕분이지 않나. '그런' 여자애가 조카의 처제가 된다고? 게다가 그 남편은 또 어떻고, 돌아가신 아버지의 관리인 아들과 동서가 된다니? 맙소사! 자네는 생각이란 게 있는 건가? 펨벌리의 조상들을 그렇게 더럽혀야 되겠나?"

그녀가 분개하며 대꾸했다.

"그럼 '이제' 더는 하실 말씀이 없겠지요. 이미 온갖 방법으로 저를 모욕하셨습니다. 그만 돌아가 주세요."

그녀는 일어서면서 말했다. 캐서린 부인도 뒤따라 일어나며 몸을 돌렸다. 부인은 화가 머리끝까지 치민 상태였다.

"그러니까 자네는 내 조카의 명예와 신용은 전혀 신경도 안 쓴다는 거군! 이기적이고 인정머리 없는 아가씨 같으니! 사람들이 볼 때 그 애가 자네와 엮인다는 것 자체가 크나큰 수치라도 신경 안 쓴다는 거지?"

"캐서린 부인, 저는 더 이상 할 말이 없습니다. 제 마음은 알고 계시니까요."

"기어코 그 애를 차지하고 말겠다?"

"그런 말씀은 드린 적이 없습니다. 단지 '부인' 또는 저와 무관한 남의 의견에 휘둘리지 않고 오로지 제 뜻에 따라 저의 행복을 추구하며 행동할 따름입니다."

"좋아. 그러니까 내 말을 듣지 않겠다는 말이군. 의무라든가 명예, 감사에 순응하기를 거부하겠다는 거지. 친척들 사이에서 그 애의 명성을 해치고, 세상의 경멸을 받게 만들 작정이군."

엘리자베스가 대답했다.

"이번 경우에는 의무나 명예, 감사가 제게 요구할 것이 없습니다. 다아시 씨와 결혼한다고 해도 어떤 원칙은 깨지지 않으니까요. 그분 집안의 분노를 산다거나 세상이 격노한다는 것에 대한 말씀을 드리자면, 설령 저와의 결혼으로 그분 가족이 화를 내신다고 해도 저는 조금도 신경 쓰지 않겠습니다. 그리고 세상 사람들도 이런 터무니없는 경멸에 동참할 리 없습니다."

"그러니까 이것이 자네의 진짜 속셈이군! 최종 결심은 이거야! 잘 알았어. 이제 어떻게 행동해야 할지 알겠군. 베넷 양, 자네의 야망이 충족되리라는 생각은 꿈도 꾸지 말게. 나는 자네를 시험해봤을 뿐이야. 자네가 분별 있는 여성이기를 바랐건만…… 그래도 내 뜻을 반드시 관철하고야 말겠어."

캐서린 부인이 말을 늘어놓는 동안 두 사람은 마차 앞에 도착했다. 부인은 몸을 홱 돌리며 이렇게 덧붙였다.

"작별 인사는 안 하겠네, 베넷 양. 자네 모친께도 인사를 전하지 않겠어. 그런 배려를 받을 만한 자격도 없는 아가씨니까. 정말 불쾌하군."

엘리자베스는 아무 대답도 없이 조용히 집으로 돌아갔다. 집에 들어왔다가 가시라고 설득할 생각도 없었다. 계단을 오를 때 마차가 떠나는 소리가 들렸다. 어머니는 침실 곁방 문 앞에서 초조하게 그녀를 맞이하며, 캐서린 부인이 왜 다시 들어와 쉬었다가 가지 않으시냐고 물었다.

딸이 대답했다.

"그러실 수 없대요. 가셔야 한다나 봐요."

"정말 외모도 기품이 있더라! 여기까지 찾아주시다니 이렇게 친절하실 수가! 콜린스 내외가 잘 지낸다는 소식을 전해주러 오셨을 거야. 다른 이유가 없지. 어디 다른 곳을 가던 길에 메리턴을 지나고, 너를 한번 볼까 하는 생각이 나신 게지. 얘, 네게는 별다른 말씀 없으셨니?"

두 사람이 어떤 대화를 나눴는지 솔직하게 털어놓을 수 없으니 엘리자베스는 약간의 거짓말을 할 수밖에 없었다.

15장

의외의 방문으로 평정심을 잃은 엘리자베스의 마음은 쉬이 가라앉지 않았다. 몇 시간이고 그 일을 곱씹어보지 않을 수 없었다. 캐서린 부인이 수고를 마다하지 않고 로징스에서 여기까지 먼 길을 왔다. 소문일지도 모르는 다아시 씨와의 약혼을 깨기 위해서 말이다. 당연히 그랬을 법한 사람이었다! 하지만 엘리자베스는 약혼 소문이 어디서 시작됐는지 상상조차 할 수 없었다. 생각을 정리하다가 '그는' 빙리의 절친한 친구이고, '그녀'는 제인의 동생이니 하나의 결혼식이 이루어질 시기에 다른 결혼식도 있었으면 좋겠다는 모두의 바람이 그런 소문을 부채질하지 않았나 하고 추측할 따름이었다. 그녀 자신도 언니가 결혼하면 그를 좀 더 자주 만나게 되리라는 생각을 지울 수 없었었기 때문이다. 그러니 루커스 로지의 이웃들도(콜린스 부부와 연락을 하고 지내다 보니 그 소식이 캐서린 부인한테까지 닿았을 수 있었다) '그녀'가 막연히 언젠가 있을 수 있지 않을까 기대하는 '그 일'을 거의 확정적이고 당면한 사건처럼 결론 내렸을 수도 있다.

그러나 캐서린 부인의 표현을 곱씹어보던 엘리자베스는 부인의 끊임없는 간섭이 어떤 결과를 불러올지 생각하자 마음이 불안해졌다. 두 사람의 결혼을 막겠다는 결심을 단호하게 선언하고 갔으니, 조카에게도 무언가 말을 전할 것이 분명하다는 생각이 떠올랐던 것이다. 이모가 그녀와의 결혼으로 생길 해악을 설명한다면 '그가' 얼마만큼 진지하게 받아들일지 그녀는 짐작도 할 수 없었다. 이모에 대한 애정이나 판단에 대한 신뢰도가 정확히 어느 정도인지 알지 못했지만, '그녀'보다는 귀부인을 훨씬 높게 평가할 것은 당연한 일이었다. 그리고 귀부인은 가문이 너무 기우는 집안과 결혼했을 때 일어날 수 있는 끔찍한 사례를 낱낱이 열거하면서 그에게 가장 취약한 곳을 공격할 것이 분명했다. 품위를 중요시하는 그의 성격으로 보면 엘리자베스에게는 빈약하고 우스꽝스러운 논리가 그에게는 도리에 맞고 합리적인 근거로 보일 수도 있었다.

예전에는 종종 다아시가 어떻게 할지 결심을 못 하고 흔들리는 모습을 보인 것도 사실이었으니 아주 가까운 친척의 조언이나 간청을 듣고 다른 의문은 접은 채 행복이나 품위에 오점을 남기지 않는 안전한 길을 선택할 수도 있다. 캐서린 부인은 집으로 돌아가는 길에 런던에 들러 그를 만날 것이다. 그러면 네더필드로 빙리를 만나러 오겠다는 약속은 취소될 것이다.

'며칠 내로 친구를 만나러 오지 못하겠다는 편지를 보낸다면, 그 의미는 분명해.'

그녀는 속으로 덧붙였다.

'그때는 그의 한결같은 애정에 거는 온갖 기대와 소망을 포기하겠어. 내 애정을 손에 넣을 수 있는 이 시점에 조금 아쉬운 마음으로 나를 포기하는 선에서 만족한다면, 나 또한 그이를 전혀 아쉬워하지 않을 거야.'

방문객이 누구였는지 듣고 난 나머지 가족들의 놀라움은 엄청났다. 하지만 다들 베넷 부인과 같은 짐작을 하며 호기심을 달래고 만족했다. 그리고 더는 그 문제로 엘리자베스를 괴롭히지 않았다.

다음 날 아침, 그녀가 아래층에 내려갔을 때 서재에서 편지 한 통을 들고 나오는 아버지와 마주쳤다.

아버지가 말했다.

"리지야, 지금 네게 가려고 하던 참이었는데 내 방으로 좀 오려무나."

그녀는 아버지 뒤를 따랐다. 아버지가 그녀에게 무슨 말씀을 하실지, 혹시 아버지가 손에 들고 있는 편지와 어떤 식으로

든 관련되지 않았을까 하는 짐작이 들자 궁금증은 더욱 커졌다. 불현듯 캐서린 부인이 편지를 보냈구나 하는 생각이 머릿속에 떠올랐다. 구구절절한 설명이 필요하겠다는 예상에 당혹스럽기도 했다.

"오늘 아침 깜짝 놀랄 만한 편지를 받았다. 대개 너와 연관된 내용이니 너도 알아둬야겠지. '두 딸'이나 결혼하기 직전인 줄은 전혀 몰랐구나. 대단한 사람을 얻었더구나. 먼저 축하 인사부터 해야겠다."

손에 든 편지가 이모가 아닌 조카에게서 왔다는 확신이 들자 엘리자베스의 뺨이 확 달아올랐다. 그가 직접 설명하겠다고 나섰으니 기뻐해야 할지, 아니면 자기가 아닌 아버지에게 편지를 보냈다고 화를 내야 할지 갈팡질팡하고 있을 때 아버지가 말을 이었다.

"넌 알고 있었던 모양이구나. 젊은 아가씨들은 이런 문제에서는 직관력이 아주 뛰어나니까. 하지만 네가 아무리 명민해도 누가 너를 숭배하는지는 맞출 수 없을 거다. 이 편지는 콜린스 씨가 보낸 거란다."

"콜린스 씨라고요! 대체 '그 사람'이 무슨 할 말이 있다고요?"

"이 사람은 늘 할 말이 많지. 머지않은 맏딸의 결혼을 축하한다는 인사로 시작했더구나. 착하고 떠들기 좋아하는 루커스 집안 누군가한테서 들은 모양이다. 그 문제에 어떤 말을 늘어놓았는지 일일이 읽어 네 인내심을 시험할 생각은 없다. 네 이야기는 그다음에 나온다."

귀댁의 경사에 저와 제 아내의 진심 어린 축하를 전해드립니다. 그리고 다른 주제에 대해서도 간단히 귀띔해드리고자 하는데, 같은 소식통에게서 들은 내용입니다. 귀댁의 따님 엘리자베스 양도 언니가 베넷이라는 성을 버린 뒤 곧 그 뒤를 따를 것이라 예상되며, 그 운명의 상대는 다름 아닌 이 나라에서 가장 존중받아 마땅한 분입니다.

"이 사람이 누군지 알고 있니, 리지야?"

이 신사분은 인간이라면 누구나 마음속 깊이 바라 마지않는 것들을 모두 소유한 큰 축복을 받으신 분입니다. 어마어마한 재산, 고귀한 혈통, 폭넓은 성직자 임명권 말입니다. 그러나 이 모든 매력을 지녔음에도 사촌 엘리자베스와 어르신께서 이 신사분의 청혼을 섣불리 받아들일 경우 발생할 해악에 대해 경고해드리고자 합니다. 물론 어르신께서는 당장의 이익을 취하고 싶은 마음이시겠지만 말입니다.

"이 신사가 누구인지 떠오르는 사람이 있니, 리지야? 이제 곧 나온단다."

제 근심의 이유는 다음과 같습니다. 그분의 이모 되시는 캐서린 드 버그 부인께서 이 결혼을 호의적으로 생각하지 않으십니다.

"바로 다아시 씨란다! 리지야, 나 때문에 깜짝 놀랐겠지. 콜린스 씨나 루커스 씨 댁이나 우리가 교제하는 사람들 가운데 거짓말이라고 생각될 정도로 가장 가능성이 낮은 사람을 고르다니? 다아시 씨는 어떤 여자를 보더라도 단점을 찾아내는 사람 아니냐. 그리고 평생 '네게' 눈길 한번 줄 사람이 아니잖니! 정말 감탄스럽기까지 한 이야기구나!"

엘리자베스는 아버지의 농담에 맞장구를 치고 싶었지만 억지 미소밖에 지을 수가 없었다. 아버지의 재담이 이렇게 즐겁지 않았던 적은 없었다.

"재미있지 않니?"

"아뇨! 재미있어요. 계속해서 읽어주세요."

어젯밤 캐서린 부인께 두 사람의 결혼 가능성을 여쭈었더니 부인은 곧바로 평소처럼 느끼는 바를 가감 없이 표현하셨습니다. 사촌 쪽에 있는 몇몇 가족 문제를 언급하셨는데, 이 수치스러운 결혼을 결코 허락하지 않으실 것이 분명해 보였습니다. 저는 신속하게 이 사실을 사촌에게 알릴 의무가 있다고 생각했습니다. 사촌과 사촌의 귀하신 숭배자가 무슨 일을 벌이고 있는지 깨닫기를 바라며, 허락받지 못한 결혼을 급하게 치르는 일이 없기를 바랍니다.

"콜린스 씨는 또 이렇게 덧붙였구나."

제 사촌 리디아의 불행한 사건이 재빨리 마무리된 것을 진심으로 기쁘게 생각하며, 다만 결혼 전 두 사람이 동거한 사실이 널리 알려질까 봐 걱정스러울 뿐입니다. 하지만 이 말씀은 꼭 드리는 것이 제 의무라고 생각되는데, 그 젊은 부부가 결혼하자마자 집에서 받아주셨다는 소식을 듣고 저는 놀라움을 감출 수가 없었습니다. 이는 악덕을 부추기는 행위로, 제가 롱번의 교구 목사였다면 완강하게 반대했을 것입니다. 기독교인으로서 그들을 용서하는 것은 당연하지만, 두 사람을 보지도 않고 이름도 듣지 않는 것이 마땅합니다.

"네 사촌은 이렇게 하는 것이 기독교인의 용서라는구나! 편지의 나머지 내용은 자기 아내가 아이를 임신했다느니 하는 이야기뿐이다. 리지야, 그런데 너는 그다지 재미있어 보이지 않는구나. 이런 터무니없는 소문에 분노하는 척하며 '새침하게' 굴지 말았으면 좋겠다. 이웃들에게는 재밋거리를 제공하고, 우리 차례가 오면 이웃들을 놀려주는 것이 사는 즐거움 아니겠니?"

엘리자베스가 과장된 목소리로 말했다.

"어머! 굉장히 재미있어요. 하지만 정말 이상해요!"

"그렇지. '그게' 바로 재미있는 부분이지. 이 사람들이 다른 남자를 배필로 점찍었다면 그러려니 했을 텐데, '그 사람'은 너한테 아무런 관심도 없고 '너는' 그 사람이라면 질색하니 이보다 더 우스꽝스러운 이야기가 어디 있니! 편지 쓰는 일은 끔찍하지만, 콜린스 씨와의 서신 왕래는 포기할 수가 없구나. 아무렴, 이 사람이 보낸 편지를 읽을 때면 위컴보다 더 좋아하지 않을 수가 없다니까. 그 뻔뻔함이나 위선에서는 사위인 위컴도 만만치 않은데 말이다. 리지야, 캐서린 부인이 이 소문과 관련해 무슨 말을 했니? 승낙할 수 없다고 방문한 거냐?"

이 질문에 엘리자베스는 웃을 수밖에 없었다. 아버지가 사실일 거라고는 전혀 믿지 않았기에 다시 질문을 받았어도 그녀는 당황하지 않았다. 엘리자베스는 자신의 속내를 드러내지 않으려고 이렇게까지 어렵게 노력한 적이 없었다. 울고 싶은 순간에 웃어야만 했던 것이다. 아버지가 다아시 씨의 무관심을 꼬집은 말은 딸에게 가장 아픈 상처가 되었다. 그녀는 어쩌면 이토록 통찰력이 없으실까 싶었는데, 혹시 그동안 아버지의 '보잘것없는' 안목을 '부풀려' 생각했던 것은 아닐까 두렵기까지 했다.

16장

엘리자베스는 빙리 씨가 친구에게서 변명하는 편지를 받게 될 거라고 어느 정도 예상했다. 그러나 다아시 씨는 편지를 보내는 대신 캐서린 부인이 다녀간 며칠 후 친구와 함께 롱번에 찾아왔다. 신사들은 일찌감치 도착했고, 잠깐 앉아 있는 동안 엘리자베스는 어머니가 그의 이모를 뵈었다고 말할까 봐 불안에 떨어야 했다. 빙리는 제인과 단둘이 있고 싶어 함께 산책을 나가자고 제안했다. 그 제안은 받아들여졌다. 베넷 부인은 걷기를 즐기는 편이 아니었고, 메리는 시간을 낼 수 없어서 나머지 다섯 명은 함께 산책을 나섰다. 그러나 빙리와 제인은 곧 나머지 일행이 앞서가도록 천천히 걷는 바람에 엘리자베스와 키티, 다아시만 남았다. 서로 딱히 할 말은 없었다. 키티는 무서워서 그에게 말을 걸지 않았고, 엘리자베스는 남몰래 큰 결심을 하는 중이었다. 아마 그도 마찬가지였을 것이다.

키티는 머라이어를 방문하고 싶다면서 루커스 씨 댁 쪽으로 걷기 시작했다. 엘리자베스는 굳이 모두 방문할 필요가 없다고 생각해 키티가 떠나자 용기를 내어 그와 단둘이 걸었다. 그녀는 지금이 결심을 실행할 좋은 기회이고, 다행히 용기도 나서 얼른 말했다.

"다아시 씨, 저는 아주 이기적인 여자예요. 제 감정이 편하고자 당신 감정이 상하는 건 신경 쓰지 않으니까요. 제 가엾은 동생에게 베풀어주신 믿을 수 없는 친절에 감사드리지 않을 수가 없어요. 그 사실을 알게 된 이후로 감사의 마음을 너무도 전하고 싶었어요. 다른 가족들도 알았다면 저 혼자만 감사 인사를 드릴 일이 아니지만요."

다아시가 깜짝 놀라고 벅찬 어조로 말했다.

"미안합니다, 정말 미안합니다. 어떻게 보면 불편하게 받아들일 수도 있는 일인데, 결국 알게 되셨군요. 가드너 부인이 그렇게 믿지 못할 분인 줄 몰랐습니다."

"외숙모를 탓하지는 말아주세요. 리디아가 경솔하게 먼저 당신이 이 일과 관련이 있다고 말실수를 했거든요. 물론 저도 나머지 일을 소상히 알고 싶어 가만히 있을 수가 없었어요. 제가 가족 모두를 대표해 감사를 표하겠어요. 두 사람을 찾아내기 위해 많은 곤란과 굴욕을 견뎌야 하셨을 텐데, 그 너그러운 연민에 감사드려요."

이제 안정을 되찾은 그가 대답했다.

"만약 제게 고마움을 표하려거든 부디 당신 혼자만 하십시오. 다른 이유도 있었지만, 당신을 행복하게 해드리고 싶다는 소망이 저를 이끌었음을 부인하지 않겠습니다. 당신 '가족'은 제게 아무런 빚이 없습니다. 그분들을 존중하지만 저는 오로지 '당신'만을 생각했습니다."

엘리자베스는 당황해서 한 마디도 할 수 없었다. 잠깐 침묵이 흐른 후 그가 덧붙였다.

"당신은 관대한 분이니 저를 비웃지는 않으시겠지요. 만약 당신의 감정이 지난 4월과 같다면 즉시 그렇다고 말씀해주십시오. '제' 애정과 소망은 변하지 않았지만, 그 한마디로 이 문제에 대한 것은 영원히 침묵하겠습니다."

다아시의 태도는 평소와 달리 사뭇 어색하고 불안해 보였다. 이제 엘리자베스는 말할 수밖에 없었다. 그래서 곧바로 논리적이지는 않지만 차근차근 지난번 청혼 이후 그녀의 감정에 중대한 변화가 일어났고, 지금은 그 말을 고맙고 기쁘게 받아들이겠다고 전했다. 그 대답이 준 행복은 그가 생전 처음 느껴보는 것이었다. 그 또한 열렬한 사랑에 빠진 남자다운 분별과 열정으로 자신의 마음을 표현했다. 엘리자베스가 그와 눈을 맞췄다면 가슴속 깊이 우러나오는 기쁨이 그의 얼굴 전체로 퍼져나가는 근사한 모습을 볼 수 있었을 것이다. 비록 그 표정을 보지 못했지만 들을 수는 있었다. 엘리자베스를 향한 마음을 표현하는 말들로 그가 그녀를 얼마나 소중히 여기는지 충분히 알 수 있었으며, 매 순간 그의 애정은 가치를 더해갔다.

두 사람은 어디로 가는지도 모른 채 계속 걸었다. 생각하고 느끼고 말할 것이 넘쳐나서 다른 데 신경을 쓸 수가 없었다. 그녀는 곧 두 사람이 지금 마음을 확인할 수 있었던 것이 바로 그의 이모 덕분이었음을 알게 되었다. 부인은 돌아가는 길에 런던에 머물고 있는 그를 '정말로' 방문했고, 롱번에 다녀온 이야기와 그 이유 그리고 엘리자베스와 나눈 대화를 낱낱이 말해주었다. 특히 부인이 보기에 엘리자베스의 강퍅하고 뻔뻔한 성격이 유독 잘 드러났다고 생각하는 표현들을 일일이 언급함으로써 엘리자베스한테서 받아내지 못한 약속을 조카에게 얻어낼 수 있으리라고 확신했던 것이다. 부인에게는 안타까운 일이지만, 그 효과는 정반대로 나타났다.

그가 말했다.

"희망을 가져도 되겠구나 싶었습니다. 예전에는 감히 희망을 품을 수가 없었으니까요. 제가 아는 당신 성격으로는 저를 거절하기로 확고하게 생각을 굳혔다면 분명 제 이모님께 솔직하고 직설적으로 밝히셨을 테니까요."

엘리자베스는 얼굴을 붉힌 채 웃으면서 대답했다.

"네, 제 '솔직함'이라면 '그런 짓'을 하고도 남았겠지요. 바로 눈앞에서도 함부로 당신을 모욕했는데, 친척들 앞에서 당신을 깎아내리지 못할 이유가 어디 있었겠어요."

"저에 대해 하신 말씀은 모두 제가 자초한 비판이 아니었던가요? 잘못된 오해가 바탕이 된 비난이 있었지만, 그때 제 태도는 호되게 비난받을 만했습니다. 용서받을 수 없는 행동이었어요. 그 일만 생각하면 가슴이 내려앉습니다."

엘리자베스가 말했다.

"그날 저녁 누가 더 잘못했는지로 더는 다투지 말아요. 엄격하게 말하면 어느 쪽도 흠잡을 데 없이 훌륭했다고는 볼 수 없으니까요. 하지만 그 이후로 우리 두 사람 모두 태도가 나아졌잖아요."

"저 자신을 그처럼 쉽게 합리화할 수는 없습니다. 그날 제가 한 말과 행동, 태도, 표현을 되짚어보면 몇 달이 흐른 지금까지도 참을 수 없이 괴롭습니다. 당신의 꾸지람이 얼마나 적절했는지 결코 잊을 수가 없습니다. '더욱 신사다운 태도를 보이셨다면'이라고 하셨던가요. 그 말이 저를 얼마나 괴롭혔는지 모르시죠. 아마 상상도 하기 어려우실 겁니다. 솔직히 말씀드리면 그 비판을 이성적으로 받아들일 수 있기까지는 다소 시간이 걸렸습니다."

"그렇게 강한 인상을 드렸다니 예상 밖인데요. 그런 식으로 받아들이실 거라고는 전혀 생각하지 못했어요."

"그러셨을 겁니다. 그때는 저를 올바른 감정이라고는 전혀 찾아볼 수 없는 사람이라고 생각하셨을 테니까요. 제가 어떤 말로 청혼했더라도 받아들이지 않았을 거라고 말씀하실 때 그 표정을 결코 잊을 수가 없습니다."

"앗! 그때 제가 한 말을 되풀이하지 마세요. 돌이켜 생각해봤자 달라지는 건 없어요. 그리고 분명히 말씀드리지만 오랫동안 그때 일을 가슴 깊이 부끄러워했어요."

다아시는 자신의 편지를 화제에 올렸다.

"그 편지를 읽고 곧 저를 조금이라도 괜찮게 생각하셨나요? 그 편지 내용을 믿으실 수 있었습니까?"

그녀는 편지가 자신에게 어떤 영향을 미쳤고, 예전에 가졌던 자신의 편견을 어떻게 없애주었는지 설명했다.

"그 편지가 고통을 드릴 줄 알면서도 어쩔 수가 없었습니다. 편지는 없애버리셨기를 바랍니다. 편지에 썼던 말, 특히 시작 부분은 다시 읽으실까 봐 두려울 정도입니다. 제 기억 속에 있는 몇몇 표현을 떠올리고 저를 미워하신다고 해도 할 말이 없습니다."

"제 애정이 변할까 봐 그 편지를 태워버려야 한다고 생각하신다면 그렇게 할게요. 그런데 우리 둘 다 제 마음이 변할 수도 있다는 건 알지만, 그렇다고 쉽사리 흔들리지는 않는답니다."

"제가 그 편지를 쓸 때만 해도 몹시 침착하고 냉정한 상태라고 믿었지만 이후에 돌이켜 생각해보면 분명 상처입고 씁쓸한 기분으로 쓴 편지였습니다."

"편지의 시작은 그러셨을지 몰라도 끝은 전혀 아니었어요. 마지막 인사는 너그러움 그 자체였고요. 하지만 편지 이야기는 그만해요. 편지를 쓴 사람의 마음도, 편지를 받은 사람의 마음도 그때와는 완전히 달라져 있으니 그 편지와 관련된 온갖 불쾌한 상황은 잊어야겠지요. 제 철학을 하나 일러드려야겠어요. 과거는 즐거운 것만 기억하라."

"그런 철학은 믿을 수가 없겠습니다. '당신'은 아무리 돌이켜봐도 비난받을 만한 일이 전혀 없으니, 거기에서 나오는 만족감은 철학이 아니라 무지의 산물이지요. 그 편이 훨씬 낫습니다. 그러나 '제' 경우에는 그렇지 않습니다. 물리칠 수도 없고, 물리쳐서도 안 되는 고통스러운 기억이 비집고 들어오니까요. 저는 평생 이기적인 인간이었습니다. 원칙적으로는 아니었는지 몰라도 실질적으로는 분명 이기적이었지요. 어렸을 때부터 그게 '옳다'고 배웠고, 제 기질을 바로잡아주는 사람이 없었습니다. 저는 올바른 원칙을 배우고 지녔지만, 실행에서는 오만과 자만심을 버리지 못했어요. 불행히도 외아들이었고, (여러 해 동안 외동으로 지냈으니) 부모님은 제 버릇을 가르치지 않으셨습니다. 좋은 분들이었지만, (특히 제 아버지는 자애롭고 다정하신 분이었습니다) 저의 이기적이고 권위적인 행동을 허용하고 부추기고, 심지어 거의 가르치기까지 하셨습니다. 친척 외에는 신경 쓰지 않고, 세상 사람들을 하찮게 생각하며, 그들의 지각과 가치가 제 것에 비해 보잘것없기를 '바라는' 사람으로 말입니다. 여덟 살 때부터 스물여덟 살까지 그런 인간이었고, 사랑스럽고 아름다운 엘리자베스 당신이 아니었다면 여전히 그렇게 살았겠지요! 당신에게 빚진 것이 많습니다! 당신의 가르침은 처음에는 혹독했지만 결국에는 가장 유익한 것이었습니다. 당신 덕분에 비로소 올바른 겸손을 깨우치게 되었습니다. 그때 제 청혼이 받아들여지지 않을 거라고는 조금도 의심하지 않았습니다. 가치 있는 여자를 충분히 기쁘게 해줄 수 있다고 믿었던 제 조건이 얼마나 부족한 것이었는지 당신이 보여주었습니다."

"제가 청혼을 승낙할 거라고 확신하셨던가요?"

"확신했습니다. 이런 제 허영심을 어떻게 생각하십니까? 당신이 제 청혼을 바라고 기대한다고 믿었습니다."

"제 태도에도 분명 문제가 있었지만, 절대 고의는 아니었어요. 당신을 속일 뜻은 전혀 없었어요. 하지만 제 기분에 따라 잘못된 행동을 저지르는 경우도 종종 있어요. '그날' 저녁 이후 제가 무척 미우셨겠지요?"

"미워하다니요! 처음에는 격분했지만, 제 분노는 곧 올바른 방향을 찾아갔습니다."

"그때 저를 어떻게 보셨을지 묻기조차 겁이 나요. 펨벌리에서 보셨을 때 그곳까지 온 저를 탓하셨지요?"

"전혀 아닙니다. 놀라움 외에 다른 감정은 없었습니다."

"그곳에서 당신을 본 '제' 놀라움보다 크지는 않았을 거예요. 제 양심상 특별한 대접을 받을 거라는 기대도 할 수 없었고, 솔직히 형식적인 예의 이상을 기대하지도 않았거든요."

"제 목적은 '그때' 오직 온 힘을 다해 친절을 베풀어 제가 과거 일로 꽁해 있는 속 좁은 사람이 아님을 보여드리는 것뿐이었습니다. 당신이 하신 비난을 받아들였음을 보여드려 당신의 용서를 구하고, 저에 대한 나쁜 인상을 없앨 수 있기를 바랐습니다. 언제인지는 정확히 모르겠지만, 당신을 뵙고 삼십 분쯤 흘렀을 때 다른 소망도 품게 되었지만 말입니다."

그러고는 조지아나가 그녀를 만나게 되어 무척 기뻐했고, 갑작스럽게 교제가 중단되자 매우 실망했다는 이야기를 했다. 그러자 자연스럽게 교제를 중단시켰던 원인으로 화제가 흘러갔다. 엘리자베스는 그가 여관을 떠나기 전부터 그녀 뒤를 따라 동생을 찾아 나설 결심을 했으며, 여관에서 생각에 잠겨 있던 이유도 그 일에 따르게 될 여러 문제를 고민하느라 그랬다는 것을 알게 되었다.

엘리자베스가 다시 고마움을 표했지만 그 화제는 서로에게 너무 괴로운 일이라서 더는 말하지 않았다.

이렇게 한가로이 걸으면서 이런저런 이야기를 나누다 보니 문득 시계를 봤을 땐 이미 집에 돌아갔어야 할 시각이었다.

"빙리 씨와 제인은 어떻게 됐을까!"

주위를 둘러보다가 '두 사람'의 연애 이야기로 넘어갔다. 다아시는 두 사람의 약혼에 기뻐했다. 친구가 가장 먼저 그에게 소식을 알렸던 것이다.

엘리자베스가 말했다.

"놀라지 않으셨는지 물어봐야겠네요?"

"전혀요. 제가 이곳을 떠나기 전에 곧 그렇게 될 거라고 느꼈습니다."

"그렇다면 당신이 허락하셨다는 말이군요. 그럴 거라고 짐작했지만요."

그 단어에 다아시가 외마디 탄식을 내뱉기는 했지만 역시 그렇게 된 일이라는 것을 알 수 있었다.

그가 말했다.

"런던으로 가기 전날 저녁 친구에게 전부 고백했습니다. 벌써 예전에 털어놓았어야 했는데 말입니다. 그의 애정 문제에 주제넘고 성급하게 끼어들어서 생긴 일들을 전부 말했습니다. 대단히 놀라더군요. 아무런 의심도 하지 않았던 겁니다. 그리고 또 당신 언니가 그 친구한테 무관심하다는 예전 판단이 착오

였던 것 같다고도 말했습니다. 친구의 애정이 조금도 약해지지 않은 건 쉽게 알 수 있었고, 두 사람이 함께 행복해질 거라는 확신도 들었지요."

엘리자베스는 친구를 쉽게 설득하는 그의 모습에 미소를 참을 수가 없었다.

"언니가 친구를 사랑한다는 의견은 직접 확인해서 나온 것인가요? 아니면 지난봄 제가 드린 말씀 때문인가요?"

"직접 확인한 겁니다. 최근에 두 번 방문했을 때 유심히 언니분을 관찰했고, 그분의 애정을 확신했습니다."

"그리고 당신이 확인해주자마자 친구분도 즉시 확신하게 되었군요?"

"맞아요. 빙리는 가식 없고 겸손한 친구입니다. 소심한 성격 탓에 이번처럼 불안한 문제에는 자기 판단을 믿지 못합니다. 그저 제 판단에 따르고, 만사를 편하게 가려고 하죠. 제가 고백해야 했던 또 한 가지 일에는 당연히 기분 나빠했고, 그건 꽤 오래갔습니다. 지난겨울 언니분이 석 달 동안 런던에 있었는데도 친구에게 일부러 알리지 않았다는 사실을 도저히 숨길 수가 없었거든요. 빙리는 화를 냈지만, 언니분의 감정을 확신하게 되자 화도 금세 풀렸습니다. 이제는 저를 진심으로 용서했어요."

엘리자베스는 빙리 씨가 참으로 좋은 친구라고, 그처럼 어떤 대상을 제 마음대로 할 수 있는 사람의 가치는 이루 말할 수 없이 귀하다고 말하고 싶어 입이 근질거렸지만 참았다. 그는 아직 비웃음을 당하는 법을 배우지 못했고, 지금 당장 시작하기에는 이른 감이 있었다. 물론 자신의 행복을 바라는 마음만큼은 아니지만, 그에 견줄 만큼 빙리의 행복을 기대한다는 얘기를 하다 보니 어느새 두 사람은 집에 도착했다. 그리고 두 사람은 홀에서 헤어졌다.

17장

"얘, 리지, 너희 대체 어디로 산책을 갔니?"

엘리자베스가 방에 들어서자마자 제인이 물었다. 그러자 식탁에 앉아 있던 다른 사람들도 모두 같은 질문을 했다. 그녀는 이리저리 걷다 보니 자기도 모르게 그렇게 됐다고 얼버무렸다. 말하면서 얼굴이 붉어졌지만 아무도 수상하게 여기지 않았다.

그날 저녁은 특별한 일 없이 조용히 지나갔다. 인정받은 연인은 웃고 떠들었지만 아직 인정받지 못한 연인은 침묵을 지켰다. 다아시는 행복에 벅차 어쩔 줄 모르는 성격이 아니었고, 엘리자베스는 마음이 울렁거리고 혼란스러워서 행복하다는 것을 '알기는' 했지만 정말로 행복한지 '실감'은 하지 못하고 있었다. 당혹감 외에도 다른 문제가 버티고 있었는데, 자기 상황이 알려지면 가족들이 어떻게 반응할지 눈에 선했다. 제인 말고는 그를 좋아하는 가족이 없었다. 그의 재산이나 지위로도 가족들의 '혐오감'을 누를 수 없을까 봐 두렵기까지 했다.

그날 밤 엘리자베스는 제인에게 속내를 털어놓았다. 평소 의심이라고는 할 줄 모르던 베넷 양조차 이번 일은 선뜻 믿으려 하지 않았다.

"농담인 거지, 리지야. 그럴 리가 없어! 다아시 씨와 약혼이라니! 아니, 아니, 안 되지. 날 속일 생각은 하지 마. 절대 불가능한 일이라고."

"이거 참 시작부터 형편없잖아! 나는 언니만 믿고 있었는데, 언니가 안 믿으면 다른 사람들도 당연히 안 믿을 거야. 하지만 난 진심이야. 오로지 사실만을 말하는 거라고. 그분은 여전히 나를 사랑하고, 우리는 결혼을 약속했어."

제인은 미심쩍은 얼굴로 그녀를 바라보았다.

"이럴 수가! 리지, 그럴 리가 없어. 네가 그분을 얼마나 싫어하는지 아는데."

"그건 언니가 몰라서 하는 말이야. '그 일들'은 전부 잊었어. 예전에는 지금처럼 그이를 사랑하지 않았을지 모르지. 하지만 이번 경우만큼은 좋은 기억력은 도움이 안 돼. 나도 그 일을 기억하는 건 이번이 마지막일 거야."

베넷 양은 여전히 깜짝 놀란 표정이었다. 엘리자베스는 거듭 진지하게 그녀를 이해시키려고 했다.

제인이 소리를 높였다.

"맙소사! 정말 이런 일이 생기다니! 이제는 믿을 수밖에 없겠는걸. 사랑하는 동생, 리지야. 사실이라면, 아니지, 정말 축하해. 하지만 너는 확신이 있는 거니? 이런 질문을 용서해주렴. 그분과 함께라면 행복할 수 있다고 확신하는 거야?"

"그 점에는 추호의 의심도 없어. 우리 둘은 벌써 세상에서 가장 행복한 부부가 되기로 결심했어. 그런데 언니는 기뻐? 제부가 마음에 들 것 같아?"

"당연히 마음에 들지. 빙리도 나도 이보다 더 기쁜 일은 없을 거야. 우리도 그러면 어떨까 생각해봤지만, 불가능하다는 결론이었거든. 너 정말 그분을 사랑하는 거니? 아, 리지야! 애정 없는 결혼만큼은 하지 말아야 해. 결혼하려면 당연히 느껴야 할 만큼 사랑하는 거니?"

"그렇고말고! 내가 전부 털어놓는다면 분명 그 '이상으로' 사랑한다고 느끼게 될 거야."

"그게 무슨 말이니?"

"음! 솔직히 고백하면 난 빙리보다 그분을 더 사랑해. 언니가 화낼까 봐 걱정이지만."

"아아! 리지야, 이제 '좀' 진지해져야지. 나는 진지하게 대화하고 싶어. 내가 알아야 할 것들이 있다면 전부 얘기해줘. 언제부터 그분을 사랑하게 됐어?"

"조금씩 그렇게 되어 언제부터였는지 나도 잘 모르겠어. 펨벌리의 아름다운 그분 영지를 처음 봤을 때가 아닐까?"

그러나 진지하게 대답해달라는 제인의 부탁에 그녀도 곧 진지하게 자신이 어떻게 사랑을 확신하게 됐는지 이야기했다. 이 대답은 제인을 흡족하게 만들었다. 그 점만 확인된다면 베넷 양은 더 이상 바랄 것이 없었다.

그녀가 말했다.

"이제는 정말 행복해. 나도 행복하고, 너도 나만큼 행복할 테니. 난 늘 그분을 높이 평가했어. 너를 사랑한다는 이유만으로도 그분을 존중했지. 하지만 이제는 빙리의 벗이자 네 남편이 됐으니, 빙리와 너한테 견줄 만큼 큰 애정을 그에게 보낼 거야. 하지만 어쩌면 그렇게 능청스럽니, 내게 한 마디도 안 하고. 펨벌리와 램턴에서 있었던 일들과 관련된 어떤 얘기도 하지 않았잖아! 내가 알게 된 것도 네가 아니라 다른 사람한테 들은 거잖아."

엘리자베스는 왜 비밀로 했는지 이유를 밝혔다. 빙리의 이름을 꺼내고 싶지 않았고, 자기감정도 불확실한 상태여서 피하고 싶었다고 말했다. 하지만 이제 더는 숨길 이유가 없어 리디아의 결혼에서 그가 한 일도 말해주었다. 모든 사실을 알려주면서 그날 밤의 절반은 대화로 지새웠다.

다음 날 아침 베넷 부인은 창가에 서서 소리를 질렀다.

"아이구, 맙소사! 저 꼴 보기 싫은 다아시 씨는 꼭 우리 빙리하고 같이 오지 않으면 안 되는 건지! 대체 무슨 속셈으로 지겹게 매일 여기를 오는 건지. 쇼핑이나 뭐 다른 할 일도 없나? 우리가 친구랑 오붓하게 시간 좀 보내게 해주지. 저 사람을 어떻게 하지? 리지야, 오늘도 저 사람을 데리고 산책 좀 나가야겠다. 빙리 옆에서 치워버리게."

엘리자베스는 이 시의적절한 제안에 웃음을 참을 수가 없었다. 그렇지만 어머니가 그 사람 이름 앞에 늘 듣기 싫은 호칭을 붙이는 것은 정말 속상했다.

두 사람이 들어오자마자 빙리는 의미심장한 표정으로 그녀를 보더니 아주 열렬하게 악수를 해서 이미 다 알고 있다는 티를 냈다. 게다가 곧장 이렇게 외치기까지 했다.

"베넷 부인, 이 근처에 오늘 리지가 또 길을 잃을 만한 오솔길이 더 없습니까?"

베넷 부인이 말했다.

"다아시 씨와 리지, 키티는 오늘 아침 오컴 언덕으로 산책을 가면 어떨까 싶네요. 산책로가 잘 단장되어 있고, 다아시 씨도 그쪽 경치는 한 번도 못 보신 것 같은데요."

그러자 빙리 씨는 웃음을 참으며 말했다.

"다른 사람은 모르겠습니다만 키티에게는 너무 힘든 길이 아닐까 싶은데요. 안 그래, 키티?"

키티는 차라리 집에 있겠다고 답했다. 다아시는 언덕에서 보는 경치가 굉장히 궁금하다고 했다. 그러자 엘리자베스는 무언으로 동행을 허락했다. 준비하러 위층으로 올라갈 때 베넷 부인이 쫓아오더니 말했다.

"정말 미안하다, 리지야. 저 불쾌한 남자 치다꺼리를 너한테만 맡겨서. 하지만 괜찮지? 다 제인을 위한 거잖니. 그냥 가끔씩만 말을 걸어주면 될 거야. 그러니 너무 불편해하지 마라."

산책하는 동안 두 사람은 저녁 시간에 베넷 씨의 승낙을 받기로 했고, 어머니에게는 엘리자베스 혼자서 말씀드리기로 했다. 어머니가 이 결혼을 어떻게 받아들일지 판단이 서지 않았다. 높은 신분과 엄청난 재산이 과연 어머니의 혐오감을 누를 수 있을까 가끔 의심스럽기도 했다. 하지만 어머니가 이 결혼을 격하게 반대하든지 열렬히 환영하든지, 어느 쪽도 그녀의 기준으로는 도저히 받아들이기 어려운 태도일 것이 분명했다. 그리고 어머니가 두 손을 들어 환영하거나 눈에 불을 켜고 반대하는 모습을 다아시 씨가 고스란히 지켜봐야 한다는 생각만으로도 참을 수가 없었다.

저녁 시간 베넷 씨가 서재로 물러나자 다아시 씨가 일어나 그 뒤를 따랐다. 그 모습을 본 엘리자베스는 마음이 조마조마했다. 아버지가 반대할 거라는 걱정은 없었지만 분명 그녀 때문에 슬퍼하실 거라는 생각이 들었다. 엘리자베스는 아버지가 가장 아끼는 자식이었고, 그런 '그녀'가 내린 선택이 아버지를 괴롭히고 어떤 염려와 회한에 시달리게 하는 것은 아닐까 하는 생각에 울적한 마음으로 앉아 있는데 다아시 씨가 다시 방으로 돌아왔다. 그가 그녀를 바라보며 미소를 짓자 다소 안심이 되었다. 잠시 후 그녀와 키티가 앉아 있는 테이블로 다가오더니 그는 키티의 솜씨를 칭찬하는 척하면서 속삭였다.

"아버지께 가보세요, 서재에서 기다리세요."

그녀는 즉시 서재로 갔다.

아버지는 심각한 표정으로 방 안을 서성이고 있었다.

"리지야. 너 대체 무슨 짓이냐? 그 남자의 청혼을 승낙하다니 제정신이야? 그 사람을 싫어하지 않았니?"

예전에 의견을 내세울 때 더 합리적이고 완화된 표현을 썼더라면 얼마나 좋았을까! 지금처럼 후회스러운 감정이 든 적은 없었다. 그랬다면 이 숨 막히게 어색한 변명과 고백을 늘어놓을 필요도 없었을 텐데 말이다. 하지만 어쨌든 지금은 설명이 필요하고, 아버지께 조금 두서없지만 다아시 씨를 향한 애정을 솔직하게 밝혔다.

"그러니까 달리 말하면 네가 그 사람을 선택했다는 말이구나. 그 사람이 엄청난 부자이니 너는 제인보다 좋은 옷이며 마차를 갖게 되겠지. 하지만 그런다고 행복할 수 있겠니?"

"애정 없는 결혼을 할까 봐 걱정하는 것 말고는 아무 반대도 없으신가요?"

엘리자베스가 물었다.

"전혀 없다. 그 사람이 오만하고 무례한 사람인 걸 모르는 사람이 없다만, 네가 좋다면 그게 과연 문제일까 싶구나."

그녀는 눈물을 글썽이며 대답했다.

"저는 정말로, 정말로 그이를 좋아해요. 그이를 사랑해요. 사실 그는 무례할 정도로 오만한 사람이 아니에요. 얼마나 다정한 사람인데요. 아버지는 그이의 본모습을 아직 잘 모르세요. 부디 그이에게 그런 표현을 써서 저를 괴롭게 만들지 말아주세요."

아버지가 말했다.

"리지야. 나는 이미 그 사람에게 승낙을 했다. 정말이지, 그런 남자가 자세를 낮추고 청하는데 내가 어떻게 거절할 수 있겠니? 그리고 이미 그와 결혼하기로 결심했다면, '네게도' 승낙을 해주마. 하지만 더 잘 생각해보라고 충고하고 싶구나. 나는 네 기질을 잘 알아. 만약 진심으로 남편을 공경할 수 없고 너보다 나은 사람으로 우러러볼 수 없다면 너는 절대 행복하지 못할 거고, 근사한 삶을 누리지도 못할 거다. 격이 맞지 않은 결혼을 하면 생기 넘치는 네 총명함 때문에 큰 위험에 빠질 수 있단다. 불신과 비참함에서 헤어나오지 못할 거야. 내 딸아, '네가' 평생의 동반자를 존중하지 못하는 모습을 보여 나를 슬픔에 빠지게 하지 말아다오. 지금 네가 무슨 짓을 하려는지 너는 모르고 있어."

엘리자베스는 더욱 우울해진 마음으로 진지하고 엄숙하게 대답했다. 그녀는 진심으로 다아시 씨를 선택했다는 사실을 거듭 설득하고, 그를 향한 그녀의 생각이 오랜 시간 서서히 바뀌어왔음을 설명했다. 그리고 그의 애정은 몇 달간의 불분명한 상황 속에서도 지속되었기 때문에 하루아침에 변할 마음이 아니라고 분명히 말했다. 그의 모든 장점을 열정적으로 열거하고 나서야 마침내 의심 많은 아버지를 그럭저럭 설득해 결혼을 받아들이게 할 수 있었다.

그녀가 말을 끝내자 아버지가 대답했다.

"얘야, 그렇다면 나는 더 할 말이 없구나. 그런 경우라면 그 사람도 너와 결혼할 자격이 있지. 그 정도의 가치도 없는 남자와 너를 맺어줄 수는 없단다, 리지야."

아버지의 호의를 확실히 굳히기 위해 엘리자베스는 다아시 씨가 리디아를 위해 자발적으로 한 일을 말해주었다. 아버지는 그 말에 깜짝 놀랐다.

"오늘 밤은 놀라움의 연속이로구나! 그러니까 전부 다아시 씨가 한 일이란 말이지. 결혼을 성사시키고, 돈을 주고, 그 친구 빚을 갚아주고, 장교 자리까지 사주었다고! 정말 잘 된 일이구나. 그렇다면 나는 온갖 수고로움과 돈 문제에서 벗어날 수 있겠구나. 네 외삼촌이 그렇게 했다면 갚아야 하고, 또 '갚을' 생각이었지만, 열렬한 사랑에 빠진 젊은이가 자기 마음대로 한 일이라면…… 내일 그 사람을 불러 돈을 갚겠다고 말해야겠다. 그럼 극구 사양하면서 너를 사랑해서 한 일이라고 말하겠지. 그렇게 되면 그 일은 그것으로 끝나는 거지."

그러고는 며칠 전 콜린스 씨의 편지를 읽어줬을 때 그녀가 얼마나 난감했을지 떠올리곤 한바탕 웃고 나더니 마침내 나가도 좋다고 허락했다. 베넷 씨는 그녀가 방을 나갈 때 이렇게 덧붙였다.

"메리나 키티를 찾는 청년이 있으면 올려보내라. 나는 지금 한가하니까."

이제 엘리자베스는 아주 무거운 짐을 벗은 듯 마음이 한결 가벼워졌다. 자기 방에서 삼십 분 정도 조용히 생각을 정리한 다음 그럭저럭 침착한 모습으로 다른 사람들과 합류할 수 있었다. 모든 일이 이제 막 마무리되어 기뻐할 시간이 없었지만, 그날 저녁은 조용히 지나갔다. 이제 두려워할 큰 문제는 다 끝났으니 때가 되면 익숙하고 여유로운 편안함이 찾아올 것이다.

밤이 되어 어머니가 침실 곁방으로 올라가자, 그녀는 어머니를 따라가서 결혼 소식을 알렸다. 그 반응은 아주 유별났다. 처음 그 말을 들은 베넷 부인은 한 마디도 하지 않은 채 꼼짝 않고 그냥 앉아 있었다. 한참이 지나도록 자신이 무슨 말을 들었는지 제대로 이해할 수 없었다. 평소 자기 가족한테 이로운 일이나 딸들의 연인이라는 이름으로 등장하는 행운에 둔감한 편도 아니었는데 말이다. 마침내 정신을 차리고는 의자에서 몸을 들썩이더니 결국 자리에서 일어났다가 다시 앉았다. 그러더니 감탄사를 연발하며 자신을 축복했다.

"어쩜, 세상에! 하나님, 감사합니다! 생각 좀 해보렴! 얘, 아가! 다아시 씨라니! 누가 생각이나 했을까! 정말이니? 아, 우리 귀여운 리지! 이제 넌 부자에다가 신분도 아주 높아지겠구나! 용돈에다 보석에다 마차까지 갖겠지! 제인은 아무것도 아니라고. 암, 그렇고말고. 이렇게 기쁠 수가! 정말 행복해. 그렇게 멋진 남자가! 잘생기고 키도 크고! 아아, 우리 리지! 그동안 내가 많이 미워해서 미안하다고 대신 사과해다오. 그 정도는 못 본 척하고 넘어가 주겠지. 리지, 우리 리지! 런던에 집도 있고! 멋진 것들은 전부 있지! 딸 셋이나 결혼하다니! 일 년에 1만 파운드! 아, 맙소사! 이러다 어떻게 되겠어. 정신이 하나도 없네."

이 정도면 의심할 여지도 없는 승낙이었다. 엘리자베스는 이런 난리법석을 자기 혼자만 목격한 것에 기뻐하며 곧 방을 나왔다. 하지만 방에 들어오고 삼 분도 지나지 않아 어머니가 그녀를 따라 들어왔다.

그녀는 흥분해서 소리쳤다.

"예쁜 우리 딸! 다른 생각은 도통 할 수가 없어! 일 년에 1만 파운드라니! 아니, 그 이상일 텐데! 왕족보다 못할 게 없잖아! 게다가 특별 허가라니. 넌 특별 허가를 받아 결혼하게 되는 거야(귀족들이 결혼할 때 주교나 추기경한테서 받는 결혼 허가—옮긴이). 아가, 그런데 다아시 씨가 특히 좋아하는 요리가 뭔지 말 좀 해다오. 내일 준비해야겠다."

이건 어머니가 그 신사를 어떻게 대할지 알려주는 슬픈 징조였다. 그제야 엘리자베스는 열렬한 그의 애정도 얻고 부모님의 허락도 받았지만, 여전히 기도해야 할 일이 남아 있음을 깨달았다. 하지만 다음 날은 의외로 순조롭게 흘러갔다. 베넷 부인은 장래의 사위를 존경하는 마음이 있어 감히 말을 걸지 못했고, 좀 더 관심을 기울인다거나 그가 하는 말에 존중을 표하는 정도가 고작이었기 때문이다.

엘리자베스는 아버지가 그와 친하게 지내려고 애쓰는 모습을 보자 기분이 좋았다. 베넷 씨는 시간이 갈수록 그의 사람됨이 괜찮아 보인다고 그녀를 안심시켰다.

"나는 내 사위 셋을 모두 대단하게 평가한단다. 그래도 가장 좋아하는 사위는 위컴이지. 하지만 '네' 남편도 제인 남편만큼은 좋아지게 될 것 같구나."

18장

엘리자베스는 곧 기운을 찾아 다시 장난스러워졌다. 그리고 다아시 씨가 어떻게 자기를 사랑하게 됐는지 그 이야기를 듣고 싶어 했다.

그녀가 말했다.

“어떻게 시작된 거예요? 일단 시작하자 멋지게 이어나가신 건 잘 알겠어요. 하지만 처음에는 어떻게 시작된 거죠?”

“시작된 시간이나 장소, 표정, 어떤 말을 정확하게 꼬집어 말할 수는 없군요. 너무 오래전에 일어난 일이고, 내가 깨달았을 때는 ‘이미’ 시작되고도 한참이 흐른 뒤였거든요.”

“제 미모는 일찌감치 별거 아니라고 넘어가셨잖아요. 제 태도? 하지만 ‘당신’을 대하는 제 행동거지는 늘 무례의 경계에 아슬아슬 걸쳐 있었잖아요. 당신에게 말할 때면 어떻게든 괴롭히고 싶어 했고요. 이제 인정하세요. 무례한 태도 때문에 제게 빠져드셨군요?"

"생기발랄한 마음 때문에 그랬다고 봐야죠."

"그냥 무례하다고 하세요. 사실 거의 그랬죠. 사실은 당신도 친절이나 존경, 지나친 관심에 넌더리가 났던 거예요. 늘 '당신' 비위를 맞추면서 말하고 바라보고 생각하는 여자들이 지긋지긋했던 거죠. 그런데 나는 '그 여자들'하고 달라서 흥미가 생겼던 거라고요. 사실 속마음이 다정한 분이 아니었다면 아마 저를 미워하셨을 거예요. 하지만 아무리 스스로 감추려고 해도 당신의 감정은 늘 고귀하고 올바른 것이었고, 속으로는 당신에게 열심히 아부하는 사람들을 철저히 경멸했어요. 자, 당신이 설명해야 하는 수고를 내가 덜어주었어요. 게다가 이것저것 따져봐도 흠잡을 데 없이 합리적인 설명이잖아요. 실제로 제게 어떤 좋은 면이 있는지 모르셨겠지만, 사랑에 빠졌을 때 '그런' 생각을 하는 사람은 없으니까요."

"언니분이 네더필드에서 아팠을 때 당신이 보인 애정 어린 행동에는 좋은 점이 없었을까요?"

"우리 언니! 누군들 언니를 위해 그만한 일도 못 하겠어요? 하지만 어떻게든 그걸 미덕으로 포장하세요. 제 좋은 점은 당신의 비호 아래 있으니 될 수 있는 한 마음껏 과장하도록 하세요.

그 보답으로 당신을 놀리고, 시비를 걸 만한 일은 제가 찾아내도록 할게요. 그럼 바로 시작합니다. 결국 이렇게 될 일을 왜 그렇게 내켜하지 않아 했지요? 처음 방문하셨을 때도 그렇고, 저희 집에서 저녁을 먹고 난 후에도 왜 저를 피하셨어요? 특히 방문했을 때는 전혀 신경 쓰지 않는 것처럼 행동하셨잖아요?"

"당신이 딱딱한 표정으로 침묵하고 있어서 용기가 나질 않았습니다."

"저는 당황했다고요."

"저도 그랬습니다."

"저녁 식사를 하러 오셨을 때 말을 더 많이 거실 수도 있었잖아요."

"감정이 저보다 약한 남자였다면 그랬겠죠."

"당신은 합리적인 대답을 하시고, 저 또한 그 대답을 수긍할 만큼 합리적이니 이 얼마나 불행한 일인가요! 하지만 가만 내버려두었다면 이렇게 되기까지 얼마나 오래 걸렸을지 모르겠네요. 제가 묻지 않았다면 언제 말씀하셨을지 도무지 모르겠어요! 리디아에게 베푼 친절에 감사 인사를 해야겠다는 제 결심이 큰 역할을 했다고요! '지나쳤다'라고 생각하실지 모르겠네요. 그 일을 언급하지 않기로 한 약속을 어긴 덕분에 우리가 이렇게 편안해졌다니, 도덕은 설 자리를 잃겠군요?"

"자책하실 필요 없습니다. 도덕은 완벽하게 안전합니다. 우리를 갈라놓으려던 이모님의 부당한 노력이 제 모든 의혹을 씻어주었으니까요. 지금 제 행복은 감사를 표하고자 애쓰셨던 당신의 마음 덕분이 아닙니다. 당신이 먼저 말을 꺼내기를 기다릴 마음도 없었고요. 이모님이 전해준 소식이 제게 희망을 주었고, 저는 곧바로 모든 것을 알아봐야겠다고 결심했던 겁니다."

"캐서린 부인이 우리에게 큰 도움을 주셨다니, 부인도 아주 행복하시겠어요. 남들에게 도움 주는 것을 즐기시잖아요. 하지만 말해봐요, 네더필드에는 왜 오셨어요? 롱번까지 말을 타고 달려오셔서 저를 당황하게 만드시려고? 아니면 더 심각한 일들을 계획하셨던 건가요?"

"제 진짜 목적은 '당신을' 보고, 당신에게 사랑받을 수 있을지 알아보고자 한 것이었습니다. 하지만 제가 내세운 명분은 스스로를 합리화시킨 명분이지요. 언니분이 아직 빙리를 사랑하는지 확인하고, 그렇다면 친구에게 제가 저지른 일을 고백하려는 것이었습니다. 그래서 그렇게 했지요."

"캐서린 부인에게 무슨 일이 일어났는지 알릴 용기가 있으신가요?"

"부족한 건 용기가 아니라 시간이지요, 엘리자베스. 하지만 언젠가는 해야 할 일이니 제게 종이 한 장만 주신다면 바로 편지를 쓰겠습니다."

"제게 다른 편지를 쓸 일만 없어도 당신 옆에 앉아 고른 글줄에 감탄할 수 있을 텐데요. 예전에 다른 아가씨가 그랬던 것처럼. 하지만 저한테도 더는 외면할 수 없는 외숙모가 계세요."

엘리자베스는 다아시 씨와의 친분이 얼마나 과장됐는지 털어놓고 싶지 않은 마음에 가드너 부인의 긴 편지에 아직 답장을 쓰지 않았다. 그러나 '이 소식'을 들으면 가장 기뻐할 분인데 벌써 사흘 동안이나 그 행복을 놓치고 있다는 생각이 들자 부끄럽기까지 해서 즉시 편지를 썼다.

사랑하는 외숙모

길고 상세하며 친절한 편지를 써주셨으니 서둘러 감사의 답장을 드렸어야 했는데 그러지 못했네요. 솔직히 말씀드리면 편지 쓰기가 난감했어요. 외숙모께서 실제보다 더 크게 추측하셨거든요. 하지만 '이제는' 마음껏 추측하셔도 돼요. 상상력을 마음껏 동원해 그 주제를 두고 온갖 상상의 나래를 펼치셔도 돼요. 제가 이미 결혼했다는 상상만 하지 않으신다면 크게 다르지 않을 테니까요. 빠른 시일에 답장을 주셔서 이번에는 그이를 더 많이 칭찬해주세요. 호수 지방에 가지 않은 것에 다시 한 번 감사드려요. 그곳에 가고 싶어 했다니 저 자신이 얼마나 어리석었는지요! 조랑말은 참 좋은 생각이에요. 매일 장원을 돌아보도록 해요. 저는 세상에서 가장 행복한 사람이에요. 이미 그렇게 말한 사람이 많을 테지만, 저만큼 그 말 그대로인 사람은 없었을걸요. 심지어 제인보다 더 행복하니까요. 언니는 미소를 짓지만, 저는 크게 웃거든요. 다아시 씨가 세상의 모든 애정을 두 분께 담아 보낸답니다. 저에게 쏟아붓고 남은 것들만요. 크리스마스에는 두 분이 펨벌리로 오시길 고대할게요.

사랑을 담아서

캐서린 부인에게 보낸 다아시 씨의 편지는 형식이 달랐다. 베넷 씨가 콜린스 씨의 지난번 편지에 보낸 답장 역시 또 달랐다.

콜린스 씨

축하를 받기 위해 한 번 더 번거롭게 해야겠소. 엘리자베스는 곧 다아시 씨의 아내가 됩니다. 캐서린 부인을 가능한 한 많이 위로해주시오. 하지만 나라면 조카 편을 들겠소. 그쪽에서 나올 것이 더 많으니까.

그럼 이만 줄입니다.

빙리 양은 짐짓 다정한 척하며 오빠의 결혼을 축하했지만 진심은 찾아보기 어려웠다. 제인에게도 편지를 써서 기쁘다는 말과 함께 예전과 같은 미사여구를 늘어놓았다. 제인은 속지는 않았지만 마음이 흔들렸고, 믿지는 못했지만 그래도 과분하게 친절한 답장을 써보내지 않을 수 없었다.

비슷한 소식을 들은 다아시 양의 기쁨은 오빠만큼이나 진심이 담뿍 담겨 있었다. 네 장의 편지지로도 그녀의 기쁨과 새언니에게 사랑받고 싶다는 진심 어린 소망을 담기에 부족할 정도였다.

콜린스 씨한테서 답장이 오거나 그 아내가 엘리자베스에게 축하 인사를 보내기 전에 콜린스 부부가 루커스 로지에 와 있다는 소식이 먼저 롱번으로 들려왔다. 갑작스러운 방문의 이유는 곧 분명해졌다. 캐서린 부인이 조카의 편지를 받고 머리끝까지 화가 나는 바람에 이 결혼을 진심으로 기뻐했던 샬럿은 폭풍이 잠잠해질 때까지 피해 있기를 바랐던 것이다. 좋은 때 친구가 찾아오자 엘리자베스는 정말 기뻤다. 비록 두 사람이 만나는 즐거움에 톡톡한 대가를 치러야 한다는 생각이 때때로 들기도 했지만 말이다. 다아시 씨가 친구 남편이 과장되게 늘어놓는 온갖 아부와 친절을 꼼짝없이 당해야 했기 때문이다. 그래도 그는 경탄할 만한 침착함으로 이 모든 것을 견뎌냈다. 윌리엄 루커스 경이 이 동네에서 가장 빛나는 보석을 데려간다는 칭찬을 하고, 아주 점잔을 빼면서 세인트제임스 궁에서 자주 보기를 바란다고 말할 때도 그 말을 경청해주었다. 그가 어깨를 늘어뜨린 것은 윌리엄 경이 시야에서 사라진 후였다.

필립스 부인의 천박함은 또 다른 문제였고, 그의 인내를 시험하는 더 큰 시련이었다. 필립스 부인 또한 자기 언니처럼 다아시를 어려워해서 사람 좋은 빙리에게 하듯 친하게 말을 걸지는 못했지만, 뭔가 말하는 순간 저속해졌다. 그를 존중하는 마음이 그녀의 말수를 적게 만들기는 했지만, 더 우아하게 해주지는 못했다. 엘리자베스는 가능한 한 다아시가 두 사람 눈에 띄지 않도록 열심히 지켰다. 또한 그가 자신과 함께 있거나 창피하지 않은 가족과 함께 있게 하려고 노력했다. 이 불편한 감정이 연애 기간의 즐거움을 빼앗아가기는 했지만, 앞날의 희망은 더해주었다. 그녀는 두 사람 다 내키지 않는 이 교제에서 벗어나 편안하고 우아한 펨벌리의 가족들만 남게 되기를 기다렸다.

19장

가장 소중한 두 딸을 시집보낸 날, 베넷 부인은 어머니로서 온갖 행복을 누렸다. 그러니 이후에 얼마나 기쁘고 자랑스러운 마음으로 빙리 부인을 찾아가고, 다아시 부인 이야기를 했는지 짐작할 수 있을 것이다. 그녀의 가족을 위해서는 그토록 열렬히 바라던 평생의 소망을 딸들을 통해 이루었으니 나머지 삶은 분별 있고 다정하고 현명한 여자가 되는 복을 누렸다고 말할 수 있다면 좋겠다. 물론 이런 상황에서는 즐거움을 느끼지 못하는 남편을 생각하면 아내가 이따금씩 신경을 불평하며 변함없이 어리석은 편이 행복하겠지만 말이다.

베넷 씨는 유난히 둘째 딸을 그리워했다. 무엇보다도 딸이 보고 싶은 마음에 자주 딸의 집을 방문했고, 특히 아무도 예상하지 못한 때 펨벌리를 방문하기를 좋아했다.

빙리 씨와 제인은 네더필드에서 열두 달만 살았다. 그녀의 어머니와 메리턴의 친척들이 가까운 거리에 살고 있다는 건 '남편'의 태평한 성격이나 '아내'의 다정한 마음으로도 썩 즐거운 일이 아니었다. 누이들의 간절한 바람은 결국 충족되었는데, 그가 더비셔 근처 마을에 저택을 구입한 것이다. 제인과 엘리자베스는 좀 더 가까운 거리에서 살게 되자 무척 기뻐했다.

키티는 큰언니들과 많은 시간을 함께해 결과적으로 아주 유익한 시간을 보낼 수 있었다. 평소 어울리는 사람들보다 훨씬 나은 사람들과 시간을 보내다 보니 갈수록 긍정적으로 변했다. 리디아만큼 통제할 수 없는 성격도 아니었고 그녀의 영향력에서 벗어나 적절한 관심을 받게 되자 덜 짜증스럽고, 덜 무식하고, 덜 따분한 사람이 되었다. 물론 리디아와 어울리지 않도록 철저하게 보호받았다. 위컴 부인이 무도회와 젊은 남자들을 내세워 놀러오라고 해도 아버지가 절대 허락하지 않았다.

메리는 집에 남은 유일한 딸이 되었다. 그녀는 혼자 가만히 있지 못하는 베넷 부인 때문에 자주 방해를 받았다. 메리는 어쩔 수 없이 사람들과 더 많이 어울리게 되었지만, 여전히 아침마다 훈계를 늘어놓는 일을 멈추지 않았다. 게다가 더는 언니들의 미모와 비교당하지 않게 되자 지금의 변화를 별다른 고민 없이 받아들였을 거라는 게 아버지의 짐작이었다.

위컴과 리디아의 성품은 언니들의 결혼으로도 전혀 달라지지 않았다. 위컴은 엘리자베스가 예전에는 몰랐더라도 이제는 분명 자신의 배은망덕함과 거짓말을 전부 알게 되었을 거라고 확신했지만 체념하고 넘어갔다. 게다가 그 모든 사건에도 다아시 씨가 한몫 떼어줄지 모른다는 희망을 완전히 버리지 않았다. 리디아가 언니의 결혼을 축하하며 보낸 편지를 보니, 그는 아니더라도 적어도 그의 아내는 그런 희망을 품고 있는 게 역력했다. 편지에는 이렇게 적혀 있었다.

사랑하는 언니

결혼을 진심으로 축하해요. 내가 우리 위컴을 사랑하는 반만큼이라도 언니가 다아시 씨를 사랑한다면 분명 행복할 거예요. 언니가 부자가 되다니 참 든든해요. 다른 일이 없으면 우리 생각도 해주세요. 위컴이 궁중에 자리를 얻고 싶어 해요. 그리고 우리는 도움 없이 살 수 있을 만큼 충분한 돈도 없고요. 일 년에 삼사백 정도 벌 수 있는 자리라면 어디든 괜찮을 것 같아요. 하지만 형부에게 말하고 싶지 않으면 하지 마세요.

그럼 이만.

엘리자베스는 당연히 말하지 않는 편이 낫다고 생각했다. 그리고 답장에는 그런 청탁과 기대는 하지 말라고 딱 잘라 말했다. 하지만 자기 돈에서 이리저리 절약해 혼자 힘으로 마련한 돈을 종종 보내주었다. 두 사람은 욕심껏 낭비했고, 앞날은 전혀 생각하지 않았다. 그래서 씀씀이에 비해 두 사람의 수입은 늘 부족했다. 거처를 옮길 때마다 그녀에게나 제인에게 빚을 청산하도록 조금만 도와달라는 부탁을 했다. 두 사람의 생활 방식은 나라에 평화가 찾아와 군에서 제대한 후에도 매우 불안정했다. 늘 싼 곳을 찾아서 이리저리 이사를 다녔고, 언제나 감당할 수 있는 이상으로 돈을 썼다. 위컴의 애정은 곧 무관심으로 바뀌었고, 리디아의 애정은 그보다 조금 더 길게 갔을 뿐이다. 어리고 철은 없었지만 그래도 리디아는 결혼한 여자의 평판은 지켰다.

다아시는 '그'를 절대 펨벌리에 받아줄 수 없었지만, 엘리자베스를 생각해 일자리는 도와주었다. 리디아는 가끔씩 남편 혼자 런던이나 배스로 놀러 가면 펨벌리를 방문했다. 빙리의 집에는 두 사람 다 자주 찾아와서 오랫동안 머무는 통에 사람 좋은 빙리조차도 참지 못하고 은근히 가주었으면 하고 바랐다.

빙리 양은 다아시의 결혼으로 속이 쓰렸지만, 펨벌리를 방문할 권리를 유지하고 싶은 마음에 모든 분노를 내려놓았다. 조지아나를 예전보다 더 좋아하게 되었고, 다아시에게는 예전과 마찬가지로 살갑게 굴었으며, 엘리자베스에게는 예전과 달리 예의를 차렸다.

펨벌리는 이제 조지아나의 집이 되었다. 올케와 시누이의 다정함은 다아시가 바라던 대로였다. 처음부터 그러자고 마음먹은 대로 두 사람은 서로 사랑할 수 있게 되었다. 조지아나는 엘리자베스를 높이 우러러보았다. 처음에는 오빠에게 하는 발랄하고 장난스러운 말투에 소스라치게 놀라기도 했지만 말이다. 그녀는 오빠에 대한 존경심이 애정을 압도했는데, 이제는 농담도 할 수 있게 되었다. 그리고 예전에는 상상조차 할 수 없던 것들을 알아가기 시작했다. 엘리자베스의 모습을 보고 아내가 남편을 스스럼없이 대할 수 있다는 사실을 깨닫기 시작한 것이다. 오빠가 열 살 어린 동생에게는 늘 허락하지 않을 테지만 말이다.

캐서린 부인은 조카의 결혼으로 크게 격노했다. 결혼 계획을 알린 편지에는 솔직하기로 이름난 자신의 성격을 한껏 드러낸 답신을 보냈다. 특히 엘리자베스에게 온갖 모욕을 퍼붓는 바람에 한동안 모든 교류가 끊어졌다. 그러나 엘리자베스의 설득으로 다아시는 이모의 무례함을 용서하고 화해를 청했다. 이모 쪽에서는 좀 더 완강하게 버텼지만, 조카를 향한 애정 때문인지 그 아내의 행동거지를 보고 싶은 호기심 때문인지 부인의 분노도 누그러졌다. 게다가 송구스럽게도 펨벌리에 직접 찾아오기까지 했다. 펨벌리의 안주인과 그녀를 찾아오는 외삼촌 부부 탓에 그곳의 수풀이 더럽혀졌는데도 말이다.

가드너 부부와는 늘 돈독한 사이를 유지했다. 엘리자베스 만큼이나 다아시도 두 분을 진심으로 사랑했다. 게다가 두 분이 엘리자베스를 더비셔로 데리고 온 덕분에 두 사람이 맺어지게 되었으니, 두 사람 모두에게 감사한 마음을 한시도 잊지 않았다.

옮긴이 엄자현

경희대학교 언론정보학과, 영어영문학과를 졸업하고 성균관대학교 번역테솔대학원 번역학과를 졸업했다. 현재 출판번역에이전시 베네트랜스에서 전문 번역가로 활동 중이다. 옮긴 책으로는 《그의 마지막 제안》《그녀를 믿지 마세요》《비밀스러운 낙인》 등이 있다.

오만과 편견

1판 1쇄 발행 2015년 5월 11일

지은이 제인 오스틴
옮긴이 엄자현
발행인 오영진 김진갑
발행처 (주)심야책방

출판등록 2013년 1월 25일 제2013-000028호
주소 서울시 마포구 월드컵북로5가길 12 서교빌딩 2층
전화 02-332-3310 **팩스** 02-332-7741

종이 월드페이퍼(주)
인쇄·제본 현문자현(주)

ISBN 979-11-86283-39-4 04840
979-11-95377-30-5 (set)